José Antonio Lucero (Rota, 1988) es profesor de Educación Secundaria. Licenciado en Historia y Máster en Escritura por la Universidad de Sevilla, publica vídeos sobre historia y docencia en La cuna de Halicarnaso, uno de los canales educativos de YouTube más seguidos en habla hispana.

En 2018 fue finalista del XXIII Premio de Novela Ateneo Joven de Sevilla, en 2020 formó parte de la programación especial de TVE durante el confinamiento, y en 2021 publicó la novela *La vida en un minuto* (Ediciones B) y el libro de divulgación histórica para niños *Por qué los primeros emojis se escribían en arcilla y otros porqués de la historia* (B de Block). Sus siguientes publicaciones han sido *La madrina de guerra* (Ediciones B), y *¿De dónde ha salido esto? Los inventos que cambiaron la historia* (B de Blok).

La madrina de guerra

JOSÉ ANTONIO LUCERO

A Irene,
menos tu vientre, todo es futuro fugaz

En el curso de los años llegaron por distintos caminos a la conclusión sabia de que no era posible vivir juntos de otro modo, ni amarse de otro modo: nada en este mundo era más difícil que el amor.

Gabriel García Márquez,
El amor en los tiempos del cólera

PRIMERA PARTE
La trinchera

1

La Mancha, marzo de 1977

A veces, al mirarse en el espejo, Teófilo ve a su padre.

Suele ocurrir de madrugada, cuando la maldita vejiga lo empuja a salir de la cama.

Envejecer era eso, oyó en alguna ocasión.

Hace ruido al levantarse y camina a tientas palpando la pared en busca del interruptor. Lo pulsa. La luz del cuarto de baño titila unos segundos antes de prender del todo. El tiempo justo para verlo. A él.

También se llamaba Teófilo.

Teófilo padre murió hace muchos años en una cárcel franquista. La última vez que se vieron tosía como si dentro de su cuerpo tuviera un motor gripado, aunque él le quitaba importancia.

—Esto no es nada, solo un *apechusque*. Aquí casca el frío que no veas, ¿sabes?

Pero no era un simple resfriado, sino tuberculosis. Y su padre lo sabía. Sabía que iba a morir pronto y que nadie, ni siquiera su hijo, podía hacer nada para remediarlo. Por eso, a modo de despedida, se lo dijo. De todas las palabras con las que podría haberle dicho adiós a su único hijo, eligió esa. La del amor.

—Hijo, hijo, hazme caso. Tienes que encontrar el amor.

Luego un estallido de tos. Y los garrotazos del guarda que indicaban que la visita había terminado.

Sin embargo, Teo no quiso oír a su padre, porque Teo odiaba a su padre. Por eso, cuando se lo encuentra de madrugada, tantos años después, cierra los ojos y espera a que el espejo le diga quién es en realidad.

Quién es en realidad: el regente de un humilde hospedaje rural, de poco más de sesenta años, con la piel tostada por el sol manchego y el pelo canoso y en franca retirada. Por suerte —se consuela—, no se ha quedado calvo como esos con los que juega al mus.

Se mira algunos segundos más mientras se desabrocha el pijama. Los ojos, sí, sus ojos azules son lo único en lo que reconoce a aquel mozo rubio que se las llevaba a todas en las verbenas del pueblo. Sus ojos son de su madre.

Y en los ojos de su madre cabía un océano.

Y luego un ay, y las maldiciones de quien teme que otra vez le ataquen las piedras del riñón. Y un instante después, al fin, un caño fino y templado.

Vuelve a la cama. Los fantasmas se quedan ahí, presos en el titilar de la luz del baño. Cierra los ojos y espera a dormirse, pero ya no concilia el sueño. Tras varios minutos en duermevela comprueba que el alba se cuela por los contornos de la persiana de esparto. Se pone en pie y se asoma a la ventana. Ahí afuera todo está igual: el manto del cereal contoneándose con la brisa de la mañana, el cerro redondeado por la erosión y la inconfundible silueta de los molinos de viento harineros. Pareciera —le dijo un huésped que venía de Madrid— que lo hubiese pintado un artista.

El hostal ocupa el ala derecha de esta vieja casona que compró en la posguerra tras pasar algunos años en tierras aragonesas, dedicándose al estraperlo. Se mudó ahí porque no encontró otro lugar más alejado. La casona está rodeada de un largo paraje trigal atravesado por la carretera que lleva hacia el pueblo. De todas sus estancias, Teófilo reservó para sí una habitación, un salón, un baño y una cocina. No necesitaba más.

Cuando no tiene huéspedes, la casona se le hace enorme. Los visitantes suelen llegar a partir de la primavera para trabajar en la recogida o para hacer negocios con los agricultores y los queseros de la zona. Solo algunos —como aquel madrileño— vienen para descansar. «La ciudad estresa, caray», le dijo este.

Teófilo lo sabe muy bien, porque pasó muchos años en Madrid.

Se calza las babuchas y se dirige a la cocina. El pasillo es largo y lo decoran cuadros de escenas de caza. Ninguna foto familiar. Butrón revolotea a su alrededor, meneando el rabo. El granuja sabe cuándo su dueño se levanta para mear y cuándo para dar comienzo al día. El perro se adelanta a Teófilo y se planta frente a su cuenco de comida. Lo mira.

—Ya va, hombre, no tengas prisa.

Saca un plato con las sobras de ayer y las vierte en el cuenco. Butrón las devora. Es un perro pastor al que adoptó en una perrera para que cuidase de la casona. Tiene ya cinco años. Su anterior perro, Barcino, murió de viejo, o eso cree: había cumplido más de doce cuando una mañana se lo encontró tirado en el pasillo.

Unos minutos después, la gata llama a la ventana de la cocina.

Al principio, Butrón le ladraba ferozmente, pero poco a poco la ha ido sintiendo como de la familia. También Teófilo, aunque no quiera reconocerlo. Esa gata de color pardo y ojos rasgados lleva un par de años haciendo lo mismo cada mañana: rascar la persiana, esperar a que se le abra y entrar pidiendo comida.

La gata lo mira desde el otro lado de la ventana, sobre el alféizar. Al maullar arruga el morro y deja ver sus pequeños colmillos. Finalmente, Teófilo la deja pasar, y ella se restriega por el escaso mobiliario de la cocina —apenas una mesa y varias sillas de enea— antes de enroscarse entre las piernas del dueño de Butrón. Luego viene la cantinela de todas las mañanas:

—¡Arrea! Pero ¿cuándo hemos firmado este contrato tú y yo, a ver?

La gata le lanza un maullido. Teófilo abre el frigorífico y saca un poco de fiambre para tirárselo. Butrón, ojo avizor, va al encuentro de la comida, y entonces su dueño lo espanta al grito de:

—¡Tú ya has comido, no seas avaro!

Tras ello comienza a hacer café mientras contempla a la gata mordisquear el fiambre con lentitud. Lleva dos años alimentándola a diario, pero aún no le ha puesto nombre.

Si no tiene nombre no podrá cogerle cariño.

Butrón, recostado, también la observa. Cuando silba la cafetera, la gata se encorva y pega un brinco de saltimbanqui para perderse por la ventana. Teófilo se sienta en la silla de enea, da un sorbo al café y siente cómo le baja ardiente por el esófago. Luego vuelve a mirar fuera. Escudriña el paisaje. La busca, curioso.

Nunca sabe adónde va la gata después de su desayuno.

En el bar de Paco se juegan cada mañana las partidas de mus más emocionantes de toda la comarca manchega, o eso dicen sus parroquianos.

Teófilo arrastra sus cuatro cartas por el tapete y las despliega con la yema de los dedos. No tiene nada, apenas un caballo de bastos. Él es la mano en esta partida, así que le toca decantarse primero.

—Quiero mus.

El resto de los jugadores lo imita. Mira a Luis, su compañero, a quien tiene delante. Juega con él desde hace tantos años que sabría descifrar qué lleva en la mano solo con la mirada. De hecho, podrían sostener largas conversaciones usando solo el puñado de señas del mus.

Una seña como esta: Luis se muerde ligeramente el labio inferior antes de descartarse de dos cartas. «Así que tienes dos reyes, ¿eh?», se dice Teófilo, que le responde con otro gesto sutil: «Pues yo no tengo un carajo, Luisito».

No hay palabras entre los jugadores, pero sí un prolongado juego de miradas. Así es el mus, un largo ejercicio de intuición. A Teófilo le bastan un par de minutos y el farol apostando fuerte para saber que ni Antonio ni Victoriano tienen nada para igualarlos. El primero no ha dejado de darle caladas al cigarrillo —cuanto más fuma, menos tiene en la mano—, y del segundo ha interceptado una seña en la que le pedía a su compañero que envidasen fuerte a la chica, es decir, al lance para dilucidar quién tiene la pareja de cartas de menor valor.

Se lo dice a Luis con otra seña: «Cuidado con estos dos que en la chica nos la dan».

La partida finaliza cuando Teófilo lanza un órdago que el equipo rival no puede igualar. Y tras ello, las maldiciones y la pregunta de siempre:

—¡La Virgen, Teo! ¿Cómo coño lo haces?

Ya saben cómo lo hace, pero siempre los coge por sorpresa.

Teófilo aprendió a jugar al mus en las trincheras de guerra desde las que defendían Madrid del avance de las tropas nacionales. Agustín, un soldado del cuerpo de carabineros, le confesó cuál era su truco.

—No consiste en leer las cartas propias, sino las de los demás —le dijo.

Él —solo tenía veintiún años por aquel entonces— no tardó en entender qué significaba ese extraño consejo. Desde entonces, Teófilo se pasó el resto de la guerra intentando descifrar las cartas ajenas. Por eso lo sacaron del frente e ingresó en el servicio de inteligencia republicano como espía al servicio del Ejército Popular.

Por eso estuvo a punto de morir varias veces.

—Debe de ser cosa de conservar el pelo, amigos —responde, pícaro.

Luis es el único que ríe. Como él, mantiene a duras penas la cabellera. Luego chocan las manos sobre el tapete en señal de victoria. A sus contrincantes les toca pagar la ronda, así que Victoriano hace llamar a Paco, que atiende a unos clientes que acaban de entrar en el bar.

—¿Qué va a ser?

—Lo de siempre, Paco, dos carajillos y dos chatos.

El bar de Paco es la taberna del pueblo. Es, junto a la iglesia y el mercado, el lugar donde suelen encontrarse todos los vecinos. De hecho, no pocas veces ha servido para celebrar un pleno improvisado del ayuntamiento con discusiones sobre las ayudas para el campo o la pavimentación de los caminos rurales.

Teófilo no vive en el pueblo, así que nunca ha dado su opinión sobre la política municipal. No obstante, durante un par de horas al día se siente como un vecino más: conduce hasta aquí todas las mañanas —doce kilómetros de carretera comarcal— para hacer la compra y luego detenerse en el bar, esperando la hora de la comida.

—¿Hay tiempo para otra? —pregunta Victoriano.

—Mi mujer no me espera hasta las dos, así que adelante —responde Luis.

—La mía solo me espera el día de la paga —contesta Antonio, jocoso.

Teófilo se limita a asentir. Paco se acerca a la mesa con las cuatro bebidas mientras Luis baraja los naipes. El mesonero heredó la taberna de su padre, que transformó una vieja bodega centenaria en el bar que es hoy: un salón espacioso, una larga barra y una decena de mesas repartidas por el local. Paco, poco a poco, lo fue modernizando: decoró las paredes con aparejos de labranza y cuadros con paisajes manchegos, trajo un par de máquinas tragaperras que colocó al fondo, junto a los baños —tintinean todo el día, buscando pollos que piquen—, y compró un aparato de música que, a pesar de poner coplas a cualquier hora, nadie oye, por el gentío.

Teófilo enciende un cigarrillo. Casi todos los presentes fuman. De hecho, si miran arriba, el techo del bar, atravesado por vigas de madera, se ve como un día nublado.

—Esta vez nos toca ganar a nosotros, ¿eh? —lanza Antonio.

De pronto suena el repique de una de las máquinas tragaperras. Alguien ha ganado unas monedas. Teófilo dirige la mirada hacia allí: es José, un orondo agricultor del pueblo. Este va a la barra y, sonriente, le pide una cerveza al camarero.

—Vaya, estás de suerte hoy, ¿no, Gordo? —le comenta Paco.

A José lo llaman así, el Gordo.

—¡Como sigas de este modo no vas a caber por la puerta! —suelen decirle.

Y José nunca se queda corto respondiendo:

—¡Por la puerta de tu dormitorio sí que *cabo* todas las noches!

Sobre la barra hay un ejemplar del *ABC* que ya ha pasado por varias manos durante la mañana. José lo coge a la espera de que Paco le sirva la cerveza. En la portada lleva la noticia del conflicto de los transportistas, que ayer paralizaron Madrid con sus reivindicaciones.

—¿A quién le toca repartir? —pregunta Victoriano.

Teófilo mira a la barra, absorto. José busca un asiento libre de un vistazo y avanza en zigzag entre las mesas hasta sentarse junto a los jugadores de mus. Lleva el periódico consigo. Da un largo trago a la cerveza, abre el diario por la mitad y lo hojea sin aparente interés.

—Pues lo de los transportistas fue algo importante —dice en voz alta—. Casi sacan a los grises a pegar palos.

Nadie le responde. A su lado, la mesa de mus se mantiene a la espera.

—Creo que te toca a ti, ¿no, Teo?

Teófilo asiente. Coge el mazo y se dispone a repartir, pero vuelve la vista hacia José, que sigue leyendo el periódico. Algo, en una de las últimas páginas, le ha llamado la atención.

Hasta que, de pronto, se dirige al Gordo gritándole:

—¡Espera, José, no pases la página!

En la esquina inferior izquierda de la página 112 ha reconocido un nombre.

El que aparece en una esquela.

Y, más abajo, el de una excelentísima viuda.

—¡Teo! ¿Qué pasa, hombre?

Se ha quedado mudo.

Los fantasmas del pasado, que esta vez no solo acuden de madrugada.

EL EXCELENTÍSIMO SEÑOR
DON CARMELO JOSÉ ESCOBEDO SALAYA

Empresario, colaborador con el Movimiento y miembro del Ministerio de Gobernación entre los años 1942 y 1945

FALLECIÓ EN MADRID
EL DÍA 26 DE FEBRERO DE 1977
A LOS 74 AÑOS DE EDAD

D. E. P.

Su viuda, la excelentísima señora doña Aurora Martín Prieto, su hija, Teresa Escobedo Martín, su familia y sus allegados **RUEGAN una oración por su alma.**

El funeral por su eterno descanso tendrá lugar mañana, día 28 de febrero, en la iglesia de San Jerónimo el Real, a las 12 horas.

2

Don Carmelo no sabe que va a morir esta mañana. Si lo supiera, no ocuparía sus últimos minutos de vida en su despacho, rodeado de papeles y planos. Maldice:

—Es un inútil, cago en Dios.

Pone los codos sobre la mesa de caoba y se lleva la mano a la frente. Chasquea la lengua. Da una vuelta a los planos y recorre cada pulgada con la yema del dedo índice. Son los del proyecto que su yerno ha elaborado para la próxima promoción que Escobedo Construcciones levantará en la Sierra Norte de Madrid.

Escobedo Construcciones es una de aquellas empresas que supo subirse al carro del boom de la construcción de la década pasada. Parecía que no había suelo en España en el que no pudiese edificar.

Su obra cumbre: el rascacielos de Benidorm.

Pero, claro, por aquel entonces no tenía al inútil de su yerno como arquitecto jefe.

Ya se lo dijo a su mujer, Aurora, en cuanto vio los primeros planos.

—Es que mira, Aurori, está todo mal.

Por eso esta mañana, la mañana en que va a morir, don Carmelo se ha levantado, se ha vestido con premura y se ha metido en el despacho.

El despacho es su santuario: maderas nobles por doquier, estanterías llenas de libros, trofeos de caza mayor, una enorme insignia nacional y fotografías con el Caudillo, con Serrano Suñer y con Carrero Blanco. Desde aquí, a pesar de sus setenta y cuatro años, sigue dirigiendo la empresa.

Porque la empresa es como su otra hija.

Su hija, la de verdad, es Teresa. Teresa y Federico se casaron hace siete años en una boda por todo lo alto a la que estuvo a punto de acudir el Generalísimo.

Don Carmelo solía decirles a sus amistades:

—Franco me confirmó su asistencia, pero aquella mañana se levantó un poco indispuesto. Enseguida me llamaron del palacio de El Pardo para excusarlos a él y a doña Carmen, a la que le apetecía mucho ir, según me explicaron.

Nunca supo si era cierto que Franco estaba indispuesto, pero jamás lo preguntó.

Tampoco supo que al Caudillo, por cuestiones políticas, le recomendaron encarecidamente no acudir al evento.

—Mi general, con las tensiones que hay en las Cortes entre inmovilistas y aperturistas, y con las protestas en las calles, no es conveniente que lo vean en esa boda —le advirtieron sus asesores.

Esa boda: la de la hija de un antiguo falangista miembro del tercer y del cuarto gobierno de España.

La puerta del despacho se abre. Rosario, la interna andaluza, se asoma tras el quicio.

—Pues sí que ha madrugado hoy. ¿Quiere café el señor?

Don Carmelo levanta la vista de los planos.

—Sí, Charito. Americano, como siempre.

La llaman así, Charito, a pesar de que la asistenta ya supera la cincuentena. La conocieron hace más de treinta años cuando llegó a su casa buscando trabajo después de la guerra. Entonces tenía casi quince y era una chica bien mandada, como se dice.

Tras despedirse de la empleada, Carmelo vuelve a los papeles, diciéndose:

—Pero ¿dónde le tocó el título de arquitecto a este, en una tómbola?

Cuando la gente insinúa que Federico está enchufado en la empresa, en realidad, tiene razón. Por eso a don Carmelo nunca le gustó su yerno, y es que los de su generación no saben lo que es el esfuerzo. Porque se lo han dado todo regalado.

—No hacen más que gastar y gastar, Aurori. ¿Otro coche? El suyo anda, ¿no? ¡Carajo! ¿Para qué quiere otro? Una guerra. Una guerra tendrían que haber pasado estos, cago en Dios.

El empresario suele terminar sus frases con ese «cago en Dios». Y tiene a menudo la guerra en la punta de la lengua. Luchó en el ejército nacional. Mató a un montón de rojos. Liberó Madrid.

—Más no se le puede pedir a un buen español, ¿verdad? —dijo una vez.

Así se veía a sí mismo: un buen español.

Por eso, cuando Franco murió, hace algo más de un año, pensó que España se rompería.

Por eso en el funeral del Caudillo lloró amargamente tras varias horas de espera.

No lo sabe, pero dentro de unos días el funeral será el suyo.

Y en su funeral no llorará tanta gente.

Todo ocurre muy rápido, en apenas unos segundos.

Aurora vestirá de riguroso negro. Teresa, su hija, no se separará de ella. Federico, ese hijo de puta, fantaseará con heredar la empresa.

Una mano imprevista en el pecho. Los puños apretados.

No verán llorar a la viuda.

Y una embestida seca, súbita.

El café americano que, de pronto, se desparrama por la moqueta.

—¡Ay, señor! ¿Está bien? ¡Señor, responda, por el amor de Dios!

En cuanto Aurora oye el grito de Charito ya sabe qué es lo que ha pasado.

Su abuela Agustina aseguraba que era bruja.

—Hay niñas que nacen con ese no sé qué incomprensible —le decía.

Ella también lo era: preparaba ungüentos y curaba las culebrillas.

Aurora salta de la cama y se pone la bata de seda. Le sube el calor repentino, el sofoco con el que su cuerpo reacciona a cada emoción desde que dejó atrás la menstruación, hace varios años.

Sale del dormitorio y recorre el largo pasillo hasta el despacho de su marido oyendo los alaridos de Rosario.

—¡Señor, reaccione! ¡Ay, por la Virgen santa!

Intenta recordar cuáles fueron las últimas palabras que se dijeron. Hablaron hace una hora, aún de noche:

—¿Ya te levantas? No son ni las siete.

—Tengo que arreglar lo del inútil de tu yerno, Aurori.

—Tú verás.

Treinta y siete años de matrimonio y así termina la cosa, con un «tú verás».

Se casaron en junio del 39. Fue una boda sencilla y austera, como los tiempos que corrían. Carmelo con su uniforme engalanado de la Falange. Aurora, una morena radiante, con el vestido heredado de su madre. Dicho por todo el mundo: la novia más guapa que había salido jamás del barrio obrero de Delicias. Él tenía treinta y nueve años y ella, veintidós.

Aurora llega a la puerta del despacho con el corazón en la garganta. Gira el pomo de la puerta y se lleva la mano a la boca; su marido yace tumbado sobre el escritorio de caoba, rodeado de papeles y planos. Rosario, junto a él, llora desconsolada.

—¡El señor no responde! —grita esta.

—¡Pues no te quedes ahí! Coge el teléfono y llama al hospital, ¡rápido!

Rosario se lanza hacia él. Descuelga el auricular del teléfono del despacho y hace girar el disco de marcar. Mientras tanto, Aurora zarandea el cuerpo de su marido y lo llama por si aún está sujeto a este lado de la vida. Luego le busca el pulso en la yugular, pero por ahí no hay corriente sanguínea.

—La ambulancia llegará en diez minutos —le anuncia Rosario entre sollozos.

Y más gritos. Ay, por el amor de Dios. Ay, la Virgen santa.

Aurora sigue hablándole:

—Reacciona, Carmelo, vamos.

En realidad, sabe que no hay nada que hacer. Durante la guerra fue enfermera en el Madrid sitiado por las tropas nacionales de Franco y, terminada la contienda, trabajó en el hospital Provincial hasta llegar a ser jefa de enfermeras. Ha visto qué cara tiene la muerte: la misma que tiene ahora su marido.

En realidad, lo supo desde que oyó el primer «ay» de Rosario.

Aun así, aguardan algunos minutos, expectantes, por si a Carmelo le da por levantarse. Se lo imagina poniéndose en pie con una sonora carcajada y decir que ha sido una broma.

Sin embargo, esto no tiene pinta de acabar con otro de sus chascarrillos jocosos.

—Ve afuera a abrir la cancela para la ambulancia —le pide Aurora a Rosario.

—Por supuesto, señora.

Antes de abandonar la estancia, la asistenta se agacha para recoger la taza de café que le cayó al entrar.

—Tiré el café por el susto —se excusa—. Traeré una fregona.

Aurora no había reparado en la extensa mancha marrón de la moqueta.

—No te preocupes, mujer.

Recuerda, de pronto, la última revisión médica de su marido.

—Don Carmelo, el café le sube mucho la tensión. —El doctor—. Tiene que moderarse. Tómelo descafeinado, o pruebe a pasarse a las infusiones. ¿Cómo lo ve?

No era la primera vez que el doctor se lo decía.

—¿Que cómo lo veo? —respondió el empresario—. Pues que no me mataron los rojos en la guerra ni tampoco me va a matar ahora el café, cago en Dios.

Y Aurora, a solas con el cuerpo de su marido:

—Pues ahí tienes, por cabezón.

Teresa coge la mano de Aurora, su madre, antes de empezar a subir la escalinata de la iglesia de San Jerónimo el Real. La hija es un asombroso calco de su madre: como ella, lleva el pelo moreno recogido en un moño, vestido de estricto luto, maquillaje sencillo y gafas oscuras para ocultar la mirada, y se muestra firme, muy dueña de sí.

Teresa lo aprendió de su progenitora.

—Pase lo que pase, compostura, hija mía —le dijo una vez.

La iglesia de San Jerónimo es un templo gótico del siglo XVI que sobrevivió a la guerra contra los franceses y a la guerra civil española. Con sus dos torres en forma de aguja adosadas al ábside y su solemne fachada principal, corona una pequeña colina junto al Museo del Prado. En ella se casó Alfonso XIII. Desde hace décadas, las mocitas casaderas de Madrid sueñan con dar el «sí quiero» bajo su altar mayor.

Fue donde Teresa y Federico celebraron aquella boda a la que el Caudillo no asistió por encontrarse indispuesto.

—Papá subió conmigo estas escaleras para llevarme al altar —dice Teresa—. Estaba hecho un flan, pobre mío.

Aquel día Carmelo estaba pletórico. Esa boda era, a fin de cuentas, el triunfo de alguien que venía de abajo y ahora tenía un imperio que construía rascacielos en la playa.

—La boda de la hija de un arribista —dijeron algunas lenguas viperinas.

Pero las malas lenguas se quedaron de puertas afuera. Dentro, bajo el control de Aurora, todo resultó perfecto y no faltó un detalle que los invitados no celebrasen.

—Fue uno de los días más felices de su vida —responde Aurora—. Y de la mía, por supuesto.

Luego aprieta más fuerte la mano de su hija y le dedica una sonrisa.

Sabe que su matrimonio no va bien. Que a Federico le gusta mucho pingonear, y que cuando el río suena, agua lleva. Por suerte tiene a sus hijos, a esos angelitos a los que su abuela adora: Nicolás y Celia, de siete y seis años.

—Lo siento mucho, doña Aurora —le dice alguien a su espalda—. Que Dios tenga a don Carmelo en su gloria.

Es uno de los directivos de la empresa.

—Muchas gracias, Alfonso.

Un par de escalones más arriba:

—Mi más sentido pésame, señora.

Y así hasta que suben la escalinata y se sitúan frente a la puerta principal, donde reciben más condolencias y más alusiones a la gloria y a la irreparable pérdida.

Unos minutos después de entre el gentío aparece Federico, el marido de Teresa. Lleva traje negro, su tupé inconfundible y ese porte de actor de cine americano.

Federico volvió loquita a Teresa desde que coincidieron en la universidad.

Le robó un beso en la discoteca Consulado al ritmo de Concha Velasco.

Le hizo el amor en el asiento trasero de un Simca 1000 y, siete meses después, le daba el «sí quiero» en esta iglesia. Luego llegaron las habladurías, porque Nicolás nació entre cábalas difusas sobre el tiempo reglamentario y el penalti.

—¿Llego tarde? Me he retrasado un poco porque los niños no querían quedarse con la chacha —se excusa Federico.

Teresa le resta importancia con un beso en la mejilla. Luego se dirige a su madre, que atiende a un par de trabajadores de la empresa que le dan el pésame.

—Será mejor que entremos, ¿no, mamá?

—Espera. ¿Han llegado ya la abuela y los tíos?

—Me parece haberlos visto dentro —responde Federico.

Teresa vuelve a coger la mano de su madre y juntas atraviesan el umbral de la puerta de la iglesia. Al fondo, bajo el altar mayor y el retablo, las aguarda el féretro de Carmelo, cercado por dos inmensas coronas de flores. Caminan hacia él.

«La primera vez en tu vida que eres puntual, hijo mío».

Don Cecilio de Santiago y Cornejo, el párroco de San Jerónimo desde hace más de una década —casó a Teresa y a Federico y bautizó a sus hijos—, sale a su encuentro. Lleva túnica blanca y casulla morada, propias del luto y del tiempo de Cuaresma.

—Lo siento mucho, hijas mías. Carmelo descansa ya en el cielo eterno.

Aurora lleva tres días oyendo hablar del descanso eterno. Al final va a ser mejor morirse que seguir aquí abajo.

—Muchas gracias, don Cecilio.

En la primera bancada ya está su madre, Felisa. Hubo un tiempo en que sus manos hacían los mejores remiendos del barrio, hasta que llegaron los temblores.

—¿Cómo has pasado la noche, hija?

Toma asiento junto a ella y la besa en las mejillas.

—Todo lo bien que se puede, madre —responde Aurora.

En la segunda bancada se encuentran sus hermanos, Manuela y Jesús, con sus familias. Los saluda afectuosamente. Teresa y Federico toman asiento junto a Aurora tras saludar a otros familiares. Enseguida los demás asistentes van llenando los bancos de la nave. Suena el órgano de la iglesia, hasta que don Cecilio se pone en pie y se acerca al altar para comenzar la misa.

—Estamos aquí reunidos, queridos hermanos, para conmemorar el descanso eterno de don Carmelo José Escobedo Salaya, y para acompañar en el dolor a su viuda, a sus hijos y a sus seres queridos.

Aurora apenas atiende al resto de la ceremonia. Enciende el piloto automático y se levanta y responde tal y como dicta el rito de la eucaristía. Amén. Y con tu espíritu. Gloria a ti, Señor.

Don Cecilio dedica la homilía al reino de los cielos. Lo describe con detalle. Sitúa a Carmelo a la derecha del Padre y encomienda a los presentes a esperar su venida.

Aurora oye el llanto apagado y contenido de su hija. Extiende la mano y aprieta la de Teresa.

—Como papá esté sentado a la derecha del Padre... —le dice a su hija al oído—, capaz es de venderle un piso en Benidorm.

Teresa oculta la carcajada llevándose la mano a la boca.

El párroco las mira, extrañado.

Nadie más llorará en este funeral.

—Podéis ir en paz.

—Demos gracias al Señor.

Tras la despedida de don Cecilio, varios familiares —entre ellos, Federico— cargan con el féretro de Carmelo y lo sacan por el pasillo central hacia el exterior. Allí espera el coche fúnebre. Aurora vuelve a ponerse las gafas de sol y se prepara para otra ronda de condolencias. Lo siento mucho. Qué tragedia. No somos nadie.

La tía Bernarda camina hacia Aurora abriéndose paso entre el gentío. Bernarda es la hermana mayor de Felisa y tiene los ochenta y cuatro años mejor llevados de todo Madrid.

—No quería molestarte hasta ahora, querida. Sé cómo son estos momentos.

—Tú no molestas nunca, tía.

Se funden en un caluroso abrazo. Durante la guerra, Bernarda dirigía un pequeño taller de costura que confeccionaba prendas de ropa y abrigo para los soldados republicanos que defendían Madrid del ataque de las tropas franquistas.

—¿Cómo están tus nietos, por cierto? —le pregunta la anciana, apretándole el brazo con su mano temblorosa—. Hace mucho que no los veo.

—Enormes. Y muy avispados que son. Nicolás va para abogado por lo menos.

Un hombre, a unos metros de Bernarda, aguarda su turno para despedirse de Aurora. Esta lo mira de reojo: traje impoluto, la raya marcada en cada pernera del pantalón, camisa blanca, corbata azul.

—¡No me digas! ¿Y la pequeña Celia?

La frente amplia, pelo canoso peinado hacia atrás, buena percha. En torno a los sesenta.

—Celia está hecha un bicho malo. Las monjas dicen que es la más lista de la clase.

Hay algo en ese hombre que le resulta familiar. No sabe el qué.

—Tráelos a casa algún día y les preparo unas galletas, ¿vale?

Parece nervioso: juguetea con las manos y luego las entrelaza detrás de la espalda.

—Sí, sí, por supuesto, tía.

Se despiden, y Aurora acompaña con la mirada a su tía, que da media vuelta y camina con paso lento para bajar la escalinata. Tras ella, el desconocido avanza con timidez un par de pasos y se planta frente a la viuda.

—Mi más sentido pésame, doña Aurora. —Voz grave y áspera, tal vez de fumador.

Se saludan con dos besos. El hombre huele a perfume.

—¿Y usted es?

Tiene los ojos de un azul intenso.

—Me llamo Teo… Teófilo García. —De pronto balbucea—. Soy… su ahijado. Su ahijado de guerra.

El primer encuentro entre ambos treinta y siete años, cuatro meses y nueve días después.

Más de veinte millones de minutos.

Aurora enmudece. Lo mira. Siempre lo recordó como un guaperas rubio de sonrisa irresistible. Y con veintipocos años. Hubo un tiempo, de hecho, en que no deseó otra cosa que encontrarse con él. Ahora, en cambio, no quiere verlo en absoluto.

Y estalla:

—Pero ¿cómo se le ocurre aparecer por aquí? Será mejor que se vaya.

3

Pozuelo, trinchera de guerra, diciembre de 1936

La liebre husmea la maleza.

—Pero es que, ¡mírala! —exclama Gervasio—. Le da igual todo lo que la rodea.

—¡Calla! Que la vas a espantar, hombre —le ordena Teófilo.

Todo lo que la rodea: las alambradas, las trincheras, el nido de ametralladora cercano y el zumbido de los Chatos y los Moscas, los aviones soviéticos.

Teófilo —cabellera rubia, ojos azules, cara de pimpollo— no ha conocido otra vida que la del pueblo y el campo manchego. Gervasio, por contra, nació y vive en Madrid, donde trabaja en una imprenta y colabora con las juventudes socialistas. Ambos fueron reclutados para el Ejército Popular cuando llamaron a su reemplazo el pasado mes de septiembre. La 3.ª Brigada Mixta, formada en origen por un cuerpo de carabineros leales a la República, los esperaba.

Los jóvenes soldados, ocultos tras una arboleda, aguardan a que la liebre pique. Le siguen la pista desde hace una hora, cuando bajó despistada del cerro en busca de comida.

Brilla en el cielo el sol lánguido de diciembre, incapaz de aplacar el frío glacial que endurece el barro hasta hacerlo piedra y hiela el aliento. Para combatirlo, los soldados llevan bufanda sobre la guerrera y calzón largo bajo el pantalón de pana.

—Eh, Teo, mira, ¿eso es un conejo? —le ha dicho Gervasio.

Tenía largas orejas y las patitas estilizadas.

—No es un conejo, es una liebre.

Dormitaban en el refugio de la trinchera cuando la vieron. Hasta hacía una semana, no había mañana en la que no entablaran combate contra las tropas franquistas del general Varela, cuerpo a cuerpo, a distancia de cuchillada.

La táctica de Varela era suicida: sus tropas marroquíes y las milicias requetés atacaban en oleadas ininterrumpidas, día tras día, con el único descanso del anochecer. Finalmente, la 3.ª Brigada logró detener su avance en torno a Pozuelo de Alarcón, al oeste de Madrid.

Y desde entonces, esta calma chicha.

—¿Qué cojones vas a saber tú de conejos y liebres? —Gervasio, poniéndose en pie.

El refugio no es más que un hueco de la trinchera al que le da sombra el ramaje de unos árboles próximos.

—Esas orejas son de liebre —ha respondido Teófilo.

Los únicos animales que bajan a las trincheras son las ratas, que se cuelan en los refugios y en los puestos de mando y se meten en los sacos de comida. Son un auténtico problema.

—He oído que en el 2.º Batallón dan un premio al que presente diez ratas muertas —les dijo un soldado una vez—. Un día extra de permiso, nada menos.

—Pues como nos pongamos a cazar ratas aquí, nos pasamos el resto de la guerra en casa —contestó Teófilo.

La liebre saltaba, despreocupada, hasta que se ocultó en un matorral a tan solo unos metros de los soldados.

—Qué te apuestas a que la cazo —ha retado Teófilo a su compañero.

—¿Qué sabrás tú de cazar conejos? —De nuevo Gervasio, receloso—. Venga, va, dos cigarrillos. Y que conste que no me juego una cajetilla porque no quiero que te quedes sin tabaco.

Teófilo lo mira y lanza una carcajada. Ha visto a su padre hacerlo cientos de veces. Cazar los conejos y las liebres que amenazaban con sus dientecillos la integridad de los cultivos.

—Es solo cuestión de paciencia —le decía su padre.

Y rastrear la hierba casi como un sabueso, y seguir las huellitas para localizar la madriguera, y preparar la emboscada cuando el conejito menos lo esperaba.

—Es solo cuestión de paciencia —le ha dicho Teófilo a Gervasio.

Teófilo ha ido a por su macuto y ha rebuscado en él la pieza de fruta que se dejó para cuando le picase el estómago. Luego ha cavado un pequeño agujero junto a la trinchera y ha colocado ahí dentro un gajo de manzana que ha cortado con su navaja.

—Pero ¿los conejos comen manzanas? —ha preguntado Gervasio.

—Leñe, que te he dicho que es una liebre. Y esta liebre está hambrienta y te comería hasta los huevos si pudiera. Por eso ha bajado aquí.

Gervasio se ha imaginado a la liebre mordisqueándole los testículos.

Luego se han recostado sobre la tierra a esperar.

Desde hace una semana, la guerra se encuentra en un extraño impás mientras no se producen nuevos movimientos, lo que permite a los soldados ocupar el tiempo con la paciente espera de la caza de la liebre. A los que les ha pillado con un río cerca tirarán la caña y aguardarán a que pique la carpa, el barbo o el gobio.

Los demás llenarán la espera como puedan: algunos con libros, otros con juegos de cartas y otros con acalorados debates sobre el devenir de la guerra que no solucionarán nada.

—Si lo llego a saber, me juego la cajetilla, cojones.

La liebre no sale del matorral hasta pasados unos minutos.

La miran sin mover un músculo.

—Creo que ya ha olido la manzana —susurra Teófilo.

El animalillo agita el hocico y vaga por la maleza hasta que se para frente al agujero recién cavado. Lo husmea. Asoma la cabeza y mira hacia la oquedad. La naricilla se le mueve a toda velocidad.

—Está a puntito.

En cuanto la liebre salta al agujero, Teófilo se pone en pie y lo tapona con la suela de sus botas.

—Eh, ¡qué te dije! —exclama victorioso.

Esta noche su cuadrilla comerá libre asada en el fuego de una hoguera y reirán contando historias aderezadas con un trago de coñac.

La cuadrilla la componen un puñado de hombres —2.ª Compañía del 5.º Batallón de la 3.ª Brigada— que comparten el puesto de mando de este sector de la trinchera, cavada cuando el frente se estabilizó tras el ataque de las tropas franquistas contra la carretera de La Coruña, a la altura de la localidad de Pozuelo.

El combate costó cientos de bajas. La del comandante Galán fue la más significativa.

—Como se muera el comandante, deserto, por mi madre de mi alma —soltó Agustín Rodríguez, soldado carabinero natural de Extremadura.

—No digas tonterías —respondió el cabo Salvador, el de mayor rango de la cuadrilla.

Galán no murió, pero aquello lo tuvo alejado del frente varios días, en los que el capitán Emeterio Jarrillo se puso al mando de la brigada.

La liebre apenas les da para un bocado a cada uno. La mayoría solo podrá mordisquear un pellizco del asado, que acompañarán con el poco de la carne rusa en conserva que llevan semanas comiendo a diario.

—Esta mierda sabe a grasa de camión —dijo Gervasio una vez.

—Pero ¿has comido tú grasa de camión alguna vez? —terció Agustín entre risas.

A pesar de la escasez, al cabo Salvador le reservan casi un muslo enterito de la liebre. El cabo —más de cuarenta, de fuertes convicciones socialistas, lector de poesía— era ferretero en Alcázar de San Juan y se alistó en las primeras milicias de la UGT formadas tras el levantamiento del ejército en Marruecos.

—Hay que tener contenta a la autoridad —exclama Teófilo.

En realidad, el cabo no necesita hacer valer su graduación: habla por él su valerosa actuación en la batalla de la carretera de La Coruña, librada hace unos días.

Atacaban nada menos que siete mil soldados nacionales, cuarenta y cuatro piezas de artillería y treinta tanques alemanes en un intento de Franco de llegar a la carretera a la altura de Aravaca y dominar el margen izquierdo del río Manzanares. Defendían algo más de cinco mil soldados republicanos con dos cañones solamente, y Salvador, junto al resto de los suboficiales, supo mantener la moral de la tropa cuando todo hacía presagiar el desastre.

—Caballeros, yo soy el primero que pone los huevos, el derecho y el izquierdo, para defender nuestro sector —proclamó.

Finalmente, tras cinco días de intensos combates, la 3.ª Brigada logró frenar el ataque franquista en Pozuelo.

—Qué autoridad ni qué leches, aquí yo soy uno más —responde Salvador haciendo una mueca burlesca de disconformidad.

—A sus órdenes, mi señor —responde el manchego con ironía.

Teófilo es el más joven del grupo. La primera vez que entró en combate, frente a la columna nacional de Siro Alonso, casi no pudo contener la orina cuando aquella ráfaga de ametralladora le silbó en el oído derecho.

Luego apretó los dientes, puso a Dios en sus labios y no se separó del culo del cabo.

Por eso, a veces, en la guerra se siente como esa liebre emboscada en un agujero.

El toque de diana suena cuando los primeros rayos de sol bañan la trinchera.

Aun así, la mayor parte de los soldados ya estaban despiertos por culpa de los primeros bombardeos enemigos.

A estas alturas de la guerra han aprendido a adivinar, escuchando sus aullidos, si un obús va a caer cerca o lejos o, cuando un caza pica para ametrallar el suelo, cómo adecuar su posición para esquivar las balas.

El cartero militar, que aparece sobre su burro, también ha madrugado esta mañana.

—¡El correo! —grita colocándose donde suele, junto al aljibe del puesto de mando.

Los soldados, que apuraban el desayuno, se apresuran para recibir las cartas.

Este es, probablemente, el momento más feliz del día para ellos.

El cartero saca el primer puñado de cartas de su zurrón.

—¡Emilio Lafuente! —enuncia, leyendo el nombre del destinatario consignado en el sobre.

El soldado se abre paso entre el barullo y coge el sobre de la mano del cartero, que ya se dispone a leer el siguiente:

—¡Román García!

Y así hasta que poco a poco va vaciando su pesada bandolera.

Los afortunados ni siquiera esperan a ponerse cómodos en el refugio o bajo la sombra de una rama; ahí mismo, en medio del bullicio, abren el sobre y comienzan a leer la carta como el que saborea un manjar exquisito.

A algunos, ese «Querido hijo», «Mi amado» o «Mi estimado amigo» es lo único que los mantiene a este lado de la cordura.

—¡Gervasio Escolar!

Gervasio va hacia el cartero y coge el sobre que le tiende el hombre.

Es una carta de su padre, Arturo, y su tía Felisa. Zarandea el sobre: dentro hay algo más. A veces la correspondencia no solo trae un escrito. Es muy común que las familias envíen cigarrillos, vales o incluso jabón.

Abre el sobre y mira su interior: tres cigarrillos.

Tiene suerte de que el censor de turno no se los haya quedado. Una vez su tía se dirigió directamente al censor con estas palabras: «Estimado censor: deje usted en el sobre los cigarrillos que le envío a mi sobrino para que tenga un poco de disfrute en el frente».

Parece que le hicieron caso: desde aquel atrevimiento de su tía, nunca más volvieron a faltarle los cigarrillos.

El censor es el encargado de velar porque las cartas que se envían desde el frente, y las que se reciben, no desvelen información sensible ni expresen sentimientos derrotistas.

—El derrotismo es un terrible virus que debemos extirpar del frente y de la retaguardia —dijo el comisario en uno de sus discursos.

Pero cada dos semanas aproximadamente, Gervasio, cuando quiere escapar de la censura, acude a un canal alternativo para enviar la correspondencia: su tío político Rafael, el tabernero, tiene contactos entre los que abastecen el frente de víveres desde Madrid.

En esas cartas sí que puede hablar sin tapujos.

«El capitán es un buen hombre, pero el comisario lo mangonea».

«Nos llevaron a morir: el plan de ataque no tenía pies ni cabeza».

«Pasamos hambre y el regimiento está infestado de piojos».

Gervasio lee la carta de su familia de camino al refugio de la trinchera, donde Teófilo descansa bajo las ramas.

—Mira, Teo. —Le enseña los cigarrillos—. Me han mandado tres. Para que nos los juguemos con otra liebre, ¿te parece? —le propone, mordaz.

El manchego sonríe.

—La próxima vez o te juegas la cajetilla, o no apuesto nada contigo —lo reta este.

Gervasio se sienta en el suelo y continúa con la lectura.

—Anda, a mi prima Aurora, que es enfermera, la han trasladado al hotel Palace, ¿sabes? Por lo visto lo han habilitado como hospital de sangre ante el avance de los fascistas hacia Carabanchel.

Teófilo asiente, absorto. Gervasio lo mira de reojo y cuando vuelve a poner los ojos en la carta —a su primo Jesusito se le ha caído otro diente y espera un regalo del ratoncito Pérez— se hace de nuevo la pregunta que le viene a la cabeza cada vez que llega el correo: por qué Teófilo no recibe nunca carta de nadie.

4

Madrid, diciembre de 1936

Para esto no la prepararon en la escuela de enfermería.

El niño grita. Ángel. Dijo que se llamaba Ángel.

—Ángel, escúchame, cariño. Tienes que ser fuerte, ¿vale?

Aurora le ofrece un poco de agua. El niño se incorpora y acalla momentáneamente sus gritos para beber del vaso. Las heridas de metralla le suben por la pantorrilla de la pierna derecha. La ropa la tiene hecha jirones por la onda expansiva. La piel, tiznada por el asfalto y la sangre seca.

—Las bombas de racimo son así de hijas de puta —exclama el doctor.

El doctor Lumbreras examina las heridas del crío. Pocos segundos después, tras una ojeada rutinaria, casi sin interés, lanza unas breves instrucciones que la enfermera de turno debe coger al vuelo:

—Limpieza y desinfección. Vendré luego a sacarle la metralla.

El doctor da media vuelta y se planta junto a la cama de otro herido de bomba. Hay decenas de ellos. Desde hace semanas, la aviación alemana, aliada de Franco y de la causa nacional, bombardea sistemáticamente Madrid para intentar quebrar la defensa republicana de la ciudad y acabar la guerra por la vía rápida.

—Pe… pero, doctor, ¿y el dolor del chico? —pregunta Aurora.

Más gritos.

El doctor se gira con cara de pocos amigos.

—Tenemos que racionar los medicamentos, incluidos analgésicos y calmantes. Debes saberlo bien. El niño tiene buena salud. Vivirá.

O lo que es lo mismo: que sufra el pobre mío lo que no está en los escritos.

Es lo que sufre, en realidad, cualquiera de los pacientes que llenan las camas del hospital de Base número 1, inaugurado hace unas semanas tras la evacuación del hospital Carabanchel por el avance de las tropas nacionales.

Aurora participó en el traslado. A marchas forzadas, se llevó todo al nuevo emplazamiento: camas, instrumental, material quirúrgico.

El nuevo emplazamiento era el hotel Palace, nada menos.

—¡Al Palace! Aurora, que nos vamos al hotel Palace —le dijo la enfermera Ana.

—Toda la vida soñando con alojarme ahí, y mira tú por dónde —respondió la joven.

En las distintas estancias de la planta baja se instalaron los quirófanos de urgencias, y a lo largo de los seis pisos del hotel se repartieron casi ochocientas camas junto a armarios quirúrgicos, vendajes, orinales y ficheros.

El olor de los perfumes de París de los distinguidos huéspedes del Palace dejó paso, en apenas unos meses, al hedor a herida abierta y cuerpo sudado.

El mejor lugar de este improvisado hospital es, sin duda, el Salón de Baile: cuando a causa de los bombardeos se corta el suministro eléctrico, las intervenciones quirúrgicas se realizan bajo su ostentosa cúpula de vidrio de gusto modernista.

Aurora no había visto nada más lujoso en toda su vida.

La primera vez que entró en el salón no pudo evitar imaginarse como una rica burguesa. Tal vez como Katharine Hepburn dejándose querer por Cary Grant.

—Pero, bueno, enfermera, ¿ha venido usted de turismo o a atender pacientes? —le recriminó Gertrudis, la enfermera jefa.

Ahora, en cambio, este lujoso salón del Palace no es para ella más que otro lugar cotidiano, como el centro de abastecimiento donde hace cola para obtener alimentos o la corrala de vecinos en el que vive con su familia.

—Ángel, escúchame, ¿vale? Voy a empezar a limpiarte la herida —le dice al chico.

El niño mira a la enfermera. A su uniforme blanco y a su cofia. A su nariz respingona. A esos ojos rasgados de un intenso color pardo de los que, de pronto, se queda prendado.

—Eso es, cariño mío. Tú mírame e intenta no pensar en que te duele, ¿me oyes?

El niño contiene los gritos mordiéndose el labio inferior. Debe tener ocho, tal vez nueve añitos. La edad de su hermano Jesús.

—Así es, muy bien.

Aurora sumerge la esponja en el agua del barreño y la escurre un par de veces. Luego piensa por un instante cuál será el mejor lugar por el que meterle mano a la herida de la pierna.

Ángel jugaba a la pelota cuando cayó una bomba a una decena de metros de él.

Esta vez no sonó la sirena ni hubo tiempo de reaccionar.

—Lo estás haciendo genial, campeón —lo felicita.

No, no la prepararon para esto. En realidad, la prepararon para muy poco: cursaba el primer año de enfermería en la Escuela Nacional de Sanidad cuando el estallido de la guerra aceleró su instrucción. De pronto, todas las enfermeras y estudiantes en prácticas de la capital fueron movilizadas para defender la República. A unas, las más veteranas, las mandaron al frente bajo la dependencia directa del Ministerio de Guerra, y a las otras, las estudiantes y recién salidas de la escuela, a colaborar en la retaguardia bajo las órdenes de la Delegación Sanitaria Local.

—¿Te gusta jugar al fútbol, Ángel? Dime, ¿cuál es tu equipo favorito?

Ángel, con un hilito de voz nasal:

—El Athletic de Madrid.

—¡Anda! Pues yo te veía cara de merengue, ¿sabes?

El niño, por primera vez desde que llegó a este hospital de sangre, esboza una ligera sonrisa. Se le arruga la naricilla y muestra con ello el hueco del primer premolar superior.

—¡Jamás! —exclama el chiquillo.

Sin que él se haya dado cuenta, la enfermera casi ha terminado la limpieza.

Aurora busca con la mirada al doctor Lumbreras, que atiende a unos pacientes un par de camas más allá.

—El doctor vendrá a quitarte toda la pupa, ¿vale?

El niño asiente. Ya apenas llora.

—¿Y tú de qué equipo eres? —le pregunta a Aurora.

—¿Yo? —Le sonríe—. Lo siento, cariño, pero soy del Madrid. Aunque si quieres, cuando se reanude la liga podemos ir tú y yo a ver un partido en el Metropolitano. Y ahí iré con el Athletic, ¿te parece? Solo por esa vez.

Termina su turno pasada la una de la tarde. Aurora se enrosca el chal en torno al cuello, se coloca en el hombro la cargadera de su bolso y se despide de los militares apostados frente a la puerta del hotel. Antes de comenzar a andar mira la pirámide de sacos terreros que protege la estatua del dios Neptuno.

—Ese es el que mejor está de todos nosotros, ahí resguardadito—le oyó decir un día a la enfermera jefa Gertrudis—. Ese y la Cibeles. La Linda Tapada, como *la* dicen.

Luego se interna por la calle de Cervantes y decide callejear un poco en lugar de bajar directamente por el paseo del Prado.

Es una simple cuestión de supervivencia: el paseo del Prado es una de las calles más bombardeadas de la ciudad.

Aun así, uno nunca sabe dónde puede caer una bomba descarriada.

—Se dice que caen en toda la ciudad menos en el barrio de Salamanca, qué casualidad —le comentó a Ana, la enfermera, cuando más arreciaban los bombardeos.

Durante estas semanas, con bombas a diario, caminar por la ciudad es como el juego de la oca: a poco que te descuides, vuelves a la casilla de salida.

Y el pequeño Ángel fue a parar a la peor casilla.

Piensa en él y de repente, antes de doblar una esquina para dirigirse a la calle de su casa, se decide a tomar un desvío.

Unos minutos después se para frente a la farmacia de doña Paquita y pide la vez a las señoras que hacen cola junto a la fachada protegida por decenas de sacos terreros, donde un cartel anuncia que ahí dentro continúan despachándose productos:

SIGUE LA VENTA EN ESTA FARMACIA Y PERFUMERÍA

Junto a este letrero, y cubriendo toda la pared, otros tantos carteles hacen llamadas a la resistencia, a unirse a las milicias o a colaborar con el Socorro Rojo Internacional.

La ciudad entera, de hecho, está empapelada.

—Si los carteles se comieran, carajo, aquí no pasaría nadie hambre —dijo su padre.

Paquita regenta esta farmacia desde hace más de treinta años.

—Dime, Aurori, ¿qué va a ser?

Aurora abre su bolso y saca una receta firmada por el doctor Lumbreras.

—Necesito un frasco de estos analgésicos, Paquita. —Le tiende la receta a la boticaria.

Esta achina los ojos y la lee a través de sus gafas.

—Vaya, uno potente, ¿eh? —le dice.

—Así es. Lo necesitan en el hospital. ¿Algún problema? Puede preguntarle al doctor Lumbreras, si quiere.

Aurora traga saliva. En los últimos meses se han puesto muy serios con las falsificaciones de documentos para conseguir medicamentos como este.

—No, no, nada, faltaría más. Tienes suerte de que me quede uno, pero no va a ser barato, ¿eh? Los medicamentos están subiendo de precio.

—No se preocupe, doña Paquita.

—Estupendo. Pues aguarda un momento, ahora vengo.

La mujer da media vuelta y se interna en el pequeño almacén. Poco después regresa con un pequeño frasco de cristal.

—Aquí tienes, querida.

Aurora pone las monedas sobre el mostrador y se guarda el medicamento en el bolso. Se despide de la boticaria y sale a la calle.

Piensa de nuevo en el pequeño Ángel.

Nunca le dirá a nadie que ha falsificado la firma del doctor.

En casa de Aurora, un pequeño piso de una corrala de vecinos del barrio de Delicias, se oye ruido a todas horas: el de sus hermanos y sus juegos y gritos, el del zumbido de la máquina de coser de su madre, el de las ondas de radio o el del gorgoteo de la olla sobre el fuego, que desde que estalló la guerra apenas solo cocina caldo de puchero en todas las variantes posibles.

Aurora entra en casa y recibe el abrazo de su hermana Manuela, que pasaba por el recibidor persiguiendo a Jesús.

Manuela llegó nueve años después de Aurora, cuando ya nadie la esperaba.

El pequeño Jesús fue otro regalo imprevisto. «Jesusito de mi vida», lo llama su madre.

Los hermanos juegan al pilla pilla mientras Felisa termina de preparar el almuerzo, canturreando frente a los fogones. En sus labios hay una copla de Imperio Argentina: *«El día que nací yo, qué planeta reinaría, por donde quiera que voy, ¿qué mala estrella me guía?»*.

Aurora siempre lo piensa al verla cantar: es como si la música tuviese un efecto sanador en su madre, como los ungüentos que preparaba la abuela Agustina.

—¡Hola, mamá!

Felisa se gira para besar en la mejilla a su hija.

—¿Qué tal la mañana, cariño?

Aurora heredó de ella el pelo oscuro y las facciones finas, como su nariz pequeña y respingona.

—Bien, mamá, pero muy ajetreada.

Y ese carácter suyo aguerrido y perseverante.

—Ay, no he dejado de atender heridos, mamá —suspira la joven—. Una bomba por Argüelles ha causado una escabechina. Ha llegado un chiquillo, Ángel, que me ha dado mucha lastimita.

Felisa se santigua.

Aurora se asoma a la olla y se recrea con el olor del caldo de puchero. Al paso circular del cucharón, las legumbres flotan rodeando un pequeño hueso de pollo.

—Tres horas de cola me he chupado para esta miseria. —Felisa rescata algunos garbanzos con el cucharón y los deja caer lentamente en el caldo—. ¿Te lo puedes creer?

Desde que las tropas franquistas pusieron cerco a Madrid, los alimentos y productos de primera necesidad no han dejado de escasear.

Primero fueron el trigo, la carne y el carbón. El racionamiento del pan se decretó a finales de octubre, cuando su precio galopaba hasta lo prohibitivo.

Por lo menos aún pueden comprar cada día un poco de leche, lentejas u otras legumbres o, si hay suerte, algo de carne. Eso sí, o se ponen bien temprano en la cola frente al centro de abastecimiento o se van con las manos vacías.

—Bien rico que huele, mamá. No te hace falta nada más.

Ni se lo imagina ahora, pero dentro de dos años, Felisa no tendrá para cocinar más que hierbas silvestres, cardos borriqueros o mondas de naranja, y preparará tortillas de patatas sin huevo y sin patatas.

—Nosotros tenemos suerte, hay quien mete en la olla los cinturones viejos de cuero para hacer caldo —dice la madre.

Los chiquillos aparecen y revolotean alrededor de Aurora, pidiéndole juego.

—¡Dejaos de juegos! —les grita su madre—. ¡Que papá debe estar al llegar!

Los niños toman asiento y juguetean con la servilleta hasta que, pasados unos minutos, Roque aparece por la puerta tras el traqueteo de la cerradura.

El padre da un beso a sus hijos pequeños, luego a su mujer y, por último, a Aurora, la niña de sus ojos. Cuando esta nació, el joven Roque dijo que era lo más bonito que había visto en la vida.

Tampoco había visto demasiadas cosas bonitas: siempre en Madrid, la mayor parte del día en el taller mecánico de su padre, y luego el noviazgo fugaz —como un flechazo, diría— con aquella chica del barrio de Delicias a la que invitó a unas pipas, a bailar en una verbena y a un paseo por el Campo del Moro, donde la besó furtivamente en la mejilla, cerca, muy cerca de la boca.

Aquella chica, Felisa, le dio el sí algunos meses después.

—¿Cómo ha ido la jornada, cariño? —le pregunta ella.

Roque se sienta a la mesa y se quita la gorrilla del uniforme para dejarla colgada en el respaldar de la silla. Resopla. Es un hombre alto, carirredondo, de ojillos saltones y pelo de color azabache peinado hacia atrás.

—Uf, muy cansado, chatita. Se ve que debe haber movimiento en el frente.

Corta el pico de un chusco de pan y se lo lleva a la boca.

—¿Y eso? —Aurora, ayudando a su madre a poner la mesa.

—Pues que hoy no han dejado de cargar cajas con material de guerra desde Cuatro Vientos para llevarlas a la estación de ferrocarril.

Desde que Madrid es frente de guerra, los rutinarios viajes de los pasajeros en el metro dieron paso al transporte de municiones, equipo militar, soldados y evacuados. Por eso Roque no está en el frente, porque es responsable de la cuadrilla de conductores de metro, que hacen un trabajo considerado esencial.

—Pues Gervasio dice que la cosa está tranquila —responde Felisa, tomando asiento a la mesa—. Que no esperan todavía el ataque de los nacionales.

Gervasio es hijo de su hermano Arturo. Cuando la madre de Gervasio murió de la gripe española, Felisa se convirtió casi en otra madre. Por eso se escriben cada semana.

Él siempre empieza sus cartas con un «Queridos tía Felisa, tío Roque y primos».

—¿Ha llegado correo del primo, mamá? —pregunta Aurora.

Felisa asiente. Se pone en pie y coge la carta que había dejado en el estante de las especias. Se la ofrece a su hija.

—No dice mucha cosa, cariño. Que no dejan de hacer ejercicios de instrucción a la espera de que los trasladen tras la batalla que libraron en Pozuelo.

La chica echa un vistazo a la carta de Gervasio; un folio escrito por ambas carillas con una esmerada caligrafía redonda y terminado con el consabido «Salud y República».

—Ah, sí, también dice que ha hecho muy buenas migas con un soldado manchego —añade Felisa—. ¿Cómo decía que se llamaba? Ah, sí, Teófilo. Pues ¿sabes qué? Que dice que ese chico no tiene quien le escriba. ¿Te lo puedes creer? Nadie, pobrecito.

5

El carabinero Agustín reparte los naipes y da a su voz un tono didáctico para enseñar a jugar al mus al resto de sus compañeros de cuadrilla.

—Por tanto, este juego no consiste en leer las cartas propias, sino las de los demás —concluye—. En realidad, ese es el truco, no hay otro. El primero que lo pille es el que mejor sabrá jugar.

El truco flota entre los soldados, ingrávido, durante un par de segundos.

Cae la noche en el refugio.

Los hombres juegan a la luz de una lumbre envueltos en una pila de mantas.

Acaban de cenar. La cena de hoy, para sorpresa de los soldados, ha sido algo más copiosa de lo normal: un plato de habichuelas y queso.

El joven Teófilo lo ha visto claro.

—Eso es que en breve habrá noticias —ha vaticinado—. ¿No os habéis dado cuenta? Siempre que hay novedades en el frente, nos dan de comer fuerte.

—Pero ¿adónde vamos a ir? —ha respondido Gervasio—. Los fascistas siguen al otro lado del cerro.

Han levantado la vista hacia tierra de nadie.

A lo lejos, unas lucecillas hacían intuir las trincheras nacionales.

Unos días atrás, ahí mismo, la incesante cadencia de las ametralladoras, el silbido de las balas, el calor de la metralla, la sangre, los esputos, el sudor y los gritos quebrados de quienes llamaban a su madre a un lado y al otro.

—Pues a mí me da que picamos billete —ha insistido Teófilo.

Salvador, el cabo, es el único que sabía que Teófilo tenía razón. Le han contado que en un par de días los retirarán de la primera línea de combate para enviarlos al frente andaluz. La 3.ª Brigada quedó muy tocada tras el ataque de los nacionales en Pozuelo. El ataque en el que fue herido el comandante Galán.

Salvador ha preferido callarse, incluso cuando Gervasio le ha preguntado directamente:

—Usted sabe algo, eh, cabo, ¿a que sí?

—¿Yo? Dios me libre.

Y ha desviado la conversación pidiéndole a Agustín que de una vez les enseñe a jugar al mus. El carabinero llevaba semanas hablando de ese juego de naipes que aprendió cuando hizo la instrucción en el País Vasco.

—Venga, vale, pero debéis estar atentos, ¿eh? Es un juego de intuición —ha dicho.

Cuando termina la explicación, Salvador se rasca la coronilla y esboza una mueca de confusión.

—A ver, Agustín, hijo mío. ¿Las cartas de los demás? ¿Qué carajo significa esto?

Gervasio desiste de jugar. Prefiere tumbarse y continuar leyendo a la luz de la lumbre el libro que cogió de la biblioteca itinerante que visita el frente cada dos semanas.

—Pero es que necesitamos ser cuatro —le insiste Agustín.

El madrileño clava los ojos en las páginas de la novelita de Agatha Christie.

—Que no, que paso —se excusa—. Si hay que estudiar en la universidad para jugar a las cartas, ya no tiene gracia.

—Está bien. Entonces jugaremos al mus francés, con tres jugadores —dice Agustín—. Que conste que no apostaremos nada porque es la primera partida, pero a partir de la segunda nos jugaremos unos cigarrillos, ¿de acuerdo? —reta el extremeño a sus contrincantes.

—Por mí estupendo. Soy experto en ganar cigarrillos —contesta Teófilo, mordaz, con la vista puesta en Gervasio.

El madrileño, al otro lado del refugio, se le encara.

—Qué subidito te lo tienes, caray. Lo de ayer fue un golpe de suerte.

Un golpe de suerte: lo mismo que exclamará Agustín cuando, minutos después, Teófilo acabe ganando la partida tras un farol que nadie ha podido adivinar.

—¡La suerte del principiante!

—Pero ¡qué dices de suerte! —Salvador, dándole al manchego una palmada en el hombro—. ¡Este muchacho tiene estrella! A ver si te van a estar desaprovechando en esta trinchera dejada de la mano de Dios.

Durante la noche, cuando dejan de caer los obuses y la metralla y los soldados dormitan en los refugios, despiertan los piojos y las chinches. No pocas veces ha ocurrido que al descorrer la cremallera de la cazadora, esta se tiña de rojo con la sangre de los piojos aplastados. Los más veteranos ya se han acostumbrado a ello. Para los reclutas y los pipiolos venidos de la instrucción, en cambio, es un auténtico fastidio.

Teófilo no dejó de rascarse la cabeza hasta que comprendió que tenía okupas.

—El pelo corto y un lavado diario —le recomendó el cabo para luchar contra esos diminutos enemigos.

Hizo lo primero —el barbero de la brigada disfrutó cortando su rubia cabellera—, pero lo segundo era impensable ante la acuciante escasez de jabón en el frente.

Si acaso se hacían el lavado del gato cada dos días.

—¿El lavado del gato? —le preguntó Gervasio.

—Sí, ya sabes: huevos, culo y sobacos —respondió Teófilo con una carcajada.

Las chinches habitan las almohadas. Antes de irse a dormir, los soldados las sacuden fuertemente a la intemperie.

—Ni aun así se van las hijas de su madre.

Teófilo despierta sintiendo el rastro de picaduras de una chinche en el antebrazo derecho. Se rasca. Son tres pequeños picotazos como los pasitos de un bailarín.

Deshace el abrigo de mantas y se pone en pie estirando los brazos. Uno de sus compañeros de refugio ronca. Sale fuera subiéndose las solapas de la guerrera y colocándose la gorrilla sobre la cabellera. Luego saluda a los soldados que, a lo lejos, hacen guardia desde el puesto de mando de la trinchera.

Saca una cajetilla de cerillas del bolsillo y enciende un cigarrillo bajo el resguardo de la palma de su mano. Deben tener cuidado con las lucecitas furtivas durante la noche: son el blanco perfecto para los francotiradores rifeños que, apostados en las trincheras enemigas, están al acecho de cualquier enemigo despistado.

—El moro es capaz de pasarse el día vigilándonos, inmóvil, tras la copa de un árbol —le advirtió el cabo Salvador.

Teófilo no puede olvidar la noche en que llegó un soldado de intendencia repartiendo comida —un chusco y un bote de carne rusa para repartir entre dos— y, en cuanto se asomó brevemente por encima de los sacos terreros que coronaban la trinchera, un francotirador enemigo le atravesó la cabeza con un disparo.

—¡Camilleros, camilleros! —gritó, en balde.

El refugio se llenó de sangre y sesos.

No comieron aquella noche porque el bote de carne rusa tenía la misma pinta.

—Pues a mí me vais a disculpar, pero yo no soy ninguna señorita —intervino Agustín, llevándose a la boca una cucharada de carne.

Da una calada honda. Este es uno de los cigarrillos que le ganó a Gervasio, por lo de la liebre. Un cigarrillo fino, casi como un palillo de dientes, hecho de picadura.

Desde que el tabaco escasea en el frente, los cigarrillos son de peor calidad, y a veces solo tienen para fumar extraños sucedáneos: regaliz, hojas de lechuga secas, tomillo, manzanilla o cascarillas de cacao.

—No puedes dormir, ¿verdad? —oye de pronto.

Deambulaba por la trinchera entre el humo del tabaco y los saludos a los soldados que hacen guardia hasta que se le acercó esa voz.

Se gira. Una lucecita tenue cuelga de la boca de Gervasio, y este se apresura a refugiarla bajo la mano abierta. El soldado le da una palmada en el hombro.

—Yo tampoco, pero ya me conoces, duermo poco.

Sus ojeras cuentan una historia de insomnio.

—Algún día te quedarás dormido pegando tiros con el fusil —bromea Gervasio.

—¡Qué va! —ríe Teófilo, imaginándose frito en medio de una batalla

El muchacho duerme cada noche cuatro o cinco horas, no más.

—Mi padre tampoco necesitaba dormir mucho. Todos los días, salvo el domingo, se despertaba antes del amanecer para atender sus cultivos, y terminaba la jornada pasada la medianoche empinando el codo con una copa de vino.

A veces no era solo una, sino dos, tres o la botella entera.

Gervasio da una calada cubriéndose con la mano y mira hacia el paraje de trincheras.

—¿Sabes? Hasta ahora nunca había salido de Madrid. Pensaba que ahí afuera no había nada de interés. Y ahora, con los facciosos rodeando la ciudad, no quiero hacer otra cosa que escapar de aquí. Es curioso, ¿no?

La noche quieta y helada entre ambos.

Teófilo asiente. Da otra calada. Mira.

Don Sebastián, el párroco, dijo una vez lo que ahora exclama él.

—Uno desea siempre lo que no puede tener.

Y al repetirlo con la misma voz que el párroco se ve con él en la sacristía de la parroquia del pueblo, manoseando un lápiz al compás de sus dictados, muchos en latín, algunos en francés, «Amor *omnia vincit*», «*Louez le Seigneur*», de los que Teófilo no entendía nada pero que, según el cura, habrían de servirle en el futuro.

—Tú no habías estado nunca en Madrid, ¿verdad? —le pregunta Gervasio.

Doce o trece años después aún se pregunta para qué carajo le servía el latín.

—Me he pasado toda la vida en el pueblo —responde el manchego.

—Dicen que la gente de los pueblos es más feliz, ¿no?

Dan una calada.

De pronto le viene a la mente aquella noche de julio y se apresura a espantarla, invocando un recuerdo agradable.

—Yo no he visto más caras de alegría y jolgorio que en el carnaval de mi pueblo. Pero a la gente de ciudad la he conocido ya con una guerra de por medio, así que no sabría decirte.

Su madre solía coserle un disfraz cada año, afanándose bajo la luz de un candil, puntada a puntada, y Teófilo corría entre pasacalles y cabezudos orgulloso de llevar el mejor disfraz del pueblo, hasta que aparecían los hijos del señorito Iván, con sus disfraces traídos de la ciudad, tan envidiados.

—Debe de ser entonces como nuestras verbenas de San Isidro. Las de este año han podido celebrarse, pero supongo que no celebraremos las del año que viene, por la guerra.

Teófilo lo mira.

—Pero ¿crees que la guerra durará tanto? —le pregunta a su compañero—. No sé yo qué decirte. Un milagro tiene que ocurrir para que resistamos en estas condiciones.

Gervasio extiende la mano y le aprieta el hombro.

—¡No seas derrotista, hombre! —exclama con el rostro envuelto en el vaho de su aliento—. El pueblo vencerá y España por fin se quitará de encima los males de siempre.

—Dios me libre de ser derrotista. Ojalá acabemos ganando la guerra, por el bien del pueblo. Tenemos que sacudirnos el yugo de los caciques y los señoritos. Yo vengo de una tierra campesina sometida desde hace generaciones, ¿sabes? Pero me figuro yo que necesitamos algo más, ¿o no te lo parece? Y esto te lo digo en confidencia, ya me entiendes. —Lo mira con sus ojos profundos, casi hipnóticos, tras ese color claro de su iris.

—Ese «más» no tardará en llegar. Francia y Gran Bretaña terminarán ayudando a la República ante el ataque de los fascistas. Las Brigadas Internacionales han sido el comienzo. Pronto debería llegar el resto de la ayuda que necesitamos.

«Debería, qué ilusorio es a veces el modo subjuntivo», piensa Teófilo.

Y da otra calada farfullando un: «No sé, no sé».

—Y, bueno, dime, ¿qué ocurrió en tu pueblo cuando estalló la guerra? —inquiere Gervasio—. ¿Cayó del lado faccioso?

La cara del manchego se desdibuja tras el humo de su cigarrillo.

De pronto, en un par de segundos, vuelven a abordarlo recuerdos de todo lo malo.

—Pues...

Recuerdos que habitan un olvido deliberado.

—En el pueblo...

Y siente el impulso de soltarlos, porque no tiene a nadie con quien pueda desahogarse, hablándole, por ejemplo, de aquellas terribles semanas que siguieron al estallido de la guerra, de la noche que pasó escondido en la parroquia del pueblo, cuando estuvo a punto de morir.

Y ya va a hacerlo; el relato le tintinea en la punta de la lengua, ávido de ser contado y encontrar un oyente.

Pero finalmente se contiene.

—Siéndote sincero, Gervasio, no creo que te guste escucharlo —responde.

Tira la colilla y se gira para volver al refugio.

6

El muñeco de trapo se eleva, danza por el respaldo del sillón con los pasitos de una marioneta y da un largo salto seguido de su ventrílocuo hasta el mueble del aparato de radio. Y luego la voz aniñada de Jesusito:

—¡Aquí estoy, mi princesa!

La princesa es una vieja muñeca que Manuela heredó de Aurora, pero de la que acabó adueñándose el pequeño de la familia para sus juegos.

Y Aurora, detrás del mueble de la radio:

—¡Cuidado con el dragón, mi príncipe!

El dragón aparece sobre el aparato, de la marca Telefunken, lanza un grito atronador y escupe un fuego imaginario que arrasa el páramo en torno a la torre del castillo.

—¡No podrás rescatarla! —amenaza el monstruo escamado con la voz más grave y oscura que puede permitirse la pequeña Manuela.

El dragón: una botella de leche pintada con betún, con unos ojos saltones hechos de bolitas de alcanfor y una cresta de triángulos de cartón, recortados de unas cajas que Aurora trajo del taller de costura.

—¡Te derrotaré!

Y el muñeco escala por el aparato de radio y los tres jugadores imaginan que derrota al dragón y rescata de sus fauces a la sufrida princesa.

Hasta que, de pronto, Felisa irrumpe en el salón y rompe la magia pidiéndole a Aurora que la acompañe a la cocina.

—Se me ha ocurrido una cosa —le dice su madre mientras se seca las manos con el delantal que lleva puesto.

Acaba de terminar de recoger la cocina; Roque no hace mucho que se fue a trabajar y Aurora apuraba con sus hermanos el tiempo que le quedaba hasta el tedioso turno de tarde en el hospital.

—Sí, dime, mamá.

—He pensado que tal vez podrías escribirle a ese muchacho del que nos habló tu primo en la carta.

Aurora arquea una ceja.

—¿Y eso, por qué?

—Ay, Aurori, no sé. El chico no tiene quien le escriba. ¿No te da lástima?

La joven se sienta a la mesa y mira a su madre sin comprender muy bien adónde quiere llegar con esa proposición.

—Sí, claro que me da lástima, pero ¿qué quieres que le escriba yo a ese soldado? —pregunta.

Felisa se quita el delantal para colgarlo de una percha que hay junto a la puerta de la cocina. Mira a su hija e insiste:

—Ay, Aurori, algo se te ocurrirá, ¿no? Así colaboras con la causa, además.

La causa siempre en la boca, como un mantra.

—¿La causa? —le pregunta Aurora, contrariada—. Pero, a ver, mamá, ¿acaso no colaboramos ya? Debemos dejar de tener miedo, por el amor de Dios.

Su madre guarda silencio y ambas se esquivan la mirada oyendo el griterío de los hermanos que llega del salón.

El dragón debe de haber contraatacado, tal vez ha vuelto a secuestrar a la princesa de manos del príncipe para encaramarse al aparato de radio.

Hasta que Felisa exclama:

—Esto no tiene nada que ver con tu padre, Aurori.

Y Aurora contiene un impulso, augurando que aquello podría derivar en una discusión que no quiere empezar.

—Bueno, mamá...

E intenta templar el tono y hablarle con la mesura de quien sabe que a madre e hija no las gana nadie discutiendo.

Aun así, no puede remediarlo: cuando algo la contraría, la delata una pequeña vena que surge en su frente y la atraviesa de camino al nacimiento del cabello.

—Claro que esto no tiene nada que ver con papá. A mí no me importaría escribirle a ese soldado, pero a veces me parece que hay muchas cosas que hacemos para que la gente note que somos republicanos convencidos. Yo ya lo soy, mamá, y no me hace falta gritarlo a los cuatro vientos.

—Para ti es muy fácil, Aurori —la interrumpe Felisa—. En el hospital nadie te conocía hasta que empezó la guerra. En cambio, en el barrio, en el taller de costura, no hay día que, de pronto, alguien me coja y me diga: «Oye, ¿tu marido no era ese que andaba con los falangistas?».

Y ha dicho eso último, «falangistas», bajando el volumen de su voz, como si dentro de casa también temiese a las milicias.

Y el miedo no siempre es malo, a veces es una advertencia.

—De aquello hace mucho, mamá. Tenemos que olvidarlo.

Unos meses antes de la guerra, Roque acudió a varias concentraciones de la Falange y levantó el brazo haciendo el saludo romano en alguna ocasión, y muchos de los que fueron con él están ahora presos o alimentando insectos en una cuneta perdida.

Como su compañero Eduardo, el que lo introdujo en esos ambientes, que lleva meses en la cárcel de Porlier.

Hasta que un día Felisa decidió que en esa casa se iban a acabar los mítines.

Fue algunas semanas antes de que estallara la guerra. La mujer cocinaba frente a sus fogones cuando oyó jaleo en la calle, unos gritos, un «Hijos de puta», un «Vais a saber lo que es bueno», y, no sin miedo, se asomó al alféizar parapetándose tras la cortina de estampados y encajes.

Ahí abajo, un par de falangistas y un grupo de comunistas estaban enzarzados en una violenta pelea.

—Ay, la Virgen santa... —exclamó, con la mano en la boca.

La refriega duró apenas un minuto. Uno de los comunistas, ducho con los puños, tumbó a los dos falangistas, mientras otro, palo en mano, remataba la faena.

Era la primera vez que Felisa veía a alguien sangrar así, como el caño de una fuente portentosa.

Los comunistas huyeron, y los dos falangistas quedaron tendidos en el suelo.

Uno parecía querer levantarse al grito de «Arriba, España», pero no podía.

Y cuanto más arriba se iba España, más se hundía.

Por eso aquella noche Felisa cogió a su marido, lo llevó del brazo al dormitorio y cerró la puerta tras de sí para hablarle con la contundencia de un disparo:

—Escúchame bien, Roque. En esta casa se van a acabar los mítines, ¿me has oído? No está la cosa para dejarse ver con el brazo en alto.

Y lo predijo, que algo iba a pasar.

—Algo va a pasar, Roque.

Porque, a fin de cuentas, Felisa tenía los genes de su madre, Agustina, la de los ungüentos y las predicciones.

Y su marido aceptó, porque no podía decirle que no a esos ojos espantados.

—Lo que tú digas, chatita.

Unas semanas después, la noche en que se levantó el ejército en Marruecos, Felisa reunió a la familia y volvió a pedir que se la escuchara.

—Escuchadme todos. —El gesto tenso, ojeras, los surcos de un llanto—. Papá nunca ha ido a ningún mitin de los falangistas ni ha levantado el brazo, ¿me habéis oído?

Al estallar la guerra, la Falange se posicionó junto a los golpistas, y los militantes y simpatizantes del partido que quedaron en la España republicana se enfrentaron a la ira de los milicianos.

—¿Cómo que levantado el brazo? —preguntó, inocente, el pequeño Jesús.

—Jesusito, por Dios, este gesto. —Levantó el brazo, con el saludo romano.

Y fue el último que se vio en esa casa.

Aurora extiende la mano y acaricia el pelo de su madre con un leve gesto. Se miran.

La refriega del príncipe y el dragón ha dejado de oírse desde el salón.

—Hacemos ya mucho por la causa, mamá. Justo lo que te recomendó la tía Bernarda, ¿verdad? Pues ya está. Deja de preocuparte. No va a pasar nada.

Y esboza una sonrisa que contagia levemente a Felisa.

—Sí, puede que tengas razón —exclama esta, al fin.

Y piensa de pronto en aquella conversación con su hermana Bernarda, en los aciagos días de verano en que, recién estallada la guerra, temía que de buenas a primeras entrasen en su casa para llevarse a su marido.

Eso es lo que se decía: que por las noches no dejaba de haber paseos furtivos.

—Pero ¿qué se le ha perdido a tu marido ahí, Felisa? —le preguntó Bernarda.

Se habían quedado las últimas en el taller de costura para recoger, y Felisa aprovechó la confidencia para sincerarse.

—Ay, hija, yo qué sé —le respondió, cariacontecida—. Nunca se fio de los sindicatos de izquierdas. Y fue a algunos mítines por acompañar a su amigo Eduardo, que le insistió mucho, y repitió varias veces. Pero, te lo juro, iba como el que va a los toros sin que le gusten las corridas.

—Mala cosa, Felisa —Bernarda, frunciendo el ceño—. ¿Y eso quién lo sabe?

—Por el momento, creo que en el barrio nadie. Roque fue muy prudente, ya sabes cómo es. Temía la jarana que se montaba con los socialistas o los comunistas.

—¿Y Aurori no le decía nada?

Bernarda escobaba los retales de tela detrás de las mesas de costura.

—Pues te lo puedes imaginar, con el genio que tiene. Que qué hacía con esa gente. Que esas no eran buenas compañías... Pero Roque le ponía buena cara y luego hacía lo que le venía en gana. Ya conoces a mi marido.

Felisa pasaba la fregona detrás de la escoba de su hermana.

—Lo que ahora temo es que alguno de los que coincidieron con él en los mítines hable de más. —Levantó la mirada y buscó los ojos de su hermana—. ¿Tú te has enterado de algo? Dímelo, por favor.

—A mí no me ha llegado nada, ni a Picio tampoco.

—¿De verdad?

—Te lo juro, hermana.

Felisa respiró de alivio.

—No obstante, no tenéis que bajar la guardia —continuó Bernarda—. Se os tiene que notar, querida. Ya sabes, la causa antifascista. Acudid a los mítines de izquierda. Afiliaos a algún sindicato. Colaborad con el frente.

Y así hicieron.

Aquello quedó como secreto familiar en este Madrid republicano, pues Aurora no ha tenido problemas para ingresar en el cuerpo de enfermeras ni su padre para seguir conservando su puesto de responsable de conductores de metro.

—Venga, vale, mamá. Lo haré —le dice Aurora tras un silencio.

Y una sonrisa viaja del rostro de la joven al de su madre Felisa.

—¿Le escribirás al soldado? —le pregunta esta.

Del salón vuelven los juegos de los hermanos. «¡Maldito dragón!», se oye de nuevo, en el lamento de una princesa deshonrada, y luego el príncipe, con su voz de galán impostada, exclama: «¡Me las pagarás!».

—Sí, probaré, a ver qué tal. A lo mejor tiene algo interesante que contarme —responde la chica, poniéndose en pie.

Y van al salón al encuentro de los hermanos pequeños, que corretean en torno al sillón de Roque.

—¡Vais a tirar algo! —les grita Felisa, en su recurrente tono de reprimenda. Luego se dirige a Aurora—: ¿Sabes qué, Aurori? Una vez me dijeron que en el lado nacional hay chicas que se prestan a escribir a soldados para levantarles el ánimo. Madrinas de guerra, las llaman.

La joven hace un gesto de burla.

—¿Madrina de guerra? —responde, jocosa—. Pero qué feo suena, ¿no, mamá?

7

El sueño es recurrente, sobre todo las noches que Teófilo pasa en el refugio de la trinchera. El olor a incienso, el tiempo detenido entre los repiques de la campana, la claraboya de la sacristía por la que entra una luz tenue, anaranjada, el crucifijo, el tintero y la pluma, y la voz de don Sebastián, grave y resonante, como si hablase dentro de un pozo:

—¿Listo para la lección de hoy, muchacho?

En aquel sueño, Teófilo siempre vuelve a los siete años, porque a esa edad comenzó a acudir cada tarde a la sacristía de la iglesia tras terminar la faena de la trilla.

Y el párroco, ataviado con sus ropas talares, comenzaba:

—*Introibo ad altare dei.*

Deambulaba en torno al escritorio de madera noble mientras hojeaba su breviario, aguardando a que el chico errara. Pero este aprendía rápido:

—*Ad Deum qui laetificat juventutem meam.*

Y don Sebastián, en su rondar lento y acompasado, frunciendo la frente estrecha y con los ojos huidizos puestos en el muchacho, se apresuraba a contestarle:

—*Judica me, Deus, et discerne causam meam de gente non sancta* —recitaba, mirando hacia el rincón donde había dejado el fajo de ramitas de olivo sobrantes del domingo de Ramos.

Y Teófilo:

—*Ab homine iniquo, et doloso erue me, libera nos domine.*

Entonces, satisfecho el párroco, retomaban el estudio del rito de la misa y la labor de los monaguillos, en la que, desde hacía unos meses, y con el costoso permiso de su padre, el pequeño Teófilo se estaba formando.

—¿El monaguillo navetero? —preguntaba don Sebastián.

—El que lleva la naveta con el incienso dentro.

—¿Y el turiferario?

—El que porta el turíbulo para las incensaciones.

—¿Y el crucífero?

—El que carga la cruz procesional.

Y cuando el párroco se daba por contentado:

—Ea, ahora saque su cuadernillo y sigamos con la caligrafía.

Se dirigía a él así, con un «su», porque el párroco trataba a Teófilo de usted. Al chico eso le hacía sentir importante, como un ministro en proyecto de formación, y tal vez esa fuese la razón por la que, a pesar de la fama de arisco que acompañaba al párroco, Teófilo le había cogido confianza, más que ningún otro monaguillo.

Por eso el chico lo atiborraba a preguntas, con esa curiosidad suya con la que parecía querer comerse el mundo a fuerza de interrogaciones.

—¿Y Dios qué cara tiene?

—Pues la de un señor mayor.

—¿Y el diablo?

—La de un tipo muy guapo, para tentarnos.

—¿Y por qué la gula es pecado?

—Porque hay gente pobre que no tiene para comer.

—Y si la gente pobre roba, ¿también es pecado?

—Claro.

El muchacho puso una mueca de disconformidad.

—¡Pues no es justo!

—¿Cómo que no es justo?

Teófilo, viendo al párroco fruncir el ceño, intentó articular una respuesta a la altura de aquella cuestión divina.

—Pues que no es justo que, por un lado, Dios permita que haya pobres, y, por otro, que los castigue si no tienen otra opción que la de robar.

Pensaba, por ejemplo, en aquellas familias que vivían en las chozas cerca del arroyo, de quienes todo el mundo decía que no eran otra cosa que animales y rateros.

—Déjeme que se lo explique, muchacho...

El párroco, que le había contestado con desgana, comprendió que debía darle una respuesta más convincente a su monaguillo, a sabiendas de que aquellas tempranas dudas podían minar la fe del chiquillo.

—Hubo un tiempo en que Dios intervenía en el porvenir de los hombres; por eso destruyó la torre de Babel, mandó el diluvio del que salvó a la familia de Noé y nos legó los diez mandamientos a través de Moisés. Pero llegó un momento en que se dio cuenta de que había creado al hombre libre y que, por mucho que interviniera, este no paraba de pecar. Así que nos mandó a su Hijo para que nos enseñara que lo importante no era no pecar, sino amar. Y que quien amaba de verdad podía entrar en el reino de los cielos.

Teófilo se llevó la mano al mentón e imitó el gesto adulto de pensar, hasta que recordó aquel pasaje que el párroco contó en una homilía.

—Ah, ya sé. Como la historia del buen ladrón, ¿no?

—Así es, muchacho —respondió el cura, cogiendo al chico del hombro—. Cuando nuestro Señor estaba en la cruz, uno de los ladrones le pidió que se acordara de Él cuando estuviese junto al padre, y Jesús le aseguró que ese mismo día estaría con Él en el paraíso.

—De modo que, aunque peque mucho, siempre que ame podré ir al paraíso, ¿verdad? —preguntó el pequeño.

Don Sebastián rio.

—Tampoco se trata de eso, muchacho. Además, cuando alguien encuentra el amor en su vida, ya no necesita pecar.

—¿Y yo lo encontraré?

—Por supuesto —respondió el cura—. Y ahora váyase a casa, que se hace tarde.

Porque siempre se le hacía tarde a Teófilo en la sacristía, y por eso llegaba a casa fatigado tras regresar al trote de la iglesia.

Y era entrar por la puerta y oír a su padre cada tarde.

—¿Qué, vienes otra vez de la parroquia? —decía desde el sofá, siempre con un vaso de vino en la mano—. Cada vez más tarde, ¿eh?

—Lo siento, padre —respondía él, la cabeza gacha.

Le echaba una ojeada y se quedaba mirando sus pies descalzos sobre la mesilla, pies de labrador: grandes, secos y resquebrajados como madera vieja.

El labrador siempre respondía lo mismo:

—A ver si no está perdiendo el tiempo el niño con el curilla.

Tras lo cual, Teófilo se limitaba a apretar el paso hasta el dormitorio y quitarse la ropa de acólito como quien se espanta unas llamas.

—Deja al niño, por el amor de Dios —le oía decir a su madre, Josefina, desde el salón.

Su madre siempre tenía a Dios en los labios y una habilidad innata para con sus palabras infundir calma en la tempestad. Fue ella la que un día, a la salida de misa, le pidió a don Sebastián que instruyera a su hijo.

—Quiero un futuro para mi Teo, don Sebastián —le dijo—. No quiero que se consuma aquí.

Miraron hacia un monaguillo que pasó junto a ellos camino de la sacristía, cargando con la pértiga para encender los cirios, las vinajeras y el misal.

—Tráelo todas las tardes tras la faena. Será uno de mis monaguillos, ¿de acuerdo?

Y Josefina se lo agradeció aunque aquello le costara una discusión en casa.

—Además aprenderá a leer y a escribir, Teo —le argumentó a su marido—. ¿O quieres que sea un analfabeto como nosotros? Tú solo sabes garabatear tu nombre y yo tengo que firmar con la huella del pulgar. —Le enseñó el pulgar que tantas veces se había restregado con jabón para quitarse la tinta.

—Lo que yo menos quiero en esta casa es otro santurrón, Fina —respondió el padre.

Teófilo padre nunca había sido muy devoto, pero cumplía con la parroquia por intercesión de su mujer, todos los domingos a misa de doce, y conservaba la antigua costumbre de regalar lana y trigo a la Iglesia tras la época de la recogida.

Tuvo que cogerlo un día el párroco, otra vez a la salida de misa, para convencerlo.

—Tráeme al muchacho por la tarde, hombre de Dios.

Pero Teófilo salió por la tangente:

—Le dije al señorito Iván que Teófilo iba a trabajar en el campo esta temporada, que ya tenía edad para doblar el lomo como todos los demás. Así que no trate de malquistar, don Sebastián —dictaminó el labriego.

El párroco miró a Teófilo padre y arrugó la frente como si buscase inspiración divina para responderle.

—Pero...

—Ea, pero nada. Lo que el muchacho necesita es aprender a amarrarse los machos y a ser un buen mayoral de labranza.

El campesino vestía su camisa blanca y su pantalón de pana, como cada domingo. Unos metros más allá, su hijo jugaba con otros chiquillos mientras mordisqueaba unas peladillas que le había dado el cura. Lo miraron unos segundos.

Luego, el párroco se acercó al hombre y le habló con el susurro de la confesión. O como si lo llamase a capítulo.

—Déjame decirte una cosa, Teófilo...

Resplandecía un sol alto, primaveral, y el aire olía a la ontina que bordeaba el camino de la parroquia.

—Dígame.

—Nuestro pueblo no necesita más campesinos, sino jóvenes letrados. Tu chico es inteligente y muy curioso. Vienen tiempos difíciles y alguien tendrá que defender el campo, ¿no te parece?

Teófilo padre se quedó pensativo. No lo dijo, pero sabía a qué se refería el cura: de la ciudad llegaban noticias de cambio. Pintaban bastos: se hablaba de que el general Primo de Rivera tomaría el control del gobierno ante los desmanes de los políticos y en el campo los señoritos se estaban rearmando ante quienes pedían un reparto más justo de la tierra. De hecho, hacía unas semanas habían llegado unos obreros al pueblo jaleando a los campesinos para que le reclamasen sus derechos al señorito Iván. Y Teófilo, que siempre tuvo sus más y sus menos con el patrón, fue uno de los que se dirigió a la finca.

Sin embargo, sabía que el cura no solo iba por ahí.

—Defender el campo y defenderlo a usted, ¿no, don Sebastián?

Porque de la misma forma que aquellos obreros señalaron la

enorme finca del señorito, que coronaba el cerro, también se dirigieron a la parroquia con consignas anticlericales.

—A mí me defiende Dios, Teófilo. El día que Dios quiera que me vaya, me iré —respondió el cura con dureza.

Teófilo padre vaciló unos segundos hasta que, finalmente, accedió.

—Bueno, está bien. El chico irá con usted. Pero ojo, que no descuide sus labores.

El toque de diana despierta de un sobresalto a Teófilo.

—Buenos días —dice, desperezándose, al cabo Salvador, el primero en incorporarse sobre el catre.

El resto de la cuadrilla se levanta al poco tiempo. Luego, tras el aseo mañanero y el café y el par de galletas que les sirven como desayuno, los soldados se agrupan junto a los demás integrantes de la compañía en el barracón para oír las instrucciones del capitán y del comisario político, un obrero sindicalista llamado Benito Toledano.

—¡Buenos días, caballeros! —saluda el capitán.

Teófilo mira a Benito Toledano. Este lleva puesto un abrigo de piel y sobre sus cuatro pelos, una gorra con el escudo de la República y una ce de «comisario».

Y el subfusil al hombro, por lo que pudiera pasar.

—¡Señores! —La voz de pito del comisario siempre hace reír a Teófilo—. ¡Nuestra patria está amenazada por la más brutal de las agresiones que ha registrado la historia!

Los comisarios políticos sirven de enlace entre la tropa y los comités políticos, y su misión es motivar a los soldados y velar por su compromiso con la causa republicana.

Muchos oficiales, en cambio, desconfían de ellos: los consideran una intromisión de los políticos en el frente.

—Y los políticos nos van a hacer perder la guerra —le confesó el cabo Salvador a Teófilo durante una guardia nocturna.

La arenga del comisario termina con un estruendoso aplauso.

Teófilo se deja las palmas hasta que el aplauso mengua poco a poco.

—Que el comisario te vea aplaudir fuerte. —Fue uno de los primeros consejos que le dio Agustín al llegar a la compañía.

Luego toma la palabra el capitán al mando de la compañía, José Manuel Vargas.

Vargas, bajito, gordezuelo y con las mejillas siempre coloradas, los pondrá al día de las novedades de la 3.ª Brigada.

En cuanto comienza a hablar, Teófilo sabe que anoche tenía razón.

—Señores, el Estado Mayor ha decidido reubicar a la brigada fuera de la primera línea del frente tras los intensos combates librados. En unos días iniciaremos el traslado al frente andaluz para cubrir la carretera entre Madrid y Cádiz desde Andújar, donde situaremos el puesto de mando.

De pronto, rumor de voces. Algunos hombres se revuelven, contrariados, otros, en cambio, resoplan de alivio.

Teófilo mira a Salvador —situado un par de filas más allá— y esboza una mueca de: «¿Ves? Te lo dije», pero el cabo se hace el loco.

Luego se dirige a Gervasio, sentado a su lado:

—Tenía razón, ¿eh?

Gervasio asiente, serio, sin decir palabra.

Teófilo lo mira, y entonces se da cuenta de cuánto le ha afectado la repentina noticia a su compañero. Alejados del frente de Madrid, Gervasio no podrá bajar a la ciudad los días de permiso ni recibir el correo clandestino que le llega a través de su tío Rafael. El manchego aún no se ha cogido ningún permiso; no tendría a quién visitar.

El rumor de voces lo acalla el capitán con un silbido.

—¡Señores, hagan silencio, por favor! En mi compañía no se discute ninguna orden, ¿se ha entendido? —exclama el comisario, encrespado.

La tropa asiente.

—Por tanto, señores, hoy no habrá ejercicios de instrucción —interviene el capitán—. Les recomiendo dar lustre a sus armas y preparar sus pertrechos. Saldremos mañana al toque de diana. Lavaditos y con buena cara, ¿de acuerdo? —Y antes de despedir a los soldados, una última orden—: Los suboficiales, quédense un momento, por favor. Tengo algo que decirles.

Salvador y el resto de los suboficiales aguardan sentados en el barracón.

Afuera, otra vez el runrún y las opiniones dispares sobre el nuevo destino.

Teófilo y sus compañeros se dirigen hacia el refugio.

—Pues vaya faena —refunfuña Gervasio por lo bajini.

Nadie alienta el malestar del madrileño, no vaya a ser que tengan que oír cómo suben de tono sus quejas. En cuanto llegan al refugio, y a sabiendas de que el cartero militar debe estar a punto de llegar, se apresuran a escribir a sus familias con la noticia del día.

Ninguna de esas cartas cuestionará la orden dada por el capitán.

Los soldados tampoco contarán demasiados detalles en sus misivas, pues las órdenes del comisario son claras al respecto:

—Cuídense de desvelar información militar en las cartas, señores. La quinta columna acecha y no podemos saber quién terminará leyendo las cartas que se envían a papaíto o mamaíta.

Gervasio, sentado a la sombra de las ramas, se dispone a escribir apoyando el papel en su rodilla derecha. Lo hace con gesto serio.

> Papá, te escribo apresurado porque el cartero debe estar al llegar, y quiero que se lleve esta carta. Hazla extensiva al resto de la familia. Van a trasladarnos al frente de Andalucía. Partiremos hacia Andújar y dejaremos Madrid, quién sabe hasta cuándo.

Levanta la vista y mira el cartel que, a unos metros del refugio, cuelga de un poste:

LAS ÓRDENES NI SE DISCUTEN NI SE COMENTAN,
SE CUMPLEN

Mientras tanto, Teófilo aprovecha para ordenar sus pertenencias.

Minutos después, Salvador aparece en el refugio tras la reunión de los suboficiales con el capitán y el comisario.

—¿Y bien? —le pregunta Agustín al cabo.

Pero este no suelta prenda.

—Bah, nada importante —se excusa.

Luego le hace un gesto a Teófilo y le pide que lo acompañe afuera.

Teófilo mira a Salvador, expectante. El cabo lleva el sol de cara y se le arruga el entrecejo como un campo agrietado por la sequía.

—Escúchame, chico. Por lo visto, en unos días visitará el frente el comandante Manuel Estrada. El comisario nos ha dicho que está reclutando a soldados para un servicio especial. Y en cuanto he oído qué es lo que están buscando, no me he podido resistir.

El cabo esboza una sonrisa que Teófilo no es capaz de interpretar todavía.

—¿Resistir a qué? —pregunta el manchego.

—Ay, pues a qué va a ser, muchacho. A decirle tu nombre al comisario.

En cuanto oyen el silbato del cartero militar, los soldados acuden al puesto de mando a reunirse con él para recibir el correo de la mañana. La mayor parte de ellos, con una carta en la mano debidamente sellada para viajar de vuelta a la retaguardia.

—¡Antonio Tena, correo! —comienza el cartero.

Y durante varios minutos, la retahíla de destinatarios.

Teófilo se ha quedado en el refugio limpiando el cañón del fusil.

—El fusil es la picha del soldado —le dijo un oficial en su instrucción como recluta—. Debe estar siempre listo para disparar.

—¡Teófilo García! —oye fuera.

Le ha parecido que decían su nombre. Y de nuevo:

—¡Teófilo García!

De pronto, Agustín y Gervasio irrumpen en el refugio en busca de su compañero.

—¡Eh, Teo! ¡Que tienes una carta! —exclaman al unísono.

Su nombre por tercera vez.

—¡Corre, que te llaman!

Teófilo se dirige al puesto de mando y se abre paso entre los soldados para coger la carta de manos del cartero.

—¿Se había quedado dormido o qué, soldado? —le pregunta este con gesto serio.

—Disculpe, señor —se excusa.

Observa la carta. En el remite, una tal Aurora Martín Prieto.

El destinatario: Teófilo García, 3.ª Brigada, 5.º Batallón, 2.ª Compañía.

—¡Alfonso Martínez!

El soldado empuja a Teófilo, que se ha quedado hecho una estatua en medio del barullo que rodea al cartero. Gervasio aparece de entre la multitud para tirar de él.

—Venga, Teo, querrás leerla con tranquilidad, ¿no?

El manchego lo mira, perplejo.

—No tendrás nada que ver con esto, ¿no? —lo reprende, enseñándole la misiva.

—¿Yo? Qué va.

Aunque se delata en cuanto se le ilumina la sonrisa.

—¡Serás granuja! Aurora es tu prima la enfermera, ¿a que sí?

El madrileño asiente.

—¡No tenías por qué hacerlo!

Teófilo entra en el refugio seguido de Gervasio.

—¡Eh, Teo! —exclama Agustín tras levantar la vista de la carta que ha recibido de su mujer—. Me han dicho que has recibido correspondencia de una moza, ¿no?

—Mocita, Agustín, que mi prima tiene solo dieciocho años —media Gervasio.

Teófilo, ruborizado, no responde. Se sienta en una esquina y abre el sobre con su navaja. En el sello hay dibujados un par de obreros sosteniendo una hoz y un martillo. Extrae el folio del interior del sobre y lo desdobla con cuidado.

Aurora Martín escribe con una caligrafía redondeada y simétrica, adornada graciosamente en los rabillos que culminan algunas letras, como la ele o la eme.

Le recuerda a la letra de su madre.

8

Aurora ha quedado con su madre en que iría al taller de costura al salir del hospital, así que, después de saludar al dios Neptuno, emboscado tras su parapeto, aprieta el paso y esquiva el paseo del Prado camino del barrio de Delicias.

Suena el zumbido de la aviación, pero lo hace a lo lejos, sobre otro cielo. Mira hacia arriba y camina calentándose las manos con el vaho de su aliento. Arrecia el frío.

—Dicen que diciembre tiritando, buen enero y mejor año —había comentado Gertrudis, la jefa de enfermeras.

—¡Ja! ¿Buen año? Me da que el refranero español no está hecho para las guerras —le respondió otra.

Camina varios minutos hasta dejar atrás la estación de Atocha.

Atocha, la estación más importante de la ciudad, es uno de los objetivos principales de los bombardeos. A pesar de ello no ha dejado de estar en funcionamiento: los trenes van y vienen y los numerosos edificios auxiliares están tomados por las milicias. Milicias como la columna de Durruti, a la que Aurora vio desfilar hace unas semanas desde la estación.

Buenaventura Durruti parecía que iba a salvar Madrid, con ese aire mesiánico que se daba, pero la ciudad la defendieron otros muchos después de que el anarquista muriera en condiciones extrañas tras la batalla de Ciudad Universitaria.

Unos dirán que por una bala fascista; otros, que por un accidente fortuito.

Aurora no ve a su antigua amiga Elena hasta que no la tiene a un palmo.

De haberla visto un par de segundos antes, habría eludido el encuentro.

—¡Hola, Aurora!

Elena baja la calle en sentido contrario cargada con un par de bolsas de comida. Es difícil reconocerla bajo ese enorme abrigo con el que se protege del frío.

—Elena, ¡cuánto tiempo!

Casi no recuerda cuándo fue la última vez que se vieron.

¿Junio? ¿Julio?

—Yo nunca suelo coger por aquí, pero hoy me he desviado, por los bombardeos.

Sí, julio: unos días antes de que estallara la guerra.

—Pues yo igual, hija, ¡qué casualidad!

Y le parece que fue no hace cinco meses, sino cinco años.

Las chicas se dan dos tímidos besos frente a la fachada de una zapatería, protegida con una pila de sacos terreros.

—Pero, mírate, es que estás igual de guapa que siempre —la halaga Elena.

Elena es la hija de Eduardo, el compañero de trabajo de Roque. Hubo un tiempo en que ambas salían juntas y coqueteaban con los chicos del barrio en las verbenas y en las fiestas de San Isidro.

—¡Pues anda que tú! —responde Aurora, mirando el recogido de su cabellera rubia.

Elena era la que se los llevaba a todos, porque tenía más desparpajo.

Con solo guiñarle un ojo a un Manolito o a un Cayetano, estos se derretían.

—Y bueno, Aurora, cuéntame, ¿cómo va todo?

Aurora, en cambio, era más dura.

—Si eres así de estrecha y cascarrabias, nunca encontrarás novio, querida —le decía su amiga.

Aurora no soportaba a esos chicos que no querían otra cosa que bajar la mano por debajo de su falda. Y siempre terminaba a gritos con ellos, sacando a relucir su carácter.

Y luego vino la guerra, y la guerra las separó.

—Bien, Elena, no puedo quejarme —responde Aurora—. En casa resistimos como podemos, ya sabes.

Una camioneta de milicianos pasa junto a las chicas, y estas acallan la conversación mientras esquivan las miradas de los hombres, que jalean consignas y alzan el puño hasta perderse en un giro brusco por una bocacalle.

Por suerte, los milicianos no han parado la camioneta para piropear a las chicas. Quizá se deba a que, con el grosor de los abrigos, es difícil dilucidar su juventud.

—Y dime, Elena, ¿sigues trabajando de mecanógrafa en aquel despacho?

La chica ríe para sí.

—Qué va. Me trataban como a una esclava, ¿sabes? Todo el día de aquí para allá y sirviendo más cafés que haciendo mi trabajo. Ahora estoy buscando otra cosa. Algo tengo por ahí, pero no lo diré, que se gafa. Y tú, ¿sigues estudiando enfermería?

—¿Estudiando? ¡Qué dices ! No te lo vas a creer, pero ya soy enfermera, y trabajo en el hospital del Palace, nada menos.

—¡Vaya! Así que en el Palace. Pero ¿cómo lo has hecho? Recuerdo que estabas apenas en el primer curso, ¿no?

Aurora asiente. El día que empezó las prácticas se desmayó al ver la sangre. Unos meses después atendía heridas abiertas y miembros cercenados en el Palace.

—Eso es, pero en cuanto empezó la guerra nos licenciaron a todas y nos repartieron por los hospitales de la ciudad, ¿te lo puedes creer?

—¡No me digas!

—¡Digo!

Y luego un silencio.

En circunstancias corrientes, Aurora habría atiborrado a Elena de anécdotas ocurridas en el hospital, mientras que ahora, en lugar de ello, cierra el pico y busca a toda velocidad el refugio de alguna conversación común que las mantenga a salvo de lo malo.

—Venías de la compra, ¿no?

Teme tener que corresponder a su antigua amiga con un «Y tú, ¿cómo lo llevas?», en el que cabrían muchas respuestas que prefiere no oír.

Por ejemplo, el miedo a que su padre, Eduardo, preso desde

hace meses en la cárcel de Porlier, acabe alimentando gusanos en una cuneta de la Casa de Campo.

—Así es. —Elena le enseña una de las bolsas que acarrea—. Vengo de hacer cola en el centro de abastecimiento. Lo menos dos horas, ¿sabes?

Aurora mira la media docena de huevos y el saco con legumbres y arroz.

—¡Vaya! Pero no podrás quejarte, ¿eh? —exclama.

Desde hace semanas, conseguir huevos es harto complicado.

—Sí, tengo un certificado de donación de sangre. Con él puedo adquirir algo más de lo que permite la cartilla de racionamiento.

Aurora piensa en los caldos de puchero de su madre, en los que un descarnado hueso de pollo y un puñado de legumbres chapotean como náufragos en alta mar.

—¿Y cómo lo has conseguido? En mi casa vendría de perlas.

De pronto, Elena se queda callada. Mira a un lado y al otro y se acerca a la enfermera.

Y con voz de susurro, casi en un bisbiseo:

—Es que muchas seguimos ayudándonos, ¿sabes?

Aurora sabe que ese «muchas» se refiere a las chicas de la Sección Femenina de la Falange, a cuyas reuniones solía acudir Elena antes de la guerra.

No pocas veces le pidió con insistencia a Aurora que la acompañase a una de esas reuniones, con la promesa de que luego se celebraba una convivencia en la que había chicos guapos.

—¿Y qué se me ha perdido ahí con esas mojigatas, Elena?

Y reía, y a su amiga no le importaba aún que también la llamase a ella mojigata ni que luego dijese cosas como:

—Eso de la Falange suena al fascismo de ese tipo gordo italiano.

Y lo decía a sabiendas de que su padre, Roque, también andaba metido en ello.

—Sé que tú no quisiste ingresar en el Movimiento, pero ahora toda ayuda es poca —le dice Elena bajando aún más el tono de su voz.

Aurora oyó una vez el rumor de que, a pesar de la persecución, estas seguían operando clandestinamente en Madrid.

Asiente sin saber muy bien qué responder.

Le vienen a la mente, de pronto, las palabras que le dijo a su amiga la última vez que se vieron:

—Creo que lo mejor es que dejemos de vernos por un tiempo, Elena. Al menos hasta que la cosa se calme. En mi casa hay miedo.

Felisa acababa de ver a aquellos jóvenes comunistas apalear a los falangistas.

Y el caño de sangre en la nariz de uno de ellos, como una fuente.

—¿Miedo? —respondió Elena, cortante—. Miedo el que pasamos nosotros, por el amor de Dios.

Aurora tampoco acertó a responder en aquel momento.

—Y tu padre, ¿también dejará el Movimiento? —insistió Elena.

—Sí, mientras la situación no esté más tranquila —se justificó Aurora.

Pero la situación nunca estuvo más tranquila.

Y Elena y Aurora no volvieron a verse y las familias de ambas viajarían en trenes que iban en sentido contrario: la de la primera, en el del falangismo clandestino; la de la segunda, en el de una repentina militancia antifascista, entre mítines de la Pasionaria o del presidente del Gobierno, horas cosiendo uniformes para los soldados del frente y vivas a la República para que nadie osara ponerlos en tela de juicio.

Elena vuelve a mirar en derredor.

—Tal vez tú podrías ayudarnos desde el hospital ¿no, Aurora? —le pregunta.

Se miran a los ojos.

—¿Yo?

Ojos que parecen de mujeres mayores, como si la guerra envejeciera más de lo habitual.

—Pues claro que sí, mujer. Los presos se mueren de frío en la cárcel. Y necesitan medicamentos que se niegan a darles en prisión. Mi padre se queja todas las semanas.

Y Aurora agacha la cabeza, evitando los ojos de Elena.

Roque podría haber corrido la misma suerte, pero Eduardo, el padre de Elena, no quiso o no supo desligarse a tiempo de la Falange, y semanas después del comienzo de la guerra, en una noche larga y calurosa, lo sacaron a rastras de su casa.

Tuvo suerte: un amigo intercedió por él y se libró del pelotón de fusilamiento.

—En la Porlier está, el pobre mío, desde el pasado mes de agosto.

Entre titubeos, Aurora evita darle una respuesta, pero Elena insiste.

—Piensa una cosa, querida. Madrid no tardará mucho en caer, y, con él, la República por completo. Y cuando eso llegue, el nuevo Estado sabrá muy bien a quién tendrá que recompensar y a quién tendrá que pedirle cuentas. Piénsalo, ¿eh?

Los ojos clavados, otra vez.

—Piénsalo.

Aurora guarda silencio. Otra Aurora, no esta, le habría respondido con una retahíla de consignas republicanas.

Algo así: «La República vencerá, Elena, olvídate. Y cuidado con que no te denuncie por militancia derechista. Y si tu padre está preso, por algo será...».

En cambio esta Aurora calla, mira a su amiga y se limita a responder con un lacónico:

—Eh, sí, lo pensaré. —Finalmente precipita la despedida—: Y lo siento, pero tengo que dejarte. Me espera mi madre en el taller de costura y se me está haciendo tarde.

—Sí, yo también llevo algo de prisa —responde Elena, cambiando de mano las bolsas de la compra.

Y luego los adioses que les cuelgan de la boca cuando una y otra emprenden caminos opuestos. Aurora, en dirección a la mercería de Picio; Elena, hacia la que siempre fue su casa y que su amiga dejó de visitar hace cinco meses.

Aurora aún no se ha dado cuenta, pero no solo se lleva una proposición para casa, sino también una pregunta que no deja de rondarle la cabeza mientras camina hacia la mercería y que no se había hecho hasta ahora: «¿Y si, a pesar de todo el esfuerzo, estamos en el lado perdedor?».

9

A la atención de Teófilo García:

Me llamo Aurora Martín, tengo dieciocho años y vivo en Madrid. Mi primo Gervasio me ha dicho que sois amigos en el frente y que servís en la misma compañía. Él nos tiene al tanto de la situación de la 3.ª Brigada, por lo que espero que no hayas sido herido en los combates de la carretera de La Coruña, tan fieros que fueron.

Te preguntarás por qué te escribo. Permíteme esta intromisión, pero mi primo me ha dicho que no sueles recibir muchas cartas. Yo creo que no debería haber soldado en el frente que no reciba unas palabras de aliento o al menos la distracción del correo.

Mi madre me ha dicho que en el bando faccioso hay chicas que se prestan a escribir a soldados de la misma forma en que lo estoy haciendo yo ahora contigo. Creo que se llaman madrinas de guerra, o algo así.

Si me lo permites, yo podría ser una especie de madrina de guerra para ti, pero no me lo digas mucho, que no me gusta demasiado cómo suena. Parece de mujer mayor, ¿no?

Bueno, eso en caso de que decidas responderme. Si no, espero que estés bien y que puedas volver a casa sano y salvo.

Un saludo y viva la República,

Aurora

Teófilo levanta la vista de la carta y mira a sus compañeros, que aguardan expectantes la primera reacción del muchacho tras su lectura. Fuera del refugio, junto al aljibe, el cartero continúa llamando a los soldados y repartiendo sobres.

—Pues la prima de este dice que quiere ser mi madrina de guerra —declara en tono jocoso—. ¿Lo habíais oído alguna vez?

Su madrina era su tía abuela Jacinta, la tía de su madre. Jacinta se lamentaba cada día porque Dios no tuvo a bien darle hijos, y rezaba fervorosamente frente al altar que le tenía a la Virgen de las Mercedes en la cómoda de su dormitorio.

—Ya sé que Dios Padre no lo ha querido todavía —decía, con su retahíla—, pero ay, mi Virgencica, si tú pudieras interceder por mí...

—Sí, lo había oído —responde Agustín—. Es cosa de los nacionales, para levantarles el ánimo a los soldados, o una cosa parecida.

—Eh, tú, cuidado con lo que dices de mi prima —tercia Gervasio—, que no es ninguna facciosa.

Y el carabinero enseguida se excusa:

—Tranquilo, hombre, Dios me libre.

Luego, Gervasio se acerca a Teófilo y le da una palmada en el hombro.

—Ya puedes esmerarte con la respuesta, ¿eh? —le espeta—. Que no se recibe carta de una mocita como mi prima Aurora todos los días.

Aún no han dejado de oírse las voces del cartero.

—Y si quieres mandarla hoy mismo, deberías darte prisa.

Agustín se apresura a arrancar una hoja de su libreta.

—Toma, aquí tienes. —Se la ofrece a Teófilo junto a un lápiz—. Hoja cuadriculada, ¿qué te parece? Aprovéchala y escribe algo bonito.

Gervasio rebusca en su macuto y saca una ristra de sellos y un sobre. Se los da.

—Toma, te lo regalo; porque es la primera carta, ¿eh?

Teófilo coge el sello con cuidado y lo pega en el dorso del sobre. Luego se incorpora para escribir sobre un saco terrero.

—Pero ¿qué le pongo? —Hace bambolear el lápiz, nervioso.

Agustín ríe.

—Caray, hijo de mi vida, ¿no te han enseñado nunca a dirigirte a una dama? Empieza por una fórmula de cortesía, un «Estimada señorita», un «Cómo está usted»...

—¿Usted? —lo interrumpe Gervasio—. Qué va, Agustín. Mi prima no es de esas mojigatas. —Y se vuelve hacia el manchego—. Teo, háblale como si le hablases a una camarada, ¿de acuerdo?

—Está bien, veré qué puedo hacer —responde.

Y aprieta el lápiz y comienza a escribir, mientras, con un gesto instintivo, hace asomar la punta de la lengua por la comisura de los labios.

En cuanto se descubre con la lengua asomada, recuerda, de pronto, aquello que le decía don Sebastián cuando se disponía a enseñarle a escribir:

—Como saque otra vez la lengua fuera se lleva una *costalá* con la vara.

Todavía ahora, tantos años después, sigue sin poder remediarlo.

Hola, Aurora:

Tu carta ha sido toda una sorpresa para mí. Tiene razón tu primo Gervasio: no todos los días recibe uno correspondencia de una enfermera de Madrid dispuesta a entablar conversación. No conocía eso de las madrinas de guerra, ¡qué cosas curiosas se ven en la guerra! Ah, y por supuesto que acepto. Mi madrina Jacinta murió cuando yo era niño, por lo que carezco de esa figura desde entonces.

No sé muy bien qué te gustaría saber de mí. Me reclutaron el pasado mes de octubre para el Ejército Popular e hice la instrucción en Alcázar de San Juan, donde se constituyó la 3.ª Brigada Mixta al mando del comandante José María Galán, del cuerpo de carabineros. Entramos en combate a comienzos de noviembre, contra los regulares de África. ¡Fue una carnicería! Nosotros aguantamos el tipo, pero los milicianos huyeron en desbandada ante...

—Pero ¡no la aburras con las historias de la guerra! —lo interrumpe Gervasio, que se ha asomado al papel con disimulo.

—¡Eh, no seas cotilla! —Teófilo, dándole la vuelta a la hoja.

—Para eso ya ha leído mis cartas, hombre. Llevo semanas poniendo al día a la familia de cómo van los combates. Háblale, no sé, de ti. De qué es lo que te gusta hacer. De quién eres tú.

Teófilo vuelve a poner la hoja sobre el saco terrero y se dispone a continuar con la escritura. Se le ha arrugado un poco el papel, por lo que hace presión sobre el saco para alisarlo.

«Que le hable de quién soy yo. ¿Querrá saberlo de verdad?».

—Pero vamos a ver —irrumpe Agustín entre ambos—. Aquí hay algo que no se le ha dicho a este muchacho. ¿Esta mocita tiene novio, o no? A ver si va a estar el pobre Teo aquí partiendo la pana para no obtener recompensa.

Gervasio finge una mueca de indignación.

—Si mi prima le está escribiendo, es por colaborar con el frente, no por encontrar marido, ¿te enteras?

Teófilo, ajeno a las palabras de sus compañeros, vuelve la vista al papel y a bambolear el lápiz sobre este.

—Bueno, mientras voy a seguir, a ver qué sale —dice.

Y otra vez la punta de la lengua.

> ...el avance faccioso. Pero no quiero ser cansino con historias de la guerra, que me ha dicho tu primo que de ello ya os ha dado mucha cuenta. Aun así, qué difícil es quitársela de la cabeza, ¿a que sí? Es decir, dejar de pensar en la guerra por unos minutejos, únicamente. ¿Ves? Ni yo mismo puedo dejar de nombrarla. Vale, pues adiós, desterrada, no aparecerá más en el resto de esta carta.
>
> Nací hace veintiún años en un pueblecito de La Mancha en el que he vivido toda la vida. Allí la vida va muy despacio y hay poco que hacer después de la jornada en el campo. Mi madre, por suerte, me obligó a aprender a leer y escribir con el párroco del pueblo (si no lo hubiese hecho, tal vez hoy no sabría cómo responderte a esta carta). Por lo demás, la mayor parte de los vecinos se reúne a la fresca en la plaza Mayor y juegan a las cartas o dan bola a los chismorreos, sin muchas más ocupaciones. No había tarde en la que no me diese el anochecer jugando con los niños del pueblo, imaginando historias de barcos y piratas, de indios y vaqueros, de franceses y bandoleros. Uno suele tener la sensación de querer huir de lugares como ese, y de hecho, hubo un momento en que no deseaba otra cosa, pero si echo la vista atrás, yo creo

que era feliz dejándome las rodillas en el pavimento de la plaza y correteando descalzo entre los trigales. ¿Sabes? Según mi padre, ponerse zapatos era cosa de gente de ciudad, y él también se pasaba el día descalzo, incluso cuando el patrón le afeaba esa conducta diciendo que eso era de bárbaros incivilizados. Así, decía, podía sentir la tierra. Su tierra...

—Que eso es cosa de bárbaros. Eso ha dicho el señorito Iván, ¿te lo puedes creer?

Teófilo padre vocifera, chasquea la lengua y frunce el entrecejo mientras repite su letanía de maldiciones —cago en los muertos de—, dirigidas, en su mayoría, al dueño de las tierras en las que trabaja como jornalero, el señorito Iván.

El señorito Iván heredó las tierras de su padre, don Pedro.

—Su padre sí que era un buen patrón, no como el señorito, que nos tiene todo el día *eslomaos* y, para colmo, se permite darnos lecciones de civilización.

Y pone el énfasis, con retintín, en esa última palabra, «civilización».

Un sol fuerte, un sol manchego, se cuela por la ventana de esta pequeña choza labriega, construida sin demasiado lustre, pero magníficamente encalada.

Es Josefina la que se encarga de encalarla cada año.

Esta, que remueve las gachas sobre el fuego del hogar, aparta la cazuela y se dirige a su marido, dulce, afectuosa, como siempre ha sido.

—Siéntate, anda, y cuéntame. ¿Qué le has dicho? No le habrás respondido con una burrada, ¿no?

Lo sienta como sentaría a un anciano, acompañando la flexión de sus piernas con un gesto delicado, le desenrolla el fajín de la cintura y le quita el pañuelo de la cabeza para dejar a la vista su pelo rubio apelmazado por la calima y el sudor.

—Pues nada, qué le voy a decir —responde el jornalero—. Me quedé callado apretujando los dientes. Pero ojo, que algún día me va a oír. Al pijo lo mandaba yo.

Luego empina la bota que lleva colgada bajo la axila.

—No seas bruto, hombre. Algo de razón tendrá. ¿Acaso has visto a don Sebastián descalzo alguna vez?

Su hijo aparece en la cocina jugueteando con una ramita de olivo.

—Teo, cariño, no te vayas muy lejos que vamos a comer ya —le pide su madre.

El niño contempla el fino hilo bermellón saliendo de la bota en línea recta hacia la boca de su padre.

—No me hables del cura, anda, mujer, que menudo es ese también. —Y tras otro sorbo de la bota de vino, de nuevo la letanía—: A ese señorito, como se descuide, le arreo un mojicón y lo mando directo para la ciudad. Y que se compre unos zapatos, hala.

La advertencia, que no se atreverá a cumplir, saca una sonrisa a su hijo.

El pequeño se imagina al señorito Iván por el cielo, más alto que el campanario, tras el porrazo de su padre.

—¿Te hace gracia, hijo? —le pregunta este, rascándole su rubia cabellera heredada.

Una gota de vino le baja por la comisura de los labios. Teo la mira.

—Tu padre es muy fuerte, ¿sabes? —Coge al chiquillo y lo zarandea en lo alto, haciéndole reír.

La gota de vino sigue ahí, catorce años después.

Teófilo no quiere mirarla. No quiere ver a su padre, pero no puede remediarlo: la atisba bajando incólume por su comisura, sin preguntarle a él, sin preguntarle a nadie.

—¡El más fuerte de todo el pueblo!

Y vuelve a la escritura para sacudirse el recuerdo.

> Bueno, ahora me gustaría que me contaras algo de ti, si no es demasiada molestia. No conozco a muchos madrileños. ¿Sabes? El primero fue tu primo Gervasio. Es un buen chico, aunque a veces algo cabezón, ¿a que sí? No pocas veces hemos acabado discutiendo por tonterías, e imagino que contigo también habrá reñido de pequeño, porque a veces los primos son igual que los hermanos. Como yo no tenía hermanos, mis primos hacían las veces de estos. Pero que no te vaya a confundir: le debo mucho a tu primo en esta guerra. Anda, no he podido remediarlo, se me ha escapado la guerra otra vez, ¡disculpa!
>
> Espero que estéis bien de salud tú y tu familia. Me agrada sa-

ber que arriesgo mi vida defendiendo Madrid por gente como vosotros.

Ahora sí, me despido, ya que el cartero debe estar a punto de irse y quiero que te lleve esta carta lo más pronto posible.

Un saludo afectuoso y viva la República,

Teófilo

P. D. Puedes llamarme Teo, si quieres.

En cuanto termina de escribir su nombre, esbozando un trazo largo y varias vueltas rizadas, sale corriendo hacia el puesto de mando con la esperanza de que el cartero no se haya retirado todavía hacia otro sector.

La retahíla de nombres dejó de oírse hace unos minutos.

Pero ahí está, felizmente: el cartero aguardaba a reanudar su marcha fumando un pitillo junto al aljibe y dándole de beber a su burro.

—Sí que has apurado, ¿eh, soldado? —le dice, con el cigarrillo colgando de la comisura de los labios—. Tienes suerte, estaba a punto de irme.

Teófilo le tiende el sobre, que el cartero militar se apresura a meter en su zurrón. En el dorso, junto al sello, ha escrito el nombre y la dirección de Aurora.

Segundos después lo contempla alejarse por la carretera de La Coruña, seguido de la estela de humo y perdiéndose entre la neblina de la mañana.

Teófilo se pregunta cómo será el momento en que esa chica reciba la carta y vea su nombre en el remite.

Quiere imaginársela, pero todavía no le ha puesto cara. ¿Rubia? ¿Morena? ¿Pelo rizado? ¿Liso? «Podrías habérselo preguntado en la carta, ¿no?».

En la próxima, si la hay, le pedirá una foto.

Y se da cuenta de que tampoco le ha escrito nada describiéndole cómo es él.

Por ejemplo, sus ojos azules, los ojos de Josefina, su madre.

10

Del taller de costura a casa apenas hay unos minutos a pie. Con solo doblar dos esquinas y atravesar una calle se llega al portal de la corrala de vecinos, nada que Aurora no esté acostumbrada a recorrer. Por la ausencia del tranvía o la escasez de gasolina para mover el coche, la guerra la ha convertido, como a todos los madrileños, en una experta caminante.

Pero caminar con temperaturas rozando el cero es una cosa bien distinta.

Aurora ha pasado la tarde ayudando a Felisa con la confección de prendas de abrigo para el frente. De vuelta a casa, madre e hija se apretujan y avanzan agarradas del brazo como si entre ellas se levantase un acueducto.

Cae una llovizna fina, como una bruma, que anuncia nevada.

La chica patea unas octavillas del suelo y gira la cabeza al oír el ruido de un vehículo: una camioneta de milicianos anarquistas, que llevan el puño en alto y en la boca cigarrillos y vivas a la República.

Para estos sí hay gasolina, caray.

Desde que empezó la guerra, la milicia tomó las calles de Madrid ante la incapacidad del Gobierno, cuyos cuerpos policiales, la Guardia de Asalto y la Guardia Civil, fueron desplegados en el frente para luchar contra las fuerzas rebeldes.

No pocas veces, al tropezarse con un viandante sospechoso, los milicianos han frenado la camioneta al grito de: «¡Alto a la revolución!» para exigir carnet de partido o sindicato o para registrar al caminante en busca de panfletos o documentos derechistas.

La camioneta aminora la velocidad al pasar junto a las mujeres. Se congela el tiempo al ralentí.

Aurora mira al miliciano que las observa desde el asiento del copiloto dando una larga calada a un cigarrillo. Lleva la gorra calada y un bigote frondoso bajo la nariz.

—Buenas noches —les dice este.

Ambas responden al unísono:

—Buenas noches y viva la República.

De sus bocas sale un vaho que serpentea en el aire hasta consumirse.

Y dos, tres segundos, hasta que finalmente la camioneta reanuda su marcha y se pierde tras una esquina.

—Démonos prisa, Aurori —dice Felisa cuando vuelve a respirar con normalidad.

—Sí, será lo mejor.

Y se apresuran a volver a casa haciendo visera con la mano para resguardarse de la apremiante llovizna, que ha empezado a caer con más fuerza.

Algunos minutos después cruzan el portal del bloque de vecinos. Roque las espera al otro lado de la puerta.

—Un rato más cuidando de esos dos terremotos y me presto voluntario para el frente —dice, dejándoles paso con un gesto caballeroso.

Madre e hija esbozan una sonrisa mientras se quitan el abrigo y lo cuelgan en el perchero de la entrada. Al poco, los dos terremotos abordan a Aurora para contarle cómo ha ido la enésima aventura del día, pero su hermana mayor los esquiva con las palabras de un hastío recalcado:

—Estoy muy cansada hoy, ¿vale, mis niños?

Y se dirige a su habitación para quitarse el uniforme y ponerse cómoda antes de ayudar a Felisa a preparar la cena.

—Bueno, y el día ¿cómo ha ido, Aurori? —le pregunta Roque al sentarse a la mesa.

Está acostumbrado a que su hija, a la hora de cenar, les explique con detalle lo que ha hecho en la jornada. Por ejemplo, a cuántos heridos ha atendido, qué procedimiento ha seguido o a cuántos han salvado la vida bajo la cúpula del Salón de Baile.

Hoy podría contarles, además, que le han dado el alta a Ángel, el chiquillo que llegó unos días atrás con heridas de metralla en una pierna. En lugar de ello, sin embargo, Aurora responde con un escueto: «Bien, papá», tras el que se apresura a llevarse una cucharada de caldo a la boca, no vaya a ser que Roque insista.

El caldo le quema, pero le da igual.

—Pues no os vais a creer lo que ha pasado hoy en la estación de metro de Tribunal —suelta su padre.

Sus anécdotas siempre suelen comenzar con ese: «No os vais a creer».

—¿El qué, papá? —pregunta Jesusito, expectante.

Y Roque emprende el relato como el gran contador de historias que es: sabe emplear el deje necesario en cada momento, mantener la atención del oyente, dilatar los puntos finales.

—Ocurrió esta mañana, a primera hora, con el andén a rebosar de viajeros. Primero oí un revuelo de voces y, cuando fui a ver qué pasaba, me encontré con unas ovejas y un pastor que intentaba meter su rebaño en el tren. ¿Os lo podéis creer? Una decena de ovejas y ese hombre mayor con su vara. Pero eso no es todo, ¿a que no sabéis qué pasó luego?

En cuanto Roque relata el final de la historia, la familia estalla en una carcajada que Aurora acompaña con una risa impostada, como de autómata.

Minutos después, tras servir el postre, Felisa se pone en pie para llevarse a los pequeños a la cama mientras su hija se dispone a recoger la mesa y limpiar los cacharros.

Roque, por su parte, da otro trago al vaso de vino.

Mira a Aurora afanarse en fregar los platos, absorta en la tarea.

—¿Te pasa algo, Aurori? —le pregunta a su hija.

—¿A mí? Nada, ¿por qué? —se excusa la joven.

Pero Roque insiste con un: «Venga, puedes contármelo», que enuncia en el mismo tono que usaba cuando su hija era pequeña y eso bastaba para que la niña se abriese.

—Estoy un poco cansada, solo eso.

Aurora levanta la vista del fregadero.

En el rostro, de pronto, lleva una borrasca.

—Pues te he notado preocupada durante la cena.

Y en la punta de la lengua, un montón de preguntas que nunca le hizo.

—Sí, algo te inquieta. De eso nos damos cuenta los padres, ¿sabes?

Hasta que, de entre todas esas preguntas, una salta al vacío desde su boca.

—¿Tú nunca has tenido miedo?

Se arrepiente de haberla hecho en cuanto la última sílaba de «miedo» ha salido de sus labios.

Roque pone una mueca de sorpresa.

—¿A qué te refieres, Aurori? —pregunta.

Aurora deja el plato fregado sobre el escurridero y vuelve a tomar asiento a la mesa.

—Es decir, miedo a que, de buenas a primeras, vengan y te hagan preso.

No ha dejado de pensar un minuto en la conversación de esta tarde con Elena, frente a aquella farmacia parapetada. Y en Eduardo, el padre de la chica.

—¿Y por qué iba a pasar eso? —responde Roque, frunciendo el ceño.

—Por tu apoyo a la Falange.

Ha dicho «Falange» bajando la voz como si dentro de casa hubiese algo que temer.

—Ya sabes que todo eso quedó atrás en cuanto estalló la guerra.

Aurora asiente. Ojalá todo hubiese quedado atrás de verdad, pero su padre está al corriente de que no es así, que cada día se siguen ajustando cuentas pendientes en toda España.

Y Aurora le responde con sinceridad:

—Habrás oído que a muchas personas las están buscando por cosas que hicieron precisamente antes de la guerra, ¿no?

Ante esa insistencia, a Roque se le agria la expresión y, gesticulando, exclama:

—Yo solo fui a algunos mítines durante unos meses. Lo sabes muy bien, Aurori. No me involucré ni formé parte del partido ni hice ninguna de las cosas horribles que dicen que hicieron los falangistas.

—Sí, pero...

—Si eso es un delito, que baje Dios y lo vea. —Y mira hacia el techo como buscando a un dios ausente.

—El problema es ese, papá —contesta Aurora—, que ya no sabemos qué es de verdad un delito y qué una venganza personal. Y, lamentablemente, siempre hay quien da rienda suelta a las venganzas personales, aunque el Gobierno diga que está controlando la situación.

Roque ríe para sí con ironía, mascullando entre dientes ese «controlando» que ha usado su hija. Da un sorbo a su vaso de vino.

—El Gobierno no tiene nada bajo control. Por eso estamos como estamos.

Aurora guarda silencio. Se da cuenta de que no ha dejado de retorcer una servilleta desde que se sentó a la mesa. Hace con ella un amasijo con la palma de la mano y levanta la vista hasta encontrar de nuevo los ojos de su padre. Unos ojos esquivos.

Vuelve a hacerle una pregunta.

—Hay algo que todavía no tengo muy claro, papá. ¿Qué es lo que te llevó a andar con los falangistas?

Roque traga saliva y desvía la mirada hacia la ventana de la cocina, a refugio.

—Pues, si te digo la verdad, no lo sé muy bien. De todos modos, sí que pasó algo que me hizo decantarme por ellos. Fue el año pasado. Discutí con un compañero que me decía que me afiliara a algún sindicato. «Nuestro supervisor debe estar sindicado», repetía. Pero yo, ya lo sabes, prefería huir de activismos, a riesgo de que me llamasen vendido y me acusaran de apoyar al capital. Mi carácter no iba con las huelgas ni los enfrentamientos, ya me conoces, Aurora. Yo prefería luchar por mi trabajo de otra forma. Total, que la cosa se puso fea conforme pasaban los meses. Hasta que Eduardo me dijo que podía ayudarme. Eduardo, sí, el padre de tu amiga Elena. Y comencé a acompañarlo a los mítines de la Falange.

—Y cuando hablaban de que España se rompía y había que instaurar el fascismo, ¿qué pensabas? —pregunta Aurora.

—Pues qué iba a pensar, Aurori —contesta Roque, levantando los brazos—. Al final, a fuerza de escucharlos, acabas convenciéndote de que tienen razón. Que los males de España los habían provocado los comunistas. Y yo al final aplaudía y levantaba el brazo, como todos.

Aurora hace un aspaviento.

—¡Como todos! A lo mejor el problema está ahí, papá. Mucha gente ha seguido como borregos al matadero a quienes han provocado esta maldita guerra.

—Ojo, borregos los hay en todas partes —se apresura Roque a responder—. A ver si vas a creerte tú que en los mítines de la izquierda se cantaban canciones de misa. ¡Decían lo mismo! Atacar las iglesias y acabar con las propiedades de los ricos. Y siguen diciéndolo ahora, ¿o te parece que no oigo los discursos que dan por la radio? Mucho resistir, pero ¿para qué? No sé qué es peor, lo que está o lo que puede venir.

Roque contiene un gesto de rabia arrugando el rostro. Da un trago al vaso de vino y mira a Aurora, aguardando una respuesta suya.

Hace unos minutos se deleitaba contando la historia de aquel pastor y su rebaño.

—Pero nosotros no somos ricos, papá. Ni ricos ni burgueses. Y puestos a elegir, yo sé de qué lado me habría puesto.

—Pues yo lo sé muy bien, Aurori. Y tengo claro que el lado más importante es el de mi familia. El más importante. —Recalca la palabra, marcando todas las sílabas—. Más allá de ideologías. Por eso cuando empezó la guerra supe lo que debía hacer. Y todo lo que hice luego fue por vuestro bien, no por otra cosa.

Los ojos de Roque brillan de pronto.

—Por vuestro bien —repite, como si con ello quisiera convencerse.

Aurora lo mira. Sigue sin acabar de entender por qué su padre apoyaba a los falangistas, pero comprende perfectamente por qué dejó de hacerlo.

Y esboza una ligera sonrisa, poniéndose en pie.

—Tranquilo, papá...

Se incorpora para estrecharlo en un abrazo como cuando de pequeña buscaba refugio en sus enormes brazos. Y, con voz dulce, casi maternal:

—Sé que siempre has hecho lo mejor para tu familia, y estoy orgullosa de eso.

La sonrisa viaja hacia el rostro de su padre.

—Gracias, mi niña.

Y aguardan en el hueco del abrazo un par de segundos más.

Ahí dentro no hay miedos ni paseos nocturnos ni las sombras de Caín.

«¿No podría pasarme toda la guerra en brazos de mi padre?».

Finalmente deshacen el abrazo en cuanto oyen que Felisa se dirige a la cocina, por lo que Aurora va a terminar de fregar los platos y Roque apura de un último trago el vaso de vino.

—¡Qué me ha costado dormir a los pequeños hoy! —exclama Felisa al entrar en la cocina—. Me he tenido que enfadar y todo. Casi me saco la alpargata, ¿eh?

Lleva una carta en la mano, que le ofrece a su hija.

—Anda, toma, es para ti.

—¿Y esto? —pregunta la chica, secándose las manos en un paño de cocina.

—Estaba en tu mesilla de noche. ¿Tú sabes algo? —le pregunta Felisa a Roque.

—¡Ah, sí! —exclama este, rascándose la coronilla—. Olvidé decírtelo, Aurori. El cartero la dejó en el buzón esta mañana.

Aurora inspecciona el sobre. En el lugar del destinatario aparecen su nombre y su dirección, junto a un sello franqueado con un distintivo de la 3.ª Brigada Mixta del ejército republicano.

En el reverso, el nombre de Teófilo García.

—Es del compañero de Gervasio —exclama la chica.

—Venga, léela en voz alta, a ver qué dice —le pide su madre.

Aurora coge el sobre y lo abre con cuidado por uno de los laterales. Luego saca la hoja del interior y echa una ojeada rápida a ambas caras escritas.

—Oye, pues tiene una letra bonita el muchacho, ¿verdad? —exclama.

Una letra pulcra y ordenada, ligeramente cursiva, una letra que no esperaba encontrar en un soldado.

Se dispone a leerla.

—«Hola, Aurora, tu carta ha sido toda una sorpresa para mí» —recita.

En cuanto termina la lectura, Aurora siente el codo de su madre impactando ligeramente en su costado derecho. La mira.

—Oye, pues buen chico parece ese Teófilo, ¿eh?

—Los manchegos son gente buena —responde su padre—. Una vez tuve yo un compañero manchego que nunca dio un problema.

Y continúan así un rato más, alabando las virtudes de ese soldado desconocido, mientras Aurora se decide a retirarse a su dormitorio para responderle.

11

Durante varios días, el ejército sublevado intensificó la presión sobre las posiciones republicanas con varias escaramuzas de los regulares avivadas por un intenso fuego de artillería.

—Deben de haber sabido que nos mudamos al frente andaluz —dijo el cabo Salvador en un descanso de los combates.

—Venga ya —protestó Agustín—. No lo sabíamos nosotros que estamos aquí, ¿lo van a saber los fascistas desde fuera?

Y el cabo rio con sorna.

—¡Serás inocente! ¿Acaso no te has enterado de que esa es la labor que hacen los espías?

—¿Y nosotros tenemos de eso? —preguntó Gervasio, tumbado sobre unos sacos terreros con la gorrilla ocultándole la luz de la tarde.

—Espero que sí —respondió el cabo—. Los servicios de inteligencia son los que hacen ganar las guerras, ¿sabéis?

Esta vez se rio el carabinero Agustín.

—Mis cojones son los que hacen ganar la guerra. Como los que tuvimos contra los moros esta mañana, ¿a que sí? —Y jaleó a sus compañeros con vítores.

Teófilo, junto a él, se quedó pensativo, dando vueltas a las palabras de Salvador, pues era la primera vez que oía hablar de espionaje.

—No cantemos victoria todavía, muchachos —aseveró, prudente, el cabo.

Pero ya no ha habido más combates en los días siguientes, por lo que, de mañana, al fin vuelve a aparecer el cartero militar con el correo atrasado acumulado durante la refriega.

Y tras la letanía de destinatarios, de pronto grita:

—¡Teófilo García!

El muchacho da un brinco, preguntándose: ¿será ella? ¿Le habrá escrito la prima de Gervasio?

Y sale corriendo hacia el aljibe, nervioso.

—A ver si estamos a lo que estamos, ¿eh, soldado? —le recrimina el cartero.

A pesar de la reprimenda, el manchego apenas puede evitar esbozar una sonrisa al recibir la carta de Aurora. Con ella en la mano corre al refugio y busca un sitio cómodo entre sus compañeros para leerla.

Muy buenas, Teo:

No te preocupes por lo de tus historias de guerra, no me aburren en absoluto. En cuestión de aburrir, no sé cuál de los dos ganaría: yo podría llenar esta carta con las historias del hospital en el que trabajo de enfermera, al que llegan diariamente heridos de guerra. Pero tampoco creo que sea necesario. Estas cartas pueden servirnos para que huyamos de todo eso, de tu trinchera y de mi hospital, ¿no te parece?

Me ha gustado mucho leer sobre ti y lo diferente que era tu vida en el pueblo a la mía. Me dices que te cuente algo más de mí. Bueno, aquí va, sin mucho orden: vivo en el barrio de Delicias con mi familia, soy enfermera, me encanta bailar y el chocolate, y, te confieso, a veces cuando me enfado es mejor que no te pille cerca. Aunque, tranquilo, luego se me pasa muy rápido.

En eso soy igual que mi madre, o eso suele decir mi padre, que tiene que mediar entre las dos. Ella es costurera y él, conductor en el metro de Madrid, con un pequeño cargo de responsabilidad. Mi casa a veces parece una casa de locos, porque también tengo dos hermanos pequeños, Manuela y Jesús, dos terremotos, como los llama mi padre, que no paran quietos un segundo.

Los quiero a rabiar a todos, pero a veces siento que no me entienden. Hoy mismo acabo de discutir con mi padre y, de hecho, te escribo esta carta mientras aún le doy vueltas a lo que hablaba con él. Mi padre es un hombre bueno y su problema, creo, es que no sabe decir que no a la gente, y se deja arrastrar fácilmente.

Pero, bueno, no quisiera yo abrumarte con los problemas de mi familia, que bastante tendrás tú ya en el frente. Espero que no estéis pasando mucho frío, aunque el Gervasio ya nos dice que sí. Ah, no te lo he contado, colaboro con mi madre en un pequeño taller de costura del barrio, confeccionando uniformes y prendas de abrigo para el ejército. ¿Te imaginas si la manta con la que te resguardas del frío la hubiera cosido yo?

Sería bonito, ¿no?

Ahora me despido. Y si me enrollo mucho, dímelo, que a veces hablo más de la cuenta. Dale muchos recuerdos al Gervasio, que pensamos mucho en él y en su bienestar.

Y para ti muchos saludos y vivas a la República,

Aurora

Enfrascado en la lectura, Teófilo es el último de la cuadrilla en advertir que el comisario político de la compañía, Benito Toledano, ha entrado en el refugio.

—Buenas tardes, caballeros —exclama el oficial con su voz de pito.

El manchego deja la carta de Aurora sobre el catre y se cuadra con agilidad junto a sus compañeros. Salvador, que leía un libro de poesía antes de la repentina visita, es el único que responde al saludo:

—Muy buenas tardes, mi comisario. ¿A qué debemos la visita?

No pocas veces el comisario ha irrumpido entre la tropa para hacer inspección del orden y la limpieza de los refugios, cuya responsabilidad recae en los suboficiales de las cuadrillas, como Salvador.

Pero no es la limpieza lo que le trae hasta aquí.

—¿El soldado Teófilo García? —pregunta el comisario, mirando hacia los muchachos.

Teófilo, al oír su nombre, levanta la mano y da un breve paso adelante.

—Presente.

El comisario lo mira de las botas a la gorrilla, sin disimulo.

—Venga conmigo.

Y, sin más palabras, se gira mientras Teófilo vacila apurado, hasta que los ojos del muchacho coinciden con los del cabo, que le hace un guiño y con un gesto lo apremia a salir, como diciendo: «Venga, hombre, date prisa».

Y fuera del refugio, en la línea parapetada de las trincheras:

—Cuénteme un poco sobre usted, soldado.

—¿Cómo? —pregunta Teófilo, extrañado.

—Sí, hombre. Por ejemplo: ¿qué hacía antes de la guerra?

Teófilo, desconcertado, balbucea hasta arrancar con una respuesta. Teme, de pronto, que el comisario sepa algo más de él. Sepa aquello.

—Vengo de una familia campesina. He ayudado a mi padre toda la vida.

El comisario asiente y levanta el mentón para ganar unos centímetros frente a Teófilo. El manchego traga saliva.

—¿Sabe leer y escribir? —pregunta el oficial de repente.

—Sí, aprendí gracias a mi madre —contesta enseguida el muchacho, que jamás le diría al comisario que en realidad fue el párroco, don Sebastián, quien le enseñó a leer y escribir.

—Entiendo... —El comisario sacude la cabeza y, súbitamente, esboza una leve sonrisa—. Le he hecho llamar para hacerle una proposición. Verá, hace unos días pedimos a los suboficiales que recomendasen a soldados de su batallón para un servicio especial que el ejército está organizando. ¿Ha oído hablar de Manuel Estrada, soldado?

—Por supuesto, el comandante Estrada es el jefe del Estado Mayor del Ministerio de Guerra de la República —responde Teófilo.

—Bueno, eso era hasta hace unas semanas, cuando Largo Caballero lo destituyó. Cosas de políticos, ya me entiende. La cuestión es que, tras los combates que hemos librado en Madrid, el Ministerio de Guerra decidió reorganizar el Estado Mayor y relegó a Estrada a la Segunda Sección. ¿Sabe a qué se dedica la Segunda Sección, soldado?

—A la información, ¿no, mi comisario? —responde Teófilo.

—Así es, a la obtención de información. El Estado Mayor ha confiado a Manuel Estrada la creación del Servicio de Inteligencia

Militar del ejército. Estrada tiene la convicción de que un buen servicio de información y espionaje nos hará ganar la guerra. Pues bien, hace unos días, el suboficial de su batallón dio su nombre, y lo hizo con tal convicción que no me ha hecho falta pensarlo mucho. Esta misma tarde, el comandante Estrada visitará el frente. Lo recogerán en una hora para que se encuentre con él en la comandancia general de la brigada, ¿de acuerdo, soldado?

Teófilo asiente y, tras una fría despedida, ve alejarse al comisario con su andar de importante, como de inquisidor, dejando al muchacho naufragar en un mar de dudas. ¿Servicio de inteligencia? ¿Espionaje? Y recuerda las palabras del cabo Salvador unos días atrás, después de los combates con las tropas marroquíes.

«Sin los espías, la guerra estaría perdida», dijo.

Y le da vueltas a la idea hasta que, de sopetón, le entra la prisa por regresar al refugio: irán a buscarlo dentro de una hora y se muere de ganas de escribirle una respuesta a Aurora.

La camioneta va dando brincos y Teófilo no puede mantener una conversación sin que la voz le tiemble. Por ello apenas responde con monosílabos al conductor, que sí parece poder dominar la dicción y dirige la mirada al paisaje montañoso y arbóreo, con la línea ininterrumpida de trincheras propias y Madrid a lo lejos, como un espejismo.

En cuanto el conductor le hace un gesto, baja de la camioneta y se acerca a la entrada de la comandancia general, donde un par de soldados le dan el alto.

Solo había estado aquí una vez, tras la primera instrucción con la que el comandante José María Galán dio la bienvenida a los soldados de su reserva. Fue una bienvenida breve, unas palabras de apoyo, promesas de que la guerra acabaría pronto y algún chascarrillo de oficial.

Les enseña su credencial y, tras una rápida ojeada, los soldados lo dejan pasar y lo acompañan hasta el despacho principal, donde Manuel Estrada espera junto a varios de los nuevos reclutas del servicio especial.

El soldado da dos toques a la puerta del despacho y aguarda a oír algo al otro lado.

—Mi comandante, ya está aquí el último.

Teófilo cruza el umbral y mira al comandante y a los tres soldados frente a él, envueltos en el denso humo de sus cigarrillos.

—Buenas tardes. Tome asiento, soldado —le indica el comandante Estrada, señalándole la silla vacía frente al escritorio.

El despacho es sobrio y apenas tiene mobiliario: un puesto de radio y teléfono, un escritorio y la bandera de la 3.ª Brigada Mixta colgada de una de las paredes.

—Teófilo García, ¿verdad? —le pregunta el comandante.

El manchego asiente. El comandante abre una pitillera y le ofrece un cigarrillo.

—¿Le apetece uno?

—Muchas gracias —responde, extendiendo la mano para cogerlo.

Se sorprende: este no es como los cigarrillos de picadura que los soldados fuman en el frente, sino que es de calidad, de los que fumaba al comienzo de la guerra, cuando el tabaco no escaseaba. Se lo lleva a la boca y se incorpora para conectar la punta del pitillo con el encendedor del comandante.

Y la primera calada directa a los pulmones.

—Sean bienvenidos, caballeros —dice el comandante—. Han sido seleccionados de entre los distintos batallones de la 3.ª Brigada para un servicio muy especial.

Teófilo asiente. Manuel Estrada es un hombre de habla pausada, mirada penetrante, nariz aguileña y calvicie acusada.

Dicen que empezó la guerra con pelo.

—Supongo que sus comisarios les habrán puesto al corriente de en qué consiste ese servicio.

Los soldados asienten. Teófilo se permite unos segundos para mirarlos de reojo. Deben de tener su misma edad. Cara de poca experiencia. Uniforme sin distintivos.

—Como sabrán, recientemente he sido nombrado jefe de la Segunda Sección del Estado Mayor. Por si nadie se lo ha contado aún, el objetivo de esta es centralizar toda la información que llega de los diferentes ejércitos, redactar boletines y síntesis y sacar conclusiones que nos ayuden a adelantarnos a los movimientos del ejército faccioso. Tengan algo presente, caballeros: no ganaremos la guerra si no somos capaces de crear un servicio de inteligencia eficaz.

Estrada hace una pausa para dar una calada a su cigarrillo. Teófilo observa el perfecto orden del escritorio: papeles, periódicos y un mapa de la Sierra de Madrid en el que lee algunos nombres: Casa de Campo, Ciudad Universitaria, parque del Oeste.

—Hasta ahora —continúa el comandante con su hablar pausado y metódico, como de catedrático—, hemos venido dando pasos en falso ante las dificultades de organizar la sección y comenzar a formar a los agentes. Sin embargo, el pasado mes de septiembre instruimos a la primera veintena de espías, con muy pocos recursos pero mucha disciplina, y tras algunos éxitos iniciales, el Estado Mayor ha tenido a bien invertir en la creación de nuevos negociados dentro de la Segunda Sección. Es decir, invertir en ustedes, caballeros, porque serán ustedes los primeros agentes del nuevo Servicio de Inteligencia Especial Periférico, al que pueden llamar SIEP y que se encargará de informar desde territorio enemigo, introducirse en cuarteles, arsenales, aeródromos, bases navales, fábricas militares o hasta en la cocina de cualquier hijo de vecino que pueda darnos información útil sobre los movimientos del ejército faccioso. Es decir, infiltrarse en el frente enemigo y salir para poder contarlo, ¿de acuerdo, caballeros?

Los tres soldados asienten con firmeza marcial, pero Teófilo titubea al dar su respuesta. Se ha ido, de pronto, a cuando tenía doce años.

Casimiro, un vecino del pueblo, le había robado unas gallinas a su padre tras una discusión con él. Teófilo padre fue a su casa a reclamárselas y este le sacó un machete al grito de: «Si entras en mi casa, te rajo el pescuezo».

Así se las gastaba ese prenda.

Su padre volvió a casa con el odio entre los dientes. Iría a hablar con el jefe de la Guardia Civil, aunque ese Casimiro, a quien todo el mundo odiaba, tenía mano en el cuartel. Tal vez para cuando se aclarase el asunto, sus gallinas ya estarían en un caldo o habrían sido vendidas en el mercado de Alcázar.

Aquella noche, el pequeño Teófilo salió de casa por una ventana, caminó a la intemperie, cavó una pequeña zanja bajo la valla de la parcela de Casimiro, se coló en su gallinero y recuperó una a una las gallinas de su padre.

—En unos días se trasladarán a Madrid para comenzar a hacer

la instrucción, que durará en torno a diez días, si todo marcha según lo esperado —concluye el comandante.

Teófilo asiente. Mira de nuevo el mapa sobre la mesa. Más allá de las trincheras propias, que rodean Madrid como un cinturón de fortificaciones, se encuentra la tierra inhóspita, facciosa, cuyo avance llevan semanas frenando, como un rompeolas.

Traga saliva. Infiltrarse ahí no es como colarse en las tierras de un agricultor avaro.

—Bueno, ¿qué les parece, soldados?

12

Qué bien sientan las nueve de la mañana al amparo de las sábanas y una cálida manta. Aurora ya no recordaba lo que era despertarse con la luz del sol entrando por su ventana. Lleva más de una semana empalmando turnos en el hospital y levantándose antes del amanecer para llegar a la hora al Palace. Tras la reprimenda de la jefa de enfermeras, Gertrudis, aquel día que compareció un par de minutos pasadas las ocho, no quiere jugársela.

Hoy es su día libre, y el timbre y la voz del cartero, con un sonoro: «¡Correo!», la coge todavía en la cama.

Luego oye, proveniente del salón, la vocecilla de su hermano Jesús.

—¡Tata, la puerta!

Y desde la cama, Aurora se permite unos segundos de cábalas: hace tres días que le escribió a Teófilo, por lo que es posible que el cartero traiga en su zurrón la respuesta del soldado manchego. Se pone en pie y sale de la habitación acicalándose el pelo.

Sus hermanos juegan en el salón a las casitas.

—¡Buenos días! —les dice.

Y Jesusito le señala la puerta mientras su hermana Manuela le sirve té imaginario a uno de sus muñecos.

—Tata, están llamando.

—Sí, ya voy, cariño.

De camino al recibidor, Aurora busca con la mirada a Felisa, pero su madre no está. Debió de madrugar para ir al taller de costura.

Abre la puerta y recibe al cartero con una sonrisa. Este ya esgrimía un sobre con membrete de la 3.ª Brigada. Se lo ofrece.

—¡Gracias, y que tenga un buen día! —se despide Aurora.

Y vuelve a su dormitorio para tumbarse en la cama a leer.

Estimada Aurora:

No sé si esta manta con la que me resguardo a todas horas la has cosido tú, pero voy a hacer como si así fuese. Tal vez de este modo me dé algo más de abrigo en esas noches en las que casi es imposible dormir, por cómo corta el frío y nos hace tiritar. Dicen que la mente todo lo puede, ¿no? A ver si puede con eso.

Me parece muy bien que nuestra correspondencia sirva para huir del frente y de tu hospital de sangre. No obstante, a veces creo que no hay otra cosa en la que se pueda pensar que aquella que me llevó a esta trinchera de guerra. Pienso, por ejemplo, en quién era yo antes de la guerra, y lo veo distante, como si hubiesen pasado décadas o aquello hubiese sido otra vida que yo no he vivido. A veces, de hecho, tengo que hacer un esfuerzo por recordar cómo olía el trigo recién segado, cómo era la textura de la uva bajo mis pies en la *pisá*, o cómo sabían las gachas que preparaba mi madre. Temo perder todo eso ante la intensidad de la guerra.

Vaya, qué profundo me he puesto, ¿verdad? Y eso que prometimos no hablar de estas cosas.

Yo también soy muy galgo: me encantan los dulces y chocolates. Pero comerlos aquí, en el frente, es muy complicado, a no ser que te los manden en el correo.

Creo que voy a ir terminando la carta, porque tengo algo de prisa. Dentro de poco vienen a buscarme, y tal vez deba dejar la trinchera durante un tiempo. Aún no lo sabe nadie más que mi cabo y el comisario de mi batallón. Dejar la trinchera significa también alejarme de la línea del frente, y pensarás que eso es una noticia positiva, pero te confieso que aquí, junto a tu primo, Agustín y Salvador, he encontrado una camaradería que no pensaba que pudiera existir en un lugar tan terrible como es la guerra.

¡Y dale! ¿Ves como no puedo escapar de la guerra?

Antes de decirte adiós me gustaría pedirte algo: me he dado cuenta de que no sé cómo eres aún. Muchos de los soldados con los que he compartido batallón guardan, como si fuese una estampita de una virgen, una fotografía de sus seres queridos. Yo, la verdad, no tengo ninguna conmigo. Me pregunto si sería mucho atrevimiento por mi parte pedirte una fotografía, para así ponerte cara e imaginar cómo eres, ¿qué te parece?

Siéntete con total libertad para mandarme a la porra (y perdona la expresión).

Muchos saludos para ti y tu familia.

¡Viva la República!

Teo

—Ay, madre mía, ¿una foto? —se dice Aurora, con una risita nerviosa.

Se pone en pie de un brinco y abre el par de cajones de la cómoda de su dormitorio buscando su álbum de fotografías.

«¿Dónde lo habrá puesto mamá? Siempre cambiándome todo de sitio».

Piensa en aquella foto de la verbena del pasado verano, con su vestido de flores, que tantas pasiones levantó por atreverse a subir unos centímetros por encima de sus rodillas. O aquella de las fiestas de San Isidro de hace dos años, con su hoyuelo marcado.

Ah, no, que en esa foto salía con Elena.

Al no hallar el álbum en los cajones, se sube a la cama para buscar por las estanterías repletas de libros de literatura infantil, muñecos y marcos de fotos familiares. Finalmente lo encuentra en una de esas baldas junto a su osita Pepita, sin la que de pequeña no conseguía conciliar el sueño.

De hecho, se quedaba dormida manoseando su etiqueta, y no pocas veces Felisa le había cosido una nueva cuando la anterior quedaba casi deshecha.

Aurora abre el álbum y ojea las fotografías. Cada una de ellas es un recuerdo del que, como Teófilo, creía haberse olvidado por la intensidad de la guerra.

Hasta que la encuentra. ¿Cómo no lo había pensado antes? Aquella fotografía que su madre se empeñó en que se hiciese tras graduarse en la escuela de enfermería.

Ella, con su uniforme y su cofia y su gesto sereno.

Felisa guarda otra copia, así que no protestará en cuanto sepa que esta quiere enviársela al soldado. La saca del álbum y se prepara para escribirle a Teófilo.

Una hora después, y tras algunos tachones y reescrituras, Aurora dobla la carta y mete la fotografía dentro del pliegue. Luego se viste con rapidez y se marcha: «Vengo enseguida, niños, sed buenos», dispuesta a comprar un sobre y un sello.

Sin embargo, al pasar junto a la cocina, una idea la frena. Abre la alacena y no tiene que rebuscar mucho para encontrarlo.

Compraron una tableta hace unos días en el mercado negro y racionan cada onza como si fuese un tesoro. Pero por un par de oncitas, ¿quién se va a enterar?

Y sale de casa como un ladrón de guante blanco tras el atraco perfecto.

Unos minutos después entra en la papelería de Andrés a comprar un sello y un sobre, en el que se apresura a meter la carta, la fotografía y las onzas de chocolate.

—Vaya, ya quisiera yo ser el afortunado destinatario —exclama el tendero.

Aurora esboza una sonrisa mientras le deja unas monedas sobre el mostrador.

—Cuando quiera, Andrés, le escribo a usted también.

Y sale de la papelería y camina hacia casa con la sonrisa puesta.

¿Qué pensará Teófilo cuando vea la fotografía? ¿Y el chocolate? Y teme, de pronto, que el censor de turno se atreva a comerse las onzas antes de hacerle llegar la carta al soldado. Tendría que haber especificado en la carta que iba en el sobre un poco de chocolate, pues así podría reclamar en caso de no encontrarlo.

Envuelta en esas dudas, está a punto de entrar en la corrala de vecinos cuando, de repente, oye un grito.

Su nombre. Alguien ha gritado su nombre.

—¡Espera, Aurora!

Mira hacia el final de la calle y distingue la figura de su tío Rafael caminando hacia ella a toda prisa. Toda la prisa que su cojera le permite.

—¿Tío?

Casi no tienen relación con él desde que se divorció de su tía Bernarda.

Al verlo de cerca, pálido, fatigado, a Aurora se le borra la sonrisa.

—¿Pasa algo?

Rafael apenas tiene aliento para decir el puñado de palabras que lo cambiará todo.

—Se-será mejor que entremos, Aurori.

El traqueteo de las máquinas de coser dura a veces hasta bien entrada la noche.

Viene del almacén trasero de la mercería de Picio, donde se reúne cada tarde una veintena de mujeres y jóvenes modistillas que, en ocasiones, erran un punto o recomponen lo zurcido con tal de dilatar la sesión de costura.

Alguien le dijo a Felisa una vez que así es como actuaba Penélope, la esposa de Ulises, que deshacía el telar cada noche con tal de esperar a su marido.

La mayoría de estas mujeres espera a sus maridos, sus hijos, sus sobrinos o incluso sus nietos, a los que desde el taller cantan cancioncillas de guerra o zarzuelas mientras les cosen ropa o abrigos para el frente.

Y, cómo no, mientras cosen también dan cuenta a sus compañeras de las novedades y los chascarrillos o chismorreos de la familia, la ciudad o la guerra. Como la historia con la que Felisa ha engalanado la mañana de hoy.

—Pues hace unos días mi hija le mandó una carta a un soldado del frente. El pobrecito no tiene con quién escribirse, y a la Aurori le ha dado mucha pena, ¿sabéis?

—¡A ver si te va a salir yerno en el frente, Felisa! —exclama Pilar.

Las mujeres ríen. Entre las risotadas y ese tucu tucu tucu de las máquinas, apenas se oye el noticiario que desde una pequeña radio transmite la situación de la guerra.

«El frente se ha estabilizado a la espera de otra ofensiva del ejército faccioso...».

Luego se oye la voz lánguida y cadenciosa del poeta Rafael Alberti, en una alocución sobre el compromiso de los intelectuales antifascistas con la defensa de Madrid. Desde que los bombardeos se han agudizado, los micrófonos y las ondas de radio se han convertido en un arma más para proteger la ciudad.

—Lo confieso: ese Alberti me aburre cuando habla —dice Sonia.

—Que aprenda de la Pasionaria —responde Manuela.

La Pasionaria sí que sabe encender el ardor patriótico y obrero de las mujeres. Es la única con la que guardan silencio en cuanto se oye por la radio.

Como aquella vez que levantó un exaltado aplauso entre las modistas.

«Mujeres de nuestra noble España, en vosotras está el sustento de todos los valientes que defienden la República del ataque fascista, ¡la retaguardia os necesita!».

Picio el Mercero es el dueño de este taller de costura. En cuanto oyó que hacían falta ropa y abrigos para el frente, ofreció a las mujeres del barrio su almacén trasero.

La de Picio es la mercería con los precios más populares y el mejor trato del barrio de Delicias, o eso suelen decir las asiduas.

Pero algunas de ellas, por detrás, también dicen otras cosas. Por ejemplo:

—Ese Picio debe ser un desviado, ya me entiendes. Porque ¿dónde se ha visto que a un hombre le guste consultar los catálogos de la moda de París?

El mercero acalló los rumores cuando se arrejuntó con Bernarda, que venía de divorciarse de Rafael el Cojo.

Bernarda, la pareja de Picio, hace las veces de gobernanta del taller de costura.

—¡Señoritas, al tajo! —exclama al oír que algunas de las mujeres cuchichean desde hace rato—. Mañana vienen los del Socorro Rojo y aún nos falta mucho para cumplir con nuestro objetivo de hoy.

A veces olvida que todas están ahí de voluntarias, dejándose el tiempo, los ojos y la integridad de las yemas de los dedos por la causa republicana.

A media mañana, las mujeres acostumbran a hacer un alto para tomar un café o el sucedáneo, la achicoria, que se ha vuelto muy popular en la ciudad.

Bernarda se sienta junto a su hermana para ofrecerle una taza. Felisa, a pesar del descanso, sigue trabajando en la máquina. El hilo se le ha salido de la rueda y se afana por volver a enhebrarlo.

—No, querida, no me apetece. Ya sabes que eso me sienta fatal.

Como ya no se oye el traqueteo de ninguna máquina de coser, las mujeres advierten que alguien ha entrado en la mercería de Picio.

Luego todo ocurre muy rápido.

Un par de segundos después, Aurora asoma por la puerta del taller.

—¡Hola, Aurora! —la saludan algunas.

—¡Ya está aquí la enfermera más guapa de todo Madrid! —exclama su tía Bernarda.

Ninguna de las mujeres ha reparado en su cara, blanca como las inmaculadas paredes del taller, ni en el jadeo intermitente provocado por la carrera con la que la chica ha cruzado el par de manzanas que separan su casa de la mercería.

Una de las costureras, Sonia, es la primera en preguntarle:

—¿Te pasa algo, bonita?

Pero esta no dice palabra. Busca a su madre con la mirada y le hace un gesto con los dedos de la mano.

Felisa no lo necesitaba, pues ya se ha puesto en pie dispuesta a zigzaguear entre las costureras para ir al encuentro de su hija.

—¿Qué pasa, Aurori? —le pregunta.

Aurora vuelve a hacerle otro gesto para indicarle que se dirijan al pequeño cuarto de baño que hay junto al taller.

—Dime algo, hija mía.

La chica no acierta a responder hasta que no está a solas con su madre.

Y da una larga bocanada de aire antes de lanzarlo:

—Mamá, n-no te pongas nerviosa, ¿vale?

Y Felisa ya lo sabe.

—A-acaba de venir a casa el tío Rafael —continúa su hija, conteniendo a duras penas el temblor de la barbilla—. Di-dice que un hombre ha entrado en la taberna gritando, diciendo...

En realidad, siempre supo que llegaría este momento.

Y Aurora ya no puede reprimir el llanto.

—¡Que a papá lo han sacado del metro unos milicianos!

Felisa abre los ojos como si en ellos le cupiesen dos agujeros negros.

—¡Preso, mamá! —estalla la joven—. ¡Se lo han llevado preso!

13

Teófilo nunca ha sabido muy bien cómo despedirse.

—Pues, no sé qué decir en realidad —confiesa, rascándose la coronilla tras la gorra.

Suena, a lo lejos, la cadencia remota de unos bombardeos. Hace unos días, la 3.ª Brigada comenzó su traslado hacia el frente sur con la retirada de la mayor parte de las compañías, como les anunció el comandante. La de Teófilo, la segunda, aguardará a cubrir la retaguardia por si los nacionales diesen algún que otro coletazo.

—Puedes probar con algo así como «Hasta luego, señores, nos veremos pronto» —lo exhorta el cabo Salvador.

—Sí, hasta luego, nos veremos pronto —recita el muchacho.

El cabo huele a perfume. Teófilo siempre se pregunta cómo es posible que cada día luzca así, pulcro y aseado, aun cuando es tan difícil darse una ducha en estas condiciones adversas, y sobre todo con el agua rozando la temperatura de congelación.

Él se ha esforzado hoy más de lo normal, ante la inminencia de su traslado a la Sección de Información del ejército. Por eso lleva el uniforme impoluto, todas sus pertenencias a buen recaudo en su macuto, su cabellera rubia repeinada y cara de adiós.

—Pero ¡dame un abrazo, chico, no seas soso! —exclama Salvador, estrechando en sus brazos el cuerpo del muchacho.

Y el abrazo es largo y cálido como un hogar.

Teófilo sonríe. Un par de horas antes, en cambio, recibió la proposición del comisario político hecho un mar de dudas.

—Me ha pedido que ingrese en la Segunda Sección. Bueno, no sé si es una petición o una orden.

Y Salvador se apresuró a responderle:

—No es ni una cosa ni la otra, muchacho. Es una oportunidad.

—Pe-pero... —balbuceó.

—Ni peros ni leches. Cada uno de nosotros tiene que dar lo mejor que tiene para ganar la guerra. Creo que tú tienes una inteligencia especial. Y el frente no es para ti. El frente es para nosotros. Los brutos, los que acabaremos siendo carne de cañón, ¿de acuerdo? —Entonces bajó el volumen para hablarle en un susurro—. Pero esto último no se lo digas a tus compañeros, ¿eh? No me vayan a acusar de bajarles la moral —dijo riendo.

Teófilo rio con él. Y un par de horas después, en el hueco del abrazo:

—Sé valiente y demuestra lo que vales, ¿eh, muchacho?

Teófilo asiente, preguntándose si será capaz de cumplir el deseo de su superior.

—Gracias por todo —dice, conteniendo la emoción.

Y no quiere hablar mucho más por si se le escapa alguna lágrima furtiva.

Con sus consejos, su voz sensata y justa aun en los peores momentos, Salvador ha sido, aquí en la trinchera, lo más cercano a un padre que ha tenido.

Y luego se despide de Agustín.

—Cuídate, ¿eh? Y no te olvides de escribirnos —le pide el carabinero.

—Os escribiré, por supuesto —responde.

Gervasio lo esperaba detrás del oficial.

—Volveremos a vernos, ¿vale, Teo? Ya sabes que, cuando todo esto termine, tienes tu casa en Madrid.

Y el abrazo con el madrileño dura más que el de los demás y es cálido como el de dos viejos amigos.

—Sí, cuando todo esto termine —repite Teófilo.

Hay miles y miles de historias basadas en la ilusión de la victoria, reencuentros, amistades, amores pasionales sujetos a esa fantasía.

Teófilo echa un último vistazo al refugio en el que ha vivido en las últimas semanas: a los sacos terreros como paredes de hormigón, a los carteles que infunden ánimo a los combatientes, a los catres atestados de liendres, al pequeño hogar en el que han cocinado alguna pieza de caza o una lata de carne rusa.

Da varios pasos hacia la salida y levanta el brazo para decir adiós.

—Bueno, adiós, señores, nos veremos pronto.

Y sale del refugio con el cabo, que lo acompaña hasta la camioneta que espera junto al aljibe. Mira atrás y unas manos le dicen adiós.

—¿Teófilo García? —le pregunta el conductor.

El muchacho asiente, aúpa su macuto a la camioneta y vuelve a despedirse del cabo con un gesto sobrio, sacudiendo el brazo. Luego sube a la parte trasera de la camioneta y da un par de golpes para indicarle al conductor que ya puede iniciar la marcha.

—¡Suerte, muchacho!

El motor ruge y los neumáticos levantan una tormenta de polvo que lo aleja poco a poco del puesto de mando y de las trincheras.

—Tú eres el primero —le dice el conductor desde la cabina—. ¡Recogeremos al próximo a un par de kilómetros!

Teófilo asiente sin demasiado interés en continuar la conversación. Mira hacia la trinchera, que se aleja tras la nube de polvo. Tiene la sensación de que ahí, en la más terrible de las circunstancias posibles, ha llegado a ser feliz. Y piensa en ello, en esa quimera a la que llaman felicidad, hasta que, de pronto, lo ve.

El cartero militar sobre su burro, yendo por la carretera en dirección contraria.

Y da un sonoro golpe al capó de la camioneta.

—¡Pare! —grita hacia la cabina.

—¿Cómo que pare? —le pregunta el conductor sin quitar ojo al camino.

Mira al cartero alejarse.

—¡Que pare, hostia! —grita el muchacho.

El conductor titubea.

—¡O eso, o salto en marcha! —insiste Teófilo.

Finalmente, el conductor detiene el vehículo y Teófilo salta de la camioneta, se cae y comienza a rodar entre la nube de polvo levantada por el frenazo.

—¡Eh, cartero!

Tras dar un par de vueltas en el suelo, se recompone y echa a correr hacia el cartero sintiendo el frío en la garganta y las piedras del camino bajo las suelas de sus botas. Pero el cartero, a un centenar de metros, aún no ha reparado en su presencia.

—¡Un momento!

Hasta que oye la voz del muchacho a su espalda y tira de las riendas del burro para frenarlo, haciendo agitar los serones de esparto en los que el animal carga el correo a cada lado de su tronco.

—Pero ¿qué pasa, hombre de Dios? —le grita el cartero.

Teófilo se permite unos segundos para recuperar el aliento.

—Teófilo García, 5.º Batallón. ¿Lleva usted alguna carta para mí? —pregunta.

El cartero arruga el entrecejo y pone cara de pocos amigos.

—¿Y no podías esperar a que llegara, carajo?

Teófilo señala la camioneta al otro lado del camino.

—Justo ahora iba para Madrid cuando lo he visto. ¿Podría hacerme el favor de buscar si hay una carta a mi nombre?

Hace cinco días que le escribió a Aurora, por lo que la carta de la muchacha, en caso de que esta hubiese decidido escribirle, debe estar a punto de llegar.

Y ese era su principal miedo: que en cuanto lo hiciese, él hubiese abandonado ya la trinchera.

El cartero militar chasquea la lengua y escupe hacia la cuneta del camino.

—Venga, anda —accede finalmente, apeándose del burro.

Luego comienza a rebuscar en los serones que carga el animal bajo la atenta mirada del manchego.

—¿Teo qué? —le pregunta—. ¿Cómo dices que te llamas?

—Teófilo García.

Y unos minutos después:

—Ah, sí. Aquí hay una carta para ti. Teófilo García, 5.º Batallón.

Se la da al muchacho, que esboza una amplia sonrisa.

—Has tenido suerte, ¿eh?

—¡Muchas gracias! —Teófilo, dirigiéndose a la camioneta.

De allí ya ha sonado el claxon un par de veces.

Y emprende otra carrera, dándose cuenta de que en la carta hay algo que bailotea con el vaivén de su trote.

—¡He estado a punto de irme, que lo sepas! —le grita el conductor.

—Lo siento, de verdad, pero era cuestión de vida o muerte —le contesta Teófilo, aupándose de nuevo a la camioneta.

La marcha se reanuda y Teófilo se apresura a abrir la carta para comprobar qué es lo que tiene en su interior.

Y no uno, sino dos pequeños regalos junto a la hoja manuscrita. En primer lugar, una fotografía, que alza como quien contempla una esfinge.

Aurora: con su uniforme blanco y una cofia sobre la cabellera oscura.

—¡Qué guapa es! —exclama, llevándose la fotografía a casi a un palmo de la cara para recrearse en sus facciones:

Su nariz respingona, sus ojos rasgados, su media sonrisa y ese pequeño hoyuelo.

Tras verla con detenimiento, la deja a un lado para volver a meter la mano en el sobre y sacar las dos onzas de chocolate.

«Ay, pero no me lo puedo creer».

Son unas oncitas de chocolate negro, de aroma amargo, que se lleva a la boca y saborea con intensidad mientras comienza a leer la carta.

> Hola, Teo:
>
> Espero que estos días continúen siendo tranquilos en el frente. A Madrid siguen sin llegar noticias de nuevos enfrentamientos. Te envío con esta carta una fotografía de cuando me gradué en la escuela de enfermería. Me la hice hace solo unos meses, poco después de estallar la guerra, pero ahora me veo y no me reconozco en esa chiquilla ilusionada y temerosa, que no sabía qué se nos venía encima.
>
> Me alegra mucho que mi foto pueda darte compañía como al resto de los soldados con los que compartes batallón. Y, dime, ¿qué es eso de que tienes que dejar la trinchera? Por lo que mi primo nos contó, os trasladarán al frente sur, ¿no es así? ¿Tú no vas con ellos, entonces? Ya me dirás adónde tengo que escribirte a partir de ahora, en caso de que quieras mantener la correspondencia conmigo, que, por cierto, ¿cómo voy a mandarte a la porra? Voy a confiarte algo: esta es la tercera carta que te escribo y cada vez

siento que puedo contarte más cosas. Será quizá porque no te conozco y por ello no puedes hacerme daño.

Pues te diré, por ejemplo, que en estos días tengo más miedo que de costumbre. Pero ¡ay! No seré agorera, que los males vienen cuando se los llama, como habría dicho mi abuela Agustina.

Mi abuela Agustina era curandera, ¿sabes? Murió hace tres años y a veces aún la noto conmigo. Si me preguntas por qué soy enfermera, te diré que la razón tal vez tenga que ver con ella: una mañana, yo era una niña de diez u once años, vino a casa diciendo que había soñado conmigo. Bueno, soñado no, ella decía que me había visto, porque para mi abuela, los sueños eran como la puerta trasera de la realidad, o algo así.

Contó que me había visto salvando la vida a personas, y fue mi padre el que hizo aterrizar ese augurio en el mundo real, diciendo: «A ver si me va a salir la niña enfermera, suegra».

Y no se equivocó, aunque a veces me pregunto si ese sueño fue lo que me llevó a querer ser enfermera, o si eso estaba ya dentro de mí esperando a que mi abuela lo soñara.

Ya se acerca la Navidad. En mi casa nos gusta mucho celebrar las fiestas, pero entiendo que este año será muy diferente. Espero que en el frente podáis celebrarlas también, dentro de lo que cabe. ¡Que te vaya bien todo!

Un saludo y viva la República,

AURORA

Aún le dura el sabor de las onzas de chocolate en la boca cuando termina de leer.

De hecho, se le ha quedado una pequeña pulguita entre un par de dientes, y rebusca con la punta de la lengua hasta sacarla.

Aurora sabe a chocolate.

Vuelve a leer la carta, recreándose en la preciosa caligrafía de la enfermera, a la que se le nota que fue a un colegio de monjas. En cuanto concluye esta segunda lectura, abre su macuto para hacerle hueco a la carta, y la guarda con el cuidado con el que se oculta un tesoro.

No puede evitar pensar en ella mientras, matando el tiempo, posa la mirada en el camino serpenteante que la camioneta va dejando atrás.

Pensar en ella lo vacía de preocupaciones, y así se planta en Madrid, al caer la tarde.

—¡Ya hemos llegado! —oye desde la cabina de la camioneta.

Madrid, para Teófilo, siempre fue como un espejismo; veía su silueta cada noche desde la trinchera, el titilar de sus luces, el humo de sus chimeneas, y no dejaba de preguntarse qué tendría de especial aquella ciudad por la que tantas personas estaban dispuestas a morir.

Ahora, a medida que se adentra en sus calles, a bordo de una camioneta junto a otros cinco soldados y un oficial, a quienes han ido recogiendo a lo largo de la línea del frente, la ciudad no deja de sorprenderle: enormes edificios —muchos de ellos, destruidos por los bombardeos—, arboledas, anchas avenidas, la tela de araña del alumbrado eléctrico y el trasiego de gente yendo y viniendo, gente abigarrada y vestida de la forma más heterogénea: mujeres, obreros, milicianos, campesinos, provincianos, una muchedumbre que, a pesar de la amenaza de las bombas, abarrota el centro de la ciudad y se para frente a las tiendas o los escaparates de unas joyerías inverosímilmente repletas de oro y brillantes, como si la vida siguiera tal cual.

Y piensa: «Así que esto es lo que hemos estado defendiendo».

—Parece ser que viviremos en un piso de la calle Serrano —le comenta uno de los soldados con los que comparte asiento en la parte trasera de la camioneta.

Ha contado que se llama Rodrigo Díaz.

—Sí, como el Cid, me lo dicen siempre, ¿sabes?

Y que es de Cuenca y ha luchado en el Quinto Regimiento, defendiendo la sierra de Guadarrama al mando del comandante Líster, otro de los que parecían enviados por la providencia para salvar a la República.

Rodrigo y el resto de los soldados de la camioneta, como Teófilo, han sido seleccionados para ingresar en la Segunda Sección del ejército.

Eso es lo que les dijo el capitán que está al cargo de la expedición, a quien recogieron en el cuartel general de la brigada.

—¡Caballeros! Soy el capitán Manuel Muñoz y dirigiré su instrucción en el servicio de información. A lo largo de estas semanas, aprenderán a interpretar mapas, a escribir con abreviaturas, a elaborar informes y organigramas, a chapurrear algo de italiano y, cómo no, los entresijos de la disciplina del ejército faccioso, a cantar canciones falangistas y hasta a gritar, sin que se les llene la boca de espumarajos: «Viva Franco y arriba España».

—¡La Virgen, mi capitán, eso nunca! —lo interrumpió uno de los soldados con marcado acento andaluz.

Y el capitán, con su voz firme y su deje aragonés, hizo un gesto severo y respondió a la impertinencia:

—Fuera de bromas, este es un servicio muy serio, caballeros. El más noble que harán por la República. Requerirá disciplina y valor. Dejar atrás sus nombres y su identidad y, mientras estén de servicio, olvidarse del calor de la retaguardia y de recibir a diario cartas de sus familiares.

—Todo sea por el bien de la República, mi capitán —exclamó Rodrigo, una respuesta que parecía salida del manual del soldado.

Y mientras el capitán seguía dando instrucciones, Teófilo no dejaba de pensar en su correspondencia con Aurora.

«¿Tendré que olvidarme de mi madrina de guerra?».

14

Roque no sabía que los milicianos iban a dejarle apurar el cigarrillo. Lo habría disfrutado más si cabe, máxime cuando apenas suele tener tiempo de fumar entre parada y parada. Desde que buena parte de la plantilla del metro fue reclutada por el ejército, los pocos conductores que siguen trabajando han de doblar turnos a destajo.

El turno de Roque duraba ya más de diez horas, y le habrían quedado al menos otras dos. Deambulaba sin rumbo por el andén, pocos pasajeros yendo y viniendo, mucho frío, mientras iba dándole bola a algún pensamiento recurrente, hasta que se dispuso a reanudar la marcha del metro.

Luego caminó hacia la cabina del conductor, metió la llave en la cerradura, la giró, tiró del asidero y oyó, repentinamente, una voz a su espalda.

Era la voz de un fumador, áspera, vigorosa, con acento andaluz.

—¿Es usted Roque Martín?

El maquinista se volvió en un gesto instintivo y dio un respingo al ver a los milicianos.

Eran tres e iban vestidos con uniforme azul, bordados de la CNT anarquista, gorrilla calada, fusil al hombro.

—Sí, ¿querrían algo? —contestó.

No fue capaz de advertir el peligro. Esperaba de los milicianos alguna pregunta común, cómo llegar a Sol o cuál era la parada más cercana al Retiro, y hasta que uno de ellos, el andaluz, no le echó la mano al cuello no se dio cuenta de qué era lo que ocurría.

Lo que ocurría: aquello que su mujer, Felisa, llevaba meses temiendo.

—No puedo dormir, Roque. Esto es un sinvivir. Es cerrar los ojos e imaginar el golpe en la puerta. Vámonos, vámonos de Madrid, por el amor de Dios.

Pero Roque tenía la habilidad de tranquilizarla, la acunaba acurrucada en el hueco de su axila, e invocaba a Morfeo mientras le decía:

—Yo no he sido ningún militante, chatita. Nadie podrá decir que formé parte de la Falange. En aquellos mítines había miles de curiosos. Algunos de izquierdas, incluso, que iban a escuchar a José Antonio por curiosidad. Y bien sabes tú que yo no comulgo con muchos de sus principios. Y menos ahora, con todo lo que se oye de los falangistas.

—No sé, Roque, no estoy segura.

Y su marido insistía:

—No hay nadie en Madrid que pueda poner en duda nuestro compromiso con la República, chatita. Quédate tranquila y duérmete, cariño, que no va a pasarnos nada.

Y Felisa se dormía, a pesar del miedo. El mismo miedo del que le habló Aurora hacía unos días, y sobre el que Roque también respondió con una batería de excusas.

—Es-esto es un error... —balbucea Roque.

Luego esgrime unos torpes alegatos de adhesión al régimen y de lealtad al pueblo que los milicianos desoyen.

Y todo ocurre en un abrir y cerrar de ojos.

El primero sujetándolo del cuello mientras el segundo le hunde en la cabeza la culata de su fusil y la gorrilla le sale disparada. Luego, el tercero recoge el guiñapo y, con brío, se lo lleva en volandas junto al primer miliciano hacia el acceso al vagón como a una presa de caza mayor.

El andén se queda desierto ante el alboroto. La puerta de la cabina del tren, abierta.

Y el último cigarrillo de Roque todavía humeante.

Las tres mujeres vuelan. Entre ellas no hay palabras, solo el jadeo de sus respiraciones y el toc toc toc de los pasos con los que recorren a toda prisa las tres o cuatro calles que separan el taller de Picio el Mercero de la taberna de Rafael el Cojo.

Aurora siente que la cabeza va a explotarle. Las sienes le queman y la garganta se le agarrota. Ante la vorágine de presentimientos y terrores, ya no piensa en nada más que en controlar la respiración y seguir caminando.

Ahí está: la taberna. La joven ha entrado en ella cientos de veces, pero no la pisa desde hace muchos meses.

Su tío Rafael siempre le regalaba golosinas o garrapiñadas que sacaba de un cajón bajo los estantes de vinos y alcoholes baratos. Aurora recuerda tener que ponerse de puntillas para asomarse a la barra y recibirlos.

—Toma, mi reina —le decía su tío, ofreciéndole el caramelo.

A Aurora siempre le llamó la atención su aspecto: su barba, su pelo largo y canoso y esa cicatriz que le cruzaba la mejilla derecha de arriba abajo.

—¿Y cómo te la hiciste? —solía preguntarle la pequeña.

—Pues nació conmigo —afirmaba él, como si la herida fuese un antojo.

Y hasta que no se hizo mocita no le dijo la verdad.

—Fue por una riña a navajazos, uno que quiso pasarse de listo con tu tía Bernarda... ¡Tendrías que haber visto como quedó! —se jactaba, con su carcajada jocosa y sonora.

Era algo más reacio, en cambio, a hablar abiertamente de su cojera, porque le evocaba Montánchez, su pueblo extremeño, y el calor del establo, y a su madre.

—La Gertrudis sufrió la coz de una burra en su último mes de embarazo mientras ordeñaba a una vaca —lo contaba así, de corrido, como una historia recurrente, solo tras un par de chatos de vino—. Nunca se lo perdonó, la pobre mía.

Rafael vivió poco junto a Gertrudis; una infancia de penurias y caciques que lo llevó a Madrid con trece años, donde enseguida conoció a Bernarda, el amor de su vida.

Hasta que el amor se derrumbó presa de un terremoto.

Aurora entra antes que las otras en la taberna, pero Bernarda, que va detrás de ella, es la primera en llamar la atención del tabernero.

—¡Rafael! —le grita desde el umbral de la puerta.

Hace lo menos un par de meses que no se ven.

No obstante, hubo un tiempo, unos años atrás, en que Bernarda pasaba la mayor parte del día en los fogones de la pequeña cocina de esta taberna, preparando los menús más suculentos del barrio de Delicias: cocido, alubias, garbanzos, a peseta el menú popular y a dos pesetas la carne en caso de que no escaseara.

Luego llegó el divorcio.

Bernarda, Felisa y Aurora se internan en la estancia, impregnándose del olor de las barricas de vino, y serpentean entre las mesas y sillas de mimbre para encontrarse con Rafael frente a la larga barra de madera.

El tabernero las esperaba.

—Cuéntanos todo lo que sabes —le pide Felisa, cariacontecida, jadeante.

Rafael echa un vistazo al par de parroquianos sentados al fondo de la taberna, envueltos en el humo de sus cigarrillos, la mirada gacha, más codo empinado que palabras.

Desde que la carestía de alimentos apremia, apenas tiene clientela; Paquito, el barbero Román, y a veces algún grupo de milicianos exultantes, a los que les cuela el alcohol adulterado mientras dan vivas a la República.

—No sé mucho más de lo que le dije a Aurori, Felisa —dice, bajando la voz.

Mira a ambas y no puede evitar compungirse, porque Aurora siempre será su sobrina a pesar del divorcio de Bernarda.

Solo dejó de tener golosinas para ella y sus hermanos a raíz de la escasez.

—Hace una hora irrumpió en la taberna un compañero de Roque, un tal Ramiro, a quien alguna vez he visto por aquí. Decía que tenía que contarme algo. Parecía muy nervioso. Me lo llevé a la cocina y me explicó que había visto cómo tres milicianos de la CNT se habían llevado a Roque de la estación de metro de Lavapiés. Y que lo había visto de casualidad, porque él iba en el tren que aguardaba a salir, y que no pudo intervenir porque todo fue muy rápido.

Aurora imagina la escena y se eriza como un puercoespín.

—Pero ¿dijeron algo? —pregunta la joven—. ¿Fue todo así, de buenas a primeras, sin ninguna explicación?

—Pues no lo sé. Eso mismo le pregunté a Ramiro, pero me

dijo que no, que solo lo llamaron por su nombre y, acto seguido, le golpearon y se lo llevaron.

Aurora se lleva la mano a la boca, espantada.

—¿Y le pegaron mucho?

Felisa se afana por contener la consternación de su hija con el calor de sus brazos.

—No te martirices con eso, Aurori. Papá es un hombre fuerte, podrá con todo.

Bernarda, que acariciaba el hombro de su sobrina, mira a su exmarido a los ojos para pedirle un favor. Lamenta tener que hacerlo, pero no le queda otro remedio.

—¿Puedes averiguar dónde está? —le pregunta.

El Cojo se mesa la barba.

—Lo primero es ver qué grupo de milicianos se lo ha llevado. Sabemos que eran de la CNT, pero estos tienen grupos repartidos por toda la ciudad. Puede que se hayan llevado a Roque a una checa o puede que lo hayan metido en Porlier. Lo normal es que lo interroguen y lo dejen libre al comprobar que no tiene ninguna afiliación derechista. Veré qué puedo hacer, ¿vale?

Las mujeres asienten, compungidas.

—¿Y cuántos días pueden pasar? —pregunta Aurora.

El tabernero se encoge de hombros en un gesto de incertidumbre.

—Supongo que no será mucho tiempo porque no podrán probar nada contra Roque.

Aurora se queda en silencio. No se atreve a hacer la pregunta lógica.

«¿Qué pasaría si pudieran probar algo contra mi padre?».

Y mientras la duda la acribilla como un subfusil, su madre y su tía se despiden del tabernero.

—¿No queréis tomar nada? —les pregunta Rafael, esbozando un gesto cortés—. Un poco de vino tal vez os vaya bien. Y para Aurora algo sin alcohol, por supuesto.

—No de esa mierda que pones, Rafael —declina su exmujer, cortante.

Y salen a la intemperie bajo la leve y sutil nevisca que ha comenzado a caer.

Y el mismo silencio camino de casa, roto únicamente por un

comentario furtivo que Bernarda esboza como si hablase consigo misma en voz alta.

—Rafael está más gordo, ¿no?

Que Felisa responde con un:

—Sí, también me he fijado.

Aurora, en cambio, se limita a asentir, absorta, imaginando a su padre vejado, humillado como uno de esos presos de los que su amiga Elena le habló hace unos días.

Esos presos que se morían de frío y sin medicamentos.

Piensa en ella, en Elena, y se frena en seco.

—Esperadme en casa, tengo que hacer una cosa.

—¿Qué dices, Aurori? —le pregunta Felisa con gesto de extrañeza—. Anda, déjate de tonterías y vente para casa.

La empuja levemente hacia delante, pero Aurora se convierte en estatua.

—Que no, de verdad, hacedme caso. Iré enseguida.

Y mientras da media vuelta y deja a su madre y a su tía ahí plantadas, mirándose la una a la otra, la chica intenta recordar qué dirección debe tomar para ira a casa de Elena.

En esta casapuerta, a la espera de que Elena bajase, Aurora siempre se subía unos centímetros la falda y se aupaba los pechos más allá de lo acordado estrictamente con Felisa, preocupada esta, como toda madre, por la integridad moral de su hija.

—Bondad y dulzura más que donaire y hermosura —le decía.

Una vez abajo, Elena imitaba a su amiga antes de emprender el camino hacia la verbena.

Como ella, se peleaba con su madre por la longitud de su decoro.

Las chicas tenían quince años y España era una República joven que también se recogía el largo de la falda.

Tres años como tres siglos después, Aurora vuelve a llamar al mismo timbre.

—Doña Ascensión, ¿puede salir Elena un momento, por favor?

La mujer no había reconocido a la joven, que, en la penumbra de la casapuerta, es como una aparición fantasmal.

Pálida, cadavérica.

—Pero ¡Aurora! Qué de tiempo, hija.

Elena aparece tras su madre y le pide que las deje a solas.

—¿Aurora? —se sorprende.

Esta se permite unos segundos para recuperar el aliento.

—¿Ha pasado algo?

Sus miradas se encuentran. La de Aurora, vidriosa, casi borrada.

—Es mi padre. Unos milicianos lo han detenido.

Elena se apresura a acallar a su antigua amiga hasta que se asegura de que nadie de los de casa las oye, y la conmina a alejarse unos metros calle abajo.

—Ay, por Dios, ¿y cómo ha sido? —le pregunta, bajando el registro de su voz.

—Esta tarde, en el metro —responde Aurora con la voz quebrada—. Mi padre fumaba un cigarrillo cuando dijeron su nombre y lo apresaron.

Miran en derredor.

—¿Así, a simple vista?

—Eso parece.

Al padre de Elena se lo llevaron por falangista una noche del julio caluroso y sangriento que siguió al alzamiento de los militares.

—¡Abran a la revolución! —oyeron de pronto.

Y los milicianos tiraron la puerta a culatazos y subieron hacia el dormitorio para coger a Eduardo entre un puñado de ellos al grito de «Perro fascista».

—Y pensé en acudir a ti, Elena.

Elena mira a los ojillos brillosos de Aurora y le ofrece el hueco de un abrazo.

—Intentaré ver qué puedo hacer, ¿vale? —le dice, fundiéndose—. A fin de cuentas, tu padre era buen amigo del mío. Y nosotras, ¿cómo olvidar cuando nos subíamos la falda bajando esta calle hasta las verbenas de San Isidro?

Y ríen de forma breve y espontánea.

—Muchas gracias, de verdad —responde Aurora, secándose el contorno de los ojos con el dorso de la mano.

Elena deshace el abrazo y vuelve a mirar en derredor.

—Ahora ve a casa y descansa. Y tranquiliza a tu madre, que lo estará pasando muy mal. Mañana trataré de ponerme en contacto con alguien que puede ayudaros, ¿de acuerdo?

15

Lo primero que Teófilo pensó: «Si ser espía es dormir bajo techo, bienvenido sea».

Tras varios meses durmiendo en el frente, en el refugio de la trinchera, Teófilo no recuerda cuándo fue la última vez que pernoctó bajo techo y sobre un colchón confortable. Tal vez fue durante la instrucción, cuando lo hacinaron en aquellos barracones junto a cientos de soldados a la espera de dirigirse hacia el frente.

Ninguno de ellos imaginaba lo que se les venía encima.

—¿La guerra? Será cuestión de semanas, ya verás —le dijo aquel soldado que dormía junto a él las noches que precedieron al bautismo de fuego.

Se llamaba Adolfo y roncaba como si su boca fuese un sumidero por el que todo podía precipitarse. Por ello, Teófilo apenas conseguía conciliar el sueño, como tampoco lo haría en el frente, sobre su catre atestado de liendres y piojos y oyendo de nuevo los ronquidos cadenciosos de sus compañeros.

Durante aquellas noches, en la duermevela, lo abordaban los recuerdos que a lo largo del día lograba relegar al olvido, y que volvían a él solo cuando más frágil se sentía.

La memoria de un daño imprecisable.

Esta noche, en cambio, en el piso de la calle Serrano —donde jamás habría imaginado que acabaría yaciendo—, logra dormirse tras la primera cabezada, como un niño pequeño.

El piso es amplio, con un par de habitaciones, un baño, cocina, un enorme salón con una mesa de comedor y varias sillas dispuestas en forma de aula y un balcón con vistas a la calle Serrano. Apenas hay mobiliario ni decoración, pero sí quedan las sombras y los huecos de los tal vez costosos cuadros que colgaban de las paredes y los lujosos sofás o sillones en los que habrían conversado y bebido coñac algún rico y sus amigos. Este y decenas de otros pisos del barrio de Salamanca fueron abandonados por las familias aristócratas y burguesas que huyeron de Madrid en cuanto estalló la guerra.

Los soldados entraron en el piso detrás del capitán. Pepe, del que Teófilo no tardó en saber que era de Sevilla y que su familia había caído entera del lado nacional, fue el primero en exclamar, con la socarronería de su tierra:

—¡Me cago en mis muertos! ¡Quién iba a decirme a mí que dormiría en el barrio más esnob de la capital!

Entrecomilló eso de esnob mientras ponía tono de niño pijo.

—Haga el favor de moderar ese lenguaje, soldado —le recriminó el capitán.

Y les pidió que se repartiesen las literas y que no tardasen mucho en acostarse.

—Mañana estaré aquí a las nueve en punto, caballeros. Los quiero aseados, uniformados y con las habitaciones perfectamente recogidas. ¿Me han oído?

Le hacen caso, pues todos ansían tumbarse en la cama y cerrar los ojos a la espera de abrazar el sueño.

En cada habitación hay un par de literas con dos camas cada una. Tras una breve deliberación, deciden dormir tres en una habitación y otros tres en otra.

—¿Alguien tiene una moneda? —pregunta el soldado llamado Antonio, alto, rudo, de marcado acento aragonés.

Teófilo echa mano al bolsillo trasero del pantalón y le ofrece una peseta.

—Perfecto. Lo echaremos a cara o cruz. Cara para la habitación de la izquierda, cruz para la derecha. ¿Os parece?

Los demás asienten. Finalmente, el sorteo empareja a Teófilo con Rodrigo y Pepe en la habitación de la derecha, y al resto en la de la izquierda.

Pocos minutos después, y tras darse las buenas noches protocolarias, el manchego se recuesta en una de las literas de arriba. Cierra los ojos y le llega el sueño enseguida.

Por primera vez desde hace semanas, nadie lo visita durante la noche.

Quizá porque siempre fue de sueño ligero, Teófilo es el primero en oír el sonido que proviene del rellano, tras la puerta del piso. El alba llegó hace unos minutos y los soldados dormían como se duerme en tiempos de paz.

Fue como un golpe seco. Teófilo se incorpora sobre la litera, por si el ruido se repitiese, pero no oye nada más. Tras unos segundos de indecisión, se pone en pie y se decide a comprobar qué ha ocurrido ahí fuera.

El catre cruje, pero no hace el ruido suficiente para despertar a sus compañeros. Rodea las literas y sale de la habitación achinando los ojos ante la luz mañanera que entra por el balcón del salón.

Afuera, la ciudad ya ha despertado.

Va hacia la puerta del piso y la abre muy despacio, esperando encontrarse con el cañón de un fusil o la amenaza de algún arma.

Pero nada de eso: una anciana yace tendida en el suelo, junto a los últimos escalones que dan acceso al rellano.

Teófilo abre la puerta y corre a socorrer a la mujer.

—¿Está bien, señora? —le pregunta mientras se agacha para auxiliarla.

—Ay, sí, mi niño, ¡menos mal que estaba ahí!

El muchacho la aúpa con fuerza y la ayuda a subir el último y fatal escalón, con el que la mujer seguramente ha tropezado. Llevaba una bolsa de la compra que se ha quedado un par de escalones atrás.

—¿Se ha hecho daño?

La mujer mueve las rodillas en busca de alguna secuela aparte de la contusión.

—Nada con lo que no pueda una anciana como yo —exclama con una sonrisa—. Desde que no funciona el ascensor, tengo que andar con mucho cuidado, ¿sabe?

A pesar de la aparatosa caída, su pelo sigue intacto en ese moño rígido y el fular sigue magníficamente enroscado sobre su abrigo. Dice llamarse Isabel.

—Isabel Riquer. —Se repasa el moño por si algún pelo hubiese osado salirse del recogido—. ¿Y usted? No sabía que había nuevo inquilino en el piso de don José.

El manchego piensa a toda prisa una respuesta convincente y, para ganar algo de tiempo, baja el par de escalones en el que se quedó la bolsa de la compra y la recoge.

Decide torear la pregunta:

—Sí que ha madrugado hoy, ¿no, señora? —le dice, volviendo a meter dentro de la bolsa el par de piezas de fruta que han bajado rodando hasta el descansillo.

—A quien madruga, Dios lo ayuda, o eso dicen, ¿no? —responde doña Isabel, dirigiéndose hacia la puerta de su casa, situada justo frente a la de los soldados.

La anciana saca las llaves del bolsillo de su abrigo y abre la puerta con un par de giros en la cerradura. Teófilo aguarda a que abra para devolverle la bolsa de la compra.

—Entonces, ¿tengo nuevo vecino? —insiste la mujer.

Ahora no puede titubear.

—Sí, me llamo Sebastián y acabo de llegar a Madrid como corresponsal de guerra.

La mujer le sonríe.

—Vaya, pues bienvenido a la ciudad, Sebastián —le hace un gesto para que la acompañe dentro de su casa—. Venga, lo invito a un té.

—Ojalá pudiera, señora —se excusa el manchego, convincente—, pero ya voy tarde. Si hay alguien que madruga más que nadie es el reportero.

—Solo serán unos minutos —insiste la anciana—. Mi té es muy famoso, ¿sabe? Nada de esos sucedáneos que se ven por ahí. Venga, por las molestias causadas.

Teófilo vuelve a excusarse, alejándose un par de pasos por el rellano.

—Molestia ninguna, doña Isabel. Probaré su té otro día. De verdad que llevo prisa hoy. Ya debería estar camino de Ciudad Universitaria, fíjese.

Y hace un gesto de nerviosismo, tras el que la anciana, resignada, se decide a cruzar el umbral de su puerta dedicándole una última sonrisa.

—Bueno, si necesita algo, ya sabe dónde estoy, ¿de acuerdo?

Teófilo entra en el piso y recorre el pasillo como un funambulista, pisando con la punta de los pies, temeroso de que sus compañeros lo hayan oído hablar con la vecina de enfrente. De su habitación llegan voces y supone que ya se han despertado.

Oye un «buenos días» de alguien y luego una réplica y, antes de que algún compañero pregunte por él, entra en la habitación con aire despreocupado, diciendo:

—Buenos días, señores.

Dentro de la habitación se siente el calor de tres hombres morando en ella toda la noche.

Va hacia su litera y se aúpa para sentarse en el colchón, a la espera de que el resto de los soldados decida ponerse en pie.

—Eh, ¿dónde estabas? —le pregunta Rodrigo desde la litera de abajo, aún a cobijo de las mantas.

—He curioseado un poco por el piso —responde mientras se despereza artificiosamente—. Es la primera vez que duermo en un sitio tan lujoso, ¿sabes?

—Yo hace tres semanas malvivía en un arrabal de Sevilla —confiesa Pepe, incorporándose sobre la litera—. Y miradme ahora, ¿eh? ¡Somos marqueses!

Los tres se permiten un par de segundos para mirar en derredor. En la habitación no hay decoración ni mobiliario salvo las dos literas y un armario vacío.

—A lo mejor la guerra era esto, ¿no? —sugiere Rodrigo—. Es decir, la oportunidad que nunca tuvimos los desheredados.

Teófilo se mantiene en silencio. Ha recordado algo que le oyó decir a su padre.

—Esto no consiste en hacer la guerra. Consiste en hacer la revolución.

Fue antes de que ocurriera todo lo malo.

—Sí, puede ser nuestra oportunidad, pero como no ganemos—responde Pepe en un tono mucho más serio del que le han oído hasta ahora—, sí que las pasaremos putas.

Vuelven a hacer un breve silencio, que Rodrigo rompe esperanzado:

—Bueno, pensad que a lo mejor alguno de nosotros encuentra la forma de ganar la guerra. Eso hacen los espías, ¿no?

Teófilo mira a su compañero y se encoje de hombros. En realidad, todavía no saben muy bien qué es lo que hacen los espías. Pepe responde con un chascarrillo y, unos segundos después, se levanta diciendo:

—Pues habrá que ponerse en marcha, ¿no? —Y se saca un reloj de bolsillo del pantalón y pone voz de aristócrata mientras cierra un ojo como si tuviera un monóculo—. Van a dar las ocho de la mañana, caballeros.

Los soldados asienten. Desde la otra habitación se oyen las voces de sus compañeros. Poco después, los seis se encuentran en el salón y se organizan, prestos, a recoger las habitaciones y a asearse por turnos en el cuarto de baño. Ninguno quiere oír una reprimenda del capitán, menos aún la primera mañana de instrucción.

Los soldados se relacionan hallando los primeros espacios comunes: el frente, el enemigo, el lugar de origen.

—¿Yo? Soy de un pueblo de La Mancha —responde Teófilo ante la pregunta de Juanito, un muchacho espigado y de cara aniñada, con el que aún no había cruzado ni una palabra.

—Yo soy extremeño. De un pueblo de Cáceres. Y toda la vida me han llamado así, Juanito. También podéis hacerlo vosotros, ¿eh? Que no me importa.

Teófilo asiente. Todavía no sabe que, en cuanto formen parte del Servicio de Inteligencia, no podrán revelar sus nombres ni su procedencia.

Se hablarán usando nombres en clave: él será E15.

—Pues encantado, Juanito —responde.

Y vuelven la mirada hacia el balcón. Ambos observan el fluir diligente de los madrileños madrugadores antes de romper el hielo; aquellas mujeres que, como doña Isabel, van a hacer la compra con el temor de quedarse sin género, el afilador y su melodía, el obrero, los comercios que abren, los saludos corteses.

Algunos minutos después se oye el traqueteo de la cerradura.

—¡Buenos días, caballeros! —La voz firme y potente del capitán—. ¿Están listos para la primera instrucción?

El capitán carga con un maletín al hombro y un par de bolsas con comida para el desayuno, que deja sobre la encimera de la cocina. Luego se dirige a los soldados invitándoles a tomar asiento en las sillas dispuestas en el salón, que simulan la distribución de una pequeña aula escolar.

—Comenzaré explicándoles cómo serán las jornadas de instrucción, ¿de acuerdo? Óiganme bien porque no me gusta repetir las cosas dos veces —advierte, forzando una voz didáctica, como de maestro—. Estaré aquí todas las mañanas a las nueve en punto con el desayuno y el correo. Sobre las nueve y media empezará la instrucción, que durará hasta las dos de la tarde, con un breve descanso a media mañana. Luego, un soldado les traerá el almuerzo y la cena cada día, de modo que no tendrán que preocuparse por hacer de comer. No podrán quejarse, ¿eh?

Pepe mira a Rodrigo y a Teófilo y repite, por lo bajini, aquello de «Somos marqueses» que les dijo en la habitación.

—La limpieza y el aseo del piso y de su ropa corre a cargo de ustedes —continúa el capitán—, y deberán organizarse como mejor vean. Eso sí, el orden y el deber empieza por la limpieza mañanera. Ténganlo siempre en cuenta, caballeros, ¿vale? Hasta ahora, ¿alguna pregunta?

Juanito levanta la mano y el capitán le hace un gesto para que hable.

—Sí, capitán. ¿Y de qué va a ir la instrucción de hoy?

—Espere, no sea ansioso. —El capitán coge el maletín con el que entró en el piso y lo abre para sacar unos documentos—. Pues bien, caballeros. Comenzaremos estudiando las *Normas para la organización y funcionamiento del Servicio de Información*, el documento elaborado por el comandante Estrada donde se concretan las reglas que debe cumplir el personal adscrito a la Segunda Sección. Luego, recibirán nociones de cartografía, de criptografía y de italiano y alemán. Ojo, vendrá otro soldado a enseñarles esos idiomas, porque yo les confieso que ni papa. Estimamos que la instrucción dure unas dos semanas, si no cambian las condiciones del frente, claro está.

En cuanto el capitán calla, Pepe levanta la mano para hacer una pregunta.

—¿Y después del almuerzo? ¿Qué hacemos? Es decir, cuando usted se haya ido. ¿Podremos dar un paseo por la ciudad?

—Me temo que no, señores. Tendrán que dedicar al menos un par de horas a estudiar lo que hayan visto en la instrucción de la mañana. Después serán libres para leer o, yo qué sé, jugar a los naipes, pero no pueden salir del piso ni entablar contacto con nadie.

Y Teófilo, sin levantar la mano:

—¿Y si alguien nos ve o nos oye? —pregunta—. Somos seis soldados viviendo en un bloque de vecinos. Alguien podrá oírnos o verle a usted entrar y salir, ¿no?

El capitán asiente con seguridad, como si esperase esa pregunta:

—Podrá ocurrir, por supuesto. Aun así, la mayor parte de los vecinos de este bloque han abandonado la ciudad. Tanto si yo me encuentro con alguien como si alguien los ve a ustedes, todos debemos actuar con naturalidad. A fin de cuentas, caballeros, ese será su trabajo cuando comiencen a trabajar para la Segunda Sección.

Los soldados guardan silencio.

—¿Alguna pregunta más?

—¿Y el correo? —inquiere Antonio desde el último asiento, frente al balcón—. ¿Vamos a poder mandar y recibir?

—En cuanto al correo, las normas son muy estrictas: habrán de reducir al máximo su correspondencia, y entregármela a mí. Que a ninguno se le ocurra usar su nombre completo ni dar la dirección en la que nos encontramos. Tendrán que decirme la dirección del destinatario y yo enviaré y recibiré las cartas desde mi comandancia. Y recuerden: no podrán contar ningún detalle sobre las instrucciones u operaciones que van a llevar a cabo, bajo pena de traición sumarísima. Ni siquiera nombrar la Segunda Sección, ¿me han oído?

Los soldados asienten. Algunos se esfuerzan por no mostrar su desagrado, conteniendo una mueca de inquietud. Hay pocas cosas que un soldado no permite que se le toquen, y una de ellas es, sin duda, el correo. De hecho, a cualquiera de los muchachos se le habrían quitado las ganas de escribir a su familia con esas estrictas normas, pero escribir a su familia es de las pocas cosas que los mantienen a este lado de la cordura.

—¿Me han oído? —repite el oficial.

—Sí, mi capitán —responden al unísono.

Por la tarde, tras un almuerzo austero, los aspirantes a espía charlan en el salón sobre uno de los temas que más les preocupa: el correo.

—Es decir, que tenemos que ocultarles todo esto a nuestras familias —dice Juanito mientras juguetea con un papel al que le ha dado la forma de una mariposa.

—Pues yo me juego el cuello a que mi mujer me lo adivina aunque no le diga nada. Tiene una habilidad... Cualquiera le oculta algo —salta Pepe.

Entonces, Rodrigo cuenta que sus padres le escriben cada dos días, pase lo que pase, y Antonio les habla de su hermano, que, a pesar de que también está en el frente, no perdona la correspondencia.

Teófilo, mientras tanto, se mantiene en silencio, contemplando el ajetreo de la calle desde la ventana del piso. Hasta que Pepe, sentado a su lado, le hace un gesto.

—¿Y tú, a quién le escribes?

—¿Yo? —responde el muchacho volviendo la vista hacia sus compañeros—. Una muchacha tengo por ahí.

—Vaya, ¿una novieta? —insiste el sevillano dándole un golpecito con el codo.

Y conteniendo una media sonrisa:

—Qué va, una amiga.

Y la conversación se desvía: «Bueno, ¿y qué os ha parecido la primera instrucción?», pero Teófilo ya no puede dejar de pensar en esa muchacha, a la que en realidad no sabe si podrá considerar amiga, pues ahora, bajo el control del capitán, no podrá contarle mucho más sobre él en sus cartas y deberá limitarse al terreno común y transitable: el trabajo de su padre, la cocina de su madre, las jornadas de siembra o la placidez de la vida agreste.

Sin embargo, a poco que quiera escarbar un poco en sus recuerdos y abrirse a ella, habrá de sufrir la ira del censor. O la de un consejo de guerra, quién sabe.

Y tiene una idea: esta mañana se fijó desde el balcón del salón en que, en la acera de enfrente, junto a una tienda de ultramarinos, hay un buzón de correos.

¿Quién podría verlo de madrugada echando una inofensiva carta a ese buzón?

Y apura el plan pensando, de repente, en doña Isabel: quizá la mujer tenga a bien recibir el correo que venga de Aurora mientras esté en este piso del barrio de Salamanca. A fin de cuentas, la anciana le dijo aquello de:

—Bueno, si necesita algo, ya sabe dónde estoy.

Así que, entusiasmado, Teófilo siente el impulso de escribirle a Aurora para contarle muchas cosas más de las que en un principio había pensado decirle; cosas que poca gente —en esta guerra, nadie, de hecho— sabe de él.

16

El lado derecho de la cama de matrimonio huele a él, a su padre. Felisa le ha pedido a Aurora que llene el enorme vacío esta noche, y la joven se acurruca junto a su madre y busca refugio en las mantas mientras intenta contener el llanto como quien le pone una presa a un río.

—Buenas noches, mamá.

La besa en la mejilla y cierra los ojos buscando quedarse dormida.

—Buenas noches, cariño.

Pero sabe que no podrá dormirse, pues ¿cómo hacerlo, imaginando, de las más terribles formas posibles, el cautiverio de su padre allí donde lo tengan preso?

Y la noche transcurre en tinieblas.

«Ay, papá, ¿por qué tú?».

Despierta, Aurora ve todas las horas en el reloj de la habitación de sus padres hasta que percibe cómo la luz asoma por entre los huecos de la persiana, tras las cortinas de encaje que la abuela Agustina cosió como parte del ajuar de su hija.

La luz, a pesar de todo.

Mira a su madre desde el lado derecho, el de su padre. Parece haberse quedado dormida. Sale al pasillo y abre un resquicio la puerta del dormitorio de sus hermanos para comprobar que duermen plácidamente, ajenos a todo.

—No se lo diremos aún a los niños —le dijo Felisa—. Que duerman esta noche.

Aurora asintió, pensando sí, que duerman ellos por nosotras dos, y ahora, observándolos, siente un extraño y leve remanso de paz, acompasado con el ritmo de sus respiraciones. La de Jesusito, como siempre, es sonora, casi como un ronquido.

Felisa aparece tras la puerta de su dormitorio. Pálida, ojerosa, despeinada.

—¿Has dormido, cariño?

—Un poco, mamá —responde.

Con un gesto delicado, su madre le quita un mechón de pelo de la frente para pasarlo detrás de su oreja derecha. Luego intenta esbozar una sonrisa.

—No vayas a llegar tarde al trabajo, cariño, ¿eh?

—Pero ¿cómo voy a ir a trabajar con lo que ha pasado? —responde Aurora, extrañada, bajando la voz ante la cercanía del dormitorio de sus hermanos.

Felisa levanta el mentón y, con aparente seguridad, responde:

—Lo de tu padre es un error que se solucionará pronto. Hoy o mañana deberían sacarlo. Será mejor que, mientras tanto, nadie note nada, ¿de acuerdo?

Aurora la mira a los ojos. Bajo ellos hay dos enormes surcos por los que esta noche, junto a su hija y en ausencia de Roque, ha llorado calladamente. No puede darle un no.

—Está bien, mamá.

Y va a trabajar al hotel Palace y atiende a los pacientes del día —un nuevo bombardeo ha causado numerosos destrozos y ha dejado una decena de heridos— como si no estuviera dentro de su cuerpo. Como si el presente fuese una ilusión en fuga.

Al llegar al vecindario, Aurora encuentra a sus hermanos jugando en el patio con otros vecinos.

—¡Tata! —Jesusito se le acerca—. ¿Sabes quién está en casa? ¡El tío Rafael! Ha llegado y nos ha regalado unos caramelos, ¡mira! —Se saca del bolsillo unos caramelillos como aquellos que siempre le esperaban a ella en la taberna de su tío.

Manuela aparece tras su hermano.

—Sí, pero nos ha dicho que bajemos al patio para repartirlos con los vecinos, ¡y aquí estamos! —Señala a Mateo y a Herminia, hijos de doña Blanca y doña Gertrudis, que juegan junto a las macetas de geranios.

Aurora responde con un par de monosílabos, casi inentendibles, y toma la escalera para subir a casa sin decirles adiós a sus hermanos ni reparar en que los hijos de sus vecinas la han saludado efusivamente.

«El tío Rafael está en casa», se repite mientras, nerviosa, echa mano al bolso para coger la llave del piso y la gira torpemente en la cerradura.

—¿Hola? —pregunta, buscándolos.

En la cocina, Rafael y su madre hablan en confidencia, con gesto serio, apoyados en la encimera.

—¿Alguna novedad, tío? —le pregunta, ávida de respuestas.

El tabernero la mira a los ojos y asiente levemente. Bebía de un vaso de vino que su madre habría debido de servirle. Va hacia ella dejándolo sobre la encimera.

—He estado indagando un poco. Un amigo de un amigo tiene contactos con las milicias cenetistas. Y no me ha sido muy difícil saber dónde está tu padre, Aurori.

—¿Dónde?

—Pues me han dicho que tu padre está en el convento de la calle Blasco de Garay, al norte de la ciudad.

—¿Cómo? ¿En un convento? —pregunta la joven, extrañada.

—Sí. Ahí los del Ateneo Libertario de Vallehermoso han improvisado una prisión. Bueno, como tantas que hay en la ciudad. Las llaman checas.

Checas. Sí, Aurora ha oído hablar de ellas. Se le eriza la piel.

—Pero no debemos preocuparnos —continúa Rafael—. Por lo visto, en esa checa no suelen dictar penas de muerte, así que podemos estar tranquilos. Desde el mes pasado, el Ministerio de Gobernación está llevando a cabo grandes esfuerzos por acabar con esos tribunales populares alternativos.

—Si el Gobierno hubiese tenido los cojones suficientes, habría podido contener a todos esos matones —exclama Felisa, embravecida.

Rafael extiende la mano para calmar la ira de su antigua cuñada.

—Tranquila, Felisa. Todo saldrá bien, ya verás.

Y da un último trago al vaso de vino antes de despedirse de las mujeres.

—Es posible que en breve pueda saber algo más, ¿vale? —les dice.

Pero en breve es un lapso de tiempo caprichoso.

—Está bien —responde Aurora, acompañándolo hacia la puerta—. Muchas gracias, de verdad. No sé qué haríamos sin ti en esta situación.

Rafael, en el umbral de la puerta, acalla sus palabras con un gesto.

—No tienes que dármelas, Aurori. Para mí, y a pesar de todo lo que pasó entre tu tía y yo, vosotros seguís siendo mi familia.

Los milicianos charlan despreocupados frente a la puerta del convento. Son dos. Uno de ellos juguetea con su arma, un fusil que lleva colgado al hombro. El otro pone cara de tipo duro. En la boca de ese, Aurora reconoce el nombre de una chica, Alba, o tal vez Alma, y luego lo ve imitar con las manos la forma de unas sinuosas caderas antes de estallar en una amplia risotada.

—Es ahí —le dice a su madre.

Han caminado una hora, recorriendo Madrid de sur a norte, para llegar al convento franciscano de Blasco de Garay. Desde que estalló la guerra, aquí se encuentra la prisión para presos políticos de los milicianos del Ateneo Libertario de Vallehermoso.

Es decir, una checa.

—Tenemos que ir a ese convento —dijo Felisa tras despedir a Rafael el Cojo—. Si logro hablar con ellos y decirles que la detención de tu padre ha sido un error, seguro que nos lo traemos de vuelta.

Y así han llegado hasta aquí, a lomos de esa pequeña esperanza.

Miran hacia la fachada principal del edificio. Todas las ventanas, rematadas en un arco ojival, se encuentran cerradas a cal y canto, y no hay nada que indique, salvo los dos milicianos apostados en el portal, que ahí haya actividad alguna.

—Déjame que hable yo con ellos, madre —propone Aurora, asomada tras la esquina de la calle Fernández de los Ríos—. Parece que tienen mi edad.

Sí, no parecen llegar a los veinte. Son dos chicos jóvenes, espigados, con bigotillo uno —aquel con cara de tipo duro—, y con gafas el otro. El uniforme y el fusil les quedan grandes, como anacrónicos.

Aurora atraviesa la calle y los aborda. Sabe cómo debe dirigirse a ellos.

—Hola, ¿podría hablar con vosotros un momento? —pregunta en tono de damisela en apuros.

Los milicianos la miran con curiosidad. En el porte de ambos hay un intento de parecer mayores; la espalda estirada, el pelo hacia atrás, el gesto serio. Que no se les note la lozanía, que en la guerra no hay nada peor que la inexperiencia.

Aquel en cuyos labios leyó Aurora el nombre de Alba, o Alma, es el primero en responderle, con voz de galán:

—Dime, guapa.

Aurora se permite unos segundos para contestar. Mira en derredor, comprobando que nadie los oye, y le pone ojitos al miliciano galán, al que supone más vulnerable.

—Necesito un gran favor —afirma.

El miliciano se ajusta la gorrilla sobre la cabeza y dibuja una media sonrisa estudiada.

—A ver, pide por esa boquita, muchacha.

Aurora entrelaza las manos y fuerza una mueca de súplica.

—Ayer detuvieron a mi padre y me han dicho que está ahí dentro, en este convento.

De pronto, al miliciano se le borra la sonrisa.

—Anda... —suelta.

—Pero ha sido un tremendo error —continúa Aurora—. Mi padre no es ningún fascista, os lo puedo asegurar. Desde que ellos empezaron la guerra, siempre ha colaborado con la República y con el pueblo.

Pero el miliciano agria el gesto y abandona el tonillo de seducción para responderle:

—Nuestra labor no es fácil, muchacha. Tenemos que purgar Madrid de facciosos si queremos ganar la guerra.

—Pero ¡mi padre no es ningún faccioso! —responde Aurora, tensa.

—Aquí no tienes nada que hacer, venga, circula.

El miliciano la coge del brazo, pero su compañero, que hasta ahora no había abierto la boca, lo echa a un lado para dirigirse a ella.

—Tu padre estará a la espera de que lo juzguemos. Si no es un fascista, como dices, no debes preocuparte de nada, ¿vale? —le dice con voz cálida y segura.

Aurora asiente, e intenta insistir: «Sí, está bien, pero...», hasta que el otro miliciano, el galán de chichinabo, la aparta hacia la calzada y le pide que siga caminando si no quiere tener problemas.

Felisa, que lo ha visto y oído todo desde la acera de enfrente, parapetada tras una esquina, cruza la calle y se dirige a la puerta del convento hecha una furia.

—¡Mi marido no es ningún fascista! —va gritando.

Los milicianos, en un gesto reflejo, sostienen su fusil en alto. Y el galán:

—¡Váyanse ahora mismo o les meto un tiro!

Aurora coge a su madre de los hombros e intenta apartarla.

—¡Vámonos, mamá!

Pero Felisa se mantiene quieta, con la mirada clavada en los dos muchachos.

Y el galán, blandiendo el fusil, amenaza:

—No lo diré una tercera vez. O se van ahora mismo o le pego un tiro a usted y a su hija me la follo antes de pegarle otro, ¿me han oído?

Tras estas palabras, el segundo miliciano da un paso al frente y corta el posible trayecto de una ráfaga de fusil.

—Disculpen al bruto de mi compañero —les pide, sin miedo a las represalias del otro—. Será mejor que sigan su camino y esperen a que su pariente sea juzgado, ¿vale?

Y gira la cabeza e intenta calmar a su compañero con un gesto de las manos.

—¿Juzgarlo? —pregunta Felisa, que no se da por vencida—. ¿Y de qué vais a juzgarlo? ¿Y quién os ha dado ese poder, eh?

Aurora vuelve a mirar en derredor. Algunos transeúntes curiosos se han parado al otro lado de la calle a contemplar la escena. Tira de nuevo de su madre, pero esta sigue sin querer moverse.

—Entiendo cómo se sienten —responde el miliciano, mirándolas con unos ojos pequeños y oscuros—, pero no podremos ganar la guerra si seguimos teniendo al enemigo dentro de la ciudad.

Ya sabe lo que dijo ese faccioso del general Mola. Cuatro columnas atacan Madrid y otra más, una quinta, lo hace dentro de la ciudad. Nuestro deber es acabar con esa quinta columna, señora.

De pronto, del final de la calle Blasco de Garay, llega el ruido de una camioneta que se dirige hacia el convento. Aurora nota cómo le cambia el gesto al miliciano.

—Será mejor que se vayan —les pide, apurado.

Y antes de que Felisa articule una respuesta: «Yo no me voy a ningún lado, ¿eh?», el muchacho se acerca a ambas y las empuja con fuerza hacia la otra acera.

—Ahí vienen mis compañeros. ¡Váyanse ahora mismo o tendrán problemas!

La camioneta lleva impreso el logo de la CNT en la cabina. A unos metros del convento, el conductor hace sonar el claxon.

—Vámonos, mamá, por el amor de Dios.

Aurora tira de su madre por tercera vez y, ahora sí, Felisa cede y da media vuelta para volver a cruzar la calle y dejar atrás a los milicianos. Unos segundos después, la camioneta frena frente a la puerta del convento, y ya desde la calle contigua oyen el griterío de los hombres, que quizá lleven a alguien detenido.

Tal vez a un inocente, como Roque.

Y caminan de vuelta apretando los labios, sin decir palabra.

En cuanto llegan a casa, Felisa se dirige a la cocina y Aurora al salón, donde juegan sus hermanos, para descolgar el teléfono y hacer la llamada que durante todo el camino ha pensado que haría.

—Hola, Ascensión. Soy Aurora. ¿Podría ponerse Elena, por favor?

—Sí, claro, Aurori. Un momento.

Mira hacia sus hermanos. Jesusito hace caminar a su muñeco de trapo por el respaldar del sillón en el que siempre se sentaba su padre, mientras Manuela va detrás, intentando alcanzarlo. Viéndolos jugar siente el impulso, de pronto, de querer ser ellos.

De haberse quedado en los diez años, cuando el mundo era un lugar seguro.

—¿Aurori?

—Sí, soy yo, Elena.

—¿Alguna novedad?

Hace pantalla con la mano para ocultarles la voz a sus hermanos.

—Pues verás, mi tío Rafael nos ha dicho dónde tienen a mi padre. Es en el convento de Blasco de Garay, donde los milicianos han montado un ateneo. Mi madre y yo hemos ido allí, pero nos han echado sin dejarnos verlo.

—Vaya. Será mejor que no insistáis mucho con los milicianos, querida. No pocas veces se han puesto nerviosos y han precipitado las cosas. Hoy he hablado con alguien que puede ayudarte, pero llevará algo más de tiempo.

—Muchas gracias, Elena —responde Aurora, conteniendo el temblor de la barbilla—. No sé qué más podría hacer.

—Bueno, mientras esperáis noticias, podríais ayudarnos a nosotras. Recuerda lo que te pedí, Aurori. Hay muchas mujeres colaborando y tú también puedes hacerlo. Tú podrías conseguirnos sábanas y ropa de abrigo del hospital, ¿no?

Elena siempre habla así, «ayudarnos», «conseguirnos», pero todavía no ha delimitado el alcance de ese plural. Aurora permanece callada durante un par de segundos.

Hasta que:

—Sí, está bien —contesta.

Se despiden. Luego vuelve a mirar a sus hermanos y decide participar en sus juegos. Coge uno de los muñecos y pone voz de pito para hacerlo hablar ante los niños, provocando sus risas. Piensa que ojalá pudiese reír así, como ellos.

Los juegos continúan hasta que la pequeña Manuela, de pronto, dice:

—Por cierto, tata. Esta tarde, cuando mamá y tú salisteis, llegó el cartero con una carta para ti. La dejé en la cocina, ¿la has visto?

Aurora pone cara de sorpresa, diciendo «No, no la he visto», y deja en el suelo el muñeco con el que jugaba para dirigirse a la cocina, donde su madre, que está preparando la cena, tampoco había reparado en el sobre del estante de las especias.

—¿Y eso, Aurori? —le pregunta Felisa, mirándola por el rabillo del ojo frente a la cazuela de la que viene olor a guiso.

—Una carta que llegó para mí esta tarde —responde su hija, cogiendo el sobre—. Debe de ser de aquel soldado.

Y lo dice así, «aquel soldado», porque, durante estos días, al pensar en Teófilo no ha podido evitar un sentimiento contradictorio: el soldado manchego y los milicianos que tienen retenido a su padre defienden, aparentemente, lo mismo. Pero no tarda en espantar ese sentimiento pensando en su primo Gervasio, que también lucha por la causa. Y se dice: ninguno de los dos tiene culpa de lo que hagan quienes afirman actuar en nombre de la República.

Mira el sobre por ambos lados y, al leer el nombre del remitente, arruga la frente en señal de extrañeza; en lugar del que esperaba, el del soldado manchego, lee uno que no reconoce: Isabel Riquer Viñas, y una dirección del barrio de Salamanca.

Va a su habitación y empieza a abrir la carta preguntándose quién demonios es esa mujer. Ante su sorpresa, dentro del sobre se encuentra con una letra que reconoce: la letra de Teófilo.

Mi muy estimada Aurora:

Soy yo, Teófilo, tu ahijado de guerra. Seguramente te habrán sorprendido la dirección y el nombre en el remite de esta carta. No puedo contarte mucho al respecto, no porque yo no quiera, sino porque prefiero mantenerte al margen de las razones por las que ahora no estoy en el frente junto a tu primo y los demás. No obstante, y como esta carta te llega por correo ordinario y no a través del militar, en ella sí puedo tener más libertad para escribirte, pues no habremos de sufrir al censor de turno. Ya sabes: cualquier atisbo de derrotismo o de queja es inmediatamente censurado. Tal vez por eso no te he contado demasiadas cosas de mí en las cartas anteriores. Ya te hablé de mi infancia, puede que el único terreno de mi pasado al que me permito volver de vez en cuando, pero poco más. Y lo cierto es que me apetece abrirme contigo, porque creo que te tengo confianza; quizá sea por tus cartas o por la preciosa fotografía, que te agradezco mucho que me hayas mandado. Déjame decirte que eres muy hermosa y que en mi vida había visto una fotografía tan bonita como la tuya.

Sí, como dices, ya se acerca la Navidad. En el frente todavía no se ha notado apenas, porque estamos a otras cosas. En mi casa celebrábamos una Navidad austera y campesina, y marcada por el fervor religioso de mi madre. Es pensar en las fiestas y nublárseme la vista. Alguien me dijo que contar las cosas era una forma de liberarse de ellas, ¿no te parece? Así que yo voy a hacerlo contigo: te hablaré más de mí.

¿Por dónde empiezo? Ya sabes que he vivido toda la vida en un pueblo manchego, y que aprendí a leer y escribir con el párroco del pueblo. Pero no te he dicho que fui monaguillo desde los siete años hasta los quince, y que durante aquellos años compaginé la sacristía y las misas con la labor en el campo, que se recrudecía durante la época de la recogida, cuando el patrón, cada vez más autoritario, nos obligaba a doblar el lomo en turnos cada vez más interminables. Así llegué a la adolescencia, cuando pegué el estirón y empecé a hablarme con la Rosaura, una chica del pueblo. Y mi vida se mantuvo en ese equilibrio, el equilibrio de alguien que no hacía nada excepcional en un lugar nada excepcional, hasta que, hace seis años, todo dio un vuelco...

17

La Mancha, abril de 1931

Nada paralizaba al pueblo cada año como lo hacía la Semana Santa. Teófilo lo comprendió a los ocho, cuando asistió por primera vez a las celebraciones como monaguillo. La parroquia se transformó de arriba abajo: de pronto, el color violeta de unos enormes paños ocultaba todas las imágenes y eccehomos, una alfombra negra cubría la escalinata de la fachada principal, y una ristra de cirios y candelabros marcaba el recorrido hacia el altar, como un calvario. Incluso los oficios adquirían nombres extraños: el de las tinieblas, el del beso de Judas o el de los velos rasgados.

—Don Sebastián, ¿y por qué se celebra la Semana Santa todos los años? ¿Con una vez no basta? —le preguntó el pequeño Teófilo ataviado con su túnica de monaguillo antes de celebrar la Adoración de la Cruz del Viernes Santo.

—La gente olvida —le respondió el párroco desde el presbiterio—. Por eso Cristo resucita todos los años. Porque lo olvidamos.

Poco a poco, aquella liturgia de misterio y solemnidad fue haciéndose recurrente para el muchacho, que alternó hasta bien entrada la adolescencia la faena en el campo con los oficios de la misa.

—¿Y tú por qué sigues con el viejo cura? —le preguntó Jerónimo, uno de los muchachos del pueblo.

—¿Acaso me meto yo en tus asuntos? —le contestó el muchacho.

Y no le respondió lo que habría querido decirle en realidad: que don Sebastián lo entendía como no lo entendía su padre y que si alguna vez tenía oportunidad de salir del pueblo, sería solo gracias a lo que él le enseñaba.

—Eh, tranquilo, hombre, baja esos humos.

También se lo dijo Rosaura, la hija de Paulino, con la que había comenzado a pelar la pava en secreto de camino al arroyo.

—¿Y tú, no te cansas de estar con el cura? Parece un completo aburrimiento.

Nadie lo preparó nunca para cuando una chica mostrara interés por él, ni siquiera don Sebastián, que no tenía reparos en hablar de cuestiones mundanas. De pronto, Rosaura, con quien había compartido juegos infantiles desde que tenía uso de razón, se hacía la encontradiza, movía las caderas a la vista del muchacho con el vaivén de las mareas y le enviaba recados usando a sus amigas como palomas mensajeras.

—Dice la Rosaura que le pareces bien curro. Que te ves currísimo, vaya.

Y Teófilo sonreía, ruborizado, y no sabía qué responder ante el piropo de la muchacha. Hasta que don Sebastián se enteró.

—Ten cuidado, ¿eh? —le advirtió el párroco mientras preparaban los oficios del Sábado Santo—. Me han dicho en confesión que te vieron hablando con aquella mocita.

Teófilo contuvo un gesto de vergüenza, haciéndolo íntimo, y le respondió mientras se ataviaba con su roquete blanco, que su madre, Josefina, había tenido que remendar varias veces ante el crecimiento de su cuerpo.

—Y el secreto de confesión, don Sebastián, ¿dónde queda?

Era el cuerpo de un adolescente espigado, bigotillo incipiente, voz grave y ademanes de adulto con los que parecía querer imitar a los mayores.

—Cuídate de las mozas pizpiretas, que aún es pronto —le insistió el cura, hojeando su breviario para encontrar la lectura del día.

Teófilo rio. Para él, ese coqueteo que la chica se traía era todavía como un juego.

—Que aún es pronto —repitió el cura.

Y el chico, al que le gustaba picarle, objetó:

—No sea desaborido, ¿no decía usted que había que amar?

Don Sebastián levantó la vista del breviario y puso su cara de homilía.

—La carne y el amor son dos cosas distintas. Lo primero lo tendrás siempre a la mano. Lo segundo habrás de encontrarlo, como un misterio.

El muchacho asintió y continuó vistiéndose, atándose el roquete. Sabía que en cuanto el párroco sentenciaba, ya no había espacio para ninguna réplica. Menudo era el cura para que le discutieran.

Don Sebastián cerró su libro litúrgico y miró hacia la puerta de la sacristía, que daba al altar, de donde venía el rumor de algunas voces.

—Anda, cógete el cirio pascual y volvamos al altar, que se hace tarde.

El chico, haciendo equilibrios con el cirio, siguió al párroco, y lo contempló camino del altar, con su andar lento pero señorial, como si flotara en las aguas, la frente erguida, el pelo cano. En el pueblo no había nadie más respetado que él. Ni siquiera el señorito.

La iglesia fue llenándose poco a poco de fieles, a los que Teófilo miraba desde el presbiterio. Vio llegar a sus padres, ataviados con ropa de domingo, vio llegar al médico y a la pareja de guardias civiles y, finalmente, al señorito Iván y a su familia, que fueron los últimos y se sentaron los primeros, frente al altar. Entonces don Sebastián dio comienzo a la eucaristía.

Y una hora después:

—*Ite missa est.*

—*Deo gratias* —respondió la multitud, poniéndose en pie.

Afuera, bajo el sol de abril, Teófilo buscó a sus padres entre el gentío. La mayoría de los vecinos hablaban de lo mismo: el trigo, cómo germinaban los planteros de las hortalizas, o el gozo de sembrar melones o lechugas en primavera. Teófilo divisó a su madre Josefina charlando con unas vecinas y, a unos metros, a su padre con unos labriegos. Decidió ir con este último al verlo junto a Paulino, el padre de Rosaura, pues temió que, de pronto, a estos les hubiese llegado el mismo chisme que a don Sebastián. Pero no era así; hablaban, cómo no, de política.

—Ojo con las elecciones. Parece que puede haber sorpresa —comentaba Teófilo padre.

—¿Sorpresa? —respondió Paulino, frunciendo el ceño—. Vienen unos y se van otros. Todos los años es lo mismo. Y dime tú qué ha cambiado aquí, ¿eh? *Eslomaos* como siempre estamos.

—Que no, hombre, que esta vez es distinto —se apresuró a explicarle Teófilo—. Dicen que los republicanos van a darle la vuelta a la tortilla. ¿Lo entiendes? Y cuando el rey caiga, arrastrará a todos los señoritos y a los patrones y a los que le han lamido el culo durante tantos años.

Teófilo miraba a su padre sin atreverse a intervenir en la conversación. Este hablaba con tal ardor, gesticulando, escupiendo cuando pronunciaba una pe o una te, que no se había dado cuenta de la llegada de su hijo.

—Mucha fe les tienes tú a los republicanos, Teófilo —respondió Silvio, que hasta ahora no había intervenido en la conversación—. Te olvidas de que son cuatro ricachones burgueses que no han pisado el campo en su vida.

—Porque aquí lo que necesitamos es ponernos serios de una vez; hablar con el señorito Iván y negociar los arriendos de las tierras. Corren nuevos tiempos, señores.

Teófilo lo pensó: de un tiempo a esta parte no dejaba de oírse eso de los nuevos tiempos, como si los tiempos fueran como los vientos que corrían por la campiña sacudiendo el trigal.

—Sí, nuevos tiempos —repitieron los labriegos.

Nadie reparó en la presencia detrás de Teófilo padre, una figura que silenció al grupo con su voz fuerte y sus ojos fríos y escrutadores.

—¿Y tú qué tienes que hablar conmigo, eh, Teófilo?

El labriego se giró y vio al señorito Iván detrás de él. Este iba con su familia camino de su automóvil, que el patrón dejaba siempre aparcado frente a la iglesia los domingos y fiestas de guardar. Teófilo solía decir que, aunque podrían ir a pie —la finca apenas distaba un kilómetro del centro del pueblo—, el patrón prefería usar su coche para hacer ruido con su motor de combustión por las calles empedradas.

—Que corren nuevos tiempos, señorito —osó responder Teófilo padre.

El campesino tragó saliva y le aguantó la mirada al patrón. No advirtieron que, de pronto, el gentío que los rodeaba se había callado.

—¿Nuevos tiempos?

Un par de cotovías trinaron en el cielo y luego se posaron en lo alto del campanario. Solo se las oyó a ellas durante esos segundos en los que el campesino no acertó a hallar una respuesta con la que responderle al señorito, el cual, con su semblante marcial, su traje de sastrería, su bigote frondoso y su sombrero Chester, parecía un duque, incluso un rey, frente a su interlocutor.

—Dime, ¿y qué va a pasar en esos nuevos tiempos? —insistió el patrón, con sorna.

Teófilo padre contenía la ira en su puño derecho, cerrado con fuerza y a resguardo en el bolsillo de su chaqueta. Solo su hijo supo reconocer ese gesto de rabia.

—Ahora ya no eres tan bravucón, ¿eh? —exclamó riendo.

Detrás del patrón, de las bocas de varios de sus familiares y mozos salieron algunos insultos dirigidos al campesino: «¡Zángano! ¡Badulaque!», que su hijo sintió como si se lo dijesen a él mismo.

Y quizá por eso se atrevió a intervenir.

—Nuevos tiempos para que al fin haya un poco más de justicia —irrumpió.

De repente, todas las miradas se posaron en el monaguillo, que dio un paso adelante y se colocó frente al señorito y junto a su padre.

—Pero ¿qué haces? Vete de aquí ahora mismo... —le pidió este.

Sin embargo, el patrón lo cogió del hombro y simuló un gesto de camaradería.

—¡Epa! Tiene agallas tu chiquillo, ¿verdad? —Y volvió a reír—. Manda huevos que el hijo tenga que venir a defender a su padre, ¿a que sí?

El patrón olía a perfume caro y su aliento, a vino y a queso viejo.

—¡Oídme bien! —continuó, señalando hacia la iglesia—. Aquí la única justicia que hay es la de Dios. Y Dios ha querido siempre que todo sea como es, ¿entendido? Desde que el mundo es mundo, los pueblos se han gobernado así. Los señores, a administrar; los campesinos, a labrar. ¿Qué otra cosa sino vais a hacer vosotros, si no sabéis hacer nada más? —Y rio mirando a su gente, lanzando una carcajada forzada—. De eso parece que no se han enterado los idiotas que andan pidiendo en la ciudad la República.

Padre e hijo permanecieron callados, aguantándole la mirada en un silencio que se cortaba.

En el cielo, donde unas nubes blancas y redondas caminaban despacio, volvieron a oírse las cotovías, hasta que Teófilo padre reunió la valentía suficiente para responder la provocación del señorito.

—Sí, es verdad, yo no sé hacer otra cosa, pero aquí está mi zagal, y ahí detrás, señorito... —y volvió brevemente la mirada hacia el gentío que los rodeaba—, están todos los chiquillos de los campesinos que tendrán las oportunidades que no tuvimos nosotros.

El patrón no supo qué responder, y de nuevo se hizo un silencio que Teófilo aprovechó para mirar a su padre y preguntarse, atónito, si acaso este estaba orgulloso de él, pues nunca lo había manifestado, como tampoco había dicho esa palabra, «oportunidades», para referirse a su futuro.

—¿Oportunidades? —contestó finalmente el señorito Iván, esbozando otra carcajada—. ¿De qué estás hablando, majadero? Oportunidades las tendrá mi hijo Jorge, que estudia en la ciudad para ser abogado. Y mi Joaquín, que ya administra las tierras como si fuese su señor. Y mis hijas, que se casarán con alguien de provecho. Pero ¿tu zagal? A lo único que puede aspirar es a curilla, con esa cara de pazguato que tiene.

Teófilo se dio cuenta de que su padre volvía a contener la rabia en los puños. También lo percibió en su rostro, en la tensión de los músculos de la cara. Alguien lo insultó otra vez detrás del patrón, hasta que un par de labriegos respondieron, al fin, a las provocaciones del señorito y su séquito. Dieron un paso adelante.

—No le consentimos que hable así de nuestros hijos, don Iván —terció Paulino, haciéndose hueco frente al patrón.

Un par de hombres, tras el señorito, dieron también un paso al frente, y otros tantos, alrededor del grupo, recularon a sabiendas de que podía armarse una buena.

Entonces una voz apaciguó la tormenta.

—Pero, hijos míos, ¿qué está pasando aquí?

Teófilo respiró al ver a don Sebastián abriéndose paso entre el gentío. El párroco sonrió a los hombres y extendió las manos para posarlas sobre el patrón y el campesino implicados. Y, haciendo de puente, dijo:

—Mañana resucitará el Señor, ¿acaso no hay mayor alegría?

El señorito Iván dio un paso atrás y se sacudió la mano del párroco del hombro.

—Que vivan el día con la alegría que quieran —declaró. Y luego, con gesto de desprecio, sentenció—: Pero el lunes, doble turno quiero, ¿me han oído?

Y dio media vuelta dándole la espalda a don Sebastián.

El párroco, sin embargo, no se achantó.

—Espere, don Iván. —Le hizo llamar—. Déjeme darle un consejo...

El patrón miró al viejo cura y, finalmente, se prestó, contrariado, a escucharlo.

—El que ofende escribe en arena; el que es ofendido, en mármol —le dijo el párroco con su voz de homilía.

En el cielo trinaron de nuevo las cotovías.

—¿Y eso qué es? ¿Un versículo de la Biblia? —preguntó el patrón, suspicaz.

El párroco, mientras le colocaba de nuevo una mano en el hombro, le contestó:

—No. Eso solía decirlo mi padre, que también era campesino.

Madrid, diciembre de 1936

Un botón sobre el felpudo: esa era la señal que Teófilo había acordado con doña Isabel en caso de que este recibiese una carta de Aurora. El manchego tuvo que inventar una intrincada historia, una historia de novelita rosa, con la que convencer a la mujer para que esta accediese a ayudarlo.

—Esa chica, Aurora, es la hermana de mi compañero de piso, y me carteo con ella porque estamos enamorados en secreto, a la espera de que la guerra termine para formalizar nuestra relación, y por eso no puede enterarse nadie de que recibo correspondencia de ella. Por eso necesito usarla de celestina, ¿lo entiende, doña Isabel?

Hasta entonces no se atrevió a salir del piso y atravesar de madrugada la calle, húmeda y callada, hasta el buzón de la acera de enfrente.

Se pensó unos segundos si echar o no la carta al buzón, a sabiendas de que tal vez estuviese contándole demasiado a su madrina de guerra. ¿Acaso tenía ella que saber lo que pasó en su pueblo? ¿Se atrevería a seguir hablándole del señorito Iván y su padre, aunque le costase tanto adentrarse en esos recuerdos?

Solo acalló las dudas cuando vio el sobre perderse por la ranura, y respiró aliviado al comprobar que ya no lo tenía entre las manos.

—¡Ya sé! —exclamó la anciana, emocionada, rememorando tal vez un tiempo en que era ella la destinataria de las cartas de amor—. Lo oí en una radionovela. Pondré un botón en tu felpudo y, en cuanto lo veas, sabrás que has recibido correo.

Teófilo asintió, pensando: «A ver si esta también va para espía», y los días de dura instrucción se fueron sucediendo, con las lecciones sobre cartografía, italiano o consignas fascistas, sin que en el felpudo frente a la puerta del piso apareciese jamás el botón esperado. El muchacho lo comprobaba un par de veces al día, por la mañana, antes de que el capitán llegase, y al caer la tarde, aprovechando que sus compañeros jugaban a las cartas o escribían a sus familias.

—¡Buenos días, caballeros!

El capitán Muñoz entra en el piso y se dirige al salón, donde los soldados lo esperan sentados en las sillas dispuestas en forma de aula. Son las nueve de la mañana y, como cada día, el capitán inspecciona el piso para comprobar que está limpio, que los dormitorios se encuentran recogidos y que hay café recién hecho aguardándolo en la jarra.

En caso de que no fuese así, les tocaría instrucción doble.

—¡Buenos días, mi capitán! —responden los soldados.

El oficial se sirve una taza de café y toma asiento en el escritorio desde el que, durante todos estos días, ha aleccionado a los soldados sobre cartografía, ondas de radio o expresiones fascistas en italiano.

—Caballeros, hoy tengo novedades importantes —les anuncia.

Y da un sorbo a su café, como si quisiera acrecentar la expectación con la que los soldados han recibido sus palabras.

—Ayer me reuní con Manuel Estrada y estuvimos hablando de ustedes. La guerra los necesita, y no podemos esperar más. Tenemos que saber cuáles son las intenciones del enemigo en Madrid, y nos urge saberlo ya. Estamos muy satisfechos con el resultado de la instrucción y, tras evaluar su desempeño durante estos intensos días, hemos decidido que el curso puede darse por concluido. Señores, el comandante me pide que les transmita su enhorabuena.

Y da otro sorbo de café mientras un silencio llena la estancia y el humo de la taza del capitán serpentea frente a sus ojos.

—Sí, lo que oyen, caballeros...

Y Teófilo chasquea la lengua, pues ya sabe qué es lo que viene a continuación.

Por ello se pregunta si no se quedará sin ver al fin el botón de doña Isabel sobre el felpudo, y lo lamenta.

—¡Enhorabuena! —exclama el capitán, esbozando una repentina sonrisa—. Ya están listos para recibir su primera misión de espionaje en territorio enemigo.

18

La herida sangra profusamente. El miliciano llama a su mamá.

—Escúcheme —le pide Aurora, taponando la herida con una gasa—. Vamos a ponerle anestesia, ¿de acuerdo? Luego el doctor le coserá.

Aurora lo mira a los ojos. El miliciano ha dicho llamarse Serafín. «¿Habrá colaborado Serafín con el cautiverio de mi padre?».

Se hace esta pregunta cada vez que atiende a un miliciano anarquista. Y tiene la tentación de dejarlo morir. De dejarlos morir.

—Haga lo que deba hacer —le dice el miliciano, rugiendo, conteniendo el dolor entre los dientes.

Serafín tiene cara de que, si no actúan rápido, acabará el día en la morgue. Finalmente, Aurora le inyecta la anestesia con un pinchazo seco. Y minutos después:

—Enfermera, prepare el instrumental —le pide el doctor Lumbreras.

Pero Aurora se ha despistado, pues no deja de ver a este miliciano llevándose a su padre del metro. De hecho, durante estos días ha imaginado a infinidad de hombres en aquel aciago episodio, incluso al soldado con el que se escribe, Teófilo, su ahijado de guerra. «¿Y si él también colabora con las milicias?», se ha preguntado a menudo. Por ello, en cuanto hace un par de días leyó la carta del manchego en la que se prestaba a contarle sus recuerdos, con esa historia entre su padre y el patrón al que llamaba «señorito Iván», guardó la carta en el fondo del primer cajón de la mesilla de noche y se emplazó a responderle más adelante, porque en aquel momento no le apetecía.

Y no sabe muy bien si sigue sin apetecerle o no.

—¿Enfermera?

Gertrudis, la enfermera jefa, pasa a su lado y le da un golpe a la altura de la nuca, moviéndole la cofia.

—¡Aurora, estate a lo que hay que estar! —le recrimina.

Y la chica se apresura a atender la petición del doctor, disculpándose. Lleva así más de una semana sin que en el hospital nadie sepa la razón.

—Ay, Aurori, estás muy rara —le ha dicho varias veces su compañera, Ana.

Y Aurora siempre le ha quitado hierro al asunto.

—Quién no lo está con lo que estamos viviendo, Anita.

Solo lo saben un puñado de personas: su madre, su tía Bernarda, su tío Rafael y su amiga Elena, pero teme que en el hospital alguien lance de pronto la bomba, diciendo: «¿A que no sabéis dónde está el padre de Aurora desde hace ya cuatro días?».

Por suerte, de momento no ha ocurrido nada parecido, y Aurora continúa con su labor en estos días aciagos en los que las noticias de su padre le llegan con cuentagotas.

—Hasta mañana, chicas —se despide de las enfermeras al terminar su turno.

Pero en lugar de dirigirse a la salida principal, la chica se desvía para tomar la escalera de servicio y subir hasta la primera planta del hospital, donde se encuentran las lujosas habitaciones acondicionadas con camas para enfermos.

Sube las escaleras y se asoma al pasillo y a su espléndida decoración *art déco*. Mira a un lado y al otro en busca de alguna habitación vacía, y aguarda unos segundos junto a la escalera para comprobar que nadie la ha seguido. Luego camina unos pocos metros y mira dentro de una de las habitaciones, que supone libre tras haberle dado el alta a la mujer que la ocupaba.

—¿Hola? —pregunta desde la puerta.

La mujer a la que atendía allí fue víctima de un bombardeo. Se llamaba Carmen y era andaluza. Reía con una carcajada contagiosa y rezaba todos los días agarrada a una estampita de la Virgen. Tras su marcha, la habitación ha quedado vacante y a la espera de un nuevo paciente. Aurora se interna por la estancia y, con un gesto rápido, tira de las sábanas de la cama para escondérsela debajo del abrigo, acomodándola a las formas de su cuerpo.

Espera un par de segundos para controlar su pulso. Esta es la tercera vez que lo hace, pero todavía no puede evitar ponerse nerviosa. Después vuelve a recorrer el pasillo para bajar a la recepción del hospital.

—¡Adiós, Aurora! —le dice una compañera con la que se cruza.

La chica lanza una torpe despedida y retoma el camino hacia la salida principal, sintiendo que todas las miradas se posan sobre el abultado abrigo que lleva. A pesar de ello, nadie advierte nada extraño en la chica, más allá de la prisa con la que parece querer salir para tomar la calle de las Cortes hacia el oeste. Una dirección que no es la habitual.

—Esta vez nos veremos en una tienda de ropa llamada Modas Estela. Se encuentra en la calle Mayor, frente a la plaza de San Miguel. Pregunta por mí. Y sé discreta, por el amor de Dios —le dijo Elena.

Camina unos metros. Tras desviarse por una bocacalle y asegurarse de que nadie la ha seguido, Aurora se parapeta en una casapuerta y se saca las sábanas del abrigo para meterlas en una bolsa de tela que guardaba, debidamente doblada, en uno de los bolsillos.

Y vuelve a mirar en derredor, esperando que ese miedo a que la descubran desaparezca a fuerza de repetir la jugada, cada vez en un lugar distinto: primero fue en casa de la propia Elena, luego en una zapatería y ahora en una tienda de ropa.

La tienda de ropa de Estela conserva un escaparate lujoso y una preciosa fachada con decoración parisina, como si por ella no pasara la guerra ni el temor a los bombardeos.

—Buenas tardes, señora. Vengo a ver a Elena. Me cité con ella aquí —dice Aurora, cruzando el umbral de la puerta.

Estela debe de tener la edad de su madre. Va vestida de forma elegante, con el pelo recogido en un moño, un maquillaje profuso y los ojos hundidos tras una gruesa capa de rímel. La mujer la escrudiña con la mirada durante unos segundos.

—¿De parte de quién?

Al hablar, se le mueven dos enormes colgantes que penden de sus orejas.

—De su amiga Aurora.

La mujer asiente y le pide que aguarde unos segundos antes de perderse detrás de una puerta junto al mostrador. Aurora, mientras, da una vuelta por la tienda. Es un pequeño local con prendas de ropa femenina y un escaparate con un par de vestidos de noche glamurosos.

«Pero ¿acaso alguien celebra fiestas de gala en los tiempos que corren?», se pregunta.

Elena aparece por aquella puerta.

—¡Hola, Aurora! ¿Cómo va todo?

Las chicas se besan en las mejillas.

—Sin novedad —responde Aurora.

Elena le hace un gesto para que la acompañe a través de la puerta por la que apareció. Y recorriendo un pasillo:

—El hijo de Estela también está preso, ¿sabes? Por eso colabora con la causa.

Aurora asiente. No lo sabe, pero Estela y las demás mujeres en cuyas tiendas o pisos francos hará entregas colaboran con lo mismo: el auxilio de los presos y represaliados falangistas.

—Por aquí.

Entran en un pequeño almacén. Aurora le ofrece a Elena la bolsa con las sábanas y esta la deja en una estantería junto a otros enseres.

—Mañana vendrán a recogerlo —le dice esta.

Aurora echa un vistazo en derredor. En las estanterías no solo hay sábanas sino también mantas, abrigos, zapatos o uniformes de soldado. Piensa, de pronto, en cuánto podrían aprovechar las chicas del taller de costura todos estos artículos.

Elena le hace un gesto para llamar su atención.

—Aurori, hay algo más que tenemos que pedirte.

—Claro, dime.

Se miran.

—Verás, hay personas a las que se les está ayudando a salir de Madrid. Políticos, empresarios o religiosos, cuya vida corre peligro en la ciudad. A nosotras nos han encomendado que auxiliemos a las monjitas que han quedado a merced de esa escoria roja, que, como ya sabes, no ha demostrado mucho respeto por el clero.

Aurora asiente. Las historias sobre violaciones a monjas, curas torturados o iglesias en llamas han alimentado buena parte de los argumentos de quienes se posicionan contra las milicias izquierdistas.

—Necesitamos que escondas en tu casa a una religiosa —continúa Elena, que habla y gesticula con firmeza, como si se hubiese subido a un estrado—. Será cosa de un par de días, hasta que la trasladen a la Embajada de Panamá con documentos falsos. Es una novicia que tiene la misma edad que nosotras. Es la coartada perfecta, ¿sabes? Si alguien te pregunta, puedes decir que es una compañera de la escuela de enfermería o una prima del pueblo que ha venido a pasar unos días. Nadie sospechará. Además, no llevará hábito, ni siquiera un crucifijo, por lo que pasará totalmente desapercibida. Créeme que no hay otra opción mejor que la de que se quede en tu casa... Contamos contigo, ¿no, Aurori?

Pero Aurora titubea sin acertar a dar una respuesta, y tras un silencio:

—Tendré que consultarlo con mi madre.

Porque lo piensa: en su casa no está la cosa como para meter a alguien, y menos a una religiosa fugitiva.

—¿Cómo que consultarlo? —responde Elena, visiblemente irritada, abriendo los orificios de la nariz—. Tú verás, pero recuerda que hay gente sufriendo lo mismo que tu padre y que vosotras. Gente que necesita ayuda. Esto va de humanidad, Aurori. Y te voy a decir una cosa: en cuanto les conté a las chicas lo de tu padre, algunas me dijeron que él no era de los nuestros, porque no hizo militancia. Y yo di la cara por tu padre y por vosotras, diciendo que hicisteis militancia de otra forma y que tu padre, aún lejos del partido, siguió apoyando a la Falange. Así que no me vengas ahora con medias tintas. O estás con nosotras o no podremos seguir ayudándoos.

Y otro silencio. La mirada de Elena, intensa, abrasadora, busca los ojos de Aurora mientras esta se muerde el carrillo interno nadando en un mar de vacilaciones. Hasta que:

—S-sí, si tienes razón —responde la enfermera, al fin.

Esa noche, Felisa reacciona tal y como Aurora temía: poniendo el grito en el cielo.

—Vamos a ver, hija de mi vida, ¿cómo que acoger a una monja?

Madre e hija acaban de sentarse a la mesa tras acostar a los pequeños, que, como cada noche desde hace una semana, no dejan de preguntarles por su padre.

—Papá ha tenido que hacer un viaje —les respondió Aurora hace unos días.

—Pero ¿cuándo volverá, tata? —insistió Jesusito con gesto de súplica.

—Será pronto, ¡en menos de lo que yo os devuelvo la nariz! —dijo ella con una sonrisa, y simuló robarles la naricilla pasando el pulgar entre los dedos índice y corazón.

Luego, en la mesa de la cocina:

—¿Y eso a qué viene, Aurori? —le pregunta Felisa—. Explícamelo porque yo me he perdido.

Entonces su hija se decide por el camino que a veces es más difícil de transitar.

—Vale, mamá. Déjame que te cuente.

El de explicar la verdad.

—A ver, dime.

Aurora extiende la mano y se encuentra con la de su madre en un punto intermedio de la mesa, a modo de tregua.

—La tarde en que hicieron preso a papá, pedí ayuda a mi amiga Elena, cuyo padre, como sabes, también está preso. Por lo visto, ella trabaja con algunas mujeres asistiendo a presos falangistas en las cárceles de la ciudad. Presos como papá. Y yo estoy colaborando también con ella.

Felisa esboza un gesto de sorpresa.

—¿Cómo que colaborando?

Y retira la mano para deshacer la tregua.

—No es nada peligroso, de verdad —explica Aurora—. Elena solo me pidió que de vez en cuando sacase sábanas, mantas y material quirúrgico del hospital. Y allí hay mucho descontrol, ¿sabes? Con el ir y venir de heridos y sanitarios, nadie vigila.

—Pero, Aurori, ¡por Dios! —Felisa, haciendo ver su enfado—. ¿Y por qué no me lo has dicho hasta ahora? ¡Yo tenía que saberlo! Soy yo la que debe tomar las decisiones en esta casa en ausencia de tu padre.

Ha hecho hincapié en esas últimas cinco palabras, «en ausencia de tu padre».

—Necesitábamos ayuda, mamá —Aurora, justificándose.

—Sí, pero no la ayuda de los falangistas. ¡Tu padre no es uno de ellos! —le grita Felisa—. Lo de tu padre ha sido un malentendido que no tardarán en solucionar.

Y Aurora le contesta con una pregunta de la que se arrepiente al instante:

—¿Y si lo matan también dirás que fue un malentendido?

Tras lo que Felisa se pone en pie y se acerca a ella para hablarle a un palmo.

—No te atrevas a decirlo de nuevo.

Y su hija agacha la cabeza como cuando, de niña, se llevaba una reprimenda.

—Lo siento, mamá. No quería decir eso —se apresura a disculparse.

Porque nunca dejamos de ser los niños que fuimos ante nuestras madres.

—Aunque, por el amor de Dios —insiste la joven—, parece mentira que no sepas que estamos en una guerra. Y que en la guerra se mata gente.

—¡Por supuesto que sé que se mata gente! —exclama Felisa—. ¿Te crees que soy tonta y que no oigo las historias que cuentan? Pero tu padre no tiene nada que ver con los fascistas, ya lo sabes. Él solo fue a unos mítines. Y maldita la hora en que se le ocurrió.

—Sí, lo sé, mamá —responde Aurora—. El caso es que ya no podemos dar marcha atrás. ¿Qué hacemos entonces? ¿Dejarlo a merced de los milicianos?

—Bueno, ya oíste a tu tío. Lo soltarán en breve porque no tienen nada contra él.

Aunque hace ya cuatro días que el Cojo vino con esas noticias, aún no han sabido nada más. Por algo este usó, en realidad, el modo subjuntivo.

—Es que yo no sé si fiarme, mamá —tercia Aurora—. Todos estos meses que hemos pasado defendiendo la causa republicana, ¿para qué han servido?

A lo que Felisa objeta:

—En cambio, ¿te fías de esa Elena y de los presos falangistas? No sé qué es peor.

Y Aurora le busca la mirada a su madre y le aprieta aún más la mano mientras intenta hallar un argumento con el que poder convencerla.

—Pues tampoco sé todavía si fiarme de ella, mamá. De lo único que parecía que podíamos fiarnos era el Gobierno, y mira dónde se ha ido, a Valencia. Sabe Dios que yo no comulgo nada con los falangistas. No me gusta su idea de España, en la que solo caben ellos, ni cómo relegan a las mujeres a ser simples madres y esposas. ¡Con todo lo que hemos conseguido estos años! De hecho, eso mismo le dije a papá hace unos días. Que no entendía por qué había estado con ellos.

Intenta recordar los detalles de la conversación que mantuvieron la noche anterior a su detención.

—¿Y qué te dijo?

—Me dijo que él había intentado huir siempre de la militancia, y que eso le había dado problemas con algunos compañeros sindicalistas.

—Sí, es verdad —la interrumpe su madre—. No pocas veces se quedaba en la cama hasta bien tarde despierto, rumiando ese asunto de los sindicatos.

—Total, que papá me contó que la cosa fue poniéndose fea y que su compañero Eduardo, el padre de Elena, se ofreció a ayudarle. Y así fue como comenzó a frecuentar las reuniones de la Falange. Por Eduardo.

Felisa asiente levantando las cejas. Dice:

—Y ahora su hija Elena quiere hacer lo mismo contigo, ¿no te das cuenta, Aurori?

Pero Aurora estaba ya preparada para esa pregunta, pues había intentado recordar las palabras que dijo Elena para convencerla sobre lo de la monja.

Y mirando a su madre a los ojos habla con la intensidad de una súplica descarnada.

—Yo no sé si caeré en el mismo error que mi padre, pero Elena me ha brindado su ayuda y yo me veo en la obligación de devolvérsela. Ella también está sufriendo. Papá lleva preso varios días, pero su padre, Eduardo, va para varios meses. Y no sabes cuántas mujeres, cuántas familias vienen sufriendo lo mismo. ¿Cómo mirar para otro lado? Esto no va de ideologías ni de quién demonios gane la guerra. Esto va de humanidad. Y así me educasteis papá y tú.

19

La maleza cruje bajo sus pies. Es un crac crac crac intermitente, apenas el único ruido que pueden permitirse. Hace rato que pasó la medianoche y solo se oye el canto de los grillos y cómo ulula un búho sobre la rama de un árbol cercano. Y también, de vez en cuando, los bisbiseos con los que el lugareño le da a Teófilo las indicaciones pertinentes para que lo siga por la arboleda.

—Por aquí. —Tras pasar junto al tronco de un árbol.

—Cuidado. —Señalando una rama atravesada.

—Salta. —Al sortear un terraplén.

El lugareño se presentó como Joaquín, pero ninguno de los enlaces civiles que sirven al SIEP, el servicio de espionaje en líneas enemigas, usa su nombre real.

Y Joaquín tiene cara de Manuel y avanza por la vereda con la desenvoltura de un animal salvaje a pesar de la oscuridad.

Hasta que, de pronto, se frena y mira a Teófilo llevándose a los labios el dedo índice.

—El río —le susurra, señalando hacia el frente.

Teófilo aguza el oído y comprueba que, efectivamente, se oye el rumor de la corriente de agua.

—Estamos cerca —dice el lugareño, aligerando el paso.

El cruce de líneas se debía de producir en algún punto en torno a la ribera del Guadarrama, entre Móstoles y Navalcarnero.

Y Teófilo recuerda de sopetón las palabras del capitán:

—Ese es, caballeros, uno de los momentos más críticos de la misión.

Caminan varios metros más, crac crac crac, y entonces se dan de bruces con el río.

Joaquín le indica con un gesto que aguarde detrás de él y saca de su zurrón un par de cantos rodados. Los hace sonar, chocándolos entre sí, y los chasquidos recorren la ribera en todas direcciones.

Teófilo lo comprende: esa es la señal; y esperan unos segundos hasta que, de repente, se oye la réplica con otro par de chasquidos río arriba.

—Señal recibida —susurra el lugareño.

Minutos después, una pequeña balsa baja por el río y se para frente a ellos. El remero los mira y le hace una seña a Joaquín, y este se vuelve a Teófilo.

—Suerte —le dice, a modo de despedida.

El búho vuelve a ulular en aquella rama ya lejana.

Tras cruzar a la otra orilla, Teófilo deambula a tientas por la maleza buscando alguna zona idónea para descansar hasta el amanecer.

—Todo tieso para allá hay una casa abandonada —le indicó el remero.

No le dijo su nombre, pero tenía cara de José.

Teófilo asintió, mirando hacia la oscuridad de la arboleda. No obstante, bajo ningún concepto iría a buscar la casa; tenía grabada a fuego una de las consignas más repetidas por el capitán durante los cursillos de instrucción:

—No se fíen de nadie, ni de su sombra, caballeros.

Camina, ya solo, hasta que a una decena de metros encuentra un arbusto frondoso.

Si no hay serpientes ni alacranes aguardando, puede ser el lugar ideal.

Y vuelve a oír al capitán:

—Mucho cuidado, caballeros, con el lugar en el que dormitan. El descanso es el momento más vulnerable para el espía. Un ojo abierto y el otro avizor.

—¿Y el otro? —preguntó Pepe, jocoso.

El capitán rio ante la enésima ocurrencia del sevillano.

—El otro bien cerrado, que a las bichas les gusta meterse por el culo —respondió.

Y los demás los acompañaron con una amplia risotada.

—Bromas aparte, ¿me han entendido, caballeros?

Teófilo amolda el arbusto con las manos hasta acomodar un pequeño lecho y se tumba utilizando su morral de almohada.

—Siempre llevarán equipaje ligero, caballeros —les dijo el capitán—. En las misiones no podrá acompañarles gran cosa, para actuar con rapidez. Solo la documentación o el salvoconducto del territorio enemigo, un arma, normalmente una pistola del calibre 7,5 milímetros, un puñal y, si procede, una bomba de mano.

Y en caso de que la misión durase más de una jornada, como esta de Teófilo, también llevarían un poco de comida: dos chuscos frescos de pan, algunas barras de chocolate y una cajetilla de tabaco.

Teófilo cierra los ojos y espera a que aparezca el sueño oyendo el rumor del río y la letanía de un par de grillos cantores. No vuelve a oír el búho, al que dejó en la otra orilla.

El sueño le llega tardío y dura algo más de tres horas.

Cuando abre los ojos es aún de noche. Se incorpora haciendo crujir la espalda y echa mano al reloj de bolsillo para comprobar que aún no son ni las seis de la mañana.

Abre el morral y saca una barrita de chocolate, que se come a modo de desayuno dándole un par de bocados al primer chusco de pan.

Se pone en pie y saca su brújula para orientarse en la espesura de la arboleda.

Para allí Navalcarnero, señala, en dirección oeste, y reanuda la marcha hasta adentrarse por caminos de campo y, luego, penetrar en la dehesa de Mari Martín. El arroyo de los Alamillos no debe de estar lejos, se dice, y camina con la luz anaranjada que anuncia el amanecer hasta que, a unos metros, ve llegar a un agricultor.

El hombre, montado en su burro, silba una melodía mañanera, pero se queda en silencio al ver a Teófilo. Como el manchego lo ha advertido desde la dehesa, ha podido prepararse para el encuentro aclarándose la voz con un par de carraspeos.

Y el encuentro:

—¡Buenos días y arriba España! —exclama.

A lo que el agricultor, levantando levemente la gorra, responde:

—Tenga usted muy buenos días y ¡viva Franco!

Luego pasa de largo y vuelve a aquella melodía sin desconfiar del soldado nacional con el que se ha cruzado.

—El «arriba España» debe sonar convincente, caballeros —les dijo el capitán—. Es su carta de presentación. Y no tiene que salir de su boca sino de más adentro, como si fuese un fuego. Como si les quemase adentro el ardor patriótico.

Luego aprieta el paso y vuelve a carraspear ante el más que posible encuentro con otro paisano. No alcanza el primer objetivo hasta después de un par de encuentros más con campesinos madrugadores a los que también les parece convincente ese «Arriba España».

El primer objetivo: el mesón de las afueras de Navalcarnero, junto a la carretera que sube hasta Brunete en dirección norte.

Teófilo entra y toma asiento frente a la barra con gesto despreocupado, como si aquello no fuese más que su rutina diaria, y llama al mesonero con un silbido.

Dice llamarse Félix.

—Te llamas Félix Martín y eres extremeño, ¿de acuerdo? —le dijo el capitán mientras le ofrecía su documentación falsa.

—¿Y el acento extremeño?

—Ya puedes ir ensayándolo.

El tono chulesco y arrogante también lo ensayó con el capitán.

—¡Un café! —le pide al mesonero—. ¡Y no tardes, que no tengo todo el día!

Tras la barra, el mesonero asiente con un leve gesto de reverencia.

—Ahora mismo, faltaría más.

Mientras el hombre le prepara el café, Teófilo mira a su alrededor y se recrea en la decoración agreste del mesón: aparejos de labranza, cabezas de ganado, barricas de vino viejo... Y, cómo no, otea el ir y venir de los clientes con sus cafés y sus carajillos en busca de una buena presa, como les indicó el capitán.

—Vuestro objetivo fundamental es recoger información sobre las concentraciones y movimientos de ejército y armas —les instruyó el capitán—. Dónde están, adónde van, cuántos son. Buscad a soldados fundamentalmente, pero no descuidéis a cualquier civil que pueda saber algo. Taberneros, hospederos e incluso mendigos, si hiciera falta.

Un soldado nacional entra en el mesón y toma asiento frente a la barra, a unos metros de Teófilo.

—¡Hola, Domingo! —lo saluda el mesonero mientras vierte leche en una taza de café—. ¿Qué va a ser, lo de siempre?

El manchego lo mira. Lleva uniforme nacional, bigotillo perfectamente recortado, el entrecejo poblado y la frente huidiza. Algunos años mayor que él.

Se dice: «La presa perfecta, carajo».

—¡Sí, lo de siempre! —responde el soldado.

El mesonero asiente. Sirve a Teófilo el café y se dispone a prepararle a Domingo lo de siempre, que no es otra cosa que un café con brandi, más de lo segundo que de lo primero.

—A mí me gusta con anís, ¿lo has probado? —le pregunta Teófilo—. Lo llaman el carajillo castellano y se sirve con expreso.

Domingo mira al soldado de su derecha y esboza una media sonrisa.

—Pues me apunto la recomendación, caballero... ¿Y tú eres?

Teófilo le tiende la mano y ambos se encuentran en un apretón firme.

—Me llamo Félix Martín y soy de Extremadura —se presenta—. ¿Y tú?

—Encantado, Félix. Yo soy Domingo y vivo en Villamarta, un pueblo cercano.

—¿Y qué haces por Navalcarnero?

—Pues qué va a ser. Ya sabes el dicho, dos tetas tiran más que dos carretas. —Ríe con una sonora carcajada—. Mi novia es de aquí. Cada vez que libro me vengo para acá y paso el día con ella, y luego, vuelta al frente. Y aquí estoy, esperando a que me recojan. Pero ojo, un par de carajillos más y mando a tomar por culo la guerra.

Y lanza otra risotada que le dura varios segundos hasta que, tal vez apurado, se apresura a puntualizar:

—Era broma, ¿eh? Que la guerra hay que ganarla y acabar con toda la escoria roja. ¿Y dónde decías que servías?

—¿Yo? Cuerpo del Ejército, 13.ª División al mando del general Barrón —responde Teófilo—. De permiso unos días tras la ofensiva sobre Madrid.

Y luego fanfarronea para dar credibilidad a su papel.

—Ahora bien, Madrid caerá, por mis huevos. Los rojos no tienen nada que hacer, por mucho que vengan comunistas de donde carajo sea a socorrerles.

Domingo, tras soplar sobre la taza de café para enfriarlo, repite idéntica consigna con ese mismo tono bravucón:

—Caerá por los huevos de todos.

Pocos minutos después, tras unos chascarrillos y alardes más sobre la guerra, Domingo hace llamar al mesonero para pedirle un par de chatos de vino.

—El otro es para mi amigo Félix —dice, sonriendo hacia Teófilo—. Para que brindemos por Franco y por España.

Y brindan por Franco y por España.

—¡Y porque la guerra termine más pronto que tarde! —concluye Teófilo.

Luego saca una cajetilla de tabaco de un bolsillo de su guerrera y le ofrece un cigarrillo al soldado franquista.

—Déjame invitarte a un pitillo, hombre de Dios.

—Cómo no —responde el soldado.

Domingo coge un cigarrillo y se lo posa en la comisura de los labios a la espera de que Félix se lo encienda con una cerilla. Y tras una larga calada:

—Eh, buen tabaco este —exclama, dándole vueltas al cigarrillo.

Tiene que serlo: en la zona nacional no hay escasez de tabaco, por lo que un cigarrillo de picadura, como los que fuman en el Madrid republicano, delataría al espía.

—¿Y cómo está la cosa por aquí? —pregunta Teófilo, tras una calada—. ¿Mucho movimiento? Llevo un par de días en el pueblo y todo parece muy tranquilo.

Ha esperado hasta encontrar el momento perfecto, tal y como les instruyó el capitán:

—La clave del espía no es solo generar credibilidad, sino también confianza. Una pregunta formulada demasiado pronto puede echar por tierra todo el trabajo. Indaguen solo cuando lo crean realmente oportuno.

Domingo sacude las cenizas en el suelo de la taberna y responde llevándose de nuevo el cigarrillo a la boca.

—Mi división hace días que está haciendo movimientos entre Brunete y Quijorna. No sé muy bien para qué, pero a mí me da que algo están preparando.

—¿Un nuevo ataque? —inquiere Teófilo.

—No sé, puede ser. La artillería por lo menos se la están llevando del frente. Algo así pinta, sí.

Al caer la noche, el manchego decide hospedarse en una pensión situada a las afueras del pueblo, en la carretera comarcal. El hospedaje, de primeras, parece cumplir los requisitos que el capitán les fijó.

—En caso de buscar un alojamiento en territorio enemigo, que esté alejado del núcleo urbano y cerca de un camino por si tienen que salir huyendo.

La pensión está en un emplazamiento perfecto: la dehesa queda a una decena de metros y, más allá, el arroyo de los Alamillos. Teófilo se interna por la entrada y llama al pequeño timbre que hay en el mostrador de recepción.

—¿Hola?

Un instante después, un hombre bajito y orondo aparece por una puerta.

—Hola, quería una habitación —le dice al hospedero—. Solo estaré una noche.

—Las que usted necesite, señor —responde este, abriendo un pequeño cajetín tras el mostrador.

Saca una de las llaves y se la ofrece.

—Habitación ocho. —Y le señala las escaleras—. Tercer piso.

Teófilo la coge y se despide cortésmente, preguntándose si podrá sacarle alguna información a ese tipo a la mañana siguiente, a la hora del desayuno. Se ha dado cuenta de algo: cuánta gente se cuadra o se vuelve servicial frente a alguien con uniforme.

«Así es el juego de las apariencias», piensa mientras sube las escaleras y abre la puerta de la habitación, girando la llave en la vieja cerradura.

—Pues no está mal —dice.

La habitación no tiene nada especial, apenas una cama, un aseo y una ventana con vistas a la dehesa, pero huele a limpio y el colchón parece confortable.

Todo un lujo después de la noche que ha pasado a la intemperie.

Abre su macuto y saca un lápiz, una libreta y el segundo chusco de pan del día, y comienza a darle bocados mientras se dispone a poner por escrito la información que ha recopilado en el día de hoy.

Un rato después, devorado el chusco de pan, deja la libreta al otro lado de la cama y se queda dormido sin quitarse el uniforme, pero será un sueño leve y superficial: un ojo cerrado y el otro avizor, y tal vez por eso oye ese ruido que solo habría oído un felino.

Sí, un ruido de pasos en el pasillo. Los pasos de unas botas militares.

Y luego el clac clac con el que se recarga un fusil.

No, no hay duda.

Y sabe que no tiene escapatoria aunque intenta calcularla a toda velocidad.

¿La ventana? Se asoma al alféizar y sopesa todas las formas de dar un salto sin romperse la crisma.

Ninguna lo convence.

Así que, finalmente, actúa rápido, casi por instinto: echa mano a la pistola que guarda en su macuto —una Astra 300 de 7,5 milímetros a la que conocen como Purito, la favorita de los falangistas—, y se embosca detrás del lavabo aguardando a que tiren la puerta abajo de un momento a otro.

Y dos, tres, cuatro segundos de espera, hasta que la puerta se abre con un fuerte golpe y Teófilo da un paso adelante y pone a Dios en sus labios.

Pum pum pum.

Y luego un silencio.

El primer tiro de la Purito ha entrado y salido del cuello del primer asaltante, que se ha desplomado sin vida y comienza a sangrar como un gorrino después del tajo del matarife.

El segundo ha rozado el hombro de su compañero, desarmándolo y tirándolo al suelo.

El tercero ha dado en la pared.

Teófilo, jadeante, mira al que todavía sigue con vida y patea su fusil hasta alejarlo unos metros. Lleva uniforme engalanado de falangista, rostro perfectamente rasurado, pelo hacia atrás, unos cuarenta años.

Sabe que tiene que matarlo.

—¿Y qué pasa si nos descubren? —le preguntó hace unos días al capitán.

Y este respondió sin titubeos:

—Un espía capturado es un espía muerto, caballeros. Así que ustedes verán.

Teófilo da otro paso adelante y apunta con el cañón a la frente del falangista.

Un par de días después caerá en la cuenta de cómo lo descubrieron.

—El tabaco —le dirá a Manuel Estrada—. El tabaco que fui ofreciendo a mis informantes era de la zona leal a la República. Alguien debió de darse cuenta y eso me delató.

La sangre del fallecido sigue brotando. La bala le habrá seccionado la yugular.

—Déjame rezar una última vez, por el amor de Dios —ruega el falangista, taponándose con la mano la herida del hombro, que no parece revestir gravedad.

El manchego lo mira, extrañado, con la Purito apuntándole la sien.

—Que me dejes rezar, hostia —insiste el falangista, con voz rasgada y ese tono chulesco de los suyos—. Los rojos no iréis al cielo, pero yo pretendo hacerlo.

Teófilo no contesta, porque las palabras de su adversario lo han paralizado: no hace mucho oyó a alguien decir prácticamente lo mismo. Fue en su pueblo, una noche del mes de julio, calurosa y cerrada.

—Déjame hablar una última vez con Dios —dijo la persona que iba a morir.

Teófilo estaba allí. Vio a esa persona. No pudo hacer nada.

El falangista advierte que algo impide al espía reventarle la sien de un disparo.

—¿No vas a matarme?

Teófilo sigue en su pueblo: la persona que iba a morir comenzó a rezar, «Padre nuestro, que estás en los cielos...», y alguien lo acalló de un culatazo.

—Si me dejas con vida, te juro que no diré que has huido por la dehesa —le implora el herido, apretándose el hombro.

Teófilo vuelve a mirarlo a los ojos para espantar aquel recuerdo. Unos ojos oscuros, mecidos por dos ojeras violáceas. Unos ojos suplicantes.

Y piensa que no, que no puede hacerlo.

—Dame cinco minutos para alcanzar el arroyo —accede al fin, bajando el arma.

Tras ello, sonrisa torcida del falangista.

—Si algún día necesitas mi ayuda, solo tienes que buscarme —dice el hombre mientras se pone en pie, dejando impresa en la pared una huella de su sangre.

Pero Teófilo apenas atiende a su ofrecimiento, pues echa a correr a sabiendas de que tiene muy pocas posibilidades de escapar. Rodea al falangista muerto y baja por las escaleras a la recepción de la pensión.

—¡Recuerda! —oye a su espalda, con esa voz rasgada—. ¡Me llamo Carmelo José Escobedo y te debo la vida!

20

Su padre está ahí, delante, pero no puede alcanzarlo, como una ilusión en fuga.

Y luego entra en una espiral de confusión: luces, bombas que caen y, de pronto, una luz cegadora tras la que Roque se pierde, como abducido.

Siempre que abre los ojos se descubre empapada en sudor. A lo largo del día, no obstante, Aurora hace todo lo posible porque sus quehaceres la distraigan de su terrible preocupación, y así pasan los días para la joven; el hospital siempre con su ajetreo, Madrid en su deriva, afrontando una Navidad gris y plomiza con cada vez menos pan, menos leña y menos carbón.

—Hasta mañana, Aurori —la despide Ana, su compañera del hospital.

Aurora le hace un gesto de despedida y afronta la salida por la puerta principal. Lleva bajo el abrigo un par de sábanas sucias. Tras haber hecho el mismo ritual más de tres veces, se dio cuenta de que era mucho más fácil cogerlas de la lavandería que de las habitaciones, donde podía levantar alguna sospecha.

Se levanta las solapas del abrigo y se saca las sábanas al resguardo de un soportal. Luego hace ademán de orientarse por las calles para dirigirse a Modas Estela, donde ya es una habitual. Va dando un rodeo y pasa junto a varios cafés y la cola del cine Monumental, que, junto al Capitol, mantiene la programación prevista, con sus pases de cine soviético o musicales de Fred Astaire.

Aurora entra en la tienda y le deja la bolsa a la mujer sobre el mostrador.

—Aquí tienes, Estela.

Y la dependienta siempre le responde lo mismo, como una consigna:

—Fuerza y valor, Aurora.

Al llegar a casa le da un beso a Felisa, que, sentada en el sillón del salón, y con el gesto agriado, remienda por enésima vez unos de los pantalones de Jesusito, los de diario.

—¿Te lo puedes creer? —le dice, levantando la vista de la aguja y el hilo—. Le dije que tuviera cuidado y hala, las rodillas peladas otra vez.

—Ay, este niño...

Del dormitorio de los chicos llegan los lloros del pequeño.

—Y ahí lo tienes, montando una pataleta.

Aurora se dirige a la habitación y encuentra a sus hermanos tumbados en sus camas, donde se pasan la mayor parte del día. Hace ya tres o cuatro días que no juegan entre ellos ni con los vecinos del patio; los mismos días en que han dejado de preguntar por su padre.

—A ver, dime, Jesusito, ¿qué ha pasado?

Y el pequeño, con la cara al refugio de su antebrazo, levanta la vista y le habla a su hermana conteniendo un llanto hiposo.

—Que me he caído y *me se* ha roto el pantalón y mamá me ha castigado.

Aurora mira a Manuela, que los contempla a ambos desde su cama, y le lanza un guiño travieso.

—Entonces no querrás saber qué regalito os he traído, ¿no? Si quieres, se lo doy a la Manuela solamente.

—¿Un regalito? —pregunta el niño, que se afana en secarse el llanto de las mejillas y a incorporarse sobre la cama.

Aurora, bajo la atenta mirada de sus hermanos, mete mano al bolsillo de su abrigo y saca el puño cerrado.

—¿Estáis preparados?

Y le da la vuelta al puño y abre la palma, dejando a la vista de los niños dos pequeñas peladillas.

—¡Hala! —grita Jesusito.

Aurora le da una al pequeño y luego la otra a Manuela, y los niños aguardan a que su hermana mayor les dé permiso para comérsela.

—¿Podemos? —pregunta la niña.

—¡Por supuesto, adelante!

Y Aurora se dirige a Jesusito:

—Pero ahora tienes que ir a mamá a pedirle perdón, ¿vale?

El chiquillo asiente mientras se lleva la peladilla a la boca y da el primer mordisco, haciéndola crujir.

—¿De dónde las has sacado? —le pregunta Manuela, que, en lugar de morder el caramelo de almendra, decide chuparlo entre los dientes para disolver su capa de azúcar.

—Esta mañana vino un médico al hospital repartiéndolas a las enfermeras, por las fechas navideñas. Yo cogí dos y, en lugar de comérmelas, os la he guardado para vosotros.

Manuela salta de su cama y abraza a Aurora.

—¡Gracias, tata! —E insta a Jesusito a que la imite.

Tras el abrazo con los hermanos, Aurora sale al salón seguida del pequeño, que, degustando los últimos átomos de la peladilla, se apresura a dar un abrazo a su madre.

Unos minutos después, la quietud de la casa se rompe, de pronto, con el timbre del teléfono. Felisa ya había terminado de remendar el pantalón de su hijo y se dirigía a la cocina a preparar la cena. A Aurora le pilla más cerca, por lo que es esta la que descuelga el aparato y contesta con la ilusión con la que se esperan buenas noticias.

Pero desde que su tío Rafael les informó del paradero de su padre, no han vuelto a saber nada.

—¿Sí? —pregunta al auricular.

—¿Aurora? Soy Elena.

—Hola, Elena, dime.

—Ya está preparado lo que hablamos hace unos días, ¿de acuerdo?

Lo que hablamos. Elena le dijo que por teléfono debía llevar mucho cuidado con lo que decían, por si tenían la línea pinchada, y Aurora asintió sin comprender muy bien que se pudiera pinchar una línea telefónica como si fuese una vena para sacarle sangre.

—Sí, por supuesto —contesta la enfermera, evitando decir nada sobre el tema.

Desde hace tres días, cuando Elena hizo la proposición de socorrer a una monja en su casa, Aurora ha estado preparándolo todo para no levantar ninguna sospecha. Primero se lo dijo a sus hermanos.

—Niños, vendrá a casa a pasar unos días una enfermera del hospital, ¿vale? Su casa se ha destruido por los bombardeos y no tiene dónde quedarse.

—¡Vale, tata!

Y luego Felisa, en el taller de costura:

—Pues, ¿sabéis? Vamos a tener en casa, por unos días, a una enfermera, compañera de mi hija, que ha perdido su vivienda, la pobrecita.

Así que no le coge por sorpresa la llamada. Es más, la esperaba.

—Pues en una hora nos vemos en Florinda Altas Novedades, en la calle Jorge Juan, esquina con Serrano, ¿vale?

—Sí, muy bien. Salgo enseguida. El tiempo de llegar a pie. Por cierto, Elena...

La chica hace un silencio, esperando a que su amiga conteste.

—¿Sí? Dime, Aurori.

—¿Algo nuevo sobre mi padre? Ya van para muchos días y...

—Tenéis que estar tranquilos —se da prisa Elena en responderle—. Hacemos todo lo posible, ¿vale, querida?

Florinda Altas Novedades parece haber cerrado ya, pero una pequeña luz tras la persiana de la puerta principal, junto a un escaparate con maniquíes ataviados con vestidos de fiesta, tintinea levemente.

—¿Hola? —pregunta Aurora.

Luego da un par de golpecitos en la persiana y aguarda llevándose las manos hacia el rostro para calentarlas con su aliento.

El frío sibilino la entumece.

De pronto, la persiana se abre y una mujer se asoma detrás de la puerta.

—¿Eres Aurora? —le pregunta.

—S-sí. Había quedado con Elena aquí.

La mujer abre del todo la persiana y la insta a que entre en la tienda.

—Pero pasa, chiquilla, no te quedes ahí afuera, con este frío.

Florinda Altas Novedades es una tienda pequeña con maniquíes y estantes por todas partes, muchos de ellos vacíos.

—Antes de la guerra era una de las tiendas de moda más concurridas de la ciudad —le dice la mujer en tono ostentoso—. Y mírala ahora, para lo que ha quedado.

—Bueno, es muy bonita, señora. No se lamente.

—Ay, pero ¿y mis modales? —La mujer se acerca a ella para darle dos besos—. Me llamo Florinda, Florinda Montesinos.

Aurora le sonríe tímidamente. Florinda es una mujer pomposa que huele a perfume caro y viste como si no estuvieran pasando una guerra.

—Yo me llamo Aurora.

—Encantada, Aurora. No sabes cuánto te agradecemos lo que vas a hacer.

Agradecemos. Otra vez el plural.

—Y yo también vuestra ayuda —responde la joven, con otra sonrisa comedida que llevará puesta al entrar en el pequeño almacén de la tienda y salude a Elena y a la chica junto a ella.

El almacén es un pequeño habitáculo con varios estantes repletos de cajas y ropa colgada y en medio una mesa de despacho.

—Hola, Aurora. Te presento a sor María.

La mira: gesto apocado, pelo corto, manos entrelazadas, vestido largo, crucifijo.

—Hola, encantada —dice Aurora, todavía con aquella sonrisa.

Tras un breve titubeo —la chica no sabe muy bien si darle dos besos o la mano—, ambas se encuentran en un leve apretón.

Dejarán de llamarla sor en cuanto salgan de la tienda.

—Muchas gracias por tu ayuda. —La novicia, con una voz pequeñita, casi infantil.

—Debes saber, Aurora —le explica Elena, apoyada en la mesa—, que sor María se encontraba en su segundo año de noviciado en el monasterio de las Descalzas Reales hasta que por la guerra se disolvió formalmente su comunidad. Desde entonces ha vivido recluida en varios pisos francos a la espera de poder salir a territorio nacional, donde estará a salvo. Eso es lo que hemos estado organizando, pero necesitamos que pase unos días en un lugar en el que no levante sospecha. Y por eso pensamos en ti.

—No quisiera ser mucha molestia, de verdad —interviene la novicia—, pero ellas no han visto otra salida.

Y Aurora se apresura a responderle:

—Molestia ninguna. Lo hacemos por ayudar.

«Por ayudar y por papá, mayormente».

—Has de tener en cuenta que sor María es monja de clausura y va a necesitar además otro tipo de ayuda —prosigue Elena—. Por ejemplo, deberá aprender a no llamar la atención, a peinarse y maquillarse o a andar con coquetería femenina. Todo para que nadie note sus modales propios de la clausura.

Florinda alarga el brazo y acaricia el hombro de la monja, que aún no ha cambiado su gesto apocado ni la posición de sus manos, entrelazadas.

—Muchas de estas monjas han pasado toda su vida en clausura y ahora han tenido que salir del convento casi con lo puesto —continúa la dueña de la tienda—. Imagínate: no conocían qué era un coche o un teléfono, ni mucho menos la razón por la que España está en guerra.

Aurora esboza una expresión de sorpresa y conecta brevemente su mirada con los ojos timoratos de la novicia, que apenas levanta la vista. La mira como si le dijera: «Tranquila, yo tampoco sé el porqué de esta guerra».

—Vendrá un coche a buscaros para llevaros a casa, ¿vale? —anuncia Florinda—. Debéis intentar evitar la calle siempre que sea posible, con esos milicianos yendo y viniendo.

Aurora y la novicia asienten, y unos minutos después se oye el claxon de un coche parado frente a la tienda, en la calle.

Florinda las conduce hasta la salida, abre la persiana y saluda al conductor del coche con un ligero gesto de la mano, casi de forma clandestina.

Y luego apenas hay despedidas, porque la calle la vigilan mil ojos, como diría Elena. El conductor sale a toda prisa del coche para abrirles la puerta trasera a las muchachas y estas se tiran al asiento como quien se libra de un bombardeo.

Y Florinda y Elena, en bisbiseos:

—Tened cuidado, por el amor de Dios.

Antes de que Aurora vuelva a mirar hacia la fachada de la tienda para sacudir el brazo a modo de adiós, el conductor se apresura a reanudar la marcha haciendo rugir el motor del automóvil.

—Íbamos al barrio de Delicias, ¿no, señoritas? —les pregunta, girando el volante para desviarse hacia otra calle.

—Sí, pero creo que es por ahí —responde Aurora, señalando hacia la calle que acaban de dejar a la izquierda.

—No te preocupes... —contesta el conductor mientras dobla otra esquina con un volantazo brusco, que obliga a las muchachas a agarrarse a los asideros del coche—. Tenemos que dar un pequeño rodeo. A la altura del Retiro hay un puesto de milicianos. Me los tengo todos controlados, ¿sabes?

Aurora asiente, prestando atención a la calzada y temiendo que, de pronto, unos milicianos les den el alto, hasta que siente sobre su rodilla la mano de sor María y oye su voz angelical.

—Muchas gracias por todo lo que estás haciendo.

Coinciden sus ojos, y Aurora intenta esbozar una sonrisa para responderle:

—No tienes por qué dármelas.

Pocos minutos después, cuando el automóvil ha dejado atrás el barrio de Salamanca y se dirige hacia Delicias, las muchachas comienzan a entablar conversación.

—Recuerda, eres enfermera y has perdido tu casa por los bombardeos —instruye Aurora a la novicia—. Cuando alguien te pregunte, debes hablar con convicción, ¿eh?

La monja asiente y guarda silencio como si interiorizara su nueva identidad, o como si le pidiera permiso a Dios.

—Solo mi madre sabe quién eres de verdad —continúa Aurora—. Con nosotras puedes ser tú, pero con mis hermanos, mi familia o los vecinos, debes asumir tu nueva identidad, ¿de acuerdo?

Sor María vuelve a asentir con parsimonia, repitiéndose las palabras de la enfermera, «tu nueva identidad». Mientras, Aurora la mira con una mezcla de curiosidad y respeto: debe de tener su edad, o eso le dijeron, pero por su forma de hablar y sus ademanes parece que le doble los años.

—Creo que tendrías que quitarte el crucifijo, ¿no? —le dice tras fijar la mirada en la cruz que le cuelga del cuello.

Sor María no dice nada, y Aurora percibe en su rostro, a través del claroscuro del coche, un gesto de inquietud.

—No te preocupes —le dice, cogiéndole la mano—. Será cuestión de días.

La monja intenta esbozar una sonrisa mientras se lleva la cruz a los labios.

—Me preocupa tener que fingir ser alguien que no soy —dice tras besar el crucifijo.

Entonces se lo quita y se lo guarda en uno de los bolsillos de su abrigo.

—Todos debemos aparentar ser otra persona en algún momento de nuestra vida —responde Aurora—. Más aún con una guerra de por medio.

—Sí, pero tú estás con tus seres queridos, y ante ellos no tienes que fingir —contesta sor María, apretando con una mano la mano de Aurora y con la otra el crucifijo en su bolsillo—. Pero, ojo, no me estoy quejando en absoluto. Esta es la vida que elegí y el Señor me dará fuerzas para seguir adelante.

Aurora no sabe qué responder, por lo que se limita a asentir. Luego vuelve la cabeza hacia la ventanilla y mira las calles de Madrid oscuras, casi negras. Se pregunta si de verdad puede ser ella misma con sus seres queridos.

Y se da cuenta de que entre las personas que la rodean no hay nadie con quien pueda ser del todo sincera: a su madre le está ocultando que sigue arriesgando su trabajo para ayudar a las mujeres de los falangistas; a sus hermanos, el auténtico paradero de su padre; a toda su familia, la verdadera identidad de esa enfermera que irá a pasar unos días a su casa; incluso a Elena le oculta que, en realidad, no siente interés por la causa falangista y que colabora con ella exclusivamente por su padre.

¿Hay alguien con quien pueda ser sincera?, se dice.

Hasta que un pensamiento fugaz pasa por su mente con un nombre: Teófilo.

Había evitado pensar en él estos días mientras carecía de noticias sobre su padre.

Sí, tal vez con él pueda tener confianza y abrirse de la misma forma en que el soldado lo hizo en su última carta con aquella historia de su pasado, carta que la chica aún tiene pendiente de responder.

—Señoritas, ya hemos llegado a Delicias—les anuncia el conductor.

Aurora le indica el camino de su casa mientras no puede dejar de pensar en el soldado manchego.

—Por allí, no tiene pérdida.

Sí, mañana a primera hora le escribirá una carta para hablarle en confidencia y contarle, por ejemplo, el cautiverio de su padre o la ayuda que les brinda a las mujeres de los falangistas. Desahogarse con alguien, al fin.

Y aunque no será consciente de ello hasta mucho tiempo después, esa carta lo precipitará todo.

Segunda parte

La jaula

21

Madrid, marzo de 1977

«Pero cómo puede estar tan guapa, me cago en la leche».

Teófilo no deja de pensar en Aurora desde el encuentro de ayer, a la salida de la iglesia de San Jerónimo. Ahí supo que tenía una hija, a la que se refería como Teresa, y que su madre y sus tíos Rafael y Bernarda seguían con vida, a pesar de rondar los noventa.

—La llave de la habitación doce, por favor.

Le sorprendió su belleza madura, la serenidad de su tristeza y el elegante luto que revestía su cuerpo, con todo en su sitio aún.

Ha conocido a pocas mujeres que a esta edad todavía mantengan el semblante jovial que tuvieron, como si por ellas no pasara el tiempo que pasa por los demás.

—¿La doce? —El recepcionista de la pensión recorre con el dedo índice los estantes con las llaves de las habitaciones—. Aquí tiene, caballero.

Verla fue naufragar en un tiempo en el que su felicidad venía de la mano de un cartero o de un botón sobre un felpudo de un barrio elegante en el que jamás habría soñado pernoctar. La guerra había tenido eso de mágico y trágico a la vez.

—Gracias, buenas noches —responde Teófilo, cogiendo la llave.

Luego sube las escaleras de esta humilde pensión del barrio de Malasaña, donde ha encontrado un alojamiento asequible y no muy lejos de un centro de Madrid que no había vuelto a pisar desde la posguerra.

Y se dice con ironía: «Durante la guerra me alojaba en mejores sitios que ahora».

Lo cierto es que la fachada del edificio de la pensión —que se encuentra en las plantas tercera y cuarta— no tiene buen aspecto. Los grafitis se alternan con las puertas de comercios cerrados y carteles de propaganda política. Al verlos le vino el recuerdo, de pronto, de aquel Madrid en guerra que también estaba plagado de carteles. No obstante, el Largo Caballero o la Pasionaria de entonces han dado paso a ese Adolfo Suárez de mohín irresistible, al Felipe González del recién legalizado PSOE o la novísima Alianza Popular de Fraga, creada para las próximas elecciones.

—Y dicen que el PCE también se va a presentar, si es que lo legalizan —le comentó a su compadre Luis hace unos días, en una partida de mus.

—¿Los comunistas? Que Dios nos coja confesados —soltó Paco, el tabernero.

Teófilo asintió mientras repartía los naipes. Lo cierto es que desde la muerte de Franco había notado que el debate político —enterrado como un grupo de fusilados ante una tapia— volvía a recorrer las tabernas y las tertulias de la plaza.

Había oído a los jóvenes hablar otra vez de anarquismo, como él en su juventud.

Porque la historia no se repite, pero rima.

Entra en la habitación de la pensión y se recuesta sobre la cama hasta que siente la llamada de su vejiga. Entra en el pequeño aseo y sube la tapa del váter. De pronto, piensa en Aurora, diciéndose:

«Me habrá visto como un viejo, por eso la espanté».

Lo cierto es que suponía que ella podía reaccionar así, al menos si seguía siendo aquella chica tozuda y obstinada con la que se carteaba hace cuarenta años.

Pero tenía la vaga esperanza de que se prestara a escucharlo, y ahora no sabe si volver al pueblo en el primer autobús o intentarlo una última vez.

¡Tiene tantas cosas que decirle! ¡Hay tantas cosas que Aurora nunca supo!

Durante la guerra, cuando se carteaban como madrina y ahijado, él le habría escrito una larga carta explicándole todo lo que siente, así como las razones que le han llevado a volver a intentar ponerse en contacto con ella. Y de pronto se le ocurre una idea.

«¿Y si le escribo una carta?».

Una carta como aquellas que comenzó a mandarle desde las trincheras del frente y que continuó escribiendo desde el piso de enfrente al de doña Isabel, su particular celestina de entonces.

—¡Sí, lo haré!

Como no ha traído consigo papel y bolígrafo, baja a la recepción y le pide un par de folios y algo para escribir al recepcionista. Segundos después, el manchego vuela de regreso a la habitación para comenzar a escribir sentado al escritorio.

El folio tiene un membrete de la pensión Loli que le habría gustado evitar, pero no tiene más remedio que usar este papel. Cuando escribía en la guerra, la mayor parte de las cartas tenían encabezamientos con consignas políticas o distintivos republicanos.

—Muy buenas, Aurora. Mi estimada Aurora. ¿Mi querida Aurora? —dice para sí, cavilando la mejor manera de comenzar la carta—. Sí, querida es mejor.

«Mi querida Aurora: Durante todos estos años...».

Comienza a escribir y, tras las primeras palabras, no puede evitar sorprenderse.

«... no he podido dejar de pensar en ti...».

Pero ¿cómo es posible? Ha vuelto a escribir con aquel trazo esmerado que aprendió bajo las directrices de don Sebastián, como si su mano recordase los caminos que llevan a la sacristía de la parroquia de su pueblo.

«... porque tu recuerdo era más poderoso que...».

Y continúa escribiendo, esbozando, sin que se dé cuenta, otro gesto antiguo, la punta de la lengua fuera, que tanto le afeaba el cura.

«... el dolor de tu larga ausencia...».

Y escribe durante toda la noche todo lo que siempre quiso decirle.

Poco después del amanecer, Teófilo sale de la pensión y emprende el camino en dirección este. Al encontrar cerca una tasca abierta decide pararse a desayunar. Café descafeinado —para que no le suba la tensión— y un par de porras.

Fuera, mira en derredor y comienza a caminar con los ojos achinados ante el sol de una prematura primavera. Madrid siempre le ha parecido un lugar extraño. Se lo pareció hace cuarenta años, cuando llegó a la capital de España desde los campos manchegos como un marciano que aterrizase en Roswell, y se lo parece ahora.

Observa con curiosidad, por ejemplo, a dos jóvenes en la acera de enfrente. Sus manos entrelazadas son como un puente que une dos remolinos. Son las manos de un chico y una chica que parecen no haber terminado aún la fiesta nocturna, chicos que gritan, juguetean y se besan como dos pajarillos picoteando el néctar de una flor.

Y lo piensa: la última vez que estuvo en Madrid, cuando terminó la guerra, la Brigada de Costumbres habría detenido a estos jóvenes por falta de decoro. Por aquel entonces, el Caudillo se vanagloriaba de haber limpiado la ciudad de vagos, maleantes y degenerados, y ello le recuerda, de pronto, el comentario que hace unos días soltó uno de los parroquianos del bar de Paco, en el pueblo:

—Mira cómo está España desde que murió Franco. Los rojos, los ateos y los maricones saliendo del armario y los jóvenes locos perdidos, con tanto desbarajuste.

—La libertad acaba en libertinaje —terció otro.

Pero a Teófilo no le parece así. No ve nada de malo en que la juventud revolotee con las manos entrelazadas, ame sin mesura, ansíe la libertad de un abismo.

Cuánto lo habría querido para sí en aquella juventud que se le fue entre trincheras y huidas de una España extraña.

Los jóvenes cambian de acera haciendo frenar de golpe a un Seat 124, del que se oye un claxon irritado. La chica y Teófilo cruzan una mirada y la joven contagia al manchego con el regalo fugaz de su sonrisa. Segundos después, la pareja y el hombre toman caminos distintos, mientras él los contempla perderse calle abajo.

Luego se para unos segundos para recalcular su camino. Por suerte aún se orienta más o menos por el callejero de Madrid, que aprendió a dominar en aquellos meses que pasó como espía en la capital.

Sí, es por allí.

No le cuesta mucho encontrar la calle de Aurora. Su marido, que en paz descanse, aparecía en el listín telefónico que el recepcionista de la pensión le ha dejado consultar, y luego le ha bastado con un par de llamadas perspicaces, haciéndose pasar por alguien que no es, para averiguar su dirección.

Y se ha dicho: «¡Ajá, así que aún conservo la astucia del espía!».

Tras una larga caminata, la casa de Aurora y Carmelo emerge entre las calles de un vecindario pudiente, donde no hay ni rastro ni de grafitis, ni de anuncios de cerrajeros y desatascos ni de carteles con consignas políticas.

Lo primero que piensa: «Yo jamás le habría dado una casa así».

A la casa —un par de pisos con fachada blanca y remates neoclásicos— se accede por un jardín delantero abierto, en el que un sendero de piedras blancas dibuja el camino hacia la puerta. Teófilo lo recorre sin quitar ojo a los detalles: las figuras griegas y las flores que a un lado y al otro abrazan la senda.

Sube un par de escalones hacia el templete que da acceso a la enorme puerta de madera noble. Llama al timbre controlando su dedo índice, que apenas puede dejar de temblar.

«¿Y qué le digo? ¿Lo mismo con lo que me presenté frente a ella?

»¿Hola, Aurora, soy tu ahijado de guerra?».

La carta que le escribió trepida entre sus manos, que dejan en el papel del sobre la mancha de su sudor. Para evitar humedecerla aún más, la esconde en el bolsillo interno de la chaqueta. Luego se acicala el pelo y se coloca las solapas de la americana, para finalmente concluir subiéndose el pantalón hasta el terreno difuso entre su ombligo y la ingle, donde el cinturón apenas puede evitar que todo resbale.

Y está a punto de salir corriendo, pero se contiene, anclando los pies al suelo del templete como si echara raíces, hasta que oye cómo la puerta se abre y, de pronto, Aurora, tan guapa, delante de él.

—¿Otra vez usted? —le pregunta, plantada bajo el marco de la puerta.

Nunca lo trató de usted en sus cartas.

—Siento si la molesto de nuevo —se disculpa el manchego, con su voz ronca y aspirada—, pero después de lo que me hizo hace tantos años, creo que merezco una explicación, ¿no cree?

La mujer agria el gesto.

—Lo nuestro pasó hace mucho tiempo. No tenemos nada de qué hablar.

Tras esas palabras, áridas como una sequía, hace ademán de cerrar la puerta con un gesto feroz, pero Teófilo, que está preparado para una respuesta como esa —a tozuda no la ganaba nadie—, se apresura a poner el pie en el umbral.

—Al menos, lea una última carta mía. —Echa mano al bolsillo interno de la chaqueta y saca de su interior un sobre, que le ofrece—. Creo que, después de lo que me hizo, ¿merezco eso, no?

22

El calor estallaba como si tuviera un sol dentro. Comenzaba siempre en el cuero cabelludo y bajaba como un torrente para encenderle las mejillas y hacerle sudar las manos. Su madre se lo advirtió en cuanto perdió el periodo:

—Son los sofocos, Aurori. Acostúmbrate.

Y el abanico siempre en el bolso, por si acaso.

Ahora, tras la muerte de su marido, los sofocos no le dan ni un respiro, como si su cuerpo sudase a Carmelo.

—Tú juega ahí tranquilito, que yo te miro, ¿vale, cariño?

Sentada en el sofá de la casa familiar —espalda recta, rodillas juntas, mano en el regazo—, la abuela Aurora agita su abanico mientras contempla a su nieto jugar con su docena de muñecos de acción, todos iguales, fornidos, varoniles, inexpresivos.

—¡A la batalla! —vocifera el chiquillo, aún con el pijama de recién levantado.

El Madelman brinca y da órdenes rudas en la boca del pequeño Nicolás, que infla los carrillos haciendo sonar una corneta con la que dar comienzo a la refriega.

Su Madelman favorito es siempre el último que le han comprado.

—Cuidadito, cariño, que puedes romper cualquier cosa —lo sermonea la abuela.

Su nieto Nicolás siempre le recuerda a su hermano Jesús, que, a su edad, podía pasar horas jugando con el único muñeco de trapo que lo acompañó durante toda la infancia. No pocas veces hubo que remendarlo, hasta que el muñeco acabó siendo todo él un remiendo.

Aurora a veces piensa que su nieto tiene demasiado.

—Señora, ¿voy poniendo ya la mesa para el desayuno, o prefiere esperar un poco?

Rosario, la interna andaluza, saca del ensimismamiento a la mujer, que se apresura a dejar a un lado el abanico para que esta no la vea sofocada.

—Sí, Charito. Mi yerno debe de estar al llegar. Dijo que vendría a desayunar antes de ir a la oficina.

A pocas personas vio llorar tanto por la muerte de su marido Carmelo como a la interna, que lleva trabajando para ellos desde hace más de treinta años, poco después de su boda. La observa mientras regresa a la cocina hasta que devuelve la mirada a su nieto, que ha puesto a los muñecos de nuevo en formación.

El pequeño también lloró desconsoladamente cuando les dijeron a él y a su hermana Celia que el abuelo se había ido al cielo.

—Pero ¿va a poder bajar alguna vez? ¿Aunque sea solo una vez? —preguntó el chiquillo entre sollozos hiposos, con el moco y las lágrimas fundiéndosele en el rostro.

A Teresa, su madre, se le quebró la voz, por lo que tuvo que responder su marido Federico, que puso voz de cura y habló de Dios y de un asiento a su derecha al que todos iremos algún día. Mientras tanto, la pequeña Celia, un año menor que su hermano, no dejaba de aferrarse a su abuela, como si en ella residiese parte de su abuelo difunto o como si no quisiera perderla como a él.

Y comprendieron los niños que la muerte era irremediable.

Teresa aparece en el salón de la mano de su hija pequeña, a quien acaba de dar un baño matutino y luce un precioso lazo en el pelo.

—Pero ¡qué guapa está mi niña! —exclama la abuela al verla.

Teresa toma asiento junto a Aurora y la niña corre a tirarse en la moqueta para jugar con su hermano, que está colocando con celo a sus muñecos en posición de ataque.

—¿Se ha portado bien? —pregunta Teresa a su madre.

Aurora se ha quedado a cargo de Nicolás mientras Teresa daba un largo baño a Celia en la misma bañera en la que la bañaban a ella de pequeña. Desde que falleció Carmelo, Teresa y sus hijos acompañan a la abuela para llenar un poco el vacío que ha quedado en la inmensa casa familiar.

—Estupendamente. Cualquiera diría que su abuelo falleció hace unos días.

—¿Unos días? Parece que fue hace meses, ¿no?

Aurora resopla. Una vez leyó en un sobrecillo de azúcar una frase que le gustó.

—Así es el tiempo, Teresa. Un capricho —responde entre medias de un suspiro.

De pronto, Teresa le busca la mirada.

—¿Y cómo estás, mamá?

La mujer tiene la vista fija en los pequeños. Celia se ha sumado a los juegos de Nicolás, ajenos a la conversación de su madre y su abuela.

—Pues todo lo bien que podría estar, hija —responde Aurora con una sonrisa comedida.

Teresa extiende la mano y encuentra la de su madre.

—Pues yo creo que tienes algo en la cabeza, y no es papá, que en paz descanse.

Aurora levanta la mirada.

—¿El qué, a ver?

El pequeño Nicolás simula una explosión con la que varios de sus muñecos de acción salen disparados sobre la moqueta. Celia maneja uno de ellos, el que hace de villano. Ambas los miran durante un par de segundos, hasta que:

—Espero que no te moleste que te lo pregunte. ¿Quién era ese hombre que se presentó en el funeral de papá?

Aurora arquea las cejas.

—¿Qué hombre?

Lo ve, a Teófilo: su frente amplia y su pelo canoso, la buena percha de los sesenta años, las manos nerviosas, olor a perfume.

—Ay, mamá. El que te dijo no sé qué de la guerra. Y al que le dijiste que se fuera con tu cara de enfado.

Y esos ojos de intenso azul ya blanquecino, por la edad.

—Ay, hija, yo qué sé... Vimos a tanta gente ese día que no sabría decirte.

Pero Teresa no se da por vencida.

—Tú no te enfadas así por cualquiera. Te conozco bien, mamá, y no soy tonta.

Aurora quita su mano de la de su hija. Le esquiva la mirada.

—Ahijado —insiste su hija—. Dijo que era tu ahijado de guerra, o algo así. Lo recuerdas ¿no, madre?

—Pues...

Claro que lo recuerda. No se lo ha podido quitar de la cabeza desde que lo vio en la escalinata de la iglesia de San Jerónimo y la saludó con su voz de fumador. Mientras se escribían, hace tantos años, siempre imaginó cómo sería su voz. Leía sus cartas oyendo a un actor de radionovelas, de voz modulada y galante, y no la esperaba así en absoluto.

—Sí, puede ser —responde, al fin, con un mohín de despreocupación—. Cosas de cuando era una cría. Nada importante.

Teresa la mira a los ojos, pero Aurora sigue esquivándola.

—Nunca me has hablado de la guerra, mamá. Siempre fue un secreto. Todo lo que sé me lo contaron papá, la abuela o tu tía Bernarda.

Aurora posa la mirada sobre los pequeños y sus juegos infantiles. Tamborilea con sus dedos sobre la superficie del sofá, nerviosa.

Suena el ding dong de la puerta.

—Todo eso no son más que viejas heridas —responde, tajante—. Lo mejor es dejarlas como están. Y olvidarlas.

Rosario se apresura a abrir tras oírse el timbre. Segundos después, Federico, el marido de Teresa, hace aparición en el salón. Los pequeños corren hacia él, tirándose a sus piernas.

—Hola, familia —exclama.

Federico da un beso a sus hijos, luego a su mujer y termina en la mejilla de Aurora, que respira aliviada ante la llegada de su yerno.

—¿Cómo has dormido hoy, suegra? —le pregunta.

—Bien, gracias —responde la mujer con un gesto afable.

Aurora hace mucho que aprendió a fingir estar bien.

Unos minutos después, Rosario avisa de que la mesa está puesta y el desayuno, listo. Desde el comedor viene el aroma del café y el pan recién tostado.

Allí, en torno a una mesa redonda de caoba con remates barrocos, el desayuno transcurre entre conversaciones a las que Aurora solo atiende para responder con monosílabos. Federico, en cambio, no deja de aprovechar cada oportunidad para, con su verborrea típica, presentarse como el salvador de la empresa.

—Suegra, ahora soy yo quien tiene que tomar las riendas de Escobedo Construcciones en ausencia de Carmelo, que en gloria esté.

Y Aurora asiente sin prestarle demasiada atención.

Al terminar el desayuno, Teresa ayuda a Rosario a quitar la mesa y los niños retoman sus juegos en el salón al cuidado de la abuela. Federico, el salvador, se despide de la familia para volver a la oficina, donde no hay un minuto que perder.

«Y ahora te preocupas, ¿eh, mamón?», se dice, porque Aurora solo insulta dentro de sus pensamientos.

En el salón, la mujer enciende el televisor mientras Teresa sube a bañar a Nicolás y Rosario se retira a descansar tras terminar de recoger la cocina.

Por ello, a falta de la asistenta, es Aurora la única que puede ir a abrir la puerta cuando vuelve a sonar un repentino ding dong.

—¡Ya va!

Se pone en pie apoyando las manos en las rodillas y camina hacia el amplio recibidor de su casa. No espera a nadie, pero durante estos días no ha dejado de recibir visitas de personas que venían a darle el pésame o a interesarse por ella, de modo que puede ser cualquiera: un socio de su marido, una prima segunda, la vecina de dos casas más arriba...

Y, con el primer vistazo a la mirilla, no es capaz de reconocer al sujeto.

Con el segundo logra distinguir al dueño de esos ojos azules, y aguarda pegada a la mirilla preguntándose, con perplejidad:

—¿Qué demonios hace este hombre aquí?

Y duda si abrirle o no mientras ve cómo se acicala el pelo, se recoloca las solapas de la chaqueta o se sube el cinturón hasta su posición en la mitad de su barriga. Pero ¿cómo es posible que se haya presentado aquí?

Por fin se decide. Respira hondo, pone un gesto hosco y gira el pomo de la puerta.

—¿Otra vez usted?

Teófilo la mira, conteniendo los nervios, y los dos se encuentran en los ojos del otro durante varios segundos.

Alguna vez pensó en cómo envejecería. Cómo lo trataría la edad después de que los caminos de ambos se separaran. Ciertamente, aquel Teo que imaginaba se parece a este hombre que tiene frente a sí, que conserva buena parte del porte labriego que tenía de joven. Ese semblante de quien parece dialogar con el viento y mecer al sol cuando anochece con una nana.

—Siento si la molesto de nuevo —se excusa el manchego, con su voz áspera y una media sonrisa que Aurora no sabe bien cómo interpretar—. Pero, después de lo que me hizo hace tantos años, creo que merezco una explicación, ¿no cree?

¿Una explicación? ¿Cómo se atreve, después de todo?

—Lo nuestro pasó hace mucho tiempo —responde la mujer, con sequedad—. No tenemos nada de qué hablar.

Y se apresura a cerrar la puerta, diciéndose «¡Habrase visto!», sin embargo, Teófilo adelanta el pie interrumpiendo el trayecto de la pesada hoja de madera noble y le ofrece una carta que se ha sacado del bolsillo interior de la chaqueta mientras le dice:

—Al menos, lea una última carta mía. Creo que, después de lo que me hizo, ¿merezco eso, no?

Aurora no responde. De pronto, aquellos días aciagos vuelven a su mente, como una bofetada. Días que había querido borrar deliberadamente.

Y se resiste durante algunos instantes hasta que, finalmente, algo dentro de ella le impulsa a cogerla.

23

Madrid, enero de 1937

La costumbre era apretujarse frente al edificio de Gobernación, en la puerta del Sol, y algunos no han querido perdérsela esta noche.

Doce uvas en la mano, muertos de frío, el reloj y su lento tránsito —con una esfera sana de las cuatro que tenía, por los bombardeos—, hasta que la torrecilla del edificio lanza doce campanadas, doce tolón tolón, al cielo de Madrid.

Y la difusa fantasía del calendario, haciendo efecto.

—¡Feliz Año Nuevo!

Pero esta Nochevieja, la primera de la guerra, solo un puñado de madrileños se ha atrevido a celebrar la noche de San Silvestre congregándose en la puerta del Sol, hasta que, al oír el primer obús, corren a buscar refugio pegándose a uno de los muros desenfilados del caserón de Gobernación.

—¿Ni esta noche vais a respetar? —grita uno de los hombres.

Son doce obuses, como las doce campanadas, que salen de las baterías facciosas.

—¡Viva la República! —gritan los madrileños al cesar el bombardeo.

Y se pierden por las calles como espectros que nunca han estado ahí.

Algunos minutos después, una camioneta con la insignia del Ejército Popular de la República accede a la ciudad por la carretera de la sierra y un par de milicianos la frena a la altura del puesto de control del barrio de Usera, al sudoeste de la ciudad.

—Alto, ¿quién va?

Teófilo aguarda bajo una piara de mantas en la batea de la camioneta.

Oyó las campanadas desde ahí.

—Llevo información al palacio de Bellavista —responde el conductor con sequedad, ofreciéndoles el documento que le sirve de salvoconducto.

Los milicianos hojean el documento bajo la luz de una farola, hasta que, pasados varios segundos, le permiten reanudar la marcha.

—Tenga un feliz año —se despiden—. Y viva la República.

El conductor hace un gesto con las cejas y suelta un «Viva» con el que deja atrás el puesto de mando sin devolverles la felicitación por la Nochevieja. Coge un desvío y, algunos metros después, fuera del alcance de las miradas del puesto de mando, para, baja de la cabina y le grita a Teófilo que ya puede salir del terrón de mantas bajo el que se ocultaba.

El manchego respira el aire frío de la ciudad y se incorpora para apearse de la batea y sentarse en el asiento del copiloto.

Es la primera vez que se siente libre tras casi una semana de huida. Después del incidente en aquella pensión donde le tendieron una emboscada, se refugió en un montículo, escondido en el ramaje de unos arbustos esperando a que los lobos apareciesen en busca del cordero. Sin embargo, respiró aliviado al comprobar que el falangista al que dejó con vida cumplió su palabra, pues los perseguidores pasaron de largo de la dehesa. Desde entonces, no hizo más que esconderse y avanzar de noche hasta que por fin pudo llegar al punto de encuentro acordado.

El conductor, que decía llamarse José y servía de enlace entre los espías y el SIEP, se presentó dos días después. Le preguntó si era E15 —el nombre en clave de Teófilo—, y, en tono jocoso, le confesó:

—Pues yo ya te daba por muerto, leñe.

Y acordaron que esa misma noche realizarían el traslado a Madrid.

—Es Nochevieja y se reducirá la vigilancia —argumentó el soldado.

—¿Nochevieja? —preguntó Teófilo, que había perdido la noción del tiempo.

Tras pasar el control miliciano de Usera, la camioneta recorre el oeste desolado de la ciudad, que, debido a la intensificación de los combates en este sector, ofrece el espectáculo de un paisaje lunar: calles cegadas por los derrumbes, cascotes y cadáveres de animales azotados por el cierzo proveniente de la sierra.

—Así que te tendieron una trampa en la pensión de Navalcarnero, ¿no?

Teófilo asiente y, con la voz entrecortada por el frío, responde:

—Creo que me descubrieron por el tabaco que les ofrecí a mis interlocutores, que estaba hecho en la zona leal.

Y piensa en aquel falangista al que dejó con vida.

Nunca les dirá nada a sus superiores sobre ese tal Carmelo Escobedo.

—Pues suerte has tenido, muchacho —afirma el conductor, mirándolo con curiosidad—. Otro ya estaría hecho un coladero.

El manchego asiente. Como no tiene muchas ganas de continuar la conversación, se abstrae de su interlocutor mirando por la ventanilla para contemplar las calles de la ciudad.

Y algunos minutos después, en el barrio de Salamanca:

—Ala, pues ya hemos llegado —le anuncia el conductor, estacionando la camioneta frente al piso franco.

Teófilo levanta la vista hacia la fachada del bloque de pisos.

—Muchas gracias —dice, abriendo la puerta del copiloto.

El apretón de manos dura un par de segundos.

—Mañana avisaré al capitán de que ya estás aquí. Supongo que querrá verte.

La camioneta se pierde por una esquina y el muchacho la observa antes de comenzar a caminar con su macuto al hombro. Cruza la acera y traspasa la puerta enrejada del portal mientras calienta el hueco de sus manos con el aliento. Sube las escaleras y llama a la puerta del piso con dos tímidos golpes. Si todo va bien, piensa, habrá un compañero haciendo guardia, puesto que, por órdenes del capitán, siempre uno estará libre de misión.

Toc toc.

Pero no se oye nada dentro. Aguarda unos minutos más antes

de dar dos nuevos golpes, esta vez más sonoros. Hasta que de repente le llega la réplica al otro lado.

Toc toc.

Teófilo se apresura a concluir la señal: tres golpes más, los mismos que suenan a continuación desde dentro para poner fin a la señal. Entonces la puerta se abre y Juanito, el extremeño, lo invita a entrar con una sonrisa en los labios.

—Al menos tengo alguien con el que pasar el primer día del año —exclama, dándole un efusivo apretón de manos.

Teófilo se adentra en el piso y deja el macuto sobre la mesa del salón desde la que el capitán Muñoz los instruía. Mira a su alrededor —todo está igual que siempre—, y se sienta en una de las sillas, resoplando.

—¿Estás solo? —le pregunta a su compañero.

—Así es. Todos los demás salieron de misión.

Saben que no pueden preguntarse por las misiones. El capitán les dijo que no debían saber adónde iban ni cuándo volverían los demás. Por eso ninguno de los dos hace alusión a los días en que Teófilo ha estado fuera del piso.

—¿Te apetece un trago? —le pregunta Juanito al manchego yendo hacia la cocina para sacar una botella de licor del mueble junto al frigorífico.

El soldado vuelve alzando la botella y sonriendo. E insiste:

—Venga, por la Nochevieja.

Pero Teófilo no responde. Hay algo sobre la mesilla auxiliar junto al sillón del salón que le ha llamado la atención: un botón.

—¿Y eso? —pregunta mientras extiende el brazo para cogerlo y sostenerlo en alto.

—Ah, lo encontré hace unos días fuera, sobre el felpudo. Supuse que se le habría caído a alguien, como aquel que encontró el capitán. Qué casualidad, ¿no?

Teófilo asiente y deja el botón sobre la mesilla intentando que no se le note la emoción en el rostro.

—Venga, demos un trago —responde con una sonrisa.

La emoción de recibir otra carta de Aurora.

—¡Estupendo!

El alba despunta y Teófilo y Juanito siguen durmiendo en la habitación. Se acostaron pasadas las tres de la madrugada, cuando acabaron la botella de licor entre anécdotas de la guerra y cánticos antifascistas.

Y llegan las nueve de la mañana, la hora límite.

El traqueteo de la cerradura despierta a Teófilo, que siempre fue de sueño ligero.

—¿Hola? —pregunta, con la cabeza dándole vueltas—. ¿Capitán?

Pega un brinco y llama a su compañero, que ronca con una ligera cadencia.

—¡Juanito, despierta! —lo zarandea—. ¡El capitán ya está aquí!

Durante un par de segundos, su compañero extremeño no reconoce dónde está ni quién tiene encima, hasta que pone cara de sorpresa y se apresura a saltar de la cama.

—¡Señores, buenos días y feliz año! —oyen desde el salón del piso.

Los soldados salen de la habitación a medio uniformar con una terrible cara de estar aún acunados por Morfeo. El capitán, que lleva bajo el brazo un cartón de churros, pone un mohín de desaprobación.

Y señalando la botella de licor vacía sobre la mesa del salón, dice:

—Así que ayer celebraron la Nochevieja, ¿eh?

No contestan, aguardando la reprimenda del oficial, pero, contra todo pronóstico, este esboza una ligera sonrisa y, en tono paternal, añade:

—Anda, dense una ducha y pónganse decentes. Y que conste que los perdono solo por el día de hoy, ¿me han oído?

Los soldados se cuadran y se apresuran a volver a la habitación.

Teófilo es el primero en ducharse. Tras más de una semana sin poder hacerlo, siente el agua caliente sobre su cuerpo como si fuese el agua bendita de una pila bautismal.

Varios minutos después sale uniformado y aseado y releva a Juanito, que ponía la mesa junto al capitán.

En el salón huele a café recién hecho.

Teófilo lleva consigo el informe que ha realizado sobre la misión; un par de hojas con un relato minuciosamente detallado escritas con su preciosista caligrafía.

—Aquí tiene, señor. —Se lo ofrece al capitán.

Lo terminó de redactar. No se dejó ningún dato: la conversación en el mesón, la confesión de aquel soldado faccioso, su huida...

—¿Ha sacado alguna conclusión? —le pregunta el capitán, hojeando las páginas.

—Sí, mi capitán. Que los fascistas están realizando movimientos de armamento pesado entre Brunete y Quijorna.

El capitán levanta la vista y esboza una sonrisa de satisfacción.

—Esto es muy buena noticia. Desde hace una semana suponemos que lanzarán una nueva ofensiva para tratar de llegar hasta El Escorial desde sus líneas, con el objetivo de cortarnos las comunicaciones entre la sierra y la ciudad.

—Eso mismo pienso yo, señor.

El capitán le da un par de palmadas en el brazo y esboza una sonrisa con la que deja a la vista el hueco de uno de sus premolares.

—Pues muy bien hecho, Teófilo. Enhorabuena por su primera misión; no todos han podido regresar de ella. Aproveche para descansar estos días porque pronto volverá a territorio enemigo, ¿de acuerdo?

Toc toc. Un par de toques en la puerta rompen el silencio nocturno del rellano.

Teófilo aguarda a que doña Isabel abra con el rabillo del ojo apuntando hacia su puerta entreabierta, por si Juanito apareciera y lo descubriera fuera del piso.

Ya se ha acostumbrado a esa sensación.

—Aprenderéis a convivir con el peligro constante, como una presa entre depredadores —les dijo una vez el capitán.

El manchego ha aprovechado el primer momento que su compañero lo ha dejado a solas, ya caída la noche.

Aquel momento que nadie puede evitar al menos una vez al día.

—Voy al baño, que me jiño, Teo.

Y ha salido corriendo hacia el rellano con el botón de doña Isabel en la mano.

—¿Sí? —se oye tras la puerta de la anciana.

—Soy yo... el vecino —responde.

A continuación, la sacudida de un par de cerraduras y el haz de luz tras una rendija en la que se distingue la mitad del rostro de doña Isabel.

—Ah, eres tú —dice, abriendo de par en par—. Hay que tener siete mil ojos antes de abrir la puerta. ¿Qué tal, muchacho? ¡Feliz año!

Teófilo sostiene en alto el botón.

—Muy bien, señora, feliz año a usted también. Venía porque recibí su señal.

La mujer esboza una sonrisa con la que se le acentúan las arrugas en el contorno de los ojos. Va vestida con un elegante batín y lleva el pelo recogido.

—¡Pues claro! Llevo un par de días esperándote.

—Es que he estado fuera de Madrid cubriendo como reportero el frente del oeste —se excusa Teófilo.

—¿Y alguna novedad en el frente? —le pregunta la mujer.

—Pues, por el momento, pocas. A pesar de los envites, Madrid resiste.

Doña Isabel guarda silencio. Lo mira a los ojos y balbucea unas palabras que no termina de articular; parece querer decirle algo y no encontrar el modo de empezar. Hasta que:

—Tú pensarás que yo soy una facciosa, ¿no? —le pregunta, bajando el volumen de la voz—. Es decir, por vivir en este barrio y tener pinta de señora ricachona.

Lo ha dicho así, «ricachona», con retintín, como si guardara dentro de ella conciencia de clase, y Teófilo vacila sin saber muy bien qué responderle ni si debe hablar como el supuesto reportero de guerra que finge ser o como el soldado o el agricultor que es.

—No se preocupe, señora —contesta, ecuánime.

—Mi marido fue diputado republicano, ¿sabes? Y murió el pobre mío justo antes de la guerra. Por un lado pienso, pues mira, mejor así. No vio a la República atacada de forma miserable. Y mis hijos están en el frente, alférez y cabo. Han venido estos días para pasar la Navidad aquí conmigo, pero ayer tuvieron que marcharse otra vez.

Teófilo la mira a los ojos, húmedos, vidriosos.

—Habrá pasado unos días felices —dice.

—Sí, por supuesto. Y rezo cada día para que vuelvan sanos y salvos. Y porque la República sobreviva al ataque de los fascistas, por supuesto. Yo no tengo miedo a rezarle a Dios, ¿sabes? Sé que, a pesar de las tropelías que habrán ocurrido, está de nuestro lado.

Teófilo no responde. La última vez que rezó fue durante aquella noche de julio.

Al día siguiente le dijo a Dios que nunca más hablaría con Él.

De pronto, doña Isabel se lleva la mano a la cabeza y lanza un pequeño grito gutural.

—Ay, pero ¡qué tonta soy! —dice, girándose para abrir un pequeño cajón del mueble del recibidor y sacar un sobre—. Se me olvidaba, ¡la carta de esa muchacha!

24

Madrid, diciembre de 1936

Mi estimado Teo:

Nada es igual a hace unos días. Sé que ha pasado algún tiempo desde que nos escribimos la última vez, pero las cosas se han precipitado hacia un abismo y hasta ahora no he sacado tiempo, ni fuerzas, para hacerlo. Estoy desolada y me doy cuenta de que no hay mucha gente a mi alrededor con la que puedo ser del todo sincera. De hecho, no hago más que mentirle a todo el mundo: a mi madre, a mi familia, a mis compañeras, para ocultarles buena parte de lo que siento y de lo que nos está ocurriendo. A ti, en cambio, tengo la impresión de que nada me impide decirte de verdad qué es lo que pasa.

Mi padre está preso en la cárcel popular del Ateneo Libertario de Vallehermoso. En la ciudad llaman a eso «checa»; un nombre que viene de la Unión Soviética, o eso me han dicho. Nadie nos ha dicho todavía la razón, ni en el propio Ateneo ni en la Capitanía General, adonde fuimos para verificar que mi padre no era uno de los cadáveres que diariamente se encuentran a las afueras de la ciudad.

Comprenderás que nuestro mundo se derrumbó de pronto, como un telón. Suponemos que la razón por la que lo han apresado es que mi padre fue a algunos mítines de la Falange antes de que comenzase la guerra, y alguien lo habrá delatado.

Sí, mi padre simpatizaba con la Falange. Supongo que después de decirte eso decidirás cortar nuestra relación postal, dado tu compromiso con el ejército republicano. No obstante, déjame decirte, en su defensa, que mi padre no es ningún fascista. Si había empezado a frecuentar los mítines de la Falange fue por su compañero Eduardo, que había mediado por él en una discusión con unos del trabajo que le exigieron que se afiliara a un sindicato. No sé si pasó así exactamente, pero de esta forma me lo contó. Mi padre tiene un pequeño cargo de responsabilidad entre los conductores del metro de Madrid, y quizá eso fue lo que lo enfrentó a los demás. Comenzó a oír que España se estaba rompiendo y que había que recomponer el país mirando a Italia o Alemania. No sé si esas ideas calaron en él. Yo quiero creer que lo movía una razón mucho más básica: supongo que entre aquella gente se sentía respaldado. De hecho, él me explicó que iba a aquellos mítines como el que va a los toros sin que en realidad le gusten las corridas. Con esa misma frase lo dijo. Me pregunto cuánta gente habrá habido igual que él, como yendo a los toros porque sí.

Eduardo está preso en la cárcel de Porlier. No sé si se lo merecerá, pero lo que sí sé es que mi padre no. Sabemos que está en un convento controlado por milicianos de la CNT. Dicen que el Gobierno está haciendo grandes esfuerzos por acabar con esos tribunales y cárceles populares, pero mi padre sigue preso y nadie nos dice nada.

Podrás imaginarte cómo han sido estos días en casa, en estas fechas navideñas. Mi madre y yo hemos estado varias veces frente al convento para pedir explicaciones, pero nadie nos quiere dar una respuesta, ni por caridad cristiana. Lo único que hemos conseguido es asegurarnos de que mi padre tendrá algo parecido a una comida de Navidad, o eso al menos nos aseguró uno de los milicianos del Ateneo, porque ellos no eran bárbaros, decía.

Comprenderás que en casa no hay muchos ánimos para preparar hoy la cena de Nochebuena, aunque mi madre se ha empeñado en hacerlo. De todas formas, mucho no podemos celebrar, porque la República ha cancelado las fiestas navideñas, y les ha insistido a las familias en que esa es una fiesta religiosa que ya no tiene cabida en el nuevo Madrid revolucionario y, además, con una guerra de por medio. Por lo visto, han cambiado la Navidad por algo llamado la «semana del niño», y tanto el Socorro Rojo como las asociaciones de solidaridad no han dejado de organizar colectas para los niños refugiados o para los milicianos en el frente. Oí en el hospital que van a proveer a los soldados de una cena con turrones y mazapanes. No sé si también te llegará a ti, pero espero que sí.

Al menos esta noche tenemos el consuelo de recibir la visita de mi primo Gervasio, a quien han dado un par de días de permiso. Como supongo que sabrás, la 3.ª Brigada está luchando en el frente andaluz. El pobre mío echará más tiempo en el tren de ida y vuelta a Madrid que con su familia. El mismo Gervasio me dijo en una carta anterior que tú ya no estabas con él, pues te habían trasladado a otro destino.

Espero que estés bien allá donde estés. Debes saber que durante este tiempo he releído tu carta varias veces, encontrando en ella una forma de evasión ante todo lo que nos ha estado ocurriendo. El hecho de que decidieras compartir conmigo esa historia de tu infancia me ha ayudado a abrirme contigo.

He de reconocerte que me ha sorprendido recibir tu carta desde el barrio de Salamanca, adonde me pides que envíe esta. Supongo que hay cosas que no puedes contarme, porque la guerra está llena de secretos, o eso dice mi primo. Secretos como los que yo tengo que guardar de puertas para afuera de casa.

Al menos tengo el consuelo de que entre tú y yo ha surgido una mayor complicidad. Eso sí, para la próxima carta espero poder darte buenas noticias. Por ejemplo, la liberación de mi padre, con la que sueño todos los días.

Un fuerte abrazo y felices pascuas,

AURORA

—¿Aurora?

Una voz se cuela en la habitación.

Aurora escribía en penumbra, apenas iluminada por la luz que entra por la ventana de su dormitorio —luz azul, fría, invernal—, cuando ha oído a sor María en el quicio de la puerta, pidiendo permiso para entrar.

—¿Sí?

La muchacha se gira con los ojos vidriosos.

—Tu madre dice que, en lo que viene tu tía, te necesita para preparar la cena —le cuenta la novicia, internándose con pasos prudentes en el dormitorio de la joven—. Yo me he prestado para preparar fruta escarchada con las piezas que comprasteis esta mañana, ¿sabes? Lo aprendí en el convento y me queda muy rica.

Aurora asiente, con la mirada retraída. Esta mañana su madre la despertó a las seis para que la acompañase a hacer cola frente al economato y comprar algo de comida para cenar por la noche con la familia.

—Pero, mamá, ¿qué narices vamos a celebrar hoy? —le recriminó a su madre desde el cobijo de las mantas.

Felisa se sentó a los pies de su cama y soltó una respuesta que seguramente habría meditado durante toda la noche, a sabiendas de que Aurora no estaría muy por la labor.

—No es celebrar, hija mía. Es reunirnos. Vendrán tus tíos y tu primo Gervasio desde el frente. Y yo lo necesito, Aurora. Necesito volver a tener a la familia cerca. Y tu padre también lo querrá, estoy segura.

Le brillaban los ojos, y Aurora no pudo decirle que no a ese brillo, por lo que finalmente accedió e hicieron cola durante un par de horas, con los pies helados, para llevarse unas barras de pan, arroz, almendras y varias piezas de fruta.

Después, Aurora se fue para el hospital y volvió diez horas más tarde con el único ánimo de encerrarse en su habitación a escribirle a Teófilo.

—Sé que mi madre insiste, porque es muy cabezona —le responde a sor María, con el gesto torcido y un mohín de reproche—, aunque no sé yo si está bien que esta noche nos reunamos con la familia.

Sor María avanza por la estancia y toma asiento sobre la cama de la joven, con las rodillas pegadas y las manos entrelazadas. Esboza una tímida sonrisa y mira en derredor mientras Aurora refunfuña para sí. En la estantería sobre el escritorio hay cuatro muñecas dispuestas en fila y perfectamente ataviadas con pequeños trajes, como un trofeo de aquella infancia de Aurora no tan lejana.

O como si esta infancia no se hubiese acabado del todo.

—¿Me dejas que te dé un consejo?

La joven se apresura a ocultar la carta de Teófilo con el antebrazo. Y lo piensa de nuevo: cuántos secretos hay que guardar en esta guerra.

—Por supuesto —responde.

—Espero no parecer imprudente, Dios me libre, pero creo que tu madre tiene razón. Tu padre querrá que hoy os reunáis todos, ¿a que sí?

Aurora guarda silencio. Sor María vuelve la vista a las muñecas de la estantería: una de ellas tiene las mejillas rosadas y una boquita de piñón coloreada de un carmín rojo. Otra es casi un bebé, ataviada con un vestido de encajes y unos patuquitos diminutos. Este se lo regaló a Aurora su tía Bernarda, en una de aquellas navidades que terminaban a altas horas de la madrugada entre anisetes y villancicos.

Roque los improvisaba todos, porque, a pesar de repetirlos año tras año, no era capaz de recordar la letra de ninguno: hacía beber a los peces en el río y luego terminaba entonando la blanca Navidad.

Y Aurora no podía parar de reír.

—Yo ya no sé qué pensar... —responde la joven, con voz trémula.

La novicia extiende el brazo y le acaricia el hombro, tratando de consolar ese llanto que parece querer brotar pero que Aurora contiene.

—Además, va a venir tu primo Gervasio, ¿no? Seguro que tienes muchas ganas de verlo y darle un abrazo.

Aurora asiente. Piensa en su primo, quien, en las comidas familiares, siempre era de hacer tonterías y armar jolgorio: un año se puso un vestido de Felisa y simuló ser una artista de copla en una sala de espectáculos abarrotada.

—Claro que tengo muchas ganas de verlo —responde Aurora, y se le dibuja una sonrisa timorata en los labios.

De pronto, sor María se pone en pie con un movimiento enérgico.

—¡Pues venga, no se hable más!

Y agarra a Aurora del brazo para tirar de ella y sacarla de la habitación.

—Bueno, está bien —accede la joven, tras un ligero titubeo.

No se da cuenta de que la carta de Teófilo queda a la vista de la novicia, que mira por el rabillo del ojo hacia el escritorio.

—Por cierto, ¿qué estabas escribiendo? —le pregunta.

Aurora se apresura a coger la carta y meterla en uno de los cajones de la mesa.

—¿Esto? Ah, nada. Precisamente, una carta para mi primo Gervasio —contesta.

El abrazo de los primos es largo e intenso, y ahí, en el hueco de los brazos de Gervasio, Aurora no puede evitar recordar aquellos tiempos en los que compartía con su primo fantasías y juegos infantiles —las damas, la comba, los chinos, las prendas— o aquellas primeras sesiones de cine a las que Roque los llevaba para que vieran una película tras otra.

«Tiempos felices», piensa.

Tras Gervasio viene su padre Arturo, el hermano pequeño de Felisa y Bernarda, a quien la chica abraza hasta que Jesús y Manuela irrumpen en el rellano y acaparan la atención de todos, correteando para encontrarse con su primo y su tío.

Felisa y Bernarda aparecen al poco, con sus delantales y acompañadas del olor que sale de la cocina, donde han pasado todo el día entre fogones y carbón.

Aunque aseguraron a algunos vecinos que no iban a celebrar la Nochebuena, «Porque es mejor dejarlo para otras fechas, que estamos en guerra», Felisa se ha empeñado en cocinar un menú a la altura: sopa de almendra, coliflor con ajos, arroz y un poco de fruta escarchada que sor María se ofreció a preparar.

—A mi Roque le habría encantado —le dijo a su hermana mientras removía la sopa con el cazo sobre los fogones.

—Ya le haremos un banquete en cuanto esté de vuelta —le respondió Bernarda, dejando a un lado los ajos que pelaba para acariciar el hombro de su hermana.

Después de saludar a los parientes, Aurora presenta a sor María, que se mantenía bajo el umbral de la puerta contemplando la escena familiar.

—Ah, por cierto, primo, tío, esta es María, una compañera del hospital. No puede pasar la Nochebuena con su familia, por lo que la invité a casa.

Gervasio se adelanta a su padre y se acerca a la joven novicia dándole los dos besos protocolarios en las mejillas.

—Lo siento mucho, María. Aquí tienes una familia, ¿vale?

Esta le hace un gesto de agradecimiento, con una sonrisa comedida.

Luego, con su habitual socarronería, Gervasio suelta un chascarrillo:

—Así que sois compañeras, ¿no? Pues que sepas que te pienso preguntar por sus trapos sucios, ¿eh?

—Pero ¡oye! —responde Aurora, simulando una mueca de enfado—. No puede decir nada malo de mí, ¿a que no, María?

—Claro que no. En el hospital la quieren mucho, ¿sabéis? —contesta la novicia.

Aurora y sor María ensayaron este momento hace algo menos de una hora, mientras ponían la mesa y Felisa y Bernarda ultimaban los preparativos para la cena.

—La clave es actuar con normalidad —dijo Aurora, quien, desde que colabora con su amiga Elena, es toda una experta en el engaño—. Cuando te pregunten, no des muchos detalles, pero tampoco te quedes callada, ¿de acuerdo?

Felisa hace una seña para que pasen todos al salón, donde toman asiento sin que nadie ocupe el lugar del padre de familia.

—Que sepáis que lo de mi tío es una tremenda injusticia —dice Gervasio al mirar hacia el asiento vacío de Roque—. Hablaré con quien tenga que hablar para solucionarlo, ¿vale? Dejadlo en mis manos.

Mira a Aurora, a Felisa y a los hermanos pequeños, con ánimo de transmitirles tranquilidad; con todo, su prima lleva ya muchos días oyendo mensajes parecidos sin que nadie parezca poder hacer nada para remediar la situación de su padre, por lo que sus palabras apenas surten efecto en ella. Así, Aurora se limita a sonreír mientras de la boca de su madre sale un «Gracias» escueto, que suelta dirigiéndose a la cocina junto a Bernarda a buscar el primer plato.

Minutos después aparecen las dos en una mesa silenciosa portando la sopera y varios cuencos para repartir entre los comensales.

—Bueno, Gervasio, ¿cómo va todo por el frente? —le pregunta Bernarda a su sobrino mientras con el cazo de madera le sirve la sopa de almendras.

—Pues ahí seguimos, tía. Estos días está todo más tranquilo. En el frente andaluz apenas hay movimiento. Y aquí, en Madrid, tampoco está muy agitada la cosa. Algunas internadas enemigas y muchos bombardeos. Creo que con el frío que hace se le quitan a todo el mundo las ganas de pelear. A mí, por suerte, han podido darme permiso.

—Y esta noche, ¿cómo la pasan los soldados? —pregunta sor María, que escucha con atención a Gervasio sentada frente a él y al lado de Aurora.

—Pues por lo visto han repartido raciones extra de comida, turrón, frutas y algo de tabaco. Lo gracioso es que dicen que no es una cena de Nochebuena sino... A ver, ¿cómo decían? Ah, sí, un recuerdo sentimental por la familia y en gratitud a todos los hombres antifascistas.

—Vamos, una cena de Navidad sin Navidad —responde Bernarda, mordaz.

—Pues sí, algo parecido —afirma Gervasio mientras hace círculos con la cuchara en la sopa de almendras.

Aurora observa a su primo, que cena junto a su padre, Arturo. Gervasio es la viva imagen de este, ya que heredó de él buena parte de sus facciones. De su difunta madre, por el contrario, apenas obtuvo el color de los ojos o ese curioso antojo en la pantorrilla derecha.

Durante un par de segundos, las miradas de ambos coinciden.

—Por cierto, prima, ¿qué tal con Teófilo? ¿Te sigues carteando con él?

—Eh... Bueno, hace tiempo que no recibo noticias suyas —responde, mirando de reojo a sor María, por si esta ha puesto el oído.

La novicia no parece atenta, pues juega con Jesusito, sentado a su izquierda, a hacer bolitas con migas de pan para lanzarlas como si fueran canicas.

—Es buen muchacho, ¿a que sí? —insiste Gervasio.

Y Aurora piensa a toda prisa una salida para cambiar de tema, porque prefiere no hablar de Teófilo delante de todos, hasta que la salva el timbre de la puerta, que suena de pronto, intempestivo, imprevisto.

Ding dong.

Felisa, extrañada, enseguida va a abrir, y cuando llega a la puerta de la entrada, la mayor parte de la familia se ha congregado en el recibidor.

—¿Rafael? —pregunta la mujer.

Al otro lado de la puerta se encuentra Rafael el Cojo.

—¡Hola! —saluda el tabernero, ataviado con un enorme abrigo oscuro que, como su pelo canoso y su larga y rala barba, está salpicado de los copos de nieve que llevan todo el día cayendo apocadamente sobre Madrid.

—¿Qué haces aquí? —le pregunta Bernarda, asomada tras la puerta del salón con los brazos en jarras—. Que yo sepa, no te hemos invitado.

El Cojo, no obstante, hace caso omiso al tono serio y contrariado de su exmujer, y responde con una sonrisa inesperada.

—Sí, lo sé, tranquila; no vengo a cenar con vosotros. Vengo porque tengo novedades sobre Roque. He conseguido que os dejen verlo al fin. Será esta noche.

25

Estimada Aurora:

Cuánto me gustaría poder ir a tu casa, abrazarte y darte ánimos para afrontar la terrible situación que me estás contando. Y regalarte flores silvestres como las que crecían en los campos de mi pueblo, y fanegas de grano o chorizos y morcillas de las matanzas para que no os falte de nada. Cuánto me gustaría, pero me es imposible. Y si me apena no poder consolarte también lo hace el hecho de que no pueda contarte dónde estoy ni qué cometido tengo ahora en la guerra. Como bien dices, la guerra está llena de secretos, y por el bien tuyo y el de tu familia, es mejor que no te cuente los míos.

Llevo varias horas dándole vueltas a cómo responder tu carta y cómo intentar insuflarte ánimos, pero me he acabado rindiendo. Creo que lo más efectivo es transmitirte, con esta carta, mi calor y mi apoyo. Esta maldita guerra, que no tendría que haber estallado jamás, nos ha arrastrado a un sinfín de injusticias, como la que está ocurriendo en tu casa. No dudo de la inocencia de tu padre ni de que sea un buen hombre, Dios me libre. Si ha criado una chica como tú, seguro que no hay ningún mal en él. Y en una España democrática debería poder expresar sus opiniones, porque a nadie debería privársele de libertad, por mucho que piense diferente. Pero, si me permites la reflexión, creo que España debe construir su democracia teniendo en cuenta que hay quienes detentan unos privilegios que no quieren soltar. Yo vengo de una familia de campesinos. Ni mis padres ni mis abuelos ni ninguno de mis antepasados fueron dueños de la tierra que trabajaron. Cuando el ejército se sublevó en Marruecos, la Falange decidió apoyar a quienes no querían desprenderse de la tierra, y no a los campesinos, a los jornaleros o a los obreros que emigraron del campo a la ciudad.

Pero, ay, Aurora, no quisiera yo que pienses que estoy justificando a quienes tienen preso a tu padre. La guerra, como te digo, está plagada de injusticias. Ojalá se luchara únicamente en el campo de batalla, como se hacía antes, cuando el Cid. Ahora se lucha en todas partes, sin control, sin mesura. Por eso están sucediendo todas estas desgracias.

Me preguntas cómo estoy. Como bien sabes, hay muchas cosas que no puedo contarte, pero creo que sí puedo darte algunos detalles. Por ejemplo, hace unos días estuve a punto de morir. Fue una noche. Uno cree que lo tiene todo controlado hasta que como un chispazo todo se pone del revés, ¿verdad? Y tuve que disparar. Maté a un hombre y le perdoné la vida a otro, y luego corrí como si el diablo me llevase por las patas a ocultarme, esperando a que viniesen a buscarme. El soldado al que le perdoné la vida me dijo que no iba a delatarme, y así fue. Y yo no daba un real por que lo hiciese, si te soy sincero.

No era la primera vez que mataba a un hombre, pero sí la primera que lo hacía a quemarropa. Hasta el momento, todas las bajas las hice en combate, hombres emboscados o atrincherados con los que podía hacer gala de mi puntería.

Cuando vivía en el pueblo jamás habría imaginado que acabaría matando a personas. Por eso, durante las primeras noches de guerra no dejaba de martirizarme, preguntándome: ¿quién era yo para quitarle la vida a nadie? ¿Qué pensaría Dios? Hasta que me di cuenta de que Dios debía estar mirando para otro lado. A veces admiro a los nacionales cuando piensan que Dios está de su parte.

Bueno, iré terminando ya esta carta, que espero no se te haya hecho muy larga con mis divagaciones. Déjame decirte una última cosa: intentaré ayudaros con lo de tu padre, ¿vale? No te puedo prometer nada, pero deja que indague un poco, aprovechando algunos contactos que estoy haciendo en Madrid.

Ah, sí, lo olvidaba. Durante todo este tiempo he llevado tu fotografía en mi cartera. Todas las noches la miro, y con ella me siento un poco menos solo. Te agradezco mucho que me la mandaras, pues seguro que me habrá dado suerte también en la retaguardia enemiga. Me he permitido el atrevimiento de mandarte con esta carta una fotografía en la que salgo, aunque tú no me la hayas pedido. Es la única fotografía que tengo mía aquí. En ella salgo junto a otros soldados, entre ellos, tu primo Gervasio. Yo soy el primero por la derecha. Nos la hizo un periodista que vino al frente y charló un rato con nosotros para hacer un reportaje con el que narrar a la prensa extranjera el devenir de la guerra y la lucha antifascista. Días después nos dio una copia a cada uno de los cuatro soldados que aparecemos en ella, y yo guardé la mía como un tesoro, que ahora te regalo a ti. Espero que también te traiga suerte, como a mí la tuya.

Si quieres responderme, hazlo a la dirección de antes.

Muchos saludos y felices fiestas,

TEO

La fotografía bailaba entre los dedos nerviosos de Teófilo.

«¿Qué pensará al verme? ¿Le gustará?».

Escribió en el dorso «Teófilo en el frente, diciembre de 1936», y dudó hasta el último instante si introducirla o no dentro del sobre, hasta que finalmente cedió, con un impulso. Todo era poco para levantarle el ánimo a Aurora.

«Y lástima que no tengo nada para regalarle».

Tampoco dejó de darles vueltas a las palabras que había escrito.

«¿Y si se molesta porque le hable de los falangistas de esa forma?».

A fin de cuentas, apenas se conocían. Pero Aurora debía saber cuáles eran sus principios, a los que Teófilo no pensaba renunciar.

Una España como la que soñaba don Sebastián.

Así fue como se decidió a bajar al buzón de la acera frente al bloque del piso franco y, a riesgo de que alguien lo viera, introducir el sobre en la ranura.

Se quedó mirando el buzón durante algunos segundos, como quien ve comer a un animal, hasta que volvió corriendo al portal. El capitán había llamado hacía una hora diciéndole que pasarían a recogerlo en breve, por lo que escribió la carta con rapidez, casi a vuelapluma, temiendo que se le escapase alguna falta de ortografía o un error de sintaxis.

El destino de la nueva misión era, según le contó el capitán, rondar los alrededores de Pinto y obtener información sobre supuestos movimientos enemigos.

—El Estado Mayor ha recibido informes preocupantes de varios espías. Esos informes avisan de la concentración de artillería y armamento hacia el sector sur, y varios recogen rumores acerca de un posible ataque a la carretera de Valencia. Parece obvio que el enemigo está bastante a punto de atacar, pero no sabemos ni el momento ni el lugar elegidos.

Teófilo asintió mientras echaba un vistazo a la cédula de identificación falsa a nombre de un tal Santiago Villalba, natural de Toledo y al mando del general faccioso Luis Orgaz.

Y se permitió un ligero reproche, en un tonillo de burla, porque ya tenía cierta confianza con el capitán:

—No me jugaré el cuello por unos cigarrillos, ¿no?

Ahora, en este mesón a las afueras de Pinto, rodeado de grupos de soldados, obreros de la construcción y varias prostitutas a la caza de algún ingenuo, Santiago se permite ofrecer tabaco «traído de Cuba» a sus contertulios, con los que juega al mus mientras suelta chascarrillos contra la República y lanza proclamas a favor de Franco.

—Venga, reparto yo —dice, colocándose hábilmente las cartas de la baraja para repartirse de nuevo una jugada ganadora.

Media hora después, Teófilo gana la partida junto a su compañero —un soldado franquista llamado Hernán— con la jugada del solomillo.

—Treinta y uno, tres reyes y un as —dice, enseñando los naipes.

Ha ido de farol toda la partida, hasta que se ha coordinado con su compañero Hernán para ganar la grande.

—No va a venir este forastero a ganarnos en Pinto, ¿no? —pregunta, jocoso, el cabo a quien llaman el Tachuela.

El Tachuela, Hernán y Luis jugaban al dominó hasta que ha llegado este forastero ofreciéndose a jugar al mus. Ha dicho llamarse Santiago, y lleva uniforme nacional, bigote postizo y la documentación falsa de un soldado de la División Reforzada de Madrid.

—Venga, echamos otra, ¿no? —pregunta Teófilo, con una sonrisa victoriosa.

Los demás asienten, y el espía le hace una seña al mesonero para pedirle otra ronda de vinos, porque sabe que debe embriagar a sus contrincantes.

—¡Brindemos por Franco! —exclama en cuanto el camarero deja sobre la mesa las cuatro copas de vino.

—¡Y por España! —suelta otro de los jugadores.

Las copas tintinean y de algunas se derrama el vino sobre la mesa. Durante el brindis, Teófilo aprovecha para observar detenidamente cómo beben sus compañeros, la cadencia con la que echan un trago o la dicción con la que responden a los comentarios belicosos. A ese cabo, el Tachuela, cree que le sacará más información que a ninguno, pues lleva más de dos horas bebiendo sin parar.

Mira a los ojos a Hernán, el soldado falangista con el que hace pareja, y reparte los naipes. De Hernán obtendrá poco, porque a parte de las señas del mus, el muchacho no ha soltado prenda en toda la tarde.

Una hora más tarde, Santiago y el Tachuela salen del mesón cantando coplas de León y Quiroga.

—¿Otro cigarrillo? —le ofrece Teófilo al cabo.

Afuera arrecia el frío, pero a ninguno parece importarle.

—Cla-claro, ho-hombre —responde el Tachuela, sonriente, con los ojos movedizos y la lengua suelta.

—Y decías que te habían dado un par de días de permiso antes de los movimientos de tu división, ¿no? —le pregunta, ofreciéndole un cigarrillo de su cajetilla.

—Pue-pues sí.

—¿Y adónde os mueven?

El Tachuela se lleva el cigarrillo a la boca y Teófilo se apresura a prender su encendedor haciendo pantalla con la mano.

—Me-me figuro que ha-hacia el Ja-jarama.

—¿Que atacaréis el río Jarama? —inquiere Teófilo tras dar una calada.

Y el Tachuela vuelve a asentir.

—Pue-pues sí.

Regresa al piso franco dos días más tarde.

—Pero ¿estás seguro de eso? —le pregunta el capitán al hojear su informe.

Habían comenzado a tutearse después de la primera misión. Sobre la mesa hay desplegado un mapa del entorno de Madrid. Teófilo señala con el dedo índice la línea serpenteante que representa al río Jarama.

—De Getafe a Pinto ha habido movimientos —explica el manchego, haciendo el viaje con su dedo—. De Pinto a Seseña también, según mis informantes. Y todos coinciden en el Jarama como posible zona de ataque. Yo apuntaría que esto, La Marañosa, será el punto central del ataque.

El capitán se acaricia el mentón. Vuelve a hojear el informe de Teófilo, donde, con su pulcra caligrafía eclesial, detalla los resultados de su misión en las inmediaciones de Pinto, que se ha saldado sin ningún incidente reseñable.

—No sé yo qué hará el Estado Mayor con tu informe... —confiesa el oficial—. Me consta que está barajando otros datos. Que presumen que será por el sector meridional de Madrid, entre Leganés y Getafe, por donde vendrá un ataque.

Teófilo arquea una ceja. Piensa en el Tachuela, aquel simpático cabo que se fue de la lengua a partir de la cuarta copa de vino. Piensa en las dos mujeres, esposas de camioneros, con las que entabló conversación al día siguiente, y que le dijeron que sus maridos llevaban días transportando material de guerra a Seseña. Sí, está seguro de que su información es veraz.

—Yo no decido las órdenes, mi capitán, pero creo que lo tengo claro. Me da a mí en la nariz que será como digo. Llámelo intuición.

El capitán sonríe mientras le da un par de palmadas en el hombro.

—No todo se basa en la intuición, muchacho... —le dice en

tono paternalista—. Pero tienes buen ojo, sí. Eso no te lo voy a negar.

Y comienza a recoger el mapa de la mesa, doblándolo con pulcritud, para meterlo, junto al informe de la misión, en su maletín. Finalmente se pone su gorra de oficial, dedicando algunos segundos a encontrar el lugar exacto sobre su cabellera, y da media vuelta para encararse hacia la salida del piso franco.

—Aún está por definir tu próxima misión —le dice a Teófilo, de camino a la puerta—. Aprovecha estos días para descansar.

Pero el manchego lo frena antes de que eche mano al pomo.

—Espere, señor. Hay algo que me gustaría pedirle...

El oficial se gira.

—Claro, dime.

Teófilo mira a los ojos oscuros del capitán, mecidos en dos grandes bolsas de un color violáceo que indica las pocas horas que seguramente debe dormir, como tantos otros de los oficiales en los que recae la responsabilidad de la guerra.

—Verá, señor. La mayor parte de mis informantes me han hablado de que la quinta columna será la que acabe definitivamente con la resistencia de Madrid. Ya sabe, los espías fascistas y los grupos derechistas que actúan aquí. Y a mí me gustaría operar dentro de la ciudad, donde me parece que podría hacer un gran trabajo. Si le soy sincero, creo que las misiones que llevo a cabo en la retaguardia enemiga están desaprovechando mi talento.

El capitán hace un silencio con gesto impávido, y Teófilo aguarda su respuesta conteniendo la respiración. Se lo ha jugado todo a una carta con ese «desaprovechando mi talento», a lo que el oficial podría responder poniendo el grito en el cielo: «¿Talento? Pero ¿quién te crees que eres, muchacho?».

Pero en lugar de ello, el capitán esboza una leve afirmación, como de conformidad, y alza la mano para ponérsela en el hombro a Teófilo.

—Tienes talento, de eso no hay duda —responde, otra vez en tono paternal—. Y me consta que el Estado Mayor está intentando reordenar los servicios de inteligencia que operan en la capital. Por lo visto, tienen montado un guirigay de tres pares de cojones, ¿sabes? Entre las brigadas policiales, las milicias obreras y el Ejército del Centro al que pertenecemos, nadie se pone de acuerdo. Y de eso se aprovechan los facciosos. Deja que lo hable con el comandante Estrada, ¿de acuerdo?

El manchego asiente, satisfecho con la respuesta del capitán, y se despiden con gesto serio, marcial.

—Hasta mañana.

Tras observar al oficial bajar las escaleras del rellano, vuelve la vista a la puerta de doña Isabel y piensa en Aurora y en su padre, cautivo de las milicias anarquistas. Intentará ayudarlos desde aquí, desde Madrid, si el comandante Estrada accede, claro.

26

La nieve se ha hecho más insistente a medida que ha ido cayendo la tarde, y para cuando Felisa, Aurora y Rafael se dirigen al convento de la calle Blasco de Garay, pasada la medianoche de esta Nochebuena extraña, los suaves copos ingrávidos que bajaban desde el cielo se han convertido en una imprevista nevada.

—Hay un miliciano con el que tengo buen trato, y me ha puesto en contacto con uno de los que guardan el Ateneo Libertario —les explica Rafael, caminando tan rápido como su cojera le permite—. Un chico joven que decía acordarse de vosotras cuando estuvisteis allí la primera vez... ¿Lo recordáis?

Aurora asiente. Sí, lo recuerda: aquel chico de apariencia educada que les dijo que no debían preocuparse de nada si su padre no era ningún fascista.

Tantos días después, aquello le suena ahora a mentira.

—¿Y estás seguro de que nos va a dejar verlo? —pregunta Felisa, descubriéndose parte del rostro, abrigada con una bufanda.

—Me dijo que estuviésemos en la puerta lateral del convento sobre la una de la madrugada, para el cambio de guardia —responde Rafael—. Como es Nochebuena, no habrá tanta vigilancia. Eso sí, solo tendréis un par de minutos.

Dos minutos. Aurora nunca podría haber imaginado que ver a su padre durante solo dos minutos iba a hacerle tanta ilusión. Y no sabe si le dará tiempo a atiborrarlo con todas las preguntas que se ha hecho estos días... ¿Cómo estará? ¿Cuándo será liberado?

Felisa, en cambio, se muestra más comedida.

—¿Y ese muchacho es de fiar?

—No creo que ese chico se vaya a jugar el tipo para luego tendernos una emboscada —contesta el Cojo, arrugando los músculos de la cara por el frío cortante de la nevada.

—¿Y por qué no nos han dejado verlo hasta ahora?

—No tengo ni idea... —responde Rafael entre jadeos, por lo deprisa que caminan—. Pero supongo que tal y como está la guerra, con el acoso de los fascistas y los bombardeos, quieren extremar las precauciones.

Doblan una esquina y atraviesan una calle solitaria.

—¿Y no te ha dicho cuándo lo van a soltar? —pregunta Aurora.

—El miliciano me dijo que no sabía nada, que dependía de sus superiores. Aun así, por lo que me han contado, esta es una de las pocas prisiones populares que quedan en manos de las milicias. El Gobierno ha pasado a controlar la mayoría para evitar los juicios paralelos. Así que a Roque o lo soltarán o se lo llevarán a la prisión de Porlier.

Aurora mira a su madre y en ambas se dibuja un gesto esperanzado.

—Que así sea, por Dios —dice Felisa para sí, alzando la vista hacia un cielo que no deja de avivar la ventisca.

Los tres se ajustan el abrigo para preservarse a duras penas del frío mientras caminan acelerando el paso ante la cercanía del convento. Pocos minutos después se hallan frente a la fachada lateral del antiguo edificio religioso, en la que hay una pequeña puerta que da a la calle Donoso Cortés.

Rafael echa mano al bolsillo de su abrigo y mira el reloj.

—Falta muy poco. Esperemos en esta esquina, para que no nos vean.

Felisa y Aurora se acurrucan una contra otra. La chica tamborilea con los pies sobre la acera, sin saber precisar muy bien si está muerta de los nervios o muerta de frío, y no dicen palabra hasta que aquella puerta angosta del convento se abre.

—¡Sale alguien! —grita Felisa.

Rafael se apresura a acallarla y ocultarla tras la esquina.

—Esperad —dice, prudente.

El miliciano se asoma al exterior. Lleva al hombro un fusil y un abrigo con el que casi no puede ni mantener la temperatura del cuerpo al abrir la puerta y salir a la calle. Mira hacia un lado y aguarda unos segundos haciendo un hogar con las manos para calentarlas con su aliento.

—Sí, es él —exclama Rafael, a quien le ha costado reconocerlo, por la ventisca.

Y lanza un silbido de cabrero, que aprendió cuando pastoreaba en Extremadura, con el que llama la atención del muchacho.

¡Fiu fiu!

Entonces ambos coinciden en un saludo, y el joven miliciano les hace un ademán para que se den prisa y crucen la calle desierta.

El vaho de sus alientos los persigue de una acera a otra.

—Buenas noches. Aquí están —anuncia Rafael, señalando a Felisa y a Aurora.

El miliciano las mira, y cuando posa en Aurora sus ojos pequeños y oscuros, pregunta:

—¿Me recordáis?

Las mujeres asienten ateridas de frío. Aurora contiene el impulso de esbozar algún gesto de agradecimiento, a sabiendas de que, por mucho que las ayude, este miliciano es uno más de los carceleros de su padre.

—Tu padre os espera en la habitación al final de ese pasillo —le indica el miliciano, señalando un corredor estrecho y apenas iluminado—. Tenéis solo dos minutos. El cambio de guardia no tardará en llegar.

El miliciano se hace a un lado para dejarlas pasar, y las mujeres se internan por un pasillo angosto y de techo alto con vigas de madera, que en otro tiempo, no hace mucho, en realidad, debieron recorrer los monjes que habitaban este convento.

—Dos minutos —les insiste el joven.

Asienten. Cuando avanzan las golpea un olor a humedad y a cocina, la cual suponen que estará tras una de las puertas. Aurora mira la bombilla junto a la puerta del fondo, de la que viene la única luz del pasillo, e intenta controlar su respiración a medida que se acerca a ella. Felisa le aprieta la mano y la mira haciendo una breve pausa antes de recorrer el último metro hacia la puerta. Le dice:

—Espera, que no nos vea nerviosas.

Y ambas sonríen ante la inminencia del encuentro con Roque, que las aguarda al otro lado de la puerta sentado en una silla frente a un escritorio vacío.

Aquí lo torturaron durante días.

—¿Papá?

Las tres sonrisas coinciden. Roque se pone en pie y acude al abrazo de sus mujeres.

Huele a sudor y sangre.

Aurora lo aprieta contra su pecho mientras Felisa le acaricia las mejillas y hunde sus dedos entre su despeinada cabellera. Y el abrazo dura un millón de segundos, tras lo cual madre e hija levantan la mirada y, al fijarse en las heridas que le recorren el rostro, no pueden contener un gesto de espanto.

—Ay, Dios mío, ¿qué te han hecho?

Pero Roque, que sigue ataviado con el mismo uniforme que llevaba cuando lo capturaron, elude dar una respuesta mientras besa la frente de su hija, que sigue abrazada a su pecho.

En realidad, no le hace falta responder: el ojo morado, la hinchazón de la nariz o la sangre en la comisura de los labios cuentan por sí solas la historia de su cautiverio.

—¿Cómo estáis todos? —pregunta el padre, con una mirada húmeda y vidriosa, a punto de romperse.

—Todos bien, aunque echándote mucho de menos —responde Felisa tras un suspiro.

—¿Y los pequeños?

—Preguntan mucho por ti, pero están bien, cariño. Ya sabes cómo son. No paran quietos ni un segundo.

Al oír hablar de Manuela y Jesús, a Roque se le emborrona la mirada, y debe hacer un esfuerzo por contener un llanto insolente, que seguramente se habrá prohibido permitirse ante su esposa y su hija, para parecer fuerte.

—Estamos haciendo todo lo posible para sacarte de aquí, papá —le dice Aurora, haciendo también un esfuerzo por dominar el temblor de su voz—. Hemos intentado hablar con el Gobierno y con los milicianos, y hablaremos con quien haga falta. El tío Rafael nos está ayudando, e incluso mi amiga Elena, la hija de tu compañero Eduardo.

—Sí, gracias a mi cuñado hemos conseguido verte —continúa Felisa, que no despega sus manos de la cabeza de su marido.

—Muchas gracias, pero debéis tener cuidado, ¿eh?

Felisa y Aurora asienten.

—¿Sabes cuándo te van a soltar? —pregunta la primera.

Roque guarda silencio meneando la cabeza con un ligero movimiento lateral.

—No sé aún —responde.

—Pero ¡tú no has hecho nada! —exclama su hija.

Entonces el hombre busca los ojos de ambas mujeres y aguarda unos segundos antes de contestar, como si esperase a que madre e hija se prepararan para sus próximas palabras, unas palabras de las que parece querer desprenderse, como si fuesen un secreto pesado.

—Hay algo que tengo que contaros. Me acusan de ciertas cosas. Cosas que yo no hice. Y por eso no me han soltado todavía.

Aurora se queda paralizada.

—¿Cómo que te acusan de cosas? —pregunta Felisa, atónita.

Roque extiende el brazo y acaricia el hombro de su mujer.

—No os lo he contado aún para no preocuparos —responde, pretendiendo trazar con sus labios una sonrisa alentadora—, pero tranquilas, de verdad. Todo saldrá bien. No podrán demostrar nada.

Sin embargo, la sonrisa forzada lo delata: el labio le tiembla y el rostro se le contrae por la hinchazón de la nariz, que parece tener rota. No, no convence. Y entonces:

—¿Que no nos preocupemos? —exclama Aurora, estupefacta—. ¡Explícanos qué pasa, papá!

Está harta de que los hombres le digan que no se preocupe.

Aun así, Roque vuelve a hacer un silencio, perplejo y titubeante.

—Lo... lo siento... —responde, negando con la cabeza—. Prefiero manteneros al margen. Debéis entenderlo, de verdad.

Y madre e hija no reaccionan hasta que, de repente, el joven miliciano asoma la cabeza por la puerta de la pequeña estancia.

—Lo siento, pero se acabó el tiempo —suelta, bajo el umbral.

De pronto Felisa se aferra a su marido, gritándole:

—¡Dime algo, Roque, por el amor de Dios!

Y sus gritos resuenan en las cuatro paredes de la habitación vacía, hasta que, ante la negativa de la mujer a marcharse, el miliciano la agarra del brazo.

—¡Señora, deben irse ahora mismo! —le pide, tirando de ella.

En un rápido gesto, Roque besa en los labios a Felisa para despedirse de ella y le desea una feliz Navidad.

—¡Qué feliz Navidad ni qué leches! —replica esta, encrespada.

Mientras, Roque trata de apurar los últimos instantes del encuentro abrazando de nuevo a su hija.

Esta aspira fuerte su olor, para no perderlo.

—Feliz Navidad, hija mía.

Aurora le devuelve la felicitación con voz trémula.

—Fe-feliz Navidad, papá.

Y antes de deshacer el abrazo y separarse hasta sabe Dios cuándo, Roque, en un susurro ronco, le dice a su hija al oído:

—Ten cuidado con tu amiga Elena, ¿vale? No te fíes mucho de ella.

27

Tras dejar atrás el monumento a la diosa Cibeles, parapetado bajo un búnker de sacos terreros, la camioneta militar dobla la estrecha calle de Prim y frena delante del palacio de Buenavista, sede del Ministerio de la Guerra.

Teófilo se apea del vehículo y se despide del conductor. Con el ir y venir de las últimas semanas, ya se ha familiarizado con el callejero de la ciudad y se ha acostumbrado a su ajetreo, a sortear las colas del hambre o a ponerse a cubierto en cuanto suena la sirena de los bombardeos.

—¡Arrea! —exclama al levantar la vista hacia la fachada dieciochesca del palacio.

Con el sol del mediodía, el palacio de Buenavista y el frondoso jardín que lo precede lucen en todo su esplendor. Este es uno de tantos palacios de la capital dedicados en la actualidad a la guerra. En él, y debido a la reciente reordenación de la Segunda Sección del Estado Mayor, el comandante Manuel Estrada no tiene más que un par de despachos de la planta baja, a la espera de que se adjudique una nueva sede al Servicio de Inteligencia.

—Hola, vengo a ver al comandante Estrada. Me ha citado a esta hora —les dice al par de soldados que hacen guardia a la entrada del palacio mientras les enseña su cédula de identificación.

Los guardias ojean el documento durante unos segundos en busca de algún indicio de falsificación. Uno de ellos, el que lleva un cigarrillo colgando de la comisura de los labios, es el que se lo devuelve.

—Está bien, acompáñame.

Atraviesan el jardín y, tras el alto de otro par de guardias, que vuelven a comprobar el documento de identificación de Teófilo, se internan por el palacio.

—Tal y como está la cosa, con los espías facciosos, cualquier precaución es poca —le explica el primer guardia cuando los segundos les franquean el paso.

—Sí, no os preocupéis, lo entiendo —responde Teófilo.

Y luego un enjambre de pasillos con puertas a cada lado, soldados y secretarias que van y vienen, tecleos de máquinas de escribir, puestos de radio, cafeteras.

El guardia se para frente a una de esas puertas, da dos toques y espera la orden dada al otro lado con una voz fina:

—¿Sí?

Gira el pomo y habla hacia el interior bajo el umbral de la puerta.

—Mi comandante, aquí hay un soldado que dice que tiene una reunión con usted.

—Ah, sí, que pase —se oye.

El guardia le permite el paso y Teófilo entra en el despacho, donde una espesa humareda de tabaco bambolea sobre el elegante escritorio de madera noble ante el que se encuentran sentados Manuel Estrada y un hombre al que Teófilo no acierta a reconocer.

El comandante se pone en pie y rodea el escritorio para darle la bienvenida al muchacho con un apretón de manos.

—Hola, Teófilo, ¿cómo estás? ¿Todo bien?

—Sí, todo bien, mi comandante.

Estrada asiente con una sonrisa cortés y le pide con un gesto que tome asiento junto al otro hombre, que aguarda el encuentro con Teófilo mirándolo con atención tras unas gafas de cristal grueso.

—Este es Manuel Salgado, anarquista representante de la CNT en el Estado Mayor y jefe de los Servicios Especiales del Ministerio de Guerra.

Y el hombre le ofrece la mano a modo de saludo. Tiene el rostro ovalado, una densa cabellera negra, la frente huidiza y una fina nariz bajo las gafas redondas.

—Encantado de conocerte, muchacho. El comandante Estrada me ha hablado muy bien de ti —dice el hombre, con acento gallego y sonrisa de galán.

Teófilo asiente, ligeramente ruborizado, a la vez que toma asiento en una silla frente al escritorio y espera a que sea el comandante el que comience a hablar.

Aún no sabe por qué lo ha hecho llamar, pero lo intuye: es probable que sea por la petición que le hizo al capitán Muñoz unos días atrás, tras su segunda misión como espía.

—¿Gustas? —Estrada saca una pitillera de su guerrera y le ofrece un cigarrillo.

Teófilo acepta y se pone el cigarrillo en los labios mientras el comandante se saca del bolsillo un encendedor. Por su parte, Salgado le busca la mirada con unos ojos penetrantes a pesar del grosor de sus lentes.

—Estrada dice que eres un espía excelente. ¿Cierto?

Teófilo ahoga un nuevo gesto de rubor con una honda calada al cigarrillo.

—No seas humilde, muchacho —tercia el comandante Estrada, que juguetea con una estilográfica entre los dedos—. Los informes de tu capitán son excelentes. Aquí donde tú lo ves, Salgado —dice mirando hacia el jefe de la Sección de Información—, aunque parezca un muchacho tímido, en la retaguardia enemiga es todo un fiera.

Teófilo asiente, sin decir palabra, mientras golpea la punta del cigarrillo sobre el cenicero del escritorio, atestado de ceniza y colillas. Junto al cenicero hay un par de ejemplares de los *Episodios nacionales* de Galdós, en cuyo canto distingue varias señales que marcan posibles anotaciones en el interior. Junto al libro, extendido en la mayor parte del escritorio, hay un mapa de la ciudad de Madrid.

Estrada y Salgado habrían estado trabajando en ese mapa justo antes de su llegada.

—Entonces ¿sabes por qué te hemos hecho llamar? —le pregunta el comandante.

—Si le soy sincero, preferiría que me lo dijera usted —responde Teófilo.

El comandante guarda silencio y, con un mohín, le indica a Salgado que sea él quien hable.

—Verás, muchacho. El comandante Estrada me hizo llamar porque tú habías manifestado a tu capitán tu interés por abandonar el SIEP e ingresar en los Servicios Especiales de la capital, ¿no es así?

—Así es —responde el manchego con seguridad.

—Los Servicios Especiales se encargan de una de las tareas más inmundas, pero a la vez más necesarias para ganar la guerra: localizar y neutralizar espías enemigos en la capital mediante registros y detenciones.

—Es decir, lo que el general faccioso Mola vino a llamar la quinta columna —interviene el comandante.

Teófilo asiente. Desde que empezó la guerra, no ha dejado de oír aquello de la quinta columna. De hecho, es probable que el padre de Aurora, ese pobre conductor de metro, haya sido tomado por uno más de los desafectos y traidores llamados a ganar la guerra desde dentro de Madrid, como anunció el general Mola.

—¡Eso es, *carallo*! ¡Tenemos que acabar con ellos! —continúa Manuel Salgado, subiendo el volumen de su voz cantarina—. Sin embargo, por el momento, para llevar a cabo las acciones del servicio, no contamos con personal demasiado cualificado. La mayor parte lo forman chicos con muy buenas intenciones pero con pocas luces, o exconvictos y delincuentes que se mueven bien por los bajos fondos de la ciudad. Lo que yo necesito, en cambio, son buenos espías, como los que Estrada está formando en la Segunda Sección. Buenos espías como tú. Eficaces y también comprometidos con la revolución. Porque hemos comprobado que, antes de la guerra, perteneciste al sindicato anarquista de la CNT, ¿no, muchacho? Corrígeme si me equivoco.

De pronto, Teófilo se queda paralizado y no contesta más que un escueto:

—¿Cómo?

El dirigente lo mira con una sonrisa torcida.

—Sí, hombre. Hemos comprobado tus antecedentes. Vienes de un pueblo manchego, ¿no es así? Y la guerra te pilló siendo miembro de la CNT, a la que te afiliaste junto a tu padre. Es decir, eres uno de los nuestros.

Teófilo no acierta más que a balbucear una respuesta, un torpe sí, mientras se pregunta qué más habrán averiguado los Servicios Especiales.

«¿Saben qué ocurrió aquella noche de julio?».

«¿Han llegado hasta el final?».

—¿Algún problema, muchacho? —se interesa Estrada—. Te has quedado mudo.

—No, no, nada. Solo que hacía mucho tiempo que no pensaba en mi pueblo. Hace solo cuatro meses que no voy por allí, pero parecen cuatro años.

—Pues sí —responde el comandante tras exhalar el humo de su cigarrillo—. Esta guerra nos está volviendo locos a todos, cago en Dios. O muertos o locos, acabaremos.

Teófilo ríe, nervioso, consciente de que Manuel Salgado no le quita ojo.

—Contamos contigo, entiendo —le propone este, dándole una palmada en el hombro—. Necesitamos neutralizar cuanto antes a los espías enemigos. Sabemos que hay grupos de fascistas operando por toda la ciudad. Espías que llegan desde la retaguardia facciosa para recabar información sobre nuestras defensas. E incluso mujeres de falangistas coordinadas para ayudar a sus maridos... ¿Te lo puedes creer?

Pero el muchacho sigue en silencio. Da otra calada para ganar tiempo, apenas dos o tres segundos durante los que se plantea si no sería mejor recular; dar marcha atrás y volver al SIEP, donde, hasta ahora, a nadie parecía haberle importado quién era ni de dónde venía.

—¿Y bien? —le insiste Salgado, pertinaz.

De repente piensa en Aurora. Si tiene alguna oportunidad de ayudar a su padre, será sin duda desde el Servicio de Información y a las órdenes de este hombre de mirada oscura y penetrante.

—Sí, claro, estoy dentro —responde al fin.

—¡Estupendo! —exclama Salgado con otra palmada en el hombro—. Esta misma tarde te irán a buscar a tu piso para trasladarte a un nuevo alojamiento. No compartirás habitación con nadie, ¿eh? Porque a mis chicos los cuido mucho mejor que el comandante, ¿sabes? —dice, mirando a Estrada con una sonrisa socarrona.

El comandante le responde con un comentario mordaz, y ambos se lanzan ironías como en un partido de tenis hasta que Manuel Salgado se pone en pie y se despide al grito de: «Viva la República». Y mientras Estrada y Teófilo responden con un sonoro: «¡Viva!», el comandante le hace un gesto al muchacho para que se quede en su despacho tras la marcha del dirigente cenetista.

Y, segundos después, en intimidad:

—Que sepas que no me hace ninguna gracia que abandones el SIEP para ponerte al mando de ese tipo —le confiesa el comandante, bajando el tono de voz hasta casi el susurro—, pero si he accedido es porque creo que, mientras los anarquistas continúen acaparando el Servicio de Información, yo necesitaré a alguien que me ponga al corriente de lo que realmente ocurre ahí dentro, ¿sabes? No me fío yo mucho de ellos. Gran parte de los problemas que está teniendo la República en la guerra vienen del desgobierno causado por los revolucionarios. Y eso no me lo puede discutir nadie, ¿a que no?

—Sí, lo comprendo, señor.

—Lo que no sabía es que estuvieras en la CNT antes de la guerra... ¿Cómo es que no lo dijiste nunca?

Teófilo se va a aquella noche de julio.

Puños en alto, cánticos y consignas revolucionarias, y la iglesia del pueblo ardiendo como una inmensa hoguera de San Juan.

Y, por unos segundos, le sobreviene el impulso de contárselo todo al comandante.

Hasta que se muerde la lengua:

—Es algo que no tiene importancia, señor..., y de lo que preferiría no hablar.

Cae la tarde cuando Teófilo mira la fachada del convento de la calle Blasco de Garay. No le ha resultado muy difícil encontrar la dirección del Ateneo Libertario, donde está preso el padre de Aurora.

Da una última calada al cigarrillo y tira la colilla al suelo para pisotearla con la suela de su bota. Lleva toda la tarde deambulando por Madrid, fantaseando con encontrarse con Aurora en una calle o en una plaza abarrotada, «Hola, ¿eres Aurora? Yo soy Teófilo, sí, Teo, ¡cuánto me alegro de conocerte en persona!», pero el encuentro no se ha producido, o al menos él no ha sabido distinguir a la muchacha entre las jóvenes con las que se ha ido cruzando por la ciudad.

«¿Cómo es posible que viva tanta gente en una ciudad sitiada?», no ha dejado de preguntarse, hasta que han sonado las sirenas y minutos después una escuadra de aviones fascistas ha soltado una decena de bombas sobre la ciudad.

Y la calle ha quedado desierta, porque con las sirenas todo el mundo huye como ratas en un naufragio. Por ello de camino al convento no se ha cruzado con nadie, hasta plantarse frente a su fachada y encontrarse con un par de milicianos jóvenes que hacen guardia en la puerta principal deambulando de un lado al otro por la acera.

No deben de ser mayores que él.

—Hola, ¿podría hablar con el responsable del Ateneo? —les pregunta con la misma seguridad con la que se hacía pasar por falangista en terreno faccioso.

—Y tú... ¿eres? —contesta en tono desconfiado uno de los milicianos, el más alto y con pelo engominado.

Teófilo aguarda unos segundos, mirándolos de arriba abajo, como si no fuesen ellos sino él en realidad quien recela de los que tiene enfrente.

Dos, tres segundos, de un teatro perfectamente preparado.

—Soy agente del Servicio Especial al mando de Manuel Salgado, el máximo dirigente de la CNT en el Ministerio de Guerra. Sabéis quién es, ¿no?

El de la gomina ríe para sí.

—Claro que sabemos quién es Salgado. Como para no saberlo, carajo.

Entonces, Teófilo saca de su guerrera una pitillera y les ofrece un par de cigarrillos.

Los milicianos titubean.

—Venga, que son de los buenos, nada de picadura —les insiste.

Hasta que acceden, finalmente. Luego, el manchego les enciende el tabaco con un par de fósforos y, tras una primera calada, los milicianos confirman que es tabaco del bueno.

—Ya no se puede encontrar este tabaco a no ser que seas un pez gordo —exclama el de las gafas, de rostro cetrino y frondosa cabellera negra.

—Pues estáis de suerte, porque tenéis a uno delante —responde Teófilo, esbozando una sonrisa.

Del árbol de la acera de enfrente se escapan dos palomas, que revolotean entre arrullos hasta posarse sobre la cornisa del convento. Las miran brevemente.

—Y a ver, ¿qué querías? —le pregunta el de la gomina.

Teófilo aguarda a dar una calada a su cigarrillo.

—Sí. Veréis, Salgado me ha pedido que interrogue a un preso que tenéis aquí desde hace unas semanas, un tal... vaya, ¿cómo era? —Se lleva la mano al mentón y arruga la frente—. Ah, sí, Roque... Roque Martín, se llama.

Y da otra calada, haciendo una pausa para que sean ellos los que le hablen de él.

—Ah, sí. Un conductor de metro fascista —responde el de las gafas, al fin—. Por lo visto está implicado en un asunto de falangistas. No le han dado matarile porque alguien de más arriba lo ha impedido, pero vamos, que si por mí fuera, cogería el fusil y lo descargaría sobre ese hijo de puta.

—¿Alguien de más arriba? —inquiere Teófilo.

—Eso parece. Si no, como te digo, llevaría tiempo criando gusanos, ya me entiendes.

Teófilo asiente.

«¿Acaso hay alguien que protege al padre de Aurora? ¿Con qué motivo?».

—¿Podría hablar con él unos minutos?

Hacen un breve silencio.

—Pues me parece a mí que eso tendremos que consultarlo con el capitán, ¿no? —responde el de la gomina, vacilante.

Y Teófilo sonríe, porque sabe que los tiene justo donde quería.

—Y... dejadme adivinar. El capitán os dirá que cómo osáis molestarlo contradiciendo una orden de Manuel Salgado, ¿a que sí? Venga, no me digáis que no, que vosotros lo conocéis mejor que yo.

Los milicianos se miran durante un par de segundos, indecisos.

Mientras, las palomas vuelven a zurear sobre la cornisa del convento.

—Bueno... está bien —responde el de las gafas.

28

Como era costumbre ya, Elena la avisó de forma intempestiva —el primer día del año, jornada de descanso tras varias semanas sin un día libre—, y en una fugaz llamada telefónica de apenas unos segundos.

—¿Aurora? Sí, hola, ¡feliz año! Te llamo para decirte que necesitamos vendas, gasas, algodón, alcohol para desinfectar y material quirúrgico, todo el que puedas llevarte del hospital, ¿vale? Nos hace falta para mañana.

Antes de que el teléfono sonara, Aurora leía una novela rosa junto a sor María y los pequeños, que jugaban con los viejos muñecos de la hermana mayor.

—Pero, Elena, hoy y mañana tengo el día libre. ¿No podría ser pasado mañana? Lo haré sin falta.

Elena guardó silencio, y en aquellos instantes de espera, Aurora miró a sus hermanos, que habían dejado de jugar y la observaban a ella, porque cuando el teléfono sonaba, todo se paralizaba a su alrededor.

—La causa no puede esperar a que las colaboradoras acaben los días libres —respondió Elena en tono agrio al otro lado del auricular—. Mañana al caer la tarde, ¿de acuerdo? Ferretería en La Latina, frente al mercado. Pregunta por Emilio.

Luego se calló, aguardando a que Aurora respondiera finalmente:

—Sí, está bien. Mañana.

Y la joven esperó a que la línea se cortase para lanzar un bufido de indignación.

—¿Qué pasa, tata? —le preguntó Jesusito.

Pero Aurora no respondió, cogió el libro que leía y se encerró en su dormitorio.

—¿Tata?

Es por eso por lo que hoy nadie esperaba a Aurora en el hospital.

—Oí en la radio que había habido bombardeos anoche, durante la Nochevieja, y pensé que mi labor era estar aquí —les dice como excusa a sus compañeras, sorprendidas de verla en el Palace.

—¡Este es el tipo de enfermera que necesitamos para ganar la guerra! —exclama Gertrudis, la jefa de enfermeras, de quien Aurora aún no había recibido hasta ahora elogio alguno.

La jornada transcurre como todas, con el ritmo frenético del ir y venir entre las víctimas de los bombardeos y los heridos en algunos de los enfrentamientos que se han producido en la periferia de la ciudad.

Al caer la tarde, Aurora se enfunda su abrigo y se coloca el asa del bolso en el hombro para despedirse de los milicianos de la puerta con una sonrisa que ya tiene perfectamente estudiada. Y ninguno de ellos puede imaginar que en ese bolso lleva todo el material de enfermería que ha podido sustraer durante los escasos minutos en los que se ha quedado a solas en el almacén de la primera planta.

Camina en dirección al barrio de La Latina sin dejar de preguntarse si está haciendo o no lo correcto. Desde hace días, aquel susurro ronco de su padre la acompaña en un atolladero de pensamientos, con los que intenta darle un sentido a las crípticas palabras de su padre al despedirse en aquel convento.

«Ten cuidado con tu amiga Elena, ¿vale? No te fíes mucho de ella».

Siempre ha obedecido a su padre, pero no sabe qué pensar. Por ello intenta espantar su voz y los remordimientos para recorrer los últimos metros que la separan de la ferretería de ese tipo llamado Emilio.

En la fachada hay un escueto FERRETERÍAS Y TUERCAS. Al cruzar el umbral, el leve tintineo de una campanita llama la atención del dependiente, que levanta la vista de una revista que hojeaba y saluda a la chica.

No hay nadie en la tienda ni tiene pinta de que haya entrado mucha gente a lo largo de la tarde de hoy.

—Hola, ¿es usted Emilio? —le pregunta la chica.

El hombre asiente, y Aurora se acerca al mostrador para dejar su bolso frente a él.

Tiene la cara redonda, los ojos hundidos ante unas prominentes mejillas, poco pelo en la cabeza y una panza que sobresale por encima del mostrador.

—¿Eres Aurora?

—Sí, soy yo —responde la joven, abriendo el bolso ante el dependiente para dejar a la vista lo que contiene—. Aquí tiene lo que me pidieron que le trajera.

De pronto, el hombre no parece interesado en el contenido del bolso. En lugar de ello, esboza una sonrisa y se deja caer levemente sobre el mostrador para acercar su rostro al de la joven.

—No te imaginaba así, tan guapa —dice poniendo voz de radionovela.

Aurora no sabe qué responder. Hace caso omiso al comentario y mete la mano en el bolso para comenzar a sacar el material de enfermería sustraído: vendas, gasas, varios botes de alcohol...

—¿Y tienes novio, Aurora? —insiste el tipo, en ese tono de galán.

—Eh... no —responde la chica, que continúa dejando material en el mostrador sin levantar la vista.

Y se da cuenta enseguida de que ha respondido erróneamente.

—¿Y cómo es posible que una chica tan guapa como tú no tenga novio todavía? A ver, mírame, levanta la vista, preciosa, déjame ver tus ojos.

El hombre extiende el brazo y acaricia la mejilla de la joven, que se aparta con un gesto brusco, como el del cuello de una cobra.

—Lo... lo siento. No me gusta que me toquen —se justifica Aurora, que se apresura a seguir vaciando el bolso.

Pero la negativa no logra más que el efecto contrario al deseado, y el tipo, que acentúa su tono de galán fingido, con un vaivén de cejas le dice:

—Será porque no te han tocado como tiene que tocarte un

hombre, preciosa. —Y señala una puerta entreabierta tras el mostrador—. Ahí tengo mi casa, ¿sabes? Mi mujer murió hace ya tres años y a veces me siento solo. Venga, te invito a una copa. Tendremos que brindar por la Falange, ¿no? Porque ganemos la guerra.

Aurora apenas acierta a balbucear una respuesta, un: «N-no puedo», tras lo que termina de vaciar el bolso por completo.

—Ya está todo. Lo siento, pero tengo que irme —dice, levantando la vista hasta encontrarse con los ojos diminutos y separados del hombre—. ¿Otro día, vale?

Y da un par de pasos hacia atrás, a lo que el hombre responde frunciendo el ceño y agriando la voz de galán de hace unos instantes.

—No te irán más los rojos, ¿no?

Aurora ni siquiera responde. Da media vuelta y sale de la tienda a toda prisa oyendo un: «¡Eh, tú!» que se queda colgando de la boca del ferretero falangista.

Al entrar en casa, Aurora se permite unos segundos para respirar fuerte, hasta que Felisa, que atravesaba el pasillo de camino a la cocina, se para frente a ella para preguntarle, extrañada:

—¿Estás bien, mi niña?

Aurora se recompone con rapidez; esboza una media sonrisa y se excusa con lo primero que se le ocurre mientras camina por el pasillo dejando atrás a su madre, que parece haberse quedado con un: «¿Cómo te ha ido el día?» a medio camino.

Luego se asoma al salón, donde sor María sigue jugando con sus hermanos como cuando se despidió de ellos para ir al hospital.

—¡Hola, tata!

Y no tiene intención de pararse frente a ellos ante la cercanía de su habitación y la expectativa de pasar un rato a solas tumbada en su cama, pero sor María le hace un gesto señalándole la mesa del comedor.

—Esta tarde ha llegado una carta para ti —le dice, con Jesusito entre sus faldas y varios muñecos dispuestos alrededor—. La dejé ahí, sobre la mesa.

Aurora no había reparado en ese sobre. Lo coge y comprueba que en el remite aparece la dirección del barrio de Salamanca de esa tal Isabel Riquer Viñas.

Y solo ella lo sabe. ¡Es él, Teófilo! ¡Al fin!

Intenta disimular su entusiasmo, conteniendo una sonrisa, pero no puede evitar que se le ilumine el rostro ni que el pulso se le acelere.

—Sí, gracias —responde, comedida, ocultándole la carta a la novicia.

Da media vuelta y se dirige a su habitación, cierra la puerta tras de sí y se tira en la cama.

¡Cuánto esperaba su respuesta! Hay pocas cosas que, en estos días que corren, le generen tanta emoción como una nueva carta de Teófilo.

Ávida, deseosa, abre el sobre y comienza a leer.

> Estimada Aurora:
>
> Cuánto me gustaría poder ir a tu casa, abrazarte y darte ánimos para afrontar la terrible situación que me estás contando. Y regalarte flores silvestres como las que crecían en los campos de mi pueblo, y fanegas de grano o chorizos y morcillas de las matanzas para que no os falte de nada. Cuánto me gustaría, pero me es imposible...

En cuanto lee la despedida, con el ya clásico «Teo» en su letra cursiva, se apresura a rebuscar dentro del sobre, por si es cierto aquello que el soldado decía.

Y sí: ¡una fotografía!

Lee el dorso: «Teófilo en el frente, diciembre de 1936».

Luego le da la vuelta y se recrea en todos sus detalles. Los cuatro militares posan con su fusil al hombro, su uniforme bien pertrechado y la gorrilla en la cabeza. El primero por la izquierda es un hombre alto, de unos cuarenta años, que mira a la cámara con gesto serio y altanero, como si tuviese una graduación distinta a la de los demás, que parecen simples soldados. El segundo sonríe mientras le cuelga del labio inferior un cigarrillo. Al tercero lo reconoce enseguida: es su primo Gervasio, con esa sonrisa socarrona suya tan característica, como si antes de posar para la foto hubiese contado un chiste.

Finalmente detiene sus ojos en el último soldado.

Él, Teo, a quien por fin pone cara: es un muchacho alto y espigado, de facciones finas y armoniosas, ojos claros —que en el blanco y negro de la foto se ven casi níveos—, un poco cejijunto y una sonrisa afable y prudente.

Lo mira. Lo mira durante un millón de segundos, hasta que deja la foto a buen recaudo, bajo el colchón de su cama, y se da media vuelta para respirar hondo. Piensa, de pronto, en una de las cosas que le ha escrito el muchacho. Su ofrecimiento.

¿Podrá ayudarles con el cautiverio de su padre?

Y lo relee: «Intentaré ayudaros con lo de tu padre, ¿vale? No te puedo prometer nada, pero deja que indague un poco, aprovechando algunos contactos que estoy haciendo en Madrid».

Teófilo no es el primero que le dice que intercederá por Roque. No sabe por qué, pero pone más esperanza en él que en su primo Gervasio o Elena, que hasta ahora, por muchas promesas que le hicieran y por más ayuda que le brinde a esta última —jugándose una detención, nada menos—, parecen no haber podido hacer nada.

De momento, solo su tío Rafael, con sus gestiones del estraperlo, es el único que ha conseguido algo.

«¿Y eso de que estuvo a punto de morir?», se pregunta, releyendo ese pasaje de la carta, para luego fantasear con Teófilo arriesgando la vida, matando hombres y, tras ponerse a salvo, sacando la fotografía que ella le envió —con su cofia y su uniforme de enfermera—, para contemplarla como quien le reza a una estampita de la Virgen.

Así imagina Aurora al muchacho, en una fantasía que dura todavía algunos minutos más, en los que aprieta contra su pecho las hojas de la carta, intentando que su apoyo, esos abrazos de los que Teo habla —con flores y fanegas de grano y chorizo—, lleguen hasta ella.

Hasta que de pronto oye un par de toques en la puerta de su habitación.

—¿Sí?

—Soy yo, María.

Aurora se apresura a guardar la carta debajo de la almohada.

—Pasa, María.

La novicia entra en la habitación lanzando un resoplido.

—Uf, ya no sabía cómo quitarme a tus hermanos de encima —exclama mientras se sienta a los pies de la cama y sonríe hacia Aurora.

—Si tú quieres, te los regalo para Reyes, ¿eh? —bromea esta.

Y el comentario genera una risa espontánea a ambas, que se desvanece como un eco por la estancia.

Tras ello hay un silencio que sor María no tarda en romper.

—¿Puedo preguntarte una cosa? —dice jugueteando con uno de los pliegues de la colcha entre los dedos.

—Sí, claro.

Se miran a los ojos.

—Ese chico del que habló tu primo en la cena de Nochebuena, ¿quién es?

—¿Quién? —pregunta Aurora, fingiendo que no recuerda a Teófilo.

—Sí, mujer. Ese con el que dijo que te habías estado carteando.

—Ah, sí... —exclama, llevándose la mano al mentón en un gesto teatralizado.

Habría preferido ocultárselo a sor María, pero en medio de la cena de Nochebuena no podía decirle a su primo que no hablase de Teófilo delante de esa supuesta enfermera de su hospital.

—No es nadie, en realidad —continúa, articulando a toda prisa una excusa convincente—. Le mandé una carta porque me lo pidió mi primo, pero nada más. No volvimos a cartearnos.

La novicia esboza una sonrisa inocente.

—Pues yo pensé que era tu novio, o algo así.

—¿Novio? —se sorprende Aurora, poniendo un gesto de incredulidad—. No he tenido yo todavía necesidad de buscarlo. Y mira que no me han faltado pretendientes, ¿eh? Pero las mujeres creo que podemos hacer otras cosas antes que buscar marido. Yo he querido ser enfermera, ¿sabes?

Sor María asiente, impávida.

—A mí tampoco me faltaban pretendientes —confiesa.

Aurora vacila durante varios segundos. Una pregunta que lleva días queriéndole hacer le ronda la punta de la lengua. Y se decide.

—¿Y qué es lo que te hizo meterte a monja?

Y espera la reacción de sor María, por si le ha incomodado o no la pregunta.

Pero todo lo contrario.

—En mi casa éramos seis hembras. Yo soy la menor. Mis padres decían que no habría en el pueblo otro chico de buena familia para casarlo conmigo. Y como fui a un colegio de monjas, me llevaron al convento. Allí no estuve mucho, solo unos meses, hasta que empezó la guerra y... Bueno, ya sabes lo que ocurrió. Suerte que encontramos a Elena y al resto de las mujeres.

Al oír el nombre de Elena, Aurora no puede evitar pensar en las últimas palabras que le dijo su padre en Nochebuena.

—¿Qué relación tienes con ella? Es decir, con Elena —le pregunta a sor María.

—Pues muy buena —responde la novicia—. Hoy mismo hemos hablado por teléfono. Quería hablar contigo, pero le dije que estabas en el hospital y que vendrías sobre esta hora. Supongo que volverá a llamarte.

Aurora guarda silencio, esforzándose porque en el rostro no se le note un gesto de suspicacia. Elena sabía que ella estaba en el hospital esta tarde... ¿Para qué ha llamado entonces a su casa? ¿Para sonsacar a sor María?

—¿Y de qué hablasteis?

La novicia continúa jugueteando con la colcha.

—Me preguntó cómo estaba aquí, en tu casa. Y por la cena de Nochebuena, por cómo había ido. Le hablé de tu primo. Le dije que parecía un buen chico, a pesar de que luche en el bando equivocado.

—¿Y te preguntó algo más? —insiste Aurora.

—Pues... no sé —responde la novicia, azorada.

De pronto, del salón llega el sonido del timbre del teléfono.

—No le hablarías de ese soldado con el que me carteaba, ¿no? —le pregunta Aurora, con gesto serio.

Ring ring.

Pero sor María calla, visiblemente incomodada.

—¿Le hablaste de él?

Ring ring.

—Pues... ay, no sé —titubea la novicia.

Ring ring.

Hasta que se oye cómo Manuela contesta el teléfono con su vocecilla diminuta.

—¿Sí? Ah, hola. ¿De parte de quién?

Segundos después, dos leves toques en la puerta irrumpen en la habitación.

—¡Aurora, es para ti!

Dos toques que salvan a sor María, que estaba a punto de confesar que sí, que le habló a Elena de las cartas que Aurora se escribía con el soldado republicano.

—¡Voy!

Aurora se pone en pie y le hace un gesto a la novicia para que espere en su habitación. Abre la puerta y se encuentra con su hermana, que le anuncia que su amiga Elena está al teléfono.

Coge el auricular pensando que no tiene ningunas ganas de hablar con ella ahora.

—¿Hola? ¿Elena?

—Hola, Aurori, ¿qué tal? ¿Cómo fue todo?

Y menos aún de hablar de aquel tipo de la ferretería.

—Bien... Fue bien.

—¡Estupendo! —exclama Elena, en tono de júbilo—. Te estás haciendo toda una experta, querida. Por cierto, ¿qué te pareció Emilio? Es buen hombre, ¿a que sí?

Vuelve a recordarlo: la voz de galán impostado y su sonrisita fingida con la intención de llevársela por la puerta de la trastienda, como un trofeo.

—Eh... sí —contesta Aurora, mordiéndose la lengua para no decir lo que piensa.

—Pues la próxima vez podrías ser un poco más amable con él, ¿no? Que me ha dicho que fuiste muy grosera.

Aurora guarda silencio.

—¿En serio que te ha dicho eso? —pregunta, perpleja, al fin.

—Sí. Y déjame recomendarte algo, querida: puesta a buscar novio, procura que no sea un traidor, ¿de acuerdo?

Otro silencio.

—Te... te lo ha dicho sor María, ¿no? Verás, Elena, puedo explicar...

—No tienes que explicarme nada —la interrumpe la joven—.

¿Sabes qué? No se puede apoyar a la causa y jugar a Romeo y Julieta con un soldado republicano, ¿vale? No me gustaría tener que decírtelo otra vez, amiga, pero tienes que dejar de cartearte con él. ¿Me has entendido?

29

La Mancha, junio de 1934

Las voces de los campesinos tronaban en el salón principal de la Casa del Pueblo como si fueran cañones llamados a asaltar la Bastilla.

—¡No vamos a tolerar más miseria! —gritó Paulino, haciendo altavoz con su mano ruda y surcada de arrugas como las grietas de la tierra seca.

Paulino era un agricultor muy respetado en el pueblo. Trabajaba, con la mayoría de ellos, de arriendo, es decir, pagándole una renta al señorito por la explotación de una parte de sus tierras. Y la subida del precio de las semillas, así como la plaga de la filoxera, lo había condenado en un año terrible en el que, para colmo, la mayor parte de la legislación en favor de los campesinos y jornaleros había quedado suspendida ante el cambio de gobierno de la República, ahora de corte conservador.

—¡Este acuerdo es un espantajo! —lo secundó Teófilo, golpeando enérgicamente la mesa con el dorso de su puño cerrado.

Mientras, el gobernador civil, situado tras un atril y frente a los campesinos, movía el bigote de un lado a otro y tamborileaba con su pierna derecha sobre el pavimento, con un toc toc toc apenas audible por los gritos.

Hasta que, en un momento dado, llamó a la calma a los agricultores, primero con un gesto conciliador: «A ver, caballeros, por

Dios», y luego con un grito brioso: «¡Silencio, caballeros!», a sabiendas de que él era la autoridad ahí, o debía serlo.

No obstante, a pesar de ello, sabía que en realidad podía la cosa salirse de madre, y por eso miró de reojo a la pareja de guardias civiles que se mantenía impasible, como figuritas de plomo, custodiando la puerta del salón.

Otro gesto como ese y aquí paz y después gloria.

Al cabo de unos segundos, sin embargo, el gobernador logró imponer el silencio entre el gentío.

—Caballeros, por el amor de Dios —dijo, moviendo ambos brazos como un sacerdote ante sus fieles—. Seamos razonables. La negociación ha sido ardua, y aunque sabemos que estos nuevos salarios base son inferiores a los del año pasado, haré llegar al ministro todas sus reclamaciones.

Pero los campesinos apenas oyeron sus últimas palabras. Uno, al fondo de la sala, gritó: «¡Vendido!», y otro lo llamó: *«¡Aneblao!»*, lo que generó una ola de insultos que ni el gobernador ni los cada vez más incómodos guardias civiles pudieron acallar de nuevo.

Hasta que Teófilo, sentado junto a su hijo, volvió a pedir la palabra.

—Señores, la República nos prometió pan y tierras y no tenemos ni lo uno ni lo otro. Llevamos meses sufriendo penurias y ya ni para trabajar tenemos. Con todo, la culpa no es de este hombre que está aquí enfrente. —Señaló con el dedo índice al gobernador civil, que se mantenía impávido, oyendo al labriego—. ¡La culpa es del que la ha tenido siempre aunque no hemos querido verlo! Allí, en el cerro, hay un señorito que sigue sin querer pagarnos un jornal justo. Y los que han hecho esta nueva ley de salarios no son más que los compinches de los terratenientes que están en el nuevo gobierno de la República. ¡Propongo que vayamos a la finca del señorito Iván a decirle de una vez que los campesinos no podemos aguantar más!

El salón se arrancó en un aplauso multitudinario ante las palabras de Teófilo, que recibía la ovación de sus colegas con un gesto de orgullo no demasiado común entre el campesinado, tan dado a agachar la cabeza.

Su hijo, sentado junto a él, miraba cómo subía el mentón y aplacaba una risita nerviosa en un rostro tostado y plagado de surcos. Su padre no solía ser un hombre elocuente, pero ese discurso parecía haber salido de la boca de un ministro.

—¡Bien dicho, padre! —le dijo en cuanto se encontraron sus miradas.

Y aquella fue la primera y tal vez la última vez que Teófilo hijo miró a su padre como a un dios irredento.

—¡A la finca del señorito! —gritó Paulino, que se puso en pie y jaleó a las masas a que lo siguieran hacia el cerro.

—¡Sí, a la finca!

El gobernador y los guardias civiles no pudieron hacer nada cuando las decenas de campesinos empujaron la puerta de la Casa del Pueblo para salir a la plaza a la que daba y tomaron el camino de la finca del señorito Iván.

Llegaron treinta minutos después con palos, horcas y azadas.

—¡Queremos hablar con el señorito Iván! —exigió Paulino ante el guarda que custodiaba la enorme entrada de la finca del terrateniente.

—El señorito Iván no tiene nada que hablar con vosotros —respondió el guarda, a quien la amenaza de la marabunta de gente no intimidaba.

Teófilo se abrió paso entre los campesinos y se acercó a la puerta para hablarle al guarda, a quien conocía de las partidas en el bar o de la misa de los domingos.

—Escúchame, Fernando. O nos dejas pasar, o no respondo yo de que toda esta gente no salte la valla y busque al señorito Iván directamente.

El hombre titubeó ante la firmeza del campesino, que no parecía ir de farol. Guardó silencio y miró hacia la marabunta haciendo visera con la mano derecha, porque el sol deslumbraba en este mediodía de junio.

—Está bien —cedió, finalmente—. Que pasen un par de hombres. Tú y tú.

Cogió del hombro a Teófilo y a Paulino y abrió la verja tras de sí para que estos se internaran en la finca. Hubo gritos de ánimo detrás de ellos.

—El señorito está cazando en el coto —les dijo el guarda mientras recorrían el sendero que llevaba a la casona—. Lo haré llamar, ¿vale?

Los hombres asintieron. De pronto, el aire trajo el eco de un disparo seco de perdigones al otro lado del cerro.

—Será él —comentó Teófilo.

—Sí, seguramente. El señorito es un experto cazador, ¿sabéis? —El guarda les hizo un gesto para que tomaran asiento en uno de los sillones del porche, a la entrada de la casona—. Esperad aquí unos minutos.

Los campesinos se sentaron sin quitar ojo a cada detalle de su alrededor.

—Eh, mira ahí. —Teófilo señaló el automóvil del señorito, aparcado bajo un toldo de ramajes.

—Y pensar que todos estos lujos son a costa nuestra —refunfuñó Paulino para sí, con un chasquido.

Una muchacha apareció desde la casona ofreciéndoles algo de tomar, pero los campesinos lo rehusaron. Minutos después, el señorito apareció por la vereda que llevaba al coto con una escopeta al hombro y un par de perdices cogidas de las patas.

—¡Vaya! ¿Cómo vosotros por aquí? —exclamó el señorito, dejando las dos perdices sobre la mesa del porche, boca arriba—. Hoy estoy de buen humor, ¿eh, señores? No me lo enturbiéis, por el amor de Dios.

Desde ahí oían la algarabía que venía de más allá de la verja, del resto de los campesinos azuzando.

—A ver, ¿qué es lo que pasa ahora?

Fue Paulino el que tomó la palabra:

—El gobernador civil nos ha explicado el nuevo convenio con los salarios para la temporada de la siega de este año, y no estamos conformes.

—Es menos que el año pasado... —continuó Teófilo, que intentaba aparentar la misma firmeza y determinación que había mostrado en la Casa del Pueblo—. No es justo, teniendo en cuenta que hay crisis y el pan está *escalabrao*. Aquí ninguno somos mangurrianes. Los hombres queremos trabajar, pero así no se puede.

Y le enseñó las palmas de las manos, ahuecadas y encallecidas.

—Sabemos que usted ha colaborado en la elaboración del convenio y le pedimos que reconsidere esos salarios —concluyó Paulino, en tono conciliador.

El señorito rio para sí.

—¿Me pedís o me exigís? Porque a mí esto me suena a amenaza.

Y se puso en pie para comenzar a deambular por el porche, con la vista puesta en la verja tras la cual se amotinaban los demás campesinos.

—Yo, que me he desvivido porque podáis tener un sueldo con el que comer. ¿Acaso no os valen las ocho pesetas y media de salario base?

—A diez cobrábamos el año pasado. Y a ello hay que sumarle el arriendo...

—¡Ya salió! —exclamó de pronto el señorito—. ¡El arriendo! Eso no os lo habéis quitado de la cabeza, ¿eh? Estas tierras son mías, y por mucha República y por mucho sindicato que haya, de aquí no me va a mover nadie, ¿me oís?

Pronunció ese par de palabras con la mirada puesta en los dos labriegos, amenazante, altivo, y aguardó a que estos respondiesen con la cabeza gacha, como había ocurrido siempre que algún campesino había cuestionado la propiedad de la tierra o el sueldo de los labradores. Pero Teófilo saltó:

—Si esa va a ser su postura, yo que usted me cuidaba de esos que están ahí fuera, señorito —dijo levantándose.

—¿Eso es otra amenaza? ¿En mi propia casa? —respondió el terrateniente, que dio un par de pasos adelante y de nuevo esperó a que los campesinos se retractaran.

Y pasaron tres, cuatro segundos tensos, hasta que una voz sobresalió por encima de la del gentío que se agolpaba todavía tras la verja.

—¡Padre! ¡Venga, rápido!

Teófilo reconoció la voz de su hijo, y luego la de otros campesinos que le hacían gestos y le pedían que se acercase a la valla lo más pronto posible.

Algo había pasado, y el campesino, extrañado, bajó el puñado de escalones del porche de la casona y recorrió el sendero hacia la verja.

—¡Venga rápido, padre! —le decía su hijo, agitando las manos.

—Pero ¿qué ocurre, chico? —preguntó.

Junto a Teófilo hijo se encontraba uno de los monaguillos de don Sebastián, el cura, un niño ataviado con el roquete blanco, que jadeaba y apenas podía articular palabra.

—Pero di algo, niño, por el amor de Dios —le pidió el hombre.

Para cuando este empezó a hablar, el resto de los campesinos habían hecho un círculo alrededor del muchacho, expectantes.

—Ha... ha ocurrido algo en la euca-caristía de hoy —dijo, con una vocecilla vibrante y cantarina—. Do-don Sebastián le hace llamar, es u-urgente.

Teófilo aguardó un par de segundos, parco de reacción, hasta que, ante la palidez del rostro del chico y la premura de sus palabras, salió corriendo seguido de su hijo y de la mayor parte de los campesinos que se habían apostado frente a la finca del señorito.

Bajo el cerro estaba el pueblo, y de su silueta sobresalía el campanario de la iglesia. Teófilo hijo se adelantó a su padre y marchó como un ave zancuda hasta subir la escalinata de la iglesia y entrar sin persignarse, cosa que habría hecho en cualquier otra circunstancia.

Fatigado, miró hacia el altar mayor, donde un grupo de personas, mujeres en su mayoría, formaba un corro alrededor de algo.

—¿Y don Sebastián? —preguntó en busca del párroco al grupo, que, al verlo, se separó como el mar Rojo.

—¡Hijo! —gritó don Sebastián, que corrió hacia él—. ¡Parece que respira todavía!

No la había visto aún, pero ya había comenzado a llorar antes de encontrarla.

Su madre Josefina yacía tumbada en el suelo.

—Mandé a que llamasen al médico del pueblo y luego a que os buscasen a vosotros —le contó el cura mientras se agachaba y cogía la mano de su madre—. Pero se ve que don Vicente está ocupado todavía.

—¿Madre? —le dijo Teófilo, dándole una leve palmada en la mejilla.

La mujer apenas reaccionó. Aunque su pecho se movía levemente, la mirada la tenía fija en la cúpula gótica del techo.

Sus ojos, de un azul inmenso, se mantenían impávidos como un mar en calma.

Unos segundos después, Teófilo padre irrumpió en la iglesia.

—¡Ay, Josefina! —exclamó.

El párroco se adelantó de nuevo y le habló al campesino.

—Estaba a punto de dar la comunión cuando se desplomó de pronto. Y aquí la tenemos, pero respira, gracias a Dios.

El hombre se agachó y junto a su hijo cogió la mano de Josefina para acariciarla, no obstante, la mujer seguía sin reaccionar.

Luego levantó la vista y buscó con unos ojos furiosos el rostro del cura.

—Como le pase algo a mi mujer, le juro que no piso más una iglesia.

Madrid, enero de 1937

El recorrido hacia la celda del padre de Aurora, en el convento de la calle Blasco de Garay, es un enjambre de angostos pasillos en los que apenas hay iluminación.

—Esto antes de la guerra era un convento franciscano, ¿sabes? —comenta el miliciano, cuyo fusil al hombro bambolea al ritmo de sus pisadas—. Hasta que llegó el pueblo y los echó a patadas.

Teófilo asiente, esbozando un monosílabo, y continúa caminando detrás del muchacho, que parece transitar por estos pasillos sin necesidad de ver, como el ciego que se orienta en la penumbra.

Hasta que el miliciano frena delante de una puerta con un grueso candado.

—Aquí es. Este hombre lleva aquí tanto tiempo que ni me acuerdo. Es el preso más veterano, ¿sabes? —le cuenta mientras echa mano al manojo de llaves viendo si atinar con la que abre la celda del padre de Aurora.

—¿Y eso? —inquiere Teófilo.

—Vete tú a saber por qué —responde el miliciano, metiendo una de las llaves en la cerradura del candado—. Como te dije, alguien de arriba. Por mí ya le habríamos dado matarile frente al paredón.

Abre la puerta y acciona un interruptor que, de pronto, da luz a una estancia pequeña en cuyo rincón, en el suelo, duerme un hombre.

—Os dejo a solas —le dice el miliciano mientras con un gesto lo deja pasar a la celda—. Cuando termines, dame un toque en la puerta, que estaré al otro lado.

Teófilo responde con otro monosílabo y avanza un par de pasos por la celda.

El hombre levanta la vista desde el suelo y se incorpora con torpeza mientras achina los ojos para reconocer al extraño.

—¿Quién eres? —pregunta con voz ronca.

Teófilo lo observa. Dormía de lado bajo un par de mantas y con la cabeza apoyada sobre una estrecha almohada de paja. A sus pies hay un orinal a medio llenar que desprende un olor intenso.

No hay nada más en la lúgubre celda.

—Buenas noches, Roque. Me llamo Santiago y formo parte del Ministerio de Guerra —responde, tendiéndole la mano para ayudarlo a levantarse.

Roque se pone en pie haciendo crujir su cuerpo como un olivo vareado.

—¿Y qué quieres, Santiago? —pregunta—. ¿Vienes a llevarme de paseo?

Teófilo niega con la cabeza, y bajando la voz:

—No, tranquilo. No voy a matarte. Quiero ayudarte a salir de aquí.

El padre de Aurora arruga la frente, visiblemente confuso.

—¿Cómo que a salir de aquí?

Teófilo le hace un gesto con la mano, pidiéndole calma.

—Sí, a salir de aquí, pero necesito que confíes en mí, ¿de acuerdo?

—¿Y qué ganas tú con esto? —pregunta Roque, con un gesto de desconfianza.

—Eso te lo diré más tarde. Ahora quiero que me contestes sinceramente. No te puedo ayudar si no me respondes a esta pregunta.

Se queda callado, aguardando a que el hombre le dé su aprobación.

—Está bien —accede Roque, al fin.

—¿Por qué estás aquí? —pregunta el manchego.

Y la respuesta llega segundos después, tras un titubeo difuso.

—Maté a un hombre. O eso creo.

30

Estimado Teo:

Qué guapo te ves en esa fotografía que me has mandado. La tengo debajo del colchón para que, como dices, me traiga suerte. Recibirla en tu carta, con esas palabras de apoyo, es de lo poco que me ha hecho levantar el ánimo en estos días, en los que ojalá pudiera decirte que todo va a mejor. Pero nada ha cambiado en realidad, a pesar de la llegada del año nuevo: mi padre sigue preso en aquel convento, la guerra continúa asfixiando Madrid y el hambre y la falta de suministros persiste.

Y yo ya no sé cómo soportarlo, francamente. Me siento atrapada. Todo el mundo quiere algo de mí y yo no sé cómo reaccionar. Al menos, durante la Nochebuena, que finalmente celebramos en casa, pudimos llevarnos dos alegrías: la primera, la de ver al primo Gervasio, que, por cierto, te manda recuerdos, y la segunda es que, al fin, pudimos visitar a mi padre, por intercesión de mi tío Rafael, que habló con un miliciano del Ateneo Libertario.

Mi padre estaba demacrado, casi irreconocible, y tuve que hacer un gran esfuerzo por no romper a llorar delante de él. Al despedirnos, me dijo algo que me dejó dándole muchas vueltas: que no me fiara de mi amiga Elena, cuyo padre también está preso. Hasta ahora no te he hablado de ella. Elena era una de mis mejores amigas hasta que nos distanciamos, algunos meses antes de la guerra. Íbamos a las verbenas, quedábamos en los cafés y tonteábamos con chicos. Vamos, lo que hacíamos todas las chicas jóvenes antes de que nuestra vida estallara por los aires.

Elena se ha ofrecido a ayudarme a sacar a mi padre de la checa, a cambio de que yo colabore con su asociación de mujeres. Por el momento ha sido muy buena con nosotros, pero ahora no sé si fiarme de ella, porque cada vez me exige más. Incluso me ha pedido que deje de escribirte, porque eres un soldado republicano y nosotras..., en fin, ya sabes, hijas de presos derechistas, si podemos llamarlos así. Pero, tranquilo, ni por asomo se me ocurriría acabar con nuestras cartas, porque tengo la sensación de que solo contigo puedo ser sincera, de que solo puedo fiarme de ti.

¿No podría acabar la guerra ya? Vamos para cinco meses de guerra y no se le ve el final. ¿Acaso no podrían decir: «A ver, señores, hay que ponerle remedio a esto» y pararla? Cuando mis hermanos se pelean, es fácil hacerlos volver a la razón y que se perdonen. No sé si España se podrá perdonar algún día, pero le vendría bien aprender de los niños, caray.

Bueno, me voy despidiendo ya. Espero que todo te vaya muy bien y que no vuelvas a estar en peligro otra vez. Cuando me hablaste de que estuviste a punto de morir, tengo que reconocerte que me dio un vuelco el corazón. Cuídate, por favor. Que algún día (y espero que no sea muy tarde) tendremos que vernos en persona.

Con mis mejores deseos, y un fuerte abrazo,

AURORA

Aurora introduce la carta en el buzón a dos manzanas de su casa. La escribió de noche, bajo una luz suave y tenue para evitar despertar a los demás.

Puso la fotografía de Teófilo junto a ella, inclinándola sobre la mesa delante de un pequeño soporte, y la miró continuamente a medida que escribía, como si no quisiera perderlo de vista, o como si lo tuviera delante. Al terminar de escribir se la llevó a los labios y volvió a esconderla debajo del colchón.

Tras dejar atrás el buzón, se levanta las solapas del abrigo y toma el camino del hospital. El frío de este invierno no da tregua; le acuchilla los párpados y se le mete dentro de la ropa como un invitado indiscreto.

—Buenos días, Aurora —la saluda el soldado de la entrada.

—Buenos días, Agustín —responde la joven mientras sube los peldaños de la lujosa escalinata que da acceso al vestíbulo.

A lo largo de la mañana, al hospital llegan decenas de heridos procedentes de diversos enfrentamientos librados en las estribaciones del Jarama. Uno de ellos, un miliciano joven con heridas y restos de metralla por todo el cuerpo, la coge de la mano y, con el rostro palidecido pero con una sonrisa pícara y socarrona, le pide:

—Cásate conmigo, enfermera.

Y Aurora ríe mientras contiene con gasas la hemorragia que brota de su brazo derecho, adonde ha ido a parar gran parte de la metralla de una bomba de racimo.

—Tengo muy mal genio, ¿eh? —responde la joven, mordaz.

El miliciano lanza una carcajada que termina entre los espasmos de la tos.

—Así es como me gustan las mujeres, enfermera.

Aurora termina de vendar el brazo del miliciano y recoge su instrumental para atender al siguiente.

—Me lo pensaré —responde, irónica, dando un par de pasos hasta la camilla de al lado—. Tú procura seguir con vida, ¿eh, miliciano?

Este lanza un grito de conformidad desde su cama.

—¡Lo haré! —exclama, mientras Aurora empieza a curar a otro herido.

Para cuando da la hora de almorzar, la enfermera y varias de sus compañeras se reúnen en el comedor del hospital, donde toman un menú austero, si acaso el mismo que les llega a los soldados al frente y sobre el que siempre suelen verter toda clase de improperios, en tono de burla:

—Habrase visto, ¿a esto lo llaman sopa?

—Me da a mí que este conejo tenía piel de gato.

—Y este pollo nació el siglo pasado.

Aurora ríe tímidamente ante las ocurrencias de sus compañeras. Luego recorre el comedor, sosteniendo su bandeja de comida con ambas manos, hasta que toma asiento junto a Ana, que le ha hecho un hueco en una de las mesas junto a la ventana, por la que entra un apacible sol de diciembre.

Ana es una de sus compañeras a las que puede llamar amigas.

—¿A ti también te ha pedido ese miliciano que te cases con él? —le pregunta la joven mientras comienza a remover con una cuchara la aguada sopa de verduras.

Aurora lanza una carcajada burlona.

—Sí, tía, ¿a ti también? Yo ya he perdido la cuenta de las veces que me lo han propuesto estas Navidades.

El de la semana pasada fue todavía más pesado que este: la cogió del brazo y no la soltaba; «Me he enamorado de ti», le decía, y no la dejó ir hasta que intervino el médico de guardia, que vigilaba atento la escena.

Otro, en cambio, intentó engatusarla con unos versos zalameros, que también sacaron una sonrisa a la joven.

—Será que, con estas fiestas, los milicianos se sienten más solos que nunca, ¿no? —responde Ana.

Aurora asiente, pensando, de pronto, en Teófilo.

«¿Se sentirá él también solo, allá donde esté?».

—Como la guerra no termine pronto, va a haber una huelga de soldados —bromea.

Ahora es Ana la que lanza una carcajada.

—¿Te imaginas? Los soldados diciendo: «Mi general, me niego a combatir hasta que una chica no quiera casarse conmigo» —dice, poniendo voz varonil.

Las muchachas ríen, y cuando otra de las enfermeras llega a la mesa y toma asiento junto a Aurora les pregunta qué es lo que les hace tanta gracia. Ana se lo intenta explicar, pero las bromas ya no surten el mismo efecto contadas por segunda vez.

Mientras, Aurora sigue pensando en Teófilo. Desde que se cartea con él haciéndole más confidencias se siente incluso con mejor ánimo.

Será verdad lo que dicen: contar las cosas es como liberarse un poco de ellas.

—Por cierto, Aurori —le dice Ana, a quien los rayos de sol que le dan de frente obligan a achinar levemente los ojos—. ¿Te apetece ir al cine conmigo y con mi novio? Puede que también venga un amigo. Hoy vuelven a poner en el Capitol *Morena Clara*, de Imperio Argentina. Y hace mucho que no vamos al cine.

Durante los primeros meses de guerra, y hasta que el frente estuvo a las puertas de Madrid, Aurora y algunas enfermeras solían salir después del turno de tarde: iban al cine o se reunían en las cafeterías que se mantenían abiertas en la ciudad. Todo ello cambió en cuanto el Ministerio de Guerra y la Delegación Sanitaria Local les impuso los horarios leoninos que tienen hoy en día. Unos horarios tan extenuantes que las jóvenes no tienen energía ni para salir los días libres.

—¿Hoy? —pregunta Aurora.

—Sí, claro, hoy. Es viernes, ¿recuerdas? Y los viernes se suele salir.

¿Viernes? Aurora no sabe ni en qué día vive.

—Sí, podría estar bien, pero no sé yo si me apetece mucho, con la que está cayendo —responde, esquivando la mirada de su compañera.

Nunca precisa que la que está cayendo es el cautiverio de su padre, por ejemplo.

—Pues qué quieres que te diga... —le contesta Ana, que sigue removiendo con la cuchara la ligera sopa de verduras—. Si nos ponemos así, que nos tiren al hoyo directamente, ¿no? Habrá que seguir viviendo.

Varias de las enfermeras de su alrededor asienten ante el comentario de Ana.

Y continúan hablando de cine, de cómo disfrutar de la vida a pesar de la guerra —la última película que han visto, la última fiesta clandestina a la que han ido...—, hasta que, desde la puerta del comedor, una mujer les hace una seña.

—¿Aurora? Creo que Puri te señala a ti —le dice Ana, mirando hacia la puerta, donde está la recepcionista del hospital tratando de avisar a las muchachas.

La chica levanta la vista y la mira. Puri es una mujer servicial que se desvive por que la recepción esté lo mejor atendida posible.

—¡Tienes una llamada! —le dice la mujer mientras se acerca al grupo de enfermeras.

Aurora asiente, se pone en pie y se acerca a la recepcionista con gesto de extrañeza.

—¿Una llamada? ¿De quién?

Porque nadie suele llamarla al hospital, a no ser que ocurra algo importante.

—Una chica joven que pregunta por ti. Me dijo que era una urgencia.

«¿Le habrá pasado algo a papá?».

Recorre a toda prisa los cien metros que separan el comedor de la recepción del hotel Palace, convertida en recepción del hospital de sangre.

Puri coge el auricular del teléfono y se lo cede a la enfermera.

—¿Sí?

«Que no le haya pasado nada a papá, por el amor de Dios».

—¿Aurora? Menos mal que te encuentro. Las cosas se han precipitado. En una hora irán a buscar a María. El punto de encuentro es la boca de metro de Puente de Vallecas. Habréis de estar ahí a las tres en punto, ¿de acuerdo? Os esperará un coche negro, que hará una señal con las luces. La contraseña será «arcoíris».

—Pero ¿por qué ahora? ¿Tan deprisa? Yo estoy trabajando...

—No puedo darte más detalles. Así funcionan estas cosas, Aurori. Ya deberías saberlo a estas alturas. Invéntate una excusa para salir del hospital ahora mismo. Y recuerda: tres en punto, Puente de Vallecas, arcoíris.

31

Teófilo ha esperado hasta última hora de la tarde, cuando los delegados y oficiales del Ministerio de Guerra han salido ya del palacio de Buenavista, para acercarse con disimulo a una de las entradas laterales del edificio. Muchos de esos oficiales han comenzado a poblar las tabernas y cabarets del centro de la ciudad, y los que quedan en el ministerio no son más que los oficinistas, las secretarias o los guardias.

—Hola, buenas noches, caballeros.

No le hace falta mucho ingenio para convencer a los soldados de guardia de que le dejen pasar. Solo tiene que nombrar a su nuevo jefe, ese Manuel Salgado cuyo nombre abre mágicamente todas las puertas, como un salvoconducto.

—Venga, pasa... Pero que sepas que me juego una reprimenda de mi jefe, ¿eh? —accede finalmente el soldado de porte alto y cara de pocos amigos.

Teófilo vuelve a repetir lo de siempre, su santo y seña.

—A mí no me digan nada. Pregúntenle a Salgado.

Entra por el acceso de la fachada oeste del edificio y hace memoria para recordar dónde estaba el pasillo que recorrió cuando fue a entrevistarse con Manuel Estrada. Aquel pasillo en el que leyó el rótulo de una de las puertas.

DETENCIONES.

Ahí tal vez encuentre algo.

Minutos después, y tras deambular por varios corredores y actuar con seguridad ante cualquier persona con la que se cruza, da con el cartel que buscaba.

Gira el pomo de la puerta y chasquea la lengua al ver que está cerrada.

Luego mira en derredor, calculando las posibilidades de que alguien lo pille mientras intenta forzar la cerradura.

—Las cerraduras, caballeros... —les dijo el capitán Muñoz en la instrucción de espionaje, cuando les enseñó a abrir una puerta cerrada con llave—, son como las mujeres. Solo hay que averiguar el mecanismo adecuado para que se abran como un resorte.

Ante la ocurrencia del oficial, los hombres rompieron en una carcajada. Ahora, Teófilo trata de recordar las instrucciones que el capitán les dio para abrir la puerta del piso de la calle Serrano usando solo una ganzúa, con una maña inusitada.

—Sujetad la ganzúa así, en esta posición, y siempre guiadla con el dedo corazón para tantear los pernos. La propia cerradura será la que os diga cuándo lo estáis haciendo correctamente, ¿de acuerdo?

Teófilo saca una ganzúa del bolsillo interno del abrigo —la cogió de su instrumental de espionaje a sabiendas de que podía necesitarla— y la introduce en la cerradura sujetándola con los dedos pulgar y corazón, tal y como les enseñó el capitán. Luego acerca el oído y mueve con delicadeza el instrumento, haciendo bascular la punta para empujar hacia arriba los pernos.

Mientras tanto, mira a un lado y al otro del pasillo, escuchando por si le llegara ruido de pasos, hasta que varios minutos después oye el clic que indica que la cerradura se ha abierto, y se apresura a girar el pomo con una mueca de satisfacción que nadie ve.

Entra en el despacho sin encender la luz, para evitar que llame la atención de alguien. Por ello se guía medio a oscuras por una estancia pequeña que únicamente alumbra la claridad que entra por una ventana, que se apresura a abrir para asomarse por ella: en caso de tener que huir, podría saltar a esos setos sin romperse demasiados huesos y escapar a pie.

Se sitúa frente al escritorio, sobre el que hay una pila de papeles y una máquina de escribir, y comienza a hojear los documentos.

Al no hallar el nombre de Roque Martín, abre uno de los archivadores de la pared del fondo y examina al azar los papeles que se va encontrando, orientándolos hacia la luz de la ventana para iluminarlos.

«Juan Ventura Roque, detenido el...».

«Francisco Varela Hernández, sospechoso de...».

«José Martínez Cervera, preso en...».

Casi una hora después, y tras un interminable carrusel de nombres, el documento referente a la detención de Roque Martín aparece enterrado bajo el montón de expedientes de los madrileños facciosos, desafectos y contrarrevolucionarios.

«¡Te tengo!».

Teófilo se apresura a asomarse a la ventana para leerlo a la tenue luz del exterior.

«Roque Martín Montero, maquinista de metro. Detenido el 10 de diciembre de 1936 por desafección a la República y preso en el Ateneo Libertario de Vallehermoso».

Pero en el documento no encuentra ninguna otra información que le parezca relevante, por lo que, al leerlo, se lleva una pequeña desilusión.

«Es un poco extraño, ¿no?», se dice.

Es el único expediente en el que no constan detalles acerca de la detención, como sí ha ido leyendo en otros tantos.

El preso cuyos documentos iban antes de los de Roque, un tal Rodolfo Rubio, fue detenido el 28 de noviembre por haber participado en una red clandestina de desafectos falangistas. Lo descubrieron tras ser investigado por un agente del SIM. A otro, un tal Federico de la Viuda, lo arrestaron cuando intentaba pasar a territorio faccioso bajo el doble fondo de un camión de mercancías, el conductor del cual fue también detenido.

Y así, decenas de historias. En cambio, de Roque no hay nada, apenas un «Por desafección a la República», es decir, la acusación de conspirar contra el régimen o, en el mejor de los casos, haber deseado simplemente su caída.

Por eso el manchego piensa que algo no cuadra; si es cierto que Roque mató a un hombre, como él mismo le confesó, habría alguna alusión a este hecho en el expediente de su detención, ¿no?

Y tantas son las preguntas que se agolpan en su cabeza sobre el expediente del padre de Aurora que no presta atención al repiqueteo de esos zapatos de tacón que se acercan por el pasillo y se paran frente a la puerta del despacho.

Una muchacha abre la puerta y pega un grito al verlo al trasluz.

—¡Espera, tranquila! —se excusa Teófilo, intentando apaciguarla con un gesto.

—¿Qué haces aquí? —pregunta la chica, encendiendo la luz de la estancia, que ciega por momentos al espía, cuyos ojos ya se habían hecho a la penumbra.

—Soy agente del Servicio de Información, al mando de Manuel Salgado.

La chica lo mira con cara de incredulidad. Es una muchacha joven, tal vez una secretaria del ministerio, pelo recogido, rostro fino y ovalado y vestida con camisa y falda bajo un abrigo de paño.

—Ah, sí —exclama la joven—. Te recuerdo, estuviste ayer aquí con él y con Manuel Estrada, ¿no es así?

Teófilo asiente, ligeramente aliviado.

—¿Y por qué no has pedido permiso para entrar?

El muchacho señala la pila de papeles que ha estado consultando durante una hora.

—Tenía que encontrar información urgente sobre un detenido, y no podía esperar.

La chica avanza por la estancia y se para frente al escritorio.

—Pues tal vez yo pueda ayudarte. Soy una de las secretarias que se encarga de poner orden en todos esos papeles de los Servicios Especiales de la Segunda Sección del Ejército... Papeles que, por lo que veo, ya te has encargado tú de desordenar, ¿no?

Y pone una mueca de indignación.

—Ay, lo siento, de verdad —se excusa Teófilo, apresurándose a amontonar los papeles que ha ido dejando sobre el escritorio.

Ella se presta a ayudarlo, abriendo los archivadores y metiendo los expedientes que Teófilo ha sacado.

—¿Y a quién buscabas? —le pregunta la secretaria.

El muchacho hace un ademán hacia el documento que ha puesto aparte en uno de los extremos del escritorio. La chica lo coge y se dispone a leerlo.

—¿Roque Martín? No me suena. ¿Qué ocurre con él?

—Hay muchas incógnitas sobre esa detención —responde el muchacho, dejando a un lado los documentos que ordenaba para contestarle a la secretaria—. En primer lugar, en su expediente apenas hay información sobre el caso...

La chica vuelve a hojearlo mientras asiente.

—Sí, es cierto. Qué extraño, porque llevamos mucho tiempo haciendo un gran esfuerzo por recoger en estos expedientes toda la actividad que han llevado a cabo las milicias y los tribunales populares. Al principio de la guerra fue un caos, ¿sabes?, pero ahora, afortunadamente, ya hemos podido tomar el control de la mayoría de los grupos revolucionarios. No te imaginas la cantidad de expedientes de detenciones y paseos arbitrarios con los que nos encontramos al principio. Un caos, te digo. Ahora el ministerio ha logrado paralizar la mayor parte de la actividad de las cárceles populares.

Teófilo arquea las cejas y dice:

—Pero este hombre lleva detenido en una cárcel popular desde el pasado 10 de diciembre. Y a su familia, por lo que sé, no le quieren decir nada... ¿Es esto normal?

La joven pone cara de sorpresa.

—¿Tanto tiempo? La mayor parte de las detenciones no llevaban más de tres días. Y muchas de ellas, sobre todo al comienzo de la guerra, se resolvían en apenas horas. —La secretaria hace una pausa breve para volver a leer el expediente de Roque—. ¿Me estás diciendo que este hombre lleva en el Ateneo de Vallehermoso más de tres semanas?

Teófilo asiente, con el mismo gesto de incredulidad que la muchacha.

—Pues sí, es muy extraño. Deja que investigue un poco, a ver. ¿No has logrado hablar con el jefe al mando de ese grupo de milicianos?

—Qué va. No he tenido ocasión todavía.

—Pues deberías hacerlo. Supongo que él podrá darte razones. Ha habido casos de presos que han estado una o dos semanas en cárceles populares a la espera del traslado a la prisión de Porlier, pero no sé yo si este es lo mismo. Si descubres algo, no dudes en venir aquí para que lo recoja en el expediente, ¿de acuerdo? —le pide la muchacha.

—Claro, por supuesto —responde Teófilo.

Manuel Salgado lo ha hecho llamar a primera hora de la mañana. Teófilo ha cogido el teléfono del piso de la calle Serrano recién levantado para responder con un monosílabo a la petición de uno de los secretarios del jefe.

—Salgado quiere verte ahora, ¿de acuerdo?

Tras colgar el teléfono, el muchacho se ha vestido y ha salido del piso pensando que tal vez aquella ha sido la última noche que ha pasado ahí, ya que aún está a la espera de que lo trasladasen a otro alojamiento dependiente de los Servicios Especiales.

Ya en la calle, se dispone a realizar el mismo recorrido que hizo anoche en dirección al palacio de Buenavista. Ahora camina rodeado de madrileños madrugadores y sorteando colas frente a establecimientos y centros de abastecimiento, un ajetreo que contrasta con la soledad y la quietud de la noche.

Durante el trayecto, de apenas quince minutos, no deja de darle vueltas a las incógnitas que rodean a la detención del padre de su madrina de guerra.

Y saluda a la diosa Cibeles bajo su parapeto antes de enseñarle su identificación a los guardias que custodian la entrada al palacio.

—Buenos días, vengo a ver a Manuel Salgado.

—Está bien. Pase.

Ya se sabe el camino de su despacho, aunque aún no ha estado en él. Anoche, cuando salía del ministerio junto a la secretaria que lo descubrió rebuscando en los expedientes de detenciones, la chica le dijo dónde se encontraba.

Da dos toques en la puerta y aguarda a oír un «¡Pase!» al otro lado.

—Señor, ¿quería verme?

El dirigente anarquista le hace un gesto para que tome asiento. Teófilo mira hacia la enorme bandera de la CNT tras el escritorio de madera noble al que Salgado está sentado, frente a una pila de papeles y una máquina de escribir.

Le ofrece tabaco.

—Me han dicho que anoche estuviste merodeando por el ministerio —le anuncia mientras orienta su encendedor hacia el cigarrillo que Teófilo se ha llevado a la boca.

—Sí, señor —responde Teófilo, que aprovecha la primera calada al cigarrillo para articular una coartada—. Había un asunto que todavía no he podido resolver. Un asunto concerniente a Estrada, de cuando pertenecía al SIEP. Me disculpo por no habérselo notificado. Pero ya se ha zanjado.

El anarquista hace un gesto de conformidad. Da una calada y mira a Teófilo tras sus gruesas lentes de miope.

—¿Sabes por qué me interesé por ti, muchacho? —le pregunta, críptico.

—Tendrá que decírmelo usted, señor —responde el manchego.

—Pues, verás. Hojeando tu historial, me llamó la atención que, habiendo pertenecido a la CNT de tu pueblo manchego, no te presentaras voluntario en las milicias anarquistas que se formaron al comienzo de la guerra, sino que te alistaste tras la llamada a tu reemplazo por parte del ejército en... septiembre, ¿no es así?

Teófilo asiente, sorprendido.

—Así es.

—Y la razón, ¿cuál fue? Si se puede saber.

Dan una calada al unísono.

—Mi padre estaba enfermo, señor. Bebía y perdía la razón. No podía dejarlo así.

El dirigente hace una pausa.

—Supongo que esta guerra está repleta de esas pequeñas historias personales —responde Salgado al fin—. Y tu padre, ¿cómo está ahora?

Teófilo agacha la cabeza, como si le avergonzara lo que está a punto de contestar.

—Pues hace meses que no hablo con él, si le soy sincero.

Lleva tiempo sin pensar en su padre.

Cada vez que le sobreviene un pensamiento acerca de él, lo esquiva, como a un intruso.

—Lamento si te ha molestado mi pregunta —se excusa Salgado.

—No se preocupe, faltaría más —contesta Teófilo.

Salgado acentúa un gesto de disculpa.

—Te preguntaba que si sabías qué fue lo que me interesó de ti, muchacho —dice, retomando la pregunta que hizo antes de que el tema se desviara—. Pues bien, dicho con franqueza, lo que yo necesito ahora es un perfil como el tuyo, ajeno a las milicias pero, entiendo, afín a nuestra causa, ¿no? Es decir, a la revolución y al triunfo de la República.

—Sí, por supuesto, señor —se apresura Teófilo a contestar.

Salgado esboza una ligera sonrisa.

—Tengo hombres comprometidos y valerosos pero pocos buenos espías. A la mayoría les puede el ardor revolucionario, ¿me entiendes? Y creo que en el Servicio de Inteligencia hace falta otro tipo de gente. Como tú.

Lo observa con unos ojos penetrantes.

—Le agradezco mucho su consideración, señor —responde Teófilo, incomodado por la mirada del anarquista.

El hombre asiente.

—Te diré qué es lo que quiero de ti, muchacho. Me han llegado informaciones sobre una red de quintacolumnistas que estaría operando delante de nuestras propias narices, y necesito a un agente que actúe con extremada prudencia y discreción. Este es un caso delicado. Y creo que tú eres el más indicado.

Da otra calada, aguardando la reacción del muchacho.

—¿Y quién forma esa red? —pregunta Teófilo, intrigado.

—Mujeres. Mujeres que estarían coordinadas para apoyar a los fascistas aquí mismo, en Madrid. ¿Te lo puedes creer, muchacho?

32

A Aurora, el metro le recuerda irremediablemente a su padre.

Cuando era pequeña, Roque la dejaba montar en la cabina del conductor para que lo acompañase en alguno de sus monótonos viajes al frente del convoy.

—Atenta, ¿eh? Ahora, pulsa este botón, cariño —le decía.

Y la niña accionaba el botón para, acto seguido, maravillarse con la retransmisión de esa voz femenina que indicaba a los viajeros la próxima parada.

—¡Bien hecho, tesoro!

Desde entonces, Aurora recuerda como, por la noche, Roque deleitaba a la familia con historias variopintas e increíbles que parecían ocurrir en un subsuelo ajeno al mundo de la superficie.

—Que sí, de verdad. Que así es el metro —solía responder él cuando Felisa ponía en duda la veracidad de su enésima anécdota.

Para Aurora, el metro era como un reino encantado.

En cambio, ahora es un lugar que evita, como si no existiesen esas tres líneas sinuosas bajo el suelo, y por eso no ha viajado en metro desde que su padre está preso, aun habiendo tenido la oportunidad.

Hoy, sin embargo, no le ha quedado más remedio, porque no hay otra manera de llegar al Puente de Vallecas para encontrarse a tiempo con el coche negro. Son tres paradas desde Atocha hasta allí, apenas unos minutos, muchos menos que si hicieran el recorrido a pie.

—¡María, corre, tenemos que irnos! —le ha dicho a la monja nada más llegar a casa, mientras esta preparaba la comida en la cocina, junto a Felisa.

—¿Qué ocurre, hija? —le ha preguntado su madre.

—No hay tiempo. Nos vamos. Ya —ha apremiado, cogiendo del brazo a la novicia.

Y hablándole al oído para evitar que los demás la oigan:

—Te van a sacar de la ciudad.

Los niños, que jugaban en el salón con los muñecos, se han acercado a la cocina ante el alboroto armado por la llegada de su hermana mayor:

—¿Va a irse María de casa? —ha preguntado Jesusito con voz de pucheros.

—Sí, así es, cariño —le ha respondido Aurora—. Despedíos de ella, venga.

Y, con un gesto, le ha dado a la monja unos segundos de cortesía, el tiempo justo para agacharse a abrazar a los niños y decirles que en cuanto la guerra termine volverá a visitarlos.

—Pero ¿por qué te vas? —ha insistido Manuela.

Esta pregunta se ha quedado sin respuesta. Tras despedirse de Felisa, y llevada casi en volandas, sor María ha salido de casa de la mano de Aurora, que no ha dejado de repetir que no tenían ni un minuto que perder.

—¡Te echaremos de menos, María! —le ha gritado Jesusito.

Y la monja ha mirado una última vez atrás para decirles adiós a los hermanos pequeños, que se han congregado en la puerta.

Aurora ha contemplado la escena y ha bajado la escalera hacia el piso inferior pensando en ellos, en sus hermanos; al menos la visita de la monja les ha levantado el ánimo ante la ausencia de Roque.

En la calle se dirigen a la boca de metro de Atocha.

—Elena me llamó al trabajo para decirme que a las tres de la tarde tenías que estar en la parada del Puente de Vallecas —le cuenta Aurora, que debe hacer un esfuerzo por respirar, hablar y andar al mismo tiempo—. Te recogerá un coche negro. Es todo lo que me dijo. No tenemos mucho tiempo. ¡Vamos!

Al llegar a la boca de metro, Aurora echa mano de unas pesetas que lleva en el bolsillo del abrigo antes de acercarse a la taquilla.

—¡Dos billetes! —pide, haciendo el gesto de la victoria.

La taquillera se toma todo el tiempo del mundo para emitir los tíquets.

—Treinta céntimos, muchacha.

La chica deja las monedas sobre el mostrador, coge los billetes y se encamina hacia el andén. Al ver que quedan dos minutos para que el tren llegue, se permite unos instantes para recuperar el aliento, apoyada en el alicatado del muro cóncavo que abraza al andén y las vías.

—Es la primera vez que voy a viajar en el metro, ¿sabes? —le confiesa la novicia.

Aurora levanta la vista y le indica con un gesto nervioso que guarde silencio. Luego mira en derredor y comprueba que ninguna de las personas que aguardan como ellas la llegada del metro ha oído el comentario de la joven.

—Ten cuidado con lo que digas —le pide en voz baja—. No sabemos quién podría oírnos a nuestro alrededor.

Vuelven a mirar a los viajeros, pero ninguno tiene pinta de sospechoso; ni el vendedor ambulante con su género, ni las mujeres que cargan con bolsas de la compra ni los chiquillos que esperan dando saltitos a que el tren arribe.

— En cuanto llegue el metro, no te asustes. Parará y se abrirán las puertas y subiremos sin problema alguno, ¿vale?

La novicia asiente, visiblemente nerviosa.

Segundos después, una locución por megafonía avisa de la inminente entrada del tren, que aparece con su ruido ensordecedor por la boca norte de la estación.

Al verlo, sor María se tapa los oídos y da unos pasos atrás, asustada.

—Tranquila —le dice Aurora, arropándola con el brazo derecho.

El tren frena y las puertas mecánicas se abren. El gentío entra y sale y las muchachas aguardan a poder entrar sin que se genere tumulto.

Mientras tanto, Aurora tiene que hacer un esfuerzo por no pensar en su padre, porque su recuerdo aflora con cada estímulo que la rodea: el olor metálico del vagón, el rumor de la multitud, la megafonía o el ruido del motor eléctrico del convoy.

—Cuidado con el hueco entre el andén y la puerta, ¿ves?

Tras unos segundos, el vagón termina por llenarse. Aurora le hace a la monja una seña para que se agarre a la barra vertical mientras ella se mantiene de pie a su lado. Luego vuelve a mirar en derredor, por si hubiera alguien sospechoso o algún grupo de milicianos, pues, de hecho, es muy común verlos en el metro, ya que no tienen que pagar billete.

Del fondo del vagón llega el rumor de las risas de varios jóvenes. Aurora busca con la mirada y comprueba que las voces provienen de ese grupo de soldados que charlan y bromean entre ellos sentados en los últimos asientos.

Son cuatro, vestidos con pantalón verde y guerrera. Aurora no les quita ojo.

—Cuidado, ya va a arrancar el metro, ¿vale? —previene a la novicia tras el aviso acústico.

Sor María asiente. Cuando nota el empuje súbito del convoy, hace fuerza con las manos para agarrarse a la barra hasta casi abrazarse a ella con una risita nerviosa.

Antes de que el metro deje atrás la estación, Aurora echa un último vistazo al reloj del andén, que marca las tres menos diez minutos.

—Vamos bien de tiempo —le dice a la monja tras resoplar aliviada.

En la tercera parada, la del Puente de Vallecas, sor María ya parece acostumbrada a la acción rutinaria del metro: reanudar, acelerar, parar, reanudar.

—Nos bajamos aquí. Prepárate para bajar deprisa, ¿oyes? —le pide Aurora.

La novicia asiente. En cuanto se abren las puertas mecánicas, las jóvenes se apresuran a salir al andén y se dirigen a las escaleras que conducen hacia la superficie.

La confusión inicial a la salida del vagón se va aclarando para subir las escaleras.

—Ya no queda nada —le dice Aurora a sor María, señalándole con el dedo índice el final de la escalinata.

Pero, de pronto, alguien consigue colocarse frente a ellas y les impide continuar subiendo.

Es uno de aquellos militares, que, como ellas, se han bajado en esta parada.

—Eh, pero ¿dónde van estas señoritas tan guapas? —les dice.

Tres soldados más terminan por cortarles el paso.

—Tenemos prisa, caballeros —responde Aurora, cogiendo de la mano a la novicia.

Mientras el resto de los viajeros desfilan entre la boca del metro y el andén, el tiempo se detiene para ellas en mitad de la escalinata.

—¿Y no os apetece tomaros un café conmigo y estos buenos mozos?

El militar señala hacia sus tres compañeros. Lleva tupé y unas largas patillas que culminan en un mentón cuadrado y prominente.

—Venga, no seáis groseras —dice otro de ellos, que extiende la mano con el objetivo de acariciar el pelo de Aurora.

Pero esta se revuelve.

—Vaya, ¡así que tiene genio la señorita! —exclama el soldado.

Aurora mira a su alrededor por si alguna de las personas que bajan o suben por la escalera podría echarles una mano. Enseguida desiste, a sabiendas de no puede llamar la atención de nadie, consciente de que la misión correría peligro.

Esto lo tiene que solucionar ella sola.

—Nos encantaría, caballeros —dice en el tono dulce y conciliador de una señorita—, pero repito que tenemos mucha prisa, de verdad.

Los militares ríen haciéndose gestos unos a otros. Hasta que:

—Nos esperan nuestros novios —irrumpe sor María, de pronto, con voz seria y decidida—. Sí, acaban de venir del frente y hace mucho que no los vemos. Luchaban defendiendo Madrid, ¿sabéis?

Aurora se vuelve hacia la novicia conteniendo un gesto de sorpresa.

—Sí, eso es —continúa la enfermera, estirando la coartada—. Nuestros novios nos esperan. Y no creo que les guste vernos rodeadas de cuatro chicos. Ahora, ¿nos dejáis pasar, por favor?

Los militares se quedan callados, y finalmente deshacen el muro de contención y dan vía libre a las muchachas, de las que se despiden con un gesto cortés.

Las chicas se miran y no pueden evitar esbozar una sonrisa.

—No esperaba eso de ti —dice Aurora sin apenas mover los labios.

—Bueno, las monjas también podemos mentir si es por un bien mayor, ¿no? —responde sor María entre bisbiseos.

Suben hacia la calle y, cegadas por este repentino sol de enero, que nadie esperaba en este crudo y frío invierno, hacen visera con sus manos para buscar ese coche negro en el que sor María abandonará Madrid.

La salida del metro es un hervidero de personas que van y vienen. Hasta que lo ven.

En la acera de enfrente, un vehículo que les hace una ráfaga de luces.

—¡Allí! —exclama Aurora.

Y coge a la novicia de la mano para cruzar la calle, conteniendo el impulso repentino de salir corriendo hacia el coche.

—Camina con naturalidad —le pide, por lo bajini, a sor María.

Al acercarse al vehículo, el conductor abre la puerta del copiloto y asoma la cabeza para dirigirse a las chicas.

—Arcoíris —le dice Aurora, sin que medie ningún saludo.

—Que suba, rápido —le responde el hombre, como un autómata.

Aurora se gira hacia sor María para fundirse en un abrazo con ella.

—Hay una cosa que quiero decirte... —empieza la novicia, con gesto compungido.

—Claro, dime —responde la enfermera, deshaciendo el abrazo.

—Lo siento. Siento haberle dicho a Elena lo de tus cartas con aquel soldado. Sé que no querías que lo supiera.

Aurora esboza una media sonrisa.

—No te preocupes, de verdad. No te guardo rencor por ello.

La sonrisa viaja hacia el rostro de sor María.

—Me alegro mucho. Gracias por todo, Aurora. Que Dios os guarde.

El conductor les hace un gesto nervioso para que abrevien la despedida.

—Cuídate, María.

La monja toma asiento en la parte trasera del vehículo con ayuda de la enfermera, que resopla tras verla metida en el coche.

El motor ruje para reanudar la marcha.

Detrás de la ventanilla, Aurora ve una mano decir adiós.

33

Ese botón será el último sobre el felpudo del piso de la calle Serrano.

Al verlo, Teófilo se apresura a llamar a la puerta de doña Isabel, usando por primera vez el timbre en lugar de los dos toques prudentes que daba cuando temía que alguno de sus compañeros lo descubriese.

Ding dong.

Ahora, en cambio, se ha quedado solo en el piso desde hace varios días; los demás deben de estar de misión o, quién sabe, tal vez han sido reubicados en cualquier otro alojamiento de la capital.

Le habría gustado despedirse de ellos, así como del capitán.

—Hola, chico, ¿cómo estás? —lo saluda doña Isabel.

—Muy bien, señora, ¿cómo va todo?

La mujer esboza una sonrisa que le acentúa las arrugas del rostro.

—No me puedo quejar. Mis hijos siguen con vida y me escriben cada semana desde el frente. No puedo pedir más, ¿verdad?

Teófilo asiente.

—Tal y como está todo, puede darse con un canto en los dientes, señora.

Luego le devuelve el botón a la anciana, que coge la carta de Aurora de sobre el mueble recibidor y se la tiende a Teófilo. Le dice:

—Algún día tendrás que hablarme de tu enamorada, ¿eh?

Teófilo esboza una sonrisa.

En otra ocasión le habría vuelto a poner una excusa: «No, señora, ya sabe que estoy muy ocupado», pero nada le impide ahora devolverle la ayuda que le ha brindado estas semanas y despedirse de ella como se merece antes de su inminente marcha del piso.

Le pregunta:

—¿Sigue en pie ese té que me ofreció la primera vez?

Y a la anciana se le ilumina el rostro de pronto.

—¡Por supuesto! —responde, invitando a pasar al manchego.

El piso de doña Isabel está repleto de fotografías familiares, espejos y mobiliario de madera noble sobre una moqueta de motivos florales.

—Esperas en el salón a que esté listo el té, ¿vale?

Teófilo asiente, y se acomoda en uno de los butacones del salón junto a un aparador sobre el que hay varias fotografías enmarcadas. Las mira recreándose en los detalles; en todas aparece retratada la que supone que es la familia de la anciana: su marido, muy serio y recto, ella con una sonrisa delicada, como de Mona Lisa, y los dos hijos varones, altos y fornidos.

Luego, se pone en pie y deambula por la estancia hasta detenerse frente al piano de cola del rincón del fondo. Es el primer piano que ve en su vida.

Posa los dedos sobre las teclas pero no se atreve a presionarlas, por si hicieran ruido.

—Desde que murió mi marido, nadie ha vuelto a tocarlo —oye Teófilo a su espalda.

El muchacho se gira con un ligero sobresalto. Doña Isabel lleva una bandeja con una tetera y dos tazas, que deja torpemente sobre la mesilla entre los butacones, cubierta por un paño de croché. Toman asiento en torno a ella.

—Y dime, joven, tú que eres periodista... —empieza la anciana, quitando la tapa a la tetera para dejar escapar el humo—, ¿cómo va la guerra? ¿Crees que mis hijos volverán a casa victoriosos?

El humo del té serpentea en el aire.

—Bueno, pues...

Teófilo mira de reojo las fotos familiares del aparador. En una de ella, doña Isabel, mucho más joven que ahora, posa con sus hijos en una estampa campestre.

—Sí, señora —responde finalmente, haciendo un esfuerzo por parecer seguro y dar confianza—. Seguro que volverán tras la victoria de la República.

Por culpa de ese té improvisado en casa de doña Isabel, Teófilo llega unos minutos tarde a su cita en el Ministerio de Guerra. Por eso, en cuanto ha salido de casa de la anciana, con la carta de Aurora en el bolsillo del abrigo, ha aligerado el paso y ha recortado algunos minutos subiéndose a los topes de un tranvía en marcha, como hacen multitud de viajeros que no pueden pagar el importe del trayecto.

Para él ha sido la primera vez, y si no hubiera sido por la mano que le tendía un chico —que viajaba agarrado al asidero de las ventanillas traseras del tren urbano—, no habría logrado mantener el equilibrio.

Se ha bajado del tranvía en la parada de Cibeles y ha recorrido al trote la decena de metros que lo separaban del palacio de Buenavista pasados diez minutos de la hora a la que lo citó Salgado.

Al llegar a su despacho, lo primero que hace es disculparse.

—Lamento el retraso, señor.

Salgado charlaba con otro hombre, que, al ver entrar a Teófilo, se pone en pie y le ofrece la mano a modo de saludo.

—Muchacho, te presento a nuestro agente; su nombre en clave es U6 —dice Salgado. Y con la vista puesta en el manchego, añade—: Él es E15 y no lleva mucho tiempo en la Segunda Sección. Aun así, ya es todo un veterano, ¿a que sí?

Teófilo sonríe, ligeramente ruborizado.

—U6 te dará los detalles de la misión de la que te hablé ayer, ¿de acuerdo?

U6 tiene cara de Antonio y es un hombre de unos cuarenta años, espigado, de rostro afilado y densa cabellera oscura.

—Me decía Salgado que te ha robado a Manuel Estrada, ¿no? —le comenta, con una voz rasgada y tono jocoso.

—Bueno, más o menos —responde Teófilo.

—En realidad, todos estamos en el mismo barco, ¿no? —exclama Salgado desde el confortable asiento de su escritorio—. Qué más da dónde pongamos a los marineros.

Luego se pone en pie y se dirige a la puerta del despacho.

—Con Estrada tengo una reunión ahora, precisamente —dice, abriendo la puerta dispuesto a salir—. Te dejo en buenas manos, muchacho.

Se despiden con un gesto y, durante varios segundos, Teófilo oye cómo se pierden las pisadas del gallego por el pasillo en dirección al despacho del comandante Estrada.

Tras ello, Antonio le habla a Teófilo con su voz de guitarra desafinada.

—Desde que empezó la guerra, me encargo de seguir la pista de posibles grupos de fascistas que pudiesen estar operando en la ciudad. Es una labor complicada, porque las milicias no han parado de meter las narices y ha habido mucho descontrol. Suerte que el ministerio está poniendo orden en todo esto. Bueno, a lo que iba, hace unas semanas me llamaron la atención algunos movimientos de clientas en la tienda de modas de la mujer de un falangista preso. En realidad no había nada de extraño, pero mi intuición me llevó a investigar un poco. De ahí pasé a dar con una ferretería y después con una tienda de calzado. El patrón se repetía de un lugar a otro: mujeres que entraban con paquetes y se iban de vacío. Ahí me di cuenta de que podía estar ocurriendo algo. O no, quién sabe.

Teófilo lo mira con atención. Al hablar, el hombre apenas se inmuta ni mueve un músculo de la cara, como si fuese un ventrílocuo.

«Debe de ser un buen espía».

—En este informe te lo detallo todo, ¿de acuerdo? —dice, cogiendo uno de los papeles del escritorio de Salgado para ofrecérselo al muchacho.

—¿Y por dónde crees que debería empezar? —pregunta este con la vista puesta en el documento.

Antonio le señala el primero de los establecimientos registrados en el informe.

—Florinda Altas Novedades. Yo empezaría por ahí.

Teófilo asiente mientras lee la dirección de la tienda, ubicada en la calle Jorge Juan, no muy lejos del piso franco en el que ha vivido hasta ahora. ¿Habrá pasado por su puerta durante estos días?

—¿Alguna duda más? —le pregunta el espía.

—No, todo en orden.

Antonio abre la puerta del despacho de Salgado y le hace un ademán caballeroso a Teófilo para que sea él el primero en salir.

Recorren el pasillo en dirección al vestíbulo del palacio hasta que el manchego se frena, rumiando una pregunta.

—¿Puedo hacerte una consulta?

—Claro, dime.

—El Ateneo Libertario de Vallehermoso, ¿sabes quién lo dirige?

El espía asiente para responderle con su voz rasgada.

—Sí, claro. El jefe del grupo de milicianos es un sindicalista llamado José Luis Padilla. Un anarquista comprometido con la revolución, sin duda. El suyo es uno de los tribunales populares más atípicos de Madrid. Suele ser muy activo organizando teatros, cantes o rifas a beneficio de los comedores o de los hospitales de la CNT. Y no han dictado aún ninguna sentencia de muerte. Y mira que a buen seguro lo habrá merecido más de uno.

José Luis Padilla empina la jarra de cerveza y da un largo trago frente a sus contertulios. Luego enciende un cigarrillo y se dispone a contar una anécdota en un tono extrovertido y socarrón que Teófilo no acierta a precisar qué esconde.

El manchego, sentado al otro lado de la barra de la taberna, bebe de una copa de vino mientras se afana en distinguir la voz de Padilla entre el jolgorio del grupo de milicianos anarquistas.

No le ha sido muy difícil dar con él. Cada noche para en la taberna del Chato —situada a una veintena de metros del convento franciscano que el grupo anarquista convirtió en la sede de su Ateneo Libertario— para brindar por la guerra o la revolución.

Teófilo observa al grupo por el rabillo del ojo mientras da un trago al vino. Los milicianos son ruidosos, alegres y mundanos, al contrario que los comunistas, tan serios y metódicos estos en contraposición a los anarquistas.

El muchacho está acostumbrado a tratar con los anarquistas desde que el conflicto con el patrón del pueblo condujo a su padre a sindicalizarse.

—El anarquismo no es una ideología, sino una forma de vida.

La vida en la más pura de las libertades —le oyó decir a su padre, aunque, en realidad, este lo pescó de un sindicalista que fue a los campos de La Mancha a hablarles a los agricultores.

Y Teófilo se hizo adulto oyendo hablar de Bakunin, de Proudhon y de un mundo más justo, libertario, apátrida y comunal, en el que no cabría la opresión ni el poder estatal.

En un momento dado, el líder anarquista les hace un gesto a sus compañeros y se dirige al servicio. Teófilo lo mira.

«Tanta cerveza no es buena para la próstata, ¿eh?».

Y decide que ahí va a interceptarlo. Un biombo separa el salón de la taberna del angosto pasillo que lleva a los aseos de caballeros y de señoras, por lo que podrá hablarle sin que los demás milicianos contemplen la escena.

Convencido, se pone en pie y aguarda a que Padilla entre en el baño para situarse en el pasillo, impregnado de olor a orines y cañería.

El hombre sale del baño secándose las manos en la trasera de su pantalón azul.

—¿José Luis Padilla? —le pregunta Teófilo, que esperaba en el umbral de la puerta del aseo de señoras.

El hombre da un respingo al oír la inesperada voz del muchacho. Lleva las mejillas sonrojadas y la gorra de miliciano mal puesta.

—Sí, soy yo. ¿Quién eres? —contesta, colocándose la gorra sobre la cabellera.

—Me llamo Pedro y trabajo para la Segunda Sección del Ministerio de Guerra.

—¿Segunda Sección? —repite el miliciano, arqueando sus pobladas cejas—. Servicio de Información, ¿no?

—Así es —asiente Teófilo—. ¿Podemos hablar un momento fuera?

El hombre recela, desconfiado.

—¿Se puede saber por qué?

—Tranquilo. Solo quiero hacerte un par de preguntas.

Y aguardan unos segundos hasta que el anarquista accede.

Fuera, el aire lleva el frío punzante de la escarcha.

—¿Y bien? —lo apremia el anarquista encendiendo un cigarrillo que se ha sacado del bolsillo delantero de la camisa azul.

—Roque Martín, conductor de metro —le dice Teófilo, sin rodeos—. Lo tenéis en el Ateneo preso desde hace muchos días... ¿Por qué?

El anarquista guarda silencio; parece indeciso y se rasca la coronilla detrás de la gorra con la estrella revolucionaria estampada.

—No es nada común en los tribunales populares de la ciudad, que yo sepa. Lo normal es que ese hombre hubiese sido condenado ya, ¿no es cierto?

El hombre continúa sin decir palabra.

De dentro del local vienen las voces de los milicianos, arrastradas por el olor de humedad que emana del ventanal abierto de la taberna.

—Verás, José Luis. El tuyo es uno de los ateneos libertarios mejor considerados por el ministerio. Aun así, este caso no tiene explicación. ¿Por qué no se ha dejado a la familia visitar al preso? ¿Por qué no se lo ha trasladado aún a una prisión gubernamental? Estoy a punto de abrir una investigación, ¿sabes?

Lo reta con una mirada profunda, y no le tiembla el pulso al desafiar con esa amenaza a un miliciano veterano, curtido en la guerra y al mando de decenas de hombres.

Finalmente, el miliciano accede a hablar, no sin antes hacer un gesto de disconformidad, chasqueando la lengua.

—Pues, si abres una investigación, tendrás que comenzar por el propio ministerio, ¿eh, figura? —responde el anarquista, dándole a Teófilo un ligero toque con el dorso de los dedos en la solapa del abrigo—. La pista de ese tipo nos la dio alguien de allí, que nos dijo que uno de los encargados de los conductores del metro era falangista. Y cuando lo apresamos, ese mismo tipo me exigió que lo mantuviéramos encerrado hasta que se resolviera una supuesta investigación sobre un asunto del que no podía decirme nada más.

—Y ese hombre, ¿quién era?

—Ni idea. Era la primera vez que lo veía.

—¿Español o soviético?

—Español. Se presentó aquí con una documentación del Servicio Especial y nos dijo que tenía órdenes directas del ministerio. Ya sabrás que estos últimos meses han surgido un sinfín de complicaciones entre el Gobierno y nuestras milicias, de las que los políticos han intentado tomar el control. Yo, al contrario que muchos otros anarquistas, siempre he sido partidario de colaborar, porque hay algo que tenemos que hacer todos juntos, y es acabar con el fascismo. Por eso dije que sí y no hice más preguntas.

Teófilo asiente. A medida que escucha al miliciano, lo asaltan cada vez más preguntas, como la conversación no fuese más que una de esas muñequitas rusas que van unas dentro de las otras.

—Total, que ese tipo del ministerio me dijo que mantuviera al preso aislado de su familia y esperase órdenes —continúa el jefe anarquista, mirando hacia el interior de la taberna, donde sus hombres brindan con vítores a la República—. Y, si te digo la verdad, ya casi no puedo contener a los que me piden que le demos candela a ese fascista.

34

En la letanía de la sobremesa, con una luz tenue y menuda que anuncia la caída de la tarde, la voz varonil y cortés de Pedro Pablo Ayuso y la del resto de los actores de la radionovela inundan la casa de Aurora.

«¿Y quién te va a querer como yo te quiero, eh, cariño?», pregunta el galán.

Este es el único momento del día en que los pequeños paran quietos: se acurrucan junto a su madre, buscando el calor de una manta, y escuchan con atención los dimes y diretes del enamorado de turno.

Aurora, sentada en una de las sillas del comedor, mantiene la mirada perdida en el fondo de la estancia. Suspira.

«Como tú me quieres no lo hará nadie», responde la voz dulce y delicada de la mujer.

Desde hace semanas, la ausencia de Roque es una tensa espera que poco a poco ha ido diluyéndose en el día a día: todos saben que está ahí, pero ya ninguno habla de ella.

Por ejemplo, está en la emoción contenida con la que Felisa oye la radionovela, callada, obstinada en que sus hijos no noten qué siente al reconocer en las ondas de radio la historia de amor con su padre.

«Pues casémonos, amada mía. Y que el mundo no nos impida ser felices».

Está en los silencios o en los suspiros con los que Aurora parece querer acabar con todo el aire que la rodea mientras va y viene del trabajo a casa o se enfrasca en las páginas de una novela haciendo un gran esfuerzo por concentrarse en la lectura.

Solo cuando se sienta a escribirle a su ahijado de guerra consigue liberarse.

De hecho, desearía escribirle ahora, pero aún no ha recibido respuesta a su última carta, y, aunque nunca han hablado del tema, Teófilo y ella se han acostumbrado a un acuerdo tácito: esperar la réplica del otro para escribir la siguiente carta.

Le escribiría para contarle, por ejemplo, cómo ha transcurrido la entrega de la monja en el Puente de Vallecas, aunque sabe que en realidad no debería hablarle de ello, por el peligro que supone.

Le diría que llegó a casa y se encerró en el dormitorio a abrir el grifo de la tensión acumulada, y que lloró durante muchos minutos hasta que tuvo que disimular cuando Felisa entró en la habitación preguntándole si le había ocurrido algo.

—Nada, mamá, de verdad. Estoy un poco nerviosa, solo eso —respondió, entre medias de un llanto hiposo.

Y seguramente acabaría confesándole a Teófilo aquello a lo que no dejó de darle vueltas mientras regresaba a casa tras despedirse de sor María.

Que se acabó. Que ya no quería hacer nada de esto. Que se lo diría a Elena en cuanto esta volviera a ponerse en contacto con ella.

Y esto no tarda en ocurrir. La tarde transcurre entre la letanía de la radio y las páginas de un libro por el que Aurora apenas muestra interés y una cadencia invernal hasta que, de pronto, suena el timbre de la puerta.

Ding dong.

Felisa hace ademán de ponerse en pie, deshaciendo el hogar de mantas en el que se mantenía junto a los pequeños, pero Aurora la frena con un gesto para dejar a un lado la novela y dirigirse a la puerta.

Abre la puerta intuyendo a quién va a encontrarse al otro lado.

A ella.

—Hola, Aurori —la saluda Elena desde el rellano, con una sonrisa.

—Hola, Elena —responde Aurora, cerrando tras de sí la puerta de casa por si, desde el salón, las escuchase algún oído indiscreto.

De allí llega la voz de galán de Pedro Pablo Ayuso y los versos con los que pretende engatusar a su enésima enamorada.

—Que sepas que me han dado la enhorabuena por cómo has llevado todo lo de sor María, que ya está a salvo, gracias a Dios —le dice Elena en voz baja.

Aurora mira hacia las puertas de doña Blanca y doña Gertrudis, las dos vecinas con las que desde siempre su familia ha compartido vecindario.

—Gracias —responde secamente.

Elena la mira, extrañada.

—¿Ocurre algo, Aurori? Fue todo bien, ¿no?

La enfermera aguarda, en suspenso.

Luego toma aire y se decide a soltarlo. Liberarse.

—Creo que no puedo más, Elena. No le veo salida. No veo que avance. Mi padre sigue preso y yo me juego la vida con esto.

Y hace un esfuerzo por contener un llanto con el que no querría parecer frágil, como cuando, de adolescentes, lloraban por un esquivo amor juvenil.

Elena se queda inmóvil durante un par de segundos.

—Esto no funciona así, Aurori —le responde, con gesto serio—. Te comprometiste, y eso es hasta el final. Parece que se te olvida que estamos en guerra. Y la nuestra es la lucha más difícil de todas, la de enfrentarse al enemigo en su propio terreno. Aquí, en la ciudad. A la vista de todo el mundo. Como has hecho hoy.

—Pero ¿qué estáis haciendo por ayudar a mi padre? —pregunta Aurora, que apenas puede mantener el volumen bajo de su voz—. Pasan los días y no tenemos noticias.

Y luego otro silencio. Más largo. Más tenso.

—¿Quieres que te diga qué estamos haciendo por tu padre? Está bien, te lo diré. Si algo hemos estado haciendo hasta ahora es evitar que su secreto salga a la luz y todo el mundo acabe enterado de lo que hizo. Al empezar la guerra, tu padre mató a un conductor de metro, un compañero de la plantilla afiliado al sindicato socialista de la UGT. Si no llega a ser por nosotras, eso se habría hecho público y le habrían dado el paseo la primera noche de arresto, ¿me has oído? ¿O hace falta que te explique qué es eso de dar el paseo?

Aurora no responde. Durante varios segundos se queda paralizada en un bucle de pensamiento, a la deriva.

—¿Cómo que mató a un hombre? —le pregunta finalmente.

Y, de repente, recuerda aquel día del mes de julio que su padre llegó a casa con la noticia de que un compañero suyo, un tal Enrique Contreras, había muerto en un accidente. Se lo veía nervioso, pero Aurora lo achacó al impacto de la noticia.

—Ya te lo contaré a su debido momento, Aurori —le responde Elena—. Ahora vamos a hacer una cosa, a ver qué te parece. Habéis cumplido muy bien ayudando a sor María y habéis demostrado compromiso con la causa. Por el momento no volveré a pedirte nada parecido, ¿de acuerdo? Solo que continúes como siempre, facilitándonos material del hospital. Con eso bastará... por un tiempo.

Al caer la tarde, la taberna de Rafael el Cojo da cobijo a un variopinto grupo de hombres aletargados por el alcohol y el tabaco y envueltos en un aire denso viciado de humanidad y cigarrillo, vino y aguardiente.

De vez en cuando, alguno alza la voz para plantear tácticas militares estrafalarias o para discutir sobre corridas de toros, alentando acaloradas disputas.

—Pues así ganaríamos la guerra, por mis cojones. Ya os lo digo yo, lo que el ejército tiene que hacer es...

—Sí, vas a saber tú más que Vicente Rojo, listo, que eres un listo.

Y mientras los parroquianos discuten, en las mesas del salón de la taberna, entre carteles de flamencas y toreros que cantaron y torearon hace mucho, se arreglan negocios del mercado negro o se fantasea con un futuro libertario y antifascista.

Aurora empuja la puerta oscilante de la taberna y busca con la mirada a su tío Rafael, que, desde detrás de la barra, participa en una conversación anodina sobre toreo con dos de sus asiduos, el barbero Román y el frutero Antonio.

Los tres se giran al percibir que la puerta se abre. Desde que Rafael y Bernarda se divorciaron, aquí no suelen entrar mujeres, y mucho menos de noche.

—¿Aurora? —le pregunta su tío.

La chica camina hacia la barra y toma asiento en uno de los taburetes vacíos. Rafael se dirige a su encuentro.

—¿Cómo tú por aquí, preciosa?

Aurora tirita aún, por el frío de la calle.

—¿Podemos hablar un momento a solas, tío?

El tabernero asiente: «Sí, por supuesto», y le hace un gesto a su sobrina para que lo acompañe a la cocina de detrás de la barra, donde, antes del divorcio, Bernarda guisaba los menús de a peseta o peseta y media.

Entran en la pequeña estancia, donde hay unas baldas medio vacías de género y con alcoholes adulterados, una encimera y una cocina que, ante la carestía de leña, Rafael lleva semanas sin encender.

Ahí dentro, a Aurora la aborda el recuerdo de su tía Bernarda entre fogones.

—¿Qué ocurre, Aurori? —le pregunta el tabernero, con gesto de preocupación.

Y la chica se dispone a sincerarse con su tío, por si este pudiese darle alguna explicación a lo que Elena le ha dicho esta tarde en el rellano.

—¿Sabes algo sobre un incidente en el que mi padre se vio envuelto con un compañero suyo, que era de la UGT?

Rafael asiente con franqueza.

—Sí, algo sé.

—¿Y por qué no nos has dicho nada de eso? —le recrimina su sobrina con toda la dureza de sus ojos oscuros.

—Me lo pidió tu padre. Que no os lo contara ni a Felisa ni a ti.

Más secretos. Aurora está harta de misterios. De que todo el mundo parezca ocultarle algo. Como si fuera una niña pequeña que no se puede enterar de nada.

—Pues no me iré de aquí hasta que no me lo expliques, tío. Todo lo que sabes —le dice, cruzándose de brazos y mirándolo con firmeza.

Rafael parece reconocer en el gesto de su sobrina una de las tantas discusiones que habrá tenido con Bernarda. Titubea, como si no acertara a encontrar ninguna excusa con la que zafarse de la encerrona de Aurora.

Y no tiene otro remedio.

—Está bien. Creo que debes saberlo. Como ya sabes, tu padre y yo hemos mantenido este último año una buena relación, a pesar del divorcio con tu tía. Él venía a la taberna y se tomaba unos vinos y seguíamos actuando como cuñados. Una noche, creo que por febrero o marzo del año pasado, comenzamos a hablar de política y me confesó que había estado yendo a unos mítines de la Falange, a la que consideraba, o eso decía, la única que podía salvar España. Era la primera vez que lo oía hablar de política; ya sabes que tu padre no era muy dado a hacerlo. Yo le rebatí algunas cuestiones y la charla terminó en una discusión, tras la que tu padre salió de la taberna prometiendo que jamás volvería. Y fue así durante varios meses, hasta que, ya empezada la guerra, vino a verme a casa una noche pidiéndome ayuda con un asunto que se le había ido de las manos. «Sé que tú puedes ayudarme, cuñado», me dijo en el umbral de la puerta, con la cara pálida. Yo no sabía a qué se refería, pero entonces me lo confesó: había discutido con un compañero de trabajo sobre cuestiones políticas y acabaron forcejando hasta que este acabó golpeándose la cabeza tras un tropiezo. Se asustó y salió corriendo. Dijo que nadie lo vio. Yo les pedí a algunos muchachos que indagaran un poco en el asunto, y por lo visto la conclusión fue que la familia y la policía pensaron que había sido un fatal accidente.

Aurora asiente, atónita.

«¿Cómo ha podido papá mantener esto en secreto durante más de cuatro meses?».

Y permanece en silencio intentando poner orden en el caos de pensamientos que se agolpan en su mente, donde, de pronto, otra duda coge forma.

—Pero ¿por qué lo apresaron entonces? —pregunta con gesto de extrañeza.

—Pues precisamente, en cuanto me enteré de que lo habían capturado, enseguida pensé en ese incidente, que ocurrió en julio. No obstante, en cuanto husmeé en el asunto, ante mi sorpresa me dijeron que lo habían apresado porque alguien lo había reconocido en algunos mítines de José Antonio, y habían dado el chivatazo. Todo era muy extraño, desde luego; primero porque tu padre había dejado de acudir a los mítines de la Falange hacía varios meses, cuando tu madre se lo pidió, y segundo porque si la verdadera razón de la captura de tu padre era la muerte de su compañero de la UGT, lo habrían fusilado a las pocas horas. Y ahí sigue, como en suspenso. El miliciano que os dejó ir a verlo me confesó que se debía a una orden que venía del Ministerio de Guerra. Y ahí, querida, siento decirte que mis contactos no llegan para tanto.

—Pues tengo que hacer algo, tío. Esto no puede quedar así —responde Aurora, apretando el puño y conteniendo un gesto de rabia.

Rafael extiende la mano para acariciar el hombro de la joven.

—Deja que yo me encargue de eso, sobrina. Es muy peligroso para una chica joven como tú.

Pero Aurora ya no es la niña a la que regalaba caramelos y golosinas cuando entraba en la taberna y se ponía de puntillas delante de la barra.

—No te preocupes por mí, tío. Ya estoy acostumbrada al peligro.

35

Manuel Salgado escribe a máquina con un rápido y certero tac tac tac cuando Teófilo llama a la puerta de su despacho con dos tímidos golpes.

—¿Sí?

El humo del cigarrillo, que le cuelga en equilibrio del labio inferior, serpentea frente a sus gruesas lentes.

—Ah, Teófilo, pasa.

Teófilo toma asiento, haciendo con las manos un gesto de disculpa.

—Lamento interrumpirlo, señor. Solo quería hacerle una pregunta.

El anarquista hace a un lado la máquina de escribir.

—Claro, dime.

El tecleo de otras máquinas se cuela en el despacho del dirigente. A esta hora de la mañana, el ritmo del Ministerio de Guerra es frenético.

—Hay un preso en el Ateneo Libertario de Vallehermoso que lleva un tiempo en una situación extraña. En el ministerio no tenemos apenas datos sobre su detención, pero según los milicianos, alguien de aquí les pidió que lo apresaran y lo mantuvieran aislado. Y a mí me da en la nariz que nosotros no tenemos constancia de eso.

Salgado asiente. Hace pinza con los dedos para coger el cigarrillo y sacudirlo en el cenicero de su escritorio, atestado de colillas. Luego da una calada.

—Vallehermoso, ¿eh? ¿Y has hablado con Padilla?

—Sí, señor. Él mencionó ese supuesto agente nuestro.

Salgado se acaricia el mentón, pensativo.

—Hasta hace poco apenas había coordinación entre las milicias anarquistas y el Gobierno, y era común que ocurrieran cosas que escaparan del control del ministerio. Ahora no debería ocurrir eso. ¿Y por qué apresaron a ese tipo?

—Por desafección, señor —responde Teófilo—. Simpatizaba con la Falange.

El anarquista ríe para sí.

—Pues entonces no hay por qué preocuparse —responde, alzando los brazos a cada lado del torso—. Tarde o temprano, a ese cerdo fascista le llegará su sanmartín.

El manchego asiente.

—Claro, señor. Tiene usted razón.

—No debes lamentarte, muchacho. O si no, ¿por qué te crees que estamos luchando en esta guerra? Para hacer la revolución. ¿Acaso lo has olvidado de cuando militabas en la CNT?

—No, claro que no lo he olvidado, señor —responde Teófilo, que para cuando quiere espantar el recuerdo ya está inmerso en él.

Su padre y otros campesinos se encontraban reunidos con don Sebastián, amparados en la intimidad de la sacristía de la parroquia. Teófilo, todavía vestido de monaguillo, oyó la conversación desde el altar mayor, donde el cura lo había mandado para que le diera brillo al sagrario. El enfrentamiento entre el señorito Iván y sus labriegos había ocurrido unos días atrás, a la salida de la misa del domingo de Resurrección.

El chico tenía dieciséis años, pero el recuerdo todavía es nítido tantos años después.

Don Sebastián les recriminaba a los labradores:

—Si esto sigue así, habrá una desgracia. Ya os lo avisé...

—Lo que habrá, don Sebastián, es una revolución —le contestó el padre del monaguillo—. El pueblo no aguanta más. El pueblo está hasta los mismísimos.

Se oyeron voces de aprobación; voces rudas y hondas que resonaron en las bóvedas de la iglesia como el réquiem de los funerales.

—Déjenme hacer a mí, señores. Esa es mi labor como párroco de este pueblo. No es tan fácil. Los privilegios vienen de hace siglos.

Volvieron a oírse voces, hasta que una, la inconfundible voz de su padre, hizo callar al resto de los campesinos para responderle al cura:

—Don Sebastián, las revoluciones no se hacen con la palabra. Las revoluciones se hacen así... ¡pum! —dijo, acompañando la interjección con un golpe seco y rudo al tablero en el que Teófilo había aprendido a leer y escribir de pequeño—. ¿Sabe lo que le ocurre a usted? A mi mujer y a las demás esposas nuestras podrá usted convencerlas. Pero se lo voy a decir bien clarito, aquí, en el templo: ocurre que usted también disfruta de esos privilegios de los que habla. Y que uno nunca muerde la mano que le da de comer.

El párroco no respondió a las palabras de su padre, y el eco de esa terrible acusación se desvaneció perdiéndose por las bóvedas y el campanario, que, minutos después, llamaría a misa.

Teófilo no pudo terminar de dar brillo al sagrario.

—Y bueno, ¿has avanzado en tu misión, muchacho? —le pregunta Manuel Salgado, rescatándolo del recuerdo.

Teófilo se apresura a responder mientras el dirigente anarquista se lleva el cigarrillo a la boca para dar una última calada.

—Eh, sí, señor. Ayer mismo investigué en los dos primeros comercios que señalaba el espía en su informe. Hoy iré al tercero. Y nada reseñable, por el momento.

Si algo bueno tiene su nuevo cometido como espía del Servicio Especial es, piensa el manchego, que ha cambiado las carreteras polvorientas y las pensiones y mesones en territorio enemigo por la vibrante ciudad de Madrid.

Poco a poco ha ido acostumbrándose a ella, pero cuando pone el pie en la calle y comienza a caminar todavía lo hace con una mezcla de incertidumbre y expectación.

A pesar de los bombardeos, la carestía y el control de las milicias, la gente va a los teatros, al cine y al cabaret, llena las cafeterías y se embriaga con nocturnidad, ajena, como en una burbuja, a que afuera se dirime el destino de España y a que tal vez llegará un momento en que los fascistas sí pasarán por encima de la férrea defensa republicana.

Precisamente, a la altura de la calle Toledo y cerca de la plaza Mayor, Teófilo se encuentra con el famoso cartel colgado entre dos edificios y que se ha convertido en el lema más repetido en la ciudad. La Pasionaria lo popularizó en sus mítines: «No pasarán. Madrid será la tumba del fascismo».

Lo mira, pensando si el cartel tendrá o no razón, y pasa por debajo del mismo en dirección a la plaza Mayor, desde donde tomará la calle Postas, próxima a la puerta del Sol. En esa calle se encuentra Calzados Caballero, el tercero de los establecimientos que el espía de nombre en clave U6 y cara de llamarse Antonio consignó en su informe.

Deja atrás la puerta del Sol y duda unos instantes por dónde debe seguir. Estudió a conciencia el recorrido antes de salir, pero a veces Madrid aún le parece un enorme enjambre de calles que nunca terminará de dominar.

Finalmente, acaba por encontrar la calle Postas, y a medida que se acerca a su objetivo, no deja de fijarse en los viandantes con los que se cruza, por si alguno caminase en actitud sospechosa.

—De ahora en adelante, muchachos —les dijo el capitán Muñoz durante la instrucción—, habréis de mirar en la calle con otros ojos. Cada persona que camine más rápido de lo normal o asustada y recelosa, o que simplemente os dé mala espina puede ser un espía enemigo o un faccioso. Haced caso a vuestro instinto, ¿de acuerdo?

Los aspirantes a espía asintieron, y Teófilo hace ahora un esfuerzo para que su instinto aflore en medio de la multitud.

¿Aquella señora que anda a paso ligero cargada con las bolsas de la compra?

¿Esas muchachas que salen de un portal y ríen mientras cruzan la calle?

¿Esa chiquilla que aguarda en la cola delante de una botica y que tamborilea con el pie derecho en el suelo de forma nerviosa?

No, con ninguna de ellas le hace saltar el radar, y se dirige hacia Calzados Caballero mascullando una reflexión: si esta misión le gusta por tener Madrid como escenario, por otro lado la detesta, pues se le ha encomendado un cometido bien anodino.

¿Seguir a mujeres? Pero ¿qué tipo de misión es esta?

La pequeña tienda de Calzados Caballero está entre una frutería y el portal por donde se sube a los pisos residenciales del edificio. En el escaparate hay expuestos varios tipos de zapatos femeninos y carteles que anuncian que se hacen arreglos de suelas, lengüetas y puntas de tacón a precios económicos. Unos zapatos rojos de tacón de aguja, bajo los que se encuentra el rótulo de ¡GRAN OFERTA!, acaparan la atención de la mayoría de las viandantes que se paran frente al escaparate.

En la fachada del establecimiento y bajando toda la calle Postas hay carteles que llaman a la movilización de milicianos y a la ayuda al frente.

«No se distingue nada —piensa Teófilo—, que a simple vista indique que este lugar colabora con la quinta columna fascista».

Decide entrar a echar un vistazo: primero haciéndose el encontradizo con la tienda, parándose unos segundos frente al escaparate, y luego pasando dentro para curiosear los zapatos expuestos en las vitrinas. Detrás del mostrador, al fondo del establecimiento, un hombre de aspecto afable y unos cincuenta años muy bien llevados atiende a una señora. Teófilo lo mira hasta que la señora le paga por un servicio de reparación y se despide del zapatero.

Luego este se dirige al muchacho.

—¿Qué desea?

Teófilo inventa un pretexto a toda prisa.

—Quiero regalarle a mi mujer unos zapatos de tacón para su cumpleaños.

—Sí, claro, por supuesto. —El zapatero sale de detrás del mostrador y lo dirige hacia uno de los estantes—. ¿Y había pensado en alguno en concreto? Este es precioso, mire.

Le enseña un zapato color negro con la punta rematada en un gracioso lazo.

—Sí, es bonito, pero buscaba algo más llamativo, ¿sabe?

El zapatero lo lleva, presto, al estante de enfrente.

—Mire este —dice, cogiendo con delicadeza otro modelo—. Tacón de aguja, solo para mujeres bellas y estilizadas. Seguro que su esposa es muy guapa, ¿a que sí? —insinúa con una media sonrisa pícara.

Teófilo asiente, riendo. Luego le pregunta por la calidad del producto, por el tipo de piel, por los cuidados que requiere el tacón, intentando hacer tiempo por si alguna clienta sospechosa entrase en el local.

Sin embargo, se acerca la hora de cierre —las dos de la tarde, según indica el cartel de la fachada— y apenas ha entrado nadie. Por ello, el espía decide dar por bueno el sainete y despedirse del zapatero.

—Me ha gustado este último, pero lo pensaré, ¿de acuerdo?

El hombre hace ademán de insistir, y Teófilo lo interrumpe.

—Ya vendré, de verdad. Adiós. Muchas gracias.

Sale a la calle y enciende un cigarrillo mientras cambia de acera para apostarse frente al comercio, parapetado en un soportal.

Mira su reloj de bolsillo, que marca las dos menos tres minutos.

«Esta tarde iré a observar otro comercio, aquí ya no hay nada que hacer», se dice.

Y vuelve a maldecir esta misión inútil.

Un par de minutos después, cuando está a punto de dar media vuelta y regresar al nuevo piso franco donde lo han instalado —una buhardilla del barrio de Lavapiés—, algo lo frena de pronto.

Su intuición: ve, a lo lejos, a una chica joven de pelo oscuro que camina apresurada hacia la zapatería, cargada con una bolsa de la compra que se bambolea en su mano.

La mira achinando los ojos. Lleva un abrigo oscuro y un chal que le protege el cuello y le cae graciosamente sobre los hombros, y a medida que se acerca a la zapatería, Teófilo va distinguiendo más detalles: el gesto serio, unos ojos rasgados y profundos, un ligero jadeo en la respiración y las fosas nasales de su nariz respingona bien abiertas por la caminata.

Hasta que la reconoce.

—No puede ser —se dice.

La chica entra en la zapatería. Nervioso, con un repentino temblor de manos, Teófilo echa mano al bolsillo trasero del pantalón y saca su cartera, donde guarda su documento de identificación, un par de billetes y una fotografía.

—No puede ser.

La fotografía de esa chica que sale de la zapatería y vuelve por donde ha venido sin la bolsa de la compra que llevaba al entrar, hace unos segundos.

La fotografía de Aurora.

36

Desde hace días, cuando regresa a casa desde el hospital, Aurora se desvía para pasar por la calle Blasco de Garay y comprobar qué miliciano hace guardia. En realidad, busca a aquel que se mostró educado con su madre y con ella la primera vez que fueron y que después accedió, por intercesión de su tío Rafael, a dejarlas ver a su padre el día de Nochebuena.

Sí, ese tal vez se preste a colaborar.

Era un chico con gafas, de aspecto letrado y que la miraba con interés. Si no hubiese sido por él, no habrían encontrado más que negativas y amenazas en todas las ocasiones en que fueron al convento y volvieron a casa de vacío, sin saber nada de su padre ni haberlo podido visitar.

Y esta noche lo hará. Esta noche habrá de ocurrir alguna de las dos cosas, porque, según ha calculado, el miliciano se encontrará haciendo guardia, y piensa convencerlo por las buenas o por las malas.

«Todo es cuestión de echarle cara tal y como hizo sor María cuando aquellos militares las pararon en las escalinatas del metro de Puente de Vallecas», piensa.

Llega a casa y saluda a su madre.

—¿Cómo ha ido el día, cariño? —le pregunta Felisa.

—Bien, mamá. Hoy no ha habido mucho jaleo.

Felisa le señala la carta sobre la mesa del comedor.

—Ha llegado hoy, para ti.

Y mientras Aurora disimula la emoción de recibir otra carta de Teófilo, su madre se acerca a ella con una sonrisita para preguntarle:

—¿Y cómo va la relación con tu ahijado de guerra, hija?

Pero Aurora se excusa con una respuesta rápida y evasiva.

—Nada fuera de lo común, mamá. Una relación cordial.

Y aunque Felisa hace ademán de insistir algo más, la muchacha coge la carta y se apresura a dirigirse a su habitación.

De camino esquiva a sus hermanos, siempre inoportunos.

Se tira sobre la cama mientras abre el sobre y saca la hoja que contiene.

—Apreciada Aurora... —lee en voz alta.

Falta mucho para que sepa que Teófilo ha escrito esa carta tras haberla visto en persona por primera vez.

Apreciada Aurora:

Ay, chiquilla, ¿guapo, yo? Espero que no sea un cumplido con el simple objetivo de levantarme el ánimo. Las madrinas de guerra hacéis eso, ¿no?

Bueno, está bien, lo creeré. He de decirte que tus palabras me agradan mucho, sobre todo por la confianza que has depositado en mí. A veces pienso si realmente me la merezco, porque ¡no nos conocemos en persona! No sé si tú sientes esto mismo que yo, pero hasta hace poco no era consciente de que la confianza y la familiaridad pudiese lograrse a fuerza de cartas. Es decir, solo con letras de ida y vuelta.

A pesar de que tu padre siga preso, me alegro mucho de que al menos hayáis podido visitarlo. Espero que su cautiverio no dure mucho más tiempo, así como tampoco la guerra, a la que es cierto que no se le ve el final.

Y sí, es verdad, los dos ejércitos deberían ponerse de acuerdo, aunque, si lo pensamos, la guerra la comenzaron unos, y es a esos a los que debemos pedir cuentas, ¿no crees? Pero no quiero volver a hablar de la guerra. Quiero saber más de ti. Conocerte todavía más. Por ejemplo, me has hablado de tu amiga Elena, que te está ayudando con lo de tu padre, según me has dicho. Tal vez puedas contarme alguna otra cosa de ella a fin de saber de ti un poco más.

Mi madre solía decir mucho aquel refrán de «Dime con quién andas y te diré quién eres». ¿Cuándo os conocisteis? ¿A qué se dedica? ¿En qué consiste la ayuda que te está brindando?

Ten cuidado, Aurora, por favor. El cerco sobre Madrid se recrudece y la ciudad está más insegura que nunca. La desesperación puede llevarnos a ponernos en peligro, pero tenemos que mantener la calma, por muy complicado que resulte. Yo, como te dije en mi anterior carta, estoy intentando interceder por tu padre. Aunque no puedo decirte nada por el momento, ya estoy dando pasos.

Tampoco puedo contarte dónde estoy ni en qué tipo de guerra estoy luchando, ya lo sabes. Como te dije en su día, es mejor así por el momento. Solo espero que llegue el día en que pueda hablarte de ello sin tapujos, cara a cara, y que nos colmemos de abrazos y podamos al fin sentir cerca al otro. No hay cosa que ansíe más ahora. Ni siquiera ganar la guerra, diría.

Para escribirme de vuelta, usa el nombre y la nueva dirección que aparece en el remitente, ¿de acuerdo?

Recibe muchos abrazos y muy cariñosos,

TEO

Aurora se recrea durante algunos minutos en las palabras de Teófilo, parándose frente a aquellas partes de la carta que, al leerlas por primera vez, le han erizado la piel. «La confianza y la familiaridad». «Que nos colmemos de abrazos». «Sentir cerca al otro».

Suspira como una colegiala y piensa en él hasta que, de repente, se da cuenta de que escribiéndole una respuesta puede llenar todo el tiempo mientras espera la medianoche, cuando al fin llevará a cabo su plan.

Se sienta en el escritorio, enciende una vela pequeñita y escribe los primeros trazos después de pensar durante algunos segundos cómo empezar la carta.

Y así llega la medianoche, oscura y callada. Al terminar la carta, la mete en un sobre y anota en el anverso la dirección que Teófilo utilizó como remitente. El nombre del destinatario de la carta vuelve a ser el de un desconocido, un tal Miguel Ángel Semper. Pega el sello con un grabado sobre la aviación republicana y guarda el sobre en el bolsillo de su abrigo. Luego se pone en pie para abrir el armario y echar mano del vestido de flores que ha pensado ponerse. Es un vestido colorido, algo más corto de lo que su madre considera decente y completamente inadecuado para este frío invierno, un tiempo en el que a nadie se le ocurriría ponérselo.

La última vez que lo llevó fue la noche de la verbena de San Isidro, a la que acudió con su amiga Elena, cuando entre ambas no había más que una amistad adolescente.

Se quita el pijama y, tiritando —más por los nervios que por la baja temperatura—, se pone el vestido, sintiendo cómo se aprieta en su cintura y en las caderas para adaptarse a las sinuosas formas de su cuerpo. Luego abre la puerta de su habitación y se asoma al pasillo, atenta a la habitación de su madre y a la de los pequeños para comprobar si todos duermen.

No hay moros en la costa, como dirían.

Pocos segundos después termina por ponerse el abrigo, donde la carta a Teófilo está a buen recaudo, y se dirige al recibidor. Frente al espejo, abre una barra de carmín y se pinta los labios, cuidando de no salirse del contorno de su boca con ese rojo intenso.

Por último abre la puerta de casa y, lentamente, sale al descansillo de la corrala de vecinos. El frío del exterior la aplaca y, por momentos difusos, debe tomar aire y hacer un esfuerzo por comenzar a caminar.

«Vuelve. Vuelve. Vuelve», se dice, pero hace caso omiso a esas voces.

A una decena de metros echa la carta a Teófilo en el buzón y, tras ello, toma el camino del convento donde su padre se encuentra preso.

Todavía, la voz dentro de ella le dice que dé media vuelta.

El miliciano juguetea con el encendedor entre los dedos mientras con la otra mano pasa las páginas del libro que lee bajo la luz de un candil. Hace guardia en la sala habilitada como recepción del convento, adonde llegan los presos recién aprehendidos antes de que sean distribuidos en las estancias destinadas a los interrogatorios o el encarcelamiento.

Ningún ruido osaba romper la quietud de la noche hasta que suenan dos golpes en la puerta de la calle Donoso Cortés. El miliciano levanta la vista y aguarda a que suenen de nuevo, por si han sido imaginaciones suyas.

Segundos después vuelven a oírse, esta vez más fuertes y apremiantes.

Deja a un lado el libro, abierto por la página que leía, y se levanta de la silla, refunfuñando:

—¿Quién será a estas horas, joder?

Tal vez sea alguno de sus compañeros, que se ha pasado de jarana y no encuentra el camino a casa.

—¿Quién va? —pregunta detrás de la puerta, aguardando a que al otro lado suene una voz de miliciano.

—Quiero hablar contigo —oye; es una voz femenina.

Vacila unos segundos hasta que echa mano a su pistola y abre la puerta quitándole el seguro al arma, por lo que pudiese ocurrir.

Afuera, viento sibilino, frío y una muchacha.

—Hola —lo saluda Aurora.

La reconoce: es la hija del falangista que lleva tantos días preso en el convento y sobre el que tanto han discutido en la milicia, porque algunos consideran que seguir manteniéndolo con vida es antirrevolucionario.

—Hola —responde, seco.

La chica se acerca a él. Con un gesto aparentemente casual, se abre el abrigo y deja al descubierto su cuello y un canalillo que acaba en un túnel por el que el miliciano no puede evitar perderse durante varios segundos.

—¿Que-querías algo? —le pregunta, nervioso, levantando la vista de su escote hacia esos labios de carmín rojo.

—Nunca me dijiste tu nombre, miliciano —le dice la chica con una voz sensual.

En el lado faccioso, a las chicas con carmín rojo las consideran prostitutas, por ello aquí lo llevan muchas mujeres como símbolo antifascista.

«¿Será esta chica una prostituta o una militante?».

—Me puedes llamar el Piruleta. Así me dicen.

Aurora se acerca aún más a él. Huele a perfume.

—Pues déjame decirte una cosa, Piruleta. Ya no sé cuántos días lleva mi padre preso ahí dentro. ¿Tú los has contado? ¿No te parecen muchos? Y yo tengo que hablar con él ahora. Sé que estás acostumbrado a recibir órdenes y que eres un buen anarquista, pero la primera vez que nos vimos me pediste que nos mantuviésemos a la espera de que juzgaseis a mi padre. Y me dijiste que, si no es ningún fascista, no debería preocuparme. Pues bien, Piruleta, ¿sabes qué? Me mentiste por partida doble: ni habéis juzgado aún a mi padre ni por supuesto he dejado de preocuparme, a pesar de que estoy segura de que no es faccioso, ¿de acuerdo?

El miliciano solo acierta a asentir con un leve movimiento de cabeza, sin hallar respuesta a las palabras de la joven.

—Voy a serte sincera, Piruleta. Creo que a mi padre le tendieron una trampa y necesito que me ayudes para averiguar qué ha pasado, ¿está bien? Bastará con que me dejes verlo ahora. Y a cambio, yo te daré un regalo. —Le sonríe.

—¿Un regalo? —pregunta el miliciano, intrigado.

Aurora vuelve a acercarse a él.

Nota su respiración agitada.

—Sí, este —le dice, justo antes de besarlo con sus labios de carmín rojo.

Segundos después, abriendo camino con la luz de un candil, el miliciano la guía por un enjambre de pasillos hasta la celda de su padre.

—Sé rápida, ¿vale? Me estoy jugando el cuello contigo.

Aurora mira sus labios pintarrajeados de rojo.

—Solo serán unos minutos, no te preocupes.

El Piruleta coge el manojo de llaves que cuelga de su cinturón y abre el candado de la puerta para dejar pasar a la muchacha.

—Ahí tienes el interruptor de la luz, por si quieres verlo mejor —le indica el miliciano señalándole una de las paredes de la celda.

Aurora asiente. Extiende la mano hacia el interruptor, pero finalmente renuncia a encender la luz, por si con ello pudiese asustar a su padre. Al oír que la puerta se cierra tras ella, camina a tientas guiada por la respiración de Roque hasta que se da de bruces con él, que duerme en el suelo. Su padre se despierta, sobresaltado.

—¡Eh! ¿Quién es?

—¡Soy yo, papá, Aurora! —responde la chica, agachándose para cubrirlo con sus brazos y sentir su calor.

—Ay, hija mía, pero ¿qué haces aquí?

Roque se incorpora y la mira como si su hija fuese producto de un sueño.

Y la toca, para asegurarse de que es real.

—Necesito que me cuentes la verdad, papá.

En la cara de Roque se adivina un gesto de confusión.

—¿La verdad?

En la penumbra, Aurora mira la costra de sangre seca en el contorno de su nariz. Y a las demás heridas que le cruzan el rostro.

—Sí, la verdad, papá —responde con semblante serio y voz grave, como la de un fiscal—. Quiero que me digas qué fue lo que ocurrió el día que murió tu compañero de la UGT. Y qué tiene que ver mi amiga Elena en todo eso.

37

Era ella, no tenía duda. Tanto tiempo mirando su fotografía a diario, memorizando cada uno de los detalles que componían su bello rostro.

Sí, era ella, y maldijo el momento en que su mente de espía ató cabos.

—No, no puede ser, coño —dijo al vacío del piso del barrio de Lavapiés.

¿Formaba parte Aurora del entramado de mujeres de presos falangistas?

En este caso, ¿quién había introducido a Aurora en la organización? ¿Quizá esa Elena de la que le habló en una ocasión?

Es por ello por lo que, en la carta que le escribió a Aurora tras verla acudir a aquella zapatería, se lo preguntó sutilmente.

«Tal vez puedas contarme alguna otra cosa de ella a fin de saber de ti un poco más...».

Y concluyó con la pregunta cuya respuesta podía esclarecerlo todo.

«¿En qué consiste la ayuda que te está brindando?».

Después aguardó un par de días mientras seguía investigando los establecimientos sospechosos de colaborar con el fascismo. Y por fin, el cartero dejó una carta en el buzón del piso a nombre de Miguel Ángel Semper, una de las muchas identidades que ha asumido durante esta guerra.

Mi estimado Teo:

Por supuesto que no es un cumplido eso de que te ves bien apuesto en la foto. No soy yo una chica de regalarle piropos al primero que me escribe. Además, ya tenemos confianza el uno con el otro, como aseguras, para poder decirte algo así, ¿no crees?

Mira, esto también puedo decírtelo: tengo muchas ganas de verte y espero el momento en que podamos encontrarnos e ir al cine y tomarnos una leche merengada o unas garrapiñadas mientras paseamos por el Retiro. Ojalá terminase la guerra y nada nos impidiera hacer eso y mucho más.

Mientras tanto, suerte que podemos escribirnos estas cartas. Contigo tengo a alguien que me escucha y me comprende a pesar de la distancia. Al no haberte dado otras noticias, imaginarás que mi padre sigue preso y que cada vez cuento menos con saber de él. Cuando lo pienso, creo que me voy a volver loca. Al menos, a lo que podemos agarrarnos es a que sigue con vida. Esta es nuestra única esperanza. Mi madre, que viene de una familia devota, nos pide que recemos a Dios, pero no sé si Dios nos oirá a este lado de España.

Me preguntas por mi amiga Elena. A ver si me van a entrar celos, ¿eh? No, tranquilo, es broma. Elena y yo nos conocimos gracias a que mi padre y su padre eran compañeros en la plantilla de conductores del metro de Madrid. Ambas tenemos la misma edad y, como nuestros padres eran amigos, solíamos ir al Retiro o a las verbenas de barrio. Así, con el paso del tiempo, ella y yo nos hicimos amigas. A Elena le encantaba gustar a los chicos, y estaba siempre rodeada de moscardones que parecían ir a ella como a la miel. Pero al final acababa celosa perdida cuando los chicos que a ella le gustaban me guiñaban el ojo o me sacaban a mí a bailar. De todos modos, si te soy sincera, yo nunca me he dado prisa por encontrar novio. De hecho, esa presión que tenemos las chicas por encontrar pareja es una cosa ya muy anticuada, ¿no? Para algo hemos conseguido las mujeres tanto en España en los últimos años, ¿no crees?

Elena y yo nos distanciamos en cuanto comenzó la guerra y, sobre todo, a partir de que a su padre se lo llevaran preso. Por ello, en realidad sé poco de ella ahora; antes trabajaba de mecanógrafa en un pequeño despacho de la ronda de Valencia, cerca de Atocha, pero ahora no sé si sigue ahí. Hace poco me dijo que había cambiado de trabajo, pero no especificó qué hacía.

En fin, que aunque ahora tenga relación con ella, en realidad ya no la cuento entre mis amistades. Entre mis compañeras del hospital sí que tengo muchas amigas, con las que salgo a ver una película o a tomar café. Con Ana, por ejemplo, con quien me llevo muy bien. Me encantará presentártela algún día.

Bueno, me voy despidiendo. Espero que sigas bien y que sigas cuidándote mucho. También tengo muchas ganas de que nos veamos, lo cual deseo que sea pronto.

Un montón de abrazos y besos.

AURORA

Teófilo apura el cigarrillo antes de llamar al timbre del primer despacho de abogados que encontró en la ronda de Valencia.

—¿Elena? No me suena —le responde el regente, un hombre orondo, con peluquín y cara de pocos amigos—. Pregunta en el despacho de procuradores Rodríguez e Hijos. Allí suelen tener becarias.

El manchego asiente con una sonrisa cortés.

—Gracias. Que pase una buena tarde.

Tras consultar esta mañana el censo de comercios de la ciudad en el Ministerio de Gobernación —no le fue fácil conseguirlo, pero, una vez más, tiró de intuición—, Teófilo anotó los despachos de abogados, procuradores, administrativos o asesores que había en la larga calle que conecta el centro neurálgico de Atocha con la glorieta de Embajadores.

Aurora no especificó en su carta en qué tipo de despacho trabajaba esa supuesta amiga suya. Por ello, el trabajo de búsqueda será un poco más difícil, pero de ningún modo le parece imposible.

Llama al timbre de Rodríguez e Hijos y aguarda a que abran la puerta del despacho, situado en la primera planta de un bloque de viviendas y sobre los locales comerciales de una botica y una barbería.

—Hola, buenas tardes, ¿qué tal? Me llamo Ramón. Quería hacerles una pregunta...

Ramón es un chico enamorado de una mecanógrafa con la que se escribía mientras estaba en Somosierra defendiendo Madrid de la embestida de los fascistas. Y ahora que está de permiso quiere encontrarla.

—¿Elena? —La secretaria del despacho intenta hacer memoria mientras enrosca un tirabuzón de su cabellera ensortijada—. No la recuerdo. ¿Y cuándo dices que trabajó aquí?

—Antes de la guerra —responde el enamorado.

—¡Qué va! Yo llevo aquí dos años y no conozco a ninguna Elena. Lo siento.

Vuelve a la calle y resopla antes de dirigirse al siguiente punto marcado en el recorrido: acera de enfrente, segundo piso, Jiménez Abogados.

—Me sabe mal. Aquí no hemos tenido a ninguna Elena trabajando —le responden.

Finalmente, tras visitar todos los despachos de la ronda de Valencia, Teófilo se sienta en un banco de Atocha pensando en qué va a hacer ahora que ha agotado las posibilidades de encontrar a Elena.

«Pero ¿dónde estás, joder?».

Saca del bolsillo la carta de Aurora y vuelve a releerla. Piensa en ella, en su madrina de guerra. Desde que la vio salir de aquella zapatería tras haber entregado la bolsa con ropa, mantas o sábanas —o eso parecía al menos desde la acera de enfrente— está haciendo un esfuerzo inmenso por recordar cada detalle, por nimio que sea, de su aspecto: las facciones redondas de su rostro, y en especial su graciosa nariz respingona, su pelo azabache ondeando al ritmo de la premura de sus pasos, o sus andares, tan distintos antes y después de entrar en Calzados Caballero.

No tardó mucho, apenas unos segundos, en atar cabos.

Aurora colaboraba con esa organización de mujeres falangistas que el espía U6 había comenzado a investigar, y no debía ser sino mediante la intermediación de esa amiga suya, esa tal Elena, como la joven se habría involucrado en el asunto.

A fin de cuentas, la propia Aurora se lo confesó sin quererlo en una carta: «Elena se supone que nos está ayudando con lo de mi padre. A cambio, yo estoy colaborando con su organización de mujeres».

Enciende un cigarrillo y aguarda algunos minutos, viendo caer la tarde con un crepúsculo naranja sobre la estación de Atocha, cuya fachada a duras penas resiste los bombardeos franquistas, que se acentúan en este nudo de comunicaciones.

Decide volver a su buhardilla con la idea de escribirle a Aurora: tal vez, con el disimulo adecuado, pueda preguntarle más detalles sobre su amiga sin que la enfermera sospeche nada. Todo sea por conseguir actuar a tiempo, antes de que alguien más dentro del Servicio de Inteligencia descubra a Aurora.

«Sí, eso haré. Le escribiré otra carta».

Ya es de noche cuando entra en el bloque de pisos del barrio de Lavapiés, lleno de edificios derruidos y barricadas que se entremezclan con ropa tendida, vendedores ambulantes y niños jugando entre escombros.

Mientras sube hasta la última planta saluda cortésmente al par de vecinos con los que se cruza por la escalera. Al llegar al rellano echa mano a la llave y la introduce por la cerradura para luego girar el pomo. No ha advertido la estrecha franja de luz bajo el hueco de la puerta ni nada extraño al abrir.

Nada que le hiciese prever lo que se encontraría, y en una misión, eso le habría costado la vida.

—Hola, Teófilo —oye de pronto que dice una voz femenina.

La tenue luz del candil, sobre la mesa auxiliar en el centro de la estancia, apenas ilumina a la chica con los claroscuros de una pintura barroca.

—¿Quién eres? —pregunta el manchego, sobresaltado.

La intrusa se encuentra sentada en una silla con las piernas cruzadas y las manos entrelazadas. No responde. Teófilo da un par de pasos por la estancia, acercándosele, y entonces la reconoce.

«Sí, es ella».

—Eres la secretaria del Ministerio de Guerra que me ayudó con el expediente de la detención de Roque Martín, ¿no?

La muchacha asiente con una media sonrisa que Teófilo no sabe interpretar.

—¡Bingo! —exclama.

—¿Y qué haces aquí? —le pregunta él, extrañado.

La secretaria vuelve a esbozar una sonrisa.

—No me ha sido muy difícil descubrir este lugar. A fin de cuentas, con un poco de astucia, he podido consultar los archivos en los que el ministerio consigna cada uno de los inmuebles dedicados al Servicio de Inteligencia. A ti, en cambio, te ha costado un poco más dar conmigo, ¿a que sí?

Teófilo arquea las cejas.

—¿Cómo que dar contigo?

La joven ríe para sí.

—Ay, chico, para ser espía, no has estado muy avispado ahora, ¿eh? Me llamo Elena Somiedo y sé que llevas todo el día detrás de mí. Como no ibas a tardar mucho en encontrarme, he decidido adelantarme.

Luego se pone en pie y da un par de pasos hacia él, que se ha quedado mudo.

—¿La amiga de Aurora? —le pregunta, todavía sin creerlo.

—Ajá. Aquí me tienes —responde ella, extendiendo los brazos en un gesto fingido, como el fugitivo que se entrega a sus captores.

Teófilo la mira de arriba abajo e intenta tomar el control de la situación para, al menos, no parecer un completo inútil en lo suyo, es decir, aquello por lo que lo sacaron de las trincheras.

Le pregunta:

—¿Y por qué has venido aquí, Elena? No es muy inteligente por tu parte, ¿no?

Pero el control lo tiene ella, y él aún no lo sabe.

Y de nuevo esa sonrisa para responderle:

—Debo reconocer que me sorprendí mucho cuando te vi investigando en los archivos del ministerio sobre el padre de mi amiga Aurora. No te esperaba, y si no hubiese sido por ese golpe de suerte, no habría sabido que tú y ella os carteabais. Sí, yo también sé atar cabos, ¿te das cuenta?

Teófilo asiente, atónito.

—¿Eres una agente doble?

—Podría decirse que sí —responde Elena, franca—. Trabajo en el Ministerio de Gobernación para la Sección de Información y, a la vez, colaboro con el Auxilio Azul.

—¿Auxilio Azul? ¿Así lo llamáis?

—Sí. El auxilio de los presos falangistas que mantenéis en las cárceles. Una quinta columna de mujeres aquí mismo, en Madrid. ¿Cómo te quedas?

Teófilo medita las palabras de la joven.

—¿Y me lo cuentas así, sin miedo? —inquiere el manchego—. ¿A sabiendas de que en cuanto salgas por esa puerta llamaré a Salgado y se lo diré todo?

Pero la chica sigue llevándole la delantera.

—No vas a decirle a Salgado nada de esto —dice, anticipándose al manchego, como si esta conversación no fuese más que el guion de una radionovela escrito por ella misma—. Es más, no le hablarás a nadie del Auxilio Azul ni continuarás investigándonos, ¿de acuerdo?

Teófilo esboza una carcajada.

—¡Estás loca! —exclama para, acto seguido, abrir la puerta de la buhardilla tirando con fuerza del picaporte—. ¡Venga, fuera de aquí ahora mismo!

Elena, sin embargo, no mueve un músculo.

—Vas a hacer todo eso, y te diré por qué —suelta, sin perder en ningún momento esa tensa calma que está poniendo de los nervios al manchego.

De hecho, hace un silencio y aguarda a que este, visiblemente alterado, le pregunte:

—¿Por qué?

—Por Aurora. Por tu querida Aurora. Mañana mismo, si yo quisiera, estaría en los calabozos de cualquier checa de la ciudad, ¿sabes?

Al oír el nombre de Aurora, Teófilo contiene el aliento y aguarda unos segundos para que, al responder, no se note que la amenaza le ha tocado bien hondo.

—Te olvidas de que yo también puedo hacer que te detengan ahora mismo, ¿no?

Elena vuelve a sonreír.

—No, no me olvido, tranquilo. Por eso hay algunas personas que, en caso de que yo no volviese a casa esta noche, se encargarían de dar el chivatazo sobre tu querida Aurora. Imagínala ahora, durmiendo en su cama plácidamente, soñando tal vez contigo... Si metes la pata, Teófilo, esta mañana no amanecerá en su casa, ¿me has entendido?

El manchego resopla. Se siente, de pronto, en un callejón sin salida, como si fuese él y no el padre de Aurora el que estuviese preso en una celda.

Piensa en ese pobre hombre.

—Lo de Roque fue cosa tuya, ¿a que sí? —le pregunta.

La chica espera unos segundos a responder:

—Sí, fíjate. Ahora sí que te doy la enhorabuena. Has sido muy rápido llegando a esa conclusión. Ese pobre diablo mató a aquel compañero suyo y fue a decírselo a mi padre, que juró guardarle el secreto. A mi padre lo hicieron preso poco después, y algunas mujeres comenzamos a ayudarlos a él y a los centenares de prisioneros a los que el Gobierno había dado el paseo o dejado de la mano de Dios. Así fue como mi padre me lo contó, en una de las ocasiones en las que fui a verlo para llevarle comida de contrabando. «Yo aquí pasando penurias y ese Roque en su casa, a cuerpo de rey», dijo. Y luego me lo confesó: «Y eso a pesar de que mató a un compañero nuestro socialista, ¿te lo puedes creer?». Por aquel entonces, yo ya había comenzado a trabajar en el Ministerio de Guerra, que necesitaba secretarias ante la avalancha de nuevos servicios y negociados creados a toda prisa. Una de mis compañeras del Auxilio me puso en contacto con un agente doble, a quien falsifiqué documentación. Luego no nos fue muy difícil hacer que aquel grupo de anarquistas picase el anzuelo...

Mientras oye el relato de Elena, Teófilo da algunos pasos perdidos por la pequeña buhardilla. Se resiste a creer sus palabras.

«Tanto celo con el que parece trabajar el Servicio de Información y tan frágil que resulta ante una simple secretaria como esta», se dice, fascinado

—¿Cómo es posible? —se pregunta en voz alta—. ¿Cómo nadie se ha dado cuenta?

La muchacha sonríe y pone un mohín altanero, levantando las cejas y las palmas de las manos sin dar una respuesta.

Su silencio no hace más que acrecentar las dudas de Teófilo, que no deja de darle vueltas a todas esas incógnitas. Hasta que, bajo la atenta mirada de la muchacha, le sobreviene otra pregunta.

Hay algo que todavía no comprende.

—¿Y todo esto porque Aurora colabore con vosotras? ¿Tanto

afán por unas mantas o unas sábanas que la pobrecilla debía pasar de contrabando?

Elena lo mira, seria. Por primera vez no esboza una sonrisa ni lanza una carcajada.

—Mi padre estaba preso y podían matarlo de un momento a otro —responde, con esos ojos profundos clavados en los de Teófilo—. Mi madre se pasaba todo el día llorando y yo tenía que jugarme la vida para salvar a mi padre y sacar adelante a la familia. Y un día la vi. A ella, a Aurora, saliendo del cine Capitol con otras chicas; bien vestidas, maquilladas, riendo tan tranquilas. Mi padre estaba preso y el suyo, que había cometido aquel delito, dormía cada noche en su cama. Y cómo olvidarlo: España se rompía, la causa nacional defendía a hombres como su padre, y ella yendo al cine. No, no era justo. Así que un día me hice la encontradiza con ella. Y... bueno, ya sabes todo lo demás.

Teófilo asiente, boquiabierto, atónito.

«Así que lo hizo por envidia, por pura envidia», piensa.

Y está a punto de verbalizarlo, pero no se atreve.

—Ahora déjame decirte qué es lo que vamos a hacer, Teófilo. En cuanto Salgado te pregunte, dirás que no has descubierto nada; apenas unas pobres mujeres que mercadean con productos para ganarse unas perras en esta miseria que nos envuelve a todos. Yo, mientras tanto, mantendré a Aurora al margen, ¿de acuerdo?

El manchego se lleva la mano al mentón y se permite unos segundos para sopesar la proposición de la joven.

—¿Esto es un chantaje? —pregunta para ganar un poco de tiempo.

Elena vuelve a dibujar en sus labios una media sonrisa.

—Digamos que es una negociación.

Sigue dándole vueltas a la encrucijada: ¿traicionar al ejército republicano para proteger a su madrina de guerra?

Mientras, Elena lo mira con gesto de satisfacción, como si disfrutara con cada uno de los giros de guion de su radionovela.

—¿Y con su padre, qué va a pasar? —le pregunta Teófilo, de pronto.

—En esta cuestión no puedo intervenir —se excusa ella.

Pero el muchacho niega con la cabeza, apretando los labios.

—Sabes muy bien que eso no es verdad —le responde.

La chica vuelve a hacer una pausa, y Teófilo recuerda aquel dicho que don Sebastián solía mencionar: «Quien calla otorga».

Piensa en él, en el párroco. Y, de pronto, en su padre. Y en el señorito Iván. Y en la turba de vecinos del pueblo que asaltaron la finca aquella noche de julio que rememora durante una fracción de segundo.

¿Dar la espalda a lo que pasó con tal de salvarla a ella?

Hasta que, finalmente:

—Está bien —responde tras un hondo suspiro—. A partir de ahora, el plan será este: primero, haremos todo lo posible por sacar a Roque del convento. Y no volverás a molestar a Aurora. Luego, yo me encargaré de que nadie sepa nada sobre el Auxilio Azul. Después pediré el traslado a otro frente de guerra y desapareceré de aquí, al menos mientras no termine la guerra. ¿De acuerdo?

Extiende la mano hacia Elena.

Esta bosqueja una última sonrisa, de la que Teófilo nunca podrá desprenderse.

—Trato hecho —responde la chica, sellando el pacto con un apretón.

38

Madrid, julio de 1936

En aquellos días de julio, Madrid era un hervidero de violencia y rebelión que olía a pólvora y a gasolina, al hierro candente de los tranvías y al sudor agrio de las masas de obreros que se concentraban para pedir armas y asaltar los cielos.

La guerra había comenzado, y apenas unas horas después de la rebelión de Marruecos se formaron las primeras milicias controladas por sindicatos y partidos políticos de izquierdas, ardieron algunos templos religiosos y empezaron a oírse los primeros tiros de los falangistas que, apostados en azoteas y ventanas, disparaban hacia la calle de manera indiscriminada.

—Los llaman así, Pacos, por el sonido que hacen los disparos a cielo abierto. Ya sabes, pac pac —dijo Roque mientras liaba un cigarrillo de picadura.

Roque y su compañero Enrique Contreras, a quien apodaban el Patillas, viajaban en el último tren de la noche con destino a la cochera de Cuatro Vientos, donde al final de cada jornada debían llevar el convoy a dormir, como solían decir.

El Patillas estaba en la plantilla de conductores del metro de Madrid desde hacía más de quince años. El mismo tiempo que Roque, más o menos, aunque este había alcanzado el grado de supervisor y Contreras seguía siendo un simple conductor.

—Pues yo me cago en esos Pacos —respondió Enrique, rascándose la coronilla con la visera de la gorra—. Un tiro de esos mal dado y adiós muy buenas.

En Cuatro Vientos se percibían el canto de las cigarras y el calor seco propios de las noches veraniegas de la meseta; el aire tan áspero que se notaba en la nariz al respirar.

Se bajaron del metro y salieron a la enorme cochera, donde ya descansaban una decena de convoyes.

—Pues muchas gracias por acompañarme, ¿eh? —le dijo el Patillas, agradeciéndole a Roque que se prestara a ayudarlo a terminar el turno, a pesar de que no tenía por qué hacerlo.

—Para eso estamos los supervisores —respondió el hombre.

Luego encendieron un cigarrillo y se lo fumaron mientras charlaban sobre la guerra. Y minutos después:

—Lo que no puede ser —exclamó Roque, apurando hasta el filtro el cigarrillo de picadura— es que aquí se le den armas a todo el mundo como si nos fuéramos a defender de los franceses en la guerra de la Independencia.

—Pues a ver cómo nos defendemos de los fascistas, Roque —respondió Enrique, con el ceño fruncido—. Ya has oído a la Pasionaria. Hay que defenderse como sea.

Roque chasqueó la lengua, contrariado.

—Sí, pero ¿defenderse de quién? Si han sido los militares los que se han levantado en armas, habrá que luchar contra ellos, ¿no? ¿A qué viene quemar iglesias? Venga, dime.

El Patillas refunfuñó para adentro.

—A ver si va a ser verdad lo que decían de ti —soltó de pronto.

Roque balbuceó, nervioso, mientras se apresuraba a cerrar con llave la puerta de la cabina del conductor del metro.

—No... no estarás insinuando que soy un fascista.

El Patillas asintió, mirándolo con cierto desaire.

—Lo que te vengo a decir, Roque, es que hay quien me ha contado que tú no has hecho más que poner trabas a que los conductores de metro nos sindicalicemos. Que tuviste un incidente con Perico, el Prendas, cuando este te afeó que no te hayas afiliado a ningún sindicato. ¿Y sabes qué? Que me dijo que debías de ser un fascista.

—¿Un fascista? ¿Eso dijo? —preguntó Roque, atónito—. Pues ¿sabes qué? Que yo me cago en el Prendas... ¡Habrase visto!

—Pero ¿lo niegas o no, Roque?

—¿Y por qué carajo tengo que tomar parte? —soltó Roque, visiblemente irritado.

Enrique miró a Roque con gesto de extrañeza. No solía ser este un hombre de palabras malsonantes. Siempre se mostraba prudente y educado, serio y diligente, sobre todo en el trabajo.

Tras un silencio tenso, Enrique dijo a modo de réplica:

—Entérate bien, Roque. Esta no va a ser una guerra corriente. Va a ser la madre de todas las guerras, porque el pueblo va a decir basta y va a luchar. Y tenemos que defendernos de cualquiera que se oponga. Y si tú te pones delante...

No terminó la frase, y en el silencio de la cochera flotaron esas palabras, a la deriva.

—Venga, dilo. ¿Me vas a pegar un tiro? ¿Eso harías? —le preguntó Roque, haciendo aspavientos con las manos—. Parece mentira, Enrique, por el amor de Dios, que nos conocemos desde hace quince años por lo menos.

El Patillas alzó la vista y arrugó la nariz conteniendo un gesto de rabia, dejando a la vista la mella de un canino ausente.

Respondió:

—Pues quince años he tardado en darme cuenta de que al lado tenía a un fascista. Y si te tengo que pegar un tiro, te lo pegaré. Lo siento, Roque.

Y luego todo ocurrió muy rápido.

Roque empujó al otro. «Pero ¿qué dices tú, eh?», y este le devolvió el empujón aún más fuerte, con todo su ímpetu, y los hombres comenzaron un forcejeo que terminó cuando el Patillas, en un mal paso, metió la pierna derecha en el hueco entre el tren y el andén y se desplomó golpeándose la cabeza contra el bordillo del andén.

Y Roque no reaccionó hasta algunos segundos después, cuando pegó un estallido.

Madrid, enero de 1937

—Y así ocurrió, hija mía —concluye Roque bajo la atenta mirada de Aurora—. Salí corriendo, muerto de miedo, y me dirigí a la taberna de tu tío, el único en el que pensé que podía confiar. Y visto lo visto, no me equivoqué. Tu tío me pidió que lo mantuviera en silencio, pero fui tonto y me planté en casa de Eduardo. Tenía que contárselo porque, a fin de cuentas, era compañero del Patillas igual que yo y sobre él también pesaba la acusación de haber pertenecido a la Falange.

Roque hace una pausa. Traga saliva y se lleva la mano al costado, haciendo crujir su espalda maltrecha.

—¿Y qué pasó al día siguiente?

—Al día siguiente fui a trabajar temiendo que, de buenas a primeras, vinieran a detenerme. Pero, cuando descubrieron el cadáver del Patillas, supusieron que había sido un accidente. Dijeron que habría salido del metro con su habitual despiste, habría metido el pie de mala forma y se habría caído por el hueco del andén.

—¿Y nadie sospechó de ti?

—Tuve mucha suerte, hija. O eso, o Dios me protegió, quién sabe. Esa noche no estaba obligado a acompañarlo al final del turno, pero me lo pidió y accedí. Por aquel entonces nos daba algo de miedo andar solos por ahí. Ya sabes, la guerra acababa de empezar y no dejaban de oírse historias horribles. Total, que en ningún sitio constaba que yo había terminado el turno con el Patillas la noche en que murió. Y, si te digo la verdad, creí que el incidente había quedado olvidado hasta que los milicianos de este convento me abordaron en una estación.

Aurora llega a casa apenas unas horas antes de que el alba se cuele por la ventana de su habitación. Arrecida, se pone el pijama y se mete en la cama haciéndose un ovillo en el refugio de las mantas, como cuando de pequeña pensaba que eso bastaba para ahuyentar a los monstruos.

Pero los monstruos la hostigan hasta el limbo de la duermevela, que para la chica llega a partir de las seis, cuando logra al fin cerrar los ojos.

Y durante el par de horas en que duerme sueña con Roque, sueña con aquel hombre de patillas largas que murió en el hueco de las vías y también con un laberinto de pasillos oscuros que recorre buscando la celda de su padre.

Cuando abre los ojos se descubre empapada en sudor.

Se levanta, va a la cocina, se calienta una taza de achicoria y se da una ducha para luego ponerse el uniforme de enfermera y enfundarse el abrigo. Para entonces, Felisa y los niños ya se han despertado.

—Que tengas un buen día, tata —la despiden, sin siquiera sospechar dónde ha estado la chica buena parte de la noche.

El día en el hospital transcurre con cierta tranquilidad y permite a las enfermeras soltar algún chascarrillo, que la jefa, Gertrudis, se apresura siempre a reprimir.

—¡Seriedad, señoritas! —exclama la mujer en tono de institutriz.

Al terminar la jornada, Aurora y su compañera Ana bromean sobre la jefa de camino al vestíbulo del hospital.

—¿Te la imaginas bailando en una verbena?

—Y con su marido, ¿te la imaginas...? En fin, ya sabes.

Las chicas lanzan una carcajada antes de despedirse para salir en direcciones distintas; Ana hacia el barrio de Chamberí, Aurora hacia Delicias.

—¡Adiós, Aurori, hasta mañana!

—¡Hasta mañana, Ana!

Tras tomar una cena ligera, la noche transcurre para Aurora entre las páginas de una novela rosa y los juegos de Manuela y Jesusito, que corretean del salón a las habitaciones. Pasadas las diez de la noche, Felisa y Aurora los acuestan en su dormitorio para reunirse de nuevo en el salón.

—Hay algo que quiero decirte, mamá —le anuncia la chica, tomando asiento en el sofá.

Felisa se sienta a su lado.

—Claro, hija, dime.

Aurora toma aire.

—¿Tú sabías algo sobre la muerte el pasado mes de julio del compañero de papá, ese tal Enrique el Patillas?

Su madre calla durante unos segundos.

—Sí, hija. Cómo no iba a decírmelo tu padre. Pero decidimos no contarte nada.

Aurora se pone en pie con un gesto de rabia.

—¿Y no pensabas decírmelo? Estoy harta, ¡harta de tantos secretos!

Felisa extiende el brazo para cogerle la mano y tranquilizarla, y le habla con voz maternal.

—Tienes que entenderlo, cariño. Tu padre quería protegerte. A ti y a tus hermanos.

Y Aurora se hace la dura hasta que se le emborrona la mirada y hunde el rostro en el abrazo de su madre. A salvo de los monstruos.

Minutos después se van a dormir, caminando agarradas la una a la otra hacia sus habitaciones, y el alba llega a su hora la mañana siguiente, temprana, indómita, por la ventana del cuarto de Aurora.

El rayo de sol la despierta después de que haya podido dormir de un solo tirón toda la noche.

Se pone en pie y calienta en la cocina una taza de achicoria, a la que, a fuerza de probar y probar, ya se ha acostumbrado. Mientras se calienta la bebida, oye el timbre de la puerta justo cuando se disponía a ir al dormitorio para ponerse el uniforme de enfermera.

—¡Cartero!

«Otra vez tan madrugador», se dice.

—¡Buenos días!

Aurora abre la puerta y saluda al cartero con una sonrisa. Coge la carta y, tras despedirse de él, no espera ni un segundo a abrirla.

En el remite, otra vez ese tal Miguel Ángel Semper.

Y en su dormitorio, lee:

> Mi muy estimada Aurora:
>
> No tengo mucho tiempo para escribirte. Por circunstancias que escapan a mi control, mi situación en la guerra ha cambiado. Te contaré hasta donde puedo: me trasladan al frente de Andalucía, donde los facciosos han lanzado un ataque sobre la leal Málaga con la ayuda de italianos y regulares marroquíes. Mi comandante, un tipo bueno y noble llamado Manuel Estrada, ha precisado que allí haré más bien que en la ratonera en la que se ha convertido Madrid.
>
> Nada me apena más ahora que decirte que tendremos que dejar de cartearnos durante un tiempo. Espero que sepas que no dejaré de pensar en ti ni un solo día, ni habrá día que no pase sin que

mire tu fotografía e imagine ese momento en que, al fin, podamos conocernos en persona. Ese día llegará, estoy seguro. Mientras tanto, recuérdame y no me guardes rencor por esta carta que te aseguro que me duele en el alma tener que escribirte. No estés resentida conmigo, te lo pido por favor.

Con todo mi cariño y afecto sincero, hasta pronto (que no hasta nunca),

TEO

Guarda silencio. Suspira. Siente cómo un calor repentino le sube por todo el cuerpo.

¿Por qué deben dejar de cartearse ahora, cuando mayor es la confianza y cercanía que siente para con él?, se pregunta, desalentada.

Y con esa sensación de abatimiento va al hospital y del hospital a casa mirando de vez en cuando a ese muchacho primero por la derecha y a sus ojos claros, tan claros que la foto apenas los retrata.

Los ojos de alguien tan especial que no sabe si podrá olvidarlo algún día.

Y al llegar a casa disimula para que su madre no note lo descorazonada que está.

—¿Quieres una tortilla francesa, cariño? —le pregunta Felisa.

La chica asiente mientras atiende a los juegos de sus hermanos.

—Tú eres la enfermera y nosotros los milicianos, ¿vale? —le propone el pequeño.

—Ya te he dicho que no me gusta que juguemos a la guerra, Jesusito.

—¡Ay, tata, solo un poco!

Felisa escucha desde la cocina cómo su hija mayor accede a la petición del pequeño, y después, los tiros fingidos con los que los supuestos milicianos caen sobre el sofá, heridos en combate. Luego se oyen risas. La mujer casca un par de huevos contra el borde de la cocina de carbón y los bate en un pequeño bol.

El ruido del tenedor chocando en la cerámica, tac tac tac, le impide advertir la camioneta que estaciona dando un frenazo frente al portal del bloque de viviendas.

Oye el motor de la camioneta segundos después, cuando el batido alcanza el punto óptimo y deja a un lado el bol para encender el fuego.

No suelen oírse automóviles a estas horas, ya caída la noche, por lo que, extrañada, se asoma al alféizar de la ventana de la cocina, tras la cortina de estampados y encajes.

El conductor y el copiloto se bajan de la camioneta para rodearla y dirigirse hacia la parte trasera, donde el tubo de escape trepida y lanza una humareda intermitente.

Los milicianos miran en derredor y, cuando se cercioran de que nadie los ve, abren la puerta de la batea y extienden la mano hacia alguien que aguarda dentro.

—¡Aprisa, joder! —les oye gritar Felisa desde la ventana del primer piso.

Unos instantes después, una figura emerge desde el interior de la camioneta y, con pasos enclenques y vacilantes, pone los pies en el suelo como el náufrago que pisa tierra.

Y lo primero que hace es levantar la vista para mirar a la ventana.

A su ventana.

De pronto, Felisa no puede contener un aullido ahogado, tan intenso, tan acentuado que le hace un nudo en la garganta y la acalla por momentos.

—¡Aurora! —masculla al fin, rompiendo en un llanto de felicidad—. ¡Corre, ven!

Abajo, en la acera y frente al portal de la corrala de vecinos, la camioneta da media vuelta y deja una estela de humo y olor a gasolina en la quietud de la calle.

Roque mira al cielo estrellado y abre las fosas nasales para respirar el frío invierno de Madrid, que le hiela el agüilla de los lagrimales. Segundos después, Aurora sale a la calle entre gritos infantiles y la sonrisa de quien ha visto a un mesías resucitar.

—¡Papá!

Es la primera en abrazarse a él. Luego llegan los pequeños y, por último, Felisa.

Y ahí adentro, la familia se da calor sintiendo que con ello restablecen el equilibrio del universo.

Tercera parte

El poema

39

Madrid, marzo de 1977

Los lugares guardan la memoria de quienes los transitaron.

En la fachada de este bazar de ultramarinos, con sus artículos de papelería, sus detergentes de marcas desconocidas o esos cachivaches traídos de Oriente, Teófilo ve otras cosas:

Las paredes forradas de maderas nobles, una puerta abatible que chirriaba al vaivén y el cartel de BAR Y MENÚS POPULARES con el que el dueño atraía a su clientela.

Y qué clientela tan distinguida: estraperlistas, muchachos extraviados y borrachos demasiado sobrios como para volver a casa.

—¿Dónde está la taberna? —se pregunta Teófilo frente al bazar.

Da algunos pasos tímidos hasta cruzar el umbral. Aquellos borrachos de hace cuarenta años son ahora señoras buscando artículos de limpieza o chiquillos regateándole al chico del mostrador, que tiene rasgos orientales.

—¡Que no! ¡Precio justo! —lo oye gritar.

Hace zigzag entre los estantes y se acerca al mostrador, donde el chino no tarda en espantar a los niños con gritos agudos y terminados en ele.

Lo mira. Teófilo solo había visto a un chino en las películas, y siempre había querido saber si esos ojos rasgados eran de verdad o producto del maquillaje.

—Buenas tardes, ¿puedo preguntarle algo?

El hombre asiente mientras recoloca en posición exacta los paquetes de cromos que los niños han manoseado.

—Claro, diga.

—¿Aquí no había antes una taberna? —Teófilo abarca con un gesto de la mano el espacio que ocupaba el salón de la tasca, con sus mesas y sus sillas de mimbre.

—¿Taberna? No sé. Cuando lo compré llevaba mucho tiempo vacío.

Teófilo calla mirando cómo el regente termina de hacer una pila con los paquetes de cromos con una precisión milimétrica.

—¿Le suena la taberna de Rafael el Cojo? —insiste.

El chino niega con la cabeza mientras repite para sí el nombre de Rafael.

No pronuncia la erre, como en las películas.

—Está bien, gracias.

Pero, al darse media vuelta, una mujer le frena poniéndole la mano en el brazo.

—¿Preguntabas por Rafael el Cojo? —quiere saber.

Teófilo asiente. La mujer va cargada con varios productos de limpieza que hacen equilibrios en el gancho de sus dedos; un detergente, un suavizante, una mopa.

—Sí, señora —responde, mirándola con atención desde el océano de sus ojos.

—Hace mucho que no se le ve por el barrio. Cerró la taberna hace más de diez años. Si se hubiese muerto, nos habríamos enterado, así que suponemos que seguirá viviendo con su mujer.

—¿Con Bernarda? —pregunta el manchego, sorprendido.

—Sí, no tuvo otra, que sepamos, ¿no? —contesta, irónica, la mujer.

Entonces no habría dado un duro porque aquel matrimonio durase tanto: cuando conoció a Rafael y a Bernarda, habían vuelto a vivir juntos tras un divorcio republicano que, acabada la guerra, el régimen franquista anuló, como tantos otros.

—¿Y sabe si siguen viviendo en la misma casa?

La mujer responde mientras coloca los artículos de limpieza sobre el mostrador.

—Si no se lo ha tragado la tierra sí, allí sigue.

Teófilo nunca había estado en casa de Rafael, pero aún recuerda la dirección: le envió varias cartas una vez terminada la guerra.

Estaban dirigidas a Aurora, que le escribió después de que esta se casara y la correspondencia entre ambos quedase prohibida en su casa.

Teófilo toca el timbre de una puerta al azar en este bloque de pisos del barrio de Delicias.

—¿Hola? ¿Rafael? —pregunta

Algunas manzanas más allá vivía Aurora.

—No, lo siento, no es aquí —responde la voz de una mujer al otro lado.

Teófilo se acerca al telefonillo para hablar a un palmo:

—¿Y sabría decirme dónde es? Soy un viejo amigo suyo.

La voz tarda unos instantes en responder.

—Primero A.

El manchego da las gracias a esa voz y enfila las escaleras para subir al primer piso.

Antes de llamar al timbre de la puerta indicada, se pasa la mano por el pelo y carraspea como una moto que se resiste a arrancar.

Y luego: ding dong.

—¿Sí? —responden tras varios segundos.

—¿Rafael? —pregunta.

Oye al otro lado el traqueteo de la cerradura. Después, la puerta se entreabre y deja ver el rostro demediado de una anciana que vuelve a preguntar:

—¿Sí?

—Buenas tardes, señora. —Teófilo se asoma al espacio expedito bajo el marco de la puerta—. No sé si me recuerda; nos vimos en el funeral de Carmelo Escobedo. Soy Teófilo García, conocí a su sobrina durante la guerra.

El medio rostro de la anciana guarda silencio.

—Sí, te recuerdo —responde con voz trémula—. ¿Qué quieres?

—Me gustaría hablar un momento con usted y con su marido. Nos conocimos hace bastantes años. No les robaré mucho tiempo, se lo prometo.

La anciana titubea y, durante dos, tres segundos, Teófilo espera que agrie el gesto, dé un portazo y adiós muy buenas. Pero nada de eso.

—Pasa —invita, abriendo toda la puerta.

Teófilo le agradece la aprobación con una ligera reverencia y, tras un gesto de la anciana, se interna por un recibidor humildemente decorado.

—Rafael está en el sofá. Se pasa el día ahí, viendo ese invento del demonio.

El manchego asiente mientras recorren un pequeño pasillo en el que apenas hay fotografías familiares. A pesar de su edad, que debe de superar los ochenta, la mujer se mueve con brío, como si los años no le pesaran en las piernas.

Su marido, en cambio, parece una ballena varada. Sentado en el sofá del salón, tiene una oronda barriga sobre la que el cordón del batín cierra con dificultad, el pelo cano y andrajoso, barba blanca y un mar de arrugas surcándole el rostro.

—Rafael, tienes visita —le anuncia su mujer.

Teófilo da algunos pasos tímidos para adentrarse en la estancia.

—¿Quién es? —pregunta el anciano, con una voz débil, tosca y aspirada.

El manchego toma asiento a su lado.

—Soy Teófilo García, el soldado. Me escribía cartas con su sobrina Aurora.

Alarga la mano y la posa sobre el hombro del anciano, como si el contacto físico pudiese reactivar la sinapsis del recuerdo.

—¿El ahijado? —pregunta unos segundos después con una sonrisa en la cara.

—¡Sí! —exclama Teófilo, abrazando al anciano—. ¡Qué buena memoria tiene!

El tabernero lanza una carcajada que termina en un tosido espasmódico.

—Sí, muchacho. Tengo muchas cosas mal, pero la memoria sigue intacta, ¿sabes?

Teófilo ríe para sí al oír ese «muchacho». A sus sesenta y dos, hacía mucho tiempo que nadie le llamaba así.

Guardan silencio durante algunos segundos, como si estuvieran rebuscando dentro de su cabeza, en los cajones ocultos de su memoria.

Los recuerdos acaban por llegar: la sala de visitas de la prisión de Torrijos; los bajos fondos del almacén del estraperlo; aquellas cartas que escribía a escondidas para Aurora.

—¿Quieres tomar algo? —le pregunta Bernarda, todavía de pie bajo el marco de la puerta—. No tenemos gran cosa, pero somos buenos anfitriones.

—No se moleste, señora. No estaré mucho rato.

La anciana insiste hasta que Teófilo no tiene más remedio que aceptar una copa «de una bodega que nos sigue trayendo vino».

—¿Y cómo está usted? —le pregunta el manchego a Rafael cuando se quedan a solas.

El tabernero prepara una respuesta que se le atropella entre los huecos de una boca que guarda pocos dientes.

—No me puedo quejar, muchacho. Se ve que la muerte no quiere llevarme. Y mira que lo intento, ¿eh? — Se ríe con una socarronería que los años no le han robado—. No paran de decirme que tengo que dejar de fumar, que ahora por lo visto es malo y no sé qué historias. ¿Y sabes qué hago yo? Pues fumar más. ¿Matarme? Pues venga, aquí la espero. Pero con un cigarro encendido.

Teófilo no puede evitar lanzar una carcajada. Mientras, el hombre vuelve a toser y acto seguido se echa la mano al bolsillo del batín para sacar una cajetilla de tabaco.

—¿Quieres? —le convida, haciendo pinza para sostener con torpeza un cigarrillo.

Pero la voz de Bernarda le impide aceptar el ofrecimiento.

—¡Que te he dicho que en casa ya no se fuma, carajo! —exclama la anciana, que avanza hacia los sofás con un par de copas de vino—. Tú mucho reírte de la muerte, pero cuando te mueras me tocará a mí recogerte, ¿sabes? Así que, de momento, aquí se hace lo que yo diga.

El Cojo mira hacia Teófilo y le guiña un ojo, burlón.

—Pero ¿alguna vez se ha hecho otra cosa que lo que tú digas?

Teófilo contiene otra carcajada, que ahoga llevándose a la boca la copa de vino.

—Cuando cerramos la taberna fue toda una conmoción en el barrio, ¿sabes? —le dice la mujer mientras se sienta junto al manchego—. Por eso, algunos proveedores nos siguen trayendo género. El vino de esta bodega no nos ha faltado nunca.

—¿Y nadie quiso quedarse con la taberna? —suelta Teófilo.

—¡Qué va! —responde Rafael, que hace caso omiso a su mujer y vuelve a sacar un cigarrillo de la cajetilla—. No son buenos tiempos para las tabernas de barrio.

Bernarda le quita el tabaco de los labios con un rapidísimo movimiento de la mano.

—¿Ni siquiera aquel muchacho que siempre iba con usted?

—¿Quién? —pregunta el Cojo, arqueando una ceja.

—Sí, hombre, un canijo. ¿Cómo se llamaba? ¿Daniel?

El anciano sonríe al oír ese nombre:

—Ah. Te refieres a Daniel Baldomero.

—Sí, ese. ¿Qué fue de él? Oí algo sobre un accidente de tren, ¿no?

—Así es. Pero salió ileso, el pobrecito mío. Luego se casó con una muchacha que conoció en aquel tren y se fueron a vivir a El Bierzo. Madrid no era para ellos, y Daniel tenía unas tierras allí que había heredado de su padre. Hace ya algún tiempo que no nos vemos, pero me escribe a menudo, ¿sabes? El mes pasado nació su primer nieto.

Teófilo asiente. Se alegra de que al menos alguien acabara bien en aquellos tiempos difíciles.

Cuánto habría dado él porque una voz lo llamase «abuelo».

—Entonces, la taberna echó el cierre y se jubilaron, ¿no? —dice, retomando el tema.

—Así es —responde el anciano, que se esfuerza por cambiar de postura en el sofá—. Ahora, lo que la gente busca son otras moderneces, ya sabes. Pub lo llaman, o algo así.

—Nos jubilamos porque Rafael apenas podía andar por culpa de su cojera —continúa Bernarda—. Y yo no podía encargarme sola. Se lo vendimos a otro hostelero, Paco el Atunero, porque nosotros no tuvimos hijos. Pero no le fue muy bien. Este barrio es muy selecto, ¿sabes? Total, que ahora lo regenta un chino, ¿te lo puedes creer?

El manchego calla. Los mira y se pregunta cómo habrán sido sus vidas. Si, al igual que aquel muchacho berciano, habrán acabado bien, a pesar de que hubo un tiempo en que fueron un matrimonio de paja, unido por la gracia del Caudillo.

—Y, dinos, ¿por qué has venido hasta aquí? —le pregunta Rafael sin andarse con rodeos.

Teófilo mide sus palabras en el lapso de un trago de vino:

—Estoy aquí porque me gustaría pedirle algo...

Guarda silencio y busca los ojos de Bernarda y Rafael; enérgicos los de ella, como si no hubiesen pasado los años por la costurera y cocinera que fue; emborronados, casi secos, los de él.

—Sé que ha pasado mucho tiempo, pero creo que Aurora merece saber una cosa. Bueno, más bien varias, en realidad. He intentado ponerme en contacto con ella por carta, pero no sé si la ha leído o la ha tirado a la basura. Y por eso estoy aquí. Usted me ayudó mucho cuando terminó la guerra, Rafael. Y ahora me preguntaba si querría volver a ayudar a este viejo soldado.

Teófilo esboza una sonrisa. Confía en que eso de «viejo soldado» conmueva al anciano Rafael, que, a pesar del aspecto rudo que siempre intentó aparentar, era en realidad un buenazo que fiaba a sus parroquianos, negociaba un precio justo por los productos del estraperlo y ayudaba a muchachos en apuros a los que la guerra había desposeído de todo cuanto tenían.

Aquellos eran tiempos difíciles, pero eran su tiempo.

—Cuenta con ello, muchacho —accedió el anciano, al parecer conmovido por la petición de Teófilo.

El manchego extiende su mano para estrechar el brazo del tabernero.

Bernarda, sin embargo, mantiene un gesto de recelo, muy alejado del de su marido.

—¿Y qué es eso que quieres decirle a mi sobrina?

Teófilo traga saliva.

—Pues que nunca he dejado de pensar en ella, a pesar de lo que pasó.

—¿A qué te refieres? —le pregunta Rafael.

—No sé si lo recordarán, pero fui yo el que presentó a Carmelo y Aurora —responde Teófilo con voz trémula, como si aquella herida siguiera doliéndole, tantos años después—. Y les voy a ser sinceros, ahora no tengo nada que perder ni le debo nada a nadie. He dado muchos tumbos en la vida, sí, y he buscado el amor en mujeres que nunca se quedaron porque, en realidad, nunca he dejado de arrepentirme de todo aquello.

40

No es fácil despojar a esta casa de Carmelo, su amo y señor. Es como despellejar el cadáver de un oso. La piel se agarra a los músculos, a las fibras, como si sintiera traicionado su cometido original: revestir el esqueleto, evitar que pase frío. Darle calor.

Sin Carmelo, esta casa pasa frío. Por ello, pocos días después de su muerte, Aurora decidió pasar el trámite lo antes posible: abrió armarios y cajones, removió los viejos lugares y comenzó a tirarlo todo. Todo, como el peletero que no deja rincón de la piel del oso sin rematar.

—¿Madre?

Teresa entra en la habitación de sus padres, donde Aurora ha pasado toda la mañana vaciando los armarios de su marido: decenas de trajes, camisas, pantalones de pana y de pinzas, y varios conjuntos que usaba para jugar al golf y aparentar en el club de campo.

—¡Aquí estoy! —responde Aurora, asomándose tras la puerta del armario.

Teresa mira el montón de ropa sobre la cama y esboza un gesto de sorpresa. Aurora la ha ido seleccionando concienzudamente.

—Esto de aquí irá para la beneficencia —le dice a su hija, señalando hacia la pila sobre la cama—, y lo del suelo, a la basura. Está demasiado viejo.

Teresa se agacha y coge una prenda al azar del montón que se encuentra a los pies de la cama. Cualquiera diría que ese pantalón de pana es nuevo, pero no su madre, tan dada a fijarse en detalles nimios como el forro, un poco desgastado.

—Bueno, tú verás, mamá —dice. Se sienta en la cama y acaricia el encaje de la colcha.

Aurora advierte su gesto apocado con el rabillo del ojo.

—¿Te ocurre algo, hija? —le pregunta.

Desde el salón de casa se escuchan los juegos de los niños, a los que Aurora dejó al cuidado de Charito, la asistenta. Las vocecillas de sus hijos no alegran a Teresa, que lanza un hondo suspiro. Al verla, Aurora empuja a un lado la ropa y se sienta junto a ella.

—A ver, dime —le pide, poniendo su mano sobre el muslo de su hija.

Teresa toma aire y lo suelta:

—Federico dice que tendríamos que nombrarlo director de la empresa. Yo he intentado hacerle ver que no es tan fácil, pero ya sabes cómo se pone.

La discusión ha tenido lugar esa misma mañana.

—Que habrá que buscar un gestor para hacerse cargo de la empresa. Eso dijo ese papagayo, ese hijo de puta de Alfonso —vociferó Federico, dando vueltas alrededor de su mujer, Teresa, como una peonza girando sobre su eje.

—Papá murió la semana pasada, ¿qué quieres que dijera? —respondió ella con ese mismo gesto pacificador que aprendió de su madre—. Las cosas no son como tú las ves, Fede. Llevan su tiempo.

E intentó acariciarle la mano, pero este la apartó con su vaivén.

—¿Qué no? Yo las veo como las veía tu padre, que en gloria esté. Tu padre era un tiburón y habría querido que yo tomase las riendas de Escobedo Construcciones. ¡Que soy su yerno, cago en Dios!

Pronunció ese «cago en Dios» con la misma cadencia con la que Carmelo Escobedo terminaba sus frases y sentaba cátedra.

—¿Sabes cuál es el problema? —continuó el arquitecto—. Que ni tu madre ni tú vais a dar un paso al frente y os vais a plantar en la empresa para decir que debo ser yo el que asuma la dirección. ¿Por qué carajo no lo hacéis, eh? ¿Acaso no confiáis en mí?

La miró rabioso, con los dientes apretados y la nariz arrugada.

—Claro que confiamos en ti, cariño —respondió Teresa dulce, afable, conciliadora—. Pero todo está muy reciente ahora. Está por ver qué pasa con nuestras acciones. Pero en cuanto podamos, te pondremos al frente, no te quepa duda.

Lo ha dicho con la intención de apagar el fuego, no porque lo sienta de veras. Su madre se lo dejó bien claro en cuanto supo que la junta directiva no tenía ninguna intención de ofrecerle al yernísimo la dirección de la empresa.

Teresa asintió, consciente de que se barruntaba tormenta.

—Tu padre lo habría querido así —insistió Federico—. ¿A que sí, Tere?

La mujer asintió, aunque mentía.

«Mi padre no te aguantaba, querido, pero no tenía otro remedio».

—Tú acuéstate un poco en el sofá, ¿vale, cariño? —le pidió Teresa—. Yo iré ahora a casa de mi madre a recoger a los niños. Me ha pedido que la ayude con las cosas de mi padre, con las que no sabe qué hacer todavía. Y hablaré con ella de tu asunto, ¿de acuerdo? Déjalo en mis manos.

Federico asintió, al fin.

—Nos veremos para la hora de la cena, ¿vale? —le preguntó su esposa mientras su marido se tumbaba en el sofá de escay, que crujió ante ese peso repentino.

—Algunos de la oficina han quedado esta tarde para tomar algo. Ya sabes, tengo que ganar adeptos. No me esperes para cenar.

Teresa sabe que ese «algunos» también incluye a «algunas», y que su marido lo omite deliberadamente.

Una hora después, Aurora extiende su mano y acaricia las mejillas de su hija con delicadeza.

—Dale tiempo, cariño —le dice—. Los hombres necesitan tiempo.

Las mejillas de Teresa siguen tersas y suaves a sus treinta y tres años. A su edad, Aurora parecía mucho mayor que su hija; ya tenía algunas canas y varios surcos atravesaban su rostro, como aquellas patas de gallo o las líneas horizontales de la frente.

«Tal vez sea un capricho de la genética, o el hecho de que Teresa no haya tenido que pasar una guerra», piensa.

—No es eso, mamá —responde su hija, afligida—. Es que a veces pienso que estaba esperando a que papá muriera para ir a por la dirección, como una hiena.

Aurora guarda silencio. Siempre ha sido una mujer fuerte, alguien con un consejo de su boca listo para el momento oportuno, pero ahora no sabe muy bien qué decir, así que se limita a recrearse en las caricias, como cuando su hija lloraba por el hombre del saco y corría despavorida a su cama para acurrucarse entre sus padres.

Y treinta años después, el hombre del saco seguía por aquí.

—Lo peor de todo —continúa Teresa, que tiene que contener el nudo en la garganta que amenaza con desbordarse—, es que creo que solo le importa eso. Ni su familia. Ni sus hijos. Ni yo. Solo eso.

El dorso de la mano de Aurora continúa acariciando esa tersa mejilla.

—Tu padre también era un hombre ambicioso, cariño. A menudo yo también me sentía sola. Tú tienes a tus hijos. Me tienes a mí.

—Sí, pero ¿papá te hizo sentir alguna vez que no le importabas?

Aurora vuelve a guardar silencio. Titubea: «Eh... pues...», con un par de palabras ingrávidas que no llegan a tomar forma.

—¿Cómo lo hiciste? —insiste su hija, levantando la vista para buscar los ojos de su madre—. ¿Cómo lo aguantaste?

Y Aurora los mira; esos ojos vidriosos y suplicantes a los que tantas veces consoló de pequeña y a los que ahora no está preparada para decir la verdad.

Decirle cómo lo hizo. Decirle por qué lo hizo.

—Yo quería y querré mucho a tu padre, cariño —se limita a contestar.

Pero Teresa vuelve a buscarle la mirada, pertinaz:

—¿Y nunca pensaste qué habría sido de tu vida si no te hubieses casado con él?

De pronto, Aurora aparta su mano de su hija.

—¿A qué te refieres? —espeta, cortante.

—A ese hombre del que hablaba Gervasio. Tu ahijado de la guerra.

Aurora chasquea la lengua.

Resopla.

—Os dije que no quería hablar de él.

Pero su hija no ceja en su empeño.

—¿Por qué no me lo cuentas? —presiona, con esa mirada suplicante—. Siempre creí que había confianza entre nosotras.

De nuevo, Aurora guarda silencio. Le aparta la mirada y mide sus palabras para no responderle con un tono malsonante.

—Hay muchas cosas que no sabes del pasado, cariño. Cosas de las que te he mantenido al margen durante toda tu vida.

Y al oírla, es Teresa la que agria el gesto.

—Ya no soy una niña, ¿sabes? —contesta.

Aurora vuelve a intentar una caricia que, esta vez, no encuentra la mejilla de su hija.

—Sí, tienes razón, cariño. Pero a mí me cuesta aún aceptarlo.

De pronto, el timbre de la casa resuena con su portentoso ding dong e interrumpe la conversación entre madre e hija. Oyen a Charito abrir la puerta y luego una voz familiar:

—Buenas tardes —saluda el anciano—. Quería hablar con mi sobrina.

La asistenta, sorprendida ante la inesperada visita, lo invita a pasar.

—Déjeme ayudarle —le ofrece a Rafael, que camina torpemente apoyado en un bastón y en el brazo izquierdo de su mujer.

—No, tranquila. Aún puedo solo.

Al ritmo del Cojo, los tres se adentran en el vestíbulo de la casa, hasta que la asistenta les pide que aguarden unos instantes mientras va a avisar a Aurora.

—La señora está arriba, con Teresa, ¿sabe? Bajará enseguida.

Rafael asiente. Hacía mucho que el Cojo no pisaba esta casa, y apenas la reconoce desde la última vez; a Aurora no le da cada dos por tres por cambiar el mobiliario o repintar las paredes.

—Pero, tío Rafael, ¿cómo tú por aquí? —lo saludan unos segundos después.

Aurora baja las escaleras a toda prisa y se funde con él en un abrazo.

—Tenía ganas de verte —responde con su voz gripada.

A duras penas mantiene el equilibrio sobre su bastón.

—No hacía falta que vinieras hasta aquí, por el amor de Dios, que sé que ya no estás para estos trotes —le regaña Aurora, agarrándolo del brazo.

—No te preocupes, querida. He cogido un taxi y me he dado un paseíto por la ciudad, que hace bueno.

Aurora asiente. Minutos después, todos se sientan en los sofás del salón.

Bajo Rafael, el sofá cruje y se resiente.

—Teresa está arriba —dice Aurora, señalando hacia la escalera que sube al primer piso—. Ahora bajará para saludarte. Y mis nietos deben estar por aquí, enredando, como siempre. Supongo que querrás verlos.

Rafael, en cambio, no se anda con rodeos:

—Verás, sobrina —dice, con su voz pequeña y fatigada por la falta de aire—. Si he venido hasta aquí es porque me han pedido que te diga algo, y creo que lo mejor es hacerlo así. En persona.

41

Santa Eulalia del Campo,
Teruel, febrero de 1939

Frente al pelotón de fusilamiento, el último pensamiento de Teófilo es para su madre. Durante un par de segundos, los que distan entre el grito de «¡Fuego!» y la reacción de sus verdugos —una decena de moros de los regulares de África, borrachos como una cuba—, el muchacho la ve:

Su sonrisa espléndida, su voz cantarina y ese océano en su mirada manchega.

Una fracción de segundo antes, previa a la orden del capitán franquista, Teófilo pensó en Aurora, recordando aquella fotografía que hasta hace unos días —cuando lo capturaron— guardaba en su cartera como una reliquia de familia.

El pelotón aprieta el gatillo de sus fusiles y dispara al aire. Algunos pájaros trinan y huyen de la arboleda, presas del pánico, mientras el horizonte turolense se lleva el estruendo como en otra desbandada.

Varios de los no fusilados caen al suelo, como si de veras hubiesen sido alcanzados por la metralla. El resto, Teófilo entre ellos, se mantiene impávido, temblando de frío y miedo.

Tienen los ojos tapados, así que no pueden ver nada.

Solo oyen las risas de los moros que se mofan de los seis soldados republicanos a quienes sacaron de madrugada del campo de concentración para llevárselos a culatazos hasta un cementerio cercano.

—¡Llorad, llorad rojos maricones! —les grita uno.

—¡Miradlos, cagados de miedo! —se ríe otro.

Teófilo intenta mantenerse fuerte. Si tiene que morir, que sea así, con una ráfaga de tiros, un pum pum pum rápido, y al hoyo. Pero uno de los presos le había advertido de que eso podía ocurrir: un simulacro de fusilamiento.

Y no sabe qué es peor, si dar por segura la muerte o la incertidumbre de si le tocará o no.

—Venga, cobardicas, de vuelta a la prisión.

El manchego resopla, se siente como si hubiese vuelto a nacer. Y se permite algunos segundos para respirar bajo la venda hasta que siente en el costado el golpe de la culata de un fusil. Comienza a caminar a oscuras, con los pies empapados por el barro encharcado.

Hace poco que ha llovido y la noche huele a rocío.

Delante de él, aquel chico aragonés que dice llamarse José tirita con sacudidas espasmódicas, como si estuviese sufriendo un ataque. Hace algunos días descubrió que también formaba parte del SIEP. De hecho, muchos de los soldados que el ejército franquista había capturado tras la batalla de Teruel formaban parte del servicio de espionaje en líneas enemigas.

Al parecer, Manuel Estrada había concentrado en esa operación a la mayoría de sus agentes.

—Tu misión será averiguar el punto más débil de la defensa de Teruel —le dijo el capitán Ordóñez, tras orden directa del comandante—. La información que manejamos indica que la ciudad se encuentra mal defendida, que apenas dos brigadas cubren todo el sector con no más de veinte mil hombres. Pero tenemos que buscar el agujero por el que entrar. Estrada me ha pedido que te confíe a ti ese objetivo, ¿de acuerdo?

Teófilo asintió frente al capitán mientras leía el informe de un agente que firmaba bajo el pseudónimo de T14. Por entonces, y tras más de dos años de guerra, era ya un espía experimentado.

—¿Cuándo empiezo? —preguntó.

—Mañana mismo.

Los siguientes tres días, Teófilo recorrió Teruel haciéndose llamar Apolinar Casado, soldado de la IV Brigada de la 52ª División del ejército franquista. Visitó mesones, pensiones y burdeles, y recorrió esa ciudad pequeña, llena de cuestas que subían y bajaban por un trazado sinuoso y empedrado, y por donde corría un viento gélido que parecía venir de un infierno helado. «Siberia debe de ser así», pensó.

—Hay una cresta situada al oeste de la ciudad —le dijo al capitán tras concluir su misión—. La llaman La Muela. Es una meseta con una llanura pelada y laderas abruptas que domina la ciudad. Yo atacaría desde Concud, un pequeño pueblo a cinco kilómetros de Teruel apenas defendido por unas pocas guarniciones. Pero claro, las órdenes las da otro, no yo.

El capitán Ordóñez asintió, asombrado ante el detallado informe del espía.

—Tu fama te precede, soldado —lo felicitó, esbozando una sonrisa—. Tómate un par de días de permiso. Te lo has ganado.

El informe de Teófilo confirmó la sospecha del Estado Mayor: Teruel era un objetivo asequible para un ejército que necesitaba una victoria con la que levantar el ánimo de la tropa. La ofensiva republicana comenzó el 15 de diciembre y fue fulminante, ya que superaba en cuatro a uno a las defensas franquistas. Teruel se rindió tras veinte días de asedio, pero el júbilo con el que la España leal a la República recibió esa victoria duró demasiado poco: el contraataque nacional sobre Teruel fue devastador y reconquistó la ciudad solo varias semanas después.

Teófilo cayó preso entre el río Alfambra y las estribaciones del Muletón, donde el manchego y otros tantos espías del SIEP combatieron como un soldado más a las órdenes del general Hernández Saravia. Había nevado copiosamente durante días y las ráfagas de viento cortaban la piel como guadañas.

No tuvo opción a escapar, apenas podía caminar. Llevaba días sufriendo lo que los soldados llamaban «pies de madera»: edemas por debajo del tobillo, dedos hinchados y puntas necrosadas que apenas sentía y que hacía penosa su marcha. De los pies de algunos de sus compañeros vio desprenderse los dedos gangrenados como la piel del leproso, pero los suyos, por suerte, se mantuvieron pegados a su cuerpo.

Finalmente, los nacionales hicieron siete mil prisioneros tras la batalla de Teruel, a los que subieron a un tren a veinte grados bajo cero en dirección a la decena de campos de concentración que se repartían por Aragón. A los espías del SIEP los trasladaron al campo situado a medio kilómetro de Santa Eulalia del Campo, siguiendo el trazado de la carretera que lleva a Pozondón, en una paridera para el ganado que vallaron con alambre y espino.

Aquí, en este campo de concentración, Teófilo lleva varios días sufriendo largas sesiones de torturas con el objetivo de que les proporcione información valiosa sobre el ejército republicano. De él solo saben, como de tantos otros espías capturados, que pertenecía al Servicio de Información.

—¡Venga, más rápido, joder! —le exhorta uno de los moros, dándole otro culatazo

—¡Ya va! —grita, retando a su captor.

Aprieta el paso chapoteando sobre el barro bajo la oscuridad de la venda. Hasta que, delante de él, José se tropieza con una lápida.

—¡Venga, pedazo de mierda! —vuelve a gritar el moro, dándole a José un golpe en el costado que Teófilo siente como si hubiese caído sobre él.

—Yo le ayudo, tranquilo, hombre —se ofrece el manchego, protegiendo con sus manos la espalda de su compañero.

Luego, busca a tientas su brazo y lo ayuda a incorporarse para continuar la marcha.

Levanta la cabeza y advierte, entre las fibras de la venda, la luz de los faros de la camioneta que los ha conducido hasta el cementerio.

—Gracias —masculla José, apoyándose en la tapia frente a la que, hace unos minutos, iban a morir.

—¿Estás bien?

—S-sí —responde el espía aragonés, aterido de frío—. Pe-pero me he meado encima y s-se me está congelando la pi-piel bajo la pernera.

El tercer puñetazo, seco y portentoso, va directo al mentón. Teófilo sale disparado hacia el suelo y ahí, como un guiñapo, recibe una tunda de patadas de las que se protege haciéndose un ovillo.

Ni el moro que le golpea ni el capitán de la Guardia Civil que se mantiene al margen, fumando un cigarrillo, dicen una palabra.

Todo es mecánico, como un ejercicio burocrático.

Ahí abajo, en el hueco de sus manos, el manchego se concentra en respirar. Le sangra la comisura de los labios por ese anillo de diamante engarzado que el moro debió de robar a alguna familia de rojos.

Tras varios minutos, el capitán hace un gesto y su agresor lo levanta por las axilas para colocarlo sobre la silla.

—Ahora sí que vas a hablar, pedazo de hijo de puta —sisea el moro con su acento serpentino.

El capitán da algunos pasos hacia delante y espera, todavía en silencio. Fuma y no tiene prisa por exhalar un humo que culebrea en el aire de esta gélida habitación de labriegos en la que han improvisado esta sala de torturas.

—Me dijeron que fuiste de los pocos que no se cagó de miedo —dice, con un rudo acento norteño, fuerte en las erres.

El moro, que se mantiene expectante junto a él, sacude la cabeza en un gesto de afirmación que hace que se le mueva el turbante.

—Este tuvo cojones —interviene, lanzando una carcajada—. Otros se tiraron al suelo, los muy cobardes.

El capitán se le acerca a un palmo con su baile de silencios. Lo mira. Da una calada y le echa el humo en la cara.

—Así sois los rojos, ¿sabes? Mucha revolución, pero luego cagados de miedo.

Teófilo no mueve un músculo. Todos sus sentidos se concentran en controlar el temblor de su cuerpo, entumecido de frío. Tras volver del simulacro de fusilamiento, lo metieron en esta sala y lo dejaron medio desnudo a la espera de un nuevo interrogatorio.

—Pero tú no eres un rojo cualquiera, ¿verdad? Tú tienes pinta de ser algo más inteligente que esa escoria. Tú vas a colaborar.

Colaborar. Ha marcado esa erre final más que ningún otro sonido.

—Vas a colaborar, ¿a que sí? —insiste el guardia civil.

El capitán esboza una sonrisa ante el silencio del espía republicano. Sabe que esto es un juego y que Teófilo también juega sus cartas.

—Dime, ¿qué se siente delante de un pelotón de fusilamiento?

Seguro que, durante algunos instantes, te has arrepentido de no haber hablado a tiempo, ¿a que sí?

Otro silencio. Luego otra calada larga y pausada.

—Seguro que pensaste en tu novia del pueblo, ¿eh? Esa chica que tenías en la cartera con su uniforme de enfermerita. Venga, háblanos de ella.

Aurora: esa naricilla, esa mirada poderosa y ese cabello oscuro bajo su cofia que le han acompañado de un frente a otro de la guerra, allí donde el SIEP requería.

Sí, ella se le apareció antes de aquellos tiros al aire.

«¿Por qué, si hace más de dos años que no nos escribimos?».

—Es guapa, ¿eh? —pregunta el capitán, volviendo la vista hacia el moro para buscar su gesto de aprobación—. ¿Te la follarías, Moussa?

—Oh, sí, todas las noches, mi capitán —responde el soldado regular, pasándose la lengua por el labio superior.

Pero ese gesto de lascivia no perturba a Teófilo, que se mantiene impávido, como si no estuviera dentro de ese guiñapo esquelético y tembloroso. Sabe que ese tipo de comentarios forman parte del juego.

—Venga, joder. Que no es tan difícil —le espeta el capitán unos segundos después, volviendo a las mismas preguntas que lleva haciéndole desde hace días—. ¿Qué tipo de misión tenías en Teruel? ¿Adónde iban a mandarte ahora? ¿Quién era tu enlace con Manuel Estrada?

Pero el manchego sigue inmóvil, con la vista puesta en los ojos de su interlocutor, retándole. Aunque quisiera responderle, en realidad no tendría mucho que decir: el Servicio de Información procuraba que sus agentes no supiesen más de lo preciso a fin de evitar las filtraciones en situaciones como esta, frente a un interrogatorio.

El capitán da una última calada y tira el cigarrillo hacia el suelo embarrado. Resopla.

—Bueno, tú lo has querido. —Da media vuelta y le hace un gesto al moro, levantando una ceja—. Tenemos todo el tiempo del mundo para hacerte hablar.

El moro esboza una media sonrisa mientras se hace crujir los nudillos de la mano derecha contra la palma de la izquierda. Camina hacia él sacudiéndose los bajos de sus zaragüelles, sus pantalones bombachos.

—¿Preparado? —pregunta, levantando el puño.

El fuego de la hoguera se apagó en mitad de la noche, por una ráfaga tramposa, y tras extinguirse su calor, los presos hubieron de apretujarse como los amantes en una noche impetuosa.

Teófilo había encontrado un buen sitio: al refugio de una de las tapias que habrían servido para dividir animales en esta paridera de ganado, apoyado sobre la espalda de un soldado y dando calor a otro que se acurrucó entre sus piernas.

Decían llamarse Blas y Serafín, pero sabía que esos no eran sus nombres reales —como tampoco sería José el de aquel espía que socorrió en el cementerio—, porque él no usaba el de Teófilo para presentarse, sino el nombre de su última misión:

—Me llamo Apolinar.

Y ninguno de los presos preguntaba, a sabiendas de que era mejor así.

El alba los despierta rayando el paisaje nevado. Suena el toque de corneta.

—Buenos días, señores.

Los hombres hacen crujir sus huesos y se estiran en posiciones confusas. Desde la tapia, Teófilo ve un horizonte de brazos arriba y de cuerpos aletargados intentando ponerse en pie. Hasta hace solo unas semanas, esos hombres seguían soñando con ganar la guerra. Ahora, en cambio, no piensan más que en objetivos primarios y cavernícolas: mantener el calor de su cuerpo, cazar a las ratas que corretean sobre las tapias o buscar el mejor hueco para plantar un pino.

—Eres buena almohada, ¿eh? —ríe el preso que se durmió sobre sus piernas.

Teófilo se esfuerza por esbozar una sonrisa, pero le duele cada músculo de la cara. Suelta un chascarrillo y se echa sobre los hombros la manta bajo la que dormía para ponerse en la cola frente a la caseta de la cocina, a la espera del único sustento del día.

—Toma, aquí tienes. No vayas a dejar nada, ¿eh? —le dice ese moro de nariz aguileña que siempre hace la misma broma.

Teófilo forma un cuenco con las manos y recibe una onza de chocolate. Más adelante, otro soldado regular le da dos sardinas en aceite y, por último, otro le reparte un par de higos secos, que no tarda en devorar de camino al hueco bajo la tapia.

Algunos minutos después, otro toque de corneta los llama a comenzar la jornada de trabajo. Pala en mano, los presos caminan un par de kilómetros hasta volver adonde ayer dejaron la zanja que servirá para construir una carretera.

El preso que camina delante de Teófilo no lleva zapatos, sino un par de zurrones con los que improvisa el calzado. Tiene suerte, al menos, de no andar descalzo, como esos otros a los que se les cayeron los dedos.

—Muchas gracias por lo de anoche —oye a su espalda.

El manchego se gira para saludar al espía que dice llamarse José.

—No hay de qué. Tú lo habrías hecho por mí, ¿no?

José asiente. Tiene la nariz amoratada y un ojo a la virulé, producto, seguramente, de los golpes del moro fornido.

Se miran a los ojos.

—Tienes que aguantar, ¿vale? —le susurra el aragonés—. La guerra está a punto de terminar. Y dicen que si los nacionales no tienen nada más contra nosotros, aparte del espionaje republicano, me refiero, nos mantendrán con vida.

Teófilo lo mira, extrañado.

—¿Cómo que nada más contra nosotros? —pregunta, mirando a su alrededor para evitar oídos ajenos.

José observa al soldado regular que, a unos metros, camina con la vista puesta en la cabeza de la expedición. A un centenar de metros, la zanja.

—Sí, ya sabes —responde el espía, apoyándose en Teófilo para aguantar el ritmo de la caminata—. Me refiero a delitos de sangre. Sobre todo, de antes de la guerra. Si tienen de ti, date por jodido.

Teófilo guarda silencio.

—¿Lo tienen?

De pronto, oyen los gritos en árabe del soldado, que les arenga con el fusil en alto a que no se queden rezagados.

—Sí, tranquilo, ya va —le responde Teófilo, haciéndole un gesto con las manos—. Es que a mi compañero le cuesta caminar, ¿no lo ves?

Luego responde al espía con un murmullo seco:

—¿Y de quién no tienen algo, joder?

Varios minutos después, echan la primera de las miles de paladas que darán a lo largo del día, hasta que el sol caiga al final de la tarde.

—¡Venga, gandules! —grita uno de los guardias tras empinar una bota de vino—. ¡A purgar vuestros pecados de rojos malnacidos!

A la tercera palada, Teófilo siente que el espinazo se le va a partir por la mitad. Pero esa no es su principal preocupación; no deja de pensar en algo: «Si llegan a saber qué fue lo que ocurrió aquella noche de julio del 36, no tardaré en volver frente al pelotón de fusilamiento... pero esta vez de verdad».

A la quinta palada le sobreviene una idea. Aunque, más que una idea, un nombre, que no ha olvidado tras dos años de guerra: Carmelo Escobedo, aquel falangista al que dejó con vida en su primera misión de espionaje. Y mientras hunde de nuevo la pala en la tierra húmeda y pedregosa, piensa que tal vez ahora ese hombre pueda devolverle aquel favor. Pero ¿cómo contactar con él?

42

Madrid, abril de 1939

Dos mujeres se afanan por alcanzar la primera fila, pero Felisa mete el codo y, con el descaro de una vendedora ambulante, se hace hueco entre ambas como si abriera en dos las aguas.

—¡Mamá, espera! —le grita Aurora, su hija, que agarra con fuerza las manos de sus hermanos pequeños y tira de ellos para alcanzar a su madre.

Es primeros de abril y un escurridizo sol de primavera juega al escondite con las nubes. Ahí arriba, la aviación franquista no deja de efectuar pasadas, dibujando sombras chinescas sobre el pavimento, donde el gentío se agolpa a la espera de la comitiva.

La guerra terminó esta mañana y, tras tres años de interminable lucha, Madrid es un espectro. Hace un par de días, ante el colapso de la defensa republicana, la mayor parte del ejército nacional había tomado posiciones en la capital, desde el Primer Cuerpo del Ejército hasta las divisiones de Somosierra, del Tajo y de Guadalajara, acompañadas de las tropas de los ejércitos de Levante y Aragón. Su avance imparable contrastaba con la huida desesperada de soldados y milicianos vencidos, que se agolparon en las inmediaciones de Atocha con la esperanza de coger un tren que los alejara de la ciudad.

—¡Venga, aprisa! —les alienta Felisa mientras busca a Roque con la mirada, aunque los brazos en alto le impiden distinguir la gorrilla del maquinista.

Hasta que lo ve, disculpándose ante aquellas mujeres, bromeando y sonriente.

—¡Vamos, Roque! —lo abronca.

Pero los gritos de la multitud, que corea «¡Franco, Franco, Franco!» sin cesar, le impiden oír a su mujer.

—Venga, papá, que mamá se enfada —sale Jesusito a su rescate, tirando de la solapa de su chaqueta americana.

Roque levanta la vista y asiente para luego despedirse de las mujeres con una sonrisa, la misma con la que salieron de casa a toda prisa tras oír la noticia por la radio:

«En el día de hoy, cautivo y desarmado el ejército rojo, han alcanzado las tropas nacionales sus últimos objetivos militares. La guerra ha terminado».

Quienes aguardan en la primera fila hacen equilibrio en el bordillo de la acera para no caer sobre el empedrado de la carretera. Ahí se instala Felisa.

—Aquí lo veremos bien —le dice a Aurora, dejando hueco para su familia.

La chica mira a su alrededor y se contagia de las consignas que entona el gentío. La noticia la cogió en el hospital, desde donde hacía meses que apenas tenía trabajo, por la lejanía del frente. Lo oyó de la voz de un celador:

—¡Pongan la radio, se ha acabado la guerra!

La mayor parte del personal del hospital Provincial, en el que trabaja ahora, se congregó en torno al aparato Telefunken de la cabina del conserje del edificio, entre repentinos vítores y vivas a Franco, impensables tan solo hace unos días. De pronto, Madrid vibraba con la victoria del bando del que se defendía con ahínco no hace mucho, al grito de «No pasarán».

—Vayan a celebrarlo con sus familias, ¡la guerra ha terminado! —les dijo el doctor Lumbreras tras oír la noticia de la radio.

Aurora salió del hospital y corrió hacia su casa esquivando al gentío que había salido a la calle. De muchos balcones colgaban banderas rojigualdas y de la Falange, y el saludo fascista brazo en alto saltaba de cuerpo en cuerpo como la gripe española.

Aurora no dejaba de sorprenderse por cómo era posible que todo virase tan rápido. No obstante, a medida que se acercaba a su barrio, en Delicias reinaba el silencio, como en Lavapiés o Carabanchel, en contraste con el bullicio del centro de la ciudad, donde la sociedad madrileña se desvivía en cánticos falangistas, vivas a Franco y oficios religiosos improvisados.

—Papá, mamá, ¿habéis oído la noticia? —preguntó Aurora, al llegar a casa.

Sus padres oían la radio en el salón, sentados frente al aparato, expectantes. Habían mandado a los niños a su habitación, por lo que pudiera pasar. Al verla, Felisa fue la primera en ponerse en pie y abrazarse a su hija.

—¡Se ha acabado! —exclamó esta, haciendo hueco a su padre para que las rodease con sus largos brazos—. ¡La guerra se ha acabado!

Nada había deseado más la mayor parte del pueblo de Madrid, hastiado, hambriento y desgajado: que la guerra terminase, sea como fuese, con la victoria de quien la quisiera.

—Tenemos que salir a la calle —animó Felisa, deshaciendo el abrazo—. ¡Que nos vean celebrar!

Aurora miró a su madre con gesto de extrañeza.

—¿Seguro, mamá?

Desde que Roque fue liberado de su cautiverio en el Ateneo Libertario, la familia apenas ha salido de casa, salvo para lo preciso: el trabajo, el taller de costura de Bernarda y Picio y las fiestas republicanas a las que debían acudir para despejar toda sospecha de adhesión a los falangistas y a la causa nacional.

Y ahora, de pronto, ocurría todo lo contrario: la familia salía de casa a toda prisa para asistir al desfile que la propia Falange realizaba por las calles de la ciudad.

—¡Franco, Franco, Franco! —no deja de oírse.

Aurora mira en derredor. Piensa, de pronto, en todas aquellas personas con las que coincidió en las acciones clandestinas del Auxilio Azul, cuando, hace dos años, sacaba sábanas y material quirúrgico del hospital. Seguramente, aquellas mujeres y hombres estarán celebrándolo por la calle. Enarbolarán la bandera falangista y lanzarán vítores.

También lo estará haciendo su antigua amiga Elena, con la que no ha vuelto a tener relación desde que liberaron a su padre y esta dejó de pedirle favores.

La busca con la mirada, pero no, Elena no está por ningún

lado. En realidad, entre tanto brazo en alto y proclamas falangistas, es difícil reconocer a alguien.

Roque rodea con su brazo izquierdo el hombro de su hija mientras lanza hacia arriba el derecho, como una flecha. Desde su liberación, apenas ha hablado con él sobre lo que ocurrió durante aquellas terribles semanas de su cautiverio, y la familia se limitó a hacer como si aquello no hubiese ocurrido.

—¡Ahí vienen! —exclama Felisa, haciendo visera con su mano hacia el final de la calle Alcalá, donde se han apostado.

Minutos después, cientos de soldados falangistas desfilan frente a ellos con gesto serio y profesional, brazo en alto, camisa azul y pantalón pardo, corbatín de gala en muchos de los cuellos, gorrilla o tupé al aire, trompetas y tambores.

—El saludo, Aurora —le susurra Felisa al oído—. Que te vean hacerlo.

Su hija levanta el brazo y se une a los vivas a Franco que entonan sus padres, a coro con el resto de la multitud.

—¡Y tú también, Jesusito! —le dice la madre a su hijo pequeño, que se mantenía impávido, contemplando el desfile—. ¡El brazo en alto, venga! ¡Arriba!

Las semanas transcurren y, poco a poco, el final de la guerra lo va trastocando todo: el callejero, los festejos, el monedero —el dinero republicano ha dejado, de pronto, de tener valor—, y tantas otras cosas, menos las radionovelas, que siguen sonando, aunque ya no precedidas de aquellas consignas antifascistas.

Frases que, tras el *Cautivo y desarmado*, suenan ya al eco de un siglo pasado.

Aurora ha congregado a sus hermanos pequeños frente al aparato de radio, a sabiendas de que ninguno de los dos perdona esa sobremesa oyendo las voces de galanes y señoritas y sus amorosas disputas.

—Tata, ¿y papá y mamá, dónde han ido? —pregunta Jesusito, recostado en Aurora.

—Ya te lo he dicho. A dar un paseo. Papá y mamá se merecen tiempo juntos, ¿no te parece?

Roque y Felisa celebran hoy su aniversario de boda. Aunque ni él ni ella se mostraban muy convencidos de conmemorarlo —hace diecinueve años, una ceremonia sencilla y campestre, asado, tarta y puros—, Aurora les obligó a ir a pasear por El Retiro, tomar un helado y luego quizá una copa de vino con la que alegrar la noche.

—Venga, que os lo debéis —les instó, sonriente—. Yo me pediré la tarde libre y me quedaré con los pequeñajos.

Finalmente, sus padres accedieron.

—¿Y qué te vas a poner, mamá? —le preguntó la chica.

Felisa se encogió de hombros. Hacía mucho que no se arreglaba un vestido o se iba de compras al mercadillo del barrio. Aurora la llevó de la mano hacia el dormitorio del matrimonio y rebuscó en el fondo del armario, donde debía guardar aún ese vestido que se puso para la comunión de su sobrino Octavio, el de la hermana de Roque.

Se lo puso, comprobó que seguía quedándole como un guante y, luego, Aurora le acicaló el pelo, le pintó la raya de los ojos y le empolvó las mejillas.

El toque maestro fue, sin duda, el carmín en los labios.

—¡Qué guapa, mamá! —exclamó la pequeña Manuela desde la cama de matrimonio.

Felisa sonreía mirándose en el espejo de su tocador.

—Y tú, Aurora... —dijo de pronto, buscándole los ojos a través del espejo—. Ahora que la guerra ha terminado, ¿cuándo te vas a poner así de guapa para un muchacho?

Aurora chasqueó la lengua.

—Ay, mamá, ya sabes que yo no tengo prisa ninguna —respondió la joven, afanada en retocar el recogido del pelo de su madre, del que se le había salido un mechón.

Durante los casi tres años de guerra, no ha dejado de regatear a pretendientes que se esforzaban por conquistar su corazón, en especial, aquellos soldados que cada semana se enamoraban de ella tras ayudar a salvarles la vida.

Aurora terminó el recogido del pelo de su madre con un resultado de peluquería. Cuando Roque salió de la habitación de sus hijos, adonde su hija mayor le había mandado a arreglarse —traje de los domingos, flor en la solapa y zapatos de piel—, no daba crédito a la belleza de su mujer.

Salieron de la mano, como dos mozos a sus cuarenta años.

—Tata, y cuando termine la novela, ¿a qué vamos a jugar? —le pregunta Jesusito.

Pero Manuela, atenta a la radionovela, lo manda callar con un silbido.

—Ya veremos, cariño —le responde Aurora entre bisbiseos.

Esta noche había quedado con las chicas para ir a una cafetería, pero, finalmente, llamó a Ana para decirle que no contasen con ella, que le tocaba hacer de niñera. Está pensando en ellas, en qué deben de estar haciendo ahora —cotillear sobre chicos, seguramente—, cuando, de pronto, suena el timbre de la puerta.

Ding dong.

Aurora se pone en pie y camina hacia la entrada mientras la voz de Pedro Pablo Ayuso lanza una perorata sobre el amor y el deseo que los pequeños oyen con la atención de una homilía.

Abre la puerta:

—Hola, ¿eres Aurora?

Una anciana aguarda al otro lado, apoyada en un bastón. Lleva perlas, el rostro maquillado y un bolso y un vestido que a buen seguro no salieron de un mercadillo.

Aurora asiente «Sí, soy yo», sin reconocer quién es.

La mujer se queda mirándola durante un par de segundos.

—Eres tan guapa como imaginaba —dice, esbozando una sonrisa que le arruga la comisura de los labios—. Siento presentarme aquí, en tu casa. No nos conocemos en persona, pero seguro que recuerdas mi nombre. Me llamo Isabel Riquer Viñas.

Aurora guarda silencio e intenta recordar ese nombre, pero no le dice nada, y ante la indecisión de la joven, la mujer se apresura a refrescarle la memoria:

—Querida, recibiste y enviaste algunas cartas a mi nombre hace unos años —le explica, bajando el volumen y mirando hacia el resto de las puertas del rellano, por si en alguna oyesen oídos indiscretos.

De pronto, las palabras de la anciana le desbloquean el recuerdo: aquellas cartas de Teófilo, su ahijado de guerra.

—Ah, sí, ya sé —exclama, sorprendida.

La mujer hace un gesto de conformidad.

—Tengo algo que decirte, chiquilla. Y creo que lo mejor será que entremos.

Aurora asiente, apresurándose a invitar a la anciana y conduciéndola hacia la cocina. Del salón llega el sonido de la radionovela, que sus hermanos oyen atentos, ajenos a la llegada de esta repentina invitada.

—¿Quiere tomar algo? —le ofrece, cortés.

—No, querida, no te molestes. Prefiero ir al grano —responde la anciana, sentándose con parsimonia en una de las sillas de la mesa comedor—. Te preguntarás qué es lo que hago aquí. Pues bien, hace dos años, un vecino de mi bloque de pisos me pidió utilizar mi dirección para enviar y recibir correspondencia de su amada, o eso decía. Esa chica eras tú. El muchacho decía llamarse Sebastián, pero yo enseguida sospeché que ese no era su nombre. Soy muy cuca, ¿eh?, aquí donde me ves.

—Teo... se llamaba Teófilo —suelta Aurora.

—¿Ves tú? No iba yo mal encaminada. Total, que también sospechaba que tampoco era reportero, como se había presentado ante mí. No sé cuántos reporteros recibían casi a diario la visita de un oficial del ejército republicano, cuyo uniforme reconocí perfectamente, pues mi marido y mis hijos, que en paz descansen, luchaban por aquel entonces en el frente. No tardé en darme cuenta de que el muchacho debía de ser un soldado, ¿sabes?

Aurora asiente.

«Así que Teófilo ocultaba que era soldado mientras estuvo en Madrid, ¿eh?».

Piensa en él. A pesar de todo este tiempo, no ha podido sacárselo de la cabeza. A pesar del devenir de la guerra y la ausencia de noticias, siempre estaba ahí, como una vieja evocación de la que se resistía a desprenderse.

Luego piensa en sus cartas. A la mayoría de ellas —como aquellas que le escribía utilizando la dirección de esta mujer—, las rodeaba el misterio de no poder decirle su paradero ni su cometido tras dejar las trincheras.

—La cuestión es que, hace unos días, recibí la visita de un hombre que decía tener una carta para mí de parte de un joven con el que su hijo compartía presidio en la cárcel de Torrijos, aquí, en Madrid. Aquel hombre me dio un sobre en el que había dos cartas. La primera estaba dirigida a mí, pero la segunda era para ti.

Aurora vuelve a asentir, estupefacta, y mira a la mujer mientras esta, tras callar unos segundos, abre la cremallera de su bolso y comienza a rebuscar en su interior hasta sacar un sobre, que le ofrece a la chica como quien ofrenda la eucaristía.

—Cuando abrí el sobre, reconocí enseguida la letra de aquel muchacho: tu Teófilo. En la carta dirigida a mí me pedía que te diese a ti la otra. Yo podría haberme negado, porque, como comprenderás, no está el país para ayudar a un soldado republicano. Pero siento que le debo algo a aquel chico. En una ocasión lo invité a tomar el té y, tras aceptar mi ofrecimiento, lo miré a los ojos y le pregunté si creía que ganaríamos la guerra y si mis hijos iban a volver a casa. Él podría haber sido sincero, pero prefirió mentirme. Sé que lo hizo para que mantuviese la esperanza. ¿Y sabes una cosa? Aquella expectativa es lo único que me mantuvo cuerda hasta que supe que mis hijos habían muerto en combate. Por eso estoy aquí, ¿sabes? Porque le debo aquella esperanza. Y porque ya no tengo nada que perder, caray.

Aurora asiente, sin quitar ojo a una mujer que se va emocionando a medida que habla. Al mencionar a sus hijos, sus ojos vidriosos brillaron y a punto estuvo de echarse a llorar.

—No sé qué es lo que habrá en esa carta... —continúa la anciana, mirando hacia el sobre que la chica sostiene entre las manos—, pero tienes que cuidarlo mucho. Él estaba loquito por ti, ¿sabes?

Aurora vuelve a poner un gesto de sorpresa.

—Sí, ¿acaso no lo sabías? —declara la anciana, que, de pronto, esboza una sonrisa pícara y el gesto de una alcahueta—. Nunca vi a nadie tan meticuloso a la hora de enviar una carta, ni tan nervioso mientras esperaba recibirla. Recuerdo cómo abría y cerraba la puerta de su casa aguardando a que yo le diese la señal de que había recibido correspondencia... ¿y sabes qué? Aunque los jóvenes de hoy en día no sabéis lo que queréis, a eso siempre lo hemos llamado de una forma: amor. Sí, querida. Lo hemos llamado amor.

43

Mi estimada, mi adorada Aurora:

Te he recordado en el campo de batalla; te he recordado bajo el asedio de los bombardeos fascistas; te he recordado en un terrible campo de concentración a más de diez grados bajo cero. Has estado siempre conmigo, tu fotografía me ha acompañado en estos dos años de guerra desde que dejamos de cartearnos, y no ha habido un solo día en que no me arrepintiera de ello, de cortar nuestra correspondencia de aquella forma tan abrupta. Lo lamenté y lo lamento mucho, de veras, pero créeme cuando te digo que no había otra forma de hacerlo, por mucho que me doliera. Supongo que te habrá sorprendido recibir esta carta, teniendo en cuenta, además, el modo nada ortodoxo en que habrá llegado a tus manos, a través de doña Isabel (porque, si estás leyendo esto, es que todo ha salido bien y la carta ha llegado a su objetivo, tú). No sé qué se te habrá pasado por la cabeza al saber que era yo el que volvía a escribirte. Espero que ante esa sorpresa no reacciones con rabia o indignación, aunque, visto de otra forma, estarías en todo tu derecho de sentir algo así (y en cuyo caso, no te reprimas en romper en mil pedazos esta carta y mandarme a pastar, como dicen en mi pueblo).

Ojalá pudiera escribirte largo y tendido sobre estos años de guerra, en los que he luchado en Guadalajara, en Bilbao y en Teruel para el servicio de espionaje republicano, pero no puedo hacerlo por una razón física: no tengo mucho papel. El papel escasea en la prisión madrileña de la calle Torrijos en la que me encuentro, y los presos mercadeamos con él como un bien preciado. De hecho, esta hoja y este lápiz los cambié por tres cigarrillos, y ahora no tengo otro remedio que escribirte a sabiendas de que dentro de poco necesitaré fumar. Pero bueno, no te preocupes por mis adicciones, faltaría más.

Sí, yo era un espía. Cuando estuve en Madrid, actuaba para el servicio de espionaje, y por eso no pude decirte nunca qué hacía en la capital. A partir del 37 cambié varias veces de destino hasta la batalla de Teruel, donde me detuvieron y donde, a causa del frío, estuve a punto de perder los pies. A los supervivientes nos llevaron a los campos de trabajo. En el que estuve se encuentra cerca de un pueblecito llamado Santa Eulalia; los vecinos venían a veces a darnos comida, a pesar de la vigilancia de los moros. Allí trabajábamos todos los días, salvo cuando venía un cura a hablarnos de Dios, de su infinita bondad y de su gran misericordia, pero la mayor parte de los que estábamos allí se quedaron en una zanja, y yo no dejé de buscar a Dios.

Una de aquellas noches me sacaron del campo de internamiento para fusilarme. Créeme, morir no es lo que más duele; lo peor es la incertidumbre. Me taparon los ojos, oí cómo gritaban «fuego» y, durante unas milésimas de segundo, esa incertidumbre tuvo varias caras, de las dos que vi con una mayor claridad: la de mi madre y la tuya.

Sí, te vi a ti, Aurora, segundos antes de comprobar que había sido presa de un fusilamiento en falso con el objetivo de hacerme quebrar el ánimo. Cuando pude recobrarme de aquella terrible sesión de interrogatorio, de cuyo relato te libraré, una idea comenzó a rondarme la cabeza y a mantenerme cuerdo: poder verte y que nos conozcamos en persona, al fin. Se nota perfectamente qué presos viven con una esperanza como esa, y yo me he intentado agarrar a ella como una garrapata a la simiente de la cabellera.

Por esto tengo que pedirte un favor. Sí, un favor, a ti, después de tanto tiempo. No te lo pediría jamás si no estuviera en juego mi libertad y si tampoco tuviera esa esperanza por poder verte. Entiendo que tal vez no quieras saber nada de mí, o que ahora haya otra persona con la que te escribas o tengas una relación, en cuyo caso, comprendería que dejases de leer ahora mismo.

Pero si continúas, déjame pedirte algo: hay un hombre que me debe un favor desde finales del 36. Es un falangista llamado Carmelo Escobedo que, al menos hace tres años, tenía galones de mando. Lo conocí en Navalcarnero, en una pensión a las afueras del pueblo, en la carretera comarcal y frente a una dehesa. Él me debería recordar como el soldado que lo dejó con vida. Si pudieses buscarlo y pedirle que viniese a verme a prisión, no podrá negarse, o al menos si tiene palabra, porque juró que me debía la vida.

Aquí, en prisión, solo podemos recibir visitas de familiares directos, aunque es fácil engañar a los funcionarios. Seguro que ese hombre podrá hacerlo. Podemos recibir una visita a la semana, los martes al caer la tarde, pero se debe acudir varias horas antes para ponerse a la cola, pues a veces hay demasiada gente.

Te confieso que me encantaría verte, pero no quiero ponerte en mayor compromiso, más del que ya te he pedido. Si quisieras responderme, envíale la carta a doña Isabel; ella sabrá cómo hacérmela llegar. Y una última cosa, destruye esta carta, por precaución.

Estoy deseando saber de ti, cómo te ha ido, si estáis bien, si la guerra os ha respetado. Cuéntame todo, me aliviará las largas tardes de cautiverio en esta celda.

Con tu recuerdo todos los días en mi cabeza, contigo como esperanza,

Tu Teo

—El mus no consiste en leer las cartas propias, sino las de los demás.

Teófilo reparte los naipes entre los jugadores y le hace un guiño minúsculo, un gesto casi imperceptible, a su compañero de juego, Fernando, al que llaman el Pollo.

Ya han aprendido a leerse la mirada. Si todo sale bien, volverá a ganar los cigarrillos que perdió al intercambiar los que le quedaban por el papel y el lápiz con el que le escribió la carta a Aurora.

—¿Lo tenéis claro, señores?

Vicente y Gregorio, que forman la pareja contrincante, asienten convencidos de haber comprendido todas las reglas del juego de cartas.

De la ventana enrejada de la galería entra un sol apacible, un sol libre.

—Quiero mus —suelta Gregorio, examinando las cartas que Teófilo le ha repartido.

No ha sido capaz de percibirlo, ni él ni su compañero Vicente, que pide tres cartas para descartarse de una: Teófilo se las ha colocado a conciencia, a él y a el Pollo, para que tras un par de envites, ambos tengan en su mano la jugada ganadora.

—¡Juego! —grita el manchego minutos después, anunciando tener treinta y uno, la jugada ganadora.

El Pollo estalla en vítores mientras se regodea de los perdedores. En cambio, Teófilo reacciona más comedido, a sabiendas de que en el mus uno no tiene siempre las de ganar, y menos cuando practica el noble arte del birlibirloque.

Mira hacia Vicente y Gregorio y les insta a cumplir con lo apostado: dos cigarrillos.

—Está bien, pero para mí que has hecho trampa, *babayu* —objeta el primero, con marcado acento asturiano.

—Venga, no seáis tiesos —insiste el Pollo con esa sonrisa socarrona que le hunde la comisura de los labios bajo unas rechonchas mejillas—. Esos dos cigarrillos, cada uno.

A regañadientes, los perdedores acaban por dejar los cigarrillos sobre el improvisado tapete de juego. Teófilo extiende la mano y los toma como el niño que recibe su paga semanal.

—¿No queréis la revancha? —propone el Pollo, con un tonillo de burla.

Pero el propio Teófilo, a pesar de su victoria, rehúsa volver a jugar, y con un gesto de cejas, parece decirle a su compañero que la jugada ha salido bien y que no conviene romper el cántaro de tanto ir a la fuente.

Se ponen en pie y se despiden de los jugadores toqueteando los dos cigarrillos que han ganado cada uno. Se alejan de la mesa de juego y, a una distancia prudencial, chocan sus manos, sonrientes. Fue el Pollo el que se prestó a hacer pasar al exterior la carta que Teófilo le escribió a doña Isabel, y ahora le ha ayudado a volver a conseguir tabaco.

Piensa que uno nunca sabe dónde le espera alguien bueno.

A unos metros de la galería, unos hombres charlan en corro bajo la luz de otra ventana enrejada y en un murmullo apenas audible. Teófilo va hacia ellos. En ese círculo se encuentra Cirilo, el maestro de escuela que le prestó esos dos cigarrillos que se acaba de jugar en la partida de mus con la promesa de que, en caso de que ganase la partida, Teófilo le devolvería tres.

—Toma, aquí tienes —le ofrece el manchego.

Cirilo extiende la mano y recibe sus tres cigarrillos.

—¿Le diste dos y te devuelve tres? —pregunta, con tono jocoso, uno de los presos.

El maestro asiente.

—Pues vaya con el comunista, carajo —bromea el hombre, con un par de huecos en la dentadura y una risa contagiosa—. Así también soy comunista yo, aprovechándome de la plusvalía y de la inversión.

Cirilo ríe con él.

—Hay cosas para las que no hay ideología, querido amigo —responde, y se guarda los cigarrillos en el bolsillo de la camisa—. Y el tabaco es una de ellas.

Segundos después, Cirilo retoma aquello que decía antes de que Teófilo llegara.

—Francia e Inglaterra no tardarán en condenar a Paquito en cuanto entren en guerra con Hitler, señores.

En respuesta, otro de los hombres discrepa de la opinión del maestro —«No sé yo si alguien le plantará cara a Hitler...»—, lo que provoca una pequeña discusión que, en un momento dado, los presos se aligeran a acallar, ante el peligro de levantar la voz y alertar a los guardias.

Tienen prohibido hablar de política, de Franco o de la inminente guerra europea.

—Ya mismo toca la hora de salir al patio, ¿no? —se apresura a decir uno de los presos ante la llegada de Laureano, el guardia civil que vigila la galería con mano de hierro y gatillo fácil.

—Sí, y parece que se ha quedado buen día.

Otro de los guardias civiles, un muchacho espigado, se mantiene impávido frente a la puerta que da acceso al patio, fusil en mano. De vez en cuando, pierde la atención en los presos y se pasa los minutos mirando las musarañas.

—En caso de que hubiese que escapar, a ese nos lo ventilamos rápido —le dijo el Pollo una vez a Teófilo.

El manchego asintió. Sí, él también había trazado un plan de fuga que pasaba por noquear en primer lugar a ese picoleto que no parecía tener mucha experiencia.

El problema era Laureano, a quien no se le escapaba una.

—¿De qué hablaban, señores? —les pregunta el guardia.

Los presos se cuadran con rapidez.

—Pues resulta que nos habíamos jugado el tabaco a las cartas y hay quienes no quieren reconocer su derrota —improvisa Cirilo, convincente.

Laureano los mira serio, formal. Es un hombre de facciones duras, el uniforme impoluto y la espalda siempre recta en su largo transitar por entre los presos que abarrotan la tercera galería, de la que es amo y señor.

—Jugar es pecado. ¿No han oído al cura? —les recrimina el guardia, paternalista—. Déjense de juegos o irán derechos a algún castigo, ¿de acuerdo?

Los hombres asienten y continúan disimulando hasta que el carcelero reanuda la ronda, alejándose con su lento caminar. La prisión de Torrijos cuenta con dos plantas en las que se disponen cuatro galerías que alojan a más de un centenar de presos. Su imponente fachada, de estilo neomudéjar, fue proyectada a comienzos de siglo para alojar una residencia de ancianos regentada por la congregación de las Hijas de la Caridad. Un uso diametralmente opuesto al que se le da hoy en día.

Algunos minutos después, el guardia civil espigado hace sonar su silbato para abrir la puerta de la galería.

—¡Al patio! —grita—. ¡Todos al patio!

Teófilo echa mano al cigarrillo y se lo lleva a los labios mientras se dirige hacia la puerta. El Pollo va detrás de él, y decide esperar a que lo alcance para salir afuera. Le sonríe. Este muchacho luchó en el Ebro y estuvo a punto de morir defendiendo la orilla republicana del río.

—Eres como Jesucristo, Teo —le dice, achinando los ojos ante la claridad del exterior—. Has multiplicado el tabaco como si fuesen panes y peces.

Teófilo ríe. Tal vez pueda volver a cambiar ese cigarrillo por papel, pero, al igual que el tabaco, el medio para escribir también escasea.

—Lo que quisiera multiplicar es el papel, que ya no sé cómo

ganarlo —se lamenta el manchego, caminando junto a su compañero por el patio de la prisión.

El Pollo asiente, rascándose la coronilla pelada. El patio trasero de la cárcel de Torrijos, adonde confluyen los presos de las cuatro galerías, se encuentra rodeado por una extensa alambrada, en cuyas esquinas se han establecido garitas para los centinelas.

Caminan mirando más allá de la alambrada, hacia los edificios de la calle Juan Bravo, de la que les llega el ruido mundano de algún coche o las voces de los vendedores ambulantes, tan libres ahí afuera. Hasta que, de repente, el Pollo se detiene en seco.

—¿Sabes quién tiene papel para escribir? —le pregunta, y señala hacia un preso sentado bajo uno de los árboles del patio—. Ese. Acaba de llegar. Por lo visto, lo hicieron preso cuando intentaba escapar a Portugal.

Teófilo mira hacia allí haciendo visera con su mano derecha. En medio del corro de unos presos con los que el manchego no ha tenido nunca relación, un hombre parece recitar unos versos, o más bien unas coplillas humorísticas, pues no deja de arrancar las risas de sus contertulios.

—¿Y quién es? —pregunta.

—No me puedo creer que no sepas quién es —exclama su compañero, sorprendido.

El manchego se encoje de hombros.

—Pues no, la verdad. No lo sé.

—Ay, chico. Ese es Miguel Hernández, el poeta.

44

Hola, Teo:

Han pasado más de dos años desde que te despidieras de mí sin darme la oportunidad de escribirte. ¿Cómo crees que he recibido tu carta? En todo este tiempo, ni siquiera un telegrama con un «Todo bien, Aurora. Aquí sigo». Dices que no has podido dejar de pensar en mí... ¡pues poco que se ha notado, guapo!

Me escribes ahora pidiéndome ayuda... ¡Vaya! ¡No sé qué pensar! Comprenderás que te haya leído con una mezcla de indignación y alegría. Indignación por la larga ausencia de tus cartas, pero alegría por saber que estás vivo, lo que, por las noticias que iban llegando del frente, cada vez pensaba que sería más improbable. ¡Cuánta incertidumbre pensando en tu paradero!

A ti también te alegrará saber algunas cosas de nosotros: por ejemplo, que mi padre pudo al fin salir de aquella cárcel en la que estuvo preso, y que, desde entonces, pudimos más o menos hacer una vida normal. Él volvió al trabajo, mi madre siguió cosiendo para los soldados hasta unos meses antes de que la guerra terminase (cuando ya no había ni siquiera hilo) y mis hermanos han crecido a pesar de lo poco que teníamos para alimentarlos. Ah, ¡también te alegrará saber que mi primo Gervasio ha sobrevivido a la guerra! Está preso como tú, en este caso en Porlier, adonde he ido un par de veces ya a visitarlo junto a mi madre y mi tía. ¡Cuánta gente no ha podido regresar! Cuántos hijos, cuántos esposos, cuántos padres se quedaron en el frente o siguen como tú, habitando las cárceles o vete tú a saber qué. Aquí, en Madrid, todo el mundo hace ya como si nada hubiese pasado, como si no siguieran tantas personas en esa extraña situación de paréntesis. A veces pienso cuál es el precio por querer seguir adelante, por querer vivir, por dejar la guerra atrás.

Eso sí, hay cosas que no he dejado atrás en esta nueva España que quieren construir. Por ejemplo, sigo trabajando de enfermera: desde hace algunas semanas estoy en el hospital de Maudes, en Chamberí, al que han bautizado como Hospital Militar de Urgencias. Para poder trabajar en él, mis compañeras del hotel Palace y yo tuvimos que enfrentarnos a un interrogatorio donde nos hicieron preguntas sobre nuestra colaboración con el ejército republicano. Yo me limité a decir que fue una cuestión estrictamente profesional, que al igual que a los chicos jóvenes los alistaron para el frente, a las estudiantes de enfermería nos reclutaron para los hospitales de sangre. Supongo que les sonó convincente, porque no nos pusieron más problemas. O eso, o es que necesitaban enfermeras de donde fuese.

Bueno, supongo que querrás saber qué respondo a tu petición. Lo más normal es que te diga que no puedo hacer nada, que cómo me voy a arriesgar ahora que todo me va un poco mejor (o todo lo mejor que se puede). Pero, a pesar de ese rencor que pudiese guardarte, tú me ayudaste en aquellos meses terribles, fuiste un apoyo muy importante para mí a través de nuestra correspondencia. Me considero una chica justa y creo que es de justicia ayudarte. Eso no significa que haya perdonado tu ausencia, ¡ojo! No soy yo de las que perdonan fácilmente.

De pequeña fui alguna vez a Navalcarnero, pero de pasada. No guardo recuerdos de ese lugar, pero dicen que es muy bonito. Le pediré a alguien que me acompañe a buscar a ese falangista, porque todavía no es seguro viajar sola fuera de la ciudad.

Te haré llegar esta carta a través de doña Isabel. La conocí cuando vino a traerme tu carta. Me pareció una mujer muy simpática. Cuídate mucho, por favor. Por lo que Gervasio nos cuenta, la cárcel es incluso peor que el frente, porque, según nos dijo una vez: «En el frente había esperanza, pero en la cárcel apenas nos queda». Espero que, como dices, tú no la hayas perdido, y me alegra que la idea de conocernos alimente esa esperanza tuya tan inquebrantable.

Yo también tengo muchas ganas de que nos veamos, y espero que ocurra pronto (aunque no te garantizo que no te eche la bronca nada más verte, ¿eh?).

Recibe un fuerte abrazo,

AURORA

Dicen que, en la comandita selecta, en la taberna de Rafael el Cojo siguen dándose vivas a la República y deseándole la muerte a Franco. No obstante, durante la mayor parte del día este reducto libertario del barrio de Delicias continúa ofreciendo chatos de vino baratos y la compañía de su tabernero, dispuesto a contar penas ajenas a cambio de que se escuchen las suyas propias. Eso sí, cuidado con no enzarzarse en una discusión sobre fútbol o sobre toros, que se arma otra guerra civil.

Aurora empuja la puerta oscilante y aguarda unos segundos a que sus ojos se acostumbren a la penumbra del interior de la taberna. Afuera, el sol de mayo casi quema.

Hacía algunos meses que la chica no venía por aquí, pero, tras leer la carta de Teófilo, en el primero en quien pensó fue en su tío: nadie mejor que él para ayudarla a hacer ese viaje a Navalcarnero en busca de un dirigente falangista.

—¡Hola, tío!

Quién mejor que Rafael, que tan mal se lleva con ellos.

—¡Hola, sobrina! —la saluda Rafael, tras la barra—. ¡Cuánto tiempo!

Él se incorpora para darle un par de besos. Su barba pica como siempre.

—¿Todo bien por aquí?

El Cojo esboza una sonrisa comedida.

—No puedo quejarme, Aurora. ¿Quieres tomar algo?

Le señala hacia los estantes con bebidas y licores. Ella toma asiento en uno de los taburetes vacíos de la barra.

—Venga, ponme una gaseosa, que tengo un poco de sed.

El Cojo asiente. Coge un botellín y lo descorcha frente a su sobrina, que comprueba cómo la espuma asciende en el interior del vaso y baja en cuestión de segundos.

—Y dime, ¿qué es lo que te trae por aquí?

Aurora coge el vaso y echa un trago, sintiendo cómo las burbujas descienden por su garganta, como un tobogán. Antes de responder, mira brevemente en derredor, por si alguno de los clientes de la taberna —un par de jugadores de cartas en una mesa del salón, un hombre sentado a solas en un extremo de la barra y otro que lee un periódico al otro lado— pudiese oír lo que está a punto de decir:

—Verás, tío. Necesito que me ayudes en algo.

Le hace un gesto a Rafael para que se incorpore, porque tiene intención de hablar más bajo. El Cojo se acerca a su sobrina y aguarda a que esta continúe:

—¿Recuerdas aquel soldado con el que me carteaba durante la guerra? Está preso en la cárcel de Torrijos y necesita mi ayuda. Quiere que le ponga en contacto con un falangista con quien coincidió en Navalcarnero. —Aurora hace otra pausa, esperando la reacción de su tío, que hasta el momento solo se ha limitado a asentir—. Me ha pedido que lo busque, y querría comenzar por ese pueblo. ¿Crees que podrías acompañarme?

Rafael no necesita mucho tiempo para responder.

—Claro, cuenta conmigo —dice, provocando una sonrisa de la chica—. ¿Cuándo te he negado mi ayuda, sobrina?

Aurora da un trago a la gaseosa.

—Sabía que podía contar contigo, tío. ¿Cuándo podríamos ir? Yo tengo un par de días libres a partir del martes.

—Está bien. El martes cierro la taberna por asuntos propios. En caso de que alguno de estos se queje, que se vayan a una cafetería de esas esnob, a ver cómo los tratan —contesta el tabernero con una sonora carcajada.

Aurora comparte una breve risa con su tío antes de dar otro trago a la gaseosa.

Se miran entre un silencio espeso que comparten con el resto de los parroquianos de la taberna.

Solo se oye a los jugadores de cartas, que jalean una jugada. Hasta que, de pronto, Rafael parece querer decirle algo a Aurora, algo para lo que no encuentra las palabras adecuadas. Como si le costara arrancar.

—Pues verás, sobrina, aprovecho para pedirte...

Balbucea.

—Sí, dime, tío.

Y se arranca, al fin, modulando otra vez su tono de voz para evitar oídos indiscretos.

—Para pedirte ayuda a ti.

Otro grito de los jugadores. Uno de ellos, el frutero Antonio, parece haber hecho una escalera. Pero Román, frente a él, lo acusa de hacer trampas.

Los miran durante algunos segundos.

—Esto que voy a contarte no lo sabe nadie todavía, sobrina...

De repente, un gesto serio, tan distinto a su tradicional semblante afable.

—Pero, al igual que tú has confiado en mí, yo sé que puedo hacerlo contigo para pedirte ayuda. Verás, ayer, dos tipos del Ministerio de Orden Público llegaron a la taberna preguntando por mí. Querían saber si yo vivía con tu tía, Bernarda Prieto. Les dije que no, que nos habíamos divorciado hace más de cinco años, antes de la guerra.

Vuelve a guardar silencio. Aurora mira sus ojos pequeños y hundidos.

—¿Y por qué te preguntaron por la tía?

Rafael responde con voz trémula:

—Porque el régimen va a derogar la ley de divorcio republicano. Decían que aquello era inmoral e iba contra Dios. Y que la obligación del matrimonio era permanecer unidos bajo un mismo techo.

Aurora no puede reprimir un gesto de sorpresa.

—¿Me estás diciendo... lo que estoy pensando? —le pregunta, acallando su voz para que no se le desboque ante tamaña noticia.

—Así es, sobrina. Me dijo que, en cuanto la ley se apruebe, tendremos que volver a estar juntos. ¿Te lo puedes creer? Yo no sé cómo se lo diré a tu tía, si te soy sincero. Tal vez puedas ayudarme con eso. No creo que le haga mucha gracia, ni a ella ni a Picio, el Mercero. Solo nos queda esperar un milagro; que el régimen de Franco no sobreviva a los próximos meses.

Aurora lo mira, preocupada ante la repentina noticia. El rostro compungido de Rafael la entristece. Traga saliva y, con un gesto instintivo —el de entrecruzar sus manos como si rezara frente a un altar— se pregunta: «¿Para esto ganaron la guerra?».

Aurora no suele caminar mucho por el barrio de Salamanca, que siempre le pareció una ciudad ajena. Aquí no caían las bombas franquistas con la misma virulencia que en el resto de Madrid, como en Atocha o en la calle Alcalá, y siempre se preguntó a qué se debía, si en la calle Serrano, con sus fachadas rococó, sus tiendas de moda o sus cafés parisinos, había más que proteger que en el Museo del Prado.

Camina mirando hacia uno de esos escaparates. Cuando durante la guerra colaboró con el Auxilio Azul falangista, le tocó visitar algunos de estos establecimientos. No muy lejos de uno de ellos, en los que llevó a cabo la entrega habitual de artículos de enfermería, se encuentra la dirección de Isabel Riquer.

Memorizó el recorrido para no tener que consultar el sobre con la carta que lleva guardado en un doble fondo de su bolso que ella misma preparó.

Aprendió a caminar con aire sosegado a pesar de morirse de miedo por dentro.

El portero de la finca la recibe y le abre la puerta enrejada.

—¿A quién visita? —le pregunta, con un gesto cortés.

—A Isabel Riquer.

—¿Doña Isabel? Primera planta, a la derecha.

Decide subir por las escaleras, porque siempre tuvo miedo a los ascensores. A medida que asciende por la escalinata de madera, se pregunta si Teófilo subiría o bajaría por aquí mientras anduvo por Madrid durante aquellos meses en los que Aurora le escribía a esta misma dirección.

Y recuerda las palabras de doña Isabel:

—No tardé en darme cuenta de que el muchacho debía de ser un espía.

«¿Qué es lo que hacía Teófilo aquí?». Se muere de ganas de preguntárselo.

Ring ring.

Toca el timbre y aguarda a que la anciana abra.

—¿Sí?

Aurora se acerca a la puerta:

—Buenas tardes, doña Isabel. Soy Aurora.

La puerta se abre tras el traqueteo de una cerraduras. Tras ella, la mujer, impoluta con su recogido y su maquillaje, como si siempre estuviera lista para recibir visita.

Aurora echa mano a su bolso y saca la carta del doble fondo.

—Tengo una carta para Teófilo, señora. Me dijo que usted podría hacérsela llegar. Que sabría cómo.

La anciana mira al sobre, en el que no hay escrita dirección alguna, ni en el reverso ni en el anverso, ni destinatario ni remitente.

Un sobre para un fantasma.

—Sabía que vendrías, querida —responde doña Isabel, esbozando una amplia sonrisa—. En cuanto vi qué cara ponías al recibirla, sabía que le escribirías de vuelta.

45

La Mancha, agosto de 1934

Teófilo no llegaba a entender cómo el azul intenso en los ojos de su madre podía apagarse de esa forma, como un mar que se secaba.

Desde que se desplomó frente al altar de la iglesia, Josefina apenas podía mantenerse en pie, iba y venía a ratos, y la mayor parte del tiempo se lo pasaba en la cama, con gesto contemplativo y sereno.

El primer médico que la vio, don Vicente, dijo que eran calenturas estacionales.

El curandero del pueblo, en cambio, fue aún más esotérico, como todos los que se mueven a ambos lados de la realidad.

—Alguien ha hecho algo —dijo, críptico, sin precisar el qué, el quién y el cuándo.

Preparó un brebaje a base de hierbas que Teófilo no identificó y se lo dio a tomar a Josefina sin que esta hiciese gesto alguno ante el horrible sabor de la bebida.

Así pasaron las semanas. A veces, Teófilo la zarandeaba al grito de, «¡Venga, mamá, no te quedes dormida!», como si pensara que con ello bastase para hacerla andar, como al Lázaro de la Biblia. Pero de su madre solo salían un puñado de palabras aspiradas y muy hondas que parecían brotar desde algún lugar recóndito:

—Teo. Hijo. Papá.

Hasta que, un día, don Sebastián movió sus hilos de párroco e hizo venir a un médico de la ciudad, el doctor Balaguer. El médico, un hombre trajeado, bien peinado y con unos lustrosos zapatos de piel, auscultó a Josefina, contó el ritmo de su pulso y la oyó respirar poniendo el oído derecho en los labios de la mujer.

—Y dicen que fue de pronto, ¿no? —preguntó.

Al otro lado de la cama, Teófilo padre, Teófilo hijo y don Sebastián asintieron.

—Así es, doctor —respondió el cura, con las manos entrecruzadas—. Se derrumbó de pronto camino del altar, como si se le hubiera ido la vida.

El médico asintió mientras daba un rodeo a la cama, callado, sin quitar ojo a la enferma. Segundos después, dio su diagnóstico:

—A falta de pruebas médicas concluyentes, creo que Josefina ha sufrido un accidente cerebrovascular.

—¿Un qué? —preguntó Teófilo padre.

—Una apoplejía, caballero. Se produce cuando se rompe o se obstruye un vaso sanguíneo del cerebro, haciendo que no le llegue a este la cantidad de sangre necesaria.

Los hombres guardaron silencio.

Escucharon unas cotovías cantarinas que revoloteaban sobre la techumbre de la casa.

—¿Va a recuperarse? —intervino el joven Teófilo, que agarraba la mano de su madre y le hacía caricias en círculos sobre la palma.

El médico se puso el sombrero haciendo pinza sobre la copa.

—Algunos pacientes sí que llegan a recuperarse —respondió, mientras comenzaba a recoger su maletín—. Pero, para serles francos, muchos otros mueren al cabo de un tiempo. Récenle a Dios. En manos de Él está.

Durante aquellas semanas, nadie en el pueblo vio al joven Teófilo a no ser que fuese en la habitación marital de la choza de su familia.

Nadie lo vio en los oficios de la misa, donde su estampa de recio y espigado monaguillo acompañaba a las misas desde hacía años. Muchos en el pueblo fueron a visitarlos, a él y a su madre. Fueron sus familiares, fueron sus amigos y fue Rosaura, su medio novia. Pero la chica no demostró estar muy interesada en los cuidados de la enferma.

—¿Sabe qué, padre? —le dijo Teófilo a don Sebastián en una de las visitas del párroco—. Creo que la Rosaura no es para mí. Ella dice que quiere quedarse en el pueblo y fundar una familia, pero no le veo mucho interés en ayudarme con mi madre.

El cura rio para sí y respondió:

—En situaciones como esta es donde se ve quién está a las duras y a las maduras.

Y le dio una palmada al chico en el hombro para hablarle en confianza.

—Y si esa chica no es para ti, ya vendrá otra.

—¿Otra? Ya no hay más en el pueblo que llame mi atención, don Sebastián —contestó el chico.

Don Sebastián volvió a reír.

—Este pueblo es muy pequeño, muchacho. No sabes la de peces que hay ahí afuera, en otros ríos.

—Pero yo no quiero irme de aquí, don Sebastián —protestó el joven—. Yo quiero quedarme y mejorar la vida de todos. Que no tengamos que vivir deslomados, como dice mi padre. Si me voy, es como si los dejara atrás, ¿no cree?

El cura lo miró en silencio, mientras reflexionaba sobre esas palabras.

—Desde la ciudad también puedes hacerlo, muchacho. La República tiene mecanismos para que un joven campesino como tú pueda conseguirlo. Es más, yo te animo a que lo hagas.

Teófilo arqueó las cejas. No estaba acostumbrado a oír a don Sebastián hablar de la República, aunque no pocas veces lo había sorprendido hablando de política. Volvió a guardar silencio, incómodo, desviando la atención hacia su madre. Querría decirle todo aquello que proclaman los campesinos, que la Iglesia no ha hecho más que ponerse del lado de los ricos, perpetuar la desigualdad con la promesa de ese reino en los cielos.

Pero no es capaz de decírselo, tal es el respeto que le guarda al párroco. No obstante, a este no le hizo falta mucho para saber en qué estaba pensando el chico.

—Déjame decirte una cosa, Teo. Habrás oído cosas muy malas sobre nosotros, los religiosos. Algunas de ellas son infundadas, pero otras tantas, no. Yo soy el primero que asume que las cosas no siempre se han hecho bien. Pero hay muchos que no nos dedicamos a rendirle pleitesía a los poderes y a los señoritos. Algunos nos enfangamos como Cristo se arremangó con los pobres y los leprosos. Yo me hice sacerdote porque supe que este era el camino más cercano para ayudarlos a ellos, a los pobres como mi padre, un yuntero que no era dueño ni del zurrón en el que guardaba el pan duro.

Teófilo oyó las palabras del cura con atención, como si escuchara una homilía. Pero don Sebastián nunca se atrevió a hablar así desde el púlpito, con su padre en los labios, con esa alusión a los señoritos. Decidió rebatirle, hacerle ver que él también sabía hablar y tenía conciencia política:

—Pero la Iglesia siempre ha estado del lado del poder, don Sebastián. Eso no puede usted negarlo. Y me parece normal que quienes se levanten contra el poder además lo hagan contra la Iglesia, por mucho que a mí también me duela.

El cura asintió. Teófilo había usado palabras de su padre, a quien había oído en incontables ocasiones repetir las consignas de los anarquistas.

—¡Abajo el poder! ¡Abajo la Iglesia!

Tras lo que su madre siempre acababa por decirle:

—Qué tendrá que ver Dios con todo esto, a ver.

Teófilo hijo siempre estuvo entre ambos, en el terreno difuso de un purgatorio.

—No te olvides de una cosa, muchacho —le rebatió don Sebastián—. A Jesús quien lo mata son aquellos que detentan el poder y la autoridad. Ese mismo poder que sigue haciendo que cada día la brecha entre ricos y pobres sea mayor. Sí, tienes razón. El problema viene cuando hay quienes han pervertido su mensaje y se han colocado del lado del poder. El poder nunca debe ser cosa de los religiosos. El poder pervierte, como pervirtió la serpiente a Adán y Eva.

Ante las palabras del cura, «el poder pervierte», Teófilo no puede evitar sorprenderse: «¿Acaso habrá leído don Sebastián a los anarquistas?».

—Créeme, el Jesús del Evangelio no puede soportar que sean los ricos los que avasallen y que los poderosos sean siempre los primeros —continuó el cura, con su tono de homilía—. Recuerda a Jesús en el monte, con los apóstoles. Lucas nos dice cómo se dirige a unos y a otros: «Bienaventurados los pobres», por un lado; «Ay de vosotros los ricos», por otro. Y recuerda también la oración del *Magnificat* que canta nuestra madre, María, donde habla de Dios como quien «derriba del trono a los poderosos y enaltece a los humildes». ¿Acaso no te suena eso mismo a quienes hablan de revolución?

Teófilo asintió en silencio. De pronto, Josefina lanzó un pequeño gemido, y ambos miraron a la mujer, inmóvil, con la mirada fija en algún punto indeterminado del techo. Hacía varios días que no decía nada ni movía un músculo.

Solo respiraba con un hilo de aire.

Teófilo supo que la conversación había llegado a su fin, ya que el párroco se aprestó a coger el rosario que colgaba con sus cuentas de madera en el cabecero de la cama.

—Venga, recemos un rosario, por tu madre —le pidió don Sebastián.

El muchacho asintió. Se persignaron y comenzaron a declamar los misterios de ese rezo tradicional durante una hora.

—Tengo que irme, muchacho —anunció el cura, poniéndose en pie tras la última señal de la cruz—. Tengo misa de tarde.

Recogió sus cosas y se colocó su sombrero de teja, de ala ancha y copa semiesférica.

—Por cierto, una cosa quería yo preguntarte. Tu padre no está mucho por aquí, ¿no?

Teófilo negó con la cabeza.

—Dice que no puede ver a mi madre así —respondió el muchacho—. Que se muere de pena. Se pasa el día en la Casa del Pueblo y con los de la CNT. Yo me suelo turnar con mi abuela, que está toda la mañana en casa con mamá, mientras que por la tarde me quedo yo.

El cura chasqueó la lengua, contrariado.

—Un marido debe cuidar de su esposa —respondió, tamborileando con los dedos sobre el marco de la puerta de la habitación—. Hablaré con él.

Teófilo asintió, temiendo por la reacción que pudiese tener su padre ante la indiscreción del cura, que ya había dado probadas muestras de no temerle a nadie.

Cayó la noche y la brisa veraniega trajo el canto de las cigarras.

Teófilo leía uno de esos libros que don Sebastián le había dejado para ocupar el tiempo en esas largas noches al cuidado de su madre. A pesar de que aprendió a leer hace mucho, en aquella sacristía donde empezó a manosear un lápiz bajo la estricta instrucción del párroco, la lectura era algo que, todavía, no terminaba de despertar su entusiasmo. Por ello, se afanaba por concentrarse en la trama de la novelilla, una de aventuras ocurridas en los Mares del Sur, con piratas y hombres ávidos de fortuna.

Varios minutos antes de comenzar a leer, Teófilo había terminado de dar de comer a su madre un puré de verduras que preparó con puerros, cebolla y calabacín; la misma receta que Josefina heredó de su madre y compartió luego con su hijo.

—Venga, mamá. La primera cucharada —le había dicho Teófilo, alimentándola como a un bebé.

La mujer comía con la boca entreabierta y tragaba con un espasmo de su garganta. Apenas reaccionaba, salvo la breve contracción de los músculos de su cara, como los del entrecejo o los de la comisura de los labios.

—¿Eso es que te gusta? —le preguntó su hijo.

Pero ya no volvió a mover nada. Al terminar de alimentarla, Teófilo lavó los cacharros y se sentó a los pies de la cama para abrir el libro por la página en la que se había quedado aquella tarde. Leyó hasta que, ya cerrada la noche, oyó el portazo y luego el grito de su padre, que había entrado en casa como un borrico dando coces.

—¡Tú, malnacido! —berreó de camino a la habitación.

Teófilo se puso en pie y acudió al encuentro de su padre, que entró en el dormitorio como una exhalación.

—¿Qué ocurre, padre?

El labriego dio unos pasos torpes hacia su hijo, alzó el brazo y le apretó el cuello de la camisa como si quisiera levantarlo en un palmo.

—¿Qué le has dicho al curilla de mí, eh? —le preguntó, con los ojos inyectados en sangre y apestando a vino o aguardiente.

—Yo no he dicho nada, de verdad, padre —se excusó el joven, intentando zafarse de su poderosa mano de agricultor.

—Le has dicho que yo no cuido de tu madre, ¿no? Que no la quiero. Y ha tenido que venir a ponerme en evidencia delante de todo el pueblo, ese hijo de puta.

—¡Yo no he dicho eso! —se apresuró a responder el joven—. ¡Y seguro que don Sebastián tampoco! ¡Suéltame, padre!

El baile duró un par de segundos, hasta que, finalmente, Teófilo soltó a su hijo y lo empujó hacia los pies de la cama.

El labriego miró hacia su mujer y no pudo contener las lágrimas.

—Que sepas que si no estoy en casa es porque unos pocos estamos haciendo la revolución. La revolución para acabar con los privilegiados... ¡la revolución por ella y por ti! —gritó, señalando a ambos con su dedo índice encallecido.

—Sí, pero... —intentó responderle su hijo, con tono conciliador.

Su padre lo interrumpió con un gesto de rabia:

—Y te juro una cosa, Teófilo... —dijo, apretando los dientes—. El día que tu madre falte, ya no habrá nadie que me impida pegarle un tiro al cura, ¿me has oído?

46

El conductor se rasca el pelo bajo la gorrilla con un espasmo insistente, como si lidiara con invitados indeseables. A Aurora no le dio muy buena impresión.

—Sentémonos al final, tío.

Rafael asiente. Su cojera lo puso en un aprieto en el autobús, hasta que entre su sobrina y otro pasajero le ayudaron a subir. Luego refunfuñó con su recurrente «Maldita la burra», aludiendo a la coz que le dio a su madre, Gertrudis, en su último mes de embarazo.

Tío y sobrina toman asiento en una de las últimas filas del vehículo, tras un par de señoras que aprietan el bolso contra su cuerpo. El autobús conecta Madrid con los pueblos del suroeste hasta llegar a Móstoles, donde tomarán otro autobús hasta Navalcarnero.

Todavía no se ha reanudado el transporte de cercanías, por lo que no tienen otro remedio que hacer este viaje sobre las carreteras empedradas, muchas de ellas aún dañadas por algún obús de la guerra.

—Muchas gracias por acompañarme, tío —le dice Aurora.

—No hay de qué, sobrina.

En realidad, no tuvo más remedio que decírselo a Rafael. No habría querido involucrar a ninguna compañera suya del hospital, ni por supuesto a su padre, que habría puesto el grito en el cielo. Lo imaginó diciendo «¿Ayudar a un preso republicano? Aurora, por el amor de Dios».

Por eso se presentó en la taberna de su tío y le pidió el favor, haciéndole prometer que no le diría nada a sus padres.

—Tranquila, Aurori. Tu secreto está a salvo.

La joven mira por la ventanilla del autobús hacia el paisaje de campos de cereal y, al fondo, el horizonte de la sierra. Era la primera vez que viajaba en esta dirección y, de hecho, ya casi ni recuerda la última vez que salió de Madrid.

—¿Tienes claro a dónde tenemos que ir? —le pregunta Rafael, bajando el volumen de su ruda voz.

Aurora había memorizado todos los datos antes de romper la carta de Teófilo en decenas de pedazos.

—A una pensión a las afueras del pueblo, frente a una dehesa.

El tabernero asiente. Hoy ha cerrado sin avisar y seguro que más de uno de sus parroquianos estará preguntándose qué le ha ocurrido.

—¿Cómo dices que se llamaba ese tipo?

—Carmelo. Se llama Carmelo Escobedo —responde Aurora, sin quitar ojo al paisaje de la ventanilla—. Teo le salvó la vida hace más de dos años en aquella pensión.

Rafael se mesa la barba, pensativo.

—¿Y si alguien se la quitó después? Es decir, ¿y si está muerto?

Aurora lo mira, mordiéndose el carrillo interno del moflete.

—Pues volveremos a Madrid después de una jornada de turismo por Navalcarnero, que dicen que es muy bonito —concluye la chica con una sonrisa.

El Cojo sonríe con ella, dándose por satisfecho ante la respuesta.

—Pues sí. Muy bonito que es.

Luego calla y, durante varios minutos, tío y sobrina se mantienen en silencio, cada uno centrado en sus cosas: ella, en el paisaje agreste de la ventanilla; él, en el resto de los pasajeros que viajan en el mismo autobús.

Llegan a la estación de Navalcarnero hacia el mediodía. En su plaza principal, en la que se sitúa el ayuntamiento y la iglesia de Nuestra Señora de la Asunción, Rafael no tarda en dar con esa pensión a las afueras.

Solo necesita unos minutos y un par de chascarrillos varoniles con tres hombres que parlotean a la sombra de los soportales de la plaza.

—Es la pensión del Amadeo. Todo tieso por aquella calle larga hasta un camino empedrado. Está a las afueras, ¿comprendes?

Luego interviene otro hombre, que se hurga entre los dientes con un palillo:

—Vaya mocita que te llevas para la pensión, ¿eh, bribón? —dice, mirando hacia Aurora, que aguardaba junto a la fuente de la plaza.

El tercer hombre silba en dirección a la chica.

—Eh, sí, así es —disimula Rafael para no levantar sospecha—. Está buena, ¿eh?

Vuelve hacia su sobrina oyendo la sarta de comentarios lascivos a su espalda.

—¿Qué dicen? —le pregunta Aurora, cogiéndole del brazo para continuar el camino en dirección a la pensión.

—Nada, cosas de lugareños —responde Rafael, intentando ocultar su cojera.

Navalcarnero es un pueblo pequeño de casas empedradas salpicado de ermitas y humilladeros que jalonan sus calles.

Llegan hasta la pensión tras una larga caminata por una linde que acabó por salirse del núcleo urbano.

—Hola, muy buenas —saluda Aurora al recepcionista.

—No nos quedan habitaciones, lo siento —responde este, seco, sin apenas levantar la vista de los papeles en los que escribía.

—No. No quería habitación. Solo hacerle una pregunta.

Solo entonces, el hombre mira a la chica desde sus lentes gruesas.

—A ver, dime.

Rafael aguarda a unos metros, en el umbral de la puerta de entrada a la pensión, por si tuviera que intervenir.

—Pregunto por un hombre llamado Carmelo Escobedo. Es falangista.

El hombre esboza una media sonrisa.

—No sois de aquí, ¿no? —pregunta irónico.

—No, ¿por qué?

—Porque aquí todo el mundo sabe quién es Carmelo José Escobedo. Es el jefe de la Falange del pueblo, ¿comprendéis?

Aurora asiente, reprimiendo una sonrisa de satisfacción.

—¿Y dónde podría encontrarlo?

El recepcionista mira hacia el reloj de pared que cuelga frente a los cuadros de escenas campestres y de caza, a los que no parece habérsele pasado una mopa desde hace mucho tiempo.

—A esta hora debe de estar en la taberna de Rivas. Volved a bajar al pueblo y preguntad por ella.

Aurora y Rafael asienten, tras lo que el hombre vuelve a agachar la vista para recolocarse las lentes sobre el tabique nasal. Se despiden con un par de palabras al vuelo y se marchan.

Tras preguntarle a un par de vecinos y callejear por el pueblo, asoman por fin a la taberna de Rivas, un pequeño tugurio en el que cada mediodía se congregan un puñado de falangistas al salir de la sede de Navalcarnero, que se encuentra a una decena de metros. En la taberna beben, vociferan y dan vivas a Franco y arribas a España con la comandita selecta de los vencedores: los guardias civiles que dirigen el cuartel, los caciques de las tierras que vienen al pueblo a buscar mujeres de compañía o el cura al que las malas lenguas —las lenguas rojas— llaman Cebo Gordo, por todo lo que come a cuenta de la Santa Madre Iglesia.

Ninguno de ellos esperaba a esta chica que entra en la taberna con gesto timorato, seguida de un hombre barbudo, alto y orondo que cojea al superar el desnivel del zaguán de la puerta.

Aurora se dirige a los falangistas tras un carraspeo nervioso.

Rafael aguarda tras ella.

—¿Carmelo José Escobedo? —pregunta, buscando con la mirada al primero de ellos que reaccione.

Los ojos de los hombres se concentran en el tipo sentado en medio del grupo.

—Sí. ¿Queríais algo? —responde este, poniéndose en pie.

Aurora lo mira. Es un hombre de unos cuarenta años, atractivo, las facciones marcadas en un rostro anguloso, pelo hacia atrás y un rasurado perfecto. En su uniforme lleva hombreras con galones y una medalla al mérito de guerra.

—¿Podemos hablar un momento a solas, por favor? —le pide Aurora.

Ante la petición de la joven, uno de los falangistas, un chico joven con un bigotito, lanza un silbido libidinoso que despierta las risas de sus compañeros.

—Un respeto a mi sobrina, ¿eh? —suelta Rafael el Cojo, retándole.

No se ha achantado ante sus uniformes azules, con los que ya está más que acostumbrado a lidiar en su taberna. Ante el silencio creado, Carmelo Escobedo se apresura a mediar:

—Disculpa a mi amigo, que es un poco bocazas —dice, y luego mira hacia su compañero, afeándole el gesto—. A las señoritas hay que respetarlas, ¿de acuerdo?

El falangista del bigotito asiente, agacha la cabeza y masculla una disculpa.

—Será mejor que salgamos, ¿de acuerdo? —pide Carmelo a tío y sobrina, invitándoles a salir de la taberna—. Así podremos hablar más tranquilos.

El falangista los dirige hacia la puerta con la mano echada en la pistola que le cuelga del cinturón. Mientras, Aurora repasa qué es lo que va a decirle, a fin de no olvidarse de nada. Rafael es el último en salir.

En la calle, una ligera brisa les lleva el olor de las numerosas flores y plantas que engalanan las macetas de las fachadas.

—Y bien ¿qué es lo que queríais? —pregunta el falangista, llevándose las manos a cada lado de la cintura en un gesto varonil.

Aurora no se anda con rodeos:

—Un chico llamado Teófilo García dice que necesita su ayuda. Que usted le debe un favor desde finales del 36.

Carmelo frunce el ceño, extrañado.

—¿Quién?

—Me dijo que le perdonó la vida. Y que usted no se negaría a ayudarle. Está en la prisión de Torrijos, en Madrid. Quiere que vaya a visitarle.

Al cabo de unos segundos, el falangista parece, al fin, recordar a Teófilo.

—Ah, sí, ya lo recuerdo —dice, mesándose el mentón—. Es cierto, le di mi palabra. Y la palabra es más poderosa que cualquier cosa. Más que Franco y que la causa nacional, ¿sabes?

Luego busca un gesto de confirmación en los ojos de la joven y, por último, en los de Rafael, que se mantiene detrás de ella sin decir palabra, como un guardián. Aquello último, sobre el Caudillo y la causa nacional, lo dijo con una voz de galán que a Aurora le recuerda a la de las radionovelas.

—Estupendo —contesta ella—. Mañana mismo podrá visitarlo, ¿de acuerdo?

El hombre asiente con un gesto lento, como si todavía cavilara o tuviera que asimilar que, de pronto, ese fantasma del pasado ha vuelto a visitarle.

—Muchas gracias —se despide Aurora.

—Que tenga un buen día —dice Rafael, levantando el brazo.

Pero el falangista les frena:

—Un momento —dice, poniendo su mano sobre el hombro de la joven—. Déjame hacerte a ti una pregunta. ¿Qué hace una chica tan guapa como tú ayudando a un tipo que está en prisión? ¿Es tu novio acaso?

Aurora medita su respuesta:

—No, no es mi novio. Pero, como usted, le prometí que le ayudaría. Y también tengo palabra —responde, mientras coge el brazo de su tío para despedirse de Carmelo con un gesto, dejándolo ahí plantado, como si hubiese echado raíces.

Algo a lo que él, un hombre de acción, no debe de estar acostumbrado.

Casi una hora después, Aurora y Rafael se suben en el autobús que los llevará a Móstoles y, de ahí, a Madrid. Resoplan, pues temían haberlo perdido.

—¿Sabes qué, tío?

Rafael mira a su sobrina, que esboza una preciosa sonrisa de la que no se ha desprendido desde que se despidieron de aquel falangista.

—Dime, querida —responde el Cojo mientras acomoda su trasero al incómodo asiento del autobús.

—Tendría que haberle dicho a ese hombre que no fuese a ver a Teo mañana, sino el próximo día de visita.

Aurora no ha podido dejar de pensar en él durante todo el día. En Teófilo.

A lo largo de estos dos años ha sido un pensamiento recurrente que ha intentado hacer a un lado con cualquier quehacer, tanto en casa como en el hospital. Sobre todo, después de su última y repentina carta, que la joven leyó con una mezcla de incomprensión y rabia.

¿Cómo se atrevía a cortar así con su correspondencia?

Pero, de vez en cuando, miraba la fotografía que le mandó intentando atisbar en esos pocos centímetros de imagen los rasgos de su rostro en color sepia. Y, tras ello, volvía a pensar en él. En su ahijado de guerra.

—¿Y eso? —le pregunta su tío, masajeándose el muslo de la pierna corta, donde, tras haber tomado asiento al fin, siente ese crónico dolor de cuando se pega una buena caminata.

—Pues porque mañana intentaré ir a visitarlo. Sé que solo permiten las visitas de familiares directos, así que podría hacerme pasar por su hermana pequeña, ¿no crees? Iba a escribirle después de hablar con el falangista, pero creo que le daré esa sorpresa. Aún no nos conocemos en persona y me muero de ganas de verlo.

47

La biblioteca de la prisión se mantiene en un silencio casi monacal.

En una de las últimas bancadas, Teófilo lee un libro sobre historia. Cuando era monaguillo, don Sebastián le habló alguna vez de épocas lejanas pero, en general, el muchacho no tiene ni remota idea del pasado.

Eso sí, su padre, por influencia del sindicato anarquista, no dejaba de hablar de la época de los señores feudales y de los vasallos, aludiendo a que ahora, en realidad, seguíamos igual que entonces.

Al oír unos pasos, Teófilo levanta la vista y mira hacia el maestro Cirilo, que se acerca a su bancada para tomar asiento junto al manchego.

—¿Qué lees? —le pregunta.

Teófilo le enseña la portada del libro. *Historia de España*, reza.

El maestro ríe para sí.

—No te fíes mucho de esa historia. Será la versión nacional, censurada y reescrita, como todo lo de esta biblioteca.

Miran brevemente hacia los dos estantes con libros junto a las bancadas. Por la censura, los presos solo pueden leer libros de estudio, nada de novelas ni periódicos.

—Bueno, así mato el tiempo con algo.

El maestro asiente. De repente, le hace un gesto con las cejas para que mire hacia su mano, que, sibilino, desliza por debajo de la mesa hasta meterle en el bolsillo de la camisa un papel doblado.

—Tienes correo —bisbisea.

Tras disimular durante un par de minutos, hablando sobre la historia de España, Cirilo vuelve tras sus pasos para retornar a la galería principal.

A solas, Teófilo abre de nuevo el libro y, mientras simula leer su contenido, saca del bolsillo el papel clandestino y lo desdobla con rapidez.

¿Será la respuesta de Aurora? Lleva esperándola desde hace días, en los que no ha dejado de comerse la cabeza, lleno de dudas: ¿Y si doña Isabel no ha podido ponerse en contacto con ella? O peor aún, ¿y si la chica ha tirado su carta nada más recibirla?

El corazón le da un vuelco.

Sí, es una respuesta de Aurora, al fin.

> Hola, Teo:
>
> Han pasado más de dos años desde que te despidieras de mí sin darme la oportunidad de escribirte. ¿Cómo crees que he recibido tu carta?

Al terminar de leerla, apenas puede disimular su alegría.

De pronto, la pequeña biblioteca de la prisión es un enorme campo de trigo, soleado y listo para la recogida. Vuela: ¡Aurora va a ayudarle!

Relee varios de sus pasajes, poniendo voz a su madrina, imaginándola mientras escribe, en su escritorio o donde fuera, en su casa de Delicias o en el hospital donde trabaja, en ropa de andar por casa o con su uniforme de enfermera.

Y continúa volando durante algunos segundos más, ahora quitándole esa ropa y enredándose con ella en su cama o en la alfombra de hierbajos en la que se revolcaba con la Rosaura de camino al arroyo.

Hasta que el guarda llama la atención de un par de presos, que cuchicheaban a unos metros delante de Teófilo, y este regresa a la biblioteca, a sus libros censurados y a su ventana enrejada. Esconde de nuevo la carta en el bolsillo de la camisa, allí donde Cirilo se la guardó, y se pone en pie cerrando el libro de historia por la página que leía. Se lo entrega al preso bibliotecario y sale a la galería principal buscando con la mirada al Pollo, con quien ha compartido estos días sus dudas y cavilaciones sobre Aurora.

Allí está, charlando con un grupo de presos. Se acerca a ellos.

—Eh, Pollo, ¿sabes qué? —le pregunta, al oído.

El preso lo mira, extrañado.

—Dime.

—Me ha respondido Aurora —le confiesa Teófilo, entre cuchicheos—. Me ha echado la bronca por no haberle escrito durante este tiempo, pero ha decidido ayudarme.

El Pollo comparte con él una sonrisa fugaz y disimulada.

—Qué buena noticia, chico —exclama.

—El problema —tercia Teófilo mirando hacia los demás presos, que no parecen interesados en la conversación— es que me muero de ganas por escribirle, y no tengo papel. ¿Y si me acompañas a pedírselo a ese poeta del que me hablaste?

—¿A Miguel Hernández? Bueno, venga, por probar.

La mayor parte del día, el poeta se encuentra en compañía de su grupo de afines, intelectuales y poetas como Germán Bleiberg, Gerardo González o Luis Rodríguez Isern, uno de sus máximos apoyos en Torrijos. No obstante, Miguel está ahora dibujando en soledad bajo la sombra de una acacia.

—Ahí está —exclama el Pollo.

En realidad, el árbol está plantado al otro lado de la alambrada que separa la calle Juan Bravo de la prisión, pero al mediodía su sombra desciende hacia el patio trasero y se va alargando hasta que el sol se pone tras la parroquia de Nuestra Señora del Pilar.

Teófilo y Fernando el Pollo caminan hacia él hasta que, a unos metros del poeta, el segundo le hace un gesto, levantando la mano en señal de saludo.

—¿Le importa que nos sentemos, Miguel? —le pregunta.

Miguel Hernández levanta la vista del papel en el que dibujaba. Tiene en la mano un carboncillo y los dedos índice y pulgar tintados de negro. En su dibujo se vislumbra una paloma a la que le falta aún el plumaje.

—Claro, faltaría más —responde.

Teófilo y el Pollo se agachan para sentarse sobre el suelo a medio asfaltar del patio, haciendo una cruz con sus piernas.

—Me llamo Fernando, y este es mi amigo Teo.

El poeta los observa con los ojos entreabiertos y una mirada perdida.

—Encantado, señores.

—¿Sabe? Le oí cuando vino a recitarnos poemas en Somosierra, y luego otra vez en Paredes de Buitrago —dice el Pollo, que no puede disimular el entusiasmo ante el encuentro con el escritor.

—Gracias —responde Miguel con un gesto cortés—. Pero tuteadme, por favor.

El Pollo asiente.

—Tus coplas levantaron la moral de la tropa —continúa—. Eras el único que nos hablaba como a uno más. No como esos burgueses.

El batallón de Teófilo nunca recibió la visita de Miguel Hernández, por lo que no lo había visto en persona, pero este hombre que tiene enfrente —unos treinta años que parecen muchos más, demacrado, gesto lento y ausente— no parece ser ese poeta del que decían que su mirada desorbitadamente expectante rebosaba vida y libertad.

—Gracias, caballeros —responde con aire taciturno—. Se hizo lo que se pudo.

—Llegaste hace poco, ¿no? Alguien como tú no debería estar aquí.

—Sí, llegué hace unos días. Me estoy acostumbrando, duermo mucho más de lo que pensaba e intento escribir cuando puedo. Estoy de buen ánimo, hasta que me acuerdo de mi esposa y de mi hijo. Pero tengo a buenos amigos aquí, lo que ayuda. Eso sí, ni yo, ni ellos, ni vosotros deberíais estar aquí. Nadie debería estar preso.

Teófilo y el Pollo asienten en silencio.

Miran brevemente hacia esos presos que toman asiento a unos metros, buscando la sombra del resto de las acacias cuyas hojas se cuelan a este lado de la alambrada.

Tras varios segundos, el Pollo dice:

—Veníamos a hablar contigo porque mi amigo querría pedirte algo.

Y mira a un Teófilo que no se había atrevido aún a hablar.

—Claro, dime.

El poeta posa sus ojos sobre el manchego. Es un hombre rústico y macizo, de facciones fuertes, nariz achatada y orejas puntiagudas.

Teófilo carraspea antes de comenzar a hablar.

—Verás, Miguel. Hay una muchacha a la que me gustaría escribirle, pero me faltan medios para hacerlo, papel principalmente. La mayoría de los presos lo recibís de vuestros familiares, pero yo no tengo nadie con quien cartearme. Hace unos días cambié papel por mis últimos cigarrillos. Ahora solo me queda uno, que me gustaría ofrecerte a cambio de un papel con el que escribir. —Echa mano al bolsillo de la camisa y le ofrece el cigarrillo al poeta—. Supongo que tú, como escritor, tendrás muchos.

Miguel Hernández esboza una ligera sonrisa mientras, con un gesto, rechaza el ofrecimiento del muchacho.

—Todo el mundo debería tener con qué escribir —responde, con su deje alicantino—. Cuando uno escribe es como si pudiera salir de aquí. Yo le escribo a mi Josefina por las noches, bajo la luz que los guardas dejan encendida. Ahí, en el silencio, es como si ella estuviera conmigo.

Los presos asienten. El poeta también le escribe a todos los amigos y conocidos que pueden ayudarle, a Pablo Neruda, a Vicente Aleixandre, a José María de Cossío, para que aceleren las gestiones para conseguir su puesta en libertad. Buena parte de esas gestiones se concentran en lo mismo: en hacer ver su carácter de poeta católico —sobre todo en los primeros compases de su obra— y en convencer a los jueces de que fue su carácter pasional y patriótico el que lo llevó a equivocarse de bando.

—Toma, aquí tienes —dice, humedeciéndose la yema del pulgar para coger uno de los papeles que tiene sobre el regazo.

Teófilo devuelve el tabaco al bolsillo y coge el papel de manos del poeta.

—Gracias —contesta, emocionado, antes de ponerse en pie—. Mi madre también se llamaba Josefina, ¿sabes?

El poeta esboza una sonrisa cómplice que, de pronto, viaja al rostro del manchego.

—Josefina es un nombre precioso —murmura para sí, como si en la punta de los labios saborease un poco de miel.

Como si ese nombre fuese, de pronto, un lazo que los uniera.

—Si necesitas ayuda para escribirle a esa chica, puedes contar conmigo, ¿vale?

El manchego asiente, agradecido. Luego se despiden de él, reanudando la marcha en busca de la sombra de la linde de árboles que bordean la alambrada. El manchego se gira y contempla cómo Miguel Hernández vuelve a concentrarse en el dibujo, esbozando el plumaje hasta entonces ausente de la paloma.

Algunos minutos después, varios guardas anuncian el comienzo del periodo de visitas. La mayor parte de los presos corre hacia la puerta que da acceso al locutorio, el pequeño patio tras cuya reja se agolpan los visitantes que han tenido que aguantar varias horas de cola a la espera de poder ver unos minutos a su familiar.

El Pollo se adelanta a Teófilo, dejando solo al manchego en mitad del patio. Este mira hacia aquella acacia en la que Miguel Hernández sigue dibujando.

«¿Tampoco recibe visitas el poeta?».

Camina sin rumbo, pateando alguna que otra piedra del suelo hasta que, de pronto, advierte que un preso viene hacia él desde la puerta hacia la que se accede al patio de visitas.

—¡Teo! —va gritando Cirilo, el maestro de escuela—. ¡Eh, Teo!

El manchego camina hacia él, y cuando ambos se encuentran, el maestro se permite unos segundos para recuperar el aliento.

—Hay alguien que quiere verte —suelta, entre jadeos.

—¿Cómo? —pregunta Teófilo, extrañado.

—Que tienes una visita, carajo. ¡Corre, ponte a la fila!

48

En el ropero de Aurora no suele haber muchas novedades. De hecho, hace mucho que no tiene algo nuevo que ponerse. Ya quisiera la joven tener el fondo de armario de esas chicas que compran en las tiendas de la calle Serrano. Al menos, siempre que ha querido un vestido nuevo, Felisa acababa por copiar el diseño y confeccionarlo con la máquina de coser.

Así nació ese vestido de flores que se ponía para las verbenas de San Isidro y cuyos bajos se atrevía a subirse unos centímetros por encima de la rodilla.

Frente al armario de su dormitorio, Aurora va y viene por entre las perchas, toquetea las telas, se imagina con las prendas puestas y luego vuelve a empezar, sin que ninguna termine de convencerla.

«Cuántas veces te he dicho, mamá, que necesito ir de compras».

Finalmente, decide echar un ojo en el armario de Felisa, por si esta tuviese un vestido acorde a la ocasión; es decir, ni muy sobrio ni tampoco un completo aburrimiento, un vestido a medio camino entre un Aquí estoy yo y un Dios te salve, María.

«Sí, eso, yo me entiendo».

Va hacia el dormitorio de sus padres como quien comete un delito. Felisa está en la cocina terminando de preparar el almuerzo y Roque y los niños deben de estar a punto de llegar del trabajo y de la escuela.

Aurora salió del hospital un poco antes de lo normal y llegó a casa con una excusa bien orquestada:

—Hoy no como en casa, mamá. He quedado con Ana y las chicas. Es el cumpleaños de una de las enfermeras, ¿sabes?

Felisa pelaba patatas en la cocina con la precisión de un cirujano.

—¿Ah, sí? ¿Y cuántos cumple, cariño?

—Veintitrés, mamá —improvisó Aurora—. Es una chica que acaba de llegar al hospital, pero la hemos acogido muy bien.

—Ah, pues sí. Muy bien. Es bueno que seáis buenas compañeras.

Luego le dio un beso en la mejilla y dio media vuelta para dirigirse a su dormitorio con un gesto de satisfacción que le ocultó convenientemente a su madre.

Minutos después, Aurora continúa buscando en el armario de Felisa qué ponerse para la gran ocasión: irá a visitar a su ahijado de guerra a la prisión de Torrijos.

—Tú también necesitas una renovación de armario, ¿eh, mamá? —dice para sí, dando un par de pasadas por el ropero de su madre.

Hasta que, por fin, se decide:

Un traje gris perla a dos piezas, chaqueta y falda conservadora que su madre solía ponerse con la llegada del buen tiempo y que Aurora también le robó en alguna ocasión. Podrá combinarlo con un pañuelo sobre el cuello que le dé algo de color al conjunto, tal vez ese de motivos florales que solía llevar en las verbenas en la cabeza, cubriendo un recogido en el pelo.

Ay, ¿y el pelo? ¿Recogido o suelto? ¿O más bien cardado?

Deja el vestido sobre su cama y se encierra en el cuarto de baño para terminar de acicalarse. Tras probar con varias combinaciones, decide apostar por una opción sobria: un recogido en un moño bajo con el que aparentar madurez, justo lo que necesita para que la tomen en serio en la prisión de Torrijos.

¿Y el maquillaje? No puede ser excesivo, no vayan a confundirla con una mujer de mala vida. Un poco de sombra de ojos, algo de color en las mejillas y rímel para intensificar la mirada. ¿Carmín? No, mejor no jugársela con eso.

Eso sí, un poco de perfume no levantará sospecha.

Finalmente, se mira al espejo, ensaya un par de poses con las que saludar a Teófilo y sale del cuarto de baño sintiendo los nervios propios de una ocasión especial.

—A mí me da que me has contado una mentirijilla, Aurori —la sorprende Felisa, que la esperaba tras la puerta con los brazos cruzados y un gesto socarrón.

—Ay, mamá, me has asustado —exclama la chica, esquivándole la mirada.

—Para salir con tus amigas no sueles maquillarte ni perfumarte. Dime no habrás quedado con un chico, ¿verdad? —le pregunta su madre con un tonillo juguetón.

Aurora intenta contener un gesto de rubor, «Qué va, mamá», pero una sonrisilla tímida se le cuela. Su madre insiste:

—Venga, cariño, puedes contármelo. ¿Quién es? ¿Cómo se llama? —le pregunta, persiguiéndola hasta su habitación.

—Ay, mamá, de verdad...

La chica no puede evitar que Felisa descubra su gran golpe.

—¡Anda, pero si me has cogido mi traje! —exclama la madre al verlo sobre la colcha de la cama—. Ahora ya no tienes excusas para contarme, ¿eh?

Y con ese mismo gesto socarrón, Felisa se sienta sobre la cama y mira a Aurora, aguardando a que esta acceda, al fin.

—Bueno... verás... —titubea su hija durante algunos segundos, navegando entre la verdad y la mentira, a sabiendas de que, en caso de apostar por lo primero, es más que probable que su madre ponga el grito en el cielo.

«Ay, Aurori, ¿ese Teófilo? ¿Un preso republicano? ¿Cómo se te ocurre?», le diría.

—Es que estoy deseando verte con un novio, mi niña —insiste Felisa—. Ahora que ya ha pasado la guerra, creo que es buen momento para que encuentres un chico educado y de buena familia. Que te proteja y que sepa aguantar tu carácter. Y que te dé tu sitio, eso sí. ¿No crees?

—¿Mi carácter? Ay, mamá, por favor. Qué cosas dices.

La joven comienza a desvestirse, quitándose el uniforme de enfermera.

—No, si tu carácter está muy bien, Aurori. Eso nos tranquiliza, ¿sabes? Porque, el día que encuentres un marido, sabemos que no te dejarás pisotear, ¿a que no?

En ropa interior, Aurora coge la pieza superior del traje de su madre y se la pone, abotonándosela a la altura del pecho.

—No es eso, mamá. Es solo que, ¿no crees que es injusto que nos digan qué es lo que debemos hacer las mujeres cuando llegamos a cierta edad? Primero, encuentra novio. Luego, cásate. Después, ten hijos. Recuerda lo que decía La Pasionaria en los mítines...

Al oír ese nombre, prohibido en esta España como en una maldición, Felisa casi pega un brinco sobre la cama.

—Olvídate de lo que decían los republicanos —suelta con repentina seriedad—. Ya sabes cuál ha sido su final. Y no te olvides de qué es lo que le hicieron a tu padre, ¿eh? Tenemos que ser inteligentes, Aurori. Los tiempos han cambiado...

Tras ponerse la pieza superior del traje, coge la falda y se la coloca desde los pies, tirando de ella hasta acomodarla al contorno de sus caderas.

—¿Han cambiado o han vuelto donde estaban, madre? —reflexiona en voz alta.

La pregunta flota entre ellas durante algunos segundos, en los que Felisa no acierta a dar una respuesta.

—Bueno, no te desvíes del tema. ¿Me vas a decir con quién has quedado? —insiste la madre, haciendo un esfuerzo por devolverle a su rostro la sonrisa.

Aurora resopla y, para ganar algo de tiempo, se afana por terminar de vestirse, acomodándose la raja de la falda en su lugar preciso.

—Pues...

Y vuelve a titubear en medio de un silencio que, de pronto, rompe el timbre de casa que suena un par de veces, salvador.

—¡Yo voy! —se apresura la joven, dirigiéndose hacia la puerta.

—Deben ser tus hermanos —afirma Felisa, que va detrás de Aurora para recibir a sus hijos.

Pero ni Manuela ni Jesusito —que, desde que comenzó este curso escolar, ya van y vienen solos de la escuela—, se encuentran al otro lado de la puerta.

Tras el umbral, dos hombres trajeados aguardan con gesto serio.

—¿Es usted Aurora Martín? —pregunta uno de ellos, de bigote, cejas pobladas y la frente en retirada.

Al verlos, madre e hija se quedan paralizadas.

—Sí, soy yo —responde la joven con gesto de extrañeza—. ¿Qué querían?

Es el otro el que contesta, críptico, como un telegrama:

—Policía Especial. Ministerio de Gobernación. Tiene que acompañarnos de inmediato, señorita.

El primer recuerdo que Aurora tiene de la puerta del Sol huele a castañas y suena al canto de las cigarreras, de las loteras y de los vendedores ambulantes.

Luego, su memoria guarda el sonido de las campanadas del reloj de Gobernación y el sabor de las uvas en la boca que, una a una, formaban un amasijo imposible de tragar por la risa que a la niña le provocaba aquella curiosa tradición de Año Nuevo.

—Sal del coche —le ordena el policía.

Terminada la guerra, el aspecto de la plaza no dista mucho de la mayor parte del centro de Madrid; casas demolidas, fachadas dañadas y cráteres que los viandantes deben sortear para continuar su camino.

—Te he dicho que salgas del coche.

A pesar de ello, el consistorio se ha dado prisa en volver a convertir su centro en una guirnalda rutilante: en cuestión de semanas, los grandes centros comerciales de Sol han abierto sus puertas, y poco a poco la vida ha vuelto a los tranvías, a los teatros, a los cafés y a los cines que en su mayoría echaron el cierre ante el avance de la guerra.

—¡No te resistas! ¡Será peor!

En todas las direcciones posibles, de Arenal a Alcalá y de Carretas hacia Montera, decenas de transeúntes recorren la plaza, salen y entran de los cafés, van y vienen con bolsas de la compra o caminan con aire sosegado mirando los escaparates. De entre ellos, ese limpiabotas, que canturrea su retahíla a la espera de que pique algún cliente, es el primero en advertirlo: Dos hombres trajeados que se bajan del Fiat 527 y sacan de su interior a una muchacha como el que practica una cesárea.

—Te dije que sería peor, chiquilla.

Un golpe certero, directo al mentón, rompió toda resistencia de Aurora. Tras el puñetazo, la joven se desvaneció y quedó a merced de sus captores, que se la llevan a rastras hacia el antiguo edificio de Correos.

—Mejor así, ¿a que sí?

Una nube frente a ella, por la conmoción, le impide enfocar la mirada. Levanta la vista y entrevé el reloj de Gobernación. Luego mira hacia ambos lados, donde los policías cargan con ella cogiéndola de los brazos. Siente sus manos a los dos lados de la cintura y cómo le arrastran los pies sobre el pavimento.

Luego vuelve a perder el conocimiento.

—Eh, tú, que se ha desmayado —oye, muy lejano.

Minutos después, un cubo de agua fría la hace despertar.

Grita. Le duele la cara y el agua le ha empapado el traje gris perla y ese precioso recogido que se había preparado frente al espejo del cuarto de baño. No es capaz de advertir cómo se le ha desmoronado, cómo se le ha corrido el rímel y, en uno de los zarandeos dentro del coche, cómo se le descosió una de las sisas de la chaqueta, en la que su madre puso tanto empeño.

—O te tranquilizas, o tendremos que darte otra vez.

Segundos después, Aurora comienza a controlar su respiración. Mira en derredor: está sentada en medio de una pequeña habitación a la que —comienza a recordar vagamente— accedió tras subir al segundo piso por unas escaleras. Un crucifijo corona la pared frente a ella.

Ni una ventana.

—Esto lo podemos hacer muy fácil o, por el contrario, muy difícil —le dice uno de los policías, el del bigote.

El otro se mantiene junto a él; de pie, porte enhiesto, brazos cruzados. Es el que la golpeó en el coche sin miramientos.

—Tú eliges, ¿vale?

Le duele el rostro. Al tensionar los músculos de la cara, siente una punzada aguda que le recorre la mejilla izquierda hasta la sien.

No es capaz de pensar en nada; solo en el dolor.

—Durante el primer año de guerra te carteaste con un soldado del ejército rojo llamado Teófilo García, que resultó ser un espía... ¿no es cierto?

El aliento le huele a café y a tabaco. La joven calla. Mira hacia el crucifijo de la pared y se esfuerza en no llorar. En su mente, algunas palabras toman forma. «Mamá. Papá. Ayuda».

—Decías ser su madrina de guerra.

Segundos después, el policía se acerca a ella y le aprieta el mentón haciendo pinza con sus dedos. El pinchazo le sube de nuevo hacia el cráneo. Aprieta los dientes.

—No te lo voy a repetir otra vez, monada. O colaboras, o vas a pasarlo mal.

Tras su negativa a hablar, el otro policía pierde la paciencia y se decide a entrar en acción: da un par de pasos hacia ella y echa mano de su recogido para, con la otra mano, abofetear con fuerza su mejilla derecha, la que se libró del golpe en el coche.

De pronto, Aurora cae al suelo y, entre gritos, se apresura a hacerse un ovillo para recibir las patadas que se precipitan sobre ella con la fuerza de un bombardeo.

—¿Vas a hablar ahora, puta?

Ahora sí que no puede evitar llorar. Sin embargo, su llanto no frena a los agentes. El del bigote aguarda a que su compañero decida parar, como si esto no fuera más que una coordinada actuación teatral, y se agacha para recoger lo que queda de la joven, un guiñapo empapado en agua y lágrimas y sudor.

—Te lo voy a repetir, jovencita, por si no te ha quedado lo bastante claro.

Ella lo mira, acallando su gimoteo hiposo.

—¿Te escribiste con un espía republicano? ¿Sí, o no?

Vuelve a guardar silencio hasta que, al fin, se decide a responder:

—N-no.

Toma aire para justificarse, con voz trémula e casi incontrolable:

—Colaboré con el Auxilio Azul cuando los anarquistas hicieron preso a mi padre en una checa —balbuceó con palabras entrecortadas.

Eso sí: ha intentado que ese «Auxilio Azul» suene con firmeza y seguridad.

—No nos consta que ayudaras a las mujeres falangistas —suelta el del bigote.

—Pregunten a Elena, Elena Somiedo —responde Aurora, buscándoles la mirada—. Ella podrá hablarles de mí.

Los policías se miran.

—Hemos hablado precisamente con ella —contestan al cabo de unos segundos.

—Pues entonces, ¿qué es lo que hago aquí? —se impacienta la chica, dando un salto sobre la silla con la intención de ponerse en pie.

Al hablar, el pinchazo vuelve a recorrerle la mejilla izquierda.

—No tan deprisa, muchachita —la frena el del bigote, poniéndole la mano sobre el hombro—. Te diré qué es lo que vamos a hacer. Hay sobre ti una acusación de adhesión y colaboración a la rebelión republicana. Mientras la investigación se pone en marcha, permanecerás en la prisión de Ventas.

El policía sonríe con una mueca forzada. Los dos vuelven a mirarse.

—¿Cómo que investigación? —les pregunta Aurora.

El del bigote ríe.

—No te preocupes; será algo rápido. Ahora mismo, un par de agentes del ministerio deben estar poniendo patas arriba tu casa.

Los hombres se encuentran en una carcajada siniestra. Aurora, frente a ellos, no mueve un músculo, paralizada en un pensamiento que, de pronto, toma forma: al terminar la guerra se deshizo de todas las cartas de Teófilo, pero decidió conservar su fotografía.

Esa que continúa en el segundo cajón de su escritorio desde hace más de dos años.

49

—¡No os lo diré más veces! O hacéis cola en fila india u os iréis de aquí sin ver a nadie, ¿me habéis oído?

El funcionario no ha gritado más alto que los familiares de los presos, pero no le ha hecho falta para acallar el bullicio arremolinado a lo largo del muro de ladrillo de la prisión de Torrijos.

Y vuelve a insistir:

—Quiero a todo el mundo calladito u os volvéis por donde habéis venido.

Poco a poco, el gentío acata las órdenes del funcionario, que pone cara de satisfacción —un bigote frondoso, un cigarrillo colgando de la comisura de los labios— ante el miedo de los familiares a volver a casa sin comunicar con su marido, con su hijo o con su nieto.

La mujer que se hizo un hueco hasta la primera fila, cargando con un paquete con comida y ropa de abrigo, decía venir de Vitoria. Para diez minutos.

—Solo puedo venir cada tres o cuatro meses, ¿sabe? Cuando ahorro lo suficiente para pagar el billete de autobús.

El anciano que aguarda en la cola frente a ella portando otro paquete entre las manos asiente con gesto comprensivo. A lo que en la prisión de Torrijos llaman locutorio es una sección del patio delantero, controlado por un puñado de guardias civiles y funcionarios que caminan escuchando las conversaciones que se suceden a gritos a un lado y al otro de la alambrada.

Como quien habla con un pájaro enjaulado.

—¿Estáis listos?

En cuanto el jefe de la garita da la orden, el funcionario al cuidado de la fila levanta el brazo y vuelve a silenciar al gentío.

—Venga, tú, tú y tú. Los primeros. Venga, la identificación afuera, rapidito.

El anciano y la mujer vitoriana forman parte de ese primer grupo de familiares que accederá al locutorio para comunicar con su preso. Desde hace horas, decenas de personas aguardan pacientes en las inmediaciones de la puerta principal de la prisión. La mayor parte de ellos ya se conoce de una visita semanal a otra y, a lo largo del tiempo de espera, se preguntan por cómo va la cosa, charlan e incluso se coordinan en caso de que varias personas viajen hasta allí desde un mismo lugar, turnándose las mujeres de una misma localidad en las visitas y llevando comida y ropa para todos los presos de ese mismo origen.

—Nombre del interno y parentesco.

—Vengo a ver a Juan Lafuente. Es mi marido.

—Quiero comunicar con mi hijo José Alba.

Tras comprobar sus documentos de identificación, el funcionario permite el paso al anciano y a la mujer, señalándoles hacia la alambrada de la fachada principal de la prisión. Y luego, otro griterío:

—¿Juan? ¡Estoy aquí!

Del otro lado de la valla, una veintena y luego cuarenta o cincuenta presos se agolpan buscando con la mirada al ser querido del que esperan recibir visita. Minutos después hay ya un griterío ensordecedor en el que apenas es posible mantener una conversación entre preso y visitante.

—¿José? ¡Aquí, José, mírame!

Teófilo no quiere pensar que es Aurora la que lo espera al otro lado de la valla enrejada, porque eso le pondría mucho más nervioso. De camino al locutorio ha tenido que calmar su respiración, acicalarse el pelo y olerse el aliento ante la posibilidad de que sea ella, su madrina de guerra. Con los nervios, no le preguntó al maestro Cirilo si era o no una chica quien había preguntado por él.

Sale al locutorio haciéndose paso entre los presos que esperan a encontrarse con su ser querido. Es la primera vez que recibe a alguien en la prisión, por lo que no sabe que tendrá que ser él mismo quien busque a su visitante entre el griterío que sale de las bocas que se agolpan frente a la valla.

Así es como lo oye:

—¡Teófilo! ¡Eh, Teófilo!

Pero no es la voz de una mujer. No es la que debería tener Aurora, a la que aún no ha escuchado nunca. «¿Sonará fina y delicada como una princesa? —se preguntó una vez—, ¿o ruda y firme como una obrera?».

—¡Teófilo, aquí!

Por fin, el manchego identifica de dónde proviene la voz masculina: de uno de los laterales de la valla, de entre aquellas personas que agitan sus manos llamando la atención de varios presos. Se hace hueco caminando hacia allí y recorre el espacio alargado del locutorio mirando hacia sus compañeros, que extienden sus manos como si pudieran tocar a sus familiares y hablan a gritos intentando hacerse entender.

—¡Aquí, Teófilo!

Hasta que, de pronto, el muchacho reconoce la boca de donde provenía su nombre:

Un hombre elegante, unos cuarenta, pelo engominado de galán.

Lo reconoce nada más verlo: ¿cómo olvidar esa mirada de hace dos años, pidiéndole que le perdonara la vida?

«No me lo puedo creer: ¡Aurora lo ha hecho! ¡Ha logrado hablar con él!».

—Hola, Teófilo —le grita Carmelo Escobedo.

Durante todos estos días, tras enviarle la carta a doña Isabel por intermediación de Fernando el Pollo, no ha dejado de darle vueltas a todas las objeciones posibles que podían darse en su plan:

Que la carta no llegase a doña Isabel, perdiéndose entre los intermediarios.

Que doña Isabel decidiese no ayudarle, porque bastantes favores le hizo ya.

Que Aurora no quisiese recibir la carta de Teófilo, quizá porque ya estuviese casada o simplemente porque sintiera aún rencor por la forma en que el manchego tuvo que zanjar la relación epistolar entre ambos.

—¡Ha venido! —exclama Teófilo.

Porque, el hecho de que este hombre esté aquí, al otro lado de la alambrada del locutorio, dice muchas cosas: no solo que Aurora recibió su carta, sino que la chica se ha prestado a ayudarle.

—¡Soy un hombre de palabra! —responde Carmelo.

El falangista va vestido de civil: boina, chaqueta, pantalón de pana y pañuelo anudado al cuello. Es de los pocos visitantes que no lleva paquetes para su preso.

—Escúchame bien... —le pide Teófilo, haciéndole un gesto para que se acerque aún más a la valla.

Luego mira a su alrededor, para evitar oídos ajenos. Los dos presos junto a él charlan animosamente con sus mujeres. Tras ellos, un funcionario hace la ronda vigilando que nadie se salga de madre.

—No seáis obscenos, venga, parad —riñe a los presos junto a Teófilo.

Una vez el funcionario pasa de largo, el manchego vuelve a pegar su cara a la alambrada para hablarle al falangista. Solo tiene unos segundos:

—Es posible que haya algunos informes sobre mí en la comarca de La Mancha, en Ciudad Real. Antes de la guerra pertenecí a la CNT. Necesitaría hacerlos desaparecer.

Tras sus palabras, gira el cuello y busca con la mirada al funcionario de la prisión, que se ha parado a regañar a otro preso que hablaba demasiado alto. Segundos después, continúa la ronda en dirección hacia ellos, con la vista puesta en el resto de los presos, mascullando un murmullo malhumorado.

Teófilo lo ve con el rabillo del ojo y se apresura a disimular:

—¿Y cómo está todo por casa? ¿Bien?

Carmelo asiente esbozando una sonrisa fingida. El falangista no ha tenido problemas en acceder al locutorio a pesar de que no hay nada que le una a Teófilo. Solo con enseñar su carnet del partido ha sido suficiente.

—Todos bien. Por cierto, muy guapa la chica, ¿no?

Teófilo arquea una ceja.

—Sí, ya sabes. Esa Aurora. Muy guapa, ¿eh? ¿Es tu novia?

El muchacho no reacciona. Esa pregunta no ha debido ser disimulada.

—Bueno... —balbucea.

Hasta que, finalmente, esboza un sí que el falangista recibe con una risita.

—Demasiada mujer para un rojo, veo yo. Pero allá ella —responde este.

El funcionario vuelve a pasar de largo con su porte enhiesto, como un ciprés.

A Teófilo le entra la prisa:

—CNT. La Mancha. Teófilo García Expósito... ¿crees que podrás hacerlo?

Al otro lado de la valla, el hombre asiente.

—Cosa difícil me pides. Pero lo intentaré.

Segundos después, y tras una breve despedida, el falangista se pierde bajo la marabunta de familiares que abarrotan el lado libre de la valla de la prisión.

—¡Adiós!

Teófilo le hace un gesto y lo contempla durante breves instantes hasta que el funcionario, a su espalda, le ordena que vuelva al patio trasero.

—Ya voy, tranquilo, hombre...

Comienza a caminar de vuelta al patio trasero.

No sabe por qué, pero un escalofrío recorrió su cuerpo cuando Carmelo Escobedo mencionó el nombre de Aurora.

Bajo esa acacia, el poeta continúa enfrascado en sus dibujos, como si hubiese detenido la letanía de la tarde bajo la sombra del árbol y el tiempo no corriera para él.

Para el resto de los presos, la tarde transcurre entre charlas, tertulias y juegos de naipes o partidas de ajedrez. Por orden del alcaide, pasan la mayor parte del día en el exterior, donde los piojos y las liendres que han asolado la prisión parecen no propagarse con tanta facilidad como en las hacinadas galerías del interior.

Cantan los pájaros sobre las copas y el sol parece recordar al tiempo de la cosecha o de la siembra de las hortalizas estivales. Teófilo atraviesa el patio trasero de la prisión sorteando grupos de prisioneros que parlotean sobre las visitas que acaban de recibir. Algunos, de mirada suspicaz, tienen a Franco en su boca, pero la mayoría ha aprendido rápido a domesticar su lengua a fin de evitar males mayores.

—Hola, Miguel, ¿puedo sentarme?

El poeta levanta la vista y le hace una seña para que tome asiento junto a él. La paloma que dibujaba ya tiene plumas y un sombreado artístico que el autor ha bosquejado mediante trazos difuminados con la yema de sus dedos.

—Se ve muy bien, enhorabuena —le felicita el manchego, cruzándose de piernas sobre el empedrado.

—Es para mi Manolito —responde el poeta con gesto taciturno—. Se lo mandaré a mi mujer en la próxima carta.

El hijo de Miguel Hernández y Josefina Manresa nació hace cuatro meses en el pueblecito de Cox, a pocos kilómetros de su Orihuela natal. Durante la mayor parte del día, mientras dibuja o escribe en secreto, o incluso cuando participa en tertulias literarias con otros presos, Miguel piensa en él. Ahora, frente a Teófilo, parece no poder evitarlo.

—¿Quieres más papel? —le pregunta el poeta, espantando el recuerdo de su hijo.

—No, por supuesto, no quisiera abusar —se apresura a responder el muchacho. Echa mano al papel que el poeta le dio y que él guardó en el bolsillo de la camisa.

—Si te hace falta, no dudes en pedírmelo, ¿vale?

Teófilo vuelve a negar con un gesto. No, no era eso lo que quería decirle, sino algo que ha comenzado a rondarle la cabeza tras despedirse del falangista en el locutorio.

—Verás, Miguel... —Cómo decirle que necesita su ayuda—. Hay algo que me gustaría pedirte...

Siempre le costó pedir favores, herencia de una vida austera que se ganaba con el sudor que recorría los cuerpos en época de siembra. Mira hacia la paloma dibujada sobre el regazo de su autor y luego posa sus ojos en los de él, a quien, piensa, no parece incomodar su compañía.

Por ello, se decide:

—¿Podrías ayudarme a escribir una carta?

Miguel asiente con gesto curioso.

Sobre la copa de la acacia, los pajarillos continúan con su canturrear.

—Yo no soy un hombre de letras —se arranca Teófilo, explicándose—. Cuando era pequeño, el cura de mi pueblo me enseñó a leer y escribir pero, si te soy sincero, nunca lo usé debidamente, porque me dediqué a la agricultura y no pude estudiar, como habría querido. Cuando empezó la guerra, me llevaron al frente y defendí Madrid con valentía. Allí comencé a cartearme con una muchacha, la prima de un soldado con el que compartí trinchera. Desde entonces, nunca he dejado de pensar en ella. Nos hemos escrito muchas cartas, pero todavía no se lo he dicho... y no sé cómo hacerlo.

Decirlo: qué difícil. Don Sebastián le dijo una vez que verbalizar las cosas era hacerlas realidad. Que las palabras traían las cosas al mundo.

Decirlo y hacerlo realidad.

Decirlo.

—Déjame adivinar. Quieres decirle que estás enamorado de ella, ¿no?

Teófilo guarda silencio. A medida que hablaba, la mirada de Miguel se iba encendiendo, como si las palabras del muchacho fuesen leña para una hoguera.

Terminan por mirarse, vibrantes.

—S-sí... —balbucea.

Si las palabras traen las cosas al mundo, ya es hora de que lo diga.

—Sí, estoy enamorado de ella —responde, con una pequeña sonrisa timorata, ruborizado—. Hasta las trancas, si te soy sincero.

Y esa sonrisa navega hacia el rostro del poeta.

—¿Sabes una cosa? Me recuerdas mucho a mí cuando tenía tu edad.

Teófilo asiente. Al oír las palabras del poeta, tiene la sensación de encontrarse frente a un hombre mayor, como si la vida hubiese ido más rápido para Miguel que para el resto, a sus veintinueve años.

—¿Y eso?

—De niño, yo era pastor de cabras. Fui unos años al colegio, hasta que mi padre me ordenó que abandonara los estudios para dedicarme al pastoreo. En mi pueblo, Orihuela, leía por las noches gracias a un cura, don Luis Almarcha, que me dejaba montones de libros de poesía.

De pronto, a Teófilo lo aborda el recuerdo de aquellas largas tardes enfrascado en las lecturas que don Sebastián le suministraba para que matara el tiempo mientras cuidaba de su madre, que dormitaba en la cama con la placidez de un ángel.

—¿Y por qué empezaste a escribir? —le pregunta al poeta.

Miguel se rasca la coronilla pelada y arruga su nariz chata antes de responder.

—Supongo que por lo mismo por lo que tú comenzaste a escribirle cartas a tu chica: porque querías decir algo —responde con su deje cantarín—. Escribimos porque hay algo que nos empuja a hacerlo: el amor, el miedo, la soledad, la ira. El Miguel adolescente que escribía sentía que a través de ello podía llegar a todo cuanto se propusiera. Así es el arte, Teo. El dibujo, la escritura o la música no tienen límites. Ni siquiera los límites de una prisión. Piensa dónde estamos y cómo estamos; en la más terrible de las situaciones y sufriendo la peor de las injusticias. Pero es comenzar a garabatear, o a escribir, y no hay barreras. Ahí somos libres. Y eso no podrán quitárnoslo. Esa libertad.

Calla y mira al muchacho con unos ojos brillantes que titilan como si tuvieran luz en su interior. Los pájaros continúan trinando.

—¿Quién encierra una sonrisa? —se pregunta el poeta, de pronto, como si recitara de memoria—. ¿Quién amuralla nuestra voz? Nadie puede.

Teófilo asiente, embelesado ante las palabras del poeta. No le extraña que los soldados que lo oyeron en el frente recuerden su ardor guerrero. Cuánto habría dado por escucharle en las trincheras de Pozuelo.

Oírle decir, cuando la victoria aún no era una quimera: «¡Si morimos, moriremos con la cabeza muy alta!», y tantas otras consignas que, como comisario político, Miguel Hernández repetía de Madrid a Teruel y de ahí a Andalucía o a Extremadura.

Tras unos segundos de espera, el poeta continúa con su reflexión:

—Lo difícil no es decir las cosas, Teo. Habrá quienes llenen sus bocas de versos bonitos, pero vacíos. Lo difícil es encontrar realmente lo que queremos decir. Eso que tenemos dentro. Hay un lugar interior que algunos llaman dios, algunos diosa, todos amor. Encontrar cómo definir ese amor, de eso se trata. Sé que aquí, donde estamos, es difícil. Pero su recuerdo seguro que late en ti con la fuerza de un huracán. Como a mí me late el recuerdo de mi Josefina. Solo tienes que pensar qué es lo que sientes al recordarla y sacarlo de dentro hacia fuera. Como si le dieras la vuelta a tu piel... ¿Comprendes?

«Como si le dieras la vuelta a la piel». Teófilo, que no es muy ducho en eso del lenguaje metafórico, medita las palabras del poeta.

—Sí... —responde, absorto.

«Si tuviera que darle la vuelta a mi piel, ¿qué saldría?».

—Mira, se me ha ocurrido un juego —suelta Miguel esbozando, de repente, un gesto pícaro—. Una vez, varios poetas jugamos a improvisar versos. A decir lo primero que salía de nuestras mentes. Y pueden salir cosas muy sorprendentes, no te creas. Cierra los ojos y piensa en tu chica durante un minuto. Piensa en ella de verdad, como si la tuvieras delante ahora mismo y todo se hubiese detenido. Cuando yo te dé una señal, di la primera palabra que se te venga a la mente, ¿de acuerdo?

Teófilo asiente y, tras la señal de Miguel, cierra los ojos y todo queda a oscuras tras sus párpados.

Y piensa en ella. Dos, tres, diez, veinte segundos.

Toda una vida.

La ve, congelada en su fotografía: su naricilla, su media sonrisa, la intensidad de sus ojos oscuros. Y piensa en todo cuanto querría saber de ella: a qué suena su voz, a qué saben sus labios, cómo siente su abrazo.

—¡Ya! —exclama el poeta.

Teófilo abre los ojos.

—Paz.

50

Aurora oye el canturreo proveniente de alguna de las celdas de la galería, adonde la conduce la mano firme de la funcionaria de prisiones.

—Venga, no te quedes atrás.

En aquella celda, la última del pasillo, una mujer entona unas coplas de Miguel de Molina con voz aireada y melódica. Se llama Javiera y no tiene nada que envidiarles a las tonadilleras que suenan por la radio. Mientras tanto, otra reclusa, llamada Adela, peina a una chica joven con un pequeño peine de púas, asomada al cuero cabelludo en busca de piojos.

La tarde cae y a la improvisada peluquera le cuesta afinar la vista.

—*Plagaíta* de liendres, Elvirita —dice, cazando con las uñas los parásitos anidados sobre su cabeza como un campo sembrado.

Elvira chasquea la lengua mientras aguarda a que su compañera termine. Luego le tocará a ella limpiar la cabeza de Adela.

—Pues ya verás cuando me cojas. Me pica la cabeza como a un chucho pulgoso.

Adela y Elvira son las únicas que en la celda mantienen intacta su cabellera. A Javiera y a Isabel las pelaron al rape cuando encontraron una bandera republicana a medio bordar bajo el colchón de la primera. Le dejaron solo dos mechones, uno a cada lado de la cabeza, para hacerles la burla.

De pronto, Isabel les hace un gesto:

—Callaos —les ordena la mujer, agudizando el oído—. Creo que viene la Reina.

Así es como llaman a Antonia, la funcionaria de la prisión de Ventas que custodia la segunda galería. La llaman la Reina no solo por su porte altanero, como de aristócrata, sino también por su apellido. Va siempre con aires de marquesa; el pelo cardado recogido en un moño alto y plagado de horquillas, dos buenas perlas y uniforme ceñido.

—Buenas tardes, señoras —dice, dando un par de golpecitos al enrejado de la celda.

Las mujeres la saludan, extrañadas: aún falta una hora para cantar el último *Cara al sol* del día, con el que deben irse a dormir.

—Hagan sitio a una nueva reclusa.

Segundos después, otra funcionaria, llamada Mercedes, aparece llevando del brazo hasta la celda a una chica joven.

—Se llama Aurora.

Las reclusas ya saben qué hacer, como si aquello las cogiera por sorpresa: Adela y Elvira, las últimas en llegar a la celda, cogen sus enseres y hacen hueco sobre una de las camas, en la que dormirá la nueva reclusa.

—Hola, Aurora —la saludan.

La Reina echa mano a su manojo de llaves y abre la celda tras girar un par de veces su pesada cerradura. Tras ello, Mercedes empuja a la chica hacia el interior.

—Ellas te lo explicarán todo —le suelta la funcionaria, y se marcha sin mediar más despedida.

Aurora tropieza y se da de bruces contra el suelo. Elvira y Adela se apresuran a socorrerla, aupándola para sentarla sobre el colchón.

—¿Cómo estás? —le preguntan.

Aurora levanta la vista y mira a las mujeres. No dice nada, consciente de que en el momento en que abra la boca, ya no podrá parar de llorar.

—Puedes hablarnos sin miedo, ¿vale? —le insiste Javiera, que se ha acercado a ella para acariciarle el pelo.

Javiera es la veterana de la celda. Debe de tener unos cincuenta, pelo corto, fuertes facciones en su rostro redondeado. Lleva más de dos años alternando prisiones, desde que la capturaron en Pozo

Lorente, un pequeño pueblo albaceteño que no tardó en caer del lado nacional. El marido de Javiera, Eusebio, luchaba en las milicias republicanas.

—Venga, chiquilla. Respira hondo y dinos algo.

La mira. El semblante de Aurora no debe de ser diferente al de otras chicas que se enfrentan a su primera noche en prisión: cabello alborotado, cara demacrada y atravesada de heridas y dos grandes surcos bajo la cuenca de los ojos que medran en sus mejillas.

Esta sigue sin decir palabra. Respira hondo y les huye la mirada a las mujeres para, con una ojeada en derredor, comprobar dónde está.

En la celda apenas hay espacio para todas ellas ni mobiliario alguno salvo los colchones y mantas dispuestos directamente sobre el suelo, junto a macutos y enseres de las internas. De los barrotes de la ventana cuelga ropa tendida, y en una balda en la pared hay fotografías y un pequeño altar.

No, no es ningún mal sueño: está en prisión.

—Los primeros días son difíciles —le dice Elvira, que se ha sentado a su lado—. Luego te acostumbrarás, ¿sabes? Te ayudaremos, no te preocupes.

Los primeros días... ¿Acaso habrá más de uno? ¿Y de dos? ¿Y de tres?

¿Acaso habrá de pasar años aquí metida?

Así es como las palabras de Elvirita surten el efecto contrario en Aurora. De pronto, dos gotas vigorosas emergen del lagrimal de sus ojos oscuros.

Segundos después, son un torrente.

Javiera es la primera en abrazarla, haciendo un hogar con sus brazos.

—Llora, querida. Llora todo lo que tengas que llorar, ¿de acuerdo?

El llanto hiposo de la muchacha se ahoga sobre el prominente pecho de la reclusa, luego sobre el de Elvira y Adela y por último sobre el de Isabel.

Así pasará Aurora su primer día en la prisión de Ventas, sintiendo que solo el calor de los abrazos podrá mantenerla con vida.

Una gran cruz, custodiada por los retratos de Franco y José Antonio, preside el patio central de la galería a la que confluyen las celdas que se distribuyen por los pasillos.

Las mujeres levantan el brazo, pero pocas de ellas levantan la barbilla. El *Cara al sol* sale de sus bocas como si un gramófono lo emitiera, impersonal, sin alma.

—«Volverán las banderas victoriosas, al paso alegre de la paz».

Aurora lo conoce bien. Lo ha cantado infinidad de veces en el hospital, en las misas o en el desfile de la Victoria, siempre con el brazo en alto.

—«Y traerán prendidas cinco rosas: las flechas de mi haz».

Ha dormido un par de horas esta noche, solo cuando el cansancio pudo con ella. Se cobijó bajo una manta, se hizo un ovillo y acabó abrazada a aquella muchacha, Elvirita, a la que no conocía de nada.

—«Volverá a reír la primavera, que por cielo, tierra y mar se espera».

Aurora mira a su alrededor. Unas mujeres cantan más que otras, que se limitan a mover los labios, como un ventrílocuo. Delante de ella, Javiera entona el canto falangista con su voz de coplera. Alza la vista y lee el mensaje pintado en la pared, frente a la enorme cruz: FALANGE TE VIGILA, TESÓN Y DISCIPLINA.

—¡Arriba España! —exclama la Reina al concluir la última estrofa del himno.

—¡Arriba!

Aurora observa a la funcionaria. Antonia Reina fue una de las primeras mujeres que vio en la prisión. Tras el interrogatorio en la segunda planta del Ministerio de Gobernación, en la puerta del Sol, la trasladaron a los sótanos de esta cárcel de Ventas, adonde la encerraron en una pequeña sala para volver a preguntarle por Teófilo. Fueron dos hombres y otra vez las mismas preguntas:

—¿Qué relación has tenido con el Servicio de Información republicano?

Que ella contestaba con las mismas respuestas de antes:

—Juro que ninguna, por el amor de Dios.

Volvieron a golpearla, y la pusieron de rodillas sobre dos garbanzos.

Entonces apareció la Reina para, sin decir palabra, llevársela a la celda al final del pasillo de la segunda galería.

—¡Y viva Franco! —grita la funcionaria, aún con el brazo en alto.

—¡Viva!

Tras el canto en la galería principal, las presas vuelven a sus celdas a arreglar la estancia, ordenar sus pertenencias, hacer las camas y doblar las mantas que les servirán como asientos durante el día.

—Ahora nos darán algo de comer —le anuncia Elvirita a Aurora mientras acomoda sus enseres en el macuto—. Sabe un poco mal, pero acabarás acostumbrándote.

La muchacha le agradece la información con un gesto. Minutos después, un par de funcionarias aparecen con un carrito para servirles un poco de sopa en un plato de aluminio. Aurora aguarda su turno y coge el plato: luego sopla para disipar el calor.

A pesar del horrible sabor, se lo termina en un par se sorbos, hambrienta.

—El resto de la mañana la pasaremos en la celda. Tras el almuerzo, podremos salir al patio o dedicarnos a las labores. Algunas mujeres colaboran en el economato o cosen en el taller de costura. Yo te recomiendo que hagas algo de eso. Si no, el día se te hará muy largo.

Aurora asiente. Elvira es una chica menuda con cabellos rizados, el rostro fino y ovalado y un acento cordobés que alarga las aes como si quisieran para sí todo el protagonismo de su entonación.

—¿Hay algo que sepas hacer, Aurora?

Solo entonces, esta pronuncia sus primeras palabras más allá de los monosílabos:

—Sé coser a máquina —responde.

Y piensa, de pronto, en aquellas tardes que pasó en el taller de costura de su tía, cosiendo uniformes para el ejército republicano. ¿Qué habrá sido de todas esas chicas? ¿Estará alguna presa, como ella?

—Pues en el taller siempre viene bien la ayuda —interrumpe Isabel, sentada en el otro lado de la celda, bajo la ventana enrejada.

—También soy enfermera —continúa Aurora, mirando hacia

sus compañeras de celda—. Durante la guerra, trabajé en el hotel Palace, que habilitaron como hospital de sangre. Desde hace unos meses estoy en el Hospital Militar.

Javiera, que terminaba de doblar sus mantas para colocarlas sobre el catre de la cama, levanta la vista y la mira.

—¿Enfermera? Anda, pues creo que buscaban a alguien para auxiliar en la enfermería. Antes estaba la Raimunda, pero creo que ya celebraron su juicio. Le preguntaremos a la Reina, a ver.

«Celebrar su juicio» significa exponerse a la pena capital, que suele concluir al amanecer frente a las tapias del cementerio de la Almudena. O eso, o la puesta en libertad.

Adela interviene mientras se hace una trenza por detrás de la coronilla:

—Busca mejor a la Mercedes. La Reina ya sabes cómo se las gasta.

Las presas asienten, y entre charlas y canturreos llega la hora del almuerzo.

Tras un menú lacónico —unas verduras, otra sopa y pescado en conserva—, las funcionarias ordenan a las presas que salgan al patio, una enorme plaza cercada desde la que es imposible advertir nada del exterior, salvo la cúpula de un cielo nublado.

Elvira coge del brazo a Aurora y la conmina a buscar a Mercedes, que suele quedarse siempre custodiando los baños. Frente a la entrada a los aseos, la funcionaria da unos pasos perdidos con la vista puesta en el enlosado ajedrezado.

—Buenas tardes, Mercedes. Aquí la nueva reclusa dice que puede colaborar en la enfermería. Que es enfermera, vaya.

Mercedes mira a Aurora, escudriñándola con unos ojos aviesos.

—¿Y dónde has trabajado? —le pregunta.

—En el Provincial, señora —responde la chica, obviando deliberadamente su desempeño en el Palace, donde salvaba la vida a soldados republicanos.

Y tras unos segundos:

—Está bien. Hablaré con la madre superiora, a ver qué le parece.

Tras agradecerle a la funcionaria su intermediación, las presas vuelven al patio exterior, donde centenares de reclusas caminan dando largos paseos y se relacionan entre ellas haciendo corrillos en los que tienen prohibido hablar de política.

Eso solo lo hacen con la comandita selecta y la suficiente confidencia.

—Ya se está preparando la resistencia en Francia —dice una.

—Mi marido ya ha pasado la frontera —dice otra.

Tras dar un paseo por el patio, Elvira y Aurora se dirigen al taller de costura, bajando hacia los sótanos de la prisión, donde varias de sus compañeras de la galería pasan la tarde cosiendo uniformes y banderas falangistas.

—Algunas se niegan a coser para el enemigo —murmura Elvira—. Pero, digo yo, habrá que sobrevivir aquí, ¿no? —se pregunta, como si se excusara ante Aurora.

«Habrá que sobrevivir». Eso mismo es lo que habría dicho su madre.

—Adela es una de esas —continúa la chica cordobesa entre cuchicheos—. Dice que cómo se nos ocurre colaborar. Que la guerra no ha terminado. Que nos hemos vuelto mansas. Y que qué es lo que iban a pensar nuestros maridos. ¿Tú tienes novio, Aurora?

Terminan de bajar las escaleras y atraviesan un pasillo de losetas en forma de mosaico en cuyo final una funcionaria custodia la entrada al taller.

—¿Yo? Hay un chico, sí...

Piensa en Teófilo. No ha habido momento como este en que haya ansiado tanto encontrarse con él, al fin. Su compañía. Su consuelo más allá de las cartas.

Pero, al mencionarlo, está a punto de censurarse.

—Bueno, no del todo...

Es un acto reflejo: estaba acostumbrada a no hablar sobre Teófilo por miedo al qué dirán y, una vez terminó la guerra, por el temor a que descubran su relación epistolar. Pero aquí, en esta prisión, ¿qué hay de malo en hablarles a las demás presas sobre él?

—En realidad, sí; hay un soldado republicano con el que me carteo —responde, modulando el volumen de su voz—. Está preso ahora, en la cárcel de Torrijos. De hecho, estoy aquí por escribirme con él.

Elvira la mira, disculpándose por su indiscreción.

—No te preocupes. Teófilo sabe cuidarse bien.

Teófilo. No recordaba cómo sonaba ese nombre entonado por su propia boca.

—¿Y es guapo? —le pregunta la otra, forzando el tonillo propio del chismorreo.

Aurora se ruboriza un poco.

—Solo lo he visto por fotografía.

Piensa en él sintiendo, de pronto, unas ganas inmensas de cartearle, de contarle todo lo que le está sucediendo. ¿Cómo hacerlo, de prisión a prisión? ¿Cómo sin levantar sospechas y sin que nadie se entere ni vuelva a ponerlos en peligro?

No, no puede escribirle todavía.

—¡Vaya! —exclama la cordobesa—. Pues el día que os veáis en persona, os vais a comer a besos, te lo aseguro.

La enfermera, imaginando la escena, asiente dibujando una sonrisa comedida. Bajan unas escaleras y miran hacia la entrada a la sala de costura, al final del pasillo.

A Elvira había otra pregunta que le rumiaba en la boca:

—¿Y por qué estás aquí, Aurora?

La muchacha guarda silencio, reflexionando sobre qué respuesta dar.

—Ese chico del que te hablaba. Lo detuvieron a él y luego a mí.

—Estamos muchas así —responde la cordobesa, con tono afligido—. ¿Es justo eso? Sufrir por amor y luego por la vida propia.

Aurora asiente. En realidad, todavía no sabe muy bien por qué la han hecho presa. Alguien ha debido irse de la lengua. «¿Y si ha sido ella?», se pregunta, pensando en aquella cuyo nombre no quiere siquiera volver a repetirse, como un tabú.

—Cuidado —la previene Elvira.

Una funcionaria se ha asomado a la puerta del taller al verlas llegar.

Ponen cara de niñas buenas y se callan disimuladamente antes de que Elvira la aborde con un saludo:

—Hola, Josefa. Vengo a enseñarle el taller a la nueva reclusa. Dice que sabe coser.

Josefa observa a Aurora desde el cristal de sus gafas.

—Está bien. Pero no entretengáis mucho a las demás, que hoy llevan buen ritmo.

Lo dice porque hay días en que las funcionarias no pueden controlar el parloteo de las costureras y terminan a gritos con ellas como si fuesen colegialas.

Frente a una de las decenas de máquinas de coser está Isabel, su compañera de celda, a quien saludan con un gesto sereno. Dan un rodeo por la sala y, como no hay ninguna máquina libre, deciden regresar al patio.

De vuelta al exterior, Aurora le da vueltas a una pregunta.

—¿Cuándo podré recibir visitas? —le pregunta a Elvira mientras se dirigen hacia un corro de presas donde sobresale la voz de Javiera, que ha provocado las risas de las reclusas con alguna anécdota del pasado.

Aurora las observa reírse.

—¿Visitas? Solo permiten los jueves —responde Elvira.

La enfermera asiente, intentando recordar en qué día de la semana se encuentran; ha perdido la noción del tiempo.

—¿Hoy es lunes? —pregunta, haciendo cávalas con el calendario.

—Así es.

Saludan al grupo de presas, que hacen un hueco ante la llegada de las chicas.

—Esta es Aurora, la nueva interna —la presenta Elvira ante las mujeres.

Aurora las saluda con una sonrisa, como su madre siempre le enseñó.

«La sonrisa siempre presente, Aurori».

—Bienvenida, chiquilla.

Pero ella no está en la conversación, porque no puede dejar de pensar en su madre, en Roque y en sus hermanos:

¿Cómo esperar tres días hasta poder verlos?

51

Mi querida Aurora:

No me puedo creer que me hayas ayudado. Eso significa que tú tampoco has podido olvidarme, o eso quiero creer. Eso sí, no sabes cuánto lamento haberte generado esa inquietud con mi larga ausencia. Créeme cuando te vuelvo a reiterar que no tuve otra salida, y que espero en el futuro poder contarte el porqué.

Todo ello me ha hecho reflexionar, y creo que tengo que ser mucho más sincero conmigo, como creo que tú también lo eres al contarme tus sentimientos. Pero yo no soy alguien con facilidad para expresar lo que siento, ya lo sabrás bien. Creo que eso viene de algunas cosas que me ocurrieron en el pasado, y de las que estoy seguro te podré hablar algún día, en persona, cuando entre nosotros no haya distancia nunca jamás.

Pero creo que ya ha llegado el momento. No puedo posponerlo más, porque si no, estallará dentro de mí, como un obús. Desde nuestra primera carta (¡que parece que fue hace lustros!) hay algo que no he dejado de sentir: al principio era un leve cosquilleo cada vez que llegaba correo, luego, una sonrisa al pensar en tu nombre, *Aurora*, que sonaba como un amanecer, y antes de que me diese cuenta, fueron noches imaginando cómo sería la curva de tu sonrisa, tu olor o el calor de tus abrazos.

Durante todo ese tiempo, decía, no ha habido un solo día en que no estuvieras en mi pensamiento, incluso cuando las balas silbaban a mi alrededor y mi vida dependía de lo que dispusiera Dios para mí. ¿Y sabes qué? Cada vez que venías a mi cabeza, a pesar de la guerra y de las penurias, sentía paz. Una paz inmensa, porque lo que algunos llaman dios, todos llaman amor. Y ahora, tal vez porque en prisión no hay otra cosa que tiempo para matar con tus pensamientos, ya sé identificar qué es lo que he sentido y siento, qué ha estado dentro de mí todo este tiempo, aguardando a que por fin sea valiente y lo reconozca: te quiero, Aurora, te he querido aunque no lo supiera y te quiero cada día más en la celda en la que despierto cada mañana.

Es la primera vez que escribo «te quiero», y ahora no me apetece hacer otra cosa que juntar esas dos palabras y ocho letras todo el rato y compartirlo. Tal vez, si lo hubiese dicho más a menudo en el pasado, me habría ahorrado más de un sufrimiento.

Quizá esta ha sido la forma que he encontrado de agradecerte que te decidieses a ayudarme. Abrirte en canal mi corazón y ofrecértelo, diciendo: te quiero.

Puedes responderme a la tercera galería de la cárcel de Torrijos, de donde te llega esta carta. Todos los días sueño con el día en que nos veamos, y permíteme que te lo diga con estos versos que he elaborado con la ayuda de un poeta que, como yo, está preso en la prisión. Con ellos, me despido,

Te quiere,

Teo

Nos conocimos por casualidad,
eran días de trincheras y fango,
y nunca pensé que el amor vendría
con mi nombre como destinatario.

Madrina de guerra, decías ser.
Y yo entre fusiles, imaginando
cómo debía de sonar tu voz
cómo debía calentar tu abrazo.

Pasaron los meses con nuestras cartas
y la guerra acabó por separarnos,
pero nunca dejé de imaginarte,
de creerme ser libre imaginando

eso que ya puedo decir sin miedo:
aunque huracanes quieran separarnos
aunque lo quieran las hachas tajantes
aunque lo quieran los rígidos rayos.

Te quiero, y no deseo otra cosa que
oírselo confesar a tus labios,
que el mundo permita que nos amemos,
amarnos aunque sea solo un rato.

Pero tranquila, no tendré prisa, yo
seguiré mientras tanto, imaginando
de tus labios a qué saben tus besos,
de tu cuerpo el calor de tus abrazos.

Al terminar de corregir el último verso, todo parece cobrar sentido de pronto.

—Ahora, si te das cuenta, todos los versos son endecasílabos. ¿Lo ves?

Miguel Hernández señala hacia el último verso que se les resistió de la poesía que Teófilo había compuesto con la ayuda del poeta alicantino. El último verso termina con ese «el calor de tus abrazos», y estuvieron probando otras combinaciones posibles hasta dar con esa rima.

—¿Endecaqué? —pregunta Teófilo.

—Endecasílabo. Es decir, once sílabas.

Teófilo mira hacia la hoja con el poema. La mayor parte de esta es un galimatías de letras, tachones y cuentas de sílabas poéticas en los márgenes, de tanto poner y quitar palabras y cambiarlas de sitio como un enroque. Suerte que han escrito la poesía en una hoja en sucio, tras una octavilla con la letra del *Cara al sol*.

—¿Y por qué tienen que coincidir todos? ¿Qué más da que uno no lo haga?

Caía la tarde en el patio de la prisión y bajo esa acacia ya no se advertía la sombra.

El poeta responde con tono didáctico:

—Así lo establecieron los poetas antiguos. Desde entonces, la poesía se escribe para ser recitada. Los versos que coinciden en la métrica duran el mismo tiempo en la boca. Así se genera el ritmo, como un golpe de bombo en una charanga. Prueba a leer el poema, verás que tengo razón.

Teófilo coge el papel en el que Miguel y él han escrito la poesía, y se dispone a recitarla. Algunas de las metáforas y figuras literarias que la componen —«hachas tajantes, rígidos rayos», por ejemplo— han salido de la boca del poeta, que se ofreció a cedérselos al muchacho como un regalo:

—Escríbelos, son para ti. Mi Josefina no va a enterarse, tranquilo. Y, en caso de que lo haga, lo entenderá.

Eso sí, Teófilo se apresuró a decirle que lo nombraría en la carta, como coautor:

—Será mejor que no. Que no te relacionen conmigo fuera de la prisión, ¿vale?

El manchego asintió con gesto apocado, borrando el nombre de Miguel Hernández de la hoja de la carta para dejar únicamente «con la ayuda de un poeta, que...».

Su amistad con Miguel debía quedar solo de los muros de la cárcel para adentro.

Comienza a recitar, satisfecho con el resultado:

—Nos conocimos de casualidad, eran días de trincheras y fango...

Al terminar de leerlo, con ritmo suave y pausado —disfrutando el recital, como le diría don Sebastián—, Teófilo levanta la vista de la hojilla garabateada.

—¿Crees que le gustará?

El poeta asiente, con una sonrisa.

—¿A quién no le gusta que le regalen flores? La poesía es la flor de las palabras.

La cadencia de la tarde cae sobre el patio de la prisión. Apenas se oye nada más que el canto de los pájaros y el rumor de los grupos de internos que charlan en corro.

Bajo la acacia, Teófilo y Miguel.

—Nunca imaginé que eso pudiese salir de un campesino —reconoce el manchego, volviendo la vista al poema y releyendo algunos de los versos.

Imagina a su padre, ¿habría sido capaz él de escribirle a su madre estos versos?

Pero Miguel Hernández se apresura a reprobar su comentario:

—En la gente de campo he encontrado a las más nobles, puras y emocionales de las personas, Teo. No te desmerezcas, ¿vale? Que yo también soy hijo de labriegos.

Teófilo esboza una media sonrisa, haciendo un mohín de disculpa.

—Venga, apresúrate a pasar el poema a limpio —le alienta el poeta—. Que ya deben estar a punto de llamarnos a la fila.

Frente a las hileras de presos que se disponen a lo ancho del patio trasero, el funcionario jefe de la prisión, llamado Gregorio —un tipo orondo y con cicatrices de viruela— se dispone a decir unas palabras. A su lado se encuentran los funcionarios que dirigen las cinco galerías donde se hacinan cientos de presos. Teófilo mira hacia Laureano, el jefe de su galería.

Seguro que ansía el puesto de su superior.

—¡Internos, ha llegado a mis oídos que andan ustedes quejándose de la comida y del trato que aquí se les da, en la prisión! —ríe, como si no pudiera contener una carcajada.

Los funcionarios, tras él, comparten muecas de burla.

—¡Venga, díganmelo a la cara, a ver quién es el valiente ahora! —les reta Gregorio, caminando entre las hileras de presos, buscando la mirada de estos.

Pero su amenaza apenas surte efecto en ellos, que, rígidos como un tronco, casi no mueven un músculo.

Teófilo, desde el final de la tercera por la derecha, lo mira, expectante. Tiene en el bolsillo de la camisa, debidamente doblada, la carta de Aurora que ha terminado de confeccionar con la ayuda de Miguel Hernández. No podrá enviarla hasta dentro de un par de días, cuando llega el correo a la prisión.

—Ahora ya no son tan valientes, ¿eh, escoria roja?

El funcionario jefe guarda silencio mientras serpentea entre los internos.

—Si algo tienen que agradecer al Caudillo, es que no les hayamos pegado un tiro a todos ustedes, ¿me oyen?

Casi se ha hecho de noche, y tras la figura redonda del funcionario se dibuja una sombra fantasmagórica sobre uno de los muros neomudéjares del edificio.

—¿Me oyen? —insiste Gregorio, entonando una voz grave que no tarda en irse en un eco hacia más allá de la prisión.

—¡Sí! —responden los presos, al unísono.

—Así me gusta. Obedientes. La nueva España se levantará sobre personas obedientes. Ya lo saben, escoria. Si obedecen y son agradecidos por el favor que aquí estamos haciéndoles, es posible que puedan salir alguna vez. Y si no, el Padre los esperará para rendir cuentas.

Al mencionar a Dios ha mirado hacia el cielo, donde el crepúsculo aún mantiene un ligero tono anaranjado que se resiste a irse.

—¿De acuerdo?

Los presos vuelven a asentir. Gregorio, conforme, vuelve a su posición inicial, frente a la puerta que da acceso a las galerías y junto al resto de los funcionarios. Los mira, levanta la barbilla y, con un gesto teatral vuelve a mirar al cielo antes de entonar las tres primeras palabras, «Cara al sol...», con una voz de tenor.

En coro, los presos se apresuran a continuar:

—«... con la camisa nueva, que tú bordaste en rojo ayer».

Al terminar el cántico, uno de los funcionarios llama la atención de su superior, murmurando algo en su oído. Teófilo apenas puede verlos, porque en el patio la luz tenue casi no deja entrever las facciones.

Segundos después, Gregorio y varios funcionarios se dirigen hacia uno de los presos, varias filas más allá de la del manchego, y se paran frente a él.

—Así que tú no estabas cantando, ¿eh? —le pregunta.

El preso hace un gesto de negación.

—¿No querían gente obediente? Pues yo no soy uno de ellos —responde.

Solo al oír su voz, Teófilo lo reconoce.

«Pero ¿qué haces, Miguel? Por el amor de Dios».

—Pero, vaya, si tenemos aquí al poeta —le reta Gregorio con

un mohín—. ¿Te crees que porque eres famoso puedes hacer lo que te dé la gana? Aquí te haces el valiente, pero cuando te detuvieron, bien que te cagaste de miedo, ¿eh?

Ante el comentario del jefe, el resto de los funcionarios lanza una carcajada. A Miguel Hernández lo apresaron cuando intentaba cruzar la frontera de Portugal, al terminar la guerra. Lo delató un reloj de oro —regalo de boda de su amigo Vicente Aleixandre— que intentó vender para hacerse con algo de dinero. Lo molieron a palos, lo dejaron hecho un guiñapo y lo obligaron a confesar que había colaborado con la defensa de la República como comisario político en el frente.

—¿Quieres que te hagamos lo mismo de aquella vez? —continúa el funcionario, con un gesto altanero.

Pero Miguel Hernández sabe que no van a tocarlo. No al menos como aquella vez tras la delación de aquel joyero portugués. Algo juega en su favor: la opinión pública que en muchas esferas internacionales ya ha hecho ver la injusticia cometida para con el poeta. De hecho, le dijeron que Franco, al enterarse de su captura, ordenó que no ocurriese lo mismo que con Federico García Lorca.

—Otro Lorca no, por el amor de Dios —habría dicho el Caudillo.

Todos los presos miran hacia el corro que se ha formado entre Miguel y el funcionario jefe. A una decena de metros, Teófilo los contempla. El poeta se encuentra rodeado de sus principales amigos en la prisión, pero ninguno mueve un músculo.

—Conmigo no te vas a pasar de listo, ¿me oyes? —le amenaza el funcionario jefe, que se acerca a él para hablarle a un palmo

Ese otro escritor amigo de Miguel, ese tal Germán Bleiberg, parece estar a punto de intervenir. Se lleva la mano a la boca y titubea, pero finalmente se contiene ante el gesto de negación de su amigo, situado a su lado.

—¿Sabes qué? Barrerás tú solo el patio de la prisión durante una semana, ¿de acuerdo? —sentencia el funcionario jefe—. Y comenzarás esta noche. Como mañana haya una minúscula hoja de árbol, te pasarás una semana en la celda de castigo.

De pronto, alzando aún más la voz para que todos los presos lo oigan, se dirige hacia uno de sus subalternos:

—¡Traigan una escoba para el poeta, rápido! ¡Barrerá la mierda de todos los presos! Mierda como mierda es su poesía, ¿eh? —concluye, riendo ante su ocurrencia.

Los presos miran cómo uno de los funcionarios se apresura a entrar en la galería para, segundos después, volver al patio con una escoba y un recogedor. El silencio es tenso hasta que, de pronto, una voz sobresale para romperlo:

—¡Eh, Gregorio!

Es la voz de Teófilo, que levanta la mano y llama la atención del funcionario jefe haciendo aspavientos desde una de las últimas posiciones de la tercera fila.

Gregorio se dirige a él, visiblemente molesto ante la impertinencia del preso:

—¿Qué tienes que decir, interno?

Se miran.

—Pues que yo tampoco estaba cantando, ¿sabe?

52

El comisario, sentado frente a Aurora, hunde su mirada en la chica.

Huele a perfume barato y a alcohol.

—Enfermera en un hospital de sangre y colaboradora con el espionaje republicano... Vaya historial, ¿no?

El hombre lanza un silbido. Aurora lo mira, impasible.

—Teófilo García. Espía del ejército rojo. Operaba en Madrid mientras se carteaba contigo. ¿Le ayudaste?

Se presentó como comisario Ramírez y, al principio, jugueteó con una seducción impostada, una penosa voz de galán que no quebró de ninguna forma la entereza de Aurora.

—Responde al comisario, interna —le exige la Reina, que se mantiene sentada junto a ella en posición amenazante.

Pero Aurora se mantiene en silencio con una mirada firme.

—¿Quieres pasarte en el Cubo los próximos días? —la amenaza la funcionaria.

Elvira le había hablado de ese Cubo: una habitación para los castigos donde las presas podían pasarse hasta una semana en aislamiento, con una única comida al día y con un cubo para hacer sus necesidades.

—Se lo he dicho ya. Solo me escribí una carta con él. En cuanto a mi padre lo hicieron preso los anarquistas...

—Eso es lo que más rabia me da, chiquilla —se apresura a interrumpirla el comisario—. Que mientras tu padre sufría el cautiverio de esos perros, tú lo traicionabas escribiéndote con el enemigo.

Las palabras del agente surten efecto en Aurora, que reacciona como un experimento químico:

—¿Traicionarle yo? —pregunta, mirándole con determinación a los ojos—. Ustedes no saben todo lo que hice por él.

Todo lo que hizo por él: el apoyo al Auxilio Azul o las incursiones en el Ateneo Libertario, jugándose el pellejo.

El comisario ríe para sí. Tal vez eso es lo que quería, ponerla nerviosa.

—Si nunca te carteaste con ese espía, ¿por qué tenías en casa una foto suya?

El agente echa mano del bolsillo interno de la chaqueta de su uniforme y le enseña la fotografía del frente que Teófilo le envió en una de sus primeras cartas.

—Teófilo, diciembre de 1936 —lee el comisario, en el dorso.

La había escondido bajo uno de los cajones de su escritorio sin que su madre lo supiera. En cuanto terminó la guerra, Felisa la obligó a quemar a toda prisa cualquier carta o documento que pudiesen incriminarles con el bando perdedor. Y las cartas de Teófilo eran, sin duda, una prueba irrefutable de apoyo a la República.

—Las cartas, Aurora. Quémalas, rápido.

Ella contempló el fuego de aquella hoguera improvisada hasta que solo quedaron cenizas.

—Guardé esa fotografía porque en ella sale también mi primo Gervasio —responde al comisario—. Creo que no es muy difícil de entender, ¿no?

—Ajá —asiente el agente, dando una calada al cigarrillo—. Tu primo, que también luchó en el ejército rojo, ¿no?

—Lo llamaron a filas. Como a todos los que no pudieron huir de Madrid. A mí me hicieron enfermera en el hospital de sangre a la fuerza, por mucho que me opusiera.

El comisario guarda silencio. Cambia la postura de sus piernas, mira a la funcionaria jefe y le hace un gesto.

—A mí me da que nos ocultas algo, ¿sabes? Tengo yo un pálpito, chiquilla.

Mientras dice eso, la Reina coge impulso y estampa la palma

de su mano sobre la mejilla derecha de la joven, haciéndola caer al suelo.

El golpe restalla como el chasquido de un látigo.

—El Servicio de Inteligencia Republicano estuvo detrás de la muerte de cientos de compatriotas. Cientos de valientes que defendieron España desde Madrid. ¿Qué tienes que ver con eso, putilla?

Aurora se repone del golpe y recupera la verticalidad sobre la silla. Levanta la barbilla y le sostiene la mirada al comisario con un gesto arrogante, impropio de una chica joven como ella.

—Yo no tuve nada que ver —responde, notando el sabor de la sangre dentro de su boca—. Lo repetiré cien veces si cien veces me lo preguntan. Además, la guerra ya ha terminado, y tienen presos a todos los soldados, ¿qué más quieren?

El comisario ríe para sí, jocoso.

—¿No has oído al Caudillo? Hay que levantar una España nueva sobre la tumba de todos los que se opusieron a la causa.

—Yo no me opuse a nada —tercia Aurora, excusándose con firmeza—. Y no tienen nada contra mí. Esto que están haciendo no es legal. Me han dicho que debe haber un abogado aquí conmigo. Y que tendrá que defenderme en caso de juicio.

Se sorprende: no le ha temblado la voz al decir eso.

El comisario Ramírez vuelve a lanzar una carcajada.

—¿Abogado? ¿Juicio? —la ridiculiza, imitando su voz con un mohín—. Vaya, nos ha salido listilla, la muy puta. Pues ¿sabes qué? ¡Aquí tienes tu abogado!

Y suelta otra cachetada que impacta, con una potencia animal, sobre la mejilla izquierda de la joven.

El frío de los muros, la dureza del colchón sobre el suelo, las chinches y las liendres como en un tobogán... Dormir en la prisión de Ventas es un ejercicio de resistencia. No obstante, durante su segunda noche de cautiverio Aurora ha logrado dormir algo más que en la primera, en la que apenas pegó ojo.

El cansancio hace mella en ella, a pesar de los golpes y el interrogatorio que se alargó hasta bien entrada la noche. Eso sí, a las siete, con el alba asomando por la ventana enrejada, la tediosa rutina carcelaria —a la que la joven no tarda en acostumbrarse— empieza como cada mañana, quieran o no las reclusas. Y lo hace cara al sol.

Tras el himno y los rezos matutinos frente a las monjas de la prisión, las internas hacen tiempo dentro de la celda, limpiando y adecentando la estancia, en espera de la sopa que les dan como desayuno. Javiera ameniza la espera con unos cánticos; Isabel —que antes de la guerra era maestra de pueblo— enseña a leer a Adela, y Elvira y Aurora charlan mientras se afanan por limpiar el suelo de la celda con un paño mojado.

—¿Y tu novio, de dónde es? —pregunta Elvira.

Aurora guarda silencio, intentando contener un gesto de rubor que hace que le duelan las dos mejillas por los golpes del comisario y la Reina. Luego piensa en Teófilo. No le quiere guardar rencor por encontrarse apresada, porque él no tiene la culpa.

—De La Mancha —responde, sin levantar la vista del enlosado—. Pero no es mi novio, ¿eh? No me lo ha pedido todavía.

Elvira suelta una chufla:

—Ay, chica. No seas antigua. Ni que fueses una princesita.

Javiera interrumpe sus cánticos para responder a la cordobesa:

—Hay cosas que no deberían perderse, por mucho que hagamos la revolución.

—Las mujeres no necesitamos que los hombres lleven la iniciativa —objeta Isabel—. En la guerra lo pudimos demostrar, ¿a que sí?

—Y lo seguimos demostrando —tercia Adela, que ponía el oído en la conversación mientras se esforzaba por identificar el trazo de la ele junto a la a como una «la»—. La lucha no ha terminado, recuerda.

Las mujeres asienten.

—Háblanos de él, Aurora —la conmina la maestra de escuela—. ¿A qué se dedica? ¿Cómo es?

Aurora calla, pensativa. Sigue sin saber cómo hablar de Teófilo. Cómo verbalizar la forma en que ha pensado en él desde que comenzaron a cartearse.

—Pues, es un chico...

De pronto, se queda muda ante la presencia de la Reina, la funcionaria jefe, frente a los barrotes de la celda.

—¿Aurora? —pregunta esta, buscando con la mirada a la muchacha.

De pronto, teme que vuelva a llevársela a otro interrogatorio.

—¿Sí?

Se pone en pie y se acerca a los barrotes, dejando sobre el barreño de agua la esponja con la que limpiaba el suelo. La Reina la escrudiña desde su mirada altanera, mentón arriba. Hace unas horas, su mano derecha se estampaba sobre la mejilla de la joven.

—Me han dicho que eres enfermera, ¿no?

Aurora, sorprendida ante la pregunta, se apresura a asentir.

—Pues venga, acompáñame —le ordena la funcionaria, haciendo girar la cerradura de la celda con una de las llaves de su manojo.

Aurora da un par de pasos tímidos hacia el pasillo, atravesando el umbral de la celda. No está segura.

—Venga, interna, que no tenemos todo el día —la exhorta la funcionaria.

—Sí, disculpe.

Mira hacia sus compañeras. Elvira, desde el suelo, la sonríe, dándole ánimos.

La Reina la conduce por los pasillos enrejados hacia la enfermería de la prisión. De camino hasta allí, las consignas falangistas se suceden con retratos de Franco o pequeños altares que encomiendan el alma de las presas a la misericordia de Dios.

La enfermería es una sala alargada con decenas de camillas y estantes con medicamentos e instrumental anticuado, nada parecido al Hospital Militar en el que Aurora trabajaba hasta hace un par de días. Se encuentra dirigida por una monja:

—Ella es sor Vicenta —le presenta la Reina—. La auxiliarás a partir de ahora junto al resto de enfermeras.

Aurora esboza una pequeña sonrisa que conecta con el mohín afable de la monja.

—Encantada.

Aunque la monja debe de superar la cincuentena, ese gesto sereno y calmado le recuerda, de pronto, a sor María, la joven novicia que ocultó en su casa durante el primer año de guerra.

—Me han dicho que trabajabas en el Provincial, ¿no?

—Así es.

Durante el resto del día, Aurora se esfuerza por dar buena impresión a la enfermera: trata con brío a las enfermas de tiña o disentería, aplica ungüentos, tapona heridas y atiende con mimo a las dolientes crónicas con las que no hay otra cosa que encomendarse a Dios.

Así, entre curas y recetas y un descanso breve donde visitó el patio y luego el taller de costura, llega el jueves.

—Prepárense para las visitas, señoras —anuncia la Reina a las presas de la galería tras el almuerzo.

La joven ya se había preparado a conciencia. Adela le ha hecho un recogido en el pelo y no deja de pellizcarse las mejillas, a fin de tener buen color. Eso sí, las ojeras no puede disimularlas; durante la noche pasada, ante la expectativa de ver por fin a sus padres, apenas ha podido dormir.

—¿Cómo son las visitas? —le pregunta a Elvirita.

La joven, que también se prepara para comunicar, responde mientras Adela termina por peinarla a ella:

—Nos sacan a un patio alargado y hablamos a gritos a lo largo de una valla de metal. Y luego te dan comida o ropa, si es que te traen algo.

Aurora asiente, expectante. Conociendo a su madre, habrá preparado un paquete enorme con enseres. Eso sí: todo debe pasar bajo la atenta comprobación de las funcionarias de la prisión, no vaya a colarse algo prohibido.

—Entramos de diez en diez y solo tenemos diez minutos —continúa Reme, a quien Adela peinará anudándole un lazo a su cola de caballo, «Como le gusta a mi Felipe», cuando termine con Elvira.

Tras varios minutos de espera, las funcionarias llegan al fin para conducir a las presas hacia el locutorio, ordenándoles que hagan fila a lo largo del pasillo que da acceso al patio exterior alargado.

De las ventanas enrejadas llegan las voces de los visitantes, entre las que Aurora imagina oír la de Roque, su padre, o tal vez la voz dulce y cándida de Felisa. Aguarda en la fila casi una hora, imaginando qué decir al verlos.

—Que no te vean llorar, Aurora —le recomendó Elvirita—. Que se vayan de aquí tranquilos, pensando que estás bien.

Aurora asintió, aunque no estaba muy convencida de poder contener el terrible temblor con el que afrontaría la visita de sus padres tras cuatro días sin verlos.

«Seguro que me caigo redonda», pensó.

—Venga, vosotras diez, las siguientes —anuncia la funcionaria que custodia la entrada al locutorio.

A medida que se acerca a la puerta, el rumor de las voces se va acrecentando. Aurora avanza detrás de Isabel y Elvira, y tras ella, Adela y otras presas de las celdas vecinas.

Javiera se quedó en la celda porque no esperaba visita.

—Eh, vosotras, silencio. Que no os vea hablar —regaña la funcionaria a varias de las presas de la fila—. ¿Queréis quedaros sin comunicar?

Se oyen disculpas y se instala de nuevo un silencio sepulcral que contrasta con el griterío del exterior. Un par de minutos después, la funcionaria abre la puerta para dejar entrar a las diez presas del turno anterior, entre las que se ven sonrisas y alguna lágrima.

Inspira y expira. Traga saliva y hace un esfuerzo por serenarse.

Hasta que, de pronto, el caos:

—¡Isa!

—¡Adela!

—¡Elvirita!

Los brazos se agitan y las voces gritan. La mayoría de las presas ya sabe dónde colocarse: Isabel corre hacia el exterior de la alambrada, Adela se queda en el principio y Elvira busca un hueco por el medio. Aurora otea entre el gentío hasta que da con un par de brazos que se agitan tras el alambre.

—¡Aurora, aquí!

Y los ve, a Felisa y a Roque.

«Sé fuerte. Sé fuerte. Sé fuerte».

—¡Mamá, papá!

Pero no puede contener el llanto al llegar hasta ellos y pegarse a la alambrada como si no existiera nada entre sus padres y ella.

—¿Estás bien, hija mía? —le pregunta Felisa, con los ojos encharcados.

—Sí, mamá, estoy bien.

Las sonrisas viajan a un lado y al otro de la libertad.

—¿Cómo te están tratando, cariño? —pregunta Roque, en cuyo rostro se advierte el esfuerzo por no echarse a llorar.

—Bien, papá. Estoy bien —contesta la joven—. ¿Y los niños, cómo están?

—Te lo puedes imaginar, cariño. Pero estamos fuertes —responde Felisa, secándose los ojos con el dorso de su dedo índice.

—¡Esto ha sido una confusión! —grita Roque, intentando que lo oigan no solo Aurora, sino todas las funcionarias que custodian la visita de un lado y al otro—. ¡Una terrible confusión! Tú no tienes nada que ver con ese soldado. ¡No te pueden inculpar de nada, cariño!

Aurora asiente mientras agarra con fuerza los barrotes.

—Tenéis que buscarme un abogado, mamá. Y encontrar a alguien que se preste a testificar a mi favor. Preguntad a las mujeres a las que ayudé durante la guerra. Hablad con Elena, la hija de Eduardo.

—Hemos hablado con ella, cariño. Pero dice que no puede hacer nada.

Aurora enmudece.

—¿Cómo que no puede hacer nada?

«¡Será posible! ¡Con toda la ayuda que yo le brindé! ¡Con todo lo que me arriesgué!».

—Pero no te preocupes, Aurori —continúa Roque, esperanzado—. Hay alguien que se ha prestado a ayudarte y que puede sernos muy útil.

—¿Quién? —pregunta Aurora, alzando la voz.

—Fue ayer por la mañana —responde su madre—. Un falangista vino a casa diciendo que podía mover sus hilos para sacarte de aquí. Decía que no iba a tener problemas. Qué buena noticia ¿eh, tesoro?

Aurora asiente, extrañada.

—Pero ¿de quién se trata?

—De un tal Carmelo, cariño —responde Roque.

53

La Mancha, febrero de 1936

Nadie en el pueblo podía imaginar que aquellas serían las últimas elecciones.

—¡Viva el Frente Popular! —vociferó un campesino a la salida de la Casa del Pueblo, provocando los vítores del resto de la gente.

Para las elecciones del 16 de febrero, las izquierdas confluyeron unidas en el llamado Frente Popular, que compuso Manuel Azaña uniendo los retales de las tendencias opositoras a ese Bienio Conservador que durante dos años había gobernado la República.

—¡Y viva la República!

En el pueblo, no obstante, contrario al resultado nacional, las candidaturas de derechas alcanzaron un porcentaje mayor que la confluencia de Azaña. Y aquello había cogido por sorpresa a mucha gente. A Teófilo padre, por ejemplo.

—Aquí la gente ha votado con miedo —reflexionó el hombre tras los júbilos por la victoria nacional de las izquierdas.

—No te amuela... ¿miedo a qué? —le preguntó un campesino.

Durante el Bienio Conservador de la República, la tensión y los conflictos entre la patronal terrateniente —afines al Gobierno— y las asociaciones de campesinos y obreros, habían sido constantes. En toda la comarca, la patronal, envalentonada por el Gobierno derechista de la nación, no había cumplido con la legislación social, aumentando los despidos y las contrataciones arbitrarias.

El señorito don Iván representaba a la patronal en el pueblo.

—Por miedo a las represalias de los patronos —explicó Teófilo mientras se rascaba la coronilla con la visera de su gorrilla—. Si los campesinos hubiesen votado en masa al Frente Popular, imagina la reacción de don Iván y de los demás capitalistas.

Teófilo hijo, a unos metros de su padre, asintió: «¡Eso es!», al igual que el resto de los hombres congregados frente a la Casa del Pueblo. Sí, don Iván había debido alentar a los labriegos no politizados a que votasen a la derecha.

—Y seguro que el cura habrá tenido algo que ver también —terció un campesino.

—¡Sí! ¡El cura habrá pedido el voto derechista a sus feligreses! —exclamó otro.

Los demás asintieron. Al oír la mención al cura, Teófilo hijo torció el gesto con un mohín de preocupación. Siempre que las tensiones entre los dueños de la tierra y los campesinos se acrecentaban, estos acababan nombrando a don Sebastián, por muchos esfuerzos que el párroco hiciera por mediar entre las partes.

Teófilo se acercó a su padre y le habló al oído.

—He de ir con mamá, que la abuela dijo que quería volver a su casa para la cena.

Su padre frunció el ceño, agarrándolo del hombro.

—Estamos de celebración por las elecciones, hijo, ¿no lo ves?

Desde que Josefina se desplomó hacía casi dos años frente al altar mayor de la iglesia del pueblo, la mujer apenas ha recuperado sus funciones motoras.

Esbozaba algunas palabras, como Teo y Dios —con la curiosa coincidencia, como apuntó don Sebastián, de que en griego significaban lo mismo— y podía levantar las cejas y varios dedos, pero no podía moverse ni controlar su esfínter.

—Quédate un rato más y disfruta con nosotros, hijo —le conminó su padre.

Un campesino descorchó una botella de vino y repartió catavinos entre los asistentes. Otro empinó su bota y dio de beber, como una fuente. Sonaron palmas y cánticos, el pueblo celebraba. Teófilo accedió.

Pasado un tiempo, vio a Rosaura. No supo en qué momento se había unido a la barahúnda, pero allí estaba la zagala: tan guapa, tan lozana como siempre. Hacía mucho tiempo que habían dejado de hablarse, desde que la madre del labriego cayó enferma y las malas lenguas le dijeron que Rosaura iba diciendo que ella no iba a limpiarle el culo a su suegra.

Teófilo la saludó, sin rencores, la otra le guiñó un ojo furtivo y el vino y el licor hicieron el resto: tras unos bailes y el sensual movimiento de su cadera, se dirigieron hacia el arroyo y entre unas matas se hicieron el amor como animales salvajes.

Ya había caído la noche cuando Teófilo y Rosaura volvieron al pueblo. Tomaron caminos distintos antes de que alguien los viese y él entró en casa con el aroma de ella en la comisura de los labios.

—¿Dónde te habías metido, carajo? —le preguntó la abuela.

Teófilo advirtió la urgencia en el rostro de Pepa, la madre de Josefina.

—¿Qué ha ocurrido? —preguntó, haciendo un esfuerzo por centrar la mirada, por todo el vino que había bebido.

—Tu madre, que no está bien.

Teófilo corrió hacia la habitación dando tumbos: su madre dormía, como siempre.

—Lleva todo el día quejándose, como un perrillo. Yo le preguntaba si le dolía algo, pero la pobrecica no decía palabra. Mira, tócale la frente, creo que tiene fiebre.

Llevó la palma de la mano de Teófilo hasta la frente de su madre y este notó que estaba ardiendo.

—¿Por qué no has avisado al médico? —preguntó el joven, irritado.

Su madre lanzó un pequeño lamento, un «ay» ahogado.

—Qué médico ni qué médico —respondió la abuela, excusándose—. Fui a llamar al curandero y me dijo que debía ser por esa cosa de las elecciones.

Teófilo salió de la choza a toda prisa y llamó a la casa del médico, pero su asistenta no quiso despertarlo:

—El doctor ha pasado un día muy ajetreado y me ha dado orden de no molestarlo bajo ningún concepto. ¿Se está muriendo tu madre?

Teófilo vaciló.

—Bueno, muriéndose no. Pero tiene fiebre alta.

Sí se estaba muriendo, pero no podía saberlo.

—Ponedle paños húmedos en la frente. Eso mitigará la fiebre. Le daré el recado al doctor y mañana a primera hora estará en tu casa.

Regresó tambaleándose y pasó toda la noche junto a la cama de su madre.

El médico llegó a la mañana siguiente, con gesto desganado, oliendo a café y a tabaco.

—A ver, qué le pasa a Josefina —le preguntó.

Teófilo lo condujo a la habitación de sus padres. Junto a Josefina, su padre dormía la mona tras la borrachera de anoche, celebrando las elecciones. El cuarto hedía a alcohol y los ronquidos del labriego se oían desde la entrada.

Teófilo padre había llegado a casa de madrugada y se echó a dormir con lo puesto y sin saber qué era lo que le ocurría a su mujer ni advertir que su hijo dormitaba en una silla junto a ella.

—Disculpe a mi padre, doctor, pero no ha pasado buena noche —se excusó el hijo—. Mi madre lleva desde ayer con unas fiebres muy altas y lanzando quejidos lastimosos. Mire.

El médico pegó la oreja a la boca de Josefina para oír su respiración. Luego abrió su maletín y sacó el fonendo para auscultarla tras pedirle a Teófilo que le desabotonase el camisón. A continuación, le buscó el latido y aguardó unos segundos, posando la campana del fonendo en varios lugares de su torso, desde el centro del pecho hasta un costado.

—Debe ser una infección —diagnosticó el médico por fin—. Ve a la botica y dile a don Sinforoso que te dé unas píldoras Holloway. Y si no las tiene, que las mande pedir con urgencia a la ciudad.

Teófilo asintió. Los ronquidos de su padre no habían dejado de sonar.

—¿Y para qué sirven esas píldoras, doctor?

El médico había sacado un recetario y escribía sobre él apoyado en la mesilla de noche de su madre.

—Es un medicamento muy de moda en Europa. Sirve para curar reumatismo, tumores, úlceras, escrófulas, gota e inflamaciones. Se elabora como un compuesto de bálsamos raros. Si no lo tiene en píldoras, que te lo den en ungüento, ¿de acuerdo?

El médico terminó de escribir la receta y se la tendió al muchacho.

—Muchas gracias, doctor.

Miraron a Teófilo padre, que seguía durmiendo como un lirón.

—Mi asistenta se pasará esta tarde a por mis honorarios. Supongo que tu padre estará despierto para entonces, ¿no?

El muchacho se apresuró a asentir.

—Si quiere, le doy una patada y lo despierto ahora mismo.

—No, tranquilo. Déjalo dormir la mona. Si la fiebre le sube a tu madre, aplícale paños de agua tibia.

El médico recogió su maletín y salió de la choza seguido de Teófilo.

En cuanto su padre se despertó y le explicó todo el percal, el muchacho fue a la botica. «Te dejo al cuidado de mamá, ¿eh, padre?», donde el boticario le dijo que tardaría un par de días en tener el ungüento Holloway.

—Si lo quieres en píldora, serán tres días más, zagal —le explicó.

—Lo que sea más rápido, doctor —le pidió Teófilo.

Pero, días después, ni los ungüentos milagrosos, ni los paños tibios, ni los rezos fervorosos de la abuela Pepa sirvieron para bajarle la fiebre a Josefina. Al sexto día, y tras las evasivas del médico del pueblo, don Sebastián intercedió de nuevo para hacer venir al doctor Balaguer desde la ciudad.

Los zapatos del médico brillaban de la misma forma en que lucían la primera vez que vino a la choza. Se notaba que no pisaba mucho el campo.

Nada más ver a Josefina, sacó un termómetro de mercurio de su maletín y se lo puso. Empalideció al comprobar la temperatura.

—Tiene cuarenta y dos grados —dijo.

Luego comprobó su estado con minuciosidad, hasta que, tras más de una hora de análisis, concluyó:

—Caballeros, es mi deber serles franco. Dudo que doña Josefina pase de los próximos días. Diría que una infección ha debido extendérsele a los órganos vitales.

Teófilo hijo asintió con la cabeza gacha. No pudo reprimir un llanto quedo.

—No se martiricen —continuó el doctor mientras recogía su instrumental—. Como ella no ha sido capaz de quejarse hasta ahora, nadie se ha dado cuenta. Yo de ustedes le pediría a don Sebastián que viniese a darle la extremaunción.

Acompañaron al médico a la puerta de la choza. De vuelta a la habitación, marido e hijo cogieron las manos de Josefina y acariciaron sus dedos. Ardía.

Segundos después, Teófilo padre levantó la vista y miró a su hijo.

—Que sepas que ese cura no va a venir por aquí, ¿me has oído?

Teófilo no respondió. Apretó los dientes, conteniendo un gesto de rabia, y soltó la mano de su madre para acercarse a su padre con una rápida zancada.

—¡Escúchame! —le gritó, henchido de una rabia repentina, y le apuntó con el dedo como quien encañona un arma—. Como le jodas la muerte a mi madre, te juro, con ella aquí presente, que no volverás a verme en la vida, ¿me has oído? ¡En la vida!

Se retaron. Teófilo padre no pudo o no supo reaccionar. Soltó un balbuceo, en el que se le escaparon varios esputos, y al fin accedió.

—Está bien.

Luego bajó la mirada ante los ojos ardientes y coléricos de su hijo, a quien jamás había visto así.

Acto seguido, Teófilo corrió a la iglesia a avisar a don Sebastián, que emplazó a la medianoche el sacramento final. Así, más allá de las doce, y con la complicidad de una noche cerrada y fría, acudió a casa de los campesinos con su estola y con la túnica de monaguillo que solía ponerse Teófilo, que ya le quedaba pequeña.

El muchacho se la colocó por la cabeza. Luego se santiguaron todos: el cura, la abuela Pepa, Teófilo hijo y Teófilo padre, este con una señal fugaz.

—In nomine Patris et Filii et Spiritus Sancti.

El cura se acercó a Josefina, que tiritaba y lanzaba estertores roncos y agonizantes. De un pequeño maletín fue sacando trocitos de estopa y una pequeña vasija con aceite, y empezó el rezo en latín.

Bajo el marco de la puerta, con gesto contrariado, Teófilo padre los miraba. La silueta de su mujer se proyectaba en las paredes de la habitación bajo la acción de los cirios que Pepa había dispuesto alrededor de la cama.

El sacerdote descubrió los pies de la enferma, unos pies secos y resquebrajados que desde hacía casi dos años no pisaban tierra firme. Los lavó, los besó y luego hizo las unciones en los ojos y en la nariz. Cuando terminó el rito, volvió a santiguarse, besó la frente de Josefina y levantó la mirada para buscar los ojos del padre, duros y baldíos como los pies de su esposa.

Los de su hijo, en cambio, lloraban.

—Que Dios la acoja en su seno —dijo don Sebastián, solamente.

Josefina murió al alba, con el canto primero de las cotovías.

54

La interna apenas se tiene en pie. Pálida, casi blanquecina, llegó a la enfermería en volandas, con la cabeza vuelta y los ojos entreabiertos, como a punto del éxtasis.

—A la camilla. A esa de ahí, que está libre.

A pesar de la urgencia que parece revestir la enferma, sor Vicenta la atiende con la parsimonia habitual de la prisión, como si el tiempo no corriese ni la muerte acechase en esta pequeña enfermería. Acostumbrada al ritmo de trabajo de un hospital de sangre, a Aurora esta enfermería le parece un retiro espiritual.

Mira a la monja y contiene un gesto contrariado. Este no es el único servicio de la prisión bajo la responsabilidad de las religiosas: la escuela, la biblioteca, el economato, el huerto o la capilla, esta última en colaboración con el capellán, también están al cuidado de las hermanas.

—¿Cómo está, interna? —le pregunta sor Vicenta a la enferma.

La muchacha, con tosidos espasmódicos y broncos, apenas puede responder.

—Uy, suena a bronquitis —dictamina la monja enfermera.

Luego mira hacia Aurora, que aguarda junto a la camilla esperando instrucciones.

—Dele ungüentos de eucalipto hasta que pueda verla el doctor, ¿de acuerdo?

Aurora asiente, sin atreverse a cuestionar el diagnóstico de la monja. Se dirige hacia los estantes con medicamentos y coge un frasco de ese ungüento con el que la jefa de las enfermeras parece querer curar todas las afecciones respiratorias.

La chica le desabotona la camisa a la enferma y se asoma a las pequeñas úlceras que se le distribuyen por el torso y se esconden tras el sostén.

«Sí, debe ser tuberculosis», piensa.

—Esto te aliviará, ¿vale, tesoro? —le dice, aplicándole el ungüento con movimientos circulares en el pecho.

Aurora sabe que, si el doctor no la trata en breve, no tardará en morir. En el hospital Provincial asistió a varias neumonectomías, que en muchos casos consiguieron extirpar los tumores tuberculosos que habían anidado en los pulmones de los enfermos.

Pero ese tipo de cirugía no se practica en la prisión de Ventas. Lo sabe bien.

—Te sientes mejor ¿a que sí? —le pregunta a la enferma, masajeándole el pecho.

Esta asiente con un leve movimiento de cabeza. No es la primera enferma de tuberculosis que llega a la enfermería de la prisión desde que Aurora auxilia a sor Vicenta junto a otras presas y varias funcionarias, todas supeditadas, cómo no, al doctor Martín.

Tuberculosis, tifus, gripe o disentería conviven con las presas como las liendres o los piojos. El hacinamiento en las galerías y las penosas condiciones higiénicas y sanitarias suponen el caldo de cultivo para esa otra guerra invisible en la que los sanitarios de la prisión no parecen tener mucho interés en luchar.

Como el doctor Martín, que apenas dedica unos minutos a cada enferma y las despacha siempre con su desdén habitual.

Aurora lo contempla hacer la ronda por las camillas junto a sor Vicenta. El médico fuma un cigarrillo y deja caer la ceniza sobre el suelo con un ligero toque con el dedo índice sobre la columna de tabaco.

—Y a esta, ¿qué le ocurre? —le pregunta a sor Vicenta al llegar a la camilla junto a la que se encuentra Aurora.

Miran a la enferma, con su respirar dificultoso. Da una calada.

—Debe ser algún tipo de infección pulmonar. Habrá cogido enfriamiento y se le habrá formado una bronquitis.

El doctor asiente, dando por bueno el diagnóstico de la monja.

Hasta que, de pronto, Aurora interviene, incapaz de callarse por más tiempo.

—Yo apuntaría a tuberculosis, doctor.

Tras la intrusión de la joven, sor Vicenta mira a la chica con gesto contrariado.

—¿Alguien te ha preguntado, interna?

Pero el médico le hace un gesto para que esta se explique.

—Si se fija, tiene unas pequeñas úlceras repartidas por el pecho hasta el costado —dice, abriendo de nuevo la camisa de la enferma y dejando a la vista el sostén—. Estas úlceras cutáneas suelen ser un indicativo de la tuberculosis pulmonar. Teniendo en cuenta las dificultades para respirar, la febrícula y el color pálido de su piel, yo apostaría por este diagnóstico.

El doctor asiente, sorprendido por el dictamen de la joven.

—Has trabajado como enfermera, ¿no? —le pregunta antes de dar otra calada.

—Así es, señor. En el Provincial. Y durante la guerra en un hospital de sangre. He visto mucha tuberculosis. Si me permite decirlo, a esta enferma habría que trasladarla a un hospital y darle cuidados especializados.

Sor Vicenta ríe, de pronto.

—¿Cuidados especializados? Chiquilla, bastante que hacemos para que no os muráis de hambre, ¿me entiendes?

Aurora le sostiene la mirada. La monja tiene una piel cetrina, ojos pequeños en contraste con unas cejas pobladas y dos enormes cuencas cadavéricas.

—Estáis aquí como redención por vuestros pecados —continúa la religiosa, con un tono duro de sermón de misa—. Por todos los horrores que habéis cometido en España. Y la enfermedad es parte de vuestra pena. Si esta interna tiene tuberculosis, que Dios disponga qué ocurre con ella. —Sube el volumen de su voz y les habla a todas las internas que, entre camillas y cuidados sanatorios, abarrotan la enfermería de la prisión—. Oídme, ¡de aquí saldréis todas o muertas o redimidas! ¿Lo habéis entendido? Así se construirá la nueva España, si Dios quiere.

Se ha hecho un silencio sepulcral.

La monja vuelve la vista hacia la chica, que no mueve ni un músculo.

La nueva España: cuánto lleva Aurora oyendo sobre ella.

—¿De acuerdo, interna? —insiste sor Vicenta, con un tic en el ojo que le aparece cuando se enfada.

Pero es el doctor el que se dispone a responder, tras una larga calada a su cigarrillo:

—Bronquitis, entonces.

El segundo jueves llega mucho más rápido que el primero, y lo hace con los mismos nervios y el mismo revoloteo con el que las internas afrontan la llegada de las visitas.

—Venga, Elvirita, ahora te toca a ti.

En la celda de Aurora vuelven a hacerse peinados improvisados y a arreglarse vestidos —de riguroso luto, como no podía ser de otra forma— con los que dar a sus familiares una impresión algo mejor de la que suelen ofrecer en la cotidianeidad de la prisión.

—¿Vendrá tu novio, Aurora? —le pregunta Elvira con el clásico tono cotilla con el que la enfermera ya está acostumbrada a lidiar.

—Yo a quien quiero ver es a mis padres y a mis hermanos —responde esta, ilusionada ante la posibilidad de comunicar con ellos.

¿Cómo estarán Manuela y Jesusito? ¿Echarán de menos a su tata?

—Pues el día que yo salga de aquí —suelta Adela, que ha comenzado a recoger el pelo de la cordobesa para hacerle un moño—, de mi Juanillo no van a quedar ni los huesos, como en el caldo de un puchero.

Las presas ríen. Aurora está sentada sobre el fino colchón en el que duerme, junto a Javiera e Isabel. La muchacha las mira. Ambas suponen que hoy no recibirán visitas, por la lejanía de sus familiares.

«¿Qué habrán hecho para estar aquí?».

—Eh, delante de los pobres no mentar la comida —exclama Javiera, con retintín.

Hace más de un año que no ve a su marido, Eusebio.

—Ya te llegará el momento, Javiera —le dice Aurora, acariciándole la rodilla con la palma de la mano—. Ten esperanza.

La interna, que desde hace unos días ya no canturrea sus coplas, lanza un suspiro.

—Claro, mi niña, no te preocupes por mí —contesta, con los ojos vidriosos.

La esperanza es como la guerra: una lucha que a veces tiene sus escaramuzas y sus trincheras.

—Pero, a ver, que yo os vea —añade la mujer tras un silencio, poniéndose en pie y acercándose a las de la sesión de peluquería—. Ay, Dios mío, pero qué guapas.

Luego comienza a cantar, con su voz de coplera, por Estrellita Castro y por Angelillo, cuyas voces entona con un deje andaluz, tan impropio de una albaceteña.

La copla se acalla ante el silbato de una de las funcionarias.

—¡Al patio central las que vayan a comunicar!

Las presas lanzan un grito y se apresuran a salir al pasillo para ponerse a la fila.

Aurora mira hacia las que se quedan en la celda y les lanza un beso. Minutos después, la larga fila de internas se aposta en la salida hacia el locutorio, frente a la misma funcionaria de la semana pasada.

—Todas en silencio, ¿de acuerdo? Que no oiga yo ni una mosca.

Detrás de ella está Elvira, pero no se atreven a decirse nada, por miedo a que las escuchen. Aurora se asoma y cuenta las presas que tiene delante. Tras el cálculo, avisa a su compañera, entre bisbiseos, que irán en el cuarto turno.

O lo que es lo mismo: más de treinta minutos ahí de pie, conteniendo los nervios sin decir palabra. Decide matar el tiempo imaginando a sus padres, poniendo cara a la emoción de sus rostros, o tal vez los de sus hermanos, hasta que, de repente, oye su nombre rompiendo el silencio de la fila.

—¿Aurora? ¿Aurora Martín?

Es la voz de la Reina, que la llama desde la puerta de la galería, donde el segundo grupo acaba de entrar para comunicar con sus familiares.

Aurora da un paso a un lado y levanta la mano.

—¿Sí? —pregunta.

La Reina, al verla, va hacia ella.

«¿Qué es lo que ocurre?».

—Ven conmigo, enfermera —se limita a decir.

Pero Aurora se resiste a abandonar su puesto en la fila.

—¿Pasa algo? —pregunta con voz trémula.

Elvirita la coge por la cintura y hace fuerza para mantenerla en su sitio.

—Deja que comunique, Antonia, por lo que más quieras.

La funcionaria jefe la mira con gesto despectivo.

—¿Alguien te ha dado permiso para hablar, interna? Otra interrupción más y te vas derecha a tu celda.

Luego vuelve a poner los ojos en Aurora, esforzándose porque esta confíe en ella, con un repentino gesto afable.

—Vas a ver a tus padres en una sala aparte. Ven conmigo.

Le ofrece la mano, pero Aurora recela.

—O vienes o te vas para la celda, tú eliges —se impacienta la funcionaria.

Finalmente, la chica accede.

—Es-está bien —balbucea, mientras se dispone a seguir a la Reina.

Mira un instante hacia Elvira sin poder contener un mohín de preocupación que la cordobesa comparte mientras da un paso al frente para deshacer el hueco que ha quedado en la fila.

—Pero ¿voy a ver a mis padres? —le pregunta Aurora a la funcionaria una vez más.

Caminan por el pasillo de una de las galerías.

—Que sí, chiquilla. No seas pesada.

Por las ventanas enrejadas de la galería, que dan al pasillo que sirve como locutorio, llegan las voces de las presas y sus familiares.

«Seguro que va a llevarme al Cubo. Será por haberle discutido a sor Vicenta».

«Sí, será por eso».

—Por aquí, interna. Date prisa.

Hasta que la funcionaria se para frente a una puerta y mira a la enfermera antes de girar la cerradura, que ya estaba abierta.

—Tenéis cinco minutos, ¿vale?

La joven asiente sin comprender nada, con un temblor súbito, hasta que todo se precipita: el abrazo de su madre y luego el de su padre, cuyo olor la inunda como una primavera, y la avalancha de besos y de apretujones contra sus cuerpos.

—Pero ay, por Dios ¿qué hacéis aquí?

Y más besos, que restallan contra las mejillas de Aurora como el golpe de un látigo. Y unas lágrimas súbitas.

—Lo hemos conseguido... ¡te vamos a sacar de aquí! —exclama Felisa.

Aurora esboza una amplia sonrisa.

—Pero ¿cómo ha sido eso?

La vista para su juicio no iba a ser, por lo menos, hasta dentro de un par de meses, o eso le dijo Javiera, que ya estaba más que acostumbrada a estos procedimientos. ¿Cómo lo han conseguido sus padres?

Roque les pide que se sienten en las sillas colocadas a ambos lados de una mesa. Solo entonces, Aurora repara en el lugar en que se encuentra: la misma sala fría y oscura donde el comisario Ramírez la interrogó junto a la Reina.

—Sí, sentémonos, mejor —le pide Felisa.

Aurora asiente, tomando asiento en esa misma silla de la que se derrumbó tras la bofetada del policía.

—Dime ¿cómo lo habéis hecho, papá?

La sonrisa de antes se ha tornado, de pronto, en una incertidumbre extraña.

—¿Recuerdas que te hablamos de un hombre que iba a ayudarnos a sacarte de aquí? —le pregunta Roque, el último en sentarse en torno a la mesa, frente a su hija.

—Sí, un tal Carmelo.

—Ese mismo. Vino a casa y nos dijo que sobre ti pesaban acusaciones graves. Que a otras mujeres con imputaciones parecidas les habían caído diez años de prisión. Pero dijo que iba a intentar interceder por ti, porque, según decía, lo que había ocurrido contigo era una injusticia.

—No tuvimos noticias durante días —continúa su madre, apretándole la mano a su hija—, hasta que, esta mañana, Carmelo volvió a venir a casa. Decía que había hablado con un alto cargo del Ministerio de Gobernación y que habían revisado tu caso.

—¿Y qué dijo? —le interrumpe Aurora, impaciente.

—Que te sacarían hoy, después del turno de visitas —responde Roque.

Al oírlo, vuelve la sonrisa al rostro de la joven

—Pero...

Una sonrisa plena y dentada, que no le cabe en la cara. Hasta que se da cuenta:

—Pero ¿qué? —les pregunta.

Porque sus padres no la comparten. No sonríen.

—Hay algo más, tesoro —le dice su madre, que no ha dejado de acariciarle la mano en todo momento—. Carmelo le ha pedido tu mano a tu padre.

Silencio.

—¿Cómo que mi mano?

Felisa se apresura a explicarse:

—Te ha pedido en matrimonio.

Aurora los mira, sin poder creerse lo que están diciendo.

—Es un hombre bueno, Aurori. Héroe de guerra. El pobre enviudó muy joven y no ha vuelto a conocer mujer. Se enamoró de ti cuando te vio con tu tío en Navalcarnero, en aquella excursión que hicisteis. Dice que no ha dejado de pensar en ti desde entonces. ¿No es precioso, cariño?

Aurora balbucea, incapaz de esbozar una respuesta, ante el alud de pensamientos que le sobrevienen, uno tras otro. Retira la mano de la de su madre y se pone en pie, echa una furia.

—No le habréis dicho que sí, ¿verdad?

—Ay, entiéndenos, Aurora —se disculpa Felisa con un lamento.

Pero su hija hace caso omiso a sus excusas:

—No pienso salir de aquí como una mujer casada, ¿me oís? —dice como un basilisco.

Hace ademán de dirigirse a la puerta de la estancia, al otro lado de la cual debe esperar la Reina. Las sienes le palpitan, como si una vena estuviera a punto de estallarle.

—¡Siéntate ahora mismo, Aurora! —le ordena su padre, cogiéndola del hombro.

La joven lo mira e implora, con las manos unidas en forma de rezo:

—No me hagáis esto, por favor.

Luego les busca los ojos como si pidiera un salvavidas en medio de una tempestad.

«¿Cómo son capaces de algo así? ¿Cómo?».

—Lo siento, cariño, lo siento de verdad —insiste Felisa, con los ojos vidriosos y el hueco de un abrazo dispuesto a recoger los despojos en los que Aurora se ha desgajado—. Tú ahora no lo entiendes. Lo entenderás cuando seas madre.

—N-no, por favor...

—La decisión ya está tomada, Aurori —concluye Roque, tajante como un cuchillo—. Y no hay vuelta atrás.

55

El ras ras ras de las escobas parece acompasarse con el canto de los grillos. Al principio, Teófilo comenzó a barrer sin orden alguno, hasta que no tardó en darse cuenta de que era mejor dividir el patio en pequeñas partes, creando cuadrados imaginarios que barrería a ojo, porque apenas se veía nada.

La madrugada cae con una humedad plomiza.

—¿Por qué lo has hecho, hombre? —le pregunta Miguel, escoba en mano.

Se han quedado a solas en el patio de la prisión salvo por el funcionario que, desde la puerta de acceso a las galerías, los vigila.

Se advierte el lucerito de su cigarro, tintineando en la oscuridad.

—¡Mira que señalarte así, de esa forma tan estúpida!

Teófilo lo mira, excusándose:

—Era lo menos que podía hacer; ayudarte como tú me has ayudado a mí.

El poeta chasquea la lengua, contrariado.

—Pero...

—Pero nada —lo acalla Teófilo, cortante, volviendo a menear la escoba contra la grava—. Si no hay amistad en un lugar como este, ¿qué nos queda entonces?

Su pregunta flota en el aire, girando, ingrávida. Ras ras ras.

—Nada. No nos queda nada —le responde Miguel.

—Pues eso. No te iba a dejar solo barriendo todo esto.

Y esboza una sonrisa que, en la penumbra de la noche, viaja al rostro del alicantino.

Hasta que Teófilo la rompe, con un gesto burlón:

—¡A ver quién es el primero que termina!

Se afanan por reanudar el trabajo como dos colegiales libres, hasta que la deriva del barrido los lleva a cada uno a dos lados distintos del patio, como unas mareas.

Algún tiempo después, una canción surge en los labios de Teófilo, una coplilla labriega que su madre canturreaba mientras barría el suelo de su choza.

Ve a su madre, cantando.

—«Del trigo sale la harina y de las venas la sangre...».

A veces, el palo de la escoba de paja le servía de improvisado micrófono.

—« ...del trigo sale la harina y del vientre de su madre salió esa cara divina».

Y con esa última estrofa, Josefina le lanzaba un beso al pequeño Teófilo, que le gustaba observar a su madre mientras cantaba.

De su boca salía una sonrisa que contagiaba a su hijo.

La ve: su sonrisa, su gesto afable y sereno.

La inmensidad de sus ojos azules.

—«Salió esa cara divina como del trigo sale la harina» —continúa el manchego, con la copla en los labios y un par de inesperadas lágrimas nostálgicas en los ojos.

Y concluye, con la voz quebrada:

—«Ay, esa cara divina».

A continuación, levanta la vista y mira hacia Miguel, del que advierte una sombra al otro lado del patio. El ruido de su escoba no ha dejado de oírse, pero sí la de Teófilo, que vuelve a afanarse en barrer.

Ay, esa cara divina.

Una hora después, ambos se encuentran frente a la puerta de acceso a las galerías, en algún momento de la medianoche, todavía con los grillos y la luz del cigarrillo del funcionario pululando en un lento transitar por el patio.

El poeta le da una palmada.

—Gracias, Teófilo.

Este se apresura a responder echándose al hombro la escoba:

—Gracias a ti, en todo caso. Sin ti no habría sido capaz de escribir la carta para Aurora.

Se palpa en el bolsillo derecho de la camisa para comprobar que la carta sigue allí y no se le ha caído. Sí, ahí está.

—Le encantará. Ya verás.

Teófilo sonríe. Luego, se dirigen hacia la puerta de acceso a las galerías, donde el funcionario de guardia los esperaba.

—Todo listo —le anuncia Miguel, satisfecho.

El funcionario los mira con un gesto altanero.

—A ver si sonreís tanto después de una semana —les reprocha, dándoles permiso para entrar en la galería principal.

Recorren un largo pasillo custodiados por un par de funcionarios, hasta que ambos deben tomar caminos separados en dirección a sus celdas. Antes, se despiden con un: «Hasta mañana» con el que se emplazan al próximo día, cuando tengan que volver a limpiar el patio de la prisión.

—No os hemos dado permiso para hablar —les regaña el guardia.

La tercera galería es otro largo pasillo en cuyo final se encuentra la celda de Teófilo. Es la primera vez que camina por aquí tan tarde —o tan temprano—, con un silencio roto únicamente por algún ronquido y por los pasos rápidos que lo llevan hacia la reja de su celda, donde ninguno de sus compañeros parece haberse despertado ante la intempestiva llegada del manchego.

Le da las buenas noches al funcionario, pero este no contesta. Busca su hueco entre dos internos y saca la carta de Aurora del bolsillo. Lee al trasluz algunos pasajes, la poesía que escribió con la ayuda de Miguel y esos versos que el poeta alicantino le regaló. Piensa que nunca ha tenido ningún objeto para conservar tan preciado como este:

Dos hojillas en las que se encuentran todo lo que ha sentido estos años y no se había atrevido a decir hasta ahora, sus «Te quiero, Aurora», sus ausencias, sus anhelos.

Y se lo repite para sí con una sonrisa juvenil: «Te quiero, Aurora», antes de cerrar los ojos y caer rendido en brazos de Morfeo.

A las siete de la mañana suena el toque de diana.

—¡Arriba, internos! —gritan los guardias, haciendo sonar su silbato.

Tras el aseo matutino, se dirigen a la galería principal para cantar el primer *Cara al sol* del día, donde Teófilo canta a viva voz, porque no se le ocurriría volver a montar ningún numerito. Eso sí, Laureano, el funcionario jefe de la galería, no deja pasar la oportunidad para burlarse del manchego:

—Espero que el amiguito del poeta haya barrido bien el patio.

El muchacho asiente, sin atreverse a mover un músculo.

—Así es, buen chico. Obediente. Como debéis ser todos —mira al resto de internos, subiendo el volumen de su voz—. ¡Obedientes!

De camino al pasillo de la galería, donde los presos hacen tiempo en espera del almuerzo, Fernando el Pollo lo aborda.

—Has estado perdido, ¿eh, Teo? ¿Cómo ha ido la noche?

Teófilo se excusa, restándole importancia al castigo nocturno.

Fernando el Pollo está en prisión por algo que no sabe muy bien explicar: suministraba opiáceos y otras sustancias de contrabando al ejército republicano, y solía hacer el viaje de una a otra frontera sin levantar sospecha. Hasta que lo cogieron, con la guerra a punto de concluir.

Teófilo lo pensó nada más verlo: habría sido un espía genial.

—Todos nos hemos tenido que enfrentar a nuestro primer castigo, pero el tuyo ha sido de lo más original, Teo... ¡Te has castigado tú solo! —se ríe su compañero—. Eso sí, ya vendrán las quejas cuando te pases una semana barriendo.

Una semana barriendo solo todo el patio: lo cierto es que hasta ahora no había sido consciente del alcance de su atrevimiento.

No quiere pensar en ello, así que se apresura a cambiar de tema:

—Por cierto, Pollo, tenemos que pensar en el siguiente palo, ¿no? —dice, buscando una presa entre los internos de la galería con los que aún no han jugado al mus—. Ya estoy otra vez sin tabaco.

El Pollo asiente. Mira en derredor hasta que cree haber encontrado una buena pieza.

—Mira ese grupo. Ahí puede haber un par de primos.

Le señala hacia esos tres internos sentados al fondo de la galería, bajo las rejas que dan a uno de los muros de la calle de Torrijos. No deben llevar mucho en la prisión. Parlotean y ríen ante algún chascarrillo.

—Sí, puede que podamos desplumarlos.

Se miran y sellan el trato con el *modus operandi* habitual: hacerse los encontradizos con los posibles jugadores, interesarse por su estancia en la prisión y terminar proponiéndoles una partida de mus.

«¿Ah, que no sabéis jugar al mus? Os enseñamos, es muy fácil».

Se dirigen hacia el grupo bajo la ventana, pero, a medio camino, otro preso los frena, cortándoles el paso.

—¿Eres Teófilo el manchego? —le pregunta de pronto en un susurro.

Teófilo asiente, extrañado.

—Sí, ¿quieres algo?

Es un interno mayor que él, facciones duras, frente amplia y un ojo vago. El tipo mira a su alrededor y le habla a un palmo.

—No hagas ningún gesto. Te estoy metiendo en el bolsillo de la camisa un papel que viene del exterior. No lo leas hasta que no estés completamente solo, ¿vale?

Teófilo advierte con el rabillo del ojo cómo este deja caer un papelillo doblado sobre el bolsillo derecho.

—¿De parte de quién? —pregunta.

—No lo sé, pero se ha molestado mucho en hacerte llegar un mensaje.

«¿Quién demonios será?».

—Vale. Gracias.

Segundos después, el preso continúa su rumbo por la galería con el disimulo de quien está acostumbrado a burlar la seguridad de la prisión. Teófilo y el Pollo lo miran.

—¿Quién era ese tipo? —pregunta el primero en voz baja.

—Creo que trabaja en el economato —responde el Pollo, que contempló impávido la escena—. Alguna vez lo he visto allí, repartiendo productos de alimentación e higiene. Supongo que también se dedica a pasar cosas del exterior, como ese que te sacó la carta que escribiste.

Teófilo asiente, pensando en la carta para Aurora.

¿Cómo hará para enviarle esta que acaba de escribir? —se pregunta—, ¿volverá a recurrir al correo clandestino o se atreverá a mandarla por el oficial?

De pronto, el Pollo le hace un gesto para que se dirija hacia los aseos.

—Venga, ve a ver qué es lo que dice, ¿no tienes curiosidad?

Solo entonces reacciona el manchego. Da media vuelta y busca con la mirada al funcionario que custodia la entrada a los baños, que, parado con el cuerpo apoyado sobre el marco de la puerta, fuma un cigarrillo, despreocupado. Se acerca a él:

—Tengo que mear —dice.

El funcionario, con el cigarrillo colgándole de los labios, le hace un gesto.

—Venga, pero no tardes.

—Gracias, señor.

Teófilo entra en los aseos y se encierra en una de las letrinas vacías. Se oye a algún preso sentado en el trono con problemas para evacuar. De otra letrina llega un olor nauseabundo, al que Teófilo ya está más que acostumbrado. Disimula bajándose los pantalones y sentándose en la taza mientras echa mano al bolsillo de la camisa.

El mensaje se encuentra celosamente enrollado en un papel hasta formar un canutillo. ¿Cómo lo habrán pasado al interior de la prisión? Tal vez metido en el interior de una tarta de calabaza o en el pliegue de una prenda de ropa.

Lo desdobla con cuidado. El texto está escrito en varias líneas muy juntas y con la caligrafía de alguien que parece que aprendió a escribir hace mucho.

Lo lee, preso de la curiosidad.

> Hola, Teófilo:
>
> Te escribe Carmelo José Escobedo. Supongo que esperarás noticias mías, y lamento no habértelas dado todavía. Lo que me pediste es algo difícil. Eso sí, deberías saber que Aurora ya se encuentra en buenas manos, al fin. No sé si estás al tanto de lo sucedido: por culpa de las cartas que le escribiste durante la guerra, ha estado presa en la cárcel de Ventas. Yo me quedé prendado de ella desde que la vi junto a su tío Rafael, en Navalcarnero. Compren-

derás que debía ayudarla y, afortunadamente, he logrado sacarla de la prisión al explicarle al ministerio que ella no tenía nada que ver contigo, un pobre diablo rojo. Luego le he pedido que se case conmigo y, como no podía ser de otra forma, ha aceptado. Toda mujer desea encontrar un hombre bueno con el que formar una familia. Tú nunca ibas a ser ese hombre, te lo aseguro. Nunca jamás vuelvas a intentar ponerte en contacto con ella. Créeme, no tienes nada que hacer. Nada.

Recibe un cordial saludo,

¡Arriba España!

Carmelo José Escobedo

56

La libertad huele a primavera y deja en la boca de Aurora el sabor de las almendras garrapiñadas que Roque se apresuró a comprarle a la salida de la prisión de Ventas.

Cae la tarde y Madrid es igual que siempre, pero Aurora ya no es la misma.

—Ay, cuídate, Aurora, ¿vale? —le pidió Elvirita, la más afectada por su partida.

El resto de sus compañeras de celda recibió la noticia con una alegría súbita y compartida, la misma con la que reaccionan a la puesta en libertad de cualquier otra interna de la prisión.

—Cuidaos vosotras, por favor.

La Reina le permitió unos minutos para recoger sus cosas y quedarse con la impronta de sus abrazos.

A Isabel y a Adela les deseó lo mejor en el juicio de la semana siguiente.

A Elvira le prometió que iría a verla a Córdoba en cuanto ella saliese de ahí.

A Javiera le pidió que no dejara de cantar y de mantener la esperanza de volver a ver a su marido, Eusebio.

Todas se miraron una última vez, las que se quedaban ansiando la libertad que Aurora había recobrado sin pretenderlo, hasta que esta dio media vuelta y, escoltada por la Reina, las dejó atrás oyendo una copla que comenzó a sonar en los labios de Javiera.

La canción hablaba de perdón y olvido.

«¿Qué han hecho para estar entre rejas?», se preguntó.

Y luego:

«¿Qué he hecho yo para salir?».

Con esa pregunta cruzó la valla de la prisión y salió a la calle con el único deseo de abrazar a sus hermanos y refugiarse bajo las mantas de su cama, que tanto ha echado de menos.

No habló con sus padres de camino al barrio de Delicias.

Al abrir la puerta de casa, Jesusito y Manuela se abrazaron a ella como quien se aferra a un tesoro perdido.

—¡Tata! —gritan.

—¡Ay, mis niños! ¡Cómo os he echado de menos! —exclama, intentando contener la emoción.

Minutos después, se adentra en casa mirando en derredor como si no se encontrase en las fotografías o en las postales que decoran el salón o el pasillo hacia los dormitorios.

Hasta que comprueba que todo sigue igual.

En realidad, no sabe que Felisa tardó tres días en volver a recuperar el orden natural de su hogar tras el registro de los policías del Ministerio de Gobernación, que lo tiraron todo por el suelo sin miramientos.

—Iré a mi habitación, ¿de acuerdo? —les anuncia a sus padres.

Su madre asiente. Mira hacia Roque y este, bajo el marco de la puerta de la cocina, le hace un gesto para que siga a su hija.

Aurora entra en su habitación y cierra la puerta tras de sí. Se sienta sobre la cama. Abre las fosas nasales y se impregna del olor del jabón con el que Felisa restriega las sábanas sobre la pila estriada de la lavandería.

—¿Puedo pasar? —pregunta su madre, empujando la puerta.

—Ya has pasado —responde Aurora, seca.

Felisa da un par de pasos tímidos hasta sentarse en el borde de la cama, buscando la mirada de su hija, que la esquiva.

—Esta noche vendrá Carmelo a cenar —le dice de pronto.

Aurora levanta la mirada y se enciende como un volcán.

—No me hagáis esto, por el amor de Dios —vuelve a decirle, como en aquella habitación de la prisión.

Intenta contener un gesto de ira. Que no note su madre que tiene unas ganas inmensas de llorar. Que no diga que no ha dejado de ser la niña que lloriqueaba porque no podían comprarle un helado.

Pero Felisa esgrime las mismas palabras de hace un rato.

—No teníamos otra opción, cariño.

Aurora se pone en pie y da algunos pasos sin rumbo.

—¡Claro que había otra opción! —responde, intentando tomar el control de su respiración agitada—. Dejarme allí, en la cárcel. Esa era la opción.

Felisa chasquea la lengua.

—¿Cómo te íbamos a dejar ahí, por el amor de Dios?

La chica mira a su madre y ambas se encuentran fugazmente en los ojos de la otra.

—Pues ¿sabes qué, madre? Allí me sentía más libre de lo que me siento ahora, en mi propia casa.

Felisa guarda silencio, mordiéndose el carrillo de las mejillas.

—¿De qué libertad hablas, hija mía? —pregunta, suspicaz.

Parece querer decírselo, pero no se atreve.

«¿La libertad de las que hablaban las milicias anarquistas que hicieron preso a tu padre y que ahora pueblan las cárceles como la de Porlier o la de Ventas?».

—Hoy no necesitamos ser libres, cariño, y menos una mujer —continúa Felisa, poniendo su mano sobre el brazo huidizo de Aurora—. Tú lo has podido comprobar en la cantidad de chicas que ahora están en prisión. Y las tuvimos muy cerca, ya sabes que algunas de las que cosían en el taller de tu tía Bernarda están ahora entre rejas. No, no necesitamos ser libres. Necesitamos que alguien nos ampare. Vivir bajo un sistema de seguridad, orden y progreso. Y mi deber y el de tu padre es procurártelo.

Aurora la mira con un gesto frío.

—Tú no sabes lo que es la libertad —le suelta Aurora, con el ceño fruncido—. Tú no te has visto privada de ella como yo.

Felisa retira la mano de su hija y responde con voz compungida.

—No me ha hecho falta saberlo, Aurori. Lo viví con tu padre y ahora en mi propia hija. No me lo vuelvas a decir otra vez. No me niegues las noches sin dormir y el sufrimiento de esposa y madre de cautivos, cada uno de un signo distinto, para más inri. La guerra ha terminado. Parece mentira que no lo sepas. Los vencedores tienen su paz, y en esa paz no caben tus ganas de ser libre ni de seguir sin marido ni de cartearte con un preso republicano que vete tú a saber cuándo lo fusilarán, como a tu primo, pobre mío, que sigue en prisión. La guerra ha terminado, y tenemos la suerte de que han ganado quienes jamás volverán a molestar a tu padre, ¿no te alegra eso?

Aurora calla, meditando sobre las palabras de Felisa. Da un rodeo con la mirada hacia su habitación y se da cuenta de que algunas cosas no están donde ella las dejó: los cuadros de los estantes, la posición de algunos libros. Debieron de toquetearlo todo cuando buscaron las cartas de Teófilo, esas de las que hablaba su madre.

Sus miradas vuelven a encontrarse. La de Felisa brilla.

—Pues no sé, madre. No estoy segura. ¿De verdad esa es la paz que queríamos? ¿La paz de tantas mujeres presas en Ventas cuyo único delito ha sido coser mantas para el frente o escribirles cartas a los soldados? A ti podrían haberte llevado. A mí me llevaron. ¿Es eso justo? Que baje Dios y lo vea.

—Es una paz, Aurori. Puede gustarte más o menos. Queríamos la paz que fuese. La de unos o la de otros. Y a nosotros nos ha tocado la paz con la que tu padre no tendrá que volver a temer porque lo apresen.

Aurora da otro rodeo por su habitación.

Vuelve a pensar en aquellas mujeres de Ventas. En Elvirita. En Javiera.

Oye los cánticos de esta última, sus coplas de amor y ausencias.

—Me parece egoísta, madre. Pensar así. La paz tendría que ser para todos. Si no, no es paz, es venganza.

«La paz de las celdas y las ausencias, ¿eso es paz?».

—No seas ingenua, hija. Los republicanos habrían hecho lo mismo.

Vuelven a mirarse. Aurora asiente, llena de dudas. Se le ha secado la boca.

—Y no es egoísmo, hija, es mirar por nuestra familia. De hecho, nunca hemos dejado de hacerlo. Era lo mismo cuando cantábamos *La Internacional* con el puño en alto que ahora que levantamos el brazo con el *Cara al sol*. Lo hacemos por vosotros. Tu padre dijo una vez que él no entendía de patrias, que su patria era su familia. Y ha tomado una decisión que, como padre tuyo, tienes que respetar. Lo ha hecho procurando tu bienestar y el de todos. Sacarte de la cárcel y darte un futuro en esta España. Para que tus hermanos no tengan que sufrir más por el paradero de su hermana mayor. Para que no tengas que verte más en una prisión. ¿Te parece poco?

Aurora no dice nada, se siente incapaz de rebatir las palabras de su madre.

Miles de pensamientos se agolpan en su cabeza. Las sienes vuelven a palpitarle.

—Carmelo vendrá a las nueve. Dale una oportunidad. Habla con él. Verás que es un hombre bueno. El amor llegará, Aurori. Ya lo verás.

La chica piensa en aquel hombre, intentando recordar su aspecto, su pelo engominado, su perfecto rasurado, el olor a perfume que emanaba.

Felisa le acaricia el pelo e intenta sonreír.

—Venga, te ayudo a maquillarte y a hacerte un peinado bonito, ¿de acuerdo? Que te vea mucho más guapa de cuando te vio en Navalcarnero.

Un enorme ramo de flores. Rosas rojas radiantes, arrebatadoras. Docenas de ellas, distribuidas en un precioso óvalo que sale de un ramillete rematado con un lazo blanco.

El blanco de la pureza y el rojo del amor.

—Buenas noches, doña Felisa.

Por el rabillo del ojo, lo primero que ve Aurora desde el salón es ese ramo asomando bajo el marco de la puerta. Luego a Carmelo.

—Buenas noches, Carmelo.

Su madre y él se besan en las mejillas. Luego el apretón con su padre, varonil, un par de sacudidas secas durante varios segundos y dos sonrisas protocolarias.

Los mira. Roque no es mucho mayor que Carmelo.

«¿Cómo voy a casarme con alguien que casi tiene la edad de mi padre?».

—¿Cómo están? ¿Todo bien?

El apretón se detiene. Felisa se apresura a asentir para luego soltar un comentario jocoso sobre el ramo: «A la niña le encantará», que Aurora oye desde el salón torciendo el gesto.

—Por aquí, Aurora te está esperando en el salón —dice a continuación.

Aurora se pone de pie. Tiene que contener un temblor súbito en sus extremidades.

«Pero ¿qué estoy haciendo?».

Felisa la maquilló con polvos y un poco de rímel y le pintó los labios con carmín rojo antes de hacerle un recogido mientras no dejaba de alabar las virtudes de ese tal Carmelo, al que en realidad habían visto un par de ratos.

—Pero qué guapa, por el amor de Dios.

Centra su mirada en el ramo que esgrime el hombre hasta que no tiene otro remedio que levantar la vista.

—Buenas noches, Aurora.

Carmelo Escobedo va vestido con un traje azul, camisa blanca y corbata a rayas rojas y blancas. Sus zapatos brillan. Su pelo, engominado hacia atrás, también.

Y también brilla su sonrisa de galán sobre un bigotito perfectamente acicalado.

Parece Clark Gable seduciendo a Claudette Corbert.

O Rafael Rivelles cautivando a Imperio Argentina.

—Buenas noches.

El hombre le ofrece el ramo con una ligera reverencia.

—¿No es bonito, Aurori? —le pregunta su madre, apoyada en el marco de la puerta que da a la cocina.

La chica asiente. Coge el ramo y, en un acto intuitivo, se lleva las rosas a la nariz para impregnarse de su olor. Luego lo deja sobre la mesilla, junto al teléfono.

—Pero, toma asiento, Carmelo —invita Felisa, apresurándose a alisarle el forro de encaje sobre el sillón.

—Sí, claro —responde Carmelo con gesto cortés.

—Os dejaremos solos, que tendréis mucho de qué hablar. Los niños están en su dormitorio y Roque y yo estaremos en la cocina, ¿de acuerdo? Nadie os molestará hasta que la cena esté lista.

El falangista asiente. Aurora mira a su madre perderse por la puerta de la cocina. También se ha arreglado y se ha puesto un vestido bonito que se apresuró a cubrir con un delantal, para no mancharse.

Ella es la que debería haberse casado con él.

De la cocina le llega el olor de la sopa de verduras y las perdices que se cocinan sobre el fuego. Les han costado un ojo de la cara.

—¿Cómo estás, Aurora? —le pregunta Carmelo, intentando encontrarle la mirada.

«¿Qué cómo estoy? ¿A ti qué te parece?», piensa. Pero no se atreve a decirlo.

—¿Tuviste algún problema para salir de prisión?

La chica niega con la cabeza.

—Me alegro. Di mi palabra de que contigo estaban cometiendo un error. Y, por suerte, con ello ha sido suficiente.

Huele a perfume caro. Y el aliento, a menta fresca y a regaliz.

—Gracias, pero no tendrías que haberte molestado.

Carmelo asiente. En la mirada tiene dos luceros penetrantes, hipnotizantes. Aurora los mira, un instante.

—Soy consciente de que esto te ha cogido por sorpresa —le dice, como si ya estuviera preparado para la reacción de la muchacha—. Pero déjame decirte que...

—¿Por qué yo? —le interrumpe Aurora, de pronto—. ¿Acaso no podrías tener a la chica que quisieras?

Carmelo ríe para sí.

—Podría tenerlas, sí. Pero yo no soy de los que se van con cualquiera. Mi esposa murió antes de la guerra. Fue una tragedia. Y durante este tiempo, creí que no podría encontrar en ninguna otra mujer la valentía de ella, la fuerza en su mirada, su determinación. Hasta que te vi entrar en la taberna de Rivas con tu tío. Me quedé prendado de ti. Supe que a quien quería tener a mi vera era a una chica como tú.

Aurora contiene un gesto de rubor.

«Sí que sabe regalar la oreja, este tipo».

—Pero no sabes quién soy. ¿Cómo sabes que soy la mujer que quieres? Me conociste solo durante unos minutos.

El falangista vuelve a asentir.

—Así es el flechazo del amor —responde, convencido—. Además, estuve investigando un poco sobre ti. Sé que fuiste a un colegio de monjas, que eres enfermera, que a tu padre lo hicieron preso las milicias rojas durante la guerra. Y que te carteabas con ese soldado republicano por tu bondad, porque él no tenía a nadie con quien escribirse. En el lado nacional había miles de madrinas de guerra, chicas buenas escribiendo a soldados desamparados. Tú también eras una de ellas, aunque en el lado equivocado. Y no me hace falta saber más de ti.

La chica vuelve a guardar silencio. No sabe qué responder. Titubea.

—Déjame decirte algo —continúa Carmelo, con ese gesto del galán que pretende a la joven de turno en las películas—. Si nos casamos, Aurora, haré todo lo que tú me digas. Por ejemplo, ayudar a ese tal Teófilo, como me pediste el día que nos conocimos. ¿Sabes una cosa? Hablé con él e investigué un poco para mover algunos hilos. Hoy en día es fácil llegar a donde uno quiere si sabe qué puertas tocar. Sobre él pesa una acusación terrible que, te aseguro, lo llevaría de cabeza al pelotón de fusilamiento. Pero, si tú quieres, mañana mismo podría hacer desaparecer esos papeles, por mucho que a mí me duela y sienta que con ello traicionaría al Movimiento. Pero lo haría por ti. Por ti, porque, cuando nos casemos, no habrá nada en el mundo que me importe más que tu felicidad. Dime, ¿qué me respondes?

Carmelo aguarda, pero la joven no es capaz de articular palabra.

Piensa en Teófilo. Cuántas noches desvelada pensando en él. Cuánto sufrimiento ante la incertidumbre de si estará vivo o muerto.

Y ahora lo tiene en su mano.

—¿Teófilo saldría de la cárcel? —pregunta, mirándole a sus ojos intensos.

Carmelo esboza una sonrisa.

—Pues claro. Haré todo lo que esté en mi mano para que seas feliz.

Cuarta parte

Dos billetes

57

Madrid, marzo de 1977

La calle Torrijos ya no se llama Torrijos, sino Conde de Peñalver. Pero el del nombre es el único cambio reseñable; por lo demás, sigue siendo igual de ancha y poblada de escaparates y bloques residenciales como todas aquellas que se proyectaron en este ensanche de Madrid que da cabida al barrio de Salamanca y en el que, sin quererlo, Teófilo vivió antes y después de la guerra, en el piso franco de los espías primero y, dos años después, en prisión.

Sube por la calle buscando la sombra breve de los árboles que han comenzado a florecer en las aceras. Sonríe a los viandantes y mira hacia los escaparates. No encuentra ninguno de aquellos establecimientos que durante la contienda seguían vendiendo género o haciendo arreglos.

Hasta que, dos minutos después, en la confluencia de Conde de Peñalver y la calle Padilla, levanta la vista y se para frente al perfil de ladrillo y rematados neomudéjares a los que precede una valla enrejada, la misma tras la que vivió aquellos meses de 1939.

La prisión de Torrijos.

Verla lo estremece. Cruza la acera y bordea el muro hasta asomar a la imponente fachada principal, en la que una cruz remata un pequeño frontón en cuya cornisa se distinguen motivos geométricos.

FUNDACIÓN DOÑA FAUSTA ELORZ, lee. Supo que, después de

ser prisión, el complejo volvió a su cometido original, el de alojar una residencia para mayores.

«¿Serán conscientes los ancianos que viven ahí de lo que ocurrió dentro?».

Toca los barrotes de la valla que precede a la fachada. Ahí, en ese mismo lugar, los presos y sus familiares comunicaban a un lado y al otro para jurarse amores, emplazarse a cuando todo pasase e imaginarse en libertad. Ahí vio a Carmelo Escobedo por segunda vez en su vida, durante los escasos minutos en los que le pidió que le hiciese cumplir su promesa de vida. Cómo iba a saber que aquello acabaría uniendo al falangista con Aurora.

Se martirizó durante mucho tiempo cada vez que lo pensaba.

Luego, da un rodeo a lo largo de la valla hasta asomar el patio trasero, colonizado por decenas de coches en un improvisado aparcamiento de la residencia de ancianos. Mira hacia el patio a través de la valla enrejada y oye el ras ras ras de la escoba con la que limpió el suelo durante una semana junto a Miguel Hernández.

Se afana en rebuscar en los recuerdos. Ahí, bajo una acacia que ya no está, se sentaba junto al poeta a escribirle a su amada Aurora.

A imaginar versos que se quedaron ahí, tras esos muros.

Y quizá por eso ha decidido visitar la antigua prisión, porque allí fue donde se dio cuenta, por primera vez, de que estaba enamorado, perdidamente enamorado de su madrina de guerra.

Y fue allí donde también, poco después, se le rompió el corazón al saber que esta iba a casarse.

Da un rodeo completo el edificio y levanta la vista una última vez hacia la fachada principal. Se detiene en sus detalles artísticos antes de volver por donde ha venido.

Hace más de treinta y siete años, a mediados de un septiembre caluroso, salió de esa prisión y miró también a esa fachada antes de despedirse de algunos presos que, como él, habían sido puestos en libertad de forma sorpresiva.

Miguel Hernández fue uno de ellos. La despedida con él fue breve e intensa; el calor de unos abrazos, el deseo de unos amores y las sonrisas de hombres libres.

Teófilo lloró amargamente cuando, tres años después de su liberación, supo que el poeta había muerto en otra prisión, cerca de su Orihuela natal.

Pero en aquel momento, frente a la prisión de Torrijos, el manchego pensó que a partir de entonces nada podía ir a peor. Miguel y él, como otros tantos presos, se dispersaron por las calles de Madrid. Teófilo, sin saber adónde ir, fue a buscar al mismo hombre que ahora, tantos años después, vuelve a visitar tras su paseo por los fantasmas de aquella Madrid que habitó.

Sube las escaleras del bloque y llama al timbre.

La puerta se abre tras algunos segundos.

—Buenas tardes, doña Bernarda.

La anciana no se sorprende ante la visita de Teófilo. Es más, parecía esperarla, habida cuenta de que lo invita a pasar en el acto y le indica con un gesto que Rafael se encuentra donde siempre, en su sofá, como un estandarte enhiesto.

—Buenas tardes, Rafael —saluda al anciano.

El Cojo levanta la vista y esboza una sonrisa al encontrarse con el manchego, que toma asiento junto a él. Bernarda, que cocinaba algo en sus fogones antes de que Teófilo llegara, le ofrece un refrigerio al inesperado invitado.

—Solo un poco de agua. Me he pegado una buena caminata hoy.

Salió temprano de la pensión y se propuso dar un paseo por los mismos parajes en los que estuvo hace tanto: la puerta del Sol, la plaza Mayor, el entramado laberíntico de Chamberí o las manzanas cuadrangulares del barrio de Salamanca.

—Ahora mismo te la traigo.

Bernarda da media vuelta y poco después aparece en el salón con un vaso de agua y un pequeño cuenco con un puñado de frutos secos. Lo deja sobre la mesa auxiliar junto al sofá y les anuncia que se vuelve a la cocina.

Teófilo espera a que la mujer desaparezca tras la puerta.

—¿Ha hablado con Aurora? —le pregunta al Cojo.

Cuando el anciano asiente, su barba canosa de cuatro pelos y la enorme papada que se entrevé tras ella se bambolean. Se le arruga la cara al hablar.

—Sí —responde, con su voz ronca—. La visitamos ayer.

Teófilo juguetea con sus dedos, nervioso.

—¿Y qué tal?

Rafael se toma unos segundos para responder. En la televisión, el noticiario informa sobre el decreto ley aprobado por el Gobierno que reconoce el derecho a la huelga.

Adolfo Suárez dice que es un gran logro en la transición hacia la democracia.

—Pues estuvimos en su casa y hablamos sobre aquello que me dijiste.

Teófilo traga saliva. Coge el vaso de agua que Bernarda dejó en la mesita y da un buen trago. Estaba sediento.

—¿Cómo se lo tomó? —pregunta, expectante ante las noticias del tabernero.

—Bueno, ya sabes cómo es mi sobrina. Muy bien no se lo tomó, la verdad.

El manchego chasquea la lengua.

«Así que sigue haciéndose la dura», piensa, sin atreverse a verbalizarlo frente a Rafael, que echa mano al bolsillo del batín para sacar una cajetilla de cigarrillos y un encendedor.

Vuelve a ofrecerle a Teófilo, como hace unos días, pero este rehúsa de nuevo.

Se enciende el cigarrillo y guarda silencio hasta que da una calada.

—¿Cómo fue? —insiste Teófilo.

—Nos sentamos en su sofá e intenté hablarle de ti, pero se cerró en banda. Que qué te debía yo para haber hecho el esfuerzo de venir a su casa a remover el pasado. Que qué interés tenías tú ahora en hablar conmigo. Yo le dije lo mismo que me hiciste saber, que todavía tenéis algo pendiente, a pesar de los años. Y que todo está en la carta que le enviaste.

—Pero ¿sabe si la ha leído?

El Cojo da una calada al cigarrillo.

—Creo que no la ha leído todavía. Si lo hubiese hecho, supongo que habría dicho algo sobre su contenido, ¿no?

Teófilo asiente. En esa carta, que escribió durante la primera noche en esa pensión de Malasaña —entre el ruido de las reyertas callejeras y los amores fugaces de algún putero—, le contó todo lo que nunca le dijo.

—Pero puedes consolarte con algo —continúa el Cojo, apresurándose a reconfortar el gesto apesadumbrado en el rostro de Teófilo—. Por lo menos, creo que no la ha roto ni la ha tirado a la basura. Supongo que, conociendo a Aurora, eso ya es un logro para ti.

Teófilo guarda silencio y piensa en las palabras del Cojo.

Sí, al menos es un consuelo.

De hecho, pensó que Aurora tiraría la carta nada más cerrarle la puerta, a sabiendas del genio que se gasta su antigua madrina de guerra.

Rafael el Cojo lo mira tras el humo de su cigarrillo. De la televisión llega ahora la sintonía de cabecera de *Hora 15*, tras la que el periodista Martín Ferrand comienza con su habitual repaso a la actualidad cultural.

—¿Me permites un consejo? —le pregunta al manchego.

—Sí, por supuesto —responde Teófilo.

El Cojo carraspea y le habla con su habitual tono de motor gripado:

—Déjate de cartas y de historias. Tuviste los cojones de plantarte en el funeral de su marido. Vuelve a mostrarlos ahora. Ve a su casa y dile que no te irás de allí hasta hablar con ella. Y si no, te vuelves para La Mancha. Díselo así, firme, con los huevos encima de la mesa. Que no pueda negarse.

Para remarcar sus últimas palabras, Rafael golpea con el puño el cristal de la mesita auxiliar. El enorme anillo de su dedo anular restalla en la habitación.

—Con dos huevos —insiste, volviendo a golpear.

Teófilo asiente. Ha recordado, de pronto, aquella vez en la que, después de salir de la prisión de Torrijos, también tuvo la valentía para plantarse en su casa.

Aquella fue la primera vez que ambos se vieron.

La segunda vez fue en el funeral de Carmelo, treinta y siete años después.

58

—Buenos días, mamá.

Hubo un tiempo en que todo se detuvo en la casa familiar de Aurora. Ocurrió después de que Jesusito se independizara y Roque muriera de aquel cáncer que lo postró en la cama los últimos meses de su vida. Fue a finales de los años cincuenta y, desde entonces, todo se congeló en torno a Felisa, como si esta hubiese querido hacer de su hogar el museo de cera de un tiempo remoto.

—¿Cómo estás hija? Pasa.

Aurora sonríe y coge del brazo a su madre para dirigirse hacia la cocina. En esa pequeña estancia, con su mesita frente a los fogones, ha pasado todo lo importante en esa casa.

—Pues bien, mamá. Todo lo bien que se puede estar. ¿Y tú?

Los ochenta años de Felisa son los temblores de sus manos costureras y el lento caminar de un golem.

—No me puedo quejar, cariño —responde la anciana.

Toman asiento en las dos sillas de enea, herencia de la abuela Agustina.

—¿Quieres tomar algo? Estás en tu casa, ya lo sabes.

—Ahora miro algo, a ver —responde Aurora, a sabiendas de que en cualquier momento puede levantarse a coger lo que le venga en gana del frigorífico o de la alacena.

Nunca se fue del todo de aquí. Incluso después de la boda, seguía viniendo cada día a visitar a sus padres y a sus hermanos, a charlar con los primeros, a jugar con los segundos. Luego llegó Teresita.

—¿Cómo va todo por tu casa, hija mía?

Aurora lanza un bufido. ¿Cómo era posible que Carmelo tuviese tanta ropa?

Todavía tiene que ordenar su despacho y las habitaciones de invitados donde también guardaba trastos sin parar.

«Y ya verás cuando le meta mano al sótano».

—Poco a poco, mamá. Carmelo tenía muchas cosas. No he parado en todos estos días, pero me queda mucho todavía.

La anciana ríe para sí.

—Si supieras la de cosas que me quedan aún de tu padre —dice, con voz trémula.

«Ay, papá».

Y Aurora se contiene para no decir que le queda tanto porque nunca quiso tirar nada.

De hecho, si ahora abriese el lado derecho del armario de la habitación de matrimonio, Aurora está segura de que encontraría el uniforme de trabajo de Roque, sus camisas y su par de trajes, el negro que se puso para su boda y el gris que se compró para el bautizo de Teresa y que luego repitió en la boda de Manuela.

Piensa fugazmente en él, en Roque.

«Qué pronto te fuiste».

—Un cáncer de pulmón con metástasis —diagnosticó el médico del hospital Provincial, en el que era jefa de enfermeras—. Tres meses de vida. Cinco tal vez.

Roque duró casi seis, se agarró a la vida como un tubérculo a la tierra.

—Tengo que decirte algo, hija—le dijo a Aurora algunas semanas antes de morir.

—Claro, dime, papá.

Aurora se quedaba esa noche de guardia a los pies de su cama.

—Quiero pedirte perdón —continuó su padre cuando dejó de toser.

Pero su hija no lo dejó continuar:

—Por el amor de Dios, papá. No tienes que pedirme perdón por nada.

Roque quiso explicarse, pero volvió a toser y empezó con esos espasmos en los que parecía que la vida se le iría por la boca.

—Tú solo dime que aceptas mi perdón —logró decir el hombre, tras recomponer la voz—. Quiero irme con eso.

Aurora miró a su padre y se echó a llorar mientras asentía.

—Claro, papá, por supuesto —le dijo, apretándole la mano.

En realidad, ya hacía mucho que lo había perdonado.

—¿Qué vas a hacer con la casa? —le pregunta Felisa con su voz trémula—. ¿No es muy grande para ti sola?

Aurora esboza una sonrisa ante una repentina ocurrencia.

—¿Y si me vengo aquí contigo, mamá? ¿Te imaginas tú y yo juntas de nuevo?

—Quita, quita —resopla Felisa, con un gesto de sarcasmo—. Acabaríamos tirándonos de los pelos.

Madre e hija ríen. Lo cierto es que, cuando murió Roque, Felisa no accedió a irse a vivir a casa de ninguno de sus hijos, y mucho menos a una residencia.

—Esta es mi casa y no me pienso ir de aquí —se plantó.

Guardan silencio. Aurora se pone en pie y asoma al fregadero de la cocina, por si hubiese algo que limpiar. Desde hace algunos años, y ante el deterioro físico de Felisa —los temblores apenas la dejan hacer nada con las manos—, tanto Manuela como ella se turnan para echarle una mano con la casa.

En el fregadero hay una taza y un par de platos que Felisa debió dejar ahí tras hacerse el desayuno. Aurora los limpia bajo el grifo.

—¿Y Teresita, cómo está? La vi muy afectada —le pregunta su madre.

Aurora frota la superficie del plato con el estropajo tras verter sobre el mismo un par de gotas de detergente.

—Pues sí. Estaba muy unida a su padre. Pero no es eso lo que me preocupa, ¿sabes? Hay algo que me reconcome.

Termina de fregar los cacharros, los deja en el escurridor y vuelve a sentarse frente a su madre, que extiende su mano temblona y la posa sobre la pierna de su hija.

—A ver, dime.

Aurora mira hacia sus ojos arrugados. No titubea al decírselo:

—Federico la está forzando para que lo nombremos director de la empresa, pero no vale para eso. ¿Recuerdas que Carmelo no dejaba de repetirlo?

Felisa asiente.

—No le gustaba su yerno —responde la anciana.

—Así es, mamá. ¿Y sabes qué es lo peor? Que creo que está engañando a Teresa.

—¿Con otra mujer? —pregunta Felisa, conteniendo un gesto de sorpresa.

—Sí, eso creo. Y no sé si Teresa lo sabe o no. Le he dado muchas vueltas, mamá. Creo que hay algo que no he hecho bien con mi hija. No dejo de pensarlo.

Aurora le esconde la mirada a su madre y sacude la cabeza en un gesto de negación.

—No lo hicimos bien. No —se repite.

Felisa le estrecha la mano y Aurora siente las pequeñas sacudidas de su temblor recorriéndole el brazo, como los estertores de un terremoto.

—¿Qué no hicisteis bien, hija?

Vuelven a mirarse a los ojos.

—¿Nunca te arrepentiste de que me casara con Carmelo? —le pregunta Aurora, de pronto.

Felisa calla. A la mente de ambas acude el día de la boda, una ceremonia sencilla en un día soleado, medio centenar de invitados, un lustroso traje de falangista para el novio y, junto a él, la novia más guapa del mundo.

—Todos los días, hija mía —responde Felisa, tras varios segundos—. Pero no hubo otro remedio.

Aurora se apresura a excusarse:

—No te lo digo para recriminarte nada, mamá. Sé que fueron otros tiempos. Pero por supuesto que habíais podido tomar otras salidas que no desembocaran en un matrimonio concertado. Yo acabé comprendiendo que lo hacíamos por la familia, pero ahora me doy cuenta de que, en realidad, lo hacíais por vosotros mismos, por vuestra tranquilidad. Y no os culpo, ¿eh? Pero ahora sé que, como madre yo también caí en ese mismo error.

La mujer vuelve a callar. Se le ha encogido la garganta, como si tuviera un nudo. Suspira.

—¿Qué error? —le pregunta su madre.

—Tenía que haberle dicho a Teresa que era muy joven para casarse, que esa decisión la marcaría de por vida. Que podía haber criado a Nicolás ella sola. Que no tenía por qué cometer el mismo error que cometí yo.

—No te martirices, hija mía —la consuela Felisa.

—Tendría que haberle contado lo que me ocurrió —continúa Aurora, ignorando a su madre—. Contarle que estuve en la cárcel y que conocí a mi esposo, a su padre, en el altar, como quien dice. Que siempre quise otra vida, pero que la guerra terminó y no pude escoger. Podría haberle dicho todo eso, mamá, pero no lo hice. Cometí el error de querer enterrar el pasado dando una patada hacia delante, como todo el mundo hacía en España por aquel entonces. Que nuestros hijos no compartieran nuestros odios, solían decir. Y ahora me doy cuenta de que no contar el pasado es condenar a los jóvenes a repetirlo. Y eso es, precisamente, lo que le ha ocurrido a mi hija. Cayó en mi error, y yo no fui capaz de prevenirla.

Las palabras de Aurora flotan en la cocina, tras un silencio espeso. Felisa no responde. No sabría qué decirle, en realidad. Su tiempo es otro, no el de los olvidos o los perdones, sino el de la supervivencia. Aurora lo sabe, por eso nunca le recriminó su boda con Carmelo tras darle el sí quiero en aquel caluroso día de verano.

—Tu hija es joven.

Aurora arquea las cejas en un gesto de duda.

—¿Qué quieres decir?

Se miran. En los ojos de Felisa ve recobrada una energía antigua.

—Pues que todavía está a tiempo para encauzar su vida. No sería la primera que pide la nulidad matrimonial al tribunal de la Rota. Tu hija va a heredar mucho dinero, ¿no? Y como decía mi padre, que en gloria esté, el dinero y los cojones, para las ocasiones. Habla con ella y díselo. Como yo no pude o no supe decírtelo a ti.

Aurora sonríe. No esperaba esa respuesta. Extiende la mano para coger la de su madre, volviendo a sentir sus temblores.

—Sí, hablaré con ella —contesta con decisión.

Hace ademán de ponerse en pie, dispuesta a ir a casa de su hija, pero su madre la frena con un gesto. Hay algo más que quiere decirle.

—Por cierto, tú también estás a tiempo, querida.

Aurora la mira, extrañada.

—¿A tiempo de qué, mamá?

Felisa se permite unos segundos para responder.

—Tu tía Bernarda me ha contado lo de aquel soldado de la guerra. Ese Teófilo. El que vino al funeral a hablar contigo y que tú no quisiste escuchar. Pues ¿sabes qué? Si tu hija Teresa está a tiempo de encauzar su vida, tú también lo estás.

Aurora no dice nada. Su madre nunca le había hablado de esa forma.

Piensa en todo lo que pasó.

¿Está reconociendo que se equivocó?

Se miran. Sonríen y se les marcan los hoyuelos.

—Sí, lo estoy todavía —responde, tras el silencio.

Felisa asiente, con un temblor mortecino.

—Así es.

No necesitan más palabras para cerrar aquella vieja herida.

59

Madrid, septiembre de 1939

Un hombre trajeado cruza la calle tras dejar paso a un automóvil que giraba en un cruce sin apenas mirar a los viandantes. El hombre le hace un gesto al conductor, contrariado, antes de perderse por una bocacalle. Teófilo lo mira: lleva un traje oscuro, corbata a rayas y sombrero tipo Fedora, de fieltro oscuro y ala ancha.

Madrid es una ciudad extraña. ¿Cómo es posible que mute así, tan rápido?

En el Madrid de la República era muy extraño ver sombreros o corbatas. Según decían, esa era una moda burguesa, nada obrera y, por ello, los hombres cambiaron sus sombreros por boinas o gorrillas y sus corbatas por pañuelos anudados al cuello.

Más allá, caminando en sentido contrario, ve otro hombre con sombrero.

Pero eso no ha sido lo único que ha cambiado desde que la ciudad claudicó. Teófilo apenas reconoce buena parte de las calles de la ciudad. La Gran Vía es ahora la avenida de José Antonio, y el paseo de la Castellana, la avenida del Generalísimo. Han desaparecido también algunas de las estatuas ecuestres que, dañadas por la guerra o censuradas por el régimen, no tardarán en ser sustituidas por imágenes de mártires o del Caudillo.

Tampoco ha tardado la ciudad en recuperar algunas de sus tradiciones populares. Tras el final de la contienda, las lagarteranas han vuelto a vender sus manteles y servilletas; los meleros, la miel de la Alcarria; las vaquerías, con su olor a estiércol, a vender leche en la calle, y los puestos de castañas asadas, pipas de girasol, garbanzos torrados, paloduz o caramelos están de nuevo llenos de niños.

Madrid ha vuelto a su vida, y Teófilo, que nunca la conoció en paz, no puede dejar de extrañarse. Tras el serpenteo difuso por sus calles, orientándose como si se abriera camino en una selva espesa, llega al barrio de Delicias, donde vivían Aurora y su familia.

Piensa en Aurora, a la que nunca le llegó a enviar esa carta de amor que escribió con la ayuda de Miguel Hernández. Durante días, ese papel permaneció oculto bajo su macuto, como un secreto inconfesable, y a lo largo de aquella semana del mes de mayo en la que el poeta alicantino y él tuvieron que barrer el patio de la prisión como castigo, el manchego no hizo más que lanzarle evasivas el poeta, que no dejaba de preguntarle:

—¿Le has enviado ya la carta?

—Todavía no, es que tengo que darle una vuelta —respondía Teófilo, lanzando balones fuera.

A lo que el poeta le replicaba con un gesto mordaz:

—No te parezcas a Juan Ramón, que corregía sus textos hasta la obsesión.

Hablaba de Juan Ramón Jiménez, pero Teófilo asentía sin saber a quién se refería.

En realidad, no le había cambiado ni una coma a la carta de amor, pero ya no tenía sentido enviársela: Aurora iba a casarse y él había tenido la culpa de esa unión, como una improvisada celestina. De pronto, el castillo de naipes que había levantado con ella, los besos y los abrazos fuera de la prisión, el calor de su cama, las campanas repicando en una iglesia, el llanto de unos hijos, todo se desvaneció.

¿Acaso hay algo que duela más que la nostalgia de lo que nunca sucederá?

—Algo te pasa, Teo, y puedes contármelo, ¿sabes? —le ofreció el poeta.

Pero Teófilo iba del patio a la celda y del comedor a la galería central para cantar el *Cara al sol* sin que ni Miguel ni Fernando el

Pollo comprendiesen qué había pasado con el ánimo del manchego, por qué su alegría se había ido por el sumidero.

Hasta que, en uno de los días de correo, el funcionario encargado de repartir las cartas entre los presos dijo su nombre.

—¡Teófilo García!

Teófilo recorrió el espacio de la galería, haciéndose hueco entre los presos que rodeaban al cartero, para recoger su carta, preguntándose quién la enviaría.

—Soy yo.

No le hizo falta mucho tiempo para reconocer la caligrafía de Aurora en el texto del anverso, «Teófilo García, Segunda Galería, Prisión de Torrijos», con su letra redondeada rematada por un rabillo alargado.

«Letra de alumna de colegio de monjas», se dijo una vez.

Corrió a la celda a leerla en la intimidad de la esquina en la que le gustaba pasar el tiempo que no quería compartir con nadie, ni con juegos de naipes, ni con discusiones políticas, ni con versos improvisados en la boca de su amigo poeta. Y así fue como leyó la carta de Aurora.

> Estimado Teófilo:
>
> Lamento mi larga ausencia de correo, sé que en prisión el tiempo pasa mucho más despacio y se hace eterno. Debes saber que, si Dios quiere y todo va bien, las gestiones que Carmelo Escobedo ha podido realizar podrán sacarte de prisión cuando el juez competente lo considere oportuno. Ha hecho saber que eres cristiano ejemplar, monaguillo en tu pueblo de La Mancha, y que luchaste en la guerra del lado del ejército rojo porque te llamaron a filas antes de que pudieras huir al lado nacional. En cuanto salgas de la cárcel, que deseo sea más pronto que tarde, espero que puedas volver a tu pueblo, reencontrarte con los tuyos y ser feliz.
>
> Por mi parte, debes saber que Carmelo Escobedo me ha pedido matrimonio y que voy a casarme con él el próximo mes de junio. Ya ha llegado para mí el momento de fundar un hogar en esta España que desea buenos matrimonios y muchos hijos, y espero de corazón que a ti también te llegue ese momento, que encuentres una buena mujer y tengáis muchos hijos.

Espero que seas muy feliz.

Que Dios te guarde muchos años, como también a nuestro Caudillo.

Arriba España,

Aurora

P.S. Comprenderás que, a partir de ahora, tu correspondencia no sería recibida de buen grado en mi casa. Si necesitas ayuda nada más salir de la prisión, puedes acudir a mi tío Rafael, al que llaman el Cojo. Tiene una taberna en el barrio de Delicias. Puedes ir a buscarle.

Teófilo conocía a la perfección cómo escribía Aurora. Cuando recibía su correspondencia, releía sus cartas una y otra vez, reía con sus ocurrencias, memorizaba sus expresiones. Las había leído tantas veces que sabía que ella no había escrito por sí sola este breve texto, en el que había frases que no sonaban a ella. Por ejemplo, ese «Ha llegado para mí el momento de fundar un hogar». O eso de «tu correspondencia no sería recibida de buen grado», cuyo añadido, después de la despedida y del obligado «Arriba España», imagina Teófilo que debió producirse tras la intervención de Carmelo, el titiritero detrás de esta carta.

«Sí, ha debido escribirla el otro».

La releyó varias veces buscando quizá un código secreto entre esas palabras, un mensaje oculto que lo emplazase a escapar juntos, pero no encontró nada.

Minutos después, se rindió: sí, era la misma letra que la de aquella chiquilla que encontró en el soldado manchego el anhelo de un amor de juventud, pero ella ya no era la misma, y él la había perdido sin haber podido asomar a sus besos. Maldijo su suerte.

Septiembre llegó tras un verano lánguido y caluroso en el que intentó olvidarse de su madrina de guerra y que pasó entre el patio y la galería, envuelto en sudor y piojos, famélico, jugando a los naipes o al ajedrez, que aprendió a jugar con figuritas de migas de pan.

Hasta que, una mañana, después de cantar el *Cara al sol*, Gregorio, el funcionario jefe, compartió con ellos una noticia inesperada:

—Habéis de saber que, por orden de su excelencia el Generalísimo, todos los presos que no hayáis sido juzgados en el día de hoy, quedáis en libertad.

Decenas de presos estallaron de júbilo. La fecha del juicio del manchego se había ido posponiendo mes tras mes, lo que ahora suponía que era producto de las gestiones de Carmelo y Aurora.

Tras la alegría, los presos agraciados intentaron mantener la compostura, ya que esa medida no los beneficiaba a todos. Eran, de hecho, una minoría, ya que la mayor parte de ellos ya habían sido juzgados y sentenciados.

Entre esa minoría, Teófilo advirtió que también estaba Miguel Hernández, con el que apenas pudo despedirse unos segundos, con el abrazo de dos hombres libres que, en otro tiempo y otras circunstancias, habría sido el comienzo de una amistad.

—Cuídate, Teófilo.

Las gestiones para liberar al poeta que desde París llevó a cabo su amigo Pablo Neruda y desde Madrid sus íntimos José María de Cossío, Juan Bellod o Eduardo Llosent, surtieron efecto, contra todo pronóstico.

—Lo mismo te digo, Miguel. ¿Adónde irás?

—A Orihuela, con Josefina y Manolito. ¿Y tú?

Miró a su alrededor.

—Querría irme lejos. Creo que esta ciudad no es para mí. Tal vez al norte, durante un tiempo. Aunque me gustaría poder volver a La Mancha.

El poeta le dedicó una cálida sonrisa:

—Todo llegará —le dijo.

Se miraron una última vez y se dijeron adiós. Teófilo sonrió al imaginar a Miguel con su mujer y su hijo. Lo observó hasta que se perdió de vista y él comenzó a caminar.

Así llegó su libertad.

Y así ha llegado Teófilo hasta el barrio de Delicias, en el que sabe que vive Aurora, o al menos vivía. Cuánto daría por verla a ella como Miguel a Josefina.

Pero no ha venido hasta aquí para buscar a su madrina.

—Buenas tardes, ¿sabría decirme dónde está la taberna de Rafael el Cojo? —pregunta a una señora que camina cargada con un par de bolsas de la compra.

La mujer asiente. Deja en el suelo una de las bolsas y se dispone a indicarle.

—Esa calle. Tuerce. Luego a la derecha. Por último a la izquierda.

Y Teófilo le agradece su ayuda mientras hace un esfuerzo por memorizar las indicaciones y toma la primera calle a la derecha.

Minutos después, empuja la puerta oscilante de la taberna.

—Buenas tardes, ¿Rafael el Cojo? —pregunta a los hombres que abarrotan el salón y la barra del fondo, sentados sobre taburetes.

Los parroquianos lo miran. El manchego da algunos pasos por el salón en dirección a la larga barra del fondo. Huele a barrica de vino y un espeso humo de cigarrillos nubla la visión. Vuelve a preguntar:

—¿Rafael el Cojo?

Hasta que uno de los parroquianos interrumpe su partida de dominó para responderle, con tono jocoso:

—Yo de ti no lo molestaba ahora. Está de morros con la señora.

Luego ríe con unas carcajadas que el resto de los clientes comparten y que Teófilo no sabe interpretar. Va hacia la barra y toma asiento en un taburete de cara al estante de vinos y alcoholes y los carteles de toreros y flamencas.

Entonces lo oye: el griterío que viene de la puerta de la cocina, hombre y mujer entre reproches y enfados, el nombre de Rafael por aquí, el de Bernarda por allá.

—No te asustes, suele ocurrir a menudo, ¿sabes? —oye a su lado.

Teófilo mira hacia el muchacho espigado junto al que se había sentado hace unos segundos. Bebe de un vasito de vino que ya tiene por la mitad.

El chico continúa, con un resoplido:

—Hoy están peleando, pero mañana se regalan besos. Es el matrimonio más raro que he visto en mi vida. —Ríe el muchacho, bamboleando con el culo del vaso sobre el tapete de la barra.

Teófilo asiente. De pronto, un cachorro de perro de pelaje blanco que descansaba recostado bajo las piernas del muchacho, despierta de su letargo para saludar al recién llegado, que no había reparado en su presencia.

—¡Pero bueno, Cipión, no seas maleducado! —le regaña su dueño, tirando del collar hasta interceptar el salto del cánido, a punto de subirse al regazo de Teófilo.

—No te preocupes —se excusa este, acariciando la cabeza de la mascota y rascándole tras las orejas—. Me encantan los perros, ¿sabes?

El cachorro mueve el cuello y se acomoda a los movimientos de la mano del manchego, cuyos dedos se pierden por el espeso pelaje níveo.

—¿Cipión? No había oído nunca ese nombre.

El muchacho ríe de nuevo. Tiene la cabellera oscura, las facciones fuertes y un aspecto famélico, como si acabase de salir de una prisión, igual que él.

—Así se llamaba uno de los perros del *Coloquio de los perros*, de Cervantes, ¿sabes?

Teófilo asiente. Le oyó hablar a don Sebastián de ese tal Cervantes varias veces y, sobre todo, de su Quijote, el héroe manchego.

—Mi nombre es algo más normal —continúa el dueño de Cipión, extendiéndole la mano para estrechársela a modo de saludo—. Daniel. Me llamo Daniel.

Se encuentran en un breve apretón.

—Teófilo, encantado.

Segundos después, los gritos de la cocina se acallan y un hombre orondo y barbudo sale echando humo, con una maldición en sus labios. «Me cago en... La puta de...».

La mujer se ha quedado dentro, cocinando.

—Rafael, este de aquí preguntaba por ti —le dice Daniel.

Teófilo esboza una sonrisa con la que intentar impresionar al tabernero.

Que vea que aquel soldado con el que se carteaba su sobrina también tiene buena presencia, como ese Carmelo con el que se ha casado.

—Hola, soy Teófilo García, amigo de su sobrina Aurora.

El tabernero no puede disimular un gesto de sorpresa que arruga la cicatriz de su mejilla.

—Su ahijado de guerra, ¿no? —le pregunta con voz ronca—. ¿Cómo estás?

—Pues bien. Nada es comparable a recobrar la libertad. Acudo a usted porque Aurora me dijo que podía buscarle cuando saliera de prisión.

Rafael asiente, mesándose la barba.

—¿Y qué es lo que quieres hacer? ¿Quedarte en Madrid?

No, no quiere quedarse en Madrid.

A Madrid solo lo ataba Aurora, pero ella ya no es para él.

—Me gustaría irme lejos, pero no tengo medios. Necesito algo de dinero.

El Cojo le señala hacia el muchacho sentado junto a él.

—El canijo de Daniel me ayuda con algunos negocios de mercadeo. Ya os habéis conocido, ¿no? Podrías echarle una mano.

Teófilo y Daniel se miran. Cipión, bajo ellos, menea el rabo.

—Mientras tanto, puedo ayudarte a dar con algún alojamiento barato. Hay lugares extraños en los que la gente ha encontrado un techo a un precio irresistible. Daniel vive en una ruina de guerra del parque del Oeste. Si tú no eres un sibarita, podría conseguirte algo así.

Teófilo se encoge de hombros.

—No será peor que donde he vivido estos últimos meses —responde.

Los hombres sellan el trato con un apretón. Hasta que, de pronto, uno de los parroquianos, sentado a la izquierda de Teófilo, irrumpe en la conversación llamando la atención del muchacho.

—Un momento ¿cómo decías que te llamas? —pregunta el que dice llamarse Pepito.

El manchego gira el cuello para responderle.

—Teófilo García.

El hombre, de pelo alborotado bajo una gorrilla y mono de trabajo repleto de manchas de grasa, lo mira de arriba abajo.

—¿Has estado preso, Teófilo?

Este responde bajando el volumen de su voz en un gesto instintivo al que ya está más que acostumbrado.

—Así es.

—¿En Porlier?

—No, en Torrijos.

El hombre arquea sus frondosas cejas y lo mira, extrañado.

—¿Estás seguro? Juraría que oí el nombre de Teófilo García cuando fui a visitar a mi hermano a la cárcel de Porlier.

Rafael el Cojo decide mediar:

—Bueno, podría ser otro Teófilo, ¿no?

Pero el manchego no le responde.

—¿Está seguro de que oyó mi nombre? ¿Teófilo García?

De la pequeña cocina de la taberna llega el chisporroteo del aceite hirviendo con el que Bernarda debe de haber comenzado a freír patatas.

—Sí, estoy seguro —responde el hombre con gesto firme—. Lo oí de boca de un funcionario. Regañaba a unos presos y dijo ese nombre. Tengo una memoria de elefante a mis casi sesenta, ¿sabes?

Teófilo asiente, estremecido.

—Una casualidad, tal vez —vuelve a intervenir el tabernero.

Sí, podría ser una casualidad.

O podría ser su padre.

60

La chiquilla parece nerviosa. Aurora, frente a ella, la contempla desde la altivez de su posición de señora de la casa. Sentada sobre el butacón del cuarto de costura, en el que la joven aprovecha no solo para zurcir o remendar, sino para leer alguna novelita rosa, la escudriña con la mirada y se apresura a soltar algunas de las preguntas que se esperaría de ella, dada su situación.

Por ejemplo:

—¿Sabes cocinar?

La chiquilla asiente con rapidez. Dice llamarse Rosario y venir de un pueblo de la costa de Cádiz. Morena, acento seseante, agitanada. Se sentó frente a la señora con pulcritud; rodillas juntas y un gesto delicado y prudente.

—Sí, señora.

Catorce años y un lindo rubor adolescente.

—A mi *má* la ayudaba en la cocina e iba *anca* la tienda a por *mandaos*.

Aurora asiente, sonriendo al escuchar el acento cantarín de la chica.

—¿Y la colada? —pregunta, forzando a la perfección el gesto de señora.

—Ay, señora, la colada la sé trabajar desde *chiquetita*. Mi *má* me enseñaba muy bien, ¿sabe?

La señora vuelve a asentir. Sí, Rosario parece una buena candidata. Pero hay algo que no puede evitar preguntarle:

—¿Y tu familia, Rosario? No será roja, ¿verdad?

La chiquilla se apresura a santiguarse, con una cruz desdibujada sobre su rostro.

—Ay, señora. Por supuesto que no. Mi padre apoyó al Movimiento y mi madre es una devota cristiana. Devota de la Virgen del Rosario, por ella me puso su nombre, ¿sabe?

La gaditana echa mano al interior del recatado escote de su vestido y saca una medallita de plata con el relieve de una virgen. Se la enseña a Aurora esbozando una tímida sonrisa que la señora de la casa replica en sus labios.

—¿Por qué estás en Madrid?

—Pues verá. Mi *má* tiene una hermana aquí que se ha quedado viuda. Mi tío, el pobre mío, murió en la guerra. Lo mataron los rojos aquí, en el frente de Madrid. Total, que mi *má* me pidió que me viniese a la ciudad a acompañarla y así a ayudarla con algo de dinero. Que aquí en Madrid iba a tener oportunidades, decía. Que encontraría una buena casa en la que *limpiá*. Una casa como la suya, señora.

Aurora no dice nada. Al oír las palabras de la chica la aborda el recuerdo de cuando le escribía a Teófilo a aquel lugar, a una trinchera compartida con su primo Gervasio.

«¿Y si Gervasio o Teófilo mataron al tío de esta chiquilla?».

Piensa en ellos. Los dos han logrado salir de prisión gracias, sobre todo, a las gestiones que Carmelo se prestó a realizar desde su puesto en la Falange. Eso sí, solo le permitió volver a ver al primero. Al segundo, a su ahijado de guerra, no tuvo más remedio que enviarle una carta de despedida, como esa otra que él le envió a finales del 36, cuando desapareció de buenas a primeras.

—Tiene usted una casa muy bonita, señora —insiste la muchacha, zalamera.

Aurora asiente. No está acostumbrada al trato de señora y debe forzar su papel. Descubre a la muchacha observando la habitación de costura, que Carmelo le decoró expresamente tras el regalo de boda que le hicieron sus padres.

—Una Singer. La mejor máquina del mercado. Para que no te olvides nunca de tus manos de costurera —le dijo su madre mientras le daba el regalo, visiblemente emocionada.

El cuarto de costura es muy acogedor, pero el resto de las estancias de la casa tampoco desmerecen la esforzada labor de Carmelo por crear un hogar a toda velocidad.

Compró esta enorme casa a precio de saldo. Había pertenecido a una familia de diplomáticos europeos que huyeron de Madrid con lo puesto cuando las primeras bombas comenzaron a caer sobre la ciudad. Todavía hay cosas de ese tal Hans y esa tal Anette.

—Entonces ¿no habías estado nunca en Madrid? —le pregunta a Rosario.

La chica niega con la cabeza, en la que una larga trenza recoge su cabellera morena.

—No, señora. Es la primera vez. Y ¿sabe qué? Llevo aquí dos días y no me aclaro, si le soy *sinsera*. Me va a permitir que se lo pregunte. Espero no ser indiscreta. Aquí *tol* mundo anda muy rápido y nadie se saluda ni se da los buenos días... ¿por qué, señora? ¿Sabría decírmelo?

Aurora guarda silencio con una media sonrisa.

—Sufrimos mucho y necesitamos tiempo.

Para una parte de Madrid, las únicas sonrisas en los últimos meses fueron las del desfile de la Victoria, la mayor parte de ellas impostadas ante el auténtico estado de la ciudad: sin comida, sin vivienda y con el miedo a decir algo fuera de lugar o de reproducir un gesto prohibido, habida cuenta de la cantidad de personas uniformadas que se reparten en esta ciudad herida, en la que el uniforme es el mayor signo de respeto.

Por el contrario, otra parte de Madrid abarrota los cafés, los cabarets y los espectáculos de variedades, como si no tuvieran un luto que guardar.

—Todos hemos sufrido, señora.

Rosario es la tercera muchacha que entrevista para el puesto de criada. A las dos anteriores las descartó por lo mismo: por haber vivido en la propia ciudad de Madrid. Eran, al igual que Rosario, dos chicas jóvenes muy bien dispuestas, pero Aurora no podía permitirse meter en casa a una asistenta que pudiese haber podido oír algo sobre ella:

Que si estuvo presa en Ventas, que si su padre estuvo en una checa, que si se carteaba con un soldado republicano.

Hasta que Carmelo le habló de Rosario, una chica que había llegado a la Sección Femenina buscando trabajo.

—Creo que es andaluza. El acento lo tiene, al menos.

Rosario no podía venir de un sitio más lejano, a excepción de Canarias, Tánger o la Guinea española. A Cádiz seguro que no habían llegado las noticias sobre su reciente pasado.

Por ello, tras un silencio entre ambas, Aurora se decide al fin:

—Estarás una semana a prueba, Rosario. Horario de ocho a ocho. Fines de semana libres. Y el sueldo... ¿Cuánto quieres cobrar?

La chica esboza una amplia sonrisa.

—Ay, señora, muchas gracias. Usted págueme lo que vea conveniente, faltaría más.

Aurora se pone de pie y, con un gesto, le pide a Rosario que la acompañe para que le enseñe el resto de las dependencias de la casa.

—Esta es la entrada del servicio, que lleva a la cocina y a tu habitación. Es un pequeño cuartito con una cama, un armario y un aseo. Espero que te parezca bien.

Rosario asiente con gesto reverencial, como una novicia ante su madre superiora. Caminan hacia el dormitorio del servicio y, al abrir la puerta, la gaditana exclama:

—¡Pero si esto es igual que mi casa!

Aurora ríe. Entran y la joven da un rodeo observando los escasos detalles de su mobiliario. Al advertir la cruz sobre la cama, vuelve a santiguarse.

—Aquí estaré en la gloria, señora.

Luego vuelven a salir hacia el ala principal de la vivienda para subir por la amplia escalera de mármol. De entre todos los cuadros con fotos que hay colgados en la pared a lo largo de la escalinata, uno llama la atención de la gaditana.

—Pero qué guapa estaba usted el día de su boda, señora —exclama, deteniéndose frente a la fotografía.

Aurora se gira para mirarla. A fuerza de verla todos los días cuando baja o sube al primer piso, no ve nada especial en ella. Pero sí, estaba muy guapa, radiante, la novia más hermosa que había salido de Delicias, como decía su padre.

—Pues sí, muy guapa, señora.

En la fotografía, de tono sepia, Aurora posa junto a Carmelo con su vestido blanco inmaculado, velo engarzado con una tiara, pelo recogido y pendientes que la madre de su marido le regaló; ramo de nardos y azucenas y una preciosa sonrisa.

—Y el señor no se le queda atrás. Muy elegante, don Carmelo, ¿eh?

Junto a ella, el novio y su porte enhiesto como un ciprés, traje de gala de la Falange, un nardo del ramo de ella en la solapa, bigotito, pelo engominado.

—Tuvo que ser una fiesta preciosa, seguro.

Aurora asiente. Celebraron la boda no muy lejos de su casa familiar, en la parroquia de Nuestra Señora de las Angustias, un templo sencillo y austero que, como toda la arquitectura madrileña cercana a Atocha, sufrió daños en su estructura debido al envite de los bombardeos. Aun así, Felisa y Bernarda se encargaron de engalanar la iglesia para la ocasión, adornándola con flores y lazos que conducían a los novios hasta el altar.

—Carmelo y Aurora, ¿venís a contraer matrimonio sin ser coaccionados, libre y voluntariamente? —dijo el sacerdote.

—Sí, venimos libremente —respondieron ellos.

Frente a su fotografía, Aurora no puede evitar recordar aquellos segundos en los que sintió el impulso de salir corriendo del altar.

—¿Estáis decididos a amaros y respetaros mutuamente, siguiendo el modo de vida propio del matrimonio, durante toda la vida? —siguió el cura.

De pronto, el tiempo se detuvo en el puñado de sílabas que componían eso de «toda la vida». Miró a Carmelo, sonriente, radiante, luego al sacerdote, en cuyo semblante serio parecía encarnarse un misterio milenario, y quiso mirar a sus padres, a sus hermanos detrás de ella, pero no se atrevió a girar el cuello para que no notaran que estaba muerta de miedo.

—Sí, estamos decididos —dijeron los dos a una.

Tal vez Carmelo notó que estaba llena de dudas, porque cogió su mano antes de tiempo y se la apretó mientras la tranquilizaba con ese gesto suyo de capitán, como si supiera de antemano el resultado de una batalla.

—¿Estáis dispuestos a recibir responsable y amorosamente a los hijos, y a educarlos según la ley de Cristo y de su Iglesia? —oyó la voz del sacerdote.

El tiempo volvió a detenerse en el lapso de un suspiro. Aurora inhaló y expiró como si necesitase el oxígeno para no caerse redonda. Le temblaron los labios más que nunca, le flaquearon las piernas. Hasta que, por fin, la novia respondió, aunque no sabía quién estaba hablando a través de su boca.

—Sí, estamos dispuestos —respondieron los dos.

Los cursillos matrimoniales lo habían dejado bien claro: el objetivo del matrimonio no era otro que el de tener hijos. Y ese era el mayor anhelo de Carmelo tras un primer matrimonio infructuoso: ser padre.

—No hay nada que quiera más en el mundo que tener hijos contigo, Aurora —le dijo frente al sacerdote que les habló del matrimonio sin tener ni idea de lo que era acostarse y levantarse junto a otra persona.

—Así pues, ya que queréis contraer santo matrimonio, unid vuestras manos y manifestad vuestro consentimiento ante Dios y su Iglesia.

Entonces sí, unieron sus manos, se intercambiaron anillos y arras y el sacerdote volvió a poner a Dios en sus labios para sellar el rito, al que siguieron vítores y un estallido de arroz a la salida de la iglesia y un almuerzo sobrio y frugal en el Casino de Madrid.

—Esta escalera lleva al primer piso, donde se encuentran las habitaciones de la casa —le explica Aurora a Rosario, haciéndole un gesto para que continúe subiendo los escalones de mármol hacia el piso superior.

La gaditana asiente. Suben las escaleras para asomar al rellano, donde la chica no puede contener otro gesto de asombro: una preciosa cenefa con motivos naturalistas recorre la pared y parece unir, como un lazo, todas las puertas del largo pasillo. Puertas como esas que Aurora le señala a continuación.

—Ahí está nuestro dormitorio. Esa puerta de ahí da a la habitación de invitados. Allí hay dos baños. Ahí, el despacho del señor. Y al otro lado del pasillo, tres habitaciones vacías.

Rosario mira hacia esas puertas del fondo y le devuelve a Aurora una sonrisa pícara, casi traviesa:

—Vacías por el momento, ¿no, señora? Porque cuando usted y el señor tengan chiquillos, ¡cómo van a disfrutar de esta casa, *cónchiles*!

Aurora no dice nada. Aunque siempre quiso ser madre —de pequeña jugaba a acunar sus muñecas, esmerándose en su cuidado—, nunca imaginó que lo sería con alguien como Carmelo.

—Sí, por supuesto —responde con sequedad.

El matrimonio lo está intentando con ahínco desde la noche de bodas, cuando Aurora sintió que su cuerpo iba a desmembrarse ante las sacudidas de su marido, primero suave y delicado para romperle la flor, luego salvaje como un animal.

Tras esa noche, lo repiten casi a diario. De hecho, durante el viaje de novios a Sevilla —esa preciosa Giralda y los jardines de María Luisa en carruaje, y lo bien que comieron en sus tabernitas—, lo hicieron todas las noches tras acabar una botella de vino y pasear junto al río.

Pero no. No ha llegado todavía.

61

La Mancha, julio de 1936

El ruido y la furia se desataron al caer una lánguida tarde de julio.

Decían que había guerra.

Que se habían levantado los militares.

Y mientras el rumor corría por las calles del pueblo como una ráfaga huracanada, Teófilo y Rosaura hacían el amor a la orilla del arroyo, sobre un lecho de matorrales. Por eso no pudieron oír cómo el centro del pueblo se llenaba de una muchedumbre a partes iguales preocupada y eufórica.

—¡Se han levantado en África!

—¡Hay que tomar las armas!

La gente iba y venía mientras Teófilo y Rosaura, en los últimos estertores del placer, se fundían en un abrazo acalorado sin mediar palabra. Fue entonces cuando oyeron las voces que el viento del solano traía hacia el arroyo, con su aire cálido y pegajoso.

—¿Has oído eso? —le preguntó él, con la frente empapada en sudor.

Frunció el ceño, preocupado.

—Sí, lo he oído —asintió Rosaura, bajándose las enaguas de la falda.

Corrieron a vestirse ante el griterío cada vez mayor que venía del pueblo, como si de pronto se hubiese montado una verbena o un carnaval improvisado. Sabían a qué sonaban las fiestas desde el arroyo porque no solían perder la oportunidad de escaparse cuando el pueblo festejaba.

—Yo bajo corriendo, Rosaura —dijo Teófilo—. Te veo luego.

Y comenzó a bajar el sendero a toda prisa, sorteando los cantos rodados y los hoyos del camino lo más deprisa que pudo. A medio camino, echó la vista atrás y comprobó que Rosaura lo seguía a su ritmo. Solían decirse eso, «Te veo luego», sin que ningún plan en concreto los atase.

A don Sebastián no le gustaba mucho esa relación que el chico se traía con la hija de Paulino, pero tampoco lo regañaba como habría hecho otro cura.

—Algún día tendrás que ponerte serio, Teo —le dijo una vez en la sacristía—. A Dios no le gustan estos vaivenes.

Teófilo respondía con ese retintín suyo:

—¿Se lo ha preguntado usted, don Sebastián?

A medida que se acercaba al pueblo, el muchacho dedujo que algo importante había tenido que pasar: mucha gente se concentraba en torno a la Casa del Pueblo, otro grupo frente al ayuntamiento, y todos gritaban tanto que era imposible entender sus consignas. No pudo oír, por tanto, que sus vecinos hablaban de guerra y de revolución, de tierras y de expropiación, y pedían armas y golpeaban con ahínco la puerta y los ventanales de la casa consistorial para que el alcalde se pronunciase.

—¡Tierra y armas! —creyó entender—. ¡Tierra y armas!

Teófilo supuso que su padre se encontraría entre aquel gentío. Dio un rodeo para buscarlo, pero no lo halló. Eso sí, reconoció a su amigo Jerónimo, uno de los muchachos del pueblo con el que había compartido juergas y faenas en el campo.

—Eh, ¿qué es lo que pasa? —le preguntó, tomándolo del brazo.

—¿Cómo que qué es lo que pasa? —le respondió Jerónimo—. ¡Que se han levantado los militares contra la República! ¡Hay guerra!

Había guerra y a él le había pillado jodiendo entre los matorrales.

—¿Qué me estás diciendo?

Frente a la Casa del Pueblo, la gente gritaba y algunos hombres pedían calma. Entre ellos reconoció a Paulino, el padre de Rosaura, al que aún no le había pedido formalmente permiso para rondar a su hija.

Por eso se veían a escondidas, como conejos en una madriguera.

—Lo que oyes. Han sido los fascistas, por lo visto. Ayer en Melilla, hoy en Sevilla.

Su padre no debía haberse enterado todavía cuando esta mañana trabajaron en la siembra de las hortalizas. Tampoco lo sabía cuando pararon la faena para comer lo que habían echado al zurrón: un chusco de pan para hacer unas migas que acompañaron con el vino caliente de sus botas. Luego se separaron: Teófilo padre para ir a la taberna del pueblo en la que solía reunirse con los del sindicato y el hijo para buscar a Rosaura y bajar al arroyo, preso de sus calenturas.

—¡Tierra y armas! —seguían gritando los campesinos frente al ayuntamiento.

Hasta que, de pronto, el alcalde socialista salió a hablarle al gentío en uno de los balcones de la fachada. Se llamaba Rogelio Fernández y había trabajado en las finanzas y en la banca. Los anarquistas, entre los que se encontraba Teófilo padre, lo tildaban de aburguesado, a pesar de su afiliación izquierdista. Hablaba siempre con una voz rítmica, como si guardara dentro de su garganta a un cantaor de esos que se arrancan tras el compás de unas palmas.

—¡Vecinos, acabo de convocar una reunión de urgencia con los representantes de los partidos del Frente Popular y de los sindicatos!

Pero la muchedumbre apenas lo oyó, a pesar de los intentos del alcalde por llamar a la calma a su pueblo. En la puerta del consistorio seguían tronando los golpes de los vecinos, que continuaban pidiendo armas y llamando a la expropiación.

—¡Debemos tomar acuerdos con relación a la revolución y al alzamiento fascista!

Teófilo lo vio, al fin: uno de los puños que golpeaban el madero de la puerta era la agrietada y rugosa mano de su padre. Un puño furioso como el de los demás campesinos anarquistas que habían decidido asumir el protagonismo de la revolución que llevaban esperando desde hacía mucho.

—¡Padre! —le gritó Teófilo, haciéndose hueco entre el gentío—. ¡Padre!

Llegó hasta él a duras penas y, al verlo, este se apresuró a abrazarse a su hijo.

Teófilo solo le entendió palabras sueltas ante la euforia con la que hablaba, lanzando esputos y arrugando su rostro cetrino.

Revolución. Armas. Guerra.

—¡Sí, el momento ha llegado, padre! —le respondió el muchacho, uniéndose a las demandas de los campesinos.

Y golpeó la puerta del consistorio con la palma de su mano.

—¡Tierra y armas! —gritó.

Desde la muerte de su madre había comenzado a frecuentar cada vez más las reuniones que el sindicato anarquista de la CNT convocaba cada semana. Su padre se lo había pedido y no pudo negárselo a un hombre viudo y que a menudo venía a casa tras esos encuentros dando tumbos y oliendo a alcohol.

Tal vez así podría evitar que encontrase otra compañía que la de su bota.

—¡Tierra y armas!

Minutos después, el alcalde volvió a salir al balcón rodeado de concejales socialistas y republicanos y de un par de dirigentes de los sindicatos que, entre todos, lograron acallar a la multitud.

—¡Vecinos! Se conformará un comité local en coalición con todas las fuerzas de izquierdas que impedirá que en el pueblo triunfe cualquier intento de levantamiento derechista. Para ello, hemos decretado una huelga general revolucionaria y armar a una milicia popular en defensa de la República. Vecinos, ¡viva la República!

El gentío respondió con un sonoro «¡Viva!» y festejó las palabras del alcalde con llamadas a la revolución que el viento de solano se llevó por la campiña. A esas palabras les siguió la acción; minutos después, la mayor parte de los campesinos se organizaron en una improvisada milicia cuyo primer objetivo sería el cuartel de la Guardia Civil del pueblo, donde el puñado de agentes se mantenían expectantes ante lo sucedido.

El alcalde iba en cabeza.

—Vengo a armar al pueblo —le dijo al cabo al mando, con el que durante mucho tiempo había tenido sus más y sus menos.

El cabo asintió, resignado, y no se opuso a que la turba entrase en bandada hacia el interior del pequeño cuartel buscando la armería. Teófilo padre se hizo con una pistola Star de 9 milímetros que se guardó bajo el fajín como un bandolero de las serranías. Las escopetas y los fusiles de caza apenas dieron para armar a una decena de campesinos, mientras que el resto de ellos, entre los que estaba Teófilo hijo, no tuvieron más remedio que proveerse de azadas, espiochas o cuchillos ante la ausencia de otro armamento en el pueblo.

De vuelta a la Casa del Pueblo, envueltos en cánticos y coplas campesinas, Teófilo padre alzó la voz y apuntó hacia el cerro que coronaba las tierras del señorito Iván, del que no se habían tenido noticias en todo el día:

—¡A por el señorito! —gritó.

La milicia volvió a estallar en júbilo mientras tomaban el sendero que subía el cerro, con las escopetas y las azadas en alto, con antorchas y puños cerrados. Al llegar frente a la valla que amurallaba las tierras del señorito, el alcalde asomó la cara entre los barrotes y, con su voz cantarina, gritó:

—¡Esta finca queda expropiada en nombre del pueblo! ¡Abran!

Pero nadie abrió. De hecho, no parecía haber nadie al otro lado de la propiedad, en la que no se advertía movimiento: puertas cerradas, persianas echadas, cochera vacía.

—¡La cerradura, rápido! —gritó el alcalde, que apremió a los campesinos a descerrajar la valla, que, tras un par de tiros, se desgajó como una granada.

Luego, la milicia asaltó la finca del señorito y recorrió sus tierras, abrió los almacenes y tiró abajo la puerta de la mansión para adentrarse en sus aposentos y meterse hasta la cocina, adonde encontraron perdices a medio desplumar. La guerra les habría pillado de sorpresa y decidieron huir con lo puesto, tanto la familia como sus sirvientes, pues el armario del señorito y de su esposa estaban intactos. Eso sí, la caja fuerte que los milicianos encontraron tras un cuadro en la habitación de matrimonio estaba vacía, igual que los joyeros ocultos tras un doble fondo del armario junto al vestidor de la señora.

Tras tomar la finca, los campesinos repartieron las armas de caza de la armería y festejaron con cánticos mientras abrían las barricas de vino de las bodegas para embriagarse del placer de su justicia.

A pesar de ello, hubo quienes no se olvidaron de que aún quedaban muchos en el pueblo sobre quienes debía caer el peso de la ley del pueblo recién instaurada.

—¡Hay que detener a todos los que han votado a las derechas! —instó el alcalde tras un sorbo de vino.

—¡Limpiar al pueblo de fascistas! —gritó Paulino.

—Y no nos olvidemos del cura, ¿eh? —soltó otro del sindicato anarquista.

—¡Sí, el cura! —gritaron al unísono.

Teófilo hijo, que no había dejado de curiosear por las estancias de la mansión del señorito —asombrándose de unos lujos que jamás habrían podido disfrutar—, calló al oírlo. De pronto, sintió cómo la azada que sujetaba con ambas manos aumentaba de peso.

—¡La revolución no ha hecho más que comenzar! —gritó otro.

El muchacho no tardó en reaccionar. Dejó la azada sobre el quicio de una puerta y se escurrió de los campesinos hasta atravesar de vuelta la valla abierta y bajar por el sendero hacia el pueblo. Nadie lo vio marchar y supuso que nadie lo echaría de menos entre tanto revuelo, ni siquiera su padre. De camino al pueblo, pasó junto al arroyo en el que hacía unas horas gozaba con Rosaura con la única preocupación de no dejarla embarazada. Miró hacia los matorrales, donde aún habitaba su recuerdo como los rescoldos de una hoguera, y apretó el paso ante la más que posible organización de las milicias que, tras él, no tardarían en bajar también por el sendero.

Tenía que adelantarse a ellos. Tenía que evitarlo.

En el pueblo, ante la ausencia de la turba de campesinos, no se oía un alma, no canturreaban las cotovías ni tronaban las campanas de la iglesia. «Deberían haber sonado hace poco», pensó Teófilo mientras callejeaba por las calles desiertas y oscurecidas. Pero no. Esa tarde no habían sonado.

La noche estaba a punto de caer cuando el muchacho llamó con fuerza a la puerta de la sacristía.

—¡Don Sebastián, abra, soy yo!

Le palpitaban las sienes y estaba tan nervioso que apenas podía hablar.

—¡Abra, por el amor de Dios! —invocó ante el silencio al otro lado de la puerta.

Solo entonces oyó abrirse la cerradura, y lo que un hilo de luz se escapó del interior. Vio uno de los ojos del párroco:

—¿Eres tú, muchacho?

Teófilo asintió y empujó el madero. Sintió que don Sebastián aún se resistía, como si desconfiara.

—Estoy solo, padre, tranquilo —dijo.

El párroco abrió la puerta y el chico se apresuró a entrar en la sacristía.

Cuántas horas ahí, entre esas cuatro paredes, aprendiendo a leer y escribir, recitando versos en latín y hablando sobre Dios. Miró brevemente en derredor hasta que tomó la mano de don Sebastián y le habló con la desesperación grabada en sus ojos azules.

—Tiene que irse de aquí ahora mismo. No le queda mucho tiempo.

El cura le apartó la mano y se sentó en uno de los reclinatorios de la sacristía, resoplando como un fuelle. Las piernas le asomaban por debajo de la sotana.

—No pienso irme de aquí —respondió, con la mirada perdida en la inmensidad en la que parecía haberse refugiado.

Teófilo se postró ante él, le apretó los brazos y lo sacudió. Luego volvió a poner a Dios en sus labios:

—Don Sebastián, por el amor de Dios, ¿no sabe que acaba de empezar una guerra? ¿Que el pueblo ha tomado armas y que viene hacia aquí? Yo no puedo responder ante ellos. Váyase, padre, se lo pido por favor.

Le buscó de nuevo la mirada, pero los ojos del cura parecían navegar en un mar en calma.

—No sea tonto, padre —insistió.

Afuera aún reinaba el silencio. Todavía tenía tiempo.

—No pienso irme de aquí —contestó de nuevo el cura.

Teófilo contuvo un gesto de rabia y le apretó con más fuerza, hasta que la sacudida arrancó a don Sebastián de donde se hubiera refugiado. Se miraron, al fin.

En los ojos del muchacho se libraba una batalla.

—Óigame de una vez, don Sebastián. Vayámonos de aquí, por la Virgen santa. Los antifascistas no tardarán en llegar al templo.

Lo quemarán y lo saquearán todo. Los conozco. Conozco a mi padre, que está entre ellos. Quítese la sotana y vístase de campesino. Lo ocultaré en el cobertizo abandonado hasta que veamos qué podemos hacer, ¿de acuerdo?

Tiró del brazo del cura, pero este volvió a resistirse. Don Sebastián no contestó. Dirigió su mirada hacia la ornamentación de las paredes de la sacristía, hacia los objetos de culto de las vitrinas. Parecía verlos ya arder, anticipándose a lo inevitable.

—No puedo irme de aquí, Teo. Esta es la casa de Dios y yo soy su guardián.

Teófilo chasqueó la lengua.

—Esto no son más que un montón de ladrillos, don Sebastián. Usted siempre me ha dicho que Dios habita en cada uno de nosotros. —Volvió a tirar de él—. Venga, vámonos de aquí. Dios lo entenderá.

Pero el párroco era una roca inamovible sobre el reclinatorio.

—Lo he intentado, muchacho. Créeme si te digo que lo he intentado —dijo, críptico, con una voz pequeña y rasgada.

Contuvo las lágrimas que le asomaban por la cuenca de los ojos cadavéricos.

—¿Intentado el qué? —se desesperó Teófilo, cada vez con menos paciencia—. Venga, padre, no divague, que tenemos prisa.

—Ayudaros. He intentado ayudaros. Dios sabe que he intentado que el mundo sea más justo en esta pequeña aldea. «Dichosos los que tienen hambre y sed de justicia, porque serán saciados», dice el evangelio de Mateo. Siempre he creído que la justicia llegaría a los hambrientos. Y me he enfrentado. Tú sabes que no pocas veces me he enfrentado a los que hoy han empezado la guerra, porque no han sido justos. Y no sé qué hacer. No oigo a Dios desde hace rato. La guerra no es el camino, pero esa revolución tampoco. Nada que conduzca a la muerte es el camino. Nada. Y no sé qué hacer.

Negó con la cabeza y buscó la respuesta en los ojos de Teófilo, que se mantuvo en silencio frente a él, a la espera de hallar las palabras precisas para responder al sacerdote, que ahora callaba.

Se dio cuenta de que aún no se oía nada afuera, de que seguía habiendo tiempo para huir. Así que le buscó de nuevo la mirada para expresarle:

—Déjeme decirle una cosa, don Sebastián. Usted no sabe si Dios le está hablando a través de mí.

El cura lo miró y se encontró con el azul vibrante de los ojos del muchacho.

El azul de su madre, Josefina, que se apagó tan pronto.

—No sé... —titubeó.

El chico le rogó, furibundo:

—Dios le está hablando y le dice que salve la vida. Que ya habrá tiempo para rendir cuentas y ver en qué queda todo esto. Así que, ¡venga! —le imploró, dando unas palmas.

Finalmente, el cura asintió con un gesto ligero, un mohín apenas perceptible con el que Teófilo supo que había logrado convencerlo.

—¡Salgamos, rápido!

Lo aupó con fuerza campesina hasta hacerle recuperar la verticalidad y lo empujó del brazo hacia la salida de la sacristía. Pero don Sebastián le hizo un gesto.

—Hay un pequeño pasadizo bajo el presbiterio. Se entra por el confesionario y lleva a la casa parroquial.

Teófilo asintió, sorprendido. Se dirigieron hacia el confesionario, situado junto a la pila bautismal, donde el párroco llevaba años oyendo al chico en confesión.

—Padre, perdóneme porque he pecado —comenzaba, y a eso le seguían las confidencias sobre las peleas en la plaza con otros chiquillos, las discusiones con su padre o los pensamientos impuros cuando comenzó a rondar a la Rosaura.

—Empuja el confesionario —le pidió don Sebastián—. A la de tres. Una, dos...

Hicieron el esfuerzo en conjunto y, de pronto, tras el habitáculo de madera Teófilo vio una pequeña apertura en el empedrado del muro lateral de la parroquia que conducía a un angosto pasillo subterráneo.

Lo oyó una vez: todas las iglesias tenían algo parecido; una forma de huir en caso de peligro.

Al otro lado del pasillo había una puerta que Teófilo empujó para asomar a una de las habitaciones de la casa parroquial, donde vivía el cura y a veces se reunían los miembros de la parroquia. Mientras ayudaba a don Sebastián a subir el escalón con el que se salvaba el desnivel del pasillo, se preguntó si alguien más en el pueblo sabía de la existencia de ese subterfugio.

—Espere aquí, padre. Voy a mirar por si hay alguien —le pidió Teófilo, asomándose tras la ventana que daba a una calle oscura y callada.

No vio a nadie, pero no tardó en comenzar a oír el rumor de unas voces, y supo que la turba de milicianos ya había bajado al pueblo.

—Tenemos que darnos prisa —instó, volviendo a coger del brazo al sacerdote—. Quítese la sotana, rápido.

El cura no se negó esta vez y se despojó de su vestimenta clerical para quedarse en camisa y pantalones de lino, tan propios de este tiempo de verano. Teófilo lo había visto muy pocas veces así, como un vecino más.

Estuvo a punto de hacer un comentario, pero, sin tiempo para ningún chiste jocoso, se dirigió a la entrada de la pequeña casa parroquial y abrió poco a poco la puerta de la calle para dejar pasar una corriente de solano sibilino.

No lo advirtió de primeras, hasta que tuvo delante una mano ruda y encallecida que intentaba tomar el control de la puerta.

La mano ruda y encallecida de su padre.

Levantó la vista y lo vio frente al quicio, en penumbra.

—Sabía que saldríais por este pasadizo. Por eso me he adelantado.

Llevaba la cara encendida, la camisa abierta, el fajín deshecho.

—Quítate de delante, chico.

En la otra mano llevaba la pistola que había cogido de la armería del cuartel.

Su hijo le aguantó la mirada, sin miedo. Intentó pensar a toda velocidad qué podía hacer, pero no tenía mucho tiempo; al fondo de la calle ya se veían algunas luces y el rumor de unas voces.

—Déjanos salir, por favor, padre.

El hombre rio para sí, lanzando varios esputos que apestaban a vino de crianza.

—¿Sabes que ese curilla ha ayudado a escapar esta tarde del pueblo al señorito Iván y a su familia? ¿Te puedes creer que nos haya traicionado de esa forma? Él, que iba de salvador del pueblo desde el púlpito. Ahí lo tienes, hijo mío. Un traidor.

Teófilo hijo giró el cuello para mirar a don Sebastián, que se mantenía tras él con su aspecto de hombre corriente.

No dijo nada durante un par de segundos.

—Me pidieron ayuda —se excusó el párroco con voz trémula—. ¿Cómo negársela? Dios no es vengativo, Teo. Eso es cosa de los hombres. Y yo me debo a Él.

Miró brevemente hacia arriba, como si buscara a Dios en las vigas del techo, pero Dios no se pronunció, y Teófilo hijo vaciló durante un par de segundos, lo suficiente para que su padre lo empujara a un lado con un gesto brusco, lanzándolo hacia el mueblecito con una cruz y un incensario.

Luego dio un paso adelante en el enlosado de madera de la casa parroquial.

—La venganza es cosa de los hombres, don Sebastián. Usted lo ha dicho.

Pero el cura no respondió a sus palabras, sino que al cabo de unos segundos, le pidió:

—Déjame hablar una última vez con Dios —dijo, antes de comenzar a rezar.

62

El salón Casablanca tiene una enorme palmera en la entrada, al estilo hollywoodiense, visible desde toda la manzana en torno a la antigua plaza del Rey. Su interior, de hecho, es como un gran jardín de invierno, donde un bosque de sillas y mesas de mimbre rodea la pista de baile y da la espalda a la orquesta, cuyo graderío custodian otras dos palmeras.

En una de esas mesas, a la espera de que el espectáculo comience, Carmelo y Aurora charlan animadamente con Lolete y Maripili, una de las parejas con las que el matrimonio más tiempo pasan, yendo al cine, a las verbenas o a espectáculos como este que está a punto de comenzar.

—Un tal Antonio Machín, o algo así. Un negrito que acaba de llegar a Madrid y que toca las maracas como Dios. ¿Quieres que vayamos a verlo al Casablanca? Me lo ha comentado Lolete —le propuso Carmelo.

Ella asintió con desgana. La mujer de Lolete, Maripili, no le cae muy bien. Es una chica de su edad que se pasa todo el día hablando de peinados y de la moda de París.

«¿Dónde ha pasado la guerra?, ¿en una burbuja?», se pregunta.

—Bueno, está bien, vayamos —accedió, por fin.

Maripili parece demasiado preocupada por sí misma como para advertir que Aurora, en realidad, apenas la escucha.

—¿Y sabéis qué dicen de la hija del marqués de Dávila? Que un familiar del Caudillo la pretende, ¿te lo puedes creer?

Aurora asiente vagamente, con la vista puesta en la segunda planta del local, de donde cuelgan jaulas con pájaros multicolores y monos aulladores.

—Aurora, ¿me escuchas? —pregunta Maripili.

—Ah, sí, perdona. Es que estoy un poco cansada. Hoy he tenido un día ajetreado en el hospital, ¿sabes? —responde tras un resoplido.

Maripili esboza una mueca en la que se entrevé una burla:

—Lo que no entiendo es por qué sigues trabajando, y menos cuidando a enfermos. Ya no tienes que preocuparte por el dinero, mujer, con el puesto de tu marido.

Aurora y Maripili miran un instante a Carmelo, que, con un puro entre los dedos índice y corazón de su mano derecha, charla sobre la guerra y el Régimen con su compañero Lolete. Ambos lucharon con las milicias falangistas y no han tardado en escalar puestos como dos expertos alpinistas.

El mejor parado ha sido Carmelo, al que el Caudillo nombró Jefe Provincial de la Falange.

—Me gusta mi trabajo —responde Aurora, modulando un gesto de desdén nacido en su entrecejo.

Carmelo también propuso a Aurora que dejase la enfermería, pero esta no tardó en cerrarse en banda, por lo que no tuvo más remedio que volver a mover sus hilos y, en cuestión de semanas, la chica fue ascendida a jefa de enfermeras del hospital Provincial.

—Si vas a trabajar, que sea por derecho, al menos.

Las miradas de Carmelo y Aurora se encuentran. El falangista le guiña un ojo a su mujer y esta lo recibe con un gesto comedido.

Carmelo ya sabe qué significa ese mohín:

«Sálvame».

—Oye, Maripili, ¿y cómo haces para estar tan guapa? —le pregunta a la mujer de Lolete—. No me extraña que mi amigo esté ojo avizor contigo.

Maripili suelta una risita nerviosa y responde bordando el papel de princesita.

—Ay, no me digas eso, que me sonrojo.

Tras lo que Carmelo se apresura a coger la mano de Aurora y besarla en el dorso.

—Eso sí, ninguna otra estrella brilla tanto como mi bella esposa.

La enfermera lo recibe con una amplia sonrisa. A continuación, Lolete hace un gesto a uno de los camareros para que traigan una ronda de bebidas; vinos de Ribera para ellos, sodas para ellas. Poco después, los hombres retoman su conversación. Maripili rompe el silencio al acercarse a Aurora para hablarle al oído.

—Cómo te quiere tu marido, ¿eh?

El camarero llega a la mesa y deja las bebidas que traía desde la barra sobre una bandeja. Carmelo extiende el brazo para darle una propina, que el muchacho recibe con la reverencia a un patriarca.

—Pues sí, me quiere mucho —responde Aurora.

De pronto, el gentío enmudece ante la aparición en el escenario del joven cantante cubano, al que desde la orquesta presentan como Antonio Machín. Aurora lo mira. Pelo corto, traje blanco, pajarita negra, una maraca en cada mano.

Comienza a cantar con una voz melódica y elegante.

—¿Cómo es que todavía no te has quedado embarazada? —le pregunta Maripili al oído.

Aurora se encoge de hombros, volviendo a contener otro gesto despectivo.

Antonio Machín canta sacudiendo las maracas al compás. Apenas se mueve en el escenario, como si hubiese echado raíces sobre el tablado:

el manisero entona su pregón,
y si la niña escucha su cantar
llamando desde su balcón...

—Yo de ti no tardaría mucho. Lolete me dice que no hay otra cosa que le haga más ilusión a Carmelo que tener un hijo.

que esta noche no voy a poder dormir
sin comerme un cucurucho de maní...

—Lo estamos intentado, ¿vale? —responde por fin Aurora tras hacerle otro gesto a su marido para que la salve de esta entrometida.

El torrente de besos se detiene en el rellano de la escalera y suben al compás hasta el primer piso, como en un baile de salón. Frente a la foto de los novios, vuelven a hacer un alto para enrollarse como dos espiritrompas.

Carmelo huele a coñac y a tabaco negro. Es él quien dirige el baile; lleva a Aurora casi en volandas, juguetea con sus manos y llama a la puerta de su placer. Ella también ha bebido esta noche, quizá para intentar sobrellevar mejor la tremenda tabarra que le ha dado Maripili. Ahora lo nota: aquello que decían del alcohol, que te desinhibe y te abre puertas que no sabías que estaban cerradas.

—Por eso, las mujeres solo debemos beber en presencia de nuestros maridos. Y muy poquito, Aurori. No se nos vaya a ir la lengua —le dijo una vez su madre.

La lengua siempre en su sitio, parecen decirle siempre, menos cuando quiere usarla el marido. Carmelo fue muy contundente cuando le dijo qué es lo que quería de ella días antes de dar el sí quiero:

—Una mujer debe ser una dama en la calle, una señora en su casa y una puta en la cama, ¿entiendes, Aurora?

Luego se disculpó por haber usado esa última palabra frente a su esposa. Pero Aurora lo excusó; entendía a la perfección a qué se refería.

Se tiran sobre la cama y siguen enredados en un largo beso. Segundos después, Carmelo se incorpora y la insta a darse la vuelta para acariciar la constelación de su espalda hasta desabrocharle el sujetador y liberar sus turgentes pechos. Luego se apresura a sostenerlos sobre la cuenca de sus manos mientras se hace un hueco para succionar sus pezones como el que bebe de un caño de agua.

Nunca le preguntó a su marido cuántas mujeres habían pasado por su cama desde la muerte de su primera esposa. A cuántas llegaba la lista de sus conquistas. Pero supuso que habrían de ser muchas, dado el dominio que Carmelo parecía tener en el sexo.

—¿Te gusta, cariño?

Carmelo baja con su mano, recorre el monte de su vientre y hunde sus dedos en las estribaciones de su valle. La chica asiente mientras acalla un gimoteo con la cremallera de los labios. Ha aprendido rápido que, cuanto más gime y se retuerce, más se enciende él. Más le gusta y antes acaba.

Carmelo se apresura a deshacerse del resto de su ropa y se hace hueco entre sus piernas con la punta de su lanza. Aurora acaricia su torso desnudo y se enreda en el vello rizado de su pecho mientras siente el primer envite.

Así llega la deriva, con el empuje cadencioso de unas mareas. No hay palabras, solo los estertores y el jadeo animal de un combate de carneros que concluye con el aliento caluroso de Carmelo haciendo fuego en el oído derecho de Aurora.

Y las palabras recurrentes:

—¿Te ha gustado, cariño?

A lo que le siguen las mismas respuestas de siempre: «Sí, por supuesto», tras lo que Aurora no puede dejar de preguntarse si acabará por disfrutar del sexo como se supone que acabará también amando a su marido.

Porque así se lo dijo su madre:

—Primero viene el matrimonio, luego llega el amor.

Aurora asintió sin estar muy segura de si el amor llegaría como lo hace la primavera tras el invierno, y si será capaz de acabar con esa nostalgia que le sobreviene de vez en cuando. La nostalgia de lo que nunca sucedió.

Carmelo se tumba junto a ella, saliendo de su vagina, y se incorpora para echar mano de la pitillera sobre la mesilla de noche. Es entonces cuando lo ve: su glande manchado de sangre por un aviso de la menstruación.

—Tiene que venirme la regla —le dice Aurora, cogiendo de su mesilla una servilleta de tela para limpiar a su marido.

—Yo pensaba que ya estarías embarazada —suelta Carmelo, de pronto.

Aurora lo mira y advierte en él un notorio gesto de decepción que ahoga en la primera calada a su cigarrillo.

—Podría ser un falso sangrado. Ya sabes que hay que esperar.

Él guarda silencio, barruntando una tormenta. Da otra calada.

—Sí, pero lo estamos intentando con ahínco. ¿Qué ocurre? A ver si no vas a poder ser madre, Aurora.

Ella vuelve a mirarlo y responde sin pensar demasiado, como en un impulso. De haberlo pensado, no habría dicho lo que dijo.

—Yo qué sé. A ver si el problema va a ser tuyo.

Sus palabras encienden a Carmelo, que se siente ultrajado. Da un salto de la cama y le contesta para defenderse de la ofensa:

—¿Estás diciendo que no soy hombre para dejarte embarazada? —pregunta, con el pecho henchido y el mentón arriba.

—No he dicho eso, Carmelo, por Dios —se apresura Aurora a excusarse.

—Pues será mejor que te quedes embarazada pronto.

Aurora ríe para sí, aguantándole la mirada.

—A ver si te crees que eso puedo controlarlo yo.

Carmelo da una calada en silencio. Ella lo mira; su torso desnudo, el vello que le recorre el cuerpo como un sendero, su pene flácido.

—El párroco te dijo que tenías que rezar mucho para pedírselo a Dios —dice él, con el mismo tono que usó el cura que los casó—. Y también visualizarlo en tu mente y desearlo mucho. A ver si va a ser eso, Aurora. Que todavía no lo deseas.

63

Parecía un muchacho enclenque, pero este Daniel carga con las cajas del mercado negro con el arresto de un obrero de la construcción.

«Será que su perro le insufla fuerzas», piensa Teófilo mientras mira al cachorro Cipión que no deja de dar vueltas alrededor de su dueño, como si quisiera darle ánimos.

—Creo que solo quedan estas dos —le dice el chico al manchego.

Teófilo asiente mientras deja caer sobre la batea de la camioneta la pesada caja de alimentos. Desde que terminó la guerra y se impuso el racionamiento, este otro mercado, perseguido con ahínco por la Comisaría General de Abastecimientos, no ha dejado de florecer en la ciudad con el fin de suministrar de productos a los madrileños de espaldas al comercio regulado.

Teófilo vuelve al almacén clandestino y se agacha para coger la penúltima caja de todas las que se encontraban ahí hace casi una hora, cuando el Cojo les avisó de que había llegado un nuevo cargamento.

Al mercado negro no se le escapa ningún producto: trigo, arroz, legumbres, aceite, carne o leche se cuelan por la ciudad haciendo de oro a unos cuantos policías y políticos corruptos a costa de aquellos que, como Rafael el tabernero, se prestan a servir de enlace con la población demandante por unas migajas.

—Esta es la última, al fin.

En cuanto la camioneta ya está llena, Daniel y Teófilo se apresuran a ocultar su cargamento con mantas y forraje. Minutos después se suben encima de la batea y dan un par de golpes en la chapa, avisando al conductor de que ya pueden partir.

El destino: el almacén trasero de la taberna del Cojo, desde donde el cargamento se distribuirá por el barrio en cuestión de horas.

—¿Y dices que eres del Bierzo? —le pregunta Teófilo a Daniel.

Los muchachos se agarran con fuerza al cargamento para no salir disparados con el primer volantazo del conductor. Solo Cipión, recostado junto a su dueño, parece disfrutar del trayecto.

—Así es. Vivía en un antiguo pazo gallego. Mi padre era ganadero hasta que empezó la guerra. ¿Y tú?

«Hasta que empezó la guerra»; cuántas vidas truncó el alzamiento de los militares.

—Yo vengo de La Mancha —responde—, de una familia de agricultores. La guerra también lo trastocó todo. Luché y me hicieron preso, hasta que salí hace unos días.

Mejor ahorrarse todos los detalles intermedios.

Ante un giro brusco del conductor, los muchachos deben hacer fuerza sobre el asidero de unas cajas. Cipión levanta la cabeza y vuelve a su ovillo segundos después.

—¿No tienes ganas de volver? A tu tierra, me refiero —le pregunta Daniel.

Teófilo se va allí durante un par de segundos: el paisaje pajizo del cereal, los molinos de viento coronando uno de los cerros y mecidos por el solano o por el ábrego, por el toledano o por el matacabras, tan violento este.

—Claro que querría volver. Pero no creo que pueda hacerlo. Eso sí, me gustaría marcharme de Madrid. No me encuentro en esta ciudad. Todo es muy grande y nadie se conoce. Es una ciudad de anónimos. No sé yo si es para mí.

Daniel asiente. De pronto, la camioneta da otro giro y los muchachos deben volver a agarrarse donde puedan. Teófilo suelta un chascarrillo que hace reír al berciano y torcer la conversación como el conductor de la camioneta tuerce para tomar una intersección.

No, no quiere hablar de su pasado. No con la sospecha que

desde hace unos días le ronda la cabeza y a la que sabe que tarde o temprano tendrá que enfrentarse:

«¿Está mi padre preso en la cárcel de Porlier?».

—Ya estamos llegando —le anuncia el muchacho, asomado por la batea y mirando hacia el fondo de la calle, donde se distingue la fachada de la taberna de Rafael.

Segundos después, la camioneta para frente a ella y los estraperlistas se apresuran a actuar con rapidez: de un salto, bajan de la batea y cogen un par de cajas para introducirlas por la puerta trasera de la taberna, donde ya los espera el tabernero.

—¿Todo bien? —les pregunta Rafael.

—Sin problema —responde Teófilo.

En cuestión de minutos, descargan el camión en el almacén de la taberna sin que apenas nadie se haya percatado de que delante de sus propias narices se mercadea con productos del estraperlo.

—Venga, os invito a un vinito.

Los muchachos entran en la taberna y toman asiento frente a la barra. Cipión va tras su dueño, meneando el rabo. Debe de estar saboreando ya lo que siempre le cae cuando entra ahí: un chusco de pan rancio, por ejemplo, o las raspas del pescado, o la piel de cerdo que no se puede aprovechar en un caldo.

En la barra, junto al asiento que ha ocupado Teófilo, se encuentra también Pepito.

—Qué chicos más diligentes te has buscado, Rafael —exclama, mirando hacia los muchachos—. Ya los quisiera yo para la fábrica.

El Cojo ríe, jocoso:

—Con dos de estos se arregla el país en un santiamén, Pepito. Lo tengo claro —se incorpora sobre la barra y advierte la apariencia elegante de su parroquiano, en contraste con el mono de trabajo con el que suele venir siempre—. Por cierto, ¿qué elegante, no? ¿A qué debemos ese honor?

Pepito se pone en pie y se hace a un lado para enseñarles su atuendo. Lleva pantalón de pana, camisa y una chaqueta con un par de coderas cosidas.

—Esta tarde voy a ver a mi hermano a la cárcel. Alguna vez me han echado para atrás por no ir lo bastante arreglado. ¿Os lo podéis creer? Esos hijos de puta tienen a los presos muertos de hambre y a los familiares nos obligan a ir de domingo para verlos llenos de piojos y con las ropas raídas.

Los hombres no responden.

Teófilo imagina a su padre.

—¿Hoy es día de visita?

Pepito apura el vaso de vino que Rafael el Cojo le había servido antes de que los muchachos llegaran.

—Así es. Y si no me doy prisa, me tocará al final de la cola. Apúntamelo, Rafael. Vendré luego a tomarme la última.

El tabernero asiente. Teófilo contempla a Pepito ponerse en pie y dirigirse a la salida mientras se despide de un par de parroquianos que juegan a las cartas.

Lo ve perderse por las puertas oscilantes.

Pero no lo ve a él, sino a su padre.

—¿Estás bien, Teo? —le pregunta Daniel—. Te has quedado blanco.

Su padre da un paso al frente. Afuera se oye el rumor de las voces llamando a la justicia antifascista. Hay antorchas y tiros.

Don Sebastián reza.

Una gota de vino le baja por la comisura de los labios.

Lleva el fajín desecho entre la cintura y la pernera del pantalón.

Y una pistola en la mano.

—Parece que hayas visto a un fantasma, chico —dice Rafael al otro lado de la barra, incorporándose para darle una palmada en el hombro—. ¿Todo bien?

Hasta que el manchego vuelve a este lado, poniéndose en pie.

Sí, tiene que hacerlo. Ha llegado el momento:

—Sí, todo bien. Ahora tengo que irme. Ya vendré por aquí.

La cárcel de Porlier se encuentra junto a la de Torrijos, separadas solamente por la intersección de la calle de Padilla. Es la milla de oro carcelera de Madrid, donde miles de presos se hacinan a escasos metros de las viviendas que rodean ambos presidios.

Desde que Teófilo salió de Torrijos no ha vuelto a acercarse por esta zona. Al asomar a su fachada neomudéjar, no puede evitar pensar en todos los que todavía están dentro y en los que, como él, consiguieron salir, como Fernando el Pollo o Miguel Hernández.

Y con esos nombres, y más aún, en la cabeza, se dispone a buscar el final de la cola de personas que desde el mediodía aguardan pacientemente para visitar a su familiar preso.

Dos, tres, cuatro horas para solo diez minutos y la distancia física de un par de metros que, a un lado y al otro de la libertad, parecen kilómetros.

—¿Es usted el último? —le pregunta, jadeante por la caminata, a un anciano que espera al final de la fila.

El hombre, con gesto lento y vacilante, se gira haciendo rotar su bastón.

—Sí, muchacho. Eso parece. Pero ¿te han cogido los datos ahí?

El anciano señala con su mano temblorosa hacia la caseta de madera junto a la puerta principal de la cárcel, sobre la que se lee PRISIÓN PROVINCIAL. Teófilo le agradece la información y se acerca a la caseta, frente a la que varias personas también hacen cola. Cuando llega su turno, el guardia civil que permanece dentro, sentado en un pequeño escritorio, apenas levanta la vista de la estilográfica y el formulario que ha ido rellenando con las visitas.

—Preso y parentesco —dice únicamente.

Teófilo se acerca para no levantar la voz, como si todavía le diera cierto reparo decir en alto su nombre.

—Teófilo García Valero. Es mi padre.

Al oírlo, el guardia levanta la vista y mira al muchacho desde detrás de unas gafas de sol.

—Es la primera vez que vienes por aquí, ¿no? No me consta que tu padre haya recibido visita antes.

El manchego carraspea.

—Sí. Vengo desde el pueblo para verlo. No he podido venir antes.

El agente guarda silencio, como si evaluara la veracidad de las palabras del chico hasta que, por fin, vuelve a agachar la vista.

—Ponte a la cola —le ordena mientras escribe en su formulario—. Tienes suerte, porque eres el último que entrará hoy.

—Gra-gracias —responde Teófilo, que se despide con un gesto.

Al volver a la cola, advierte la presencia en su parte intermedia de Pepito, que charla animadamente con unas mujeres que aguardan delante de él. Teófilo pasa junto a ellos con la vista en la acera contigua para que no lo reconozca, con esa habilidad que el espionaje le ha dado para hacerse invisible incluso delante de la multitud.

Vuelve al final de la fila, tras el anciano.

—¿Todo bien, muchacho? —le pregunta este.

—Sí, he podido entrar, por suerte. Creo que soy el último.

El hombre lanza un silbido.

—Has tenido suerte, sí —exclama.

Pero Teófilo no sabe si es suerte o infortunio.

—Pues sí —responde.

Y aunque el resto del tiempo el anciano intenta varias veces hablar con él, el manchego apenas responde con monosílabos: «Sí, claro, qué bien». No puede dejar de preguntarse qué va a decirle a su padre.

Con qué cara va a ponerse delante de él.

Cómo decirle todo lo que no fue capaz.

Piensa que no tendrá valor para hacerlo. Que le flaquearán las piernas o se caerá redondo, o combustionará espontáneamente como un fuego fatuo.

Así pasan casi tres horas de una paciente espera, remojados por una lluvia repentina y esquiva que va y viene.

—Vosotros, os toca —anuncia el funcionario de la prisión—. Seguidme.

Atraviesan la puerta principal enrejada y caminan por un pasillo hasta una galería interior de la que salen una veintena de familiares que acaban de disfrutar de su visita.

Reconoce en ellos esas caras: la alegría de haber podido ver a su familiar y, a la vez, la tristeza de no poder volver a verlo hasta la semana siguiente.

«¡Qué cruel antítesis poética!», habría dicho Miguel Hernández.

—Venga, aprisa, que sois los últimos —les conmina el funcionario.

En el grupo de visitantes hay personas de todo tipo: mujeres, hombres, ancianos, niños. Teófilo y el anciano frente a él son los únicos que vienen solos.

—Diez minutos, recordadlo.

Les abren la reja de la galería y les instan a que accedan a su interior.

«Sé fuerte. Sé fuerte».

Toman posiciones en uno de los laterales de la galería, al otro lado de la puerta por la que entrarán los presos. Verá a su padre antes de que él lo vea.

—¡Último turno de internos, adelante! —oye desde el otro lado.

Mira fugazmente a los familiares que, junto a él, aguardan a sus presos con una alegría contenida. Él es el único que no la tiene.

Ni siquiera cuando lo ve entrar en la galería con la extrañeza de quien explora un terreno desconocido. Como quien no ha estado nunca en la galería de las visitas.

Él. Su padre.

Levanta la mano y le hace un gesto, que acompaña con una voz trémula:

—¡Aquí, Teófilo!

No se atreve a llamarle papá. No.

—¡Teófilo!

Hasta que su padre levanta la vista y lo ve. Pero como su padre no parece reconocerle de primeras, su hijo se permite observarlo desde el enrejado antes de que su rostro se turbe por la sorpresa.

—¡Aquí!

Es él, pero no puede ser él. Pálido, famélico, con los huesos de los pómulos marcándole las mejillas, el pelo alborotado, la mirada perdida y una tos recurrente que le acompaña mientras se dirige hacia el lateral de la galería de visitas, como si dentro de su cuerpo tuviera un motor gripado.

Hasta que, frente a Teófilo, lo reconoce.

—¿Tú?

«Sé fuerte. Sé fuerte».

—Sí, padre. Soy yo.

Sus ojos se abren con la inmensidad de un sacramento.

—Pe-pero ¿qué haces a-aquí? —balbucea, con una voz rasgada que termina en un tosido espasmódico.

Teófilo agarra los barrotes y mete la cabeza entre ellos, como si pudiera escurrirse hasta él. El funcionario que custodia la visita le hace un gesto desde la tierra de nadie, el espacio de un par de metros que separan ambas rejas tras las que se encuentran los presos y sus familias:

—¡Deja los barrotes quietos! —le grita.

—¿Qué haces aquí? —vuelve a preguntarle su padre.

Teófilo no logra articular palabra. A pesar del penoso estado en que su progenitor se encuentra, siente que al otro lado de la reja todavía está aquel hombre que parecía controlar los campos y dominar los vientos con la potestad de un demiurgo.

—¡Me alegra mucho saber que has sobrevivido a la guerra! —exclama el padre con una pequeña sonrisa—. A mí me apresaron al poco de comenzar la lucha y todavía no me han soltado.

Vuelve a toser durante varios segundos, tras lo que su hijo no puede contener un gesto de extrañeza.

—Esto no es nada, solo un apechusque —se excusa, recomponiendo la voz con un ligero carraspeo—. Aquí casca el frío que no veas, ¿sabes?

Pero Teófilo supone que hay algo más. Una pulmonía o una tuberculosis galopante, como esa que tenían los presos que no tardaban en morir en la prisión.

—¿Y tú? ¿Cómo estás? —insiste su padre, ante el mutismo del chico.

Teófilo mira hacia los guardias que custodian la visita. Hay uno a cada lado de las rejas intermedias y otro en medio. No tiene mucho tiempo si quiere sincerarse.

Traga saliva y se decide a soltarlo. Lo que ha querido decirle a su padre desde aquella noche de julio de hace tres años, que le quemaba por dentro y le impedía dormir tantas noches.

—Te he odiado mucho, padre... —empieza, conteniendo un temblor frenético en su mandíbula y dos lágrimas vigorosas que amenazan con brotar—. Te he odiado mucho por todo lo que pasó, pero quiero que sepas que te he perdonado. Te he perdonado porque mamá lo habría querido así. Y porque no quiero vivir el resto de mi vida con odio. —Al otro lado de las rejas, su padre calla—. Solo quería decirte eso.

En el rostro cetrino del preso también se advierte la inminencia de un llanto.

—Yo solo quise hacer un mundo más justo para nuestra familia —se excusa Teófilo padre entre tosidos.

Y guardan otro silencio enorme como un imperio.

—Había otras formas. Otras formas que no implicaran hacerme daño.

—Lo sé. Y supongo que ya estoy pagando el precio de aquello, ¿no?

Otro silencio.

Teófilo se va a aquella noche de julio.

Don Sebastián ha comenzado a rezar.

Su padre lo acalla con el culatazo de su pistola.

—Este no es un mundo de justicia —masculla Teófilo con los ojos clavados en su padre—. Si lo fuera, habría muchos más presos como tú y otros tantos estarían fuera. No creo en la justicia, pero sí en el perdón. Y he venido solo para ofrecértelo. Que tú lo quieras, es cosa tuya.

De pronto, uno de los funcionarios da un garrotazo a las rejas y las hace temblar.

—¡Un minuto! —grita entre los familiares y los presos.

Pero su padre se resiste a abandonarlo ahora. Extiende su brazo como si pudiera llegar a tocar a su hijo, provocando el grito del funcionario que recorre la tierra de nadie entre las dos rejas.

—¡La mano quieta!

Se miran a los ojos una última vez.

En ellos, dos ríos buscan un meandro por el que conectar.

—¿Y qué tal estás? ¿Dónde vives? —le pregunta Teófilo padre.

—Aquí, en Madrid. Pero me gustaría marcharme. Hay gente que sabe cosas sobre mí y temo que eso se vuelva en mi contra.

—¡Pues vete, hijo! —le conmina el padre—. Vete a un lugar en el que puedas empezar de nuevo. Y cuando todo pase, vuelve al pueblo y visita la tumba de tu madre, ¿de acuerdo?

Al recordar a Josefina, padre e hijo comparten el mismo gesto de aflicción.

Qué diferente habrían sido sus vidas si a Josefina no le hubiera pasado lo que le pasó.

Piensa en ella.

—¿Has encontrado el amor, hijo?

En su voz cantarina, en el calor de su abrazo, en su ternura.

—¿Cómo?

Tras un nuevo aviso del funcionario, los familiares comienzan a despedirse de los presos. Sus manos se agitan diciendo adiós, se lanzan besos.

—Que si tienes amor y eres feliz —vuelve a toser—. Dame ese gusto al menos. Pensar que lo has logrado.

Niega con la cabeza.

—Qué va, padre.

—¡Venga, se acabó el tiempo! —vocifera el funcionario que, con un par de garrotazos sobre la espalda de su padre, se apresura a terminar con el encuentro entre ambos.

—¡Hazme caso, hijo! ¡Encuentra el amor! —le grita su padre.

Teófilo asiente y calla. Sabe que no volverá a verlo, y por eso intenta retener sus últimos instantes. Sus manos, su corazón diciendo adiós.

—¡Salid por donde vinisteis, rápido!

Afuera ha vuelto a llover, pero Teófilo no parece muy interesado en ponerse a resguardo. Miles de pensamientos se aturullan en su mente al salir de Porlier. Pero uno pesa más que los demás. Con la vista puesta en la prisión de Torrijos —donde se dio cuenta por primera vez de lo que era estar enamorado—, el manchego se decide a hacer caso a su padre, quizá por primera vez en su vida.

Encontrar el amor.

Y el amor habita curiosamente a un par de manzanas de allí.

64

El plumero se agita presto, como el rabo de un gato atolondrado, y Rosario lo acompasa con el canturreo de unas coplas andaluzas, de pasiones y mal querer, que a Aurora le recuerdan a las que cantaba Javiera en la prisión de Ventas.

«¿Qué será de ella? ¿Qué será de las demás?».

Alguna vez ha pensado en escribirles, pero no sabría adónde hacerlo.

La copla se deshace entre los labios de la asistenta con un quejido hondo que vibra en su garganta como un temblor de tierra. Aurora no le quita ojo desde el sillón del salón en el que leía una novela rosa. Acaba de llegar del hospital y aún falta algo más de una hora para que Carmelo vuelva a casa desde la dirección provincial de la Falange.

Esta es su hora, la única en el día que tiene para ella, en la que a veces sale a pasear, toma café con alguna compañera, se distrae con el punto de cruz o se afana en la lectura de algún libro si la tarde no acompaña. Como hoy, que ha comenzado a llover, con ese sirimiri que va y viene, y Aurora ha decidido quedarse en casa y retomar la lectura de *La princesa Kali*, de la joven escritora María Teresa Sesé.

Los minutos vuelan de página en página, hasta que, de pronto, Rosario se acerca a Aurora tras haber repasado con el plumero todas las superficies del salón.

—Señora, ya he terminado con la limpieza de hoy. Me retiro a mi habitación hasta que toque preparar la cena, ¿de acuerdo?

En realidad, Rosario no tiene que pedirle permiso. Acordaron que tendría una hora de descanso por la tarde en caso de haber terminado la faena del día. Pero la asistenta necesita la aprobación de la señora, que le hace un gesto con la mano, como si le diera a un pajarillo permiso para volar, y lo acompaña con un «Adelante» y una sonrisa, casi sin levantar la vista del libro.

Por encima de las páginas, Aurora comprueba que Rosario abandona el salón con su movimiento de caderas y las manos jugueteando por detrás con el plumero, como si fuera la cola de un animalillo.

Segundos después, vuelve la vista a las páginas del libro.

Cae una tarde de septiembre gris y lluviosa.

La princesa Kali está en apuros y el galán de turno se afana en rescatarla. Aurora supone que la protagonista acabará loquita por él, como en todas las novelitas que repiten el mismo patrón.

Lee sin prestar demasiada atención a la trama facilona, que va y viene por terrenos comunes, hasta que suena el timbre de la puerta.

Ding dong.

Deja a un lado el libro, colocando antes el marcapáginas, y se pone en pie para dirigirse al recibidor. No suele tener visita a esta hora de la tarde, pero a veces aparece sin previo aviso alguien de su familia.

—La casa de una señora tiene que estar siempre lista para recibir invitados —le dijo su madre una vez, y por eso Aurora siempre va vestida como si estuviera a punto de tener una cita con alguien, nada de blusas, pijamas o camisones para estar por casa.

Sale del salón para dirigirse hacia la puerta de entrada, dejando a un lado la cocina y el pasillo que conduce hacia la estancia de Rosario. La asistenta debe de estar dándose una ducha o durmiendo un poco, porque lo normal es que, a pesar de encontrarse en su hora de descanso, salga a abrir la puerta si suena el timbre.

De hecho, Aurora aguarda algunos segundos antes de entrar en el hall, por si oye abrirse la puerta de la habitación del servicio y saliese Rosario con su deje andaluz y sus aires de gobernanta dispuesta a abrir la puerta en lugar de la señora.

Pero no ocurre.

Aurora ase el pomo y gira la muñeca para abrir sin preguntar siquiera quién hay al otro lado, confiando en que será alguien común; tal vez su madre o su tía Bernarda, a quien hace ya varios días que no ve.

Sigue lloviendo afuera, con una cadencia minuciosa de gotas diminutas.

Abre la puerta, y por nada del mundo, ni en todas las combinaciones posibles del azar, habría esperado encontrarlo al otro lado.

—Hola, Aurora.

Lo reconoce al instante: cabellera rubia peinada en forma de tupé, ojos claros y profundos, rostro ovalado terminado en la punta de su mentón.

La misma cara de la fotografía que le mandó su ahijado de guerra. Él.

—Soy yo, Teo.

Remotas, al otro lado de la manzana, suenan las campanas que avisaban en la parroquia del barrio de la misa de la tarde. Ninguno de los dos repara en ellas.

Un calor súbito le sube por el cuerpo como la marea de un tsunami.

—¿Tú? —pregunta con voz trémula.

Y piensa si hay hueso en su cuerpo que no se haya estremecido ni haya comenzado a sacudirse. De pronto, las piernas le flaquean y tiene que sostener con más fuerza el pomo de la puerta para no caerse redonda.

Es él. Pero no puede ser él.

—Sí. Lamento presentarme así, sin avisar.

Su voz, así suena su voz: rasgada, honda como la de un fumador. La había imaginado de formas muy distintas mientras leía sus cartas, pero todas tenían la entonación de una radionovela.

—Sé que me dijiste en tu última carta que te habías casado y que mi correspondencia ya no iba a ser bien recibida en tu casa... pero no dijiste nada de mi presencia —se excusa, esbozando una media sonrisa—. Y aquí estoy.

Aurora no responde. Se ha quedado paralizada. Lo mira, con su pantalón y su chaqueta de pana, sus zapatos desgastados pero lustrosos, su pañuelo anudado al cuello, el olor a perfume que desprende. Durante mucho tiempo, en las idas y venidas del correo, en los sueños furibundos, en los anhelos secretos, Teófilo había estado siempre ahí, ocupando un lugar en su pensamiento. Sin embargo, cuando ya lo creía borrado por completo de su memoria, reaparece ahora convertido en un fantasma de sus nostalgias.

El fantasma de un tiempo pasado y de un modo subjuntivo.

—Eres mucho más guapa de lo que pensaba, ¿sabes? —le suelta Teófilo, de pronto—. Y eso que en tu fotografía no podías estar más hermosa.

Aurora intenta evitar que el rubor le suba a las mejillas. Mira hacia los dedos que el manchego hace tamborilear sobre la pernera de su pantalón. Luego gira el cuello para echar un vistazo hacia el pasillo del servicio, temiendo que Rosario aparezca tras la puerta de su habitación y los vea.

—Gracias —responde, al fin, mirándole a la cara—. Pero no deberías estar aquí. Mi marido podría llegar en cualquier momento.

Teófilo dibuja otra media sonrisa.

—Suele llegar poco antes de la cena, ¿no? Tenemos algo de margen.

—¿Cómo sabes eso? —pregunta Aurora, extrañada—. ¿Acaso me has espiado?

El manchego se apresura a excusarse, haciéndole un gesto con las palmas de sus manos para tranquilizarla:

—He intentado encontrar el momento más oportuno para acercarme sin ser una molestia. Pero, si lo soy, dímelo y me voy por donde he venido. Tranquila, no te robaré más que un minuto.

Aurora sigue temiendo que alguien aparezca de un momento a otro: Rosario desde el pasillo, Carmelo desde el aparcamiento en el que deja el coche, su madre o tal vez su tía Bernarda desde el otro lado de la calle.

—¿Qué quieres? —le pregunta ella, visiblemente incomodada.

—En primer lugar, darte las gracias por ayudarme a salir de la cárcel. Habrías podido dejarme ahí, no me debías nada. Pero lo hiciste.

Se encuentran en una mirada fugaz, como un cometa.

—No tienes por qué dármelas. Sentía que estaba en deuda contigo. Por todas aquellas cartas que nos escribimos.

Piensa en aquella correspondencia. En lo que sentía al escribir y, sobre todo, al recibir una carta de él. ¿Acaso hay algo que la haya hecho más feliz que eso?

Otra mirada, algo más duradera que la anterior.

—Ahora, si te parece, tengo que preparar la cena —se excusa Aurora, haciendo un esfuerzo por mantenerse impertérrita—. Me alegra saber que estás bien.

Hace ademán de cerrar la puerta, pero Teófilo la frena dando un paso al frente y poniendo su mano en la trayectoria, a riesgo de golpeársela contra el quicio.

—Espera —le ruega, observándola con unos ojos vibrantes—. No he venido hasta aquí solo para decirte eso.

Aurora vuelve a mirar a su alrededor.

Traga saliva. Titubea.

Cuánto habría dado por haber podido encontrarse con él en otras circunstancias.

—¿Entonces?

Haber podido saciar aquellos sueños calurosos en los que Teófilo visitaba su cama y viajaban en globo hacia el paraíso.

—Hay algo que quiero darte.

Pero ya es tarde para el futuro condicional.

—¿El qué?

Teófilo echa mano del bolsillo interior de la chaqueta y saca un sobre doblado por la mitad, con el membrete de la Falange y un «Viva Franco» sobreimpreso en el reverso.

Se lo ofrece. Aurora lee su nombre en el destinatario y levanta la mirada, extrañada.

¿Otra carta?

El manchego vuelve a sonreír.

—Esta es la última carta que te escribí en prisión, pero que no pude enviarte. La había escrito antes de saber que te ibas a casar, y por eso me la guardé. Luego, tras recibir tu última carta, he estado a punto de romperla muchas veces, pero siempre he sentido que lo que te había escrito ahí tenía que llegar hasta ti. Porque en ella soy sincero contigo por primera vez en mi vida. Sincero con lo que siento. Sincero al decirte que estoy enamorado de ti y que me muero por tener una vida a tu lado.

Se encuentran en los ojos del otro, esta vez durante una eternidad. Aurora siente acelerársele el latido de su corazón y cómo se le encoge la piel, erizándole todo el vello de su cuerpo.

Titubea de nuevo, como si estuviera aprendiendo a hablar tras un cataclismo.

—Yo...yo...

¿Cómo decírselo? ¿Cómo verbalizar que ella también estuvo perdidamente enamorada de él?

—Yo...

Tras unos segundos, no le sale, no se atreve a continuar la frase con un «Yo también», con un «Te he amado siempre», y se queda ahí plantada, echando raíces.

—Tengo que irme —suelta, nerviosa.

—Espero no haberte molestado. Pero es algo que tenía que decirte. Sé que estás casada y que tu nueva vida no ha hecho más que comenzar. Sé que yo no soy nadie y tú ahora eres la señora de una casa inmensa. Sé que nunca hemos hablado de lo que sentimos el uno por el otro, pero no podía callarme por más tiempo.

Aurora vuelve a guardar silencio.

De pronto, la aborda el deseo de saltar al vacío y recorrer el espacio hasta sus labios, y durante dos, tres segundos, está a punto de hacerlo.

Dar un paso al frente y besarlo como la marea que se encuentra con la orilla.

Dar rienda suelta al futuro condicional.

Hasta que él da el primer salto:

—Podríamos intentarlo —susurra, acercándose a ella como si también ansiara el puente hacia sus labios—. Dame una oportunidad.

Darle una oportunidad; en otro tiempo no habría dudado ni un segundo.

—Solo tienes que leer esa carta —insiste el manchego, señalando el sobre que la joven sostiene en su mano derecha—. Te estaré esperando.

—¿Esperándome para qué? —pregunta Aurora.

Se miran intensamente.

—Para que nos vayamos juntos. Sé que es una locura, pero a veces no queda otro remedio. Mañana a las siete de la tarde sale un tren desde Príncipe Pío hacia el noreste de España. No quiero esperar más aquí. Hay gente que sabe cosas de mi pasado que podrían devolverme a prisión. No, Madrid no es para mí, y creo que para ti tampoco. Esta no es la vida que soñaba aquella chica con la que yo me carteaba, estoy seguro. Tú decides. Esta es nuestra última oportunidad para estar juntos, como tanto hemos soñado. Yo cogeré ese tren contigo o sin ti. Solo espero que contigo, Aurora. No hay cosa que haya deseado más en toda mi vida.

Se miran. Se encuentran en los ojos vidriosos del otro. Ella vuelve a quedarse sin palabras. Solo sabe que ansía ese beso que ninguno se atreve a dar, como si estuvieran a cada lado de la galería de visitas de la prisión y no pudieran tocarse.

Ante el silencio de Aurora, Teófilo coge su mano para besarle el dorso. La joven siente el tacto delicado de sus labios como la mariposa que se posa sobre una flor, hasta que, de pronto, un ruido, proveniente del interior de la casa, hace estallar la burbuja.

Aurora se apresura a apartar su mano de la de Teófilo.

—Señora, ¿habían llamado a la puerta? —oye desde el pasillo del servicio.

La joven se excusa entrecerrando la puerta para ocultar al manchego.

—Sí, un vendedor ambulante. Ya se iba —se excusa.

Rosario asiente mientras se dirige hacia la cocina.

A solas de nuevo, Teófilo da algunos pasos hacia atrás para iniciar la despedida.

En la calle ha comenzado a llover con intensidad.

—Recuerda; mañana a las siete de la tarde en la estación Norte. Te estaré esperando en el andén.

65

Aurora olía a perfume francés y al natural gana como las emperatrices.

«Y qué hoyuelo tan gracioso tiene al ruborizarse».

«Y qué guapa estaba, caray».

Teófilo no puede dejar de pensar en ella sobre el catre incómodo de esta ruina de guerra del parque del Oeste en la que pasa la noche desde hace una semana, pagándole cuatro pesetas mensuales a la mujer con la que Rafael el Cojo le puso en contacto. Es un búnker de hormigón, con la apertura de una bomba que debió caer a pocos metros y le hizo un agujero a uno de sus muros. Con la lluvia que ha caído esta tarde, está todo empapado.

—Buenas noches, Daniel —se despidió hace unos minutos del chico berciano, que también vive en este parque, en la casamata del fondo.

Su perro le pedía jugar con una ramita, pero Daniel no estaba para esos trotes.

Fue Teófilo el que se la tiró al cachorro lo más lejos que pudo, entre unos árboles en penumbra. Apenas se veía más allá de los candiles que iluminaban la entrada a algunas de las improvisadas viviendas de estas decenas de familias.

—Buenas noches, Teo —respondió el dueño de Cipión.

Aún no ha dicho en la taberna, ni a Rafael ni a sus parroquianos, que mañana piensa irse de Madrid gracias al dinero que ha podido recaudar trabajando en el mercado negro.

¿El destino? Quién sabe dónde en realidad. Pero una vez que ha aprendido a dormir al raso, cualquier matorral, cualquier trinchera es hogar.

Solo espera poder irse con ella.

Sigue sin dejar de darle vueltas a cada uno de los detalles de su encuentro —el tono de su voz, el sosiego de sus gestos, cómo fruncía el ceño a veces— cuando advierte que ha vuelto a llover por el agujero en el muro del búnker.

«Ea, pues menuda noche voy a pasar».

Tarda unas horas en dormirse, rendido ante el extenuante día que ha pasado junto a Daniel desde bien temprano, descargando y cargando cajas entre la taberna del Cojo y aquellos almacenes clandestinos de la ciudad.

Sueña que se escapa con ella, pero que, de pronto, su padre los intercepta.

Su padre: fajín deshecho, bota de vino y pistola.

Hasta que despierta con un sobresalto cuando el agujero hecho por la bomba es ya un tragaluz por el que se cuela un rayo de sol mañanero. Se pone en pie, haciendo crujir su espalda, y sale al exterior del parque oliendo el rocío y la tierra mojada que ha dejado la llovizna nocturna. Siempre que sueña con su padre, intenta espantar el recuerdo como a una mosca.

Y lo espanta con Aurora.

«¿Habrá leído la carta? ¿Será capaz de dejar a su marido?».

Desde que se enteró en prisión de que Carmelo iba a casarse con Aurora, maldijo una y mil veces el día en que decidió dejarlo con vida por culpa de las convicciones que don Sebastián plantó en él, como una semilla.

—Buenos días, don Marcial —saluda a uno de sus vecinos del parque, que pasaba por el sendero de construcciones de guerra en dirección a la ciudad.

—Buenos días, Teo.

Don Marcial y su familia viven en la casamata junto a Daniel, y Teófilo no podía dejar de sorprenderse al comprobar que su mujer y sus dos hijos también vivían en ese minúsculo habitáculo.

—Y así hay cientos —le dijo el hombre a un Teófilo incrédulo—. Esta ciudad es una ratonera a medio levantar.

Cómo saber que su padre también habitaba en esta ratonera.

Sale en busca de un árbol sobre el que orinar pensando de nuevo en él. No lo habría reconocido de habérselo encontrado por la calle: enclenque, pálido, enfermo. Ha oído a muchos presos de la cárcel toser como él, y sabe que tal vez tenga una pulmonía o, peor aún, tuberculosis.

También sabe que los tuberculosos duran poco, menos aún en prisión, y quizá por eso se atrevió a ofrecerle ese perdón que no estaba nada seguro de dar hasta segundos antes de encontrarse con él.

—Odiar es muy fácil, Teo. Amar, en cambio, requiere de mucha valentía —le dijo don Sebastián una vez.

Y fue valiente como pocas veces lo había sido en su vida.

Tras soltar el caño de orina sobre el tronco de un árbol, vuelve al búnker y se asea con el agua que un pequeño barreño de barro ha recogido bajo el agujero de la bomba. Luego, sale al exterior y toma camino hacia Madrid, cuya silueta, bañada por el anaranjado espectáculo del amanecer, contempla desde el parque.

—Sí que has madrugado hoy, ¿no? —exclama Rafael al verle entrar en su taberna.

Teófilo asiente agitando la mano para saludar. En la taberna solo hay un par de parroquianos que toman el primer café del día y leen el periódico de la mañana. No hay mucha charla a esta hora, pues el vino peleón aún no ha hecho estragos ni se han encendido los acalorados debates sobre fútbol o toros.

—Necesito terminar pronto la faena de hoy —dice el manchego, tomando asiento frente a la barra—. Esta tarde cogeré un tren para salir de la ciudad.

El Cojo arquea una de sus cejas, extrañado.

—¿Cómo que salir? ¿Y adónde vas a ir? ¿Ha pasado algo?

Teófilo mira hacia los clientes de la taberna, que, desde las mesas del salón, continúan enfrascados en las páginas del periódico.

—No, no ha pasado nada. Solo que creo que esta ciudad no es para mí. Quiero volver a empezar lejos, dejar atrás muchas cosas que pasaron antes y después de la guerra.

Rafael asiente y suspira.

—Pues es una pena, ¿sabes? Tienes madera para el estraperlo. Y gente como tú es lo que necesitamos ahora. Pero bueno, lo entiendo. ¿Adónde has pensado ir?

—Al norte. En la frontera dicen que no es difícil cruzar a Francia.

Está a punto de decírselo, pero decide ahorrarse el detalle principal: que le ha pedido a su sobrina Aurora que se vaya con él. Que salte al vacío con él. Cree que puede confiar en él, pero durante sus años de espionaje también aprendió una fórmula correlativa: Cuanta más gente conozca un plan, más posibilidades hay de que fracase.

—¿Francia? —le pregunta el Cojo, arqueando una ceja—. ¿Con la guerra europea recién empezada?

Es cierto: mientras todavía estaba en prisión, oyó que ese loco alemán de Hitler había ordenado la invasión de Polonia. Muchos presos quisieron ver en aquel enfrentamiento la señal que estaban esperando para que las potencias europeas enemigas del fascismo provocaran la caída de Franco.

—Bueno, de momento me da para llegar a Zaragoza. Con la faena de hoy podré pagarme una noche en una pensión. Y luego ya veré. No necesito saber qué va a pasar. Eso es algo que he aprendido en la guerra, ¿sabe?

El Cojo vuelve a asentir. Tamborilea con sus dedos en la barra y guarda silencio como si le diera vueltas a una idea furtiva. Hasta que suelta:

—No tendrá mi sobrina Aurora algo que ver con esto, ¿no?

Teófilo enmudece. Mira a Rafael, que espera una respuesta, y decide decirle la verdad. A fin de cuentas, él lo ha ayudado siempre que ha podido.

Carraspea antes de hablar.

—No le voy a mentir, Rafael. Sí, ayer estuve en su casa y le pedí que se viniese conmigo. Sé que fui muy atrevido, pero no tengo nada que perder y sí mucho que ganar, ¿no cree?

El Cojo asiente, y ahoga un gesto de sorpresa llevándose su ruda mano a la boca, que desemboca en su rala barba. El mohín le estira la cicatriz de la mejilla.

—¿Qué te ha dicho? —pregunta, interesado.

Teófilo mira a su alrededor. Ninguno de los parroquianos atiende a su conversación.

—No me dijo nada. Se quedó callada. Supongo que esta tarde, en la estación, conoceré su respuesta. La cité a las siete y cogeré ese tren con o sin ella. Esto es algo que no le he dicho nunca, pero si algo quiero es estar con ella, sea donde sea. También tengo claro que aquí no me puedo quedar si no está a mi lado.

Rafael vuelve a asentir, visiblemente emocionado.

De pronto, esboza una sonrisa socarrona:

—Venga, va. Te pagaré el doble por el trabajo de hoy. Así podrás quedarte dos noches en lugar de una. Pero no se lo digas al canijo, ¿eh?

La faena de hoy consiste en recoger un cargamento de carne que Rafael acordó con unos ganaderos de la sierra. Luego, Daniel y él deben volver con el cargamento disimulado en unos sacos terreros que supuestamente van destinados a la construcción.

La taberna es de nuevo el punto de reunión al terminar el trabajo.

Para poder realizarlo, el Cojo les ha conseguido un salvoconducto falso Al verlo, Teófilo se sorprende ante la calidad del documento, que no tiene nada que envidiar a los que preparaba el servicio de inteligencia republicano durante la guerra.

—Cuidado con la Policía de Abastecimiento y Transporte, que no deja de tocar los cojones —les previene el tabernero.

Teófilo asiente. Está más que acostumbrado a estos tejemanejes, y por eso el Cojo lamentaba que se le fuera, pues habría sido un excelente estraperlista.

—Te vas de la ciudad, ¿no? O eso me ha dicho Rafael —le pregunta Daniel mientras cargan los últimos sacos de carne.

El manchego deja el saco sobre la camioneta y resopla.

—Así es. Sabía que estaría aquí el tiempo necesario para ahorrar para un billete a cualquier parte.

El berciano asiente.

—¿Volverás a tu tierra?

Los dos se dirigen hasta los últimos sacos que deben cargar en la camioneta.

—No puedo regresar, de momento. Está muy reciente alguna cosa que pasó antes de la guerra. Pero sí quiero hacerlo, algún día.

Mira a Daniel, su figura espigada, sus ojos oscuros, su gesto afable y sereno.

—¿Y tú? ¿No quieres volver a la tuya? —le pregunta.

Rafael el Cojo le ha hablado un poco sobre él, pero ni siquiera el tabernero sabía qué le había ocurrido a Daniel antes de la guerra. Suponía que algo no muy bueno, por la cerrazón que el chico mostraba respecto a su pasado.

La misma con la que le responde a la pregunta:

—Sí, querría volver. Pero tampoco puedo.

Vuelven a Madrid en la parte trasera de la camioneta sintiendo cada relieve del camino empedrado de la sierra. Al entrar en la capital, no necesitan enseñar el salvoconducto.

—¿Todo bien? —les pregunta el Cojo cuando se bajan de la camioneta.

—Todo bien —responden los muchachos.

Tras descargar la mercancía en el almacén de la taberna, Rafael paga a Teófilo lo que acordaron a primera hora de la mañana aprovechando que Daniel se ha metido en el baño. Seguro que no le hace gracia que al manchego le pague el doble por el trabajo que han realizado entre los dos.

—Ahora tengo que ir a la estación de tren a comprar el billete —le anuncia.

Ha usado el singular, billete, evitando decir que también comprará el de Aurora.

—Por cierto, ¿qué has hecho con el búnker? —le pregunta Rafael—. ¿Has hablado con doña Pilar?

—Sí, anoche de vuelta me pasé por su casa para decirle que me iba.

El Cojo asiente. Sabe que ha llegado el momento de la despedida: se abrazan unos segundos, sintiendo el calor de su abultado cuerpo y prometiéndose volver a verse algún día, cuando todo pase, porque siempre hay algo que tiene que pasar para que todo vaya a mejor.

Luego abraza a Daniel, que esperaba a un lado, jugueteando con su perro.

—Confío en que nos veamos de nuevo —le dice el muchacho.

—Sí, yo también —contesta Teófilo.

Por último, se afana en estrechar unos segundos al cachorrito Cipión.

—¿Y no me puedo llevar a este perro? —le pregunta a Daniel, jocoso.

El chico ríe para sí. Después, vuelven a decirse adiós agitando las manos y regalándose sonrisas hasta que Teófilo encara la calle en dirección a la estación Norte.

Al alejarse de la taberna piensa que, en otras circunstancias de la vida, habría hecho grandes amigos ahí.

Y no sabe por qué, pero tiene la sensación de que volverá a verlos algún día.

66

El sobre muestra las arrugas de varias dobleces, como si fuera un anciano atravesado por los meandros de la edad. Aurora lo mira, le da vueltas, relee su nombre en el destinatario con la letra esmerada que Teófilo escribió durante su estancia en la cárcel.

Se pregunta cuánto tiempo ha esperado para poder entregársela. Cuántos días oculta en el fondo de un cajón o en el interior de un macuto.

Y titubea sin atreverse a abrirla, como quien se arrepiente en el último instante de cometer un robo. Vuelve a darle unas vueltas, a releer su reverso.

De pronto, Rosario aparece detrás de ella caminando desde el pasillo que conduce a su habitación. Aurora se gira y se apresura a ocultar la carta. Lleva el pelo húmedo y huele a jabón de Marsella y perfume.

—Disculpe por no haberle abierto la puerta, señora, pero había *aprovechao* para darme una ducha. —Se excusa la asistenta—. La oí cuando hablaba con ese hombre y no quise salir *pa* no molestar.

Aurora la mira. ¿Y si ha escuchado la conversación desde la ventana de su habitación que da al patio delantero?

—No te preocupes, Charito —la excusa, con un gesto afable—. En todo lo que yo pueda ayudarte, lo haré. Y si necesito abrir la puerta a alguien, no se me caerán los anillos, ni mucho menos. No soy de esas mujeres.

Le dicen así, Charito, desde que la chica les dijo que así es como la llamaban en el pueblo. Charito sonríe y le agradece su comprensión.

—Ojalá todas las señoras fueran como usted —dice.

Tras lo cual, le anuncia que va a empezar a preparar la cena ante la inminente llegada del señor. Aurora la observa mientras se dirige a la cocina con el canturreo de una copla bailoteándole en los labios. No, no ha debido oír nada.

—Estaré arriba, en mi dormitorio, ¿vale, Rosario? —le anuncia bajo el umbral de la puerta de la cocina—. Bajaré en cuanto llegue mi marido.

Rosario asiente mientras comienza a encender los fogones con la diligencia de una experta cocinera. La enfermera sube las escaleras a toda prisa, cierra tras de sí la puerta de su dormitorio y se echa sobre la cama matrimonial.

«Venga sí, ábrela y acaba con esta incertidumbre».

Despega la solapa del sobre y saca un par de hojas amarillentas de su interior.

La misma letra que hace tres años.

La misma emoción que aceleraba sus latidos hace tres años.

Comienza a leer:

> Mi querida Aurora:
>
> He recibido tu carta y no sabes cuánto lamento haberte generado esa inquietud con mi larga ausencia. Créeme cuando te vuelvo a reiterar que no tuve otra salida, y que espero en el futuro poder contarte el porqué...

Finalmente lee, emocionada, los versos que Teófilo le dedica en la carta:

Nos conocimos de casualidad,
eran días de trincheras y fango,
y nunca pensé que el amor vendría
con mi nombre como destinatario.

Madrina de guerra, decías ser.
Y yo entre fusiles, imaginando
cómo debía de sonar tu voz
cómo debía calentar tu abrazo.

Pasaron los meses con nuestras cartas
y la guerra acabó por separarnos,
pero nunca dejé de imaginarte,
de creerme ser libre imaginando

eso que ya puedo decir sin miedo:
aunque huracanes quieran separarnos
aunque lo quieran las hachas tajantes
aunque lo quieran los rígidos rayos.

Te quiero, y no deseo otra cosa que
oírselo confesar a tus labios,
que el mundo permita que nos amemos,
amarnos aunque sea solo un rato.

Pero tranquila, no tendré prisa, yo
seguiré mientras tanto, imaginando
de tus labios a qué saben tus besos,
de tu cuerpo el calor de tus abrazos.

Nunca nadie le había escrito una poesía.

Nunca nadie le había dicho que la amaba como Teófilo se lo ha confesado en esta carta: a pecho descubierto, a quemarropa. Como el que ya no tiene nada que perder.

Y qué preciosos versos le ha escrito, por el amor de Dios, ¿de dónde ha sacado esa repentina sensibilidad poética? En ninguna de sus otras cartas parecía tenerla.

Vuelve a releer la poesía, desde ese «Nos conocimos de casualidad» hasta el «Pero tranquila, no tendré prisa», con una emoción a flor de piel que le hace brillar los ojos como dos lucernarios. Y lo piensa: «Si hubiese recibido esta carta antes de casarse con Carmelo, ¿habría accedido a dar ese paso para toda la vida? ¿Habría dado el sí quiero?».

La invade de nuevo esa nostalgia que ha sentido tantas veces por aquello que nunca pudo ocurrir. Lo que les fue prohibido por un destino que les esquivó todo el rato y evitó que pudieran verse y decirse, cara a cara, que detrás de aquellas cartas entre madrina y ahijado de guerra estaba naciendo un amor.

Un amor. Uno como el que, supuestamente, habrá de nacer en ella hacia su marido, como si fuera un genio que aparece tras frotar la lámpara mágica.

—¡Ya estoy en casa! —oye, de pronto, en el piso de abajo.

Aurora se apresura a guardar la carta en el último cajón de su mesilla de noche, bajo su ropa interior. Se seca el contorno humedecido de los ojos y toma aire para esbozar una sonrisa con la que recibir a su marido, que sube hacia el primer piso tras saludar a Rosario en la cocina.

Se encuentra con Carmelo en la escalinata, desabrochándose la camisa de la Falange a medida que sube los escalones, no muy lejos de la fotografía de boda.

—Hola, cariño, ¿qué tal el día? —le pregunta ella.

Él la estrecha con un gesto paternal.

—¿A que no sabes qué? —le pregunta, sonriente—. Me han dicho que el Caudillo ha preguntado por mí, ¿te lo puedes creer? Dicen que está buscando gente para renovar la Falange después de la guerra. Savia nueva para el Movimiento.

Se miran. La sonrisa de él le arruga el bigotillo en una medialuna.

—¡No me digas! —exclama Aurora, forzando un gesto de sorpresa—. Pero qué buena noticia, ¿no?

—¡Pues sí! —asiente Carmelo, radiante.

—¡A ver si va a contar contigo para su nuevo gobierno!

Él le rodea el hombro con el brazo y ambos terminan de subir la escalinata para dirigirse hacia su dormitorio, donde Aurora lo ayuda a quitarse el uniforme y a ponerse la ropa de estar por casa.

—Huele muy bien en la cocina, ¿eh? Esa chica es todo un descubrimiento —suelta Carmelo mientras Aurora lo descalza como quien unge los pies de un samaritano.

—Pues sí. Catorce años y menudo dominio de la casa —responde Aurora.

Para cuando bajan al piso inferior, Rosario ya ha preparado la mesa en el comedor.

Manteles, cubertería y la vajilla de la Cartuja de Sevilla que los padres de Carmelo les obsequiaron como regalo de boda.

—Charito, ¿te sientas con nosotros a tomar una copa de vino? —le pregunta Carmelo a la chiquilla.

Esta pone cara de sorpresa mientras mira a Aurora, que, con un gesto, le pide que tome asiento junto a ellos.

—¿Y eso? Ay, señor, no quisiera *se* una molestia.

—Molestia ninguna, Charito —responde el señor—. Hoy celebramos en esta casa y queremos que tú también te unas a nosotros.

La gaditana se sienta en el filo de la silla, como si no estuviera segura de estar haciendo lo correcto. Luego mira a los señores ruborizada.

—¿Y qué celebran hoy, si se puede saber? —pregunta la chiquilla.

—Pues que me han dicho que Franco ha pensado en mí para la renovación del Movimiento —anuncia Carmelo, sonriente, mientras comienza a descorchar una botella de Rioja—. ¿Qué te parece?

La asistenta salta del filo de la silla y aplaude con un gesto infantil.

—¡Ay, señor, eso es una gran noticia!

Tras hacer plop con el corcho, el falangista comienza a servir a las mujeres.

—Ay, señor, pero si yo no bebo —exclama Rosario con una risilla nerviosa.

Pero el señor la acalla: «Es solo un culín, mujer», mientras llena las copas del intenso bermellón. Aurora lo contempla, abstraída.

Tras llenar las copas hasta un tercio del cáliz, el falangista levanta la suya y se dispone a proponer un brindis:

—¡Por todo lo bueno que le espera a esta casa! Por lo bien que cocina Charito y, por supuesto, por mi esposa Aurora, a la que amo con locura.

Tras decir su nombre, Carmelo busca su mirada y le guiña un ojo con ese gesto suyo de galán. La enfermera lo recoge devolviéndole una sonrisa mientras piensa si ella también será capaz de amarlo con locura.

Si podrá hacerlo alguna vez en su vida.

—¡Sí, por esta familia! —suelta la joven, para disimular.

Chocan sus copas y dan un sorbo de vino que descompone el rostro de Charito como si hubiese chupado la pulpa de un limón.

Carmelo no puede evitar reír.

—Ya te acostumbrarás. El vino es cosa de adultos.

La asistenta asiente mientras se limpia la comisura de los labios con una servilleta.

—Ahora, déjenme que sirva la cena, ¿vale? —y se levanta sin arrastrar su silla—. Vuelvo enseguida.

Aurora la contempla perderse por el pasillo en dirección a la cocina con el bamboleo de sus caderas andaluzas. Una vez a solas, Carmelo estrecha su mano y vuelve a buscarle la mirada.

—¿Qué te ocurre, cariño? —le pregunta—. Te veo seria.

La joven se apresura a excusarse tras la frontera de una sonrisa fingida:

—¿A mí? Nada. No puedo estar más feliz por ti, Carmelo.

Para completar su actuación, se inclina hacia él para darle un beso, y mientras sus labios se unen como la mariposa se posa sobre una flor, Aurora no puede evitar pensar en aquel beso que esta tarde, bajo la puerta de casa, deseó darle a Teófilo como si esperara del manchego la salvación en medio de una tormenta.

No tardaron mucho en acabarse la botella de vino, sobre todo por la insistencia de Carmelo en rellenar su copa y la de Aurora, y terminaron la cena cautivos de ese ardor propio del alcohol, azuzado por la euforia de las buenas noticias. Así subieron arriba, enzarzados entre sus besos.

—Pero tiene que venirme la regla, Carmelo —se excusa ella, echándole el freno.

—Qué más da —responde él, desvistiéndola y manoseando su cuerpo.

Su reticencia no ha hecho más que encenderlo. Alguien le dijo a Aurora que a partir de los cuarenta los hombres comenzaban a perder el deseo, pero a su marido no le ha ocurrido eso, sino todo lo contrario. O eso le confesó él una vez:

—Contigo he vuelto a tener veinte años, cariño. Me tienes loquito.

Aurora asentía mientras no tenía más opción que recibir sus besos y sus caricias como un muñeco en manos de un niño juguetón.

Carmelo salta sobre ella y comienza a hacerle el amor. Aurora contempla su cara con los claroscuros de la luz que entra por la ventana.

Lo ve: cómo se muerde el labio y la mira con el deseo de un depredador.

¿Acaso no debería sentir ese mismo deseo? En las novelitas rosas que leía, las protagonistas femeninas acaban perdidamente enamoradas de los galanes. Lo dejan todo por ellos. Los aman con la intensidad de un huracán.

«¿Estoy condenada a no sentirlo jamás?», se pregunta.

No puede evitar pensar en Teófilo mientras Carmelo empuja sobre ella y se afana porque sus movimientos despierten los gemidos de su esposa, como suele ocurrir cuando hacen el amor. Pero eso no ocurre y, tras eyacular dentro de ella, Carmelo se recuesta a su lado para, con mucho menos tacto que durante la cena, preguntarle:

—¿Vas a decirme qué demonios te ocurre?

Lo mira. Cuando Carmelo se contraría se le abren los agujeros de la nariz y se le arruga la piel del tabique como un acordeón.

—Nada, cariño —vuelve a excusarse Aurora mientras se cubre con la sábana.

Pero Carmelo no se da por satisfecho con su evasiva.

—¿Es por el tema del embarazo? —le pregunta, acariciándole el pelo sobre la superficie de la almohada—. ¿Te estoy presionando mucho?

Ojalá pudiera contarle qué es lo que le ocurre.

—No me pasa nada. He tenido una semana difícil, solo eso. Estoy un poco cansada.

Carmelo chasquea la lengua:

—Ay, Aurora, ya te he dicho que no tienes por qué trabajar, que yo procuraré que no te falte de nada. Pero tú, erre que erre. Y así estás.

Aurora frunce el ceño. No quiere iniciar una discusión con su marido porque no confía en que no se le suelte la lengua y acabe diciéndole un par de verdades.

—Bueno, dejemos el tema —media él, conocedor del carácter de su mujer—. ¿Qué te parece si mañana reservo para cenar en un sitio bonito? Luego podemos ir a bailar o a tomar una copa, que sé que os gusta, ¿eh?

«Sé que os gusta». Carmelo habla de vez en cuando como hablaba su padre.

—¿Mañana?

—Sí, mañana. Han abierto un nuevo cabaret en la ciudad. Dan buen espectáculo, por lo visto. Mejor que el de ese negro del otro día, ese Machín.

A Aurora le encantó Antonio Machín, pero comprende que a su marido no. Él es de otro tipo de música, algo más ortodoxa que esos boleros cubanos o el twist que fueron a bailar la semana pasada.

Nunca bailará alocadamente con él, romperse y recomponerse las caderas.

—¿Qué te parece?

De pronto, piensa en Teófilo. En su cabellera rubia, en sus ojos intensos, en el tono rasgado de su voz. ¿Será capaz de irse con él?

—Venga sí, por qué no —responde.

Aunque no sabe todavía dónde terminará el día de mañana.

67

Teófilo llega a la estación poco después de que el reloj de su fachada marque las seis de la tarde con esas manijas enormes.

La estación Norte de Madrid se erige al pie del monte de Príncipe de Pío. Su fachada principal, escoltada por dos torreones, da a la cuesta de San Vicente, desde la que Teófilo se dirige hacia el enorme complejo que conecta Madrid con el norte peninsular.

Algunos minutos antes le preguntó la hora a un viandante que acababa de bajarse del tranvía. Supuso que tenía reloj por su porte elegante y por la prisa con la que caminaba hacia la estación, cargando con un maletín. Cuán diferente a la gente del campo, donde nadie anda con prisa ante el trigo o la vid, que siempre pueden esperar.

—Las seis menos cinco, caballero —le respondió el hombre, consultando su reloj de bolsillo y apretando el paso.

Y no esperó al «Gracias» que se quedó colgando de los labios de Teófilo.

El muchacho se adentra en la estación levantando la vista hacia su reloj exterior, ubicado bajo la enorme bóveda semicircular y un friso en el que descansa el cartel con el nombre de la estación.

Son las seis de la tarde y un par de minutos.

Dentro, un enjambre de personas van y vienen a través de su imponente puerta principal. El manchego no puede dejar de preguntarse cómo es posible que el edificio aguantara los terribles bombardeos de la aviación, que buscaban destruir las puertas de entrada y salida de Madrid, como eran la del Norte o la estación de Atocha.

Hace cola frente a la taquilla y aguarda unos minutos:

—Buenas tardes, dos billetes para el próximo tren a Zaragoza, por favor.

La taquillera levanta la vista y lo mira desde las gafas que lleva posadas sobre el tabique de la nariz.

—¿Primera, segunda o tercera clase, caballero?

Teófilo pone sobre el mostrador las monedas que ha ido ahorrando en los últimos días trabajando en el mercado negro. Solo ha gastado lo necesario para pagar el alojamiento en el búnker y alguna que otra comida en la taberna del Cojo.

Lo demás, sabía que era para pagar su huida de Madrid.

—¿Para qué me alcanza? —pregunta.

La mujer echa una rápida ojeada a las monedas.

—Para dos de tercera. Y por los pelos.

Teófilo asiente, satisfecho. Piensa si a Aurora le importará viajar en tercera clase. A aquella con la que se carteaba y que se arriesgó para sacarlo de prisión, que era una muchacha humilde, no le habría importado, al menos.

Piensa en ella mientras la taquillera le prepara los billetes.

¿Será capaz de abandonar a su marido por él?

—Muchas gracias.

Teófilo coge los dos tíquets y los céntimos del cambio y se los mete en el bolsillo de la chaqueta. La taquillera, que no le devuelve las palabras de agradecimiento, le hace un gesto a la señora que aguarda tras él para que avance hasta la taquilla.

Seis y quince minutos.

El muchacho mira al reloj de pared y, como aún tiene tiempo, decide dar un paseo por la estación, en la que nunca ha estado. La única estación que vio antes de llegar a Madrid fue el apeadero que había junto a su pueblo, en el que paraban un par de trenes al día en su recorrido a través de la comarca. Pero nunca montó en uno hasta que empezó la guerra.

Deambula sin rumbo fijo por la amplia estación, y comprueba cómo algunos viajeros comienzan a situarse en el andén número dos, desde el que saldrá el tren con destino a Zaragoza y, desde ahí, hacia la frontera, tal vez.

Decidió ese destino a sabiendas de que no tenía muchas más opciones: teme viajar hacia el sur de Madrid y tener que atravesar tierras manchegas, donde supone que no será bien recibido, y entre el noroeste y el noreste peninsular, prefirió dirigirse hacia este último destino, que conocía de cuando participó en la batalla del Ebro.

Sabe que el carácter de los aragoneses no es muy distinto al de los manchegos, tan cerca ambos lugares del Mediterráneo.

Mira al reloj de pared del andén:

Seis y media de la tarde.

Se enciende un cigarrillo y da algunos pasos por el andén. Quiere ver a Aurora en cada muchacha que se encuentra en la estación portando su propio equipaje.

Sí, se parece a ella, pero no es ella.

Ha imaginado decenas de veces la escena: verla subir las escaleras hacia el andén y correr a cogerle las maletas, como un caballero.

Se ríe imaginándolo, muerto de nervios, sin poder parar quieto con las piernas, con los dedos —que juguetean con los billetes de tren o con el cigarrillo— y con un tic en el ojo que espera que desaparezca en cuanto ella llegue.

Porque va a llegar. Tiene que llegar.

Vuelve a mirar al reloj:

Siete menos veinte.

Un niño juega con unos muñecos correteando entre los viajeros, que poco a poco van abarrotando el andén. Mientras, una cigarrera y un vendedor de cupones ciego se afanan por encontrar clientela entre la multitud.

«¿Vendrá? ¿No vendrá?», se pregunta, deshojando la margarita.

No quiere dejar de imaginársela, la quiere visualizar acercándose al andén mientras contempla las manijas del reloj de pared haciendo correr los segundos hasta marcar las siete menos cuarto.

Comienza a desesperarse.

Apenas puede parar quieto en un lugar, va de un lado a otro viendo cada vez a más gente y oyendo a mayor volumen los gritos de la cigarrera que vende tabaco rubio, del ciego de los cupones y del vendedor de pipas y garrapiñadas, que zigzaguean entre los viajeros.

«¿Vendrá? ¿No vendrá?».

El reloj marca las siete menos diez cuando un rugido de fuego y carbón se oye desde las cocheras de la estación. De allí vendrá el tren que llevará a los pasajeros hacia el noreste de España. Que lo llevará a él. Unos segundos después, el convoy se aproxima al andén. Los pasajeros se agolpan frente a los accesos. En cuanto el tren frena por completo, y tras las instrucciones de los revisores que han bajado al andén, comienzan a tomar asiento en los distintos compartimentos de primera, segunda y tercera clase, tan diferentes entre ellos pero con el mismo destino final.

—¿Quiere que le ayude, señora? —le pregunta Teófilo a una mujer que carga con dos pesadas maletas.

—No, gracias, hijo; puedo sola.

Teófilo la observa subir por la escalerilla de acceso al vagón, hasta que vuelve la vista al reloj de pared del andén y comprueba, con un nudo en la garganta y las piernas temblorosas, que marca las siete menos ocho minutos.

No puede evitar sentirlo: cada movimiento de esas manijas lo aleja más de Aurora.

Mira hacia ambos accesos del andén, ansiando, rezando por verla aparecer.

Siete menos seis minutos.

Una pareja atraviesa el andén a toda prisa. Teófilo los ve correr con un par de maletas hasta que abordan la escalerilla de acceso al primer vagón de tercera, resoplando de alivio por no haber perdido el tren.

Siete menos cuatro minutos.

«Pero, Teo, ¿acaso pensabas que ella iba a dejar su matrimonio por ti? —se dice con un pensamiento intrusivo, como si alguien se burlara de él desde su interior—. ¿Dejarlo todo por unas cartas que os enviasteis en la guerra?».

Finalmente, ese pensamiento nocivo hace metástasis y Teófilo se queda plantado en el andén hasta que la mayor parte de los viajeros ya ha tomado posiciones en sus respectivos vagones.

—¡Pasajeros al tren! —se oye, de pronto.

68

Durante las primeras semanas de su matrimonio, Aurora no podía dormir a causa de los ronquidos de Carmelo. No obstante, con el paso del tiempo se ha ido acostumbrando, como a quien ya no le hace daño una tortura.

Pero si esta noche no puede dormir es por otro motivo. Oyendo el ronquido cadencioso de su marido al otro lado de la cama, Aurora no puede dejar de darle vueltas a la proposición de Teófilo.

«¿Me voy con él? ¿Me atrevo a hacerlo?», se pregunta.

De la calle llega el incesante cri cri de un grillo que no se calla en toda la noche.

Así llega el alba, ahogándose en un mar de cavilaciones, hasta que el despertador sobresalta a Carmelo a las siete y media de la mañana.

Con el rabillo del ojo, ella lo ve ponerse el uniforme a los pies de la cama y luego salir de la habitación para bajar las escaleras. Del pasillo llega el olor del café matutino que Rosario ha debido preparar ya.

Aurora no se levanta de la cama hasta que Carmelo no se marcha tras darle un beso en la frente. Mientras siente la humedad de sus labios, piensa si ese va a ser el último beso que él le dé.

Cuando se cierra la puerta de la calle, se pone en pie. Le duele mucho la cabeza y está muy cansada. Al salir de su habitación, anudándose el cinturón de su bata de coralina, se encuentra con

Rosario, que subía hacia las habitaciones para preguntarle si deseaba ya el desayuno.

—Sí, Charito, pónmelo ya.

La asistenta la mira a los ojos.

—¿Ha dormido bien, señora? No tiene buena cara.

Aurora intenta sonreír, pero se le ven las costuras.

—Me ha costado un poco coger el sueño. Pero todo bien, Charito, gracias.

Rosario no insiste. Bajan las escaleras hacia el piso inferior.

Mira la foto de su boda y aguanta el aire.

—¿Café y tostadas, señora?

—Sí. Eso mismo.

Rosario se interna por la cocina y avisa a su señora de que el desayuno estará listo en unos minutos. Aurora se dirige hacia el aparato de radio y sintoniza las emisoras musicales que aún siguen en antena tras el cierre de la mayor parte de las cadenas de radio que emitían hace unos meses, antes de que terminara la guerra.

En una oye la música de un bolero y decide dejarla.

Le recuerda al Antonio Machín que Carmelo repudiaba con gesto adusto.

Minutos después, Rosario deja sobre la mesa del comedor una bandeja con el desayuno. Aurora se sienta a la mesa y comienza a remover el café, disfrutando del olor que se desprende de la taza. Mientras oye cómo Charito friega bajo el caño de agua del fregadero, suena el timbre de la puerta.

—Yo voy, señora —anuncia la asistenta.

Ante la repentina visita, Aurora tiene el impulso de salir corriendo hacia la habitación, como cuando era pequeña y huía de algunas visitas. No tiene ganas de ver a nadie, ni siquiera a Teófilo, a quien aún no sabría qué responder.

Pero no es el manchego, sino una voz que reconoce en el acto. Ruda, fuerte, varonil:

—¿Está Aurora en casa?

La voz de su tío Rafael.

Aurora se apresura a ponerse en pie para encontrarse con él en el recibidor.

—¡Tío! —exclama, dándole un par de besos—. ¡Cuánto tiempo!

Sí, es cierto; hace tiempo que no se ven. La última vez fue, de hecho, en la boda, a la que Rafael asistió a pesar de que Felisa le dijo a Aurora que tal vez no era buena idea invitarlos.

—Pero ¿cómo no voy a invitar a mi tío, mamá? Además, si acaban de volver a casarse, tal vez les venga bien, ¿no?

Poco antes, Rafael y Bernarda habían tenido que volver a vivir juntos tras recibir una última y amenazante carta del Ministerio de Gobernación.

Su divorcio durante la República había quedado anulado y debían convivir a la mayor brevedad posible en el domicilio conyugal. Bernarda intentó buscarse un abogado para evitar la sentencia, pero ningún letrado se atrevió a representarlos, porque lo que Dios había unido no podía separarlo ningún abogado avispado.

—¿Cómo tú por aquí? —le pregunta Aurora, esforzándose por sonreír.

Piensa, de pronto, en aquel viaje que ambos hicieron a Navalcarnero en busca de ese falangista llamado Carmelo Escobedo, que acabaría siendo su esposo.

¿Cómo puede la vida jugar con los dados de esa manera?

—Pues nada, sobrina, pasaba por aquí y decidí llamar para contarte algo.

El «pasaba por aquí» no ha sonado nada creíble.

—Claro, entra. —Lo invita a pasar y lo acompaña al salón.

Rosario ha vuelto a sus quehaceres en la cocina, pues se escucha de nuevo el caño de agua del fregadero. Tío y sobrina toman asiento en los dos sofás.

—¿Quieres tomar algo? ¿Has desayunado?

—No, no te preocupes, Aurori. Ya tomé mi café esta mañana. Y no quiero robarte mucho tiempo, querida.

El Cojo juguetea con sus manos, guardando un silencio momentáneo, como si no encontrara la manera de arrancar.

—Bueno, tú dirás.

—Pues verás, sobrina. No es mi intención, ni mucho menos, meterme en tu vida ni interferir en ella. Sé que tienes un buen marido que te procurará siempre lo mejor, porque supongo que estará muy enamorado de ti. Porque, ¡como para no estarlo! Pero déjame decirte algo. Esto que te diré no lo he hablado con nadie, es solo cosa mía. Que no se entere tu tía Bernarda, que seguro me echará la bronca de nuestra vida. Y también tu madre, sin duda. Pero tengo que decírtelo, sobrina. Porque no quiero que caigas en mi mismo error. Yo he querido mucho a tu tía, no lo dudes. Pero el amor se nos acabó pronto por circunstancias que tú sabes...

Aurora asiente. No quiere acordarse de los años que siguieron para su tía Bernarda y para Rafael tras la muerte prematura del hijo de ambos, Jesusito, por una pulmonía mal curada.

Su hermano Jesús, de hecho, fue bautizado así en honor de su primo fallecido.

—Sí, sé de lo que hablas, tío.

Tras la terrible pérdida, un matrimonio renqueante como era el suyo decidió separarse y, por último, firmar el divorcio que la nueva ley republicana contemplaba por primera vez en España.

—¿Por qué te cuento esto? Te preguntarás. Pues porque no me gustaría que tú también acabases viviendo como tu tía y yo estamos ahora. En un matrimonio sin amor. Es horrible, Aurora, saber que la persona con la que te acuestas todas las noches ya no siente nada por ti. Y que tú ya no sientes lo mismo que sentiste antes de que todo se fuera al garete. No quiero eso para ti, sobrina. Y lamento no habértelo dicho hasta ahora.

Aurora asiente. Desde el sí quiero ella no ha dejado de tener esa sensación, la de estar atrapada en un matrimonio sin amor.

—Esta mañana he hablado con Teófilo, que ha venido a la taberna por un trabajo para hoy. Me ha confesado que te ha pedido que os vayáis de la ciudad, juntos. No sé qué has pensado sobre ello, sobrina, pero te diré algo. No te he visto en los últimos años tan emocionada como aquella vez que volvíamos de Navalcarnero y me dijiste que querías ir a verlo. Antes de que te llevaran presa y ocurriera todo lo malo. Y ahora tienes la oportunidad de revertir todo aquello que ocurrió después de que te metieran en la cárcel. Sé que es difícil dejar tantas cosas atrás. Pero tal vez ya sea hora de que mires por ti misma, ¿no crees?

Todo lo que va a dejar atrás no le cabe en esta pequeña maleta de mano.

Aurora se afana por llenarla a toda prisa con un par de mudas, algún vestido y otro par de zapatos. Después, coge un par de papeles en blanco y se propone escribir a vuelapluma a sus padres y a

Carmelo. Se sienta en su escritorio, pero, tras unos segundos, no le sale nada. No sabe cómo verbalizar aquello que está a punto de cometer. Esta locura:

Irse con Teófilo y retomar la vida que habría debido tener si no la hubieran apresado en la cárcel de Ventas.

Esa vida que le borraron a golpe de tortura, piojos y cánticos cara al sol.

> Queridos papá y mamá...

El reloj de su dormitorio marca algo más de las doce del mediodía. Tiene tiempo para unas letras de despedida.

> Siento mucho lo que voy a hacer...

Pero no sabe cómo continuar, y sacude la estilográfica dándole golpecillos sobre el papel en blanco. Chasquea la lengua.

«Venga, Aurora, lo primero que te salga: un perdón, una despedida, un hasta pronto».

Siente el corazón desbocado como un caballo de carreras y un nudo en la garganta que no sabe si la hará echarse a llorar antes de tiempo. Aun así, por primera vez en su vida siente que está haciendo lo que realmente ella quiere hacer. Lo que su tío Rafael le ha dicho que debe hacer, al fin: tomar las riendas de su vida.

Porque, en los últimos años, ¿cuántas decisiones ha tomado por ella misma?

La sacaron de los estudios de enfermería para soltarla en un hospital de sangre

Comenzó a escribirle a Teófilo por obligación de su madre.

Colaboró con la falange clandestina para liberar a su padre de la checa.

Se casó con Carmelo para salir de la prisión de Ventas y ayudar a Teófilo.

Y ahora le toca a ella, por fin, aunque es muy probable que su familia no llegue a entenderlo jamás.

> No me guardéis rencor, os lo pido por favor...

Piensa en ellos, en sus padres y en sus hermanos.

Entended que esto que hago no es para haceros daño...

Pero sabe que va a hacerles daño. Mucho daño. Que volverá a su casa aquel caos y desconcierto que reinó durante la guerra y, sobre todo, aquellos días que siguieron a su detención.

Y titubea.

«¿Estás segura de lo que vas a hacer, Aurora?».

Siente cómo le sudan las manos.

Sino porque creo que...

El calor de una hoguera le sube desde los pies.

Hace una pausa para tomar aire hasta que, de pronto, siente que las letras comienzan a bailar frente a ella, sobre el papel.

Quiere continuar con la escritura de la carta, pero no puede:

Con es-to e-s-t-o-y...

La vista se le difumina y empieza a percibir un gran agujero borroso frente a ella.

«Tranquila, Aurora. Son los nervios».

Se pone en pie y con la respiración acelerada da algunos pasos para salir de la habitación. Pero siente que las piernas le pesan, y que el hecho de flexionar el tobillo o pisar le cuesta un mundo.

De repente, moverse es mover a un elefante.

Mira a su alrededor, pero apenas vislumbra los objetos que le rodean.

«Aurora, tran-qui-la», pero la voz dentro de ella suena como un eco que se pierde en la deriva.

El sudor le brota de todos los poros y el calor se le concentra en la sien, que le palpita como si el corazón se le hubiese subido hasta la cabeza.

«Au-ro-ra, tra...».

De pronto, todo pasa muy rápido: pierde la fuerza de las piernas y siente que salta de un acantilado y un golpe seco contra la mesilla de noche al precipitarse contra el suelo.

Luego, una voz lejana, como si viniera del más allá.

—¡Ay, señora, por la Virgen! ¿Está bien?

Lo primero que oye son unas voces; el rumor de un cuchicheo junto a ella, voces que no reconoce pero que siente cercanas.

Luego un ventilador girando, con su zum zum zum, tal vez en el techo.

Los dos o tres primeros segundos son un desconcierto feroz: no sabe dónde está, ni siquiera quién es ella. Hasta que una de las voces que oye le resulta familiar.

Está a su izquierda: «¿Mamá? ¿Es mamá?».

Abre los ojos con un par de pestañeos, como el bebé que despega los párpados por primera vez en su vida. Intenta mirar hacia algún lado, pero lo ve todo emborronado.

De pronto, la voz junto a ella lanza un grito:

—¡Ya despierta!

Se le acerca para besarle en la mejilla con el tacto húmedo de sus labios.

—¡Aurora! ¿Estás bien?

No solo su voz, sino también el olor que desprende le resulta familiar.

Hasta que la recuerda: sí, es su madre. Es Felisa.

La mira, y distingue el contorno de su cabellera y sus facciones.

—¿Mamá? —pregunta, con la boca seca como la suela de una alpargata.

—Sí, estoy aquí, cariño.

Felisa le acaricia el pelo. A su lado, un hombre se inclina sobre ella para besarla en los labios. Un bigotillo fino le hace cosquillas.

—¿Cómo estás, mi vida?

Lo reconoce un par de segundos después. Es Carmelo, su marido.

Quiere responderle, pero no le salen las palabras. Mientras tanto, siente cómo alguien le estrecha la mano derecha. Es una mano ruda y carnosa cuyo tacto también le resulta familiar. Gira el cuello y lo mira.

—Hola, Aurori. ¡Qué susto nos has dado! —le dice su padre con una sonrisa.

Ella también sonríe, aunque todavía no sabe por qué está ahí. Observa lo que la rodea: la cama en la que yace, las sábanas que le cubren el torso, las flores en la mesilla junto a la cama —nardos, jazmines y rosas—, y el ventilador en el techo girando en una espiral.

Se vuelve hacia su madre:

—¿Qué hago aquí? —pregunta, con la boca seca todavía.

De repente, advierte en Felisa otra sonrisa. Y otra también en Carmelo, arrugándole el bigotillo.

—Te desmayaste este mediodía en el dormitorio, cariño...

Y es entonces cuando comienza a recibir el alud de recuerdos, como si de pronto llamaran a su puerta todos a la vez: la conversación con su tío Rafael, la maleta de mano sobre la cama, la estilográfica bamboleando sobre un papel en blanco...

—Te encontró Charito, tu asistenta. Llamó a una ambulancia y te trajeron aquí. Ibas y venías, diciendo cosas sin sentido. Te han hecho pruebas, cariño...

Recuerda otra cosa: la decisión que tomó de hacerse con las riendas de su vida.

Perseguir el amor.

Irse con él.

—¿Qué pruebas?

Las sonrisas se expanden como una borrasca.

—¡Estás embarazada, cariño! —exclama Felisa.

Calla. Balbucea.

—¿Em-embarazada?

Los demás asienten, exultantes.

—¡Qué alegría! —exclama Felisa, acariciándola—. ¿A que sí?

Pero Aurora no dice nada. Ha palidecido.

«No. No puede ser. Yo iba a irme con él».

Y desbloquea el recuerdo por completo.

Un tren. Estación Norte.

—¿Qué hora es? —pregunta, de pronto.

«Tal vez aún esté a tiempo».

—¿Qué dices, cariño?

Los demás se miran.

—Todavía debe delirar, pobrecita —comenta Roque.

El ventilador no deja de girar.

—Que qué hora es —vuelve a preguntar Aurora, exacerbada, intentando levantarse de la cama.

Carmelo la frena.

—Eh, tranquila, que debes guardar reposo.

Pero ella lo ignora: hace esfuerzos contenidos y fugaces mientras mira en derredor buscando un reloj colgado de alguna de las cuatro paredes de la habitación.

Pero no hay ninguno; solo un par de cuadros, una estantería con unas figuritas y, sobre la cama en la que yace, un crucifijo.

—Pero ¿qué le pasa a la niña? —se pregunta Felisa.

Carmelo y Roque se encogen de hombros, hasta que Aurora descubre, al fin, un reloj: el de la muñeca de su padre.

Le agarra la mano y le arremanga la camisa.

—¿Qué hora es? —inquiere, desesperada.

Roque tarda un par de segundos en leer las manijas.

—Son las siete y cuarto de la tarde, Aurori... ¿por qué?

Epílogo

Las flores

69

Madrid, marzo de 1977

Teófilo no sabe cuáles son sus flores favoritas. Podría habérselo preguntado en algunas de las cartas que se escribieron en medio de la guerra.

¿Rosas? ¿Amapolas? ¿Azucenas?

Pero ha terminado por hacerle caso a la dependienta de la floristería en la que Teófilo entró como quien aterriza en un lugar inhóspito. Porque lo suyo no son las flores, sino el cereal, más rudo, más resistente, menos delicado que aquellas. Y piensa que su carácter lo forjó el cereal, no las flores.

—Buenas tardes, quería comprar un ramo de flores —le dijo a la dependienta.

Era una chica joven en edad de ser su hija, pelo cardado y chicle en la boca que rumiaba sin cesar. Al oírlo, esta sonrió.

—¿Qué es lo que quiere decir con esas flores? —le preguntó.

Teófilo no supo qué responder. Ante su cara de extrañeza, la dependienta se apresuró a explicarse:

—Es que con las flores se dice mucho más de lo que creemos, ¿sabe? Hay flores que piden perdón. Otras que agradecen. Otras que despiden... Y usted, ¿para qué las quiere? Si me permite preguntarle.

Teófilo no dijo nada. Miró a su alrededor, hacia la ingente cantidad de macetas con flores de todas las formas y colores. ¿Qué decir con ellas? No lo había pensado.

—Quiero declararme a alguien a quien amo desde hace mucho tiempo.

La chica sonrió.

—¡Ajá! Tengo las flores perfectas.

Le hizo un gesto para que la siguiese hacia una de las macetas de la floristería.

—Lirios. Lo que usted quiere son lirios. Lirios blancos, además —le señaló hacia ese manojo de flores blancas de aspecto delicado, como unas nubes—. Los lirios blancos son símbolo de amor incondicional y expresan la pureza de los sentimientos. Perfecto para usted, ¿a que sí?

El manchego miró a la chica y asintió, expectante.

—Pues prepárame el ramo de lirios más bonito del mundo.

Ahora, Teófilo va por la calle sintiéndose el blanco de muchas miradas: un hombre trajeado, pelo ausente repeinado y un enorme ramo de flores que sostiene como quien empuña una espada.

Llega a casa de Aurora a la hora del té.

Cruza el sendero hacia el templete de entrada a la casa y llama al timbre tras acicalarse el pelo, comprobar el olor de su aliento y la integridad de los lirios que ha intentado proteger mientras caminaba.

No oye nada al otro lado de la puerta hasta algunos segundos después.

Cuando se abre, contiene el aliento y sonríe.

—¿Sí? —pregunta Rosario, la asistenta de Aurora.

Teófilo carraspea.

—¿Podría hablar con la señora Aurora, por favor?

Rosario asiente, servicial, y le hace un gesto para que espere. Deja la puerta entreabierta y Teófilo se asoma hacia el pasillo para verla perderse por otra puerta, tal vez la que da al salón de la casa. A pesar de que esta es la tercera vez que llama a este timbre, nunca ha pasado del umbral del recibidor.

¿Podrá hacerlo ahora?

Hasta que, un par de minutos después:

—La señora dice que pase.

Teófilo toma aire de nuevo e intenta mantener las formas de caballero.

«Que no se me note nervioso, por el amor de Dios».

—Por aquí.

La asistenta lo invita a entrar, abriéndole la puerta de par en par, y lo guía por un pasillo decorado con cuadros y figuritas de Lladró hacia aquella puerta del salón, que se encuentra cerrada. A la izquierda hay otro pasillo, y más atrás distingue la puerta de la cocina, a la que el manchego asomó fugazmente.

Rosario, con la mano en el pomo de la puerta acristalada, mira hacia el ramo de lirios blancos que Teófilo sujeta cada vez con más fuerza.

—Le recomiendo que no sea brusco con la señora —le dice—. Supongo que ya conoce su carácter, ¿no?

El manchego asiente con una sonrisita.

—Sí, lo sé.

La mira, comprendiendo que tal vez esta mujer debe saber sobre él mucho más de lo que cree.

—Sea delicado —continúa la asistenta, con el tono de una institutriz—. Hablen de sus cosas pero no le eche en cara nada. Ha pasado mucho tiempo, pero todavía hay muchos recuerdos que le hacen daño, ¿de acuerdo?

Teófilo vuelve a asentir, obediente.

Solo entonces, Rosario, conforme, gira el pomo de la puerta.

—Pase. Le está esperando en los sofás.

Teófilo asoma al salón. A la izquierda hay una mesa de comedor con manteles de croché sobre el tablero y marcos con recuerdos familiares. Hay otros retratos y cuadros con bodegones y motivos florales colgados de las paredes estucadas, que se alternan con estanterías de madera noble repletas de libros y figuritas de bailarinas, toreros o delicadas princesas.

Aurora lo espera al fondo de la estancia, sentada en un lujoso sofá y frente a un enorme aparato de televisión junto al que hay colgado un reloj de cuco cuyas manijas suenan con su compás.

Teófilo camina hacia ella con el ramo de lirios blancos a la espalda. Intenta controlar el temblor de sus manos, de su mandíbula.

Pero su mirada, posada sobre los ojos azules del manchego, lo atemoriza.

—Ho-hola, A-Aurora —saluda con voz trémula.

Está tan guapa como siempre: peinada, maquillada con sobriedad, ataviada con un vestido de dos piezas y un fular.

«¿Cómo es posible que siempre parezca estar lista para recibir invitados?», se pregunta.

Aurora se pone de pie y da un par de pasos hacia él, inclinándose para darle dos besos.

—Hola, Teófilo, ¿qué tal?

Se besan en ambas mejillas.

Huele a perfume francés, como olía cuando llamó a la puerta de su casa por primera vez, hace tantos años. Entonces no fue capaz de recorrer el espacio hasta sus mejillas para besarla, como deseaba impetuosamente.

Ese beso que nunca se dieron y que no ha dejado de imaginar en sus sueños más húmedos desde entonces.

—Pero siéntate, no te quedes ahí, hombre —le pide, haciéndole un gesto para que tome asiento frente a ella, en el sofá que hace esquina y cierra el espacio frente al televisor.

Teófilo le ofrece el ramo de flores que ocultaba tras la espalda.

—¡Vaya, qué sorpresa! —exclama Aurora al verlo.

El manchego se lo ofrece. Ella hunde su nariz en el ramo para aspirar el aroma de las flores.

—Unos lirios preciosos —dice, halagada.

Él no se atreve a decirle por qué ha elegido esas flores.

—Estaba a punto de tomarme un té, ¿quieres acompañarme? —le ofrece ella, posando el ramo con delicadeza en la mesita auxiliar junto al sofá.

Teófilo asiente, consciente de pronto de que Aurora ya no le habla de usted, como hizo cuando se encontraron en el funeral de Carmelo o cuando le dio la carta hace unos días.

—Sí —responde.

Aurora llama a su asistenta, que no tarda ni dos segundos en aparecer en el salón por la puerta que atravesó Teófilo.

—Té para dos, Charito —le dice.

La mujer responde con un gesto diligente y regresa a la cocina. Luego vuelven a mirarse.

Teófilo guarda silencio, pensando desesperado qué decir entre todas las conversaciones que imaginó que tendría con Aurora. Pero ahora no le sale nada, como si se hubiese esfumado el guion de aquella escena que tantas veces había ensayado.

Esa en la que le confesaba todo y terminaba por pedirle explicaciones.

—He leído tu carta, Teo. Me ha gustado mucho.

Teófilo hace memoria, intentando recordar qué fue exactamente lo que le dijo en esa carta que escribió hace unos días, en una noche de desvelo, casi sin pensar.

Comenzaba con algo así:

> Durante todos estos años no he podido dejar de pensar en ti porque tu recuerdo era más poderoso que el dolor de nuestra larga ausencia...

Luego le revelaba que, a pesar de que había intentado rehacer su vida una y otra vez, de que hubo amores en los que intentó buscar la felicidad, al final todos vinieron y se fueron porque en aquellas mujeres no veía a nadie más que a Aurora.

En todas quiso encontrar sus hoyuelos, su melena ondulada, la intensidad de sus ojos negros. Pero ninguna era ella.

Aurora mira los lirios blancos. Sus níveas formas delicadas.

—¿Sabes, Teo? —dice—. Creo que, en primer lugar, te mereces una disculpa por las formas en las que te recibí en la iglesia. A veces me puede el orgullo. Pero tienes que reconocer que mi marido acababa de morir y yo reaccioné como cualquier otra persona que acababa de enviudar, ¿no crees?

Teófilo asiente, ligeramente avergonzado.

—Sí, quizá el modo en que te abordé no fue la más adecuada.

—De todas formas, entiendo que has venido hasta aquí para oír una explicación. Como me decías en tu carta, quieres saber por qué no me fui contigo en aquel tren.

Teófilo espera en silencio. Piensa en aquella tarde, cuyo recuerdo mantiene intacto como si hubiese ocurrido ayer. El ir y venir de los pasajeros, la prisa de los revisores de Renfe llamando a los rezagados, las manijas del reloj acercándose a las siete. Y su decisión final, a punto de perder el tren:

Montarse, solo.

—Iba a irme contigo. Ya lo había decidido. Hice la maleta y comencé a escribirle una carta a mis padres, pero me desmayé y me desperté en el hospital, horas después. Mi asistenta, Rosario, había ocultado la maleta para que mi marido no la viera, pero todo fue en vano, porque el tren ya se había marchado. Y yo me acababa de enterar de que iba a ser madre. Pero te juro que intenté buscarte. En cuanto pude, fui a hablar con mi tío Rafael, que me dijo que no sabía nada de ti. Supuso que te habías montado en ese tren con destino a algún lugar del norte. Incluso fui a preguntar al parque del Oeste. Un muchacho que vivía allí me dijo que sí, que te habías ido de Madrid. Yo ya no supe dónde buscarte. Y mi hija, Teresa, crecía dentro de mí. Así que desistí.

«Iba a hacerlo, iba a irse conmigo».

Teófilo calla y ambos se miran a los ojos. A pesar del paso de los años, Teófilo reconoce en Aurora a la chica que fue hace tanto tiempo. El mismo mohín, los mismos gestos con los que acompañar a su voz, el mismo hoyuelo marcándosele al hablar.

—Durante semanas estuve a punto de volver a Madrid —le cuenta el manchego mientras juguetea con una de las solapas de la chaqueta—. Vagué de pueblo en pueblo, y en todos me plantaba frente a la estación de tren y preguntaba por el primero que salía hacia la capital. Pero siempre me arrepentía antes de subir. Supuse que sería en balde. ¿Cómo ibas tú a venirte conmigo?, me preguntaba. Porque yo no podía ofrecerte nada de todo esto —mira en derredor, parándose en la preciosa cenefa que recubre la unión entre las paredes y el techo de la estancia—. Nada de todo lo que podía darte tu marido. Y yo también desistí.

De pronto, Rosario aparece en el salón haciendo equilibrio con una bandeja con una tetera y un par de tazas. La tetera va dejando una estela de humo que sale del pico como una serpiente. La asistenta atraviesa el salón y deja la bandeja sobre la mesita auxiliar.

—Gracias, Charito —le dice Aurora.

—Gracias —replica Teófilo.

Aurora coge la tetera y sirve a Teófilo, que observa cómo el té cae en la taza con la precisión de un cirujano.

El silencio flota entre ellos con aroma a pasado:

A tortilla sin huevos y a cartillas de racionamiento.

A noches a la intemperie y al mercado de estraperlo.

A las cartas que encendían la ilusión de dos chicos jóvenes e indefensos.

—Supongo que ninguno tuvimos la suerte de cara, Teo —sentencia Aurora.

Teófilo coge su taza y la sostiene frente a su boca para soplar un poco.

—Pues sí —afirma.

Aurora da un sorbo a la suya, como si no le quemara.

—Por cierto, me dijo mi tío Rafael que tú todavía guardabas algunos secretos de cuando nos carteábamos en la guerra.

El manchego asiente.

—Así es. Hay cosas que se me quedaron a la espera de que pudiésemos tener una conversación como esta. Cosas que no te conté por carta.

Aurora le hace un gesto para que hable, pero Teófilo se permite unos segundos para reordenar las ideas mientras da el primer sorbo a su taza de té, que le quema el esófago cuando baja. Carraspea un par de veces.

—¿Recuerdas cuando tu padre estaba preso en la checa? Yo por aquel entonces trabajaba en el servicio de inteligencia republicano. Mientras intentaba investigar por mi cuenta sobre el destino de tu padre, me ordenaron que siguiera a unas mujeres que, por lo visto, se dedicaban a ayudar a los presos falangistas de la capital y a organizar la resistencia fascista. Durante una de aquellas pesquisas fue la primera vez que te vi, entrando en una zapatería con una bolsa y saliendo de ella con las manos vacías. No tardé en atar cabos y en darme cuenta de que tú también colaborabas con el Auxilio Azul. Así fue como di con tu amiga Elena y conseguí hablar con ella.

Al oír el nombre de Elena, Aurora no puede disimular un gesto de sorpresa.

—¿Hablaste con ella? —pregunta.

—No sé si sabes que Elena era una agente doble que también trabajaba para el servicio de inteligencia. Me confesó que había forzado la detención de tu padre por la envidia que sentía hacia ti, que a pesar de que tu padre había colaborado con la Falange, aún permanecía en libertad. Me propuse denunciarla, pero me chantajeó usándote a ti: si decía una palabra sobre ella y sobre el Auxilio Azul, tu padre y tú acabaríais mal. Me vi en la obligación de renunciar a denunciarla a ella para liberarte a ti de todo peligro. Finalmente, el Auxilio Azul nunca fue descubierto, y quién sabe si fue uno de los artífices de la victoria franquista. Pero ¿sabes una cosa? Lo volvería a hacer si me viera de nuevo en esa tesitura.

Aurora no dice nada, como si necesitara asimilar esta nueva versión de aquella vieja historia que se había quedado en el pasado. Da un sorbo a la taza de té y posa su mirada en los ojos azules de Teófilo, a quien la edad le ha hecho perder la intensidad de sus pupilas.

Por fin responde, con su voz serena y pausada de locutora de radio.

—Sí, ya lo sabía, aunque lógicamente no con los detalles que tú me estás contando ahora. Una vez que liberaron a mi padre, no volví a saber nada de ella. Pero mi padre, al igual que yo, sospechábamos que tenía algo que ver con su cautiverio. A mi padre lo acusaban de la muerte de un compañero suyo, pero la única persona que sabía qué había ocurrido con aquel compañero era el padre de Elena, que se llamaba Eduardo. De habérmela encontrado alguna vez, le habría preguntado por qué había hecho todo eso y, sobre todo, por qué no quiso ayudarme cuando mis padres fueron a preguntarle si estaba dispuesta a interceder por mí cuando estuve en prisión. Y ahora que tú me lo has dicho, ya lo sé. Todo por envidia. Sí, ella me había tenido siempre mucha envidia. De haberla visto en otras circunstancias se lo habría dicho también, pero pasó el tiempo y supongo que lo olvidé, como olvidamos tantas cosas. En España parece que sufrimos un encantamiento que hace que lo dejemos todo atrás.

»Volví a verla muchos años después, cuando yo ya era la jefa de enfermeras de mi hospital. Me anunciaron que había llegado una paciente enferma de cáncer. Vi su nombre en el informe y lo reconocí al instante: Elena Somiedo. No tenía buen diagnóstico. ¿Sabes qué le dije cuando me tocó atenderla? Que haría todo lo posible por salvarle la vida. Creo que ella se quedó un poco desconcertada, consciente de que yo sabía que durante la guerra no había actuado de forma limpia conmigo. Y te lo prometo, Teo, hice mi trabajo con total profesionalidad. La atendí durante semanas, incluso volvimos a reírnos, recordando aquellas verbenas en las que intentábamos ligar con los chicos. Luego la derivaron a otro hospital y ya no supe qué le ocurrió. No he vuelto a verla desde entonces, pero quiero creer que se recuperó.

Teófilo asiente. A medida que Aurora habla, su rostro se compunge ante el dolor de ese recuerdo oculto en el cajón de su memoria.

«Qué diferente habría actuado otra persona en su lugar; con esa oportunidad para cobrarse su particular venganza», piensa.

Da un sorbo a la taza de té y se esfuerza por pensar en una frase adecuada con la que llenar este silencio y consolarla, pero no la encuentra.

A veces le falta eso: las palabras precisas en el momento justo.

—¿Sabes qué? —continúa Aurora—. Cuando Carmelo me ayudó a salir de la cárcel, me pasó algo parecido a lo que me acabas de contar. Me pidió que me casara con él a cambio de sacarnos a ambos de la cárcel. Y acepté. Ojo, no es que ahora me arrepienta. El matrimonio con Carmelo me dio a mi hija Teresa y mucha prosperidad. Pero siempre me quedó la duda de qué habría pasado si hubiese podido elegir.

Teófilo no responde, esforzándose de nuevo por hallar las palabras adecuadas. Levanta la mirada, para hacer tiempo, hasta detenerse en el reloj de cuco que cuelga sobre el televisor.

De pronto, vuelve a aquella tarde de hace treinta y siete años en que tomó el tren en el que abandonó Madrid. Solo.

—¿Sabes qué hora es? —le pregunta a Aurora, cambiando de tema.

Vuelve a sentir lo mismo que entonces; la terrible desazón con la que subió los cuatro o cinco peldaños del convoy justo antes de que el revisor volviera a avisarle.

—¡O subes o te quedas aquí, chico!

Aurora mira hacia el reloj de cuco.

—Las siete menos dos minutos. ¿Por qué? ¿Tienes prisa?

—No —responde Teófilo—. Pero en un par de minutos será la misma hora, las siete, a la que salió aquel tren que tomé para dejar Madrid hace treinta y siete años.

Mientras decía esa cifra, treinta y siete años, esbozó una media sonrisa.

—¿Y qué quieres decirme con eso? —pregunta ella, extrañada.

El manchego piensa otra vez en aquellos instantes:

Cómo recorrió el pasillo del vagón de tercera arrastrando los pies.

Cómo buscó un asiento en el tren con el quebranto de un derrotado militar.

Cómo se mantuvo en silencio durante el largo trayecto hasta Zaragoza y, luego, cómo recorrió los pueblos del Ebro uno a uno hasta que encontró acomodo en una aldea rural en la que hizo prosperar el mercado negro de productos básicos, tal y como había aprendido de Rafael el Cojo.

Pero todo eso quedó atrás. Y ahora tiene la oportunidad de volver a aquel andén:

—Pues que voy a hacerte otra proposición que espero no acabe igual que entonces...

Aurora sorbe el té, expectante.

—Tú dirás.

Teófilo reúne el valor para decirle que:

—En breve tendré que volver a casa... ¿Qué te parece si te vienes a mi hostal rural en La Mancha? Te invito a pasar un par de días, cuando tú quieras. No es gran cosa, pero está muy bien situado. Recuerdo que en tus cartas me decías que te habría encantado visitar esas tierras.

La sonrisa de él viaja hacia el rostro de Aurora, contagiándola.

Ella guarda un silencio un instante, mientras echa una ojeada fugaz a los lirios que descansan sobre la mesita.

—Bueno... —vacila.

Ambos se miran con gesto pícaro y juvenil, como si continuaran siendo aquellos chiquillos que se escribían soñando con poder verse en persona.

—¿Por qué no? —responde Aurora, al fin—. En cuanto ponga todo lo de la casa en orden, no me importaría hacerte una visita. Nunca he estado en La Mancha.

Teófilo asiente, exultante.

—Que sepas que soy un buen anfitrión, ¿eh?

Sonríen al unísono y miran hacia el reloj de pared que, de pronto, marca las siete de la tarde con el cucú de un pajarillo que entra y sale de su mecanismo.

70

La etiqueta del evento, celebrado en uno de los restaurantes más lujosos de Madrid, exigía chaqué para ellos y traje de noche para ellas, y a Aurora no le gustó en absoluto.

«Pero qué se ha creído este Federico, por el amor de Dios».

El gabinete de Adolfo Suárez anunció su ausencia pocas horas antes, pero Aurora ya sabía que el presidente del Gobierno no iba a venir, a pesar de cuánto aireaba su yerno que el flamante hombre grande de España acudiría al evento.

El evento: la cena en homenaje a Carmelo José Escobedo.

Eso sí, confirmaron su asistencia algunos cargos de segunda, lo bastante importantes como para contentar a la familia del difunto y no mezclar al nuevo Gobierno de España con los viejos jerarcas del franquismo.

Porque España huele a cerrado y hay que abrir las ventanas, o eso dicen.

Antes de que se comience a servir el primer plato, Federico sube al pequeño escenario del salón del restaurante, desde el que una pequeña orquesta de música clásica ameniza el cóctel con Schubert y Chopin.

El yerno de Aurora pide silencio con un par de golpecitos en el micrófono. Su suegra lo mira desde la mesa presidencial, en la que Federico ha dejado su hueco junto a Teresa y el resto de los directivos de la compañía para actuar como maestro de ceremonias. Este es su gran momento y él lo ha calculado al milímetro.

Un menú suculento, unos invitados distinguidos y un discurso que ha preparado a conciencia y con el que quiere hacer valer su condición de heredero de Carmelo al frente de Escobedo Construcciones.

—Queridos amigos, compañeros y admiradores de Carmelo José Escobedo. Excelentísimo alcalde y miembros de la corporación municipal y del Gobierno de España. Muchas gracias a todos por acompañarnos a mí y a la familia de mi suegro, que en paz descanse, en este homenaje que desde Escobedo Construcciones hemos querido rendir a un hombre que se hizo a sí mismo. Así que, desde aquí, querido Carmelo —Federico hace una pausa teatral para mirar al techo del salón, como un predicador, con unas preciosas cenefas y una enorme lámpara de araña—, te mandamos este aplauso.

El gentío estalla en una ovación multitudinaria. Aurora, mientras imita a los demás, curiosea mirando a los invitados a este evento al que no le hacía ninguna ilusión asistir. De hecho, ha venido por insistencia de Teresa, su hija, que le pidió que por favor no la dejase sola.

Mira a muchos hombres que no hicieron más que zancadillear y torpedear a Carmelo y que ahora aplauden vigorosamente. Y termina por centrar su mirada en el primero de ellos: Federico, con su chaqué de estreno, su tupé y esa sonrisa impostada de galán con la que consiguió enamorar a su hija.

Tras acabar el aplauso, el yernísimo continúa con un repaso conmovedor a la vida de Carmelo, a cómo luchó en la guerra para liberar España, cómo se abrió paso en el Movimiento hasta participar de varios de los gobiernos de Franco, y cómo viró a partir de los años cincuenta hacia el sector inmobiliario y de la construcción.

—Y ahora, Escobedo Construcciones debe mirar al futuro y afrontar los retos que estos nuevos tiempos nos deparan. El reto de acompañar al joven rey Juan Carlos y a la democracia para hacer de nuestro país un referente mundial en el sector inmobiliario. Para ello, aprovecho este espacio que la junta directiva me ha dejado para ponerme a disposición de la empresa, a la que quiero como a un hijo más, para liderar esa transición que, como nuestra querida España, nosotros también necesitamos. Muchas gracias y disfruten de la velada.

El salón vuelve a arrancar en aplausos, con los que Federico, desde el escenario y delante de la orquesta, parece flotar.

Aurora lo observa hasta que se da cuenta de que no ha dejado de trocear una servilleta de papel mientras su yerno hablaba. Mira los pedazos que ha ido dejando sobre la mesa como miguitas de pan.

De pronto, le vienen los calores y lamenta no tener a mano su abanico. Segundos después levanta la vista para mirar a Teresa, que, sentada junto a ella, no deja de observar a su marido. Extiende su mano y le acaricia el brazo para llamar su atención, hasta que ambas coinciden en los ojos de la otra y, durante un breve instante, madre e hija se hablan con la mirada.

Con los ojos y con el movimiento de sus cejas, Aurora le pide perdón.

Perdón por lo que está a punto de hacer.

—¡Hola a todos! —exclama, poniéndose en pie.

De pronto, todas las miradas se posan sobre ella.

Federico, desde el escenario, la invita a subir con los ademanes de quien parece tenerlo todo bajo control, como si todo esto estuviese preparado.

—¡Un aplauso, por favor, a mi querida suegra Aurora! —grita, arrancando con las primeras palmas.

El salón aplaude mientras ella camina hacia el escenario con la solemnidad de una reina. Sube el par de escalones y le hace un gesto a su yerno que este recibe con una reverencia forzada.

—¿Me dejas el micrófono? —le pide.

Federico asiente. Aurora se lleva el micrófono a la boca y aguarda varios segundos hasta que el aplauso concluye. Mira a su yerno y le dedica otra sonrisa.

Sabe que Federico está muerto de miedo porque esto se escapa de su plan perfecto.

—Bueno, ya que no me habían invitado a hablar sobre mi marido, voy a improvisar algo —dice ella, con retintín, despertando las risas de los presentes.

Y también la de Federico, a la que se le ven las costuras.

—Muchas gracias, yerno, por tus maravillosas palabras hacia mi marido. Y muchas gracias a todos por vuestra asistencia. Sí, Carmelo era un gran hombre. Durante estos días he reflexionado mucho sobre los casi cuarenta años que he pasado a su lado. Darían para escribir un libro que, os aseguro, no tendría nada que envidiarles a esos best seller, como los llaman.

Los asistentes vuelven a reír. Aurora no deja de mirar a Teresa, a la que espera no importunar demasiado con su atrevimiento. Su madre no es mujer de muchas palabras, pero sí de aquellas que se dicen en el momento preciso, como estas que llevaba guardándose mucho tiempo.

—He reflexionado mucho, decía. Y me he dado cuenta de que la vida a veces no te pone al lado de la persona que quieres, como tampoco te da lo que deseamos. Pero en nosotros está tomar las riendas y corregir su rumbo. Carmelo era un hombre que siempre pilotaba su vida. Si algo admiraba de él, era esa capacidad suya para adelantarse, para dar un volantazo y conseguir lo que se proponía. Aunque no pocas veces, os confieso, deseé cogerle del pescuezo y apretarlo fuerte, a ver si así podía enderezarlo un poco...

El público vuelve a reír con una amplia carcajada que comparten sobre todo aquellos que conocían bien al difunto, tan extraño, tan incorregible a veces.

—Pero, fuera de bromas —continúa Aurora—, todos los que le quisimos tenemos que aprender de él, de su valentía y su elocuencia, de su fortaleza y su liderazgo. Sé que su yerno, Federico, ha aprendido mucho de él, como sé que también ha aprendido su hija, Teresa, en quien todos los días veo la viva imagen de su padre. —Aurora hace una pausa medida para que las miradas del gentío se posen en su hija, que responde desde la mesa presidencial con una risa nerviosa—. Por eso, aprovecho también este espacio para proponerle a la junta directiva de Escobedo Construcciones que sea Teresa Escobedo, la segunda de la saga, una mujer de bandera, quien asuma las riendas de esta empresa que su padre tanto quiso.

El público aplaude de nuevo con una ovación multitudinaria. Aurora comprueba cómo en la mesa presidencial se repiten algunos gestos de confirmación que viajan de cabeza gris en cabeza gris para concluir sus miradas en Teresa, que, ante la proposición pública de su madre, ha enmudecido de pronto.

Aurora vuelve a su asiento entre vítores y un aplauso que se difumina poco a poco y estrecha a su hija mientras Federico se ha quedado solo en el escenario sin saber muy bien cómo cerrar su intervención.

Seguro que tenía ensayada una conclusión que ya no tiene sentido ante la intervención de su suegra.

—Pero ¿qué has hecho, mamá? —susurra Teresa entre los huecos de una sonrisa.

—Lo que tu padre habría hecho, querida. Nada más que eso —responde Aurora.

Desde el escenario, Federico se afana por volver a su guion, soltando un par de chascarrillos que apenas arrancan algunas sonrisas protocolarias.

Aurora aprovecha el murmullo para inclinarse hacia el oído de su hija y pedirle que la acompañe al cuarto de baño. Teresa titubea unos segundos, pero accede ante la insistencia de su madre.

—Vamos a retocarnos un poco —se excusa la viuda ante el resto de los comensales de la mesa presidencial.

De la mano, madre e hija zigzaguean entre el resto de las mesas hasta internarse en el pasillo que conduce al baño de señoras. Atrás oyen cómo Federico ha enmudecido durante un par de segundos, probablemente al verlas marchar.

Aurora cierra la puerta del baño y mira a su hija, visiblemente nerviosa.

—Pero ¿cómo te has atrevido a decir algo así, mamá? Sabes cómo se lo va a tomar Federico, ¿no? —le recrimina Teresa.

Pero su madre la acalla.

—Escúchame bien, hija...

No ha encontrado otro momento para decírselo.

Aquello a lo que no ha dejado de darle vueltas desde que su ahijado de guerra volvió a su vida, como un viajero del tiempo.

—No tienes por qué seguir ni un día más con este matrimonio, ¿me has oído?

Teresa balbucea.

—Pe-pero ¿qué dices, por el amor de Dios?

Aurora calla un momento, eligiendo las palabras exactas con las que minimizar el daño que sabe que va a hacerle a su hija. Mira el reflejo que el espejo del cuarto de baño le devuelve. Luego mira hacia Teresa, hermosísima con este pelo recogido y ese vestido azul cielo con un sugerente escote palabra de honor.

—Teresa, cariño, sé que no eres feliz, y que Federico no es más que un caradura que lleva muchos años aprovechándose de ti, de nosotros. Te ha dado dos hijos maravillosos, pero eso no significa que debas vivir el resto de tu vida con él. Dicen que el divorcio no tardará en legalizarse. Y mientras tanto, puedes pedir la nulidad matrimonial.

—Pero ¿te has vuelto loca, mamá? —le pregunta su hija, llevándose la punta del dedo índice hacia el parietal derecho de su cabeza.

—Loca no, hija. Me he dado cuenta, por fin...

Vuelven a mirarse a los ojos. Los de Teresa están a punto de llorar.

—Y perdóname —continúa su madre—. Perdóname por no haberlo visto antes. Por no haber compartido contigo la experiencia de mi vida. Porque yo sé de lo que hablo, hija mía. Tu padre me hizo el mayor regalo que nadie me ha hecho, que eres tú, pero a cambio he vivido cuarenta años en un matrimonio sin amor. Yo no quiero eso para ti. Y no he podido verlo hasta ahora.

Teresa calla mientras su mirada se encharca, hasta que, de repente, se tira a los brazos de su madre como cuando era pequeña y buscaba el refugio de su pecho.

—Y lo que he dicho ahí arriba es verdad. Creo que eres la mejor directora posible de Escobedo Construcciones. Tienes mucho de tu padre, cariño.

Su hija asiente. Aurora le seca las lágrimas y se apresura a limpiarle el contorno de los ojos y el rímel corrido con el pañuelo que guarda en su bolso.

—Vamos a hacer una cosa, hija —continúa con tono seguro y firme—. Ahora saldremos ahí fuera con una sonrisa y haremos como si nada de esto hubiese pasado. Déjame a mí a tu marido, le daré dos capotazos y lo torearé como hacía tu padre. Si quieres, esta noche coge a los niños y te vienes a casa. Mañana hablamos con calma sobre todo esto, ¿de acuerdo? En cuanto tú me digas, llamo al abogado de la familia y hablamos con él sobre este asunto.

Teresa asiente, toma aire y levanta el mentón.

—Así, me gusta, fuerte, como tu padre... —dice Aurora, acariciándole las mejillas.

«Le costará un mundo dar el paso, pero ahí estaré yo para ayudarla».

Se miran hasta que dos sonrisas se despiertan, como una aurora.

—Y como mi madre. Fuerte como mi madre —responde Teresa, estrechándole la mano con fuerza.

71

La Mancha, abril de 1977

Las copas chocan, formando un oleaje con el vino de su interior. Segundos antes, Teófilo había hecho los honores:

—Por nosotros.

Luego, Aurora y él dan un sorbo al unísono sin despegar la mirada del otro.

—Podría vivir aquí toda la vida —exclama ella, admirando el paisaje.

Teófilo asiente. El atardecer dibuja sobre el cielo un cuadro de Monet, salpicado por los lloros de la vid, el florecimiento de los pistacheros y el rojo intenso de las amapolas, producto de la primavera incipiente.

En torno a ellos, Butrón, ese perro granuja, menea el rabo y corretea entre las mesas en busca de comida. ¿Habrá echado de menos a su dueño durante estos días?

Tras una semana en la capital, el manchego volvió a su casona y lo primero que hizo fue llamar al par de chicos que le ayudaban con el negocio para que se apresurasen a poner a punto el hostal para la reapertura. Necesitaba limpieza de las habitaciones, reposición de los productos de la pequeña tasca situada junto a la entrada principal y una mano de pintura.

—Y ve al pueblo y encarga una caja de bombones y un ramo de tulipanes naranjas para pasado mañana, ¿de acuerdo? Naranjas, no lo olvides. Cuando lo tengas, lo colocaremos en la habitación principal —le ordenó a José Antonio, el chico que le echaba una mano cuando había faena.

El muchacho respondió con un mohín socarrón:

—¡Pero bueno! ¿Va a recibir usted visita?

Su jefe no quiso darle más detalles, se limitó a asentir, con una risilla, y luego hizo como que algo urgente lo requería en la pequeña recepción del hostal, donde tenía las llaves de las pocas habitaciones que se repartían por el ala izquierda de la casona. Él vivía en el ala derecha, pero jamás se habría atrevido a alojar a Aurora en su propia casa.

Porque Aurora iba a venir, y para ella había reservado la habitación principal del hostal, aquella con un vestidor y una balconada con una preciosa vista de campos y molinos de viento.

Un par de días después se dio una ducha, se puso el traje de los domingos y repeinó su cabellera blanquecina y pobre lo mejor que pudo para recibirla en la estación de autobuses del pueblo.

Aurora se apeó como si bajara las escaleras en la recepción de un palacio. Vestía de negro, de luto por su marido.

—¿Qué tal el viaje? —le preguntó, nada más bajar del autobús.

A pesar del trayecto, que recorrió durante horas los campos manchegos en el trazado sinuoso de una culebra, la mujer mantenía intacto su peinado recogido y el maquillaje con el que se había afanado por disimular las arrugas que le surcaban el rostro.

Pero no le hacía falta maquillaje; al natural o no, estaba guapísima, con esa espléndida belleza que solo podían dar los años y la experiencia.

—Muy bien, Teo —respondió Aurora mientras él le cogía la maleta de mano con la que ella cargaba al bajar del autobús.

Se saludaron con un par de besos y Teófilo le pidió que lo acompañara a su coche. Aurora asintió, permitiéndose unos segundos para mirar a su alrededor, ya que desde la estación de autobuses se tenía una vista de la campiña. Nunca había estado en La Mancha, y lo primero que le llamó la atención al llegar fue el aroma que se respiraba: las flores, la ontina que bordeaba el camino hacia la estación y ese aire que corría sosegado y agradable.

—Este es el ábrego —le explicó Teófilo de camino hacia el coche—. Es un viento fresco que suele traer lluvias, por lo que es posible que nos caiga algo estos días.

Aurora asintió. Le pareció muy curioso cómo a Teófilo le cambiaba el acento al encontrarse en sus tierras. Se lo hizo ver, y el manchego rio, ruborizado.

Se montaron en el coche y Teófilo condujo hacia su hostal.

—¿Este es el pueblo en el que te criaste? —le preguntó Aurora, mirando por la ventana del automóvil hacia las fachadas de piedra y cal.

Teófilo tomó un par de curvas y enfiló una recta que los alejaba del pueblo.

Atrás van dejando una estela de polvo, a la que Aurora mira brevemente por el espejo retrovisor.

—Qué va. Mi pueblo está a unos cincuenta kilómetros hacia el norte.

Aurora lo miró. En el coche se acentuaba el olor del perfume con el que se había rociado, potente, varonil.

—¿Y por qué no volviste?

Teófilo apartó la vista de la carretera para ofrecerle una sonrisa.

—Te lo contaré esta noche durante la cena al aire libre y con un vino de la tierra, si te parece, ¿de acuerdo?

Ella asintió, conforme.

Un par de horas después, el regente y su distinguida invitada dan el primer trago al vino gran reserva que José Antonio descorchó junto a ellos.

—Este chico vale para un roto y para un descosido —exclama su jefe—; es camarero, me pinta la fachada o va al pueblo para comprarte una caja de bombones y unas flores.

Aurora ríe junto a los hombres.

—Que son muy bonitas, por cierto. Muchas gracias a los dos. A ver, Teo, sorpréndeme ¿por qué tulipanes naranjas? —le pregunta.

—Los tulipanes naranjas se asocian con la felicidad y a la energía positiva. Y eso es lo que quiero que sientas al venir aquí.

Aurora da otro trago a la copa de vino, sintiendo cómo un calor le sube hacia arriba.

Suerte que, con esta brisa primaveral, no necesita su abanico.

—Pues brindemos de nuevo por esa energía —propone ella, levantando la copa.

Brindan otra vez, y el ábrego aleja el tintineo hacia la campiña. Aurora vuelve a mirar la inmensidad, donde el sol ya se ha escondido, hasta que el camarero irrumpe entre ellos con un par de cuencos de ajoblanco que deja sobre la mesa.

—Tengo una chica, Isabelita, que tiene una mano maravillosa en la cocina.

Aurora asiente. Hunde la cuchara en la sopa y pesca algunos pistachos antes de llevárselos a la boca.

—¡Está riquísimo! —exclama.

Teófilo da también la primera cucharada.

—Te lo dije.

Ríe. No tardan en acabar la sopa envueltos en el silencio del comensal satisfecho.

—Me dijiste que me hablarías de tu pueblo —le recuerda ella, saboreando la última cucharada de ajoblanco.

Teófilo da un sorbo a su copa de vino, apurándola.

—Así es —accede mientras coge la botella de vino para volver a servir—. Tampoco tengo mucho que contarte. Era un pueblo tranquilo hasta que estalló la guerra. Algunos años antes, mi padre había entrado en contacto con los sindicatos del campo. Eran anarquistas que pedían el reparto de las tierras. Por entonces, el señorito Iván, un hijo de puta, si me perdonas la expresión, tenía en propiedad la mayor parte de las fincas agrícolas, y los agricultores como mi padre tenían que pagarle un arriendo. El señorito era uno de esos que luego iban de salvador del campo, del mundo rural, pero no era más que un explotador. En fin, que cuando estalló la guerra, el sindicato quiso hacer la revolución anarquista en el pueblo. Tomaron las fincas del terrateniente y asaltaron su hacienda. Luego descubrieron que el cura del pueblo, don Sebastián, que me lo había enseñado todo y a quien yo quería como a un padre, le había ayudado a escapar.

Al decir su nombre, don Sebastián, Teófilo siente como si lo rescatara de aquel remoto lugar en el que el viejo párroco seguía aguardándolo. A pesar de los años, todavía recuerda como si fuera ayer las lecciones de latín o de catecismo en la sacristía, su voz categórica, con la que parecía ser un altavoz del Altísimo, su sentido del humor inteligente.

—Estabas muy unido a él, ¿no? —le pregunta Aurora.

—Así es. Además, don Sebastián no era como los demás curas. Él se preocupaba de verdad por la gente, y a menudo se enfrentaba a los poderosos. Pero mi padre lo tenía enfilado. Era un odio antiguo. Y, además, lo culpaba de la muerte de mi madre, que un día de buenas a primeras se cayó durante una misa y nunca más volvió a ponerse en pie. Así fue como, la noche en que asaltaron la hacienda de Iván, muchos se volvieron al pueblo a buscar al cura. Yo quise ayudarle a escapar, pero él se resistía a abandonar su iglesia. Cuando accedió, ya era tarde; mi padre nos descubrió e hizo suya la venganza. Apuntó a don Sebastián, que le pidió que le dejara rezar una última vez, y le disparó en medio de un padrenuestro.

Calla un instante.

Vuelve allí, a aquella habitación de la casa parroquial.

Al estrépito del disparo.

Al chorro de sangre que manaba de la cabeza del cura, que sostuvo como si pudiera devolverle a la vida.

Y a las palabras que le dedicó a su padre, prometiéndole el infierno: «Te odiaré siempre».

—Yo salí corriendo y me escondí en unos matorrales —continúa Teófilo con voz trémula y la emoción latiéndole en los lagrimales—. Horas después caminé hacia el pueblo vecino y, al día siguiente, hacia otro. Así me alejé poco a poco. No quería saber nada de nadie. Ni de la revolución, ni de la guerra. Aun así, algunos días después no pude seguir huyendo; me descubrieron y me obligaron a alistarme en el ejército republicano tras la llamada de mi reemplazo.

Aurora asiente. Visiblemente emocionada, extiende su mano para acariciar la palma ruda y carnosa de la mano izquierda de Teófilo, en la que se advierte un ligero temblor mortecino. Vuelve a sentir aquellos calores, aunque supone que provienen del vino manchego y no de su climaterio.

El camarero aparece junto a la mesa con otro par de platos, los segundos, un fantástico estofado de cordero. Le agradecen su atención esmerada.

—¿No volviste a verlo nunca? —le pregunta Aurora, mojando un poco de pan en la salsa.

—Sí, volví a verlo después de salir de la cárcel. Supe que estaba en Porlier. Mi padre había estado luchando en la guerra y supuse que lo habían hecho preso, como a mí. Estaba a la espera de juicio, y supongo que no tardarían en fusilarlo. O eso, o murió de la tuberculosis galopante que padecía. ¿Y sabes qué fue lo que le dije cuando lo vi? Que no quería odiarlo. Que no quería vivir el resto de mi vida con odio. Hoy en día me levanto todos los días como si dialogara con él, preguntándole: «¿Por qué lo hiciste, por el amor de Dios?».

Guardan silencio, quizá en señal de respeto a la memoria de todo aquel sufrimiento.

—¿Y no has vuelto nunca a tu pueblo? —pregunta Aurora.

—Qué va. Si te soy sincero, no he vuelto nunca a pisarlo. Temo que me reconozcan allí. Que alguien me pare por la plaza de la Iglesia y me grite que fui yo quien participó en la muerte del cura a comienzos de la guerra.

—Ha pasado mucho tiempo. Se supone que hubo amnistía. Franco ha muerto. Podrías volver, ¿no? Yo podría acompañarte, si quieres.

Teófilo sonríe. Sí, quizá con ella se atreva a volver a recorrer aquellas calles de las que le quedan únicamente recuerdos oníricos, como si no hubiesen sido más que un sueño.

—Está bien —responde.

Y vuelven a guardar silencio. Aurora vuelve a comer un poco de estofado y luego devuelve la mirada al paisaje anochecido.

De pronto, tirita y se encoje ante el frío que el ábrego y la noche traen. Se apresuran a terminar la cena y apurar la segunda botella de vino, que acompañan con una conversación sobre el campo o los productos de la tierra, tan valorados en la capital.

Hasta que Aurora acalla la charla trivial con una proposición que quizá no habría hecho si no hubiese perdido la cuenta de las veces que el manchego le ha rellenado la copa de vino:

—¿Qué te parece si nos tomamos la última en mi habitación?

Dos pequeños toques en la puerta, tímidos, casi acobardados, dos toc toc que desgajan el silencio del último piso de la casona, por cuya moqueta ha caminado Teófilo nervioso como un adolescente ante su primera cita.

Él, a sus sesenta y con estos miedos tontos.

La voz de Aurora se oye segundos después.

—Pasa.

Al otro lado de la puerta, ella aguarda sentada a los pies de la cama.

Aurora ha diseñado la escena con el cuidado de un escaparatista: el ramo de tulipanes todavía sobre el lecho; la cubitera y la botella junto a la mesilla; una luz tenue y anaranjada; olor a perfume; su pelo suelto a lo Gilda y, sobre su cuerpo, ese camisón de seda a medio camino entre el decoro y la picardía.

Teófilo gira el pomo y asoma con prudencia al interior de la habitación.

—¿Puedo pasar?

Él también se ha preparado para la ocasión. Como se han citado una hora después de subir de cenar, le ha dado tiempo a darse una ducha —la segunda del día— y a volver a perfumarse y a acicalar su cabellera que el ábrego había despeinado durante la cena.

—Si no lo quisiera no te habría dicho que entraras, ¿no? —replica Aurora, bamboleando con sus dedos sobre el colchón mullido de la cama.

Solo entonces, el manchego abre del todo y se adentra en la habitación principal de su hostal rural. Ha entrado en ella centenares de veces, en muchas ocasiones con algún amor fugaz, pero nunca había sido tan especial como esta vez.

Nunca había estado Aurora en su interior.

Mira en derredor brevemente hasta que sus ojos conectan con los de la mujer, cercados por el contorno oscuro de su maquillaje y envalentonados por el rímel.

—Estás preciosa.

Aurora le agradece el piropo. No se ruboriza, no muestra reparo alguno en que él la vea casi desnuda, con el camisón insinuando su figura. Extiende su mano hacia la cubitera y coge la botella de su interior, que no es de vino, sino de brandy.

—Me la subió tu camarero. Pensé que ya estaríamos un poco cansados del vino de la cena, y me dijo que teníais un brandy muy bueno.

Teófilo asiente, avanzando con pasos prudentes sobre la moqueta de la habitación.

—Siéntate aquí que no muerdo —le pide Aurora, golpeando el espacio que queda a su lado en la cama.

Segundos después, coge un par de vasos que aguardaban en el interior de la cubitera y se dispone a servir el licor. Teófilo observa el licor precipitarse en el vaso que Aurora le ofrece tras llenarlo hasta un tercio.

Luego se sirve ella. Piensa que no había visto antes a una mujer servir brandy con tal presteza. Ella, consciente de su sorpresa, juguetea con el vaso y con el par de hielos de su interior como si fuera toda una experta.

—¿Sabes, Teo? —le pregunta, de pronto—. Yo siempre he huido de lo que se supone que debía hacer una mujer como yo.

Teófilo asiente y da un trago.

Aprieta los dientes ante la sacudida del brandy en su garganta.

—Incluso ahora mismo, ¿sabes? Se supone que debería estar guardándole el luto a mi marido y estoy aquí, junto a otro hombre, en la intimidad de una habitación cerrada.

Se miran. Teófilo sonríe con timidez.

—Supongo que pensarás que he vivido una vida acomodada a la sombra de mi marido, ¿no? —le pregunta.

—Conociendo a la Aurora con la que me escribía, lo dudo mucho, sinceramente —contesta el manchego, aguantándole la mirada.

A ella le ha gustado esa respuesta. Calla unos segundos y da un trago como quien bebe de un vaso de agua. Luego le dice, con otra sonrisa pícara:

—Aprendí a ser libre dentro de mi jaula, ¿sabes?

Sostiene la curva de sus labios y la mirada sugerente de quien parece tener adentro más de lo que cuenta. Pero Teófilo no ha comprendido muy bien qué es lo que ha querido decirle, porque hace un gesto de extrañeza tras las palabras de ella, arrugando el entrecejo.

—Amé a otros hombres —añade ella—. Fueron médicos o compañeros del hospital que vinieron y se fueron sin que mi marido sospechara nada.

Aurora piensa fugazmente en aquel doctor con el que compartió algunas noches de motel, o en aquel enfermero del congreso de Valencia que le hacía el amor como un potro desbocado.

El manchego asiente, atónito.

—Yo también amé a otras mujeres que vinieron y se fueron porque ninguna era tú —responde, con voz dulce y acompasada.

Una sonrisa viaja de un rostro a otro.

—Brindemos otra vez por nosotros, Teo —le propone ella, con el vaso en alto.

Hacen chocar los vasos y luego apuran su contenido.

Solo él vuelve a gruñir.

—¿Recuerdas la primera vez que nos vimos? —le pregunta Aurora, de pronto.

«Cómo no recordarlo», se dice él.

—Nunca he olvidado ni el más mínimo detalle de aquel encuentro.

Porque recuerda hasta la forma en que le caía el vestido que llevaba, y ese ligero tirabuzón que se le formaba en el lado de la cara en el que no tenía el hoyuelo.

—¿Sabes? Me quedé con unas ganas locas de besarte.

Teófilo calla. Él también se moría de ganas de besarla ese día.

Y se muere ahora.

—¿Qué te parece si lo volvemos a intentar? —le propone Aurora, que no espera a que él responda para inclinarse y recorrer el espacio hasta sus labios con la seguridad de una depredadora.

El beso sabe a brandy y al regocijo portentoso de la juventud recobrada. Y todo ocurre como el ritual de una misa: él le acaricia la espalda y toquetea el nudo con el que se sujeta su camisón mientras ella comienza a desvestirlo para asomar a su torso de vellos blancos y rizados.

Se miran con la risilla de dos mozuelos.

Teófilo la despoja del camisón, recorriendo con la palma de su mano la constelación de su espalda. A Aurora no la amedrenta su desnudez: a pesar de sus pechos caídos o de su piel pálida, la mujer se mueve como una Mata Hari, sin miedo a ser juzgada como una vieja aferrándose al amor. Por ello, se decide a tomar la iniciativa: recuesta a Teófilo sobre la cama y abre un camino de besos hasta sus labios mientras juguetea debajo de su calzón, notando cómo se le activa el miembro ante la viveza de sus dedos, cómo van llenándose de sangre sus cavidades internas. Segundos después, Aurora decide acabar con el jugueteo adolescente para saltar sobre él y recolocarle el pene al abrigo de su cueva.

Suenan los muelles con el bamboleo cadencioso con el que comienzan a hacer el amor como dos jóvenes del año 1939. Como si todo este tiempo no hubiese sido más que el paréntesis de un sueño vespertino.

El paréntesis termina minutos después.

—¿Te ha gustado? —le pregunta Aurora.

Teófilo asiente y se recuesta junto a ella, esforzándose por controlar un jadeo nervioso. Aurora parece estar en mejor forma.

—Pues sí. Muchísimo.

Se miran. Guardan silencio.

—¿Y ahora qué? —le pregunta él, con un suspiro.

Aurora tiene las mejillas sonrosadas.

—¿Ahora? Ya no tengo jaula, recuerda. Puedo ser completamente libre.

Teófilo asiente.

—¿Volverás a Madrid?

La mujer busca a tientas la sábana para cubrirse la desnudez.

—Sí. Mi hija se va a separar y necesita mi ayuda.

Él le devuelve una sonrisa complaciente.

—Te recuerdo que te ofreciste a acompañarme al pueblo, ¿eh? Pero no te preocupes, puedo esperarte. Estoy acostumbrado.

Aurora responde con una carcajada jovial:

—¿Hasta cuándo?

Teófilo calla unos instantes con la vista puesta en el campo manchego que se advierte tras la balconada de la habitación principal.

Tiene la respuesta preparada desde hace treinta y siete años, cuatro meses y diecisiete días:

—Hasta el resto de mi vida —contesta.

Nota del autor

Algunos de los hechos históricos narrados en esta novela se han adaptado a la narrativa propia de una obra de ficción.

La mayor parte de las madrinas de guerra de la Guerra Civil española actuaban desde territorio franquista, donde su figura adquirió gran relevancia. No obstante, también hubo madrinas republicanas, más tardías que las primeras. A muchas de ellas se las juzgó en la posguerra como colaboradoras, o en algunos casos como prostitutas.

El Servicio de Inteligencia Especial Periférico (SIEP) y las acciones de espionaje republicano organizadas por el comandante y luego coronel Manuel Estrada —personaje real— junto al anarquista Manuel Salgado, no comenzaron a ser plenamente operativas hasta mediados de 1937, varios meses después de lo que se narra en esta novela.

En esta historia me he tomado la licencia de imaginar una relación de amistad entre Teófilo y Miguel Hernández en la cárcel de Torrijos, en la que el poeta estuvo preso entre mayo y septiembre de 1939. En aquellos meses de cautiverio, en los que Hernández escribió sus célebres *Nanas de la cebolla*, sus biógrafos cuentan que durante una semana fue castigado a barrer el patio de la prisión por no cantar debidamente el *Cara al sol*, escena que se relata en esta novela. Ojalá hubiese podido escribir también que tuvo una vida larga y próspera.

Agradecimientos

Me habría sido imposible escribir esta novela sin muchas personas. A varias de ellas van dirigidas estas palabras de agradecimiento.

A Irene, por su amor, ayuda y comprensión. A Meli, por su cariño y por su lectura certera, haciendo suya también esta historia. A quienes otra vez han hecho posible el anhelo de un niño que soñaba con ser escritor, en especial a Clara Rasero, mi editora, así como a todo el equipo de Ediciones B y Penguin Random House, que sigue sosteniendo la fábrica de los sueños. A mi agente, Sandra Bruna, por su atención y por hacerme creer que soy el mejor escritor del mundo. A quienes me han ayudado a perfilar la historia de *La madrina de guerra*, en especial al historiador Hernán Rodríguez, por su asesoramiento en cuestiones sobre la guerra civil y sobre el espionaje republicano. A Joaquín Sabina, por compartir conmigo la historia de sus padres —madrina y soldado durante la guerra civil—, que sirve de inspiración para esta historia. A Felipe Benítez Reyes, porque siempre está ahí cuando necesito su ayuda. A Almudena Grandes, porque nunca podremos llenar el vacío que ha dejado en la literatura y en el corazón de quienes la admirábamos. A mi padre, a mi familia, a mis amigos y a mis alumnos, por el calor que me dan, por su apoyo.

A mi madre, mi ángel: porque no hay un día que no te tenga conmigo.

A ti y a todos los que os puedo considerar mis lectores —los que leísteis con *La vida en un minuto* y los que habéis leído esta novela—, porque entre vosotros y yo hay un vínculo mágico que espero continúe mucho tiempo.

Y por último, déjame pedirte algo: ¿te ha gustado *La madrina de guerra*? Me hace mucha ilusión que me lo cuentes; mi correo electrónico es lacunadehalicarnaso@gmail.com, en Twitter soy @cunahalicarnaso y en Instagram, @joseanlucero. ¡Espero tus palabras! ¡Gracias!